19세기 견문지식의 축적과 지식의 탄생

지수염필智水拈筆 (상)

Accumulation of Audio-visual information and Birth of Knowledge in the 19th Century

"Jisuyeompil 智水拈筆*"* (上)

지은이 **홍한주**(洪翰周, 1798~1868)의 자는 헌경憲卿, 호는 해사海士, 해옹海翁, 운당芸堂, 쌍송만사雙松漫士, 총계당叢桂堂 등이고, 본관은 풍산豐山이다. 부친은 홍직모洪稷謨, 조부는 홍낙명洪樂命, 장인은 권상신權常愼이고, 아들은 홍우창洪祐昌과 우승祐昇이다. 황해도 배천, 경상도 의성과 상주, 전라도 보성 등지에서 군수와 현감, 목사 등의 지방관을 지냈다. 1862년 8월부터 약 1년간 나주목에 있는 섬인 지도로 유배되었는데, 그 유배 기간에 『지수염필』을 저술하였다. 홍한주는 시문에 뛰어난 19세기 중반의 대표적인 문인 학자로, 고증적이며 박학하고, 조선이 처한 현실을 깊이 통찰한 지식인이었다. 시문집으로 『해옹존고海翁存稿』(10책, 장서각)와 『해옹시문집海翁詩文集』(9책, 규장각)이 있고, 일기 3종이 미국 버클리대학 동아시아문고에 있다.

옮긴이 **김윤조**(金允朝, Kim Yun-jo)는 1959년 경남 창녕 출생으로 계명대학교 한문교육과, 성균관대학교 대학원 한문학과와 민족문화추진회 부설 한문연수원의 연구부 과정을 졸업하였다. 계명대학교 한문교육과 교수로 재직하고 있다. 역서로 『역주 과정록』(1997)과 유득공 산문 번역인 『누가 알아주랴』(2005)가 있고, 논문으로 「한국 한시에 있어서 오언절구의 형식적 특징에 대한 검토」(2013), 「논어 學而篇 연구—논어 편찬 과정에 대한 一管見」(2008) 등이 있다.

옮긴이 **진재교**(陳在敎, Jin Jae-kyo)는 1961년 부산 출생. 성균관대학교를 졸업하고 같은 대학 대학원에서 한국한문학을 전공했다. 경북대학교 교수를 거쳐 현재 성균관대학교 한문교육과 교수 겸 동아시아학술원 교수로 재직하고 있다. 주요 저서로 「耳溪 洪良浩 文學 硏究」(1999)와 「이조 후기 한시의 사회사」(2001)를 비롯하여 「문예 공론장의 형성과 동아시아」(2008)와 「학문장과 동아시아」(2013) 등 다수가 있다. 번역서로 「북학 또 하나의 보고서—설수외사」(2011)를 비롯하여 다수가 있다.

윤문한이 **임완혁**(任完爀, Im Wan-hyuk)은 1965년 경기도 의정부 출생. 성균관대학교 한문교육과를 졸업하고 같은 대학 대학원에서 한국한문학을 전공했다. 현재 영남대학교 한문교육과 교수로 재직하고 있다. 지은 책으로는 『구연전통과 서사』(2008), 『차라리 벙어리로 살리라』(2009), 『한문과 문학교육론』(공저)(2012) 등이 있다.

19세기 견문지식의 축적과 지식의 탄생 (상)—지수염필(智水拈筆)

1판 1쇄 인쇄 2013년 9월 1일 **1판 1쇄 발행** 2013년 9월 10일

지은이 홍한주 **옮긴이** 김윤조 · 진재교 **윤문한이** 임완혁 **펴낸이** 박성모 **펴낸곳** 소명출판
등록 제13-522호 **주소** 137-878 서울시 서초구 서초동 1621-18 (란빌딩 1층)
대표전화 (02) 585-7840 **팩시밀리** (02) 585-7848
이메일 somyong@korea.com **홈페이지** www.somyong.co.kr

ISBN 978-89-5626-907-8 94810 값 33,000원
ISBN 978-89-5626-906-1 (전2권)

이 번역도서는 2000년도 정부재원(교육인적자원부 학술연구조성사업비)으로 한국연구재단의 지원에 의하여 연구되었음.

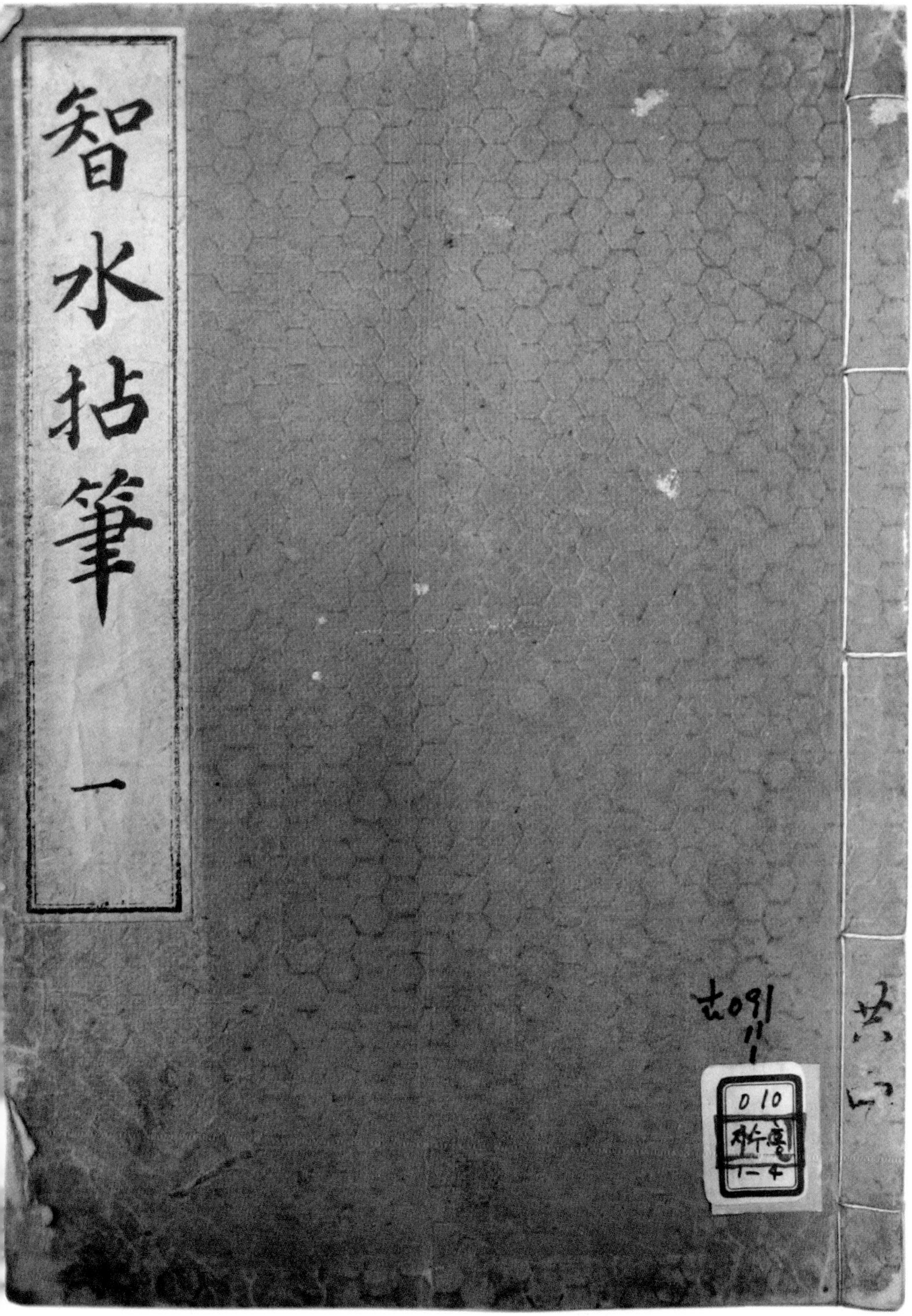

국립중앙도서관 소장본 _ 표지

주는『지수염필』을 완성하고 4책으로 장정을 한 다음 친구인 석우石友 이시민李時敏에게 각 책의 표제를 쓰게 고 한다. 이시민은 글씨로 이름이 있었던 이익회李翊會의 아들인데, 이 글씨가 그의 것인지는 아직 알 수 없다.

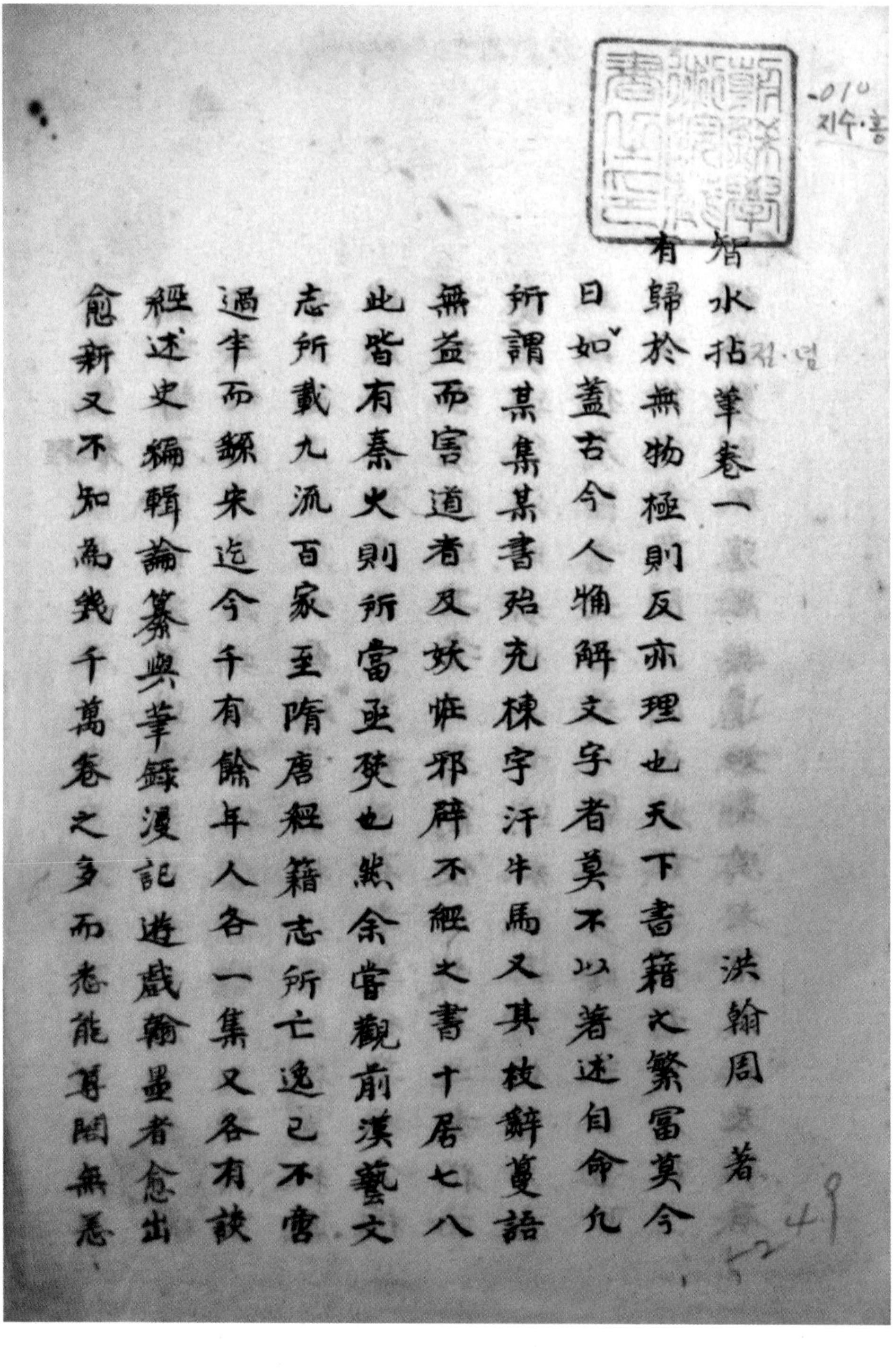

智水拈筆卷一　　洪翰周 著

有歸於無物極則反亦理也天下書籍之繁富莫今
日如蓋古今人循解文字者莫不以著述自命凡
所謂某集某書殆充棟宇汗牛馬又其枝辭蔓語
無益而害道者及妖怪邪僻不經之書十居七八
此皆有秦火則所當亟焚也然余嘗觀前漢藝文
志所載九流百家至隋唐經籍志所亡逸已不啻
過半而繇來迄今千有餘年人各一集又各有訣
經述史編輯論纂與筆錄漫記遊戲翰墨者愈出
愈新又不知爲幾千萬卷之多而悉能尋閱無悉

국립중앙도서관 소장본 _ 첫 면

위쪽에 '조선학술원朝鮮學術院' 장서인이 있고, 제목 아래 '홍한주 저洪翰周 著'라고 저자를 밝혀두고 있다. 모두 4책인데, 한 사람의 글씨로 보인다.

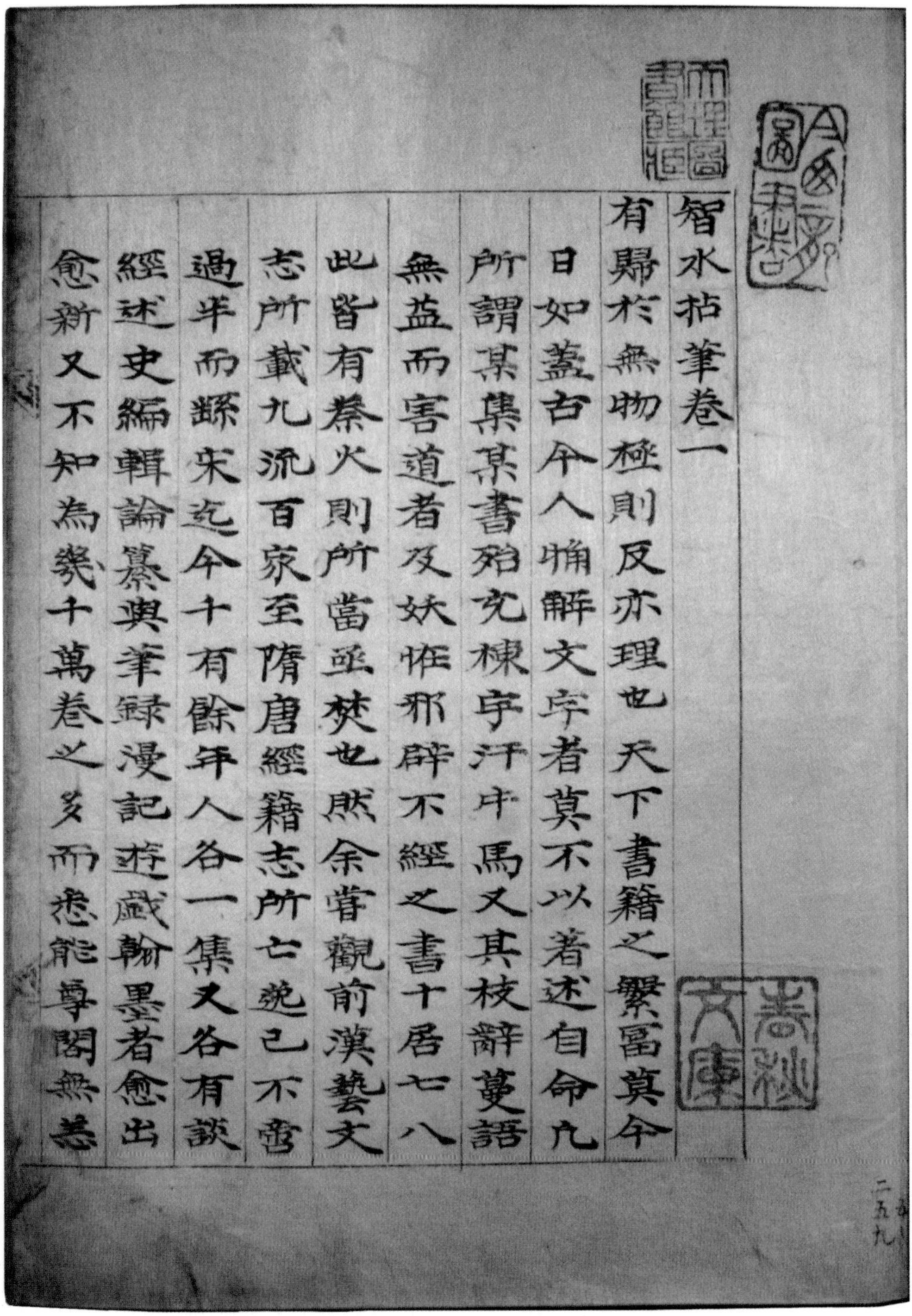

智水拈筆卷一

有歸於無物極則反亦理也天下書籍之繁富莫今
日如蓋古今人稍解文字者莫不以著述自命九
所謂某集某書殆充棟宇汗牛馬又其枝辭蔓語
無益而害道者及妖怪邪僻不經之書十居七八
此皆有秦火則所當亟焚也然余嘗觀前漢藝文
志所載九流百家至隋唐經籍志所亡逸已不啻
過半而歷宋迄今千有餘年人各一集又各有談
經述史編輯論纂與筆錄漫記游戲翰墨者愈出
愈新又不知為幾千萬卷之多而悉能尊閣無恙

일본 천리대학 천리도서관 소장본 _ 첫 면

오른쪽 상단에 '금서룡도서今西龍圖書', 하단에 '춘추문고春秋文庫' 장서인이 있다. 역시 모두 4책인데 겉표지에 제목은 없고, 세 가지 서로 다른 서체로 필사되었다. 1984년에 서벽외사 해외수일본으로 간행되었다.

19세기 견문지식의 축적과 지식의 탄생 (상)

지수염필 智水拈筆

홍한주 지음

김윤조 · 진재교 옮김

임완혁 윤문

소명출판

◆ **일러두기**

1. 이 책은 조선조 후기 문인 홍한주洪翰周가 유배지 지도智島에서 저술한 필기자료인 『지수염필智水拈筆』을 한글로 번역한 것이다.
2. 이 책은 벽사 이우성 선생님이 영인·간행한 서벽외사 해외수일본[일본 천리대 도서관 소장본]의 『지수염필』과 국립중앙도서관 소장본 『지수염필』을 저본으로 번역하였다.
3. 서벽외사 해외수일본의 영인 상태가 좋지 못한 곳은 일본 천리대 도서관 소장본 및 국립중앙도서관 소장본 『지수염필』과 대조하고, 저자가 인용한 전적의 원문을 찾아 교감하여 본문을 확정하고 번역하였다.
4. 원문에는 각 글에 소제목이 달려 있지 않지만, 독자의 이해를 돕기 위하여 서벽외사 해외수일본의 소제목을 따라 제시하고, 필요한 경우 소제목을 번역하였다.
5. 이 책은 원문의 뜻을 충실히 반영하여 번역하였다. 번역문 바로 이어 한문 원문을 덧붙이고 번역문을 고려하여 표점標點하였다.
6. 정확한 원문 이해를 돕기 위하여 주석을 덧붙였으며, 필요한 경우, 학술적 성과를 반영하여 상세하게 주석하였다.
7. 이 책의 1권에서 4권까지는 김윤조가 5권에서 8권까지는 진재교가 번역하였고, 윤문은 임완혁이 담당하였다.

역자 서문

『19세기 견문지식의 축적과 지식의 탄생―지수염필智水拈筆』은 19세기 경화세족의 후예인 홍한주洪翰周(1798~1868)의 필기 저술을 우리말로 번역한 것이다. 『지수염필』은 8권 4책으로 일본의 천리대 도서관과 한국의 국립중앙도서관에 각각 소장되어 있다. 『지수염필』은 오랜 기간 저자가 독서한 내용과 견문한 것을 토대로 자신의 의견을 덧붙여 저술한 필기류로 19세기 새로운 정보·지식을 다양하게 싣고 있다. 홍한주는 1862년 전라남도 지도智島로 유배流配되자, 약 1년간의 유배생활을 활용하여 오랜 기간 견문한 정보를 정리하여 초고를 작성하였다. 이후 해배解配 후 초고를 정리하고 서문을 덧붙여 1866년에 완성하였다.

홍한주는 조선조 후기 경화세족으로 일가를 이룬 풍산豊山 홍문洪門의 후예였다. 풍산 홍문은 홍한주 대에도 문벌과 문한세가로 이름을 떨쳤다. 홍한주의 재종형 홍석주洪奭周(1774~1842)와 홍길주洪吉周(1786~1841)는 당대 문장으로 이름을 얻었고, 영명위永明尉 홍현주洪顯周(1793~1865)는 부마로 시문에 뛰어났다. 특히 홍석주는 『학강산필鶴岡散筆』을, 홍길주는 『수여방필睡餘放筆』 등의 필기류 저술을 남긴 바 있거니와, 홍한주의 『지수염필』은 가문의 학문적 배경과 가문의 글쓰기 전통을 잇고 있다.

당시 홍한주는 경화세족 가문을 배경으로 국내외의 최신 서적을 비롯하여 규장각에 소장된 관각館閣 문헌, 그리고 당시 유통되던 다양한 서적을 손쉽게 열람할 수 있었다는 점에서 그의 독서체험과 『지수염필』은 관련이 깊다. 홍한주는 다양하고 풍부한 독서체험을 토대로 학술과 문예에 이르기까지 의문 처를 제기하고, 자신의 의견을 『지수염필』에 담아 새로운 지식의 탄생을 추구하였다. 이 점에서 홍한주의 『지수염필』은 19세기 새로운 견문정보와 지식의 창고 역할을 하고 있다.

『지수염필』은 체재와 형식이 비교적 자유롭다. 당대의 역사·정치·문화·사회·학술·인물·제도·문예는 물론 동아시아와 서양과 관련한 견문정보를 비롯하여 독서후기를 두루 포함하고 있다. 홍한주는 『지수염필』에서 다양한 견문지식을 새로운 시각으로 바라보고 있는데, 그 시각의 가치판단을 논외로 하더라도, 그가 새로운 견문정보를 정확하게 꿰뚫고 비평한 점과, 견문정보의 가공과 배치를 통해 새로운 지식의 탄생을 추구한 것은 의미가 있다.

『지수염필』은 이수광李睟光(1563~1628)의 『지봉유설芝峯類說』 이후 새로운 정보와 지식을 싣고 있는 조선조 후기 필기류다. 조선조 후기 필기류는 전 시기와 사뭇 다르다. 조선조 전기 필기류의 경우 저자가 책상에서 특정 사안을 사유한 것을 기록하거나, 저자 주변의 견문 정보를 단순하게 싣고 있다. 이에 반해 조선조 후기 필기류는 수많은 서적의 유입과 해외 체험에서 견문정보를 획득하고 이를 가공하고 새롭게 배치하여 신지식을 산생한 것이 대부분이다. 이러한 견문 정보의 가공과 배치는 지식의 탄생과 관련이 깊다. 무엇보다 이 시기의 필기류는 정보와 지식의 생성과 유통의 문제를 일국적 시각이 아니라 동아시아로 확대하여 보여주고 있는 점 또한 전 시기의 그것과 다른 점이다.

『지수염필』 역시 조선조 후기 필기류의 전통을 그대로 잇고 있다. 『지수염필』은 서적의 출판과 보급, 장서가와 장서루 등을 비롯하여, 자신이 견문한 정보를 가공하고 거기에 자신의 비평적 시각을 덧붙여 새로운 지식 탄생의 촉발을 견인하였다. 이 점에서 『지수염필』은 19세기 지식의 탄생과 관련한 내용을 풍부하게 담고 있으며, 조선조 지성사 내지 지식사에 크게 기여할 수 있을 것이다.

이 책은 한국 연구재단의 명저번역 사업의 성과물이다. 벌써 초고를 번역한 지 10년도 더 지났다. 진작 번역을 마쳤지만, 여러 가지 사정으로 출판이 미루어졌고, 이제야 인쇄물로 빛을 보게 되었다. 처음 『지수염필』을 번역하기로 마음먹은 것은 벽사 이우성 선생님이 해외에 흩어진 한문 자료를 수집하여 간행한 '서벽외사해외수일본西碧外史海外蒐佚本'의 열람이 계기였다. 벽사선생님의 서벽외사해외수일본이 없었다면 이 번역본은 나오기 어려웠을 것이다.

이 책은 1권에서 4권까지는 김윤조 교수가, 5권부터 8권까지는 진재교가 번역하였다. 그리고 두 사람이 번역 원고를 교차 검토하고, 체제와 각주도 통일하였다. 이후 임완혁 교수의 교열과 윤문을 거쳤다. 특히 김윤조 교수는 직접 원문을 확인하기 위하여 천리대 도서관을 방문하였고, 진재교는 국립중앙도서관과 천리대 도서관 소장본을 교감하는 노력을 다하였다. 만약 번역에 오류가 있거나 불충분한 주석과 서툰 표현 등이 있다면 이는 모두 번역자의 잘못일 것이다.

끝으로 이 책에 나올 수 있도록 도움을 준 한국연구재단에 감사드린다. 어수선한 원고를 깔끔한 책으로 만들어 준 소명출판의 편집 담당자와 박성모 사장께 이 자리를 빌려 고마움을 표한다.

2013년 8월 용인 서재에서

진재교는 쓰다.

19세기 견문지식의 축적과 지식의 탄생

지수염필(상)_ 차례

19세기 견문지식의 축적과 지식의 탄생
지수염필_ 전체 차례

상권

권2

하권

해제 1

진재교陳在敎

1. 『지수염필智水拈筆』과 홍한주

『지수염필』은 일본 천리대天理大 도서관圖書館의 금서문고今西文庫에 소장되어 있는 것으로 알려졌다. 천리대본은 일찍이 1983년 벽사 이우성 선생님께서 『서벽외사해외수일본栖碧外史海外蒐佚本』(아세아문화사) 제13권으로 영인·간행한 바 있다. 여기에 임형택 선생님이 해제하며 이 책의 저자를 홍한주로 추정하였다. 그리고 해제의 후기에 박석무 선생님의 전언을 싣고 있는데, 이 전언에 따르면 『지수염필』의 다른 본이 전라남도全羅南道 신안군新安郡 지도면智島面의 정영식丁永植 가家에 전사傳寫된 낙질본落秩本이 있다고 하였다. 그런데 『지수염필』은 국립중앙도서관國立中央圖書館에도 다른 본이 있다. 국립도서관본 역시 8권 4책의 필사본인데, 전체적인 내용과 편차는 천리대본과 대동소이하고 글자의 출입만 있을 뿐이다. 다만 천리대본과 다른 것은 제1책 권수제卷首題 아래에 '홍한주洪翰周 저著'라고 명확하게 기록되어 있다는 점이다. 『지수염필』은 홍한주洪翰周의 필기류 저작인데, 홍한주가 유배지 지도智島에서 지었다. 홍한주는 평생 관인官人으로 살면서 『해옹시문고海翁詩文藁』 등의 적지 않은 시문을 남겼으며 19세기 한문학의 중요한 작가 중 한 분이다.[1] 그는 풍산豐山 홍문洪門의 일원으로 19세기를 대표하는 경화세족의 후예이기도 하다. 그의 재종형인 홍석주와 홍길주 등도 『학강산필鶴岡散筆』을 비롯하여 다양한 필기류 저술을 남긴 바 있거니와, 특히 홍한주의 『지수염필』은 당대 청조와 조선조의 학술과 문예는 물론, 서구의 문화와 시대 조류에 대한 다양한 지식과 정보를 싣고 있다. 이 점에서 『지수염필』은 19세기 문학사는 물론 문화사에서 중요한 보고서라 해도 무방하다.

2. 홍한주의 가문家門과 그 주변周邊

홍한주洪翰周(1798~1868)의 자字는 헌경憲卿, 호號는 해사海士·쌍송관주인雙松館主人·운당芸堂 또는 지수智水·해옹海翁이며, 본관은 풍산豐山이다. 조선조 후기 풍산 홍문은 경화세족으로 손꼽히는 가문이다. 우선 홍한주의 가문이 어떠한지, 간략한 가계도를 통해 알아보기로 한다.

1) 현재 홍한주의 문집은 규장각에 『해옹시고海翁詩藁』 6권 6책과 『해옹문고海翁文藁』 6권 3책이 남아 있고, 장서각에 『해옹존고海翁存藁』가 남아 있는데, 불분권不分卷 시詩 7책, 불분권 문文 3책으로 모두 10책이다. 장서각의 『해옹존고』는 홍한주가 만년에 지은 『상산집商山集』, 『산양집山陽集』, 『지수집智水集』, 『금상집錦上集』, 『주계기유집朱溪記遊集』과 산문작품 일부가 없는 것으로 보아, 그의 사후에 정리된 것이 아니라 60대 이전에 정리된 듯하다.

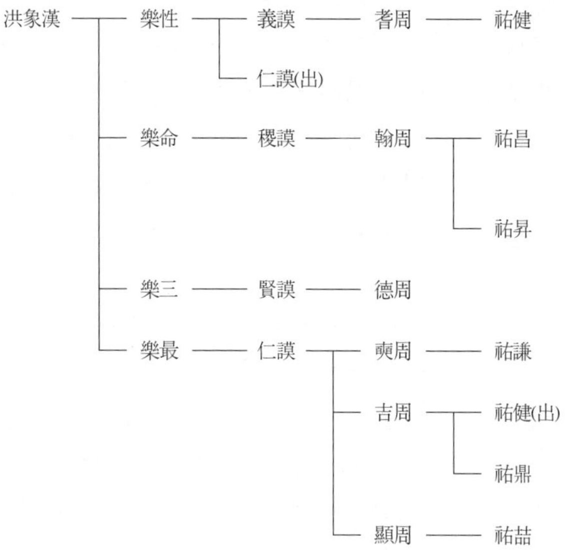

조선조 후기 풍산 홍문 중, 홍봉한洪鳳漢(1713~1778)가와 홍양호洪良浩(1724~1802)가, 그리고 홍상한洪象漢(1701~1769)가 등이 대표적 문한세가다. 이들 가문은 초기 노론과 소론 등으로 당색이 달랐으나, 여러 대에 걸쳐 정치적 화를 입지 않고, 19세기 말까지 경화세족으로서 가세를 유지하였다. 그중에서도 홍상한 가문은 19세기 말 그의 현손 대까지 문한세가의 위치를 유지할 정도였다. 특히 증손인 홍한주 대에 오면 무엇보다 문한으로 당대 서울 학예의 비상한 관심을 받았고, 경화세족 중에서도 남다른 위상을 지닌 바 있다. 위에 제시한 가문의 인물들이 어떠하였던가를 구체적으로 살펴보자.

홍한주의 증조부 홍상한은 예조판서와 병조판서를 역임하였고, 영의정에 추증되었다. 종조부 홍낙성洪樂性(1718~1798)은 영의정을 역임하였으며, 조부 홍낙명洪樂命(1722~1784)은 형조판서와 병조판서를 역임하였다. 홍한주의 부친은 홍직모洪稷謨(1770~1834)인데, 그는 음직으로 사도첨정司䆃僉正

과 청송부사 등을 역임하였다. 그의 모친은 김기대金基大(1738~?)의 따님인 청풍淸風 김씨金氏이다. 김기대의 부父 김시묵金時默(1722~1772)은 병조판서를 역임하였으며, 정조의 비 효의왕후孝懿王后의 부친이다. 가문의 혼반과 정치적 위상을 감안하면, 우선 그의 가문이 정치적으로 어떠했던가를 미루어 짐작할 수 있다. 비록 홍한주의 부친이 음직으로 관로에 나갔지만, 그의 가세는 당대에까지 유지되었다. 홍한주를 비롯, 그 후손 역시 관직은 물론 가세를 유지하였다.

홍한주의 종숙부 홍의모洪義謨(1743~1811)는 형조판서를 역임하였으며, 홍인모洪仁謨(1755~1812)는 호조참의를 역임하였다. 홍인모의 부인은 강원도 관찰사를 역임한 서형수徐逈修(1725~1779)의 따님인 영수각令壽閣 서씨徐氏(1753~1823)다. 당시 영수각 서씨는 여성으로는 드물게 문학은 물론 수학에도 탁월한 재능을 보였던 인물이다. 홍한주는 『지수염필』에서 수학과 시에 뛰어난 그녀의 재능을 특별히 주목한 바 있다.

재종형 홍석주洪奭周(1774~1842)는 병조판서와 이조판서를 거쳐 좌의정까지 올랐으며, 당대에 문장으로 이름이 날렸다. 특히 홍석주는 실록총재관으로 『순조실록』 편찬을 주도하였으며, 필기류 저작인 『학강산필鶴岡散筆』을 남겼다. 홍길주洪吉周(1786~1841)는 현감縣監과 군수郡守를 지냈고, 홍석주와 함께 문장으로 나란히 이름을 얻었다. 또한 그는 『숙수념孰遂念』, 『수여방필睡餘放筆』, 『수여연필睡餘演筆』, 『수여난필睡餘瀾筆』, 『수여난필속睡餘瀾筆續』 등의 필기류 저술을 남긴 바 있다. 이들이 남긴 필기류 저술은 『지수염필』의 성격과 비슷하다는 점에서, 홍한주가 『지수염필』을 저술한 것 역시 가학家學의 배경과 무관하지 않다. 실제로 홍한주는 재종형인 홍석주와 홍길주를 학예의 스승과 같이 추숭하였음을 『지수염필』에서 여러 곳에서 밝히고 있다.

따라서 홍한주는 가학을 배경으로 누구보다 다양하고 최신의 문헌을 쉽게 열람한 것으로 보인다. 예컨대 그는 재종형 홍현주를 통해 『고금도서집성』 등을 보았으며 홍석주와 홍길주의 수많은 장서를 손쉽게 열람하였다. 뿐만 아니라, 홍한주는 자신의 가문과 혼인 관계가 있던 달성 서씨 등을 비롯하여 당대의 유수한 경화세족가의 문헌도 쉽게 구해 보았다. 그런 점에서 그는 학예의 학습, 그리고 문헌정보의 획득과정에서 가문의 후광을 적지 않게 입은 셈이다. 『지수염필』이 재종형인 홍석주와 홍길주의 필기류 저작과 상동성이 많은 점 또한 이러한 가문적 배경과 깊은 관련이 있다.[2)]

재종형 홍현주洪顯周(1793~1865)는 정조의 둘째딸 숙선옹주淑善翁主와 혼인하여 영명위永明尉에 봉해졌으며, 시문에 뛰어난 인물이었다. 홍현주는 홍한주와 가장 오랜 기간 종유하였으며, 홍한주의 학예의 성취에 적지 않은 도움을 제공한 바 있다.

홍한주의 아들인 홍우창洪祐昌(1819~1890)은 예조판서와 이조판서, 의정부 좌참찬 등을 역임했다. 조카인 홍우건은 대사성과 승지, 이조참판을 역임하였으며, 홍우철은 승지와 경기감사 등을 역임하였다. 가문에 속한 인물들의 관력官歷을 보면, 홍한주 당대는 물론 아들 대까지 경화세족으로서의 위세를 잃지 않고 유지하였음을 알 수 있다.

더욱이 홍한주의 맏사위 심희순沈熙淳(1819~?)은 대사성을 지냈으며, 『만기요람萬機要覽』 편찬을 주도한 두실斗室 심상규沈象奎(1766~1838)의 손자였다. 심상규 역시 조선 후기 경화세족으로 대표적인 장서가였다. 홍한주는 후대로 오면서 더욱 번성한 가세家勢를 보여주고 있다. 이러한 혼인 관계는 홍한주의 학예에 적지 않은 도움을 주었던바, 홍한주는 사돈인 심상규의 장서와 장서루를 다음과 같이 묘사한 바 있다.

문숙공文肅公 두실斗室 심상규沈象奎는 경성京城 송항松巷[송현松峴거리]의

2) 홍석주 · 홍길주 · 홍현주 · 홍한주 등 홍석주가의 독서체험에 관한 상세한 정보와 이들이 읽은 도서목록 그리고 19세기 서적의 유통 상황과 이에 기반을 둔 비평의 양상에 대해서는 진재교, 「홍석주가洪奭周家의 독서체험과 문예비평文藝批評」(『한국문학연구』 제4호, 고려대 민족문화연구원, 2003) 참조.

북쪽에 집을 마련하였다. 바깥 행랑으로부터 굽어져 두실을 두었고, 여기를 지나면 난간을 빙 둘러서 정당正堂이 된다. 편액에 '가성각嘉聲閣'이라 하였으니 담계覃溪 옹방강翁方綱이 팔십 세에 쓴 것이다. 가성각의 동쪽 기둥은 층층이 꺾이어 북쪽으로 뻗었는데, 모두 터인 누각의 2층집이다. 그 서북쪽은 붉은 담장을 빙 두르고 벽돌을 쌓아 둥근 문을 만들어놓고 그 사이에 구들을 놓아 높고 낮게 방을 배치하였다. 또 그 뒤에는 일당一堂·이당二堂·삼당三堂을 줄지어 배치하였으며, 또 그 뒤에 속당續堂을 만들어 4만 권의 장서를 들여 경사자집經史子集으로 나누어 보관하였다.

—『지수염필』 권8 「서양명종西洋鳴鍾」

심상규의 집을 직접 방문하고 장서루와 장서를 열람하고 남긴 구체적 언술이다. 홍한주는 가옥 건축과 문헌을 수장한 장서루의 독특하고 웅장한 모습을 묘사하고, 장서루에 보관된 서책이 경사자집 4만여 권이라 특기하였다. 장서루의 책수는 실로 엄청난 분량이다. 명대의 가장 유명한 장서루는 범흠范欽(1506~1585)이 강남 영파寧波에 세운 '천일각天日閣'인데, 18세기 청대에 가장 많은 문헌을 소장한 것으로 알려졌다. 청대의 고증학자 완원阮元(1764~1849)이 천일각의 장서목록을 조사하여 소개한 바로는 '천일각'의 문헌이 모두 4천 종 53,000권이라 하였다. 이를 감안하면 심상규의 장서의 양이 어떠한지는 짐작하고도 남음이 있다. 홍한주와 특별한 교유를 한 서유구 집안 역시 당대의 장서가였다.[3] 당시 홍한주는 종횡으로 장서가 가문과 연결되어 있다는 사실을 확인할 수 있다.

홍한주의 재종형인 홍석주나 홍길주 역시 당대의 장서가로 손꼽힌 가문이라는 사실이다. 홍석주는 『홍씨독서록洪氏讀書錄』이라는 서목書目을 마련하여 자신이 읽은 책의 목록과 작가 및 내용을 정리하였고, 홍길주는 1월부터 12월까지 읽은 책의 목록을 『서림일위書林日緯』[4]로 남긴 바

3) 홍석주의 외가는 서명응→서호수→서유구로 이어지는 달성 서씨 집안이다. 이 집안도 18~19세기의 대표적인 경화세족이자, 장서가이다.

있다. 홍현주 역시 장서목록으로 '해거서목'을 남긴 점으로 보아,[5] 홍석주와 그 형제들은 모두 상당량의 장서를 보유하고 있었다.

홍한주는 이러한 혈연관계와 가문을 배경으로 장서루에 소장된 문헌을 누구보다 쉽게 접하고 열람하였다. 더욱이 홍현주가 부마였던 까닭에, 귀중한 문헌을 열람할 기회도 쉽게 가질 수 있었다. 『고금도서집성』[6]의 열람은 그중 하나의 예이다.

당시 홍한주는 해거가海居家에서 『도서집성』을 보고 그 감회를 다음과 같이 술회하고 있다.

> 지난 정해년(1827) 여름, 익종翼宗이 대리代理할 때 재종형 해거공海居公이 왕의 사위로서 일찍이 사사롭게 모신 적이 있었는데, 공이 엎드려 아뢰기를, "신은 이미 각신이 아니니 『도서집성』을 일생 보지 못하였습니다. 한번 빌려주시기를 청합니다" 하니, 익종이 웃으며 허락하고 액예掖隷에게 명하여 공의 집에 보내주었다. 공이 나를 불러 같이 열람했기 때문에 나 역시 한두 번 가서 그 대강을 보았다. 대개 청나라 성조 강희康熙가 재임 중에 태학사太學士 문숙공文肅公 장정석蔣廷錫에게 이 책의 편찬 책임을 맡도록 명하여 옹정 9년(1731)에 책이 비로소 완성되었다. 역상曆象·방여方輿·명륜明倫·이학理學·방물方物·경제經濟의 6편, 32典, 일천 몇백 몇십 몇 部이다. 매번 한가지 물건을 반드시 먼저 그림으로 나타내고 원류源流와 연기緣起를 다음으로 하고 시문詩文과 논설論說을 다

---

4) 이 책은 홍길주가 춘집春集·하집夏集·추집秋集·동집冬集으로 나누어 자신이 일년 동안 읽은 책의 내용에 대해 간단한 소감을 적어놓은 것이다. 연세대 도서관에 소장되어 있다.

5) 홍길주洪吉周의 『현수갑고峴首甲藁』에 「해거서목서海居書目序」가 있다. 이를 보면 그가 읽었던 책의 종류와 양을 추측할 수 있다.

6) 『도서집성圖書集成』은 모두 1만 권이고 목록이 40권이다. 강희康熙 연간에 성친왕誠親王 윤지胤祉가 진몽뢰陳夢雷에게 편찬을 맡겼고, 원래 이름은 『고금도서휘편古今圖書彙編』이다. 10여 년에 걸쳐 완성하여 올리자 강희제가 『고금도서집성』으로 이름을 바꿀 것을 명했다. 옹정雍正 초에 윤지가 죄를 얻자 진몽뢰도 변방으로 보내졌다. 그래서 강희제는 별도로 장정석蔣廷錫 등에게 그 일을 계속하도록 명령하여 3년 만에 다시 완성하였다.

음으로 하여 명목이 지극히 많으며 범례가 세밀하고 자세하여 참고로 열람하기가 매우 용이하다. 또 그림을 그린 것이 신묘神妙하니 이전에 있지 않았던 하나의 위대한 유서類書이다.

—『지수염필』 권1 「고금도서집성古今圖書集成」

홍한주가 청조 학술의 주요한 성취 중의 하나인 『도서집성』을 열람한 점에서, 그가 독서체험의 폭이 넓고 최신 문헌도 누구보다 빨리 획득한 사실을 알 수 있다. 『도서집성』은 그 규모가 워낙 방대하여 서울의 학인이라면 누구나 보고자 할 정도로, 청조 학술의 수준과 역량을 유감없이 보여주는 출판문화의 거작이었다.

일찍이 정조는 이 『도서집성』을 청으로부터 구입하여 주합루에 보관해 두고, 규장각의 각신 이외에는 열람을 금한 바 있었다. 집권시기 동안 정조는 거대한 컬렉션을 소장한 장서가로 자처하였고, 『도서집성』과 같은 거질은 물론 다양한 문헌을 두루 구입할 정도의 호학군주였다. 정조의 수많은 장서는 규장각의 주합루에 소장하고, 귀중한 문헌은 규장각의 각신閣臣이 아니면 어느 누구도 볼 수조차 없었으니, 왕의 부마도 예외가 아니었다.

그런 점에서 홍한주가 『도서집성』을 포함하여 최신의 다양한 정보와 문헌을 본 것은 그야말로 행운이었고, 부마였던 재종형이 있었기에 가능한 일이었다. 그는 『지수염필』에서 이러한 사실을 기록한 바도 있지만, 『지수염필』을 저술할 때 이때의 독서체험과 문헌 정보가 많은 도움을 받았다.

여기서 지적해 둘 것은 홍한주가 청조의 학술과 여러 동향을 소상하게 알게 된 경위다. 우선 가문의 인사들과 친지들의 연행체험은 홍한주에게 청조의 학술과 문예의 흐름, 그리고 당시의 시대적 흐름을 소상히 알 수 있는 정보를 제공해 주었다. 홍한주의 사위였던 심희순은 진하겸사은사進賀兼謝恩使의 서장관으로 청나라에 다녀온 바 있으며, 장인 권상신權常

愼(1759~1825)도 부사로 청나라에 다녀온 바 있다. 뿐만 아니라, 재종형인 홍석주를 비롯한 그의 지우들도 시차를 두고 청나라에 다녀왔다. 시사詩社를 같이 한 지우 송주헌宋柱獻과 윤치정尹致定 등도 연경을 다녀온 바 있다. 이러한 친지들이 그에게 연경의 최신 학술 정보와 문헌 출판 등과 관련한 여러 가지 정보를 제공해 주었던 것이다. 이를 근거로 홍한주는 중국의 상황과 연경학예의 정보 및 최신 중국 문헌과 문단의 동향 등, 청조의 이러저러한 정보를 거의 시차 없이 인지하고 있었다.

그런데 여기서 흥미로운 점은 그가 연행한 경위다. 이에 대한 기록이 구체적으로 남아 있지 않아 더 이상 확인할 길은 없다. 그는 음직으로 관로에 진출하여 내외직의 관직을 역임하였지만, 연행사신의 정사나 부사로 갈 위치는 아니었다. 대체로 친지들의 주선으로 그들과 함께 자제군관의 자격으로 연경에 다녀왔을 가능성은 있다. 홍한주는 이때 직접 견문한 연경학예의 학술동향과 문예의 구체적인 정보를 『지수염필』 곳곳에서 기술하고 있다.

3. 홍한주의 삶과 그의 관력官歷

홍한주는 평생 관인의 길을 걸었다. 그는 크고 작은 곡절이 없지 않았지만, 평생 관직을 떠나지 않았다. 그는 정조 22년(1798)에 태어나 음직蔭職으로 관직에 진출한 후, 내·외직을 두루 역임하고 고종 5년(1868) 71세로 일생을 마쳤으니, 19세기에 활동한 관료문인이었다.

홍한주의 삶과 관직생활은 비교적 순탄하였다. 그의 부친 홍직모는 1808년에 돈녕참봉敦寧參奉으로 벼슬길에 오른 후, 1812년에 본사재봉사本

司宰奉事와 봉사奉事, 1816년에 아산현감牙山縣監을 역임하였다. 홍한주는 이 무렵 지방관으로 나간 부친을 따라 지방에 적지 않게 있었다. 홍직모는 1817년에는 용궁현감龍宮縣監과 1821년에 사도첨정司導僉正, 1822년부터 2년 동안 청도군수를 지내고 1830년에 청송부사를 지냈다. 홍직모는 지방관으로 오랜 기간 있었지만, 그다지 현달하지 못했다.

홍한주 역시 부친과 마찬가지로 평생 내·외직의 낮은 관직을 역임하며 현달하지는 못했으나, 다만 지속적인 관직생활로 인하여 경제적인 어려움은 없었다. 그런데 그가 평생 생활 근거지를 서울에 두었던 것은 부친과 자신이 오랫동안 관직에 있었기 때문에 가능하였다.

홍한주는 10대 시절, 주로 재종형인 연천 홍석주·항해 홍길주·해거 홍현주 등과 자주 만났다. 특히 홍석주로부터 학문적 영향을 많이 받은 듯하다.[7] 홍석주洪奭周는 이미 젊은 시절부터 박학과 문장으로 서울 학예의 주목을 받은 바 있었다. 홍석주와 20여 년 이상의 나이 차이를 감안하면, 홍한주는 홍석주를 거의 스승과 같이 섬겼던 듯하다.[8] 뿐만 아니라, 홍한주는 만년에까지 홍길주와 홍현주 등과 학술적 교류는 물론 인간적 만남을 지속하였다. 기실 이들 재종형들은 홍한주의 삶에 적지 않은 영향을 끼치고, 홍한주 역시 이들과의 만남을 통해 자신의 학예學藝를 튼실하게 만들었다.

홍한주의 10대 시절, 특히 1812년에서 1815년까지의 10대 중반에 습작한 작품이 『현호집초玄湖集鈔』와 『복부초집초覆瓿初集鈔』 그리고 『호해집

7) 『해옹시고』 권1의 『복부속집초覆瓿續集鈔』에 있는 「배연천陪淵泉·항해沆瀣·해거제공범서호海居諸公泛西湖, 염소릉하장군산림운공부拈少陵何將軍山林韻共賦」에서 알 수 있다. 문집 곳곳에서 재종형들과 교류한 시문들이 많이 있다.

8) 『홍현주시문고洪顯周詩文稿』(규장각 소장 고古 3428-392)의 제15책과 16책의 표지에 을축하과乙丑夏課(1865)라고 쓰여 있는데 4월 16일부터 열흘 동안 몇 개의 운자韻字로 차운한 것을 2책으로 모아놓았다. 여기에 참여한 인물은 석노錫老 류정양柳鼎養·홍우건洪祐健, 성장聖章 이봉환李鳳煥, 해옹海翁 홍한주洪翰周, 항해沆瀣 홍길주洪吉周·홍우철洪祐喆 등이다. 이를 보면 홍한주는 젊은 시절부터 만년에 이르기까지 족친들과 자주 모임을 가지고 시회에도 참여하였던 것 같다.

초상湖海集鈔上』에 실려 있다. 홍한주는 1815년 18세의 나이에 「궁사宮詞」 24수를 지었는데, 주로 젊은 시절의 예민한 정감을 표출하고 있다. 이때 지은 시가 『복부속집초覆瓿續集鈔』에 실려 있다.

홍한주는 20대 중반에 음직으로 벼슬길에 나간 이후 1867년 70세까지 내·외직의 낮은 관직을 역임하며 평생 관인의 길을 걷는다. 그는 순조 21년(1821) 24세가 되던 해에 9월 음직으로 돈녕참봉敦寧參奉으로 벼슬길에 진출하여 부사용副司勇을 지냈다.[9] 홍한주는 이 무렵에 처음 서유영徐有英을 만나거니와, 이후 그는 서유영과 함께 시사를 주도하게 된다. 이 두 사람은 만년에까지 가장 절친한 지우知友가 된다.

홍한주는 1822년에 의빈부도사儀賓府都事를, 1827년에 경상도의 개령현감開寧縣監으로 임명되어 2년 동안 지낸다. 24세부터 30세까지 벼슬을 하면서 창작한 시가 『영물집초詠物集鈔』, 『복부삼집초覆瓿三集鈔』, 『영표집초嶺表集鈔』[10]에 실려 있다.

그리고 홍한주는 1830년에 부사과副司果와 낭청郎廳을, 1833년에 익위翊衛를 지낸다. 특히 그가 지방관에서 내직으로 옮기면서 적지 않은 시작품을 남기는데, 『호계집초壺谿集鈔』와 『남원창수집초南園唱酬集鈔』에 실려 있는 시편들이 그것이다. 홍한주는 이 무렵에 시사를 결성하여 활발한 문학 활동을 펼쳤다.

홍한주는 1840년에 첨정僉正을 지낸 후, 다시 지방관으로 나가 1846년부터 1849년까지 의성현감義城縣監을 지낸다. 여기서 그는 자신의 독서체험과 문헌에 대한 관심을 다른 방식으로 드러낸다. 자신이 필사해 가지고 있던 이만운李萬運의 『기년아람紀年兒覽』의 감영판 간행에 적극 주선하며 앞장선다. 감사의 승낙까지 받아내지만 끝내 결실을 맺지 못하고 만다.

9) 『내각일력內閣日曆』 순조 21년 9월 20일조 참조.

10) 『영표집초嶺表集鈔』의 「조령가鳥嶺歌」는 개령에 부임하기 위해 조령을 넘으면서 지은 작품이며, 「유주방산기遊周房山記」와 「재유주방산기再遊周房山記」는 이 시기 주방산을 기행하고 지은 유일한 산수유기 작품이다.

공교롭게도 경상감사와 자신이 모두 체직되었기 때문에 『기년아람』은 빛을 보지 못했던 것이다.[11] 의성현감 재직 시에 창작한 여러 시편들은 『문소집聞韶集』에 실려 있다. 홍한주는 1856년에 사복시주부司僕寺主簿로 서울에 있다가 1857년에서 1858년까지 이천부사利川府使를 지낸다. 1858년에 상주목사尙州牧使[12]로 있었으며, 1862년에 잠시 보성군수寶城郡守로 나간다.[13] 이 무렵에 지은 시는 『산양집초山陽集鈔』에 실려 있다.

그런데 그의 지방관 생활은 약간의 곡절을 겪기도 한다. 홍한주는 1841년 44세에 황해도의 배천군수白川郡守로 있으면서 어려움에 처한다.[14] 황해도암행어사黃海道暗行御史 심의면沈宜冕이 별단別單의 계啓를 올려 홍한주의 실정을 탄핵하자, 이 때문에 홍한주는 파직당하고 황해도黃海道 평산부平山府에 일 년 반 동안 유배 생활을 하게 된다.[15] 지방수령으로서 이전미移轉米를 제대로 관리하지 못했던 것이 빌미가 되어 탄핵을 받았던 것이다.[16] 홍한주는 유배지에서 당시의 정회를 읊조린 시를 『동양집초東陽集鈔』에 남기고 있다.[17]

또한 홍한주는 1862년 윤 8월에 나주목羅州牧에 속했던 지도智島로 1여 년 동안 유배생활을 하게 된다.[18] 경상감사慶尙監司 김세균金世均이 상주목사尙州牧使로 있던 홍한주를 탄핵하였기 때문이었다. 당시 상주목에 유민이 많이 발생한 데다 포흠 진 환곡의 숫자가 많은 점, 아전의 임

---

11) 『지수염필』 권1 『기년아람紀年兒覽』 참조.

12) 홍한주의 벼슬에 관련한 언급은 규장각에 있는 『일성록』과 『의궤』를 참조로 작성한 것이다.

13) 19세기에 작성된 『보성군읍지』의 '선생안先生案'을 보면 홍한주가 음직으로 출사한 것으로 되어 있다. 아마 홍한주가 만년에 보성군수를 지냈기 때문에 보성군 읍지에 올라 있는 것으로 보인다.

14) 『지수염필』 권8 「모문룡미毛文龍米」 "헌종신축憲宗辛丑, 여수배천군余守白川郡."

15) 『일성록』 헌종 8년 8월 22일조와 8월 24일조 참조.

16) 서울에서 은천銀川(배천白川의 옛 이름)으로 향하면서 읊조린 정회와 배천에서 지은 시작품이 『은천집초銀川集鈔』에 남아 있다.

17) 『동양집초東陽集鈔』는 『해옹시고海翁詩藁』 권4에 있다.

18) 『승정원일기承政院日記』 철종哲宗 13년 윤 8월 1일조條.

채任債가 농민에게 과하게 부가된 점, 아전과 색리들의 횡포와 이들이 한정과 작당하여 관에 공갈 협박한 점, 여기에 관아의 기강이 서지 않은 점 등이 탄핵의 주된 이유였다.

결국 홍한주는 65세의 늙은 나이로 1여 년 동안 위리죄인圍籬罪人의 신세로 지도智島에서 유배생활을 하였다.[19] 그는 유배시기의 심정을 족질 홍우길(1809~1890)에게 보낸 편지에서 이렇게 적고 있다.

> 이곳은 서울과 거리가 실로 팔백사십 리나 된다. (…중략…) 거주하는 백성은 다만 조와 보리만 먹고 쌀은 옥보다도 귀하다. 어육과 채소와 장 소금 등은 모두 바다 건너 육십 리 떨어진 마원의 시장에서 사오지만, 삼일이 아니면 갔다가 돌아올 수도 없다. 심부름하는 어떤 노비가 나를 위해 사역을 하겠는가? 만약 대한에 얼음과 살얼음으로 나루가 막히면 길은 갈 수조차 없으니, 진실로 취조당한 죄인들이나 살만한 땅이다. 거처를 정하여 머문 곳은 진鎭의 관리인 양씨 집인데 아래 위 칸은 모두 온돌에 퇴청만 있다. 그래서 늙은 노비를 데리고 가서 그 안채를 부탁했으나, 밀가루가 없어 맡기지 못하니 익숙한 솜씨인들 어디에 사용하겠는가? 다행히도 추운 계절이기 때문에 우선 벌레나 사악하고 독한 동물이 없는데다, 흙집이 사방으로 둘러져 있어 대략 휴지를 사용하여 사방을 발라도 되었다. 그러나 거처는 어두침침하여 노안에 글조차 볼 수 없고, 책을 펴는 것 또한 보기를 폐하였다. 나의 이곳 생활은 대략 이와 같다.[20]

홍한주는 관아의 군속 집에 더부살이하는 신세, 쌀은 구경조차 할 수

19) 『일성록』 철종 13년 1월 5일조와 2월 1일조 8월 28일조, 철종 14년 7월 30일조, 그리고 『일성록』 고종 2년 1월 1일조 등에 상세하게 나온다.

20) 『해옹문고海翁文藁』 권1 「答族姪藹士祐吉書」 壬戌 "此去京, 實爲八百四十里 (…中略…) 居民, 但食粟麥, 米貴於玉. 魚肉蔬菜醬鹽, 皆涉海貿取於六十里馬院市, 非三日無以往返. 有甚奴星爲我使役, 如至大寒時氷澌塞津, 則路梗不通, 眞勘罪者, 可居地也. 居停則鎭吏梁姓人家, 而上下間溫堗, 有退廳而已. 故携去老婢, 付其內舍. 然無麵不托, 焉用熟手也? 幸此寒節故, 姑無蟲豸肆毒之物, 而土屋四圍, 略試休紙糊塗. 然鵬舍沉沉, 老眼無以看字, 繙書亦廢看耳. 大略如是."

없는 척박한 환경, 장염醬鹽과 채소를 사오려면 며칠씩 걸리는 외딴 섬의 지리적 조건에서 살아가는 유배시기의 일상사를 토로하고 있다. 더욱이 늙은 몸에 노안으로 독서를 작파할 수밖에 없는 현실은 그를 힘들게 하였다. 가족의 소식조차 쉽게 접할 수 없는 환경에서 외로이 혼자서 견뎌야 하는 도서벽촌에서의 고단한 생활 정서를 적실하게 표출하고 있다.

하지만 그는 유배지에서 그동안 체험할 수 없었던 다른 세계를 견문하였다. 그는 외딴 섬 지도에서 어민의 삶을 직접 체험하면서, 그것을 시로 표출한 바 있거니와, 서양선의 출몰을 직접 목도하고 느낀 정회를 시로 포착하기도 하였다.[21] 당시 유배생활에서의 정감을 시로 담아낸 것이 『지수집초智水集鈔』, 『금상집초錦上集鈔』, 『주계기유집朱溪記遊集』 등이다.

홍한주는 유배지에서의 생활이 점차 익숙해지자, 그동안 모아 둔 자료로 새로운 작업에 착수한다. 『지수염필』의 저술이 그것이다. 그는 노안으로 글을 볼 수도 없고 책조차 없는 상황에서도 그동안 모아두었던 글을 정리하였다.

그는 한 친구를 보내면서 유배지에서의 저술활동의 일단을 다음과 같이 피력한 바 있다.

一間矮屋度三餘,	한 칸 남짓한 조그만 방에서 한가로이 지내며,
問字㔟經與起居.	문자를 따지고 경전 연구로 살았네.
却恨床頭拈筆草,	한스러워라, 책상머리의 『지수염필』 초고,
君歸猶作未完書.	그대가 돌아갈 때까지 아직도
	완성하지 못한 것이라네.[22]

21) 『해옹시고海翁詩藁』 권6 「智水集鈔」 「지호절구智湖絶句」 '기사其四'와 '기육其六'에 잘 나타나 있다. "전가에 먹을 것 없으니 사방이 황망遑忙하고, 아녀자兒女子들 새벽녘부터 찧으며 서리도 두렵지 않네. 부부가 다투며 무슨 일을 이룰 것이지 일생을 갖은 고생 이 땅에서 늙는구나[田家無食四隣忙, 兒女晨舂不畏霜. 夫婦勃磎成底事, 一生辛苦老玆鄉]." "서양 배 날듯이 가지만 도를 묻지 못하고 만 리 고래 파도 넓어 가깝기도 어렵구나. 잔패殘敗한 선함 장차 어디에 사용할 것인지? 해안 경비에 열 지어 진鎭을 지키는 병사만 가엾네[洋船飛行不問津, 鱷濤萬里浩難親. 殘船敗艦將安用, 海戍還憐列鎭人]."

그는 한 칸밖에 되지 않은 유배지에서 문자와 경전 연구에 힘을 쏟으면서 만년의 유배시기를 잊으려 하였다. 스스로 이 무렵에 『지수염필』의 저술을 시작하였노라고 언명하고 있다.

이 시를 통해 우리는 홍한주가 유배시기에 『지수염필』의 초고를 집필하였음을 알 수 있다. 실제로 홍한주는 유배지에서 자신의 학술과 문예적 역량을 총동원하여 『지수염필』의 집필에 전념한 것으로 보인다. 그런 점에서 『지수염필』은 홍한주가 지닌 만년의 학예적 축적과 성취를 온전히 담고 있다고 보더라도 무방하다.

홍한주는 고종 2년 68세가 되던 1865년 1월, 유배에서 풀려 서울로 돌아온다.[23] 해배 후 그는 1867년 70세의 나이에도 불구하고 돈녕부 도정에 임명된다.[24] 이것이 홍한주의 마지막 벼슬길이었다. 그 다음해 1868년 그는 71세의 나이로 임종을 맞는다. 홍한주 사후 10년째 되던 1877년에 그는 이조참판에 추증되었다.[25]

4. 홍한주의 문학활동文學活動과 교유交遊

홍한주는 평생 관직 생활을 했지만, 젊은 시절 시사를 결성하여 시회에 참여하고 다양한 인물들과 교유하였다. 그는 1832년에 서유영과 시사를

22) 『해옹시고海翁詩藁』 권6 「智水集鈔」 「송별소당산인귀향려送別少棠山人歸鄕廬」의 제2수.
23) 『승정원일기承政院日記』 고종 2년 1월 1일조.
24) 『승정원일기承政院日記』 고종 4년 3월 1일조.
25) 『승정원일기承政院日記』 고종 14년 9월 1일조를 보면 다음과 같은 구절이 나온다. "고 도정 홍한주洪翰周에게 이조 참판과 그에 따른 예겸을 추증하고, 고 부사 홍직모洪稷謨에게 이조 참의를 추증하였는데, 이상은 예조 참판 홍우창洪祐昌의 2대이다."

결성하고 시회를 주도하여 적극적인 문학 활동을 전개한다.

임진년 윤 9월에 나는 운고雲皐 서유영徐有英과 더불어 시사詩社를 결성하여 회포를 풀고 흥취를 즐기면서 남산 아래에서 날마다 서로 왕래하였다. 꽃을 평하고 새를 읊으며 구름을 시로 짓고 달을 아로새겨, 고시와 근체시 약간 편을 모아 『남원창수집南園唱酬集』이라고 이름을 하였다. 내가 변려문으로 서문을 지으니 부끄러워서 감히 남에게 보일 수 없지만,[26] 또한 한묵翰墨을 희롱한 한때의 호사거리는 될 만하였다. 지금 추억을 더듬으니 마치 꿈을 꾸다가 깨어나고 술에 취했다가 정신을 차린 것과 같은데 홀연 이미 32년이나 지났다. 이때에 또 두 사람을 사귀었으니, 한 사람은 석경石經 송영노宋英老[27]이고, 다른 사람은 담호澹湖 홍성용洪聖用이다. 석경은 나보다 네 살이 어리다. (…중략…) 그렇지만 나는 지금 죄인으로 몸을 망쳐 식은 재와 다름없는 신세인데, 운고는 여전히 사우士友간에 명사가 되어 지금 한창 비흥比興의 자리에서 질탕하게 놀고 있다. 그는 비록 곤궁하고 늙었지만 그 재기才氣는 꺾이지 않아 도도하게 젊은이와 다름없으니 나보다 훨씬 낫다. 석경은 글씨가 뛰어나고 담호는 시가 뛰어나니, 모두 문인 중에 빼어난 사람들이다. 그런데 두 벗이 만년에 성취한 것이 이 정도에 불과한데, 이미 먼저 저승사람이 되었다. 담호는 척독尺牘과 칠언 근체시에 뛰어났고 그 시는 신운神韻을 주장하였다. 만당晩唐의 온정균溫庭筠과 허혼許渾을 오로지 배워서 득의처得意處마다 왕왕 절창이 있다. 그의 경어驚語와 걸구傑句를 세상에서 많이 전송하고 있다.

—『지수염필』 권8 「남원창수집南園唱酬集」

---

26) 『해옹문고海翁文藁』 권3에 「남원창수집서南園唱酬集序」가 있다. 여기를 보면 "힐송원명청영화擷宋元明淸英華, 이식분분耳食紛紛, 소삼당지피막笑三唐之皮膜, 심사을을心思乙乙, 소서곤지비강掃西崑之粃糠, 절구논시絶句論詩"라는 구절을 통해 시사를 통해 추구한 시적 취향을 알 수 있다.

27) 송주헌宋柱獻(1802~1857)의 자는 영노英老, 호는 석경石經, 본관은 여산礪山. 동래부사, 승지를 지냈다. 서장관으로 연경을 다녀오기도 했으며, 대나무를 잘 그렸고, 묵죽도墨竹圖가 남아 있다.

이것은 그가 만년에 유배간 뒤, 젊은 시절의 시사결성과 문학적 교유를 회상하면서 언급한 대목이다. 당시 이 시사에 참여한 주요 인물을 보면, 홍한주를 비롯하여 운고雲皐 서유영徐有英[28] 담호澹湖 홍재봉洪在鳳,[29] 석경石經 송영노宋英老 등을 들 수 있다. 홍한주는 시사를 계기로 젊은 시절 사귄 서유영과 서로의 문재文才를 인정하고 인간적 교유를 한다. 둘은 서로를 알아주는 평생의 지기로 만년까지 사귄다. 서유영은 당시 시재詩才로 적지 않은 명성을 얻었을 뿐 아니라, 『금계필담錦溪筆談』과 『육미당기六美堂記』의 작가로 19세기의 소설사에서도 주목할 만한 인물이다. 당시에 그는 환재瓛齋 박규수朴珪壽(1807~1877)는 물론 홍석주, 김매순金邁淳(1776~1840), 봉서鳳棲 유신환兪莘煥(1801~1859) 등 당대의 쟁쟁한 인물들과도 교류를 할 정도로 문학적 재능을 인정받은 바 있다.

시사에 참여한 송주헌은 당시 글씨로 명성을 얻었고, 신운설을 추구한 홍재봉은 시재로 명성이 있었다. 이 시사의 동인들과 자주 교유한 인물들로는 서유영의 족질인 포원匏園 서세보徐世輔를 비롯하여, 목간木磵 이완희李完熙, 석취石醉 윤치정尹致定, 규정圭庭 서승보徐承輔(1814~1877),[30] 유산酉山 정학연丁學淵 등을 들 수 있다. 이들 중, 윤치정과 서승보,

---

28) 서유영徐有英(1801~1874)의 본관은 달성達城. 자는 자직子直, 호는 운고雲皐다. 음직으로 봉사奉事와 의령현감宜寧縣監을 역임한다. 저서에 야담집 『금계필담金溪筆談』과 소설 『육미당기六美堂記』 그리고 시집으로 『운고시선雲皐詩選』이 있다. 서유영의 문학적 성과와 생애에 대해서는 장효현, 『서유영 문학의 연구』(아세아문화사, 1988)와 『한국 고전소설사 연구』(고려대 출판부, 2002) 제4부 「'육미당기六美堂記'의 작자作者 재론再論」 참조.

29) 홍재봉洪在鳳(1801~1862)은 자는 성용聖用, 호는 담호澹湖이다. 음직으로 금산군수金山郡守와 연안부사延安府使를 지냈다. 『검발사檢跋辭』(규장각 古5125-17)를 보면 그의 본관은 남양南陽이며, 이 책에 「홍상주한주서洪尙州翰周書」가 있는바, 홍한주가 상주목사로 나간 것도 63세 때이므로 그는 홍한주와 오래도록 교유를 하였다. 그는 조병구趙秉龜(1801~1845)와 조인영趙寅永(1782~1850) 등과도 친하게 지냈다.

30) 그의 본관은 대구大丘이며 자는 원예元藝, 호는 규정圭庭이다. 1856년 병과로 급제하여 다음해 충청우도암행어사로 임명되고, 승지를 지냈다. 예문관제학에 홍문관제학을 거쳐 이조참판을 역임하였다. 한성부판윤을 지내고 형조판서에 이르는 등 내외의 요직을 역임하였으며, 글씨에 능하였다.

다산 정약용의 아들 정학연 등은 당대에 이미 문학적 재능을 인정받았던 인물들이다.

홍한주는 1832년에 이 시사에서의 시작품을 모아 『남원창수집』 上을 만들고 1837년부터 1839년까지 지은 것을 모아 『남원창수집』 下를 만들었다. 이 무렵 홍한주는 서울의 서호西湖와 삼호三湖를 노닐면서 자주 시회를 열고 시사의 시우詩友들과 교유를 하며 문학 활동을 하였다.

홍한주는 이 시사의 인물들과 평생 문학적 지우로서뿐만 아니라, 서로의 내면세계를 소통하는 진정한 지우로 여기고 이들과의 교유를 지속하였다. 홍한주는 이 외에도 낙사洛社와 낙산시사駱山詩社 등의 시사활동을 통해 당대의 학술적 성취를 수용하는 한편 문학적 폭과 깊이를 넓혀 나가기도 하였다.[31] 서유영의 『운고시초雲皐詩抄』[32]의 「홍해사한주서옥洪海士翰周書屋・여담호홍재봉與澹湖洪在鳳・송석경주헌宋石經柱獻・이동번만용李東樊晩用・최우산헌수崔愚山憲秀・분운득원자分韻得園字」를 보면 당시 시회에 참여한 구성원들의 면모를 알 수 있다. 당시 이 시사의 구성원들은 홍한주의 종질인 원천原泉 홍우건洪祐健, 애사藹士 홍우길洪祐吉과도 문학적 교유를 하게 된다.[33]

또한 홍한주는 침계梣溪 윤정현尹定鉉(1793~1874), 방산方山 심의덕沈宜德(1804~1849), 동번東樊 이만용李晩用(1802~?), 강여양姜汝亮, 김덕희金德熙, 서용보徐容輔, 서기보徐箕輔 등과도 문학적 교유를 한다. 무엇보다 풍석楓

31) 낙사洛社와 낙산시사駱山詩社는 19세기에 가장 이름난 시사들이다. 낙사의 주요 인물들은 윤치정尹致定, 서유영徐有英, 이홍민李興敏, 홍재봉洪在鳳, 홍우건洪祐健, 이만용李晩用 등이다. 이 시사보다 널리 알려진 낙산시사의 경우 홍종응洪鍾應, 김영작金永爵, 홍우건洪祐健, 임백경任百經, 홍길주洪吉周, 이종우李鍾愚, 조운경趙雲卿, 심응태沈膺泰, 박홍양朴弘陽, 이만용李晩用, 정학연丁學淵, 최헌수崔憲秀, 홍우길洪祐吉 등이 참여하고 있었다. 모두 당대 학술과 문예에 이름난 인물들이거나 그러한 가문의 후예들이었다. 홍한주는 이러한 교유를 통해 다양한 서적과 당대가 이룩한 학술적 성취를 섭취하고 자신의 학술과 문학의 자양분으로 삼았다.

32) 이 시집은 한국학중앙연구원 소장으로 되어 있는데, 필사의 초고본이다.

33) 서유영의 시집 『운고시초雲皐詩抄』(한국학중앙연구원 소장)의 「동해사홍원천우건홍애사우길원천담호방신흥사同海士洪原泉祐健洪藹士祐吉原泉澹湖訪新興寺」 참조.

石 서유구徐有榘(1764~1845), 두실斗室 심상규沈象奎(1766~1838)의 경우, 선배학자로 종유하였다. 풍석의 경우, 홍한주는 1827년 강화도의 심전관沁殿官이 되어 풍석을 만나 그의 높은 학문적 수준을 확인한 바 있고,[34] 두실 또한 홍한주가 선배학자로 존경하며 교유를 지속하였다.[35]

뿐만 아니라, 홍한주는 경대經臺 김상현金尙鉉(1811~1890)[36]과 후배학자로 교유하였고, 윤치정尹致定(1800~?)[37]과 조병구趙秉龜(1801~1845)[38]와는 동년배로 사귄 바 있는데, 이들과의 교유 역시 만년에까지 이어진다. 서유구와 심상규, 윤치정과 조병구와의 교유는 남달랐다. 서유구나 심상규는 경화세족으로 당대에 장서가로 주목을 받던 인물이며, 윤치정과 조병구 역시 모두 장서가로 유명하였다(『지수염필』 권1 「장서가藏書家」). 홍한주는 이들을 통해 다양한 서적과 최신 문헌을 쉽게 접하였고, 자신의 저작과 『지수염필』의 집필에 이 때의 독서체험을 십분 활용하였다.

그런데 홍한주는 여류 시인들과도 문학적 교유를 한 점도 주목할 만하다. 당대에 기녀와 유흥의 마당에서 시를 읊조리는 일이야 다반사겠지만, 여류 시인과의 교유는 분명 남다른 점이 있다. 홍한주가 원주영原州營의 기생妓生 금앵錦鶯, 자호自號 금원錦園과 수창한 시,[39] 평양기생 설홍雪紅에게 준 시[40] 등을 통해 이러한 사실을 확인할 수 있다. 그가 시기

34) 『지수염필』 권8 「풍석서유구楓石徐有榘」 참조.

35) 『해옹시고』 권2 「정심두실상공상규呈沈斗室相公象奎」 4수四首 참조.

36) 그의 자는 위사渭師, 호는 경대經臺, 본관은 광산光山이다. 문원공文元公 김장생金長生의 9대손이며 대제학을 지냈다.

37) 그의 자는 사능士能, 호는 석취石醉. 1829년 정시문과에 병과로 급제했으며, 이후 한성부윤·이조참판·형조판서 등을 역임했다. 연행부사로 중국을 다녀왔으며, 문사와 글씨에 능하였다. 홍한주의 문집 여러 곳에 주고받은 시와 편지글이 남아 있다.

38) 그의 자는 경보敬寶, 호는 유하遊荷, 본관은 풍양豊壤, 시호는 문숙文肅이다. 신정왕후神貞王后(익종翼宗의 비妃)의 오빠. 순조 22년(1822) 사마시司馬試에 급제하여 벼슬은 공조판서工曹判書에 이르렀다. 『지수염필』 곳곳에 그와 교유한 내용이 실려 있다.

39) 『남원창수집』 下에 율시 2수가 남아 있다. 이 시의 소서에 원주영의 기생 금앵은 나이가 22세로 재주와 미모가 빼어나고 가시歌詩를 잘하였다고 되어 있다.

40) 『동양집초東陽集抄』에 「증패기설홍贈浿妓雪紅」이 있다.

詩妓와 교유한 사실은 문사들의 단순한 풍류와 유흥을 위한 것이라기보다, 이들의 시적 재능을 십분 이해하고 한 작가로 인정해 준 인식의 결과로 보인다는 사실이다. 그의 절친한 벗인 서유영이 금앵錦鶯에게 「관동죽지사關東竹枝詞」 11수를 지어주기도 하였던바, 이 또한 같은 맥락으로 이해할 수 있다.[41] 이 외에도 홍한주는 김이양金履陽의 첩 추수秋水, 김덕희金德熙의 첩 금원錦園, 서기보徐箕輔의 첩 죽서竹西 등과도 시를 수창하고 교유하였다. 예컨대 홍한주는 죽서竹西와 함께 어울려서 시를 짓기도 하고,[42] 『죽서시집竹西詩集』에 서序를 대신 지어주기도 하였다.[43] 이들은 비록 기녀와 소실의 처지였지만 대개 상당한 수준의 시재를 지닌 개성적인 여성작가였다. 홍한주는 이 점을 십분 이해하고 이들과 시로 교유하였던 것이다.

홍한주는 『지수염필』에서 여류문인으로 알려져 있는 미암眉菴 유희춘柳希春의 처 송덕봉宋德峯, 그리고 이옥봉李玉峯과 허난설許蘭雪의 시재를 높이 평가하고, 홍석주의 어머니 영수각 서씨의 문학적 재능을 적극 인정하고 있다.[44] 이를 감안하면, 그는 확실히 여성의 문학적 재능을 인정함으로써 기성의 문인들과 다른 여성관을 보여준다.

41) 『동양집초東陽集抄』에 「관동죽지사關東竹枝詞 증시기금앵贈詩妓錦鶯」이 있다.
42) 『해옹시문고海翁詩文藁』 권3 「모춘회음죽서운고제담호暮春會飮竹西雲皐第澹湖」(석경동정石經東亭), 원주原註 : 서득순徐得淳 · 석남石南, 원주 : 이승원李承元 · 개여언皆與焉.
43) 『해옹존고海翁存藁』 권10 「죽서시집인竹西詩集引」 홍한주의 외조카 서치교徐穉敎 소실, 죽서의 시집에 대해 비평한 것이다.
44) 『지수염필』 권3 「영수각서씨令壽閣徐氏」 참조.

5. 『지수염필』의 성립과 창작 시기

홍한주는 일기류 저술을 남겼다.[45] 그가 남긴 일기는 미국 Berkeley대학 동아시아도서관에 3종이 소장되어 있다. 『신유일사辛酉日史』(1861)·『계해일사癸亥日史』(1863)·『병인일기丙寅日記』(1866) 등이 그것이다. 『신유일사』는 유배되기 전 상주목사로 있을 적에 남긴 일기이다. 『병인일기』는 홍한주가 해배 후 서울의 자택으로 돌아 온 후에 적은 일기이다. 이들 일기는 모두 각기 1년 동안의 기록이다. 특히 『계해일사』는 그의 지도智島 유배기간 중의 일기인데, 이 일기를 일별하면 유배지 지도에서 『지수염필』을 정리한 사실을 확인할 수 있거니와, 요컨대 이 일기를 통해 제대로 알려지지 않았던 『지수염필』의 성립과정을 알 수 있다.

그러면 『계해일사』 중 정월 초 이후 며칠간의 기록을 보자.

> 2일(기유) 맑음. 우수절雨水節. ○ 『염필』 두 조목을 썼다[草拈筆二則].
>
> 3일(경술) 맑음. 서칠녀徐七汝를 방문하고 저녁에 돌아왔다. ○ 진장鎭將이 밤에 보러왔다. ○ 밤에 『염필』 1조목을 썼다. ○ 섣달의 조보朝報를 얻어보니 탐라耽羅에 과연 민요民擾가 있었다. 영상領相이, 나주목사 임헌대林憲大가 잘 진무鎭撫하지 못했다고 계청啓請해서 파출罷黜하고, 정기원鄭岐源으로 대신해서 속히 부임하도록 했다. ○ 함경감사 이종우李鍾愚가 정지情地가 편안키 어렵다고 상소 사직하자, 해백海伯 이유원李裕元을 그 대신으로 삼고 서형순徐衡淳을 해백海伯으로 삼았다.
>
> 4일(신해) 맑음. 『염필』 두 조목을 썼다.

---

45) 홍한주가 지도로 유배를 가서 정리한 지수염필의 성립과정에 대해서는 김윤조, 「홍한주의 일기와 『지수염필』 저작」(『한문학보』 제19집, 우리한문학회, 2008) 참조. 이 부분은 주로 이 논문을 참조하여 정리한 것이다.

5일(임자) 맑음. 나주羅州에서 심부름꾼[專人]이 와서 순인淳人의 편지를 보았다. 또 광주목사光州牧使 서성언徐聖言이 돌아가기에 임해서 작별하는 편지를 보내왔다. 대개 지난 섣달 20일 정사政事에서 성언聖言은 관서關西의 정주목사定州牧使로 이동되었기 때문이다. ○ 또 황연근黃淵根을 나주로 보내서 순인淳人의 편지에 답장을 보냈다. ○ 밤에 『염필』 두 조목을 썼다.

홍한주는 유배 신분임에도 조정의 동향에 민감하게 반응하고 조정의 동향을 비교적 자세히 알고 있다. 홍한주는 지방의 관료와 서신을 주고받을 정도로 친분을 지닌 사람이 많았거니와, 지도智島에 거주하던 황영근黃淵根이라는 인물도 그중의 한사람이다. 그는 홍한주를 위해 연락을 주고받는 역할을 맡았고, 집 주인인 양국신梁國臣은 직접 편지 심부름을 하였다. 홍한주는 서울의 인사들과 직접 소통하기 위해 지방 인사들과의 친분을 적극 활용하였다. 뿐만 아니라 홍한주는 이 시기에 집중적으로 『지수염필』의 정리에 힘을 쏟았다.[46] 일기에서 '염필' 몇 조목을 썼다는 기록을 정리하면 다음과 같다.

1월 2일 2則, 3일 1則, 4일 2則, 5일 2則, 6일 3則, 7일 3則, 8일 2則, 9일 1則, 10일 1則, 11일 4則, 12일 2則, 13일 5則, 14일 3則, 16일 2則, 19일 1則, 20일 4則, 21일 2則, 22일 2則, 23일 3則, 24일 1則, 25일 5則, 27일 1則, 28일 2則, 29일 1則. (이상 53則. 제2책)

2월 1일 3則, 2일 2則, 3일 2則, 4일 3則, 5일 2則, 6일 2則, 7일 2則, 10일 1則, 11일 1則, 12일 3則, 15일 1則, 16일 1則, 17일 2則, 18일 1則, 19일 4則, 20일 3則,

46) 『지수염필』과 같은 필기류 저술은 이미 이전에 메모 형태로 혹은 부분 부분 생각나는 대로 적어 두었다가 만년에 시간을 내어 집중적으로 정리하는 경우가 많다. 『지수염필』 또한 그러한 사례의 하나이다. 조선조 후기 필기류 저술의 성립에 관해서는 진재교, 「李朝 後期 箚記體 筆記 硏究-지식의 생성과 유통의 관점에서」(『한국한문학연구』 제39집, 한국한문학회, 2007) 참조.

21일 2則, 23일 1則, 24일 1則, 25일 1則, 26일 2則, 27일 2則, 28일 1則, 29일 1則. (이상 44則. 제3책)

3월 1일 1則, 2일 1則, 3일 2則, 4일 1則, 7일 2則, 9일 2則, 10일 2則, 11일 2則, 12일 2則, 13일 1則, 15일 1則, 17일 2則, 18일 1則, 19일 1則, 20일 4則, 21일 4則, 22일 2則, 23일 2則, 28일 3則, 29일 1則, 30일 2則.

4월 1일 1則, 13일 2則, 14일 2則, 15일 1則, 16일 1則, 18일 2則. (이상 48則. 제4권) 21일 3則, 25일 1則, 26일 1則.

5월 1일 2則, 2일 1則, 3일 1則, 4일 1則, 5일 1則, 6일 1則, 7일 2則, 8일 1則, 9일 1則, 11일 2則, 12일 1則, 13일 1則, 14일 2則, 16일 1則, 17일 1則, 18일 1則, 20일 2則, 21일 1則, 23일 2則, 25일 1則, 28일 1則, 29일 1則, 30일 2則.

6월 1일 1則, 2일 2則, 4일 1則, 6일 1則, 16일 1則, 17일 2則, 18일 1則, 19일 1則, 20일 1則, 21일 1則, 23일 1則.

7월 3일 1則, 10일 2則, 12일 1則, 13일 1則, 27일 1則.

2월 1일의 기사에, "'염필' 3조목을 썼다. 또 제3책을 시작했다"고 한 언급으로 보아, 1월말에 제2책까지 완성하였던 것 같다. 같은 달 2월 29일조에는 "제3책을 마치다"라고 언급하고 있거니와, 제3책은 모두 44칙을 담고 있음을 알 수 있다. 또한 3월 1일자에는 1칙을 초草했다는 말에 이어, "제4책을 시작하다"라고 기록하고 있다. 4월 18일자에는 "4권을 마치다"라고 하여, 책이 아니라 '권'이라고 쓰고 있다. 4월 21일자에 "제5권을 쓰기 시작하다"라고 기록하고 있다.

그리고 6월 17일자에는 "홍중겸洪仲謙이 작은 공책을 가지고 와서 '염필'을 등사하다가 날이 저물어서야 갔다"라고 언급하였다. 이어 19일자에는 "홍중겸이 또 와서 등사하다가 날이 저물어서 '염필' 제1권을 가지고 갔다[日晩, 持拈筆第一卷去]"고 기술하고 있다. 또한 22일자에 "홍중겸이 '염필' 제1책을 가지고 와서 또 제2책을 가지고 갔다"고 언급하였다. 이 무렵 홍중겸이 『지수염필』의 원본을 빌려간 것으로 보인다.

그런데 8월 11일 일기를 보면 이미 7월 29일자로 해배의 명을 언급하고 있다. 홍한주는 8월 17일에 유배지를 출발하여 24일 자정 무렵에 공주 부근 자기 집인 장전長田에 도착한다. 9월 2일자에, "성우成右가 와서 머물러서, 그와 더불어 『지수염필』을 교정하고, 또 정서正書를 시작했다"고 한 것으로 보면 『지수염필』은 아마 이 무렵에 마무리한 것으로 보인다. 9월 6일자에는 "성우가 또 와서 '염필'을 등사했다"고 적고 있다. 이어서 10월 그믐날에는 "성우가 등사한 '염필' 제4책 필사가 끝나고 교수校讎를 마쳐서 장정을 했다"고 기록하고 있다.

이를 고려하면 홍한주는 13개월간의 유배 기간이 끝날 무렵 『지수염필』의 집필을 완료하고, 약 2개월 뒤에는 책으로 완전하게 장정을 한 것으로 보인다. 현재 『지수염필』은 251개 조목이다. 1월부터 7월 사이에 200여 개 조목을 정리하였고, 나머지 50여 개 조목은 유배 초기인 1862년에 정리한 것이다.

더욱이 1863년 11월 20일자에 "남서南瑞가 돌아가면서 나의 '염필' 제4책 및 척독尺牘 1권을 빌려간다고 하였다"고 언급하였다. 같은 달 그믐에는 "문의文義 현감 이운서李雲瑞가 '염필' 3권을 돌려주었다"고 적고 있다. 또 1866년 5월 24일자 일기(『병인일사丙寅日史』)에는 "서문옥徐文玉이 『지수염필』을 보여 달라하여 빌려주었다"라 하였다. 이를 보면 『지수염필』은 당시 홍한주와 관계를 맺고 있는 주위 인사들이 두루 열람한 것으로 보인다.

『지수염필』과 관련해서 특별히 주목해야 할 기록이 있다. 홍한주의 나이 69세인 1866년의 일기 『병인일사』의 1월 24일 기사다.

원천原泉이 또 『지수염필』의 서문 및 나의 「제석除夕」과 「원일元日」 두 율시에 화운한 시를 갖고 와서 보여주었다.

원천原泉 홍우건洪祐健이 『지수염필』의 서문을 썼다는 언급이다. 현재 전하는 『지수염필』의 두 이본에는 모두 서문이 없는데, 완성되고 3년 뒤에 홍우건이 서문을 썼음을 알 수 있다. 다만, 『원천집』(경인문화사 영인, 1999)에서도 그것을 찾을 수 없었다.

같은 일기의 7월 27일조에 있는 기사도 흥미롭다.

『지수염필』을 네 권의 책으로 장정을 해서 이석우李石友 용여用汝에게 보내 외제外題를 써달라고 했다. 용여用汝는 고동古東 이익회李翊會의 장남인데, 서품書品이 그 어른만은 못하지만 스스로 이름할 만하다.

홍한주는 친구인 이석우李石友에게 외제를 적어달라고 할 만큼 자신의 저작에 남다른 애착을 가졌음을 알 수 있다. 이처럼 『지수염필』에 쏟은 홍한주의 정성은 지극하였거니와, 아마 이 무렵에 최종본이 완성되었던 것으로 보인다.

6. 『지수염필』의 체제와 내용상의 특징

『지수염필』은 필기류 저술이 흔히 그렇듯 체제와 형식이 비교적 자유롭고, 내용 또한 다양하다.[47] 당대의 역사·정치·문화·사회·학술·

47) 『지수염필』의 체제와 내용에 대해서는 『서벽외사해외수일본栖碧外史海外蒐佚本』(아

인물·제도·문예는 물론 중국·일본·서양과 관련한 내용도 두루 수록하고 있다. 전체 내용은 모두 8권 4책으로, 소제목 없이 251개 항목으로 기술되어 있다. 각 권의 내용상의 특징을 개략적으로 기술하면 다음과 같다.

권수		항목수	내용
1책	1권	32	藏書, 문헌, 문인, 西洋
	2권	25	문예, 학술, 인물
2책	3권	28	문체, 시문, 여성작가
	4권	29	어휘, 문물, 문헌, 인물
3책	5권	21	일화, 문물, 문자, 畵像
	6권	32	인물, 시, 문집, 科擧
4책	7권	33	인물, 어휘, 서양문물의 유래
	8권	51	명·청 및 당대인물, 문자, 문물
4책 8권		251	각 항목 제목 없이 줄 바꿔 구분

지수염필의 권별 내용

전체 내용이 다양하지만, 그중에서도 가장 빈번하게 나오고 중요하게 언급한 부분은 문헌과 관련한 기술이다. 『지수염필』 권1 대부분이 문헌과 관련한 내용이며, 또한 청조와 조선조의 관찬사업, 그리고 문인들의 시문집과 저술들에 대한 기록, 문학작품을 자주 언급한 것도 그 예증이다. 홍한주는 대개 학술과 문예, 그리고 인물을 평하면서 자주 자신이 독서하고 읽은 문헌을 거론하고 있다. 이처럼 문헌에 대한 것과 이와 관련한 내용이 전체 항목 중에서 반을 상회한다. 실제 다른 항목도 견문한 내용은 그다지 많지 않고 독서체험을 바탕으로 나름의 견해를 제시한 것이 대부분이다. 따라서 『지수염필』은 그의 독서체험과 매우 긴밀하며,

세아문화사, 1983) 제13권으로 영인, 간행된 『지수염필』의 임형택 교수 해제를 참조로 약간의 내용을 첨가하였다.

독서록의 성격을 강하게 보여준다.[48)]

무엇보다 홍한주가 중요하게 주목한 점은 출판과 유통을 포함한 지식의 유통문제이다. 홍한주는 '장서가' 항목에서 서적의 출판과 이와 관련한 장서가와 장서루를 중요한 문화적 동향으로 인식하고 이를 상세하게 언급하고 있다. "천하에 서적이 번다하고 풍부하기가 지금 같은 때가 없는데 이는 조금이라도 문자를 알면 저술한 결과며, 문집과 책 따위가 거의 집을 가득 채우고 마소가 땀이 날 지경이다"(『지수염필』 권1 「장서가藏書家」)라고 하여 당대에 서적의 보급과 출판, 유통이 상상을 초월할 정도임을 제시하였다. 홍한주는 이러한 출판문화의 성행과 유통에 대해동아시아 전체로 시각을 넓혀 그 정황을 포착한다.

> 또 지금의 토판土板과 활자活字 인쇄법이 나오자 그 편리하고 쉬운 것이 극진해져서 더할 수가 없게 되었다. 수나라의 가칙전嘉則殿, 당나라의 여정전麗正殿, 송나라의 숭문관崇文館, 명나라의 황사성皇史宬, 지금 청나라의 무영전武英殿·남서방南書房 같은 것이 모두 황제의 내부內府이니, 권질卷帙이 당연히 일만씩을 단위로 셀 정도로 많을 것이다. 그러나 사대부들의 개인적인 소장도 종종 7~8만 권, 혹은 10여 만 권이나 되니, 왕원미王元美의 엄산당弇山堂, 서건학徐乾學의 전시루傳是樓, 전수지錢受之의 불수장拂水莊과, 왕초문汪茗文·완운대阮雲臺·섭동경葉東卿 등이 모두 그렇지 않음이 없다. 비록 좁고 작은 우리나라에서도 두실 심상규의 적당積堂은 거의 4만 권이 넘었고, 유하遊荷 조병구趙秉龜, 석취石醉 윤치정尹致定 두 분의 집 역시 3,4만 권 이하는 아니다. 기타 진천현鎭川縣 초평리草坪里의 화곡華谷 이경억李慶億 정승댁의 만권루萬卷樓와 풍석楓石 서유구徐有榘의 두릉리斗陵里에 있는 8천 권이 또 그 다음이다. 대개 서울에 있는 오래된 집안으로서 천 권이나 만 권의 서적을 소유하고 있는 자는 손가락으로 이루 다

48) 『지수염필』의 내용상의 구체적인 특징은 뒤에 나오는 임형택 교수의 해제를 참고할 것. 여기서는 내용의 특징을 구체적으로 제시하지 않고 임형택 교수의 서술에서 빠진 중요한 사실만 제시해 둔다.

꼽을 수가 없다. 우리나라가 이미 그러하니 문명이 바야흐로 성대한 일본과 유구琉球의 경우를 미루어 알 수 있다.

—『지수염필』 권1 「장서가藏書家」

중국과 일본, 유구를 비롯하여 당대 조선조 역시 인쇄술의 발달과 문헌의 증가, 이로 인하여 관각의 장서는 물론 개인 장서가들이 증대한 사실을 구체적으로 열거하였다. 조선과 중국, 일본과 유구까지의 출판문화의 상황을 정확하게 제시하고 있다. 중국의 경우, 역대 왕조에서 문헌을 간행하고 수장하던 곳과 명말청초의 이름난 장서가를 두루 열거하였다. 예컨대 원미元美 왕세정王世貞(1528~1593)의 엄산당弇山堂, 전겸익錢謙益(1582~1664)의 불수장拂水莊, 서건학徐乾學의 전시루傳是樓, 초문芸文 운대雲臺 완원阮元(1764~1849)의 초산사焦山寺와 영은사靈隱寺의 장서루, 동경東卿 섭지선葉志詵의 평안관平安館 등은 희귀본과 많은 장서를 보관한 장서루로 이름이 났던 곳이다.

특히 완원은 18~19세기의 고증학자로 『경적찬고經籍纂詁』, 『주인전疇人傳』, 『황청경해皇淸經解』 등의 편찬을 주도하였고, 희귀본을 모으고 장서수집을 위해 장서루를 설치하고 보존하는 데 큰 역할을 한 인물이다. 완원이 장서루를 설치하고 대규모의 편찬사업에 장서루의 장서를 적극 활용하여 고증학을 한층 발전시킨 것으로 알려졌거니와, 이 점에서 장서루와 고증학은 밀접한 연관을 지님을 알려주고 있다.

홍한주가 19세기 서울과 지방의 출판문화와 학술 동향을 소상하게 파악한 것도 같은 맥락으로 이해할 수 있다. 장서가로 거론한 조병구趙秉龜, 윤치정尹致定은 홍한주와 절친한 관계였고, 서유구 역시 혼인 관계가 있는 가문에다, 홍한주가 선배학자로 존경하면서 종유한 인물이다. 이들은 명·청대의 이름난 장서루와 어슷비슷할 만큼의 문헌을 소장하고 있었음을 보여준다. 우리는 이를 통해 19세기 일부 학자와 경화세족의 문헌수집 취향과 소장가의 정황을 알 수 있다.

이러한 개인 장서루의 형성은 문헌의 대량 유입과 수집, 그리고 빌려서 필사하거나 교환을 통한 수집으로 가능하였다. 이미 19세기에 오면, 서울을 위시한 일부 지방의 유력가문 학자들도 광범위한 자료를 쉽게 습득할 수 있는 환경이 조성되었고, 거질의 문헌을 접하기에 용이한 출판문화도 활황을 이루었다. 홍한주는 풍부한 독서경험을 할 수 있었고, 이를 토대로 학술과 문예에 대한 비평도 가능할 수 있었다. 홍한주가 『지수염필』에서 당대 상황을 적실하게 바라보았는지 여부는 논외로 하더라도, 출판문화의 발달과 흐름을 정확하게 꿰뚫고 이를 비평한 자체는 의미가 큰 것이다.

해제 2

임형택林熒澤

1.

『지수염필智水拈筆』이란 이름의 필사본 8권 4책을 하나로 묶어서 영인한 것이다.

『지수염필』은 서명부터가 특이하다. '지수智水'는 짐작건대 저자가 이 책을 집필할 당시 살던 곳의 지명이 아닌가 한다. 혹은 그의 별호 내지 당호堂號를 삼았던 것인지도 모른다. '염필拈筆'은 두보시에 "죽란사념필竹欄斜拈筆, 동엽좌제시桐葉坐題詩"란 구절이 있거니와, 즉 붓을 뽑아서 자유롭게 기록한다는 의미인데, 이 책의 성격을 표출한 말이다.

이 책은 문체로 유별類別하자면, 필기筆記에 속하는 것이다. 필기는 중국 측의 사전적인 설명에 의하면 잡록雜錄・찰기札記・수필隨筆 등 여러 가지 명목으로 불리어지기도 하는바, 곧 견문을 잡기雜記한 수필隨筆 기록들을 범칭한 것이다. 일관된 체제로 구성되어 있지 않고 그 제재도 자못 광범해서 담겨진 내용이 정치·역사·경제·문화·자연현상·사회생활 등 허다한 영역에 미치고 있다. 이제현李齊賢의 『역옹패설櫟翁稗說』, 서거정徐居正의 『필원잡기筆苑雜記』, 이익李瀷의 『성호사설星湖僿說』은 이 종류의 저작으로서 손꼽히는 것이다.

패설과의 관계에 대해서 약간 언급해 본다. 필기는 문인학자의 서재에서 형성된 것일 뿐 아니라, 대개 사대부의 생활 세계를 그 내용으로 삼고 있다. 이에 대해서 패설은 민간에 유전流傳하는 이야기를 기록한 것이다. 필기와 패설은 내용의 성격이 이같이 다른 것이지만, 민간의 이야기가 문인의 관심을 끌어 필기류筆記類 속에 잡다히 기록된 경우가 허다하다. 예컨대 성현成俔의 『용재총화慵齋叢話』, 유몽인柳夢寅의 『어우야담於于野談』은 문인의 필기이면서도 패설의 범주에 들어갈 성격의 글이 오히려 다수를 차지해서 그 서명書名까지 총화叢話 혹은 야담野談으로 된 것이다.

『지수염필』은 패설에 속하는 따위는 찾아볼 수 없고 오직 사대부 문인학자의 수필로 채워져 있다. 『역옹패설』이나 『성호사설』과 같은 성격의 책이다. 저자 자신, 현달한 관인도 아니고 임하林下에 학자도 아닌 음직蔭職으로 벼슬을 조금 한 일개 문인에 불과했지만, 본래 문한세족文翰世族 출신이었기 때문에 견문이 풍부하고 정통한데다, 독서를 폭넓게 한 개명적開明的 지식인이었다. 따라서 다루어진 범위가 고금에 걸쳐 대단히 넓고 당시로 보아서는 썩 참신한 지식이 동원되기도 했다. 그 내용의 전모를 요약 제시하기는 원래 어려운 책이다. 다음에 특히 주목할 만하다고 생각되는 두 가지 면을 소개해 두기로 한다.

1) 서세동점西勢東漸의 세계사적 전환에 대한 인식

서세동점의 역사적 새로운 국면이 전개되기 시작한 것은 이미 몇 세기 앞서의 일이었다. 이 저자의 시대에는 동아시아 각국이 서구 제국주의의 압력에 굴복해서 이제 개항을 하지 않을 수 없는 절박한 단계에 와 있었다. 우리나라도 18세기에는 서학이 다소간 긍정적으로 이해되고 있었으나 19세기로 들어와서는 서구에 대한 위기의식이 역작용을 일으켜 폐쇄적으로 움츠러들기만 했다. 천주교 신자들을 무자비하게 박해했던 것도 대외적인 요인은 이에 있었거니와, 사상의 자유와 지식의 개발이 극도로 봉쇄·위축되었던 것이다. 당시 식자층들은 중국에서 일어난 아편전쟁阿片戰爭, 중불전쟁中佛戰爭 등의 천고에 없었던 괴변을 듣고서 경악하고 황겁하였을 뿐, 정작 서구 제국주의의 정체에 대한 인식은 백지 상태에 가까웠다.

이 저자는 서양 열국이 강대하다는 점을 강조한다. 그 소이연所以然을 기술 과학과 이기의 개발에서 찾고 있다.

> 양인洋人은 사고가 정교하고 재주가 많아서 저들의 천문·역학·의약·종수種樹·치포治圃·작농 및 기계를 제작하고 궁실을 짓는 등에 모두 기특奇特과 슬기를 떨쳐, 그야말로 신귀막측神鬼莫測의 지경에 가 있으니 전고前古에 있지 않았던 것이요, 만국의 어느 나라도 능히 따를 수 없는 것이다.
>
> —「서양강대조西洋强大條」

그리고 저들이 동양 세계에 진출한 목적을,

> 양인의 크게 원하는 바는 본래 토지와 인민에 있지 않고 다만 그네들의 종교를 행하게 하고 물화를 교역하려는 것이다. 그런데 양인 중에도 영길리英吉利는 가장 영한獰悍하여 일반 인간의 심성을 지니지 않은 맹수와 마찬가지다. 근

> 년에 여송呂宋(필리핀의 Luzon섬. 필자 주)을 공멸해서 일국을 완전히 공지로 만들었으니 극히 두려운 존재이다.
>
> —「서양강대조西洋强大條」

라고 보았다. 근대 서구의 힘을 비교적 정확하게 느꼈으며, 그중 최강의 제국주의 국가였던 영국을 가장 가공한 나라로 지목한 것도 흥미롭다. 특히 전교傳敎의 이면에 숨겨진 경제적인 의도를 지적한 것은 중요한 관찰이다. 제국주의의 본질적인 면을 간파한 것이다. 그런데 '물화物貨의 교역'이 식민지 경영으로 이어지는 면을 이해하지 못하고, 저들은 토지와 인민에 대해서는 별로 욕심을 내지 않는다고 아주 소박하게 생각했다. 물론 전혀 틀린 견해이다. 그러나 서구의 과학과 이기에 대해 경탄하던 저자의 의식 속에서 개화론적開化論的인 발상이 떠오르고 있는 점은 주목되는 것이다.

2) 근세의 학술 문예에 대한 문견聞見

저자는 실학의 후속 시대를 살았다. 그의 시대는 전시대의 문풍의 발랄성이 퇴색하고 있었으며, 실학도 차츰 잊혀가는 유물로 되었던 것이다. 이 저자는 계통이 실학파와 직접 연맥이 닿지는 않고 있다. 그러나 그 여운을 상당히 입었던 것 같다. 또한 청조의 고염무顧炎武로부터 완원阮元에 이르기까지 석학들의 저서를 광범하게 접하고 있었다. 시대적인 분위기 때문에 비판적인 논설과 개혁적인 이론을 대담하게 전개하지는 못했지만 그 기본 논지는 실용·고증으로 나가고 있으며, 우리나라 사대부들의 누습陋習을 종종 예리하게 지적하기도 했다.

바로 저자와 가까운 시대 자못 장관을 이루었던 중국과 우리나라의 학술 문예에 관해서 서술한 대목이, 큰 비중을 차지하고 있다. 저자는 현재 중국의 현실이 어떻게 바뀌는가는 물론, 지식인들이 무슨 생각을 하고 무슨 창조적인 업적을 남기는가를 주시하고 있다. 당시 상황으로는 역시 세계의 창구窓口는 중국이었다. 대개 어떤 문제에 대한 발제發題를 중국의 경우로부터 시작하고 중국에 관한 지식과 중국의 사례가 많이 거론된 것을 볼 수 있다. 그러나 결코 현학적인 나열로 느껴지지 않으며, 세계의 소식에 통하여 보편적·근원적인 이해에 접근하려는 노력으로 여겨지는 것이다. 그리고 또 일반적인 논의만으로 그치지 않고 반드시 우리나라의 실정을 구체적으로 언급하고 있다. 영정英正시대 이래 우리나라의 학술 문예에 관한 서술은 대개 서울 노론가老論家의 문견이지만 의론이 편파적이지 않고 비교적 공정한 것 같다. 정조正祖의 문체반정文體反正의 경과에 대해서 정확하게 서술하고 있으며 연암燕岩 박지원朴趾源(1737~1805), 다산茶山 정약용丁若鏞(1762~1836), 풍석楓石 서유구徐有榘(1764~1845), 추사秋史 김정희金正喜(1786~1856) 같은 인물들의 인간 면모 및 학문·예술 등에 대해서 흥미롭게 언급하고도 있다. 하나의 예로서 다산에 관한 기록을 옮겨둔다.

> 정열수丁洌水 약용若鏞은 午人(南人-필자 주)이다. (…중략…) 그가 운명한 날 내가 항해공沆瀣公을 뵈었더니, 항해공이 나를 보고 탄식하기를, '열수가 갔구나. 드디어 수만 권 서고書庫가 무너졌다'고 했다. 대개 열수는 재학才學이 절인絶人하여 경사經史·백가百家 및 천문·지리·의약·잡방襍方 등 서적을 두루 통달하였으며, 13경에 모두 발명發明이 있다. 그가 저술한 책이 집에 가득 차 있는바, 가령 『흠흠신서欽欽新書』와 『목민심서牧民心書』는 모두 안옥按獄 치민治民을 맡은 자를 위해서 유용한 문자이다. 추사에 견주어 고재高才·실학이 뛰어날 뿐 아니고 우리나라 근세의 제1인자일 뿐 아니라, 중국에 두더라도 기효람紀曉嵐 완운대阮雲臺의 아래 세우면 불만일 것이다."
>
> —정렬수약용조丁洌水若鏞條

2.

이 책은 지금까지 별로 세상에 알려지지 않았던 문헌이다.

저자가 밝혀져 있지도 않고 서문이나 발문도 붙어 있지 않다. 저자 및 자적 연대를 달리 고증할 길이 있는 것 같지 않은데, 다행히 본문 속에서 해결할 단서가 잡혀진다.

본문을 쭉 검토해 보면 연천淵泉과 항해沆瀣를 재종형再從兄으로 호칭한 곳이 보인다. 이 저자는 문장가로 이름이 높은 연천淵泉 홍석주洪奭周(1774~1842), 항해沆瀣 홍길주洪吉周(1786~1841) 형제와 바로 재종간의 누구인 것을 알 수 있다. 그리고 "余王考 新齋先生"(新齋先生條)이란 구절이 보인다. 저자는 신재新齋 홍낙명洪樂命(1722~1784, 字 자순子順, 영조조英祖朝 문과에 급제, 이조판서에 이름)의 손자임을 알 수 있다. 이에 풍산豐山 홍씨 족보를 참고해 본바, 낙명 밑으로 입양한 직모稷謨가 있고 그 밑으로 한주翰周가 나와 있었다. 족보상에 신재의 손자는 한주 한 사람뿐인데, 연천·항해와 재종간으로 되어 있는 것은 물론이다. 또 본문에 "純祖丙子秋, (…中略…) 時余年纔十九", 즉 순조 병자년(1816)에 자기 나이가 19세였다고 했으니, 그의 생년은 정조 무오년(1789)이 된다. 이 연조는 족보상에 기재된 한주의 생년과 일치하고 있다. 이로 미루어 이 책의 저자는 홍한주洪翰周라 단정해도 좋을 것이다.

홍한주는 이조 후기 대표적인 문한세가文翰世家 출신으로, 자는 헌경憲卿, 정조 22년(1798)에 태어나 음직蔭職으로 가선대부嘉善大夫 돈녕부 도정敦寧府都正을 지내고 71세로 고종 5년(1868)에 일생을 마친 인물이다(그의 부인은 판서를 지낸 서어西魚 권상신權常愼의 따님이고, 아들 형제를 둔바, 장자 우창祐昌은 이조판서를 지냈다).

저작 연대는 다음 기록으로 추정할 수 있다.

壬辰閏九月, 余與徐雲皐子直結詩社, 排懷遣興, 日相徵逐於南山下. (…中略…) 至今追憶若夢回酒醒, 欻焉已三十有二年矣.

— 남원창수집조南園唱酬集條

저자 자신이 문우들과 시사를 결성하고 서울의 남산 밑에서 시회詩會를 열었던 옛일을 추억한 내용이다. 그해가 임진년(1832)이었는데 지금 어느덧 32년의 세월이 흘렀다고 한 것으로 미루어, 저자의 현재는 1863년 무렵이다. 저자의 말년 기록으로 위에서 살펴본 바와 같이 19세기 중반, 개항 직전의 귀중한 문헌인 것이다.

3.

이 원본은 지금 일본 천리대학天理大學 도서관의 금서문고今西文庫 속에 들어 있다. 현재 알려진 바로는 국내서도 발견되지 않은 유일의 진본인 것이다. 이 『지수염필』이 서벽외사栖碧外史 해외수일본海外蒐佚本의 하나로 간행되는 것은, 더없이 다행스러운 일이다. 일실된 소중한 문헌을 발굴, 넓게 보급하여, 학계에 읽혀지고 후세에 길이 살아남게 된 것이다. 비록 그 원본은 돌려받지 못했지만 그 알맹이는 찾아온 셈이다.

원래 각 편에 제목이 붙어 있지 않고 다만 한편이 새로 시작할 때마다 한 글자를 올려 쓰고 있다. 이번 간행을 하면서 몇 자씩을 적출摘出하여 제목을 삼아두기로 했다.

1982년 3월

임형택林熒澤

추기追記

지난가을 외우畏友 박석무朴錫武 형이 나에게 요즘 새로운 책을 하나 얻어 보았노라고 자랑삼아 말하는데, 다름 아닌 이 『지수염필』이었다. 전남 신안군 지도면智島面에 세거世居한 정영식丁永植 씨의 집에 전래한 책으로, 그 저자가 지도에 귀양 왔을 때 지었던 바, 정씨의 선대에 성학聖學이란 어른이 저자의 문하에 출입하여 한 질을 필사해 둔 것이라 한다. 지금은 네 책 가운데 한 책은 낙질이 되고(제3책이 빠짐) 나머지 세 책이 보존되어 있다는 것이다. 뜻밖의 사실에 한편 놀랍고 한편 반가웠다. 박형은 나를 위해 그 책을 검토하여 몇 가지 참고 될 사항을 적기摘記해서 보내주었다.

첫째 책의 표지에는 "癸亥 十一月 初三日 加衣"라고 쓰였고, 마지막 책에는 "丁卯 正月 二十七日"이라고 쓰여 있다 한다. 첫째 책은 철종 14년(1863)에 책으로 꾸며졌음을 알 수 있는데, 끝 책은 고종 4년(1867)에야 된 것이다. 이 연조는 『지수염필』 자체의 완성 연대가 아니고 그것이 필사한 연대로 추정되는데, 확실한 것은 후고後考를 요한다.

> 智水先生, 姓洪, 名翰周, 號海史, 豐山人, 少年登第, 貴顯朝廷, 歷職內外, 博學能文, 多聞强記, 壬戌秋, 被讒見放, 來謫于智島喫苦.

둘째 책표지의 뒷면에 위와 같이 적혀있다 한다. 이 기록으로 미루어 정씨 가의 전언傳言은 그대로 믿어도 좋을 것 같다. 홍한주의 호가 해사임을 알게 되는데, 그가 '소년등제少年登第'했다는 것은 족보의 기록과 다르다. 이 점도 후고를 요한다.

이 책은 저자가 귀양가 있었던 지도와 관련해서 '지수智水'라는 이름이 붙여진 것이겠거니와 유배지의 끽고喫苦 속에서 저작되었다는 사실을 염두에 두고 읽어야 할 것이다. 그리고 또 따로 조사해 본바 해사의 문집을 규장각도서奎章閣圖書 속에서 발견할 수 있었다. 서명은 『해옹시문집海翁詩文集』으로 되어 있는데, 시고詩藁가 6책, 문고文藁가 3책 모두 9책으로, 정하게 편집, 필사된 것이었다. 아직 공간公刊은 되지 못한 것으로 생각된다. 19세기 중엽의 유수한 지식인이었던 홍한주의 시문집 역시 그의 『지수염필』과 마찬가지로 햇빛을 보지 못한 채 파묻혀 있었던 것이다. 이 『해옹시문집』에 실린 글 가운데 「지수집초智水集鈔」(詩藁 권6)는 유배지 지도에서 지은 시편들이며, 「답족질 애사우길서答族姪藹士祐吉書」(文藁 권1)는 그때 보낸 서간이다. 『지수염필』을 이해하는 데 참고의 자료가 되겠기에 이 두 가지를 본 책의 끝에 부록으로 붙인다.

1983년 4월

19세기 견문지식의 축적과 지식의 탄생

『지수염필智水拈筆』(상)

권1

장서가藏書家

유有는 무無로 돌아가니, 사물이 궁극에 이르고 나면 처음으로 돌아가는 것은 이치가 그런 것이다. 천하에 서적이 번다繁多하고 풍부하기가 지금 같을 때가 없었다. 대개 예전과 지금 사람들 가운데 조금이라도 문자를 아는 자 치고 저술로 자신을 뻐기지 않은 이가 없어서, 이른바 아무 문집이니 무슨 책이니 하는 것이 거의 한우충동汗牛充棟의 지경이다. 또 지엽적인 말 쓸데없는 이야기로 아무 도움은 없이 도리를 해치는 것들과, 요망하고 괴이하며 사악하고 편벽된 불경不經스런 서적이 열에 일곱 여덟이니, 이런 것들은 모두 진시황이 서적을 불태운 일과 같은 계기가 또 있다면 마땅히 빨리 불살라버려야만 한다. 그러나 내가 일찍이 살펴보니,

『한서漢書』「예문지藝文志」에 실린 구류 백가九流百家가 『수서隋書』와 『당서唐書』의 「경적지經籍志」에 이르면 없어진 것이 벌써 절반이 훨씬 넘었다. 송나라 이래 지금까지 천여 년 사이에 사람마다 각각 하나씩의 문집을 남겼고, 따로 경전을 담론하고 역사를 서술하여 편집하고 논찬한 것과 필록筆錄이며 만기漫記 따위 유희적인 한묵翰墨이 있으니, 나올수록 더욱 신기新奇한 저작들이 또 몇천만 권이나 될는지 모를 일이지만, 모두 다락에 쌓아 올려두어도 아무 상관이 없다. 어찌 옛날 서적은 보잘것없어서 쉽게 사라지고 지금 글은 대단한 불후의 저작들이어서 그러하겠는가. 그렇게 된 사정은 따져보면 쉽게 알 수 있는 것이다.

서계書契[1]를 만들어 결승結繩을 대신한 것은 아주 옛날이니 논하지 않기로 하겠다. 삼대三代 때에는 모두 과두蝌蚪[2]와 전주篆籒[3]를 옻[漆]으로 대[竹]나 비단에 기록하였는데, 말이 간략하고 사실도 간략하였다. 진나라 말에 이르러 형정刑政이 번거롭고 가혹해져서 옮겨 쓰기에 곤란하게 되자 옥리獄吏인 정막程邈[4]이 예서隸書를 창시하여 사용하기 편하게 하였고, 한나라에 이르러 또 장초章草[5]·행초行草·팔분八分[6]·해서楷書가 차례로 창안되어서 그 서체가 날로 더욱 간편해졌으나 대나 비단에다 쓰는 것은 여전히 바뀌지 않았다. 후한 때에 이르러 채륜蔡倫[7]이 처음으로 종이를 만들자 글씨를 옮겨 쓰는 일이 더욱 쉬워졌다. 그러나 당

---

1) 서계書契 : 고대에 나무나 대에 글자를 파 새겨서 약속의 표시로 한 것.
2) 과두蝌蚪 : 황제黃帝 때 창힐蒼頡이 지었다는 중국 고대 문자. 글자 모양이 올챙이같이 획 머리는 굵고 끝이 가늘다고 한다.
3) 전주篆籒 : 소전小篆과 대전大篆. 대전은 주周 선왕宣王의 태사太史인 사주史籒가 만들었고, 소전은 진秦의 이사李斯가 만들었다고 한다.
4) 정막程邈 : 진秦나라 사람. 자는 원잠元岑. 처음으로 소전小篆을 간략하게 만든 예서 3천 여 자를 써서 진시황에게 바치고, 그 공로로 어사御史에 임명되었다.
5) 장초章草 : 초서의 한 가지. 한나라 원제元帝 때 사유史游가 시작한, 초서에 예서가 가미된 형태의 서체.
6) 팔분八分 : 예서隸書 이분二分과 전서篆書 팔분八分을 섞어서 만든 한자의 서체로 한漢의 채옹蔡邕이 창시했다.
7) 채륜蔡倫 : 후한의 환관宦官. 자는 경중敬仲. 제지술을 발명하였다.

나라에 이르러 경서와 사서史書, 시와 문장이 날로 풍부해지고 베껴 쓴 책이 많아졌으므로 고서古書의 거질巨帙을 사람마다 모두 다 읽을 수는 없게 되었다. 또 국사國史와 패설稗說은 매양 궁궐에 모였으므로 한 차례 전쟁을 거치면 깡그리 없어져서 남는 것이 없었다.

이를테면 진秦·한漢시대의 문적文籍으로서 천록각天祿閣[8]·석거각石渠閣[9]에 간직되어 있던 것은 적미赤眉의 난[10]에 한 번 망실되었고 백호白虎[11]·동관東觀[12]에 간직되어 있던 것은 이각李傕·곽사郭汜의 난[13]에 두 번째로 망실되었다. 또 양나라 원제元帝[14]가 서적을 좋아하여 많이 모았는데, 난리에 닥치자 도서 14만 권을 모아 불태우면서 한탄하기를, "문왕과 무왕의 도가 오늘밤에 다 없어졌다" 하였으니, 이는 제 손으로 불태운 것으로서 세 번째로 망실된 것이었다.

오대五代에 이르러 풍도馮道[15]·화응和凝[16]의 무리가 침재鋟梓·누판鏤板의 인쇄법을 창안하여 서적이 크게 유행하였고 인쇄가 날로 쉬워져서 무릇 옛사람들이 얻기 어려워서 보기 쉽지 않았던 것을 거의 집집마다 가구마다 갖게 되었다. 또 지금의 토판土板과 활자活字 인쇄법이 나오

---

8) 천록각天祿閣: 정식 명칭은 천록기린각天祿麒麟閣. 한 고조 7년(B.C.195), 소하蕭何가 설치.

9) 석거각石渠閣: 한나라 때 전적을 보관하던 곳. 역시 소하가 만들었다.

10) 적미赤眉의 난: 왕망王莽이 한을 찬탈하고 세운 신新 왕조 말에 발생한 농민 반란. 눈썹을 붉게 물들여 왕망의 정부군과 구별했기 때문에 적미라고 부른다. 천봉天鳳 1년(14) 산동 낭야군琅琊郡의 거莒 땅에서 시작되었는데, 번숭樊崇을 지도자로 한때 장안을 점령하기도 하였으나 건무建武 3년(27), 광무제光武帝에 의해 평정되었다.

11) 백호白虎: 백호관白虎觀. 미앙궁未央宮 안에 있었다.

12) 동관東觀: 한나라 때의 궁중도서관. 낙양洛陽 남궁南宮에 있었다. 일명 봉관蓬觀.

13) 이각李傕·곽사郭汜의 난: 이각·곽사는 후한 말의 인물로, 함께 군대를 일으켜 궁궐을 침범했다. 조조曹操에게 주살誅殺 당하였다.

14) 양나라 원제元帝: 재위는 551~554년.

15) 풍도馮道: 후주後周 때의 사람으로 자는 가도可道. 그는 네 왕조에 걸쳐 열 명의 군주를 두루 섬기면서 20여 년간 재상직에 있었고, 임금이 죽고 나라가 망하는 것을 보면서 마음에 개의치 않았다고 한다. 호는 장락노長樂老.

16) 화응和凝: 오대五代 때의 인물로 자는 성적成績. 진晉·한漢·주周에서 두루 벼슬했고, 문장으로 많은 부富를 이루었다.

자 그 편리하고 쉽기가 극진해져서 더할 것이 없게 되었다. 수나라의 가칙전嘉則殿,[17] 당나라의 여정전麗正殿,[18] 송나라의 숭문관崇文館,[19] 명나라의 황사성皇史宬,[20] 지금 청나라의 무영전武英殿[21]·남서방南書房[22] 같은 것이 모두 황제의 내부內府이니, 권질卷帙이 당연히 일만 권씩을 단위로 셀 정도로 많았을 것이다. 그러나 사대부들의 개인적인 소장도 종종 7~8만 권, 혹은 10여 만 권이나 되었으니, 왕원미王元美[23]의 엄산당弇山堂, 서건학徐乾學[24]의 전시루傳是樓, 전수지錢受之[25]의 불수장拂水莊과, 왕초문汪苕文[26]·완운대阮雲臺[27]·섭동경葉東卿[28] 등이 모두 그렇지 않은

17) 가칙전嘉則殿: 수나라 때 궁중도서관. 서적 37만 권이 있었다고 한다(『신당서新唐書』 권57 「예문지」 1).

18) 여정전麗正殿: 당나라 때 궁중도서관. 현종 개원開元 13년(725), 여정전麗正殿과 수서원修書院을 개조하여 집현전集賢殿을 만들고 학사學士를 배치하여 고금의 경적經籍을 교감하고 서적을 수집하게 하였음.

19) 숭문관崇文館: 송 태종 3년(978) 숭문원崇文院을 창립하고, 여섯 곳의 서고에 8만 권 이상을 구비하였다. 1015년에 큰 화재로 많은 책이 소실되었다. 인종 연간에 편찬된 『숭문총목崇文總目』은 3만여 권의 도서 정보를 수록하고 있는데, 역대의 장서 목록 가운데 중요한 것으로 손꼽힌다.

20) 황사성皇史宬: 명나라 때 궁실의 이름. 역대 황제의 글씨와 실록, 귀한 서적을 간직했다.

21) 무영전武英殿: 청나라 때 자금성紫禁城 안에 있던 전각. 건륭乾隆 때 이곳에서 십삼경十三經과 이십이사二十二史 등 각종 서적을 교정·간행하였다.

22) 남서방南書房: 강희제康熙帝 때 건청궁乾淸宮 옆에 설치하였다. 남재南齋라고도 불렀다.

23) 왕원미王元美: 원미는 왕세정王世貞(1528~1593)의 자. 호는 봉주鳳洲·엄주弇州. 이반룡李攀龍과 함께 명나라 중기 문단의 맹주였다. 그의 저술은 조선 후기 문학계에 많은 영향을 주었다.

24) 서건학徐乾學(1632~1694): 청나라 때 학자·정치가. 자는 원일原一, 호는 건암健庵·옥봉玉峰, 당호는 전시루傳是樓·벽산당碧山堂·이안당怡顏堂·담원憺園·수원遂園 등. 고염무의 생질. 편서로 『통지당경해通志堂經解』와 『고문연감古文淵鑒』, 저서로 『독례통고讀禮通考』가 있다.

25) 전수지錢受之: 수지는 전겸익錢謙益(1582~1664)의 자. 호는 목재牧齋. 명말청초의 문인으로, 조선 후기 한문학에 끼친 영향이 크다. 『유학집有學集』과 『초학집初學集』 등 많은 저술이 있다.

26) 왕초문汪苕文: 이름은 왕완汪琬(1624~1691), 초문은 자, 호는 둔암鈍庵. 태호太湖의 요봉산堯峰山에 초가를 짓고 육경의 연구와 저술에 일생을 바쳤으므로 '요봉선생堯峰先生'이라 일컬어졌다. 저서로 『둔옹류고鈍翁類稿』 62권과 『속고續稿』 30권, 『요봉

이가 없었다.

비록 좁고 작은 우리나라에서도 심두실공沈斗室公[29]의 속당續堂[30]은 거의 4만 권이 넘었고, 유하遊荷 조병구趙秉龜,[31] 석취石醉 윤치정尹致定[32] 두 분의 집 역시 3~4만 권 이하는 아니다. 기타 진천현鎭川縣 초평리草坪里의 화곡華谷 이상 경억李相慶億[33]의 만권루萬卷樓와 풍석楓石 서유구徐有榘[34]의 두릉리斗陵里에 있는 8천 권이 또 그 다음이다.[35] 대개 서울에

문초堯峰文鈔』 50권이 있다.

27) 완운대阮雲臺 : 청나라 후기의 학자 완원阮元(1764~1849). 자는 백원伯元·양백良伯, 호는 운대芸臺(혹은 芸台)·운대雲臺·연경노인硏經老人·이성노인怡性老人·이성노인頤性老人, 시호는 문달文達. 『십삼경주소十三經注疏』, 『유림전儒林傳』, 『경적찬고經籍纂詁』 등을 편찬.

28) 섭동경葉東卿 : 섭지선葉志詵(1779~1862). 동경은 자. 호는 생림笙林. 옹방강翁方綱의 문인이자 그의 사위로, 담계 사후 그 집을 물려받았다고 한다. 박사호朴思浩, 김정희, 이유원 등 우리나라 인사들과 교유가 있었다. 금석학에 밝았고 고동古董을 많이 소장하였다고 한다.

29) 심두실공沈斗室公 : 두실은 심상규沈象奎(1766~1838)의 호. 본관은 청송靑松, 염조念祖의 아들. 『정조실록正祖實錄』, 『순조실록純祖實錄』, 『만기요람萬機要覽』 등의 편찬에 참여했다. 시호는 문숙文肅. 『두실존고斗室存稿』(4책, 일본 동양문고), 『두실척독』(3종, 국립중앙도서관), 『비망기』(24장, 전남대) 등과 다수의 척독 작품이 전한다.

30) 속당續堂 : 두실이 장서를 간수하던 서실의 이름. 권8의 제9화 「심상규沈象奎의 가성각嘉聲閣」에 두실이 살던 집과 함께 속당續堂에 대한 기술이 있다. 두실의 묘지명과 시장諡狀에서는 두실이 그의 부친인 함재涵齋 심염조의 뜻을 이어서 장서의 수집과 관리에 각별한 정성을 쏟았다는 점을 특별히 기술하고 있다. 서유구, 『금화지비집金華知非集』 8 「의정부 영의정 문숙 심공 묘지명議政府領議政文肅沈公墓誌銘」; 조인영趙寅永, 『운석유고雲石遺稿』 21 「영의정 두실 심공 상규 시장領議政斗室沈公象奎諡狀」을 참고.

31) 조병구趙秉龜(1801~1845) : 본관은 풍양豐壤. 자는 경보景寶, 호는 유하遊荷, 시호는 문숙文肅. 글씨를 잘 썼다. 조만영趙萬永의 아들, 조진관趙鎭寬의 손자이고, 아들은 조성하趙成夏.

32) 윤치정尹致定(1800~1865?) : 자는 사능士能, 호는 석취石醉, 본관은 해평. 세기世紀의 5세손, 경렬慶烈의 아들. 도암 이재李縡의 손자인 화천華泉 이채李采의 사위. 1829년 문과, 형조와 이조판서 등을 역임했다. 1847년 동지부사로 연경을 다녀왔다. 글씨에 능하였다. 시호는 문청文淸. 홍한주와 막역한 인물이다.

33) 이경억李慶億(1620~1673) : 자는 석이錫爾, 호는 화곡華谷. 본관은 경주慶州, 시발時發의 아들. 1668년 대사헌으로 동지사冬至使가 되어 청나라에 다녀와 각조 판서를 지내고 좌의정에 이르렀다. 시호는 문익文翼. 『화곡유고華谷遺稿』 1책(94장, 규장각)과 최석정이 쓴 묘갈명 탁본 1책(24장, 장서각)이 전하고, 글씨 몇 점이 남아 있다.

있는 오래된 집안 가운데 천 권에서 만 권 정도의 서적을 소유하고 있는 집은 손가락으로 이루다 꼽을 수가 없다. 우리나라가 이미 그러하니 문명이 바야흐로 성대한 일본과 유구琉球의 경우를 미루어 알 수 있다. 우리가 이러하고 섬나라 오랑캐가 또 이러하니 중국은 지금 더더욱 어떠하겠는가. 또 일찍이 들으니 연경燕京에 공생貢生으로 와서 나그네로 기숙하는 자들이 생활에 쪼들리면 두세 명 글을 하는 사람들이 모여 엉터리없는 문장으로 한 부의 소설을 이루어서 방각坊刻에 붙여 서점에서 판매한다고 한다. 그 손쉽고도 신속함이 그렇게 만든 것이다.

우리나라에서는 국초國初로부터 책을 인쇄해서 십칠사十七史와 『문선文選』, 두우杜佑의 『통전通典』 등의 서적은 이미 모두 간행하여 반포하였다. 지금은 영락대전본永樂大全本 삼경三經·사서四書 및 『강목』, 『주자대전』 등을 새긴 목판이 모두 대구와 전주 감영에 있는데, 서울과 지방의 관리와 백성으로서 약간이라도 문자를 분별하는 자들은 쉽게 인출印出하여 집에 간직한다. 이제 비록 진시황과 이사李斯 같은 무도한 임금과 신하가 있어서 기필코 서적을 불태우고 학자를 파묻어 없애버리려 하더라도 만에 한 둘 정도도 없애지 못할 것이다. 그러니 어찌 후세에 금문今文이니 고문古文이니 하는 분분한 다툼이 있겠는가. 그러나 진나라가 서적을 불태운 것이 아무리 맹렬하고 육경六經이 아무리 어지러워졌더라도 옛 성현이 만세에 드리운 가르침은 마치 다섯 행성行星이 하늘에 매달려 있음에 그 빛이 맑고도 발라서 예로부터 언제나 새로운 것과 같으므로, 끝내 모두 없애지는 못한 것이다. 무릇 과두문자로 대나 비단

---

34) 서유구徐有榘(1764~1845) : 조선 후기의 학자·장서가. 본관은 대구. 자는 준평準平, 호는 풍석楓石. 대제학 명응命膺의 손자이며, 이조판서 호수浩修의 아들. 조부와 부친의 가학을 계승하여 실학에 큰 성취를 이루었다. 『임원경제지』의 저자. 풍석은 판심版心에 자연경실自然經室이라고 쓰인 원고용지에 수많은 서적을 필사해 소장하였다. 그 책들은 1910년보다 훨씬 이전에 일본으로 유출되기 시작하였고, 지금 일본과 미국의 여러 도서관에 남아 있다.

35) 서유구는 당시 장서가로 초평리 이시발 후손가와 심염조·심상규 부자의 두 집안을 들고 있다(『금화경독기金華耕讀記』 권5, 「장서藏書」).

에 쓴 흔치 않은 기록도 오히려 모두 금지하기가 어려웠는데, 하물며 지금 천하가 같은 문자를 쓰고 집집마다 서적을 소장하고 있음에랴. 비록 성쇠는 필연이라 하더라도 경·사·자·집 가운데 없어질 수가 없어서 반드시 후세에 전해지는 책은 응당 천지와 운명을 같이 할 것이다. 조금의 이로움도 없고 도를 해치는 책은 진나라가 서적을 불태운 것과 같은 일이 아니더라도 저절로 사라질 것이다. 그렇다면 서적이 많고도 쉽게 널리 퍼지는 것은 실로 인쇄술의 발달 덕분이지만 사람들에게 귀중하게 여겨지지 못하고 도리어 좀이나 물고기 먹이가 되는 것 또한 인쇄술의 발달 때문이다. 이 어찌 사물이 궁극에 이르고 나면 처음으로 돌아가는 것이 아니겠는가.[36]

藏書家

有歸於無, 物極則反, 亦理也. 天下書籍之繁富, 莫今日如, 蓋古今人牿解文字者, 莫不以著述自命, 凡所謂某集某書, 殆充棟宇汗牛馬. 又其枝辭蔓語, 無益而害道者, 及妖怪邪辟不經之書, 十居七八, 此皆有秦火, 則所當亟焚也. 然余嘗觀前漢「藝文志」所載九流百家, 至隋唐「經籍志」, 所亡逸, 已不啻過半, 而繇宋迄今千有餘年, 人各一集, 又各有談經述史, 編輯論纂, 與筆錄漫記, 遊戲翰墨者, 愈出愈新, 又不知爲幾千萬卷之多, 而悉能尊閣無恙, 豈古書輕而易亡, 今文重而不朽而然耶? 其事亦有可辨而易曉者矣.

造書契以代結繩, 古也勿論, 而三代之世, 皆用蝌蚪篆籒, 漆書竹帛, 又辭簡而事亦簡, 至秦末, 刑政煩苛, 窘於傳寫, 則獄吏程邈, 始隷書,

36) 『지수염필』 전체의 첫 조목이다. '개권제일의開卷第一義'라는 말이 있거니와, 동양 고전은 책의 첫 부분에 그 책의 가장 중요한 내용이 기술되는 경우가 많다. 「장서가」라는 이 첫 조목은 『지수염필』이라는 저작의 성격을 잘 드러내는 내용이고, 가장 중요한 주제를 담고 있다. 제1권의 대부분이 고금의 서적과 저자에 관한 내용이다. 원천原泉 홍우건洪祐健이 썼다는 서문이 전하지 않는 터라 이 첫 조목은 저자인 홍한주의 저술 의도를 파악하는 데 요긴하다.

以便其用. 至漢世, 又有章草行草, 八分楷書之次第刱造, 其書日益簡便, 而竹帛之書, 猶不變易. 逮後漢時, 蔡倫又始造紙, 則其所傳寫尤易. 然至於唐世, 書史詩文日富, 擧多謄本, 故古書巨帙, 不能人人盡閱. 且國史稗說, 每聚於內府, 故一經兵燹, 則輒蕩然無遺, 如秦漢文籍之在天祿石渠之藏者, 一亡於赤眉之亂, 在白虎東觀之藏者, 再亡於李傕郭汜之亂. 又梁元帝, 好書多蓄, 而至於臨亂, 聚圖書十四萬卷焚之, 歎曰, "文武之道, 今夜盡矣." 是乃自焚而三亡也. 及至五季, 馮道和凝輩, 創爲鋟梓鏤板之法, 書籍大行, 槧印日易, 凡古人所以難得而稀見者, 殆家有而戶存. 又今土板及活字出, 而其所便易, 至矣盡矣, 無以加矣. 如隋之嘉則殿, 唐之麗正殿, 宋之崇文館, 明之皇史宬, 今淸之武英殿·南書房, 是皆天王家內府, 卷帙宜以萬計, 而士大夫私藏, 亦往往至七八萬, 或十餘萬卷之多. 王元美之弇山堂, 徐乾學之傳是樓, 錢受之之拂水莊, 汪茗文·阮雲臺·葉東卿輩, 無不皆然.

雖以我國之褊小, 沈斗室公之續堂, 太過四萬, 趙遊荷秉龜·尹石醉致定二公之家, 亦不下三四萬卷, 其他鎭川縣草坪里華谷李相慶億之萬卷樓, 徐楓石有榘斗陵里之八千卷, 又其下也. 盖京師故家, 有書之至千萬卷者, 指不勝摟. 我國旣然, 則日本琉球之文明方盛, 推可知也, 外藩如此, 島夷又如此, 在中國今日, 尤當何如也? 又嘗聞燕京貢生之旅食者, 窘於資生, 則其二三文士, 輒聚議杜撰, 成出一部小說, 俾付坊刻, 而鬻於肆, 其易且速然矣.

我國自國初, 亦行鋟梓, 十七史·『文選』·杜氏『通典』等書, 已皆刊而頒之, 今則永樂大全本三經四書, 及『綱目』·『朱子大全』等刻板, 具在大邱全州營府, 京外朝士吏民之粗卞魚魯者, 動輒印出而家蓄之, 今雖有秦皇李斯無道之君臣, 必欲焚坑而滅絶之, 萬不能去其一二, 夫安有後世, 今文古文紛紜之訟哉? 然, 秦火雖烈, 六經雖亂, 古聖賢垂訓萬世者, 如五緯麗天, 芒寒色正, 終古恒新, 故竟不能盡絶. 夫以蝌斗竹帛稀有之文, 尙難盡禁, 況今天下同文, 家有戶存乎? 雖曰盛衰必然,經史子集之不可無而必傳後者, 當與天壤俱弊, 至於無益而害道者, 亦當不待後之秦火而湮沒矣. 然則書之多且易傳, 實繇於印槧, 而其不爲人所貴, 反爲蠹魚資, 亦繇於印槧者多矣, 豈非物極則當反者乎?

저서著書

예로부터 저서가 많기로는 갈치천葛稚川[37]만한 사람이 없으니, 갈홍葛洪의 저술은 대략 400여 권에 이른다. 그러나 전하는 것은 『포박자抱朴子』, 『침중기枕中記』, 『서경잡기西京雜記』[38] 등 몇 종 외에는 그다지 볼 수가 없다. 송나라의 홍문민공洪文敏公[39]이 지은 『야처류고野處類稿』[40]와 『이견지夷堅志』[41]는 내가 아직 보지 못하였고 다만 『수필隨筆』[42] 한 책만

37) 갈치천葛稚川 : 동진東晉 사람. 치천은 자, 호는 포박자抱朴子. 젊어서 유가로 이름이 났으나 후에 신선술神仙術을 좋아했다. 저서가 매우 많은데, 『포박자』가 가장 알려져 있다.

38) 『서경잡기西京雜記』 : 갈홍이 지은 고소설집. 원래는 2권으로 이루어졌는데 송인宋人이 6권으로 나누었다. 내용은 대부분 서한西漢의 유문遺文 · 일사逸史 · 전설이며 모두 129조를 싣고 있다.

39) 홍문민공洪文敏公 : 남송南宋의 문학가 홍매洪邁(1123~1202). 자는 경로景盧, 호는 용재容齋 · 야처野處. 저서로 『용재수필容齋隨筆』, 『이견지夷堅志』, 『야처류고野處類稿』 등이 있으며, 『만수당인절구萬首唐人絶句』를 펴냈다. 그의 생애에 대해서는 일찍이 청나라 전대흔錢大昕이 편찬한 『홍문민공연보洪文敏公年譜』 1권이 있고, 능욱지凌郁之, 『홍매연보洪邁年譜』에서 다시 정리되었다(상해고적출판사, 2006).

40) 『야처류고野處類稿』 : 2권. 홍매의 문집. 『사고전서』에 들어 있음.

41) 『이견지夷堅志』 : 모두 420권. 이견夷堅이란 『열자列子』 「탕문湯問」편에 나오는 박식하다는 사람의 이름. 『이견지』는 신기하고 괴이한 이야기를 담은 책으로서, 일종의 지괴 소설집이다.

42) 『수필隨筆』 : 『용재수필容齋隨筆』. 『수필隨筆』 16권, 『속필續筆』 16권, 『삼필三筆』 16권, 『사필四筆』 16권, 『오필五筆』 10권으로 되어 있다. 경사經史와 제자백가諸子百家를 비

보았다. 『이견지』는 우리나라에 전래되지 않아서 못 보았을까?

명나라의 양용수楊用修[43]는 널리 두루 통하기가 탁월하였는데 전북滇僰[44]에 유배되어 있었던 30년 동안 달리 마음을 쓰는 일이 없었고 날마다 저술을 일삼아 지은 책이 400여 종이나 되었다. 그러나 외지고 거친 변방이라 책이 없어서, 고증한 바가 간간이 어긋나고 틀리는 것이 많다. 그러므로 왕원미(왕세정)는, "양용수는 경전을 증명하는데는 공교롭지만 경전을 풀이하는데는 거칠며 패사稗史에는 상세하지만 정사正史에는 소홀하니, 우주 밖의 것을 구하면서 눈앞의 것은 놓쳤다" 하였는데, 또한 결점을 지적한 것은 많으나 그의 소소한 찌꺼기만을 주워 모은데 지나지 않는다. 또, 지금 그가 저술한 여러 서적들 가운데 『함해총서函海叢書』[45] 등의 책에 많이 흩어져 실려 있는 것은 모두 유배지에서 서적이라곤 없이 기억한 것만으로 이룬 것이니, 훌륭하지 아니한가. 내가 일찍이 본 바로는 『승암본집升菴本集』[46]에 『단연총집丹鉛摠集』[47]을 아울러 합쳐

롯, 의술·점성술·산술·시문 등을 기록하고 있는데, 논증이나 고증이 정확하다.

43) 양용수楊用修(1488~1559) : 본명은 양신楊愼, 용수는 자, 호는 승암升庵. 명나라 중기의 저명한 학자이자 문인. 이동양李東陽의 제자. 무종 사후 왕위 계승을 둘러싼 정쟁(議禮 사건)에서 그 부친이 패퇴하여, 양용수는 운남雲南으로 추방되었다. 오랜 유배 기간을 오로지 독서와 저술로 보내 많은 글을 썼다. 『승암집升庵集』 81권과 『승암유집升庵遺集』 26권이 있다.

44) 전북滇僰 : 여기서는 운남성雲南省을 가리킨 말. 전滇은 전국시대부터 서한 전기까지 운남성에 거주한 중국 고대 종족의 이름, 북僰은 오랑캐를 이르는 말. 『사기』 「서남이열전西南夷列傳」에 기록이 있다.

45) 『함해총서函海叢書』 : 청나라 이조원李調元이 편찬한 총서. 모두 40함函. 한漢에서 명대明代에 이르기까지 드물게 전하는 책들 중에서 백여 종을 선집選輯하였고 아울러 자기가 저술한 10여 종을 합쳤다. 양신楊愼의 『승암경설升菴經說』, 『세설구주世說舊注』, 『산해경보주山海經補注』 등이 실려 있다. 『함해』 160책(1782년 간행 청나라 목판본)이 남아 있다(고려대 도서관).

46) 『승암본집升菴本集』 : 81권. 『사고전서총목제요四庫全書總目提要』에, "그의 시는 육조六朝의 시를 연마하여 명대에 독자적인 문호를 세웠다. 문文은 비록 시에는 미치지 못하지만 여전히 고법古法을 보존하고 있으며, 하경명·이동양 등의 문이 고답적이고 난삽하여 읽기 힘든 것보다 낫다"고 했다. 부賦와 잡문 11권, 시 29권, 경설經說·시화詩話·필기잡저 41권으로 되어 있다.

47) 『단연총집丹鉛摠集』 : 69권. 여러 책의 이동異同에 대한 고증이 주를 이루고 있다.

서 28책이나 되었다. 그 뒤로 융경隆慶·만력萬曆[48] 즈음에 엄주弇州의 『사부고四部稿』[49]는 100권에 이르고, 청나라 강희康熙 때 서하西河 모기령毛奇齡의 전집[50]도 역시 100권이다.

우리나라는 고려 때 상국相國 이규보李奎報의 문집이 역시 100권이다. 조선에서는 송문정공宋文正公(송시열)의 『우암집尤菴集』이 처음 60권으로 간행되었는데 정조가 명하여 내각內閣(규장각)이 다시 간행하되 이전에 빠뜨리고 수록하지 않은 편언척자片言隻字를 아울러 끝까지 거두어 모으고 연보年譜와 부록附錄을 합하게 하였다. 게다가 글자와 행간行間을 듬성듬성하고 크게 해서 기필코 100권을 넘기려고 하여, 끝내 102권으로 만들고 『송자대전宋子大全』이라 이름하였다. 그 목판은 화양서원華陽書院[51]의 환장암煥章菴에 간직하여 승려들이 지키는데, 또한 우리나라 초유의 거질이다.

著書

自古著書之多, 無如葛稚川, 盖洪之所著, 至四百餘卷. 然所傳者, 『抱朴子』·『枕中記』·『西京雜記』等數種外, 亦不多見. 宋之洪文敏公所著『野處類稿』與『夷堅志』, 余皆未見, 但見『隨筆』一書, 『夷堅志』則不來我東而然耶?

明之楊用修, 淹博絶倫, 而謫戍滇僰三十年, 無所用心, 日事著述, 所著至四百餘種之多, 然窮荒無書, 所攷證, 間多舛繆. 故王元美謂,

---

48) 융경隆慶·만력萬曆 : 융경은 명明 목종穆宗의 연호로 1567~1572년, 만력은 명 신종神宗의 연호로 1573~1619년이다.

49) 『사부고四部稿』 : 왕세정王世貞의 편서. 174권. 사부란 부부賦部·시부詩部·문부文部·설부說部다.

50) 서하西河 모기령毛奇齡의 전집 : 청나라 모기령이 저술한 『서하전집西河全集』 총 490권. 이 책은 사후에 문인이 편찬한 것으로 경사자문經史子文의 4부로 엮었다.

51) 화양서원華陽書院 : 충청북도 괴산군 청천면 화양리에 있던 서원. 숙종 21년(1695)에 송시열宋時烈을 제향하기 위하여 그의 문인인 권상하權尙夏·정호鄭澔 등 노론계 관료와 유림이 세웠다. 고종 8년(1871)에 철폐되었다.

“用修工於證經, 而踈於解經, 詳於稗史, 而忽於正史, 求之宇宙之外, 而失之眉目之前”, 亦多摘疵, 然不過捃拾其畸零耳. 且今其所著諸書, 多散載『函海叢書』等編者, 皆在謫中無書, 記誦而成者也, 不亦壯乎? 余嘗見『升菴本集』, 並『丹鉛摠集』合付, 至二十八冊之多矣. 其後隆・萬之際, 弇州『四部稿』, 多至百卷, 淸康熙時, 毛西河奇齡全集, 亦爲百卷.

我國則麗朝李相國奎報文集, 亦百卷, 本朝則宋文正公『尤菴集』, 初行六十卷, 正廟命自內閣, 更爲刊行, 而前所遺而未錄之片言隻字, 並令窮極掇拾, 合『年譜』『附錄』, 又踈大其字行, 必欲過於百卷, 竟爲一百二卷, 命曰『宋子大全』. 其板藏在華陽書院之煥章菴, 僧徒守之, 亦我朝初有之巨集也.

실학實學

옛날 박학한 사람은 꼭 시문詩文으로만 세상에 이름을 내지는 않았다. 그러므로 각기 한 가지 서적에 온 힘을 쏟아서 후세에 전하는 것 또한 하나의 방도이다. 당나라 두기공杜岐公[52]의 『통전通典』,[53] 송나라 정협제鄭夾漈[54]의 『통지通志』,[55] 마귀여馬貴與[56]의 『문헌통고文獻通考』,[57] 왕백

---

[52] 두기공杜岐公 : 두우杜佑(735~812). 자는 군경君卿, 시호는 안간安簡. 기국공岐國公에 봉해졌다. 유질劉秩이 엮은 『정전政典』 35편을 바탕으로 『통전』을 엮었다. 정초의 『통지』나 마단림의 『문헌통고』에 큰 영향을 주었다.

[53] 『통전通典』 : 200권. 식화食貨・선거選擧・직관職官・예禮・악樂・병형兵刑・주군州郡・변방邊防의 8문門으로 나누었다.

[54] 정협제鄭夾漈 : 협제는 남송의 사학자 정초鄭樵(1104~1162)의 호. 자는 어중漁仲, 복건성 사람.

후王伯厚[58]의 『옥해玉海』,[59] 홍경로洪景盧(洪邁)의 『이견지』·『용재수필』 등의 책은 모두 거질이다.

명나라에서는 승암升菴·엄주弇州·형천荊川[60] 및 왕기王圻[61]·진중순陳仲醇[62]·진인석陳仁錫[63] 등이 저서가 더욱 많고 또한 각각 시문집이 하나씩 있다. 청나라 이후는 오로지 고증考證을 힘써서 스스로 하나의 학문이 되었다. 그러므로 저술한 바가 목록이 많아지고 더욱 박학하고 더욱 정밀하여, 거의 손가락으로 이루다 꼽을 수도 없다. 그러나 모두 『통전』과 『통고』가 경세經世·실용實用을 위한 서적인 것만 못하니, 정말 당송 학자들의 실학을 쉽게 말할 수가 없다.

오직 청나라 초의 고영인顧寧人[64]만은 총명 박학하기가 이전에 그만

---

55) 『통지通志』: 모두 200권. 기전紀傳·연보年譜·이십략二十略으로 되어 있다.

56) 마귀여馬貴與: 마단림馬端臨(1254~1323). 귀여貴與는 자. 송나라 학자. 대략 30세경에 『문헌통고文獻通考』 편찬을 시작하여 20년 이상 걸려 1307년 54세 때 완성하였다.

57) 『문헌통고文獻通考』: 모두 348권. 『통전通典』을 근거로 했고, 『통전』의 팔문八門 19조에다 경적經籍·제계帝系·봉건封建·상위象緯·물이物異의 5문을 더하여 24문으로 나누었다.

58) 왕백후王伯厚: 백후는 남송의 학자 왕응린王應麟(1223~1296)의 자. 호는 심녕深寧. 『심녕집深寧集』, 『옥해玉海』, 『사학지남詞學指南』, 『곤학기문困學紀聞』 등 많은 저서를 남겼다.

59) 『옥해玉海』: 200권. 21문門 240여류餘類로 구성되어 있다.

60) 형천荊川: 당순지唐順之(1507~1560)의 호. 자는 응덕應德. 명나라 중기의 유수한 문학가. 전후칠자의 의고문에 반대하여 당송고문을 주창하였음. 『형천집』이 있다.

61) 왕기王圻(1529~1612): 백과사전 편찬에 뛰어난 업적을 남긴 학자. 자는 원한元翰. 관직을 물러난 뒤 송강淞江 가에 집을 짓고 매화를 가꾸면서 오로지 저술에 힘썼다. 『삼재도회三才圖會』, 『패사휘편稗史彙編』, 『속문헌통고續文獻通考』, 『동오수리고東吳水利考』, 『시법통고謚法通考』 등의 저술이 있다.

62) 진중순陳仲醇: 중순은 자, 이름은 계유繼儒(1558~1639), 호는 미공眉公. 명말의 문인. 강소성 사람. 시·서·화에 모두 뛰어났다. 저서에는 『독서경讀書鏡』, 『미공비급眉公秘笈』, 『복수전서福壽全書』, 『역대첩록歷代捷錄』, 『증보만보전서增補萬寶全書』 및 『진미공선생전집』이 있음.

63) 진인석陳仁錫(1581~1636): 자는 명경明卿. 명말의 문인. 강소성 장주長洲 사람. 저서로 『역경송易經頌』, 『수례구해周禮句解』, 『고문기상古文奇賞』, 『사서어록四書語錄』, 『무몽원집無夢園集』 등이 전한다.

64) 고영인顧寧人: 영인은 고염무顧炎武(1613~1682)의 자. 명말청초의 사상가, 문학가.

한 사람이 없었을 듯하다. 그가 저술한 『일지록日知錄』[65]·『조역지肇域志』[66]·『천하군국이병서天下郡國利病書』[67]·『음학오서音學五書』[68]는 모두 없어서는 안 되는 책들이다. 그러므로 그 문인인 가당稼堂 반뢰潘耒[69]는 『일지록』 서문에서 "선생은 한 시대의 사람이 아니요, 이 책은 한 시대의 책이 아니다" 하였고, 또 용촌榕村 이광지李光地[70]는 "장주長洲 고영인은 극히 박학한 사람이다. 구경九經·삼사三史를 모두 배송背誦할 수 있었다" 하였으니, 대개 그의 정신과 능력은 고금古今에 드문 일이다. 영인寧人은 진陳 고야왕顧野王[71]의 후손으로, 만력 계축년(1613)에 나서 강희 임술년(1682), 나이 70에 작고하였다. 청나라 성조聖祖(康熙帝)가 박학홍사과博學鴻詞科를 설치하고 반드시 영인을 모셔오려 하자 당시 재상들이 과거보기를 독려하고 권유하였으나 영인은 명나라의 유민遺民으로 자임

호는 정림亭林. 다방면에 뛰어났고, 『정림시문집亭林詩文集』 13권, 『일지록日知錄』 30권, 『천하군국이병서天下郡國利病書』, 『음학오서音學五書』, 『고중수필菰中隨筆』 등 많은 저술을 남겼다.

65) 『일지록日知錄』: 고염무의 대표적 저작으로, 조선 후기 지식인들에 영향이 크다.

66) 『조역지肇域志』: 이규경의 다음과 같은 기록이 있다. "영인이 작고한 뒤 유독 『조역지』만 흩어졌는데, (…중략…) 근자에 중국에 사신갔던 사람이 서점에서 초본으로 된 『군국이병서郡國利病書』 수백 권을 사왔는데, 상국相國 두실斗室 심상규沈象奎가 빌려다 베꼈다. 내가 일찍이 공을 찾아가 뵈니 공이 감탄하면서 '이 글은 바로 정림亭林 고염무顧炎武의 『조역지肇域志』로서 간행되지 못한 것인데, 후인들이 그 이름을 바꾸어 『군국이병서』라고 한 것이다.'" (『오주연문장전산고』 경사편, 「경사잡류」, '지지변증설志地辨證說')

67) 『천하군국이병서天下郡國利病書』: 규장각에 120권 60책 청나라 목판본이, 전북대 도서관에 50책 중국 석판본이 소장되어 있음.

68) 『음학오서音學五書』: 38권. 고음古音을 고증하고 『당운唐韻』을 분석하여 고운古韻을 10부로 나누었다. 건가乾嘉의 학풍을 열고 중국 음운학 연구를 개척한 책으로 평가받고 있다.

69) 반뢰潘耒(1646~1718): 자는 차경次耕, 호는 가당稼堂, 지지거사止止居士. 사학史學에 정통했다. 『수초당시문집遂初堂詩文集』, 『유음類音』 등의 저서가 있다.

70) 이광지李光地(1642~1718): 청나라의 학자. 자는 진경晉卿, 호는 용촌榕村. 『용촌집榕村集』이 있다. 정주학적 입장에서 훈고학을 비판하였고 많은 주석서를 남겼다.

71) 고야왕顧野王(519~581): 『옥편玉篇』의 저자로 유명한 진陳나라 학자. 자는 희풍希馮. 『여지지輿地志』, 『부서도符瑞圖』, 『분야추요分野樞要』 등의 저서가 있다.

하여 끝내 응하지 않았고, 심지어는 "기필코 나에게 강요한다면 염무炎武는 죽음이 있을 뿐이다" 하니, 성조도 그의 의리를 높이 여겨 문책하지 않았다. 이는 노중련魯仲連[72]보다 훨씬 훌륭한 행위이니, 어찌 다만 박학하다는 것으로만 그의 사람됨을 논할 수가 있겠는가.

實學

古之博學者, 未必以詩文名世. 故各有[73]致力於一部書, 以傳後者, 亦或一道也. 唐之杜岐公有『通典』, 宋之鄭夾漈有『通志』, 馬貴與有『文獻通考』, 王伯厚有『玉海』, 洪景盧有『夷堅志』·『容齋隨筆』等書, 皆巨帙也.

有明一代, 如升菴·弇州·荊川, 及王圻·陳仲醇·陳仁錫輩, 著書尤多, 而亦各有詩文一集. 淸以後則專務考證, 自爲一種學問. 故所著, 名目繁富, 愈博愈精, 殆指不勝摟. 然皆不如『通典』·『通考』之爲經世實用之書, 儘乎唐宋人實學之不可易言也.

惟淸初顧寧人, 聰明精博, 殆若前無古人, 其所著『日知錄』·『肇域志』·『天下郡國利病書』·『音學五書』, 皆不可無者也. 故其文人潘稼堂耒, 序『日知錄』曰, "先生, 非一代之人也, 是書, 非一代之書也." 又李榕村光地曰, "長洲顧寧人, 極博者也. 九經三史, 悉能背誦." 盖其精力, 古今罕有也. 寧人, 陳顧野王之後, 萬曆癸丑生, 康熙壬戌, 年七十卒. 淸聖祖, 設博學鴻詞科, 必欲羅致寧人, 其時宰執, 多督勸赴擧, 寧人自以大明遺民, 終不應, 至以爲"必欲强我, 炎武, 蹈東海而已." 聖祖亦高其義而勿問, 此過於魯連遠矣, 奚但以博學, 論其人!

---

72) 노중련魯仲連 : 전국시대 제齊나라의 의사義士.

73) 有 : 천리대본은 '자自'.

찬집纂輯

송 태종[74]은 유학儒學을 돈독히 장려하고 문학이 뛰어난 선비를 대접하여 등용하였다. 태평흥국太平興國 연간[75]에 학사 이방李昉[76] 등에게 명하여 여러 가지 서적을 찬집纂輯하게 하였다. 『태평어람太平御覽』[77] 1천 권, 『책부원귀冊府元龜』[78] 1천 권, 『문원영화文苑英華』[79] 1천 권, 『태평광기太平廣記』[80] 500권이 모두 그 시기에 나온 것이다. 그러므로 태평太平이라는 연호로 그 서적들을 이름 붙인 것이 많다. 그 뒤에 고려가 송나라에 사신을 보내 『태평어람』을 구했을 때 소식蘇軾이 거절하도록 한 것[81]이 바로 이것이다.

남쪽으로 건너간 뒤 효종孝宗[82]이 손암巽巖 이도李燾[83]에게 명하여 『북

74) 송 태종 : 북송의 2대 황제인 조광의趙光義(939~997)의 묘호廟號. 처음 이름은 광의匡義. 태조 조광윤趙匡胤의 아우. 재위는 976~997년.

75) 태평흥국太平興國 연간 : 태평흥국은 송 태종의 연호. 976~983년까지의 기간.

76) 이방李昉(925~996) : 자는 명원明遠. 『태평어람太平御覽』, 『태평광기太平廣記』, 『문원영화文苑英華』 등의 편찬에 참여하였다.

77) 『태평어람太平御覽』 : 송나라 태평흥국 2년(977)에 이방李昉 등에게 명하여 엮은 책으로 천부天部, 지부地部 등 모두 55문門으로 분류된 유서類書. 일본 정가당문고靜嘉堂文庫에 남송南宋 간본刊本이 소장되어 있다.

78) 『책부원귀冊府元龜』 : 송 경덕景德 2년(1005)에 왕흠약王欽若·양억楊億 등이 왕명을 받아 8년 만에 편찬한, 31부部 1104문門으로 된 유서類書. 역대의 제도 연혁이 주요 내용이다.

79) 『문원영화文苑英華』 : 이방李昉·호몽扈蒙·서현徐鉉·송백宋白·양휘지楊徽之 등 20여 인이 칙령을 받들어 편찬한 문학 총집. 『문선文選』을 계승한 책으로, 위로는 남조南朝 양梁말로부터 아래로는 만당 오대에 이르기까지 작가 2,200여 명의 작품 2만여 편을 수록했다.

80) 『태평광기太平廣記』 : 송 태종 태평흥국 연간에 『태평어람』과 동시에 이루어졌다. 한대漢代부터 송초宋初까지의 필기·소설·패사 등 475종에서 집록했다. 이상 네 가지 책을 북송의 사대서四大書라고 함.

81) 고려가 ……거절하도록 한 것 : 이 문제에 대한 소식의 언급은, 「논고려매서이해차자 3수論高麗買書利害箚子 三首」에 실려 있다. 『소식문집』 권35, 「주의奏議」.

송열조통감장편北宋列朝通鑑長編』[84]을 엮고 또 여조겸呂祖謙[85]에게 명하여 『황조문감皇朝文鑑』[86]을 편찬하였다.

명나라 성조成祖[87] 때 호광胡廣[88]·양영楊榮[89] 등에게 명하여 『사서오경대전四書五經大全』을 찬정纂定하여 여러 학자들의 경전에 대한 학설 가운데 주자의 주석에 어긋나지 않는 것을 집성集成하였고, 또 『성리군서性理羣書』 17만 권을 편찬하여 황사성皇史宬에 간직하였다.

청나라 성조聖祖 강희康熙 때는 장정옥張廷玉[90] 등에게 명하여 『명사明史』[91]를 찬수纂修하게 하고, 또 문학에 뛰어난 신하들에게 명하여 여러 가지 서적을 엮게 하였는데, 자서字書로는 『강희자전康熙字典』이 있고, 유서類書로는 『연감류함淵鑑類函』[92]이 있으며, 문선文選으로는 『고문연감古文淵鑑』[93]이 있고, 또 『영물시선詠物詩選』[94]·『패문운부佩文韻府』[95]·『서화

---

82) 효종孝宗 : 송의 11대 왕인 조신趙愼(1127~1194)의 묘호廟號. 재위는 1162~1188년.

83) 손암巽巖 이도李燾(1115~1184) : 자는 인보仁甫, 손암은 호. 명절名節과 학술로 당대에 이름이 높았고, 40년 공력을 들인 『속자치통감장편續資治通鑑長編』으로 유명하다. 『육조통감六朝通鑑』, 『설문해자오음운보說文解字五音韻譜』 등을 저술했다.

84) 『북송열조통감장편北宋列朝通鑑長編』 : 이도李燾가 지은 것으로 『속자치통감장편續資治通鑑長編』으로 불린다. 모두 520권. 사마광의 『자치통감』의 예를 따라 북송 건국부터 멸망까지 167년간의 일을 기록하고 있다.

85) 여조겸呂祖謙(1137~1181) : 자는 백공伯恭. 호를 따라 동래선생東萊先生으로 불렸다.

86) 『황조문감皇朝文鑑』 : 『송문감宋文鑑』을 이름.

87) 성조成祖 : 연호는 영락永樂, 재위는 1402~1425년.

88) 호광胡廣(1370~1418) : 자는 광대光大. 글씨에 능했다.

89) 양영楊榮 : 자는 면인勉仁. 명나라 초기의 학자·정치인. 시호는 문민文敏.

90) 장정옥張廷玉(1681~1764) : 자는 형신衡臣, 강남江南 동성桐城 사람. 시호는 문화文和.

91) 『명사明史』 : 총 336권. 본기 24권, 지志 75권, 표表 13권, 열전 220권, 목록 4권으로 구성. 강희 18년(1679)에 왕홍서王鴻緖, 장옥서張玉書 등에게 명하여 편찬하게 하였는데 완성을 보지 못하였고, 옹정雍正 때 장정옥張廷玉 등에게 명하여 건륭乾隆 4년(1739)에 마쳤다.

92) 『연감류함淵鑑類函』 : 450권. 명나라 유안기兪安期의 『당류함唐類函』을 모본으로 만든 책이다. 그러나 『당류함』이 당나라로 한정지은 것에 반해 이 책은 원명元明 이전의 문장과 사실을 두루 포괄하고 있다.

93) 『고문연감古文淵鑑』 : 64권. 강희 때 서건학徐乾學 등이 편찬.

94) 『영물시선詠物詩選』 : 486권. 강희 45년(1706) 완성. 고대부터 명나라까지 시를 뽑은 것. 청명류淸明類·상사류上巳類·칠석류七夕類 (…중략…) 천류天類·일류日類 등

보書畫譜』[96] 등의 서적이 있는데, 모두 '패문재佩文齋'로 이름을 붙였다. 또 말년에 장정석蔣廷錫[97] 등에게 명하여 『도서집성圖書集成』[98]을 편찬하자 강희제가 작고하였다. 그 밖에도 엮은 책이 많지만 모두 기록하지 못한다. 그러나 성조의 이 일은 대개 중국 인사들을 재갈을 물려 통제하여, 그들로 하여금 한미한 처지[99]에서 팔뚝을 불끈 휘두르지 못하고 붓과 벼루에서 늙어죽도록 하려는 계책이었다. 당나라 사람 조하趙嘏[100]가 당 태종을 읊은 시에,

太宗皇帝眞長策,	태종 황제 정말로 좋은 계책 썼으니,
賺得英雄盡白頭.	영웅 얻어 모두 다 흰머리로 만들었네.

하였는데, 성조가 한 일 역시 당 태종과 같은 의도에서였다.

또 고종高宗[101] 때에 이르러 천하에 소장된 서적을 거두어 모아 경·사·자·집經史子集으로 나누어 합쳐 인쇄하여 『사고전서四庫全書』[102]라

486개 부류로 나누고 있다.

95) 『패문운부佩文韻府』: 정집正集과 습유拾遺를 합쳐 총 212권. 강희 43년(1704)에 왕명을 받아 편찬했다. 패문佩文은 강희제의 서재書齋이다.

96) 『서화보書畫譜』: 손악반孫岳頒 등이 편찬, 1708년 간행. 100권 64책의 중국 간본이 고려대 도서관과 장서각에 있음.

97) 장정석蔣廷錫(1669~1732): 자는 양손揚孫, 호는 서곡西谷 또는 남사南沙. 1703년 진사, 호부상서 등 고위직을 역임. 청대 중엽 주요 궁정 화가의 한 사람이기도 하다.

98) 『도서집성圖書集成』: 『고금도서집성古今圖書集成』을 가리킨다. 모두 1만 권이고 목록이 40권이다. 강희 연간에 성친왕誠親王 윤지胤祉가 진몽뢰陳夢雷에게 편찬을 맡겼는데, 원래 이름은 『고금도서휘편古今圖書彙編』이다. 10여 년에 걸쳐 완성하여 올리자 강희제가 『고금도서집성』으로 개명했다.

99) 한미한 처지: 원문은 '백옥白屋.' 흰 띠풀 따위로 덮어놓은 집으로, 빈천貧賤한 사람이 거처하는 곳.

100) 조하趙嘏: 806년경에 출생, 852~853년경에 작고. 자는 승우承祐. 『위남집渭南集』이 있다.

101) 고종高宗: 건륭제乾隆帝. 재위는 1735~1796년.

102) 『사고전서四庫全書』: 청나라 건륭 37년(1772)에 시작, 10년 만에 이루어졌다. 총 3,460종種, 79,339권卷에 달한다.

하고, 다섯 질을 베껴서 한 질은 문연각文淵閣[103]에 두고 한 질은 문진각文津閣[104]에 두고 한 질은 문원각文源閣[105]에 두고 한 질은 문소각文溯閣[106]에 두고 또 한 질은 편집한 여러 신하들에게 나누어주었다. 또 다시 세 질을 등사하도록 명하여 양주揚州 문회각文滙閣,[107] 진강鎭江 문종각文宗閣,[108] 항주杭州 문란각文瀾閣[109]에 나누어 두고 사림으로 하여금 나아가 참고하게 하였다. 대개 강소江蘇·절강浙江 지역은 인문人文의 보고寶庫라 하여 이렇게 하였으니, 이는 이전에 없었던 거질의 서적이었다. 그러므로 태학사太學士 기윤紀昀[110]이 올린 표문表文에, "이전 천고千古, 이후 만년萬年에 이런 거질은 없으니, 물은 사해四海, 산은 오악五嶽이라야 이 장관과 나란할 것입니다. 문연文淵·문원文源·문진文津·문소文溯는 길이 만고를 두고 흐를 강하江河이고, 기세紀世·기운紀運·기회紀會·기원紀元은 언제나 하늘을 빛낼 일월日月입니다" 하였으니, 이는 정말로 잘 형용한 말이다. 그 뒤 인종仁宗 가경嘉慶 연간에 또한 『전당문全唐文』[111] 500권을 편찬하였으니, 대개 서적이 점점 넓고 많아지는 것은 명청明清에 이르러서 더할 수가 없게 되었다.

건륭은 『사고전서』를 편찬할 때 천하에 조서를 반포하여 각각 소장하고 있는 서적을 바치게 하여 베껴 쓴 다음 돌려주었는데, 선성宣城 포정박

---

103) 문연각文淵閣 : 내각內閣의 하나로 애초 명나라 때 설치되었다. 자금성에 있었다.

104) 문진각文津閣 : 건륭 39년(1774)에 열하熱河 승덕현承德縣 피서산장避暑山莊 만수원萬壽園의 서쪽에 건립했다.

105) 문원각文源閣 : 북경 교외 원명원圓明園 내에 있었다. 건륭 40년(1775)에 건립했다.

106) 문소각文溯閣 : 심양瀋陽의 청 고궁清故宮 안에 있으며, 건륭 48년(1783)에 건립했다.

107) 문회각文滙閣 : 청대 강절江浙 삼각三閣의 하나로 건륭 47년(1782)에 강소성江蘇省 양주揚州 대관당大觀堂에 건립했다.

108) 문종각文宗閣 : 강소성江蘇省 진강현鎭江縣 금산사金山寺에 있다.

109) 문란각文瀾閣 : 절강성浙江省 항현杭縣 서쪽 호고산湖孤山 기슭에 있다.

110) 기윤紀昀(1724~1805) : 『사고전서』 편찬을 총괄한 청나라 학자. 그는 유득공·박제가·서형수 등 우리나라 학자들과도 각별한 교분이 있었다.

111) 『전당문全唐文』 : 청나라 가경嘉慶 19년(1814) 황고黃誥 등이 왕명을 받들어 편찬한 책. 3,042명의 작품 18,488편이 수록되어 있다.

包廷博이 바친 700종은 모두 내부內府에 없는 것이었다. 한 개인이 소장한 책이 대단하지 아니한가. 지금 세상에 유행하는 『지부족재총서知不足齋叢書』[112]라는 것은 바로 포씨의 총서이다. 근세의 운대雲臺 완원阮元[113]에게 『완씨총서阮氏叢書』가 있고 또 『십삼경교감기十三經校勘記』 70권이 있으니, 이는 또 한 사람 문사文士의 개인적인 찬술에서 나온 것이다. 완원의 문도門徒는 전사全史(『이십사사』)와 주소註疏(『십삼경주소』)를 마치 제 말인 양 외울 수 있는 자가 70여 명이었다 한다. 중국의 학문이 성대하기가 대개 이러하다. 우리나라 사람으로서 학문에 넓고 재물에 넉넉한 자가 몇이나 있을까? 아마 중국에 비해서 백에 하나 정도도 못될 것이다.

纂輯

宋太宗, 敦奬儒術, 嚮用文學之士. 太平興國間, 命學士李昉等, 纂輯諸書, 『太平御覽』一千卷, 『冊府元龜』一千卷, 『文苑英華』一千卷, 『太平廣記』五百卷, 皆其時所出. 故多以太平年號, 名其書. 其後高麗使, 來求『太平御覽』, 蘇軾折之者, 卽此也. 南渡後, 孝宗命李巽巖燾, 撰『北宋列朝通鑑長編』, 又命呂祖謙, 編『皇朝文鑑』.

明成祖時, 命胡廣・楊榮等, 纂定『四書五經大全』, 集諸儒經說之不背朱註者, 又纂『性理羣書』十七萬卷, 藏之皇史宬.

清聖祖康熙時, 命張廷玉等, 纂修『明史』, 又命文學之臣, 纂定諸書, 字書則有『字典』, 類書則有『淵鑑類函』, 文選則有『古文淵鑑』, 又有『詠物詩選』・『佩文韻府』・『書畫譜』等書, 皆以佩文齋名之. 又於末年, 命蔣廷錫等, 纂『圖書集成』而帝崩. 其外, 亦多所纂, 不能盡錄.

---

112) 『지부족재총서知不足齋叢書』: 포정박鮑廷博(1728~1814)이 찬집한 총서. 모두 207종의 서적이 수록되어 있다. 240책으로 된 청나라 목판본 2질과 181책 1질이 규장각에 소장되어 있다. 포정박은 안휘성 사람으로, 자는 이문(以文), 호는 녹음(渌飮). 그의 집안은 여러 대에 걸쳐 상업으로 큰 부를 이루었다.

113) 운대雲臺 완원阮元(1764~1849): 자는 백원伯元, 호는 운대. 『경적찬고經籍纂詁』를 주편主編하고, 『십삼경주소十三經注疏』를 교각校刻했다.

然, 聖祖此擧, 盖箝制中州人士, 使不得扼腕於白屋, 而老死筆硯之計. 唐人趙嘏, 詠唐太宗詩有云, "太宗皇帝眞長策, 賺得英雄盡白頭", 聖祖事, 亦唐宗意也.

又至高宗, 收聚天下所藏書籍, 分經史子集, 合印爲一書, 命曰『四庫全書』, 搨五帙, 一置文淵閣, 一置文津閣, 一置文源閣, 一置文溯閣, 又一本, 分賜編輯諸臣, 又命更繕三本, 分置楊州文滙閣, 鎭江文宗閣, 杭州文瀾閣, 俾士林, 就以抄錄, 盖謂江浙, 爲人文淵藪, 至有此擧, 此前古所未有之大書籍也. 故, 太學士紀匀進表, 有曰, "前千古而後萬年, 無斯巨帙, 水四瀛而山五嶽, 侔此壯觀, 曰淵曰源, 曰津曰溯, 長流萬古之江河, 紀世紀運, 紀會紀元, 恒耀九霄之日月", 此眞善形容矣. 其後仁宗嘉慶間, 亦纂『全唐文』五百卷, 盖書籍之寖廣寖繁, 至明淸, 無以加矣.

乾隆編『四庫全書』時, 頒詔天下, 令各進藏書, 謄而還給, 宣城包廷博所獻七百種, 皆內府所無, 私室所貯, 不亦壯哉? 卽今行于世之『知不足齋叢書』者, 卽包氏叢書也. 近世阮雲臺元, 有『阮氏叢書』, 又有『十三經校勘記』七十卷, 此則又出一文士私纂, 而元之門徒, 全史註疏, 能如誦己言者, 爲七十餘人云, 中國文學之盛, 類如是. 我東人之博於學侈於財者有幾, 殆不能十一於千百也.

시문 선집

시문詩文을 가려 뽑는 것은 소통蕭統의 『문선文選』에서 시작되었는데, 당나라 이선李善이 주를 달았다. 그 뒤 당나라 구양순歐陽詢[114]이 『예문유취藝文類聚』[115]를 편찬하였다. 그러나 도연명의 「한정부閒情賦」는 '백옥白玉에 미미한 흠이 있는 격이다' 하여 소통이 취하지 않았으니 그 의론이 아주 준엄하다. 당시唐詩는 당나라 사람이 뽑은 것으로는 고중무高仲武의 『중흥간기집中興間氣集』,[116] 은번殷璠의 『하악영령집河嶽英靈集』[117]이 있고, 또 『재조집才調集』,[118] 『극현집極玄集』,[119] 『우현집又玄集』[120]이 있으니, 약간의 선문選文하는 사람이 있을 뿐이었다. 송나라에 이르러서 비로소 성행하였는데, 태종 때 『문원영화文苑英華』 1천 권은 모두 수집하여 한 곳에 축적해놓은 거질이라 할 만하다. 요현姚鉉[121]은 『당문수唐文粹』[122]를 선집하였고, 남쪽으로 건너간 뒤에 진문충공眞文忠公[123]이 『문장정종

114) 구양순歐陽詢(557~641): 당唐 태종 때의 서예가이자 문학가. 자字는 신본信本. 그의 글씨체를 구양순체 또는 구체歐體라 일컫는다.

115) 『예문유취藝文類聚』: 모두 1,400여 종의 옛 책을 근거로, 계절·정치·산업 등 총 48부로 나누었다. 100권.

116) 『중흥간기집中興間氣集』: 2권. 당나라 숙종~대종 시기 26인의 시 130여 수를 수록. 원나라 판본을 청의 왕사정王士禛이 십종당시선十種唐詩選 시리즈로 다시 편찬한 청나라 목판본 1책(『중흥간기집선中興間氣集選』)이 서울대학교 도서관에 소장되어 있다. 편자인 고중무는 생몰년과 자호가 알려져 있지 않은 당나라 중기 인물. 산동 사람.

117) 『하악영령집河嶽英靈集』: 3권. 8세기 전반 상건常建 이후 24인의 시 234수를 수록. 은번은 생몰년과 자호를 알 수 없는 인물. 지금 강소성 사람.

118) 『재조집才調集』: 촉蜀의 위곡韋穀이 편찬한 것으로 모두 10권. 만당시 1,000수를 수록하고 있다. 영남대 도서관에 있다. 따로 청나라 왕사정이 선한 『재조집선』과 청나라 학자들이 만든 『재조집 보주』가 있다.

119) 『극현집極玄集』: 앞의 십종당시선 시리즈의 『중흥간기집선』에 『극현집선極玄集選』이 들어 있는바, 당나라 사람 요합姚合이 엮은 것.

120) 『우현집又玄集』: 촉蜀의 위장韋莊이 편찬한 시집. 앞의 십종당시선 시리즈의 『중흥간기집선』에 『우현선』이 들어 있다.

121) 요현姚鉉(968~1020): 북송北宋의 문학가. 고문 선집인 『당문수唐文粹』의 편찬자. 문집 20권이 전한다. 송대 초기에 고문을 제창했던 작가 중 한 사람이다.

122) 『당문수唐文粹』: 100권. 변체문과 근체시는 없이 '고문古文' 한 가지만 실어 한유韓愈·유종원柳宗元의 전통을 계승했음을 보여준다. 송 초의 고문운동을 촉진하는 작용을 하였다.

123) 진문충공眞文忠公: 진덕수眞德秀(1178~1235). 자는 경원景元·경희景希, 호는 서산西山, 문충文忠은 시호. 주자학자. 저서로 『대학연의大學衍義』, 『당서고의唐書考疑』, 『문장정종文章正宗』, 『서산갑을고西山甲乙藁』, 『대월갑을집對越甲乙集』 등이 있다.

文章正宗』[124]을 만들었는데, 그 선문이 너무나 엄격하여 경세 실용의 글이 아니면 편입하지 않았다. 여동래呂東萊는 『송문감宋文鑒』[125]을 편찬하여 올렸는데, 역시 그러하였다.

명청明清 이래로 시대별로 각각 선집이 나와서, 그 많은 양을 이루다 말할 수 없다. 당시唐詩는 고병高棅[126]의 『품휘品彙』[127]와 『정성正聲』[128]이 있고 원유산元遺山[129]의 『고취鼓吹』[130]가 있고 기타 『십집十集』, 『백일초百一鈔』, 『별재別裁』가 있다. 또 방회方回[131]의 『영규율수瀛奎律髓』[132]가 있고, 또 호효원胡孝轅[133]의 『통첨統籤』[134]이 있다. 청나라에 이르러 『전당시全唐詩』[135]가 나와 모두 포괄하였다. 산문은 『문원영화』 이후 역시 시대

124) 『문장정종文章正宗』: 본집本集 20권, 속집續集 20권. 모두 당唐 이전의 문장이다.

125) 『송문감宋文鑒』: 여조겸呂祖謙이 왕명을 받아 편찬한 책으로 모두 150권.

126) 고병高棅(1350~1423): 명초의 시인으로 자는 언회彦恢, 호는 만사漫士. 저서에 『소대집嘯臺集』 20권, 『목천청기집木天清氣集』 14권 등이 있다.

127) 『품휘品彙』: 『당시품휘唐詩品彙』를 말함. 모두 90권. 양사굉楊士宏의 『당음唐音』에 의거해 만들었고, 620명의 시 5,769수를 수록하고 있다. 당시 선집 가운데 이름이 높다.

128) 『정성正聲』: 『당시정성唐詩正聲』을 말함. 모두 22권 4책. 『당시품휘』 중에서 성률聲律이 순정한 것을 가려 뽑았다.

129) 원유산元遺山(1190~1257): 원호문元好問. 자는 유지裕之, 유산은 호. 금이 멸망하자 벼슬하지 않았고 향리에 20여 년을 은거하면서 저술에 몰두했다. 저작으로는 『유산선생문집遺山先生文集』 40권이 있고, 편저로 『중주집中州集』과 『임진잡편壬辰雜編』이 있다. 『논시절구 삼십수論詩絶句三十首』는 한위漢魏 이래의 시가를 체계적으로 평론하고 자신의 문학관을 표명한 저작으로서, 문학비평사에 중요한 자료이다.

130) 『고취鼓吹』: 『당시고취唐詩鼓吹』. 모두 10권. 당나라 사람 96명의 칠언율시七言律詩 596수首를 수록하고 있다. 갑인자 활자본 10권 4책이 고려대 도서관에 있다.

131) 방회方回(1227~1307): 원나라 문인으로 자는 만리萬里, 호는 허곡虛谷. 그의 저작인 『허곡집虛谷集』은 일실되었고, 『동강집桐江集』 8권, 『동강속집桐江續集』 37권이 남아 있다.

132) 『영규율수瀛奎律髓』: 49권. 당송의 근체시 선집. 조선 초기 이래 널리 유행되었다.

133) 호효원胡孝轅: 효원은 호진형胡震亨(1569~1645)의 자. 호는 둔수遯叟 또는 적성산인赤城山人. 명나라의 문인, 장서가. 『적성산인고赤城山人稿』가 있다.

134) 『통첨統籤』: 일명 『당음통첨』. 서울대 도서관에 중국 목판본 64책이 소장되어 있고, 『속수사고전서』 「집부」에도 수록되어 있음.

135) 『전당시全唐詩』: 청의 펑징구彭定求 등이 편찬한 당나라 시가의 총집으로 모두 900권이다. 명明 호진형의 『당음통첨』과 청초 계진의季振宜의 『당시唐詩』 두 가지를 저본으로 하여 증보 교정했다. 당과 오대의 2,200여 작가와 시 48,900여 수를 수록. 대체로 시대의 선후에 따라 배열하였고 작가마다 소전小傳이 있다.

마다 각각 선집이 있다. 『송원문류宋元文類』[136]가 있고 『팔대문초八代文鈔』[137]가 있고 진인석의 『고문기상古文奇賞』[138]이 있고 황종희黃宗羲[139]의 『명문수독明文授讀』이 있다. 청나라 산문은 근자에 위원魏源[140]의 『경세문편經世文編』[141]이 있고, 가경嘉慶 중에 또 『전당문全唐文』 500권이 있어서 그 선문 또한 더할 수가 없이 되었다. 명나라의 추우秋宇 호시화胡時化는 『명세문종名世文宗』[142]을 엮었는데, 이는 위로 『좌전』·『국어』에까지 소급하고 아래로 명나라 만력에 이르기까지 권질卷帙이 많지는 않으나 깊이가 있으면서도 널리 뽑은 것이다.

한유韓愈의 글인 「평회서비平淮西碑」는 이상은李商隱이, "「요전堯典」·「순전舜典」의 문자를 바꾸었고 「청묘淸廟」·「생민生民」의 싯구를 고쳤다" 하였고, 동파 역시 "이부吏部(韓愈)의 문장, 일월처럼 찬란하네"라는 시가 있어서,[143] 고금古今에 감히 결점을 지적하는 이가 없었다. 그러나

136) 『송원문류宋元文類』: '원문류'는 원나라 소천작蘇天爵이 편찬한 시문 선집. 70권 20책 한 질이 장서각에 있다.

137) 『팔대문초八代文鈔』: 명나라 모곤이 엮은 『당송팔대가문초』를 이름.

138) 『고문기상古文奇賞』: 1621년 진인석의 서문이 있는 목판본 80책 한 질이 규장각에 있다. 이 외에도 국내 여러 곳에 많은 종류의 이본이 있다.

139) 황종희黃宗羲(1610~1695): 명말 청초의 사상가이자 학자. 자는 태충太仲, 호는 이주梨洲. 명나라가 망한 후 고향에 은거, 많은 저술을 남겼다. 『역학상수론易學象數論』, 『맹자사설孟子師說』, 『수서수필授書隨筆』, 『율려신의律呂新義』, 『이정학안二程學案』, 『명이대방록明夷待訪錄』, 『명유학안明儒學案』, 『송원학안宋元學案』 등이 있다. 정주이학程朱理學에 반대하고 명경치용明經致用을 주장했다.

140) 위원魏源(1794~1856): 자는 묵심默深, 호는 양도良圖. 청나라의 사상가. 널리 알려진 『해국도지海國圖志』를 비롯, 『시고미詩古微』, 『서고미書古微』, 『원사신편元史新篇』 등의 저서가 있고, 편서인 『황조경세문편皇朝經世文編』 역시 중요한 저작이다. 역맹순易孟醇 외, 『위원 평전』(호남대 출판사, 2007.8)이 있다. 홍한주는 일기에 위원의 『해국도지』를 읽은 기록을 남기고 있다.

141) 『경세문편經世文編』: 국립중앙도서관을 비롯한 여러 대학 도서관에 수장되어 있다.

142) 『명세문종名世文宗』: 명나라 호시화胡時化가 역대의 문장 500여 편을 뽑고 진인석陳仁錫이 정정訂正한 문선집文選集. 조선에서는 선조~인조 연간에 간행되었고, 국내 여러 도서관에 다수 소장되어 있다. 1628년에 쓴 진인석의 서문이 있다.

143) 한유의 …… 있어서: 여기 이상은李商隱과 동파東坡의 글은 『고문진보』 권3, 장1의 평어에 실려 있다.

『문원영화』에서 벌써 수록하지 않았고 요현의 『당문수』에도 취하지 않았으며 『명세문종』도 역시 뽑지 않았다. 『당문수』는 단지 단문창段文昌[144]의 글만을 실었는데, 안목이 이토록 다르다니 아주 괴이한 일이다. 또 『명세문종』은 운문은 취하지 않았다. 그런데 선발에 든 것은 오직 「등왕각서滕王閣序」의 끝머리 네 운韻 및 낙빈왕駱賓王[145]의 「재옥영선在獄咏蟬」 한 수의 율시와 원진元稹의 「연창궁사連昌宮辭」의 세 수의 시이니, 이것은 또 어째서일까?

詩文之選

詩文之選, 昉於蕭統之『文選』, 唐李善註之. 其後唐歐陽率更, 編『藝文類聚』, 然陶淵明之「閒情賦」, 謂白玉微瑕, 蕭統不取, 其論亦峻矣. 唐詩[146]則爲唐人所選者, 有高仲武『中興間氣集』, 殷璠『河嶽英靈集』, 又有『才調集』·『極玄集』·『又玄集』如干選家而已. 至宋而始盛, 太宗時『文苑英華』一千卷, 可謂俱收幷蓄之巨帙也. 姚鉉選『唐文粹』, 南渡後, 眞文忠公有『文章正宗』, 其選太嚴刻, 非經世實用之文, 不入, 呂東萊纂進『宋文鑑』亦然.

明淸以來, 代各有選, 不勝其多. 唐詩則高棅有『品彙』, 有『正聲』, 元遺山有『鼓吹』, 其他『十集』·『百一鈔』·『別裁』, 又有方回之『瀛奎律髓』, 又有胡孝轅『統籤』, 至淸而始有『全唐詩』而極矣. 文則『英華』之後, 亦代各有選, 有『宋元文類』, 有『八代文鈔』, 有陳仁錫之『古文奇賞』, 有黃宗羲之『明文授讀』. 淸文則近有魏源『經世文編』, 嘉慶中, 又有『全唐文』五百卷, 其選, 亦無以加矣. 明胡秋宇時化, 有『名世文宗』, 此上溯『左』·『國』, 下迄明萬曆, 卷帙不多, 而亦能精且博者也.

144) 단문창段文昌(773~835) : 당나라 사람으로 자는 묵경墨卿, 또는 경초景初. 문집 30권과 『식경食經』 50권이 전한다. 단성식段成式(?~863)은 그의 아들이다.

145) 낙빈왕駱賓王 : 이른바 초당 사걸의 한 사람. 「재옥영선在獄咏蟬」은 『당시삼백수』에 실려 있다.

146) 詩 : 국립중앙도서관본은 '시時'. 잘못이다.

韓文之「平淮西碑」, 李商隱有"點竄「堯典」「舜典」字, 塗改「清廟」「生民」之詩", 坡公亦有"吏部文章日月光"之詩, 古今不敢瑕疵也. 然自『英華』而不收, 姚鉉之『文粹』, 亦不取, 『名世文宗』, 又不選, 『文粹』, 但取段文昌之文, 眼孔之不同如是, 殊可怪也. 且『名世文宗』, 不取韻語, 而入選者, 惟「滕王閣序」後四韻, 及駱賓王「在獄咏蟬」一律, 與元稹「連昌宮辭」, 合三詩而已, 此又何也?

『십삼경주소十三經註疏』

십삼경이라는 이름은 당송唐宋 즈음에 비롯되었다. 『역경』은 위魏나라 왕필王弼[147]의 주를 쓰고, 『서경』은 마융馬融[148]의 주석을 쓰고 『시경』은 모형毛亨[149]의 고훈전詁訓傳과 정현鄭玄[150]의 주를 쓰고 『의례』, 『주례』, 『예기』도 모두 정현의 주를 쓴다. 『좌전』은 두예杜預[151]의 주를 쓰고 『공양전』은 하휴何休[152]의 주를 쓰고 『곡량전』은 범영范甯[153]의 주

147) 왕필王弼(226~249) : 삼국시대三國時代 위나라 사람. 자는 보사輔嗣. 『노자』와 『주역』을 주해하였다.

148) 마융馬融(79~166) : 후한의 경학가이자 문학가. 자는 계장季長. 노식盧植·정현鄭玄 등의 제자를 길렀고, 여러 경전에 주를 달았다. 명인明人이 모은 『마계장집馬季長集』이 있다.

149) 모형毛亨 : 노魯나라 사람. 『시훈고전詩訓詁傳』을 지었다.

150) 정현鄭玄(127~200) : 후한의 경학가. 자는 강성康成. 『주역』, 『상서』, 『모시』, 『예기』, 『논어』 등 여러 경전에 대한 주석이 있고, 『육예론六藝論』, 『모시보毛詩譜』 등의 저술이 있다.

151) 두예杜預(222~284) : 서진西晉의 문학가이자 경학가. 자는 원개元凱. 『춘추좌씨 경전 집해春秋左氏經傳集解』는 『좌전』에 대한 주석으로 중요하다.

152) 하휴何休 : 후한 사람으로 자는 소공邵公. 저서로 『공양묵수公羊墨守』, 『좌씨고황左氏膏肓』 등이 있다.

153) 범영范甯 : 진晉나라 사람. 『춘추곡량전』을 오랫동안 깊이 연구한 뒤에 집해集解를 지었음.

를 쓰고 『논어』는 하안何晏[154]의 주를 쓰고 『맹자』는 조기趙岐[155]의 주를 쓰고 『효경』은 당나라 명황明皇(玄宗)의 주를 쓰고 『이아』는 곽박郭璞[156]의 주를 쓴다. 염락濂洛 이전에는 모두 이 주석을 따랐는데, 『중용』과 『대학』은 『예기』에 들어 있는 한 편이었으므로 단독으로 행세하여 경이 될 수는 없었다. 정숙자程叔子[157]에 이르러 비로소 『역경』에 전傳을 붙였고 또 주자가 『역본의易本義』를 지었다. 주자는 또 『시경』에 집주集註가 있고, 또 『논어』·『맹자』에도 집주가 있고, 또 『중용』과 『대학』을 뽑아내어 『장구章句』를 붙였고, 『상서尙書』에도 「요전」·「순전」과 「대우모大禹謨」를 주석하여 그 문인인 구봉九峰 채침蔡沈[158]에게 내려주어 주석을 하게 하였다. 『예기』는 송나라 학자 진호陳澔[159]의 주가 있다.

명나라 성조 영락 연간에 이르러 호광胡廣·양영楊榮 등에게 명하여 삼경 사서를 찬정纂定함에 모두 정주程朱의 전주傳註를 따르고, 또 송원宋元의 여러 학자들이 경전의 뜻을 토론·설명한 것 중에서 정주에 어긋나지 않는 것을 취해서 주석의 아래에 흩어 붙여서 마치 본주本註에 대한 소疏와 같이 만들었다. 이것이 천하에 반포되어 유행하자 경전은 정주의 문의文義가 아니면 조정 관료들의 공거문公車文과 과거 응시생들의 공령문功令文을 막론하고 모두 허용되지 않았다.

이른바 『사서삼경대전』이라는 책이 우리나라에 들어오자 또 곧바로 간행하여 나라 안에 폈는데, 지금까지 400년을 한결같이 명나라의 전례

---

154) 하안何晏(?~249) : 위魏의 학자·문학가. 자는 평숙平叔. 『도덕론道德論』, 『무명론無名論』, 『무위론無爲論』 등의 저술이 있고, 『논어집해論語集解』로 저명하다.

155) 조기趙岐(?~201) : 후한의 학자. 자는 빈경邠卿. 『맹자장구孟子章句』로 저명하다.

156) 곽박郭璞(276~324) : 동진東晉의 문학가이자 훈고학자. 자는 경순景純. 『이아주爾雅注』, 『목천자전주穆天子傳注』, 『산해경주山海經注』 등의 저작으로 저명하고, 문집으로 명나라 때 이루어진 『곽홍농집郭弘農集』이 있다.

157) 정숙자程叔子 : 정이程頤(1033~1107). 자는 정숙正叔, 호는 이천伊川.

158) 채침蔡沈(1167~1230) : 남송의 학자. 자는 중묵仲默. 채원정蔡元定의 아들. 젊어서 주자를 사사師事했다.

159) 진호陳澔(1261~1341) : 남송(1127~1279) 말에 태어난 학자로 자는 가대可大, 호는 운장雲莊·북산北山. 저서로 『예기집설禮記集說』이 있다.

를 따른다. 그러므로 서울이나 지방의 독서하고 작문하는 선비들이 한평생 듣고 보는 것이라고는 이 판본을 넘지 못하고, 또 시골 구석의 빈궁한 선비란 집안에 다른 서적이라고는 없는 터이므로 이 판본으로 익히고 또 익혀서, 드디어는 모두들 정주·송유宋儒 이외에는 도무지 주석을 낸 사람은 없다고 여긴다. 그래서 『십삼경주소』가 세상에 있다는 것도 알지 못하고, 물어보면 멍하지 않은 사람이 없으니 슬퍼할 만한 일이다. 정주 제현諸賢이 비로소 공자·맹자의 끊어진 학문을 이어서 자라나는 후배 학자들을 열어주고 지나간 위대한 성인을 이었으니, 실로 크나큰 공로가 있다. 그러나 지난날 한당漢唐에서 전문專門을 세워 연구한 선유先儒가 아니었더라면 비록 송나라의 제현들이 있었더라도 바른 길을 얻어 따라갈 수가 없었을 것이다. 지금 만약 이전 사람들을 모두 폐한다면 물고기와 토끼를 잡으려고 하면서 통발과 그물은 잊어버리는 것과 무엇이 다르겠는가.

『十三經註疏』

十三經之名, 始自唐宋之際. 『易』用魏王弼註, 『書』用馬融註, 『詩』用毛亨詁訓傳鄭玄註, 『儀禮』·『周禮』·『禮記』, 亦皆用鄭玄註, 『左傳』用杜預註, 『公羊傳』用何休註, 『穀梁傳』用范甯註, 『論語』用何晏註, 『孟子』用趙岐註, 『孝經』用唐明皇註, 『爾雅』用郭璞註. 在濂洛以前, 皆從此註, 『中庸』·『大學』, 則自爲『禮記』中一篇, 故不能獨行爲經矣. 至程叔子, 始傳『易』, 又朱子爲『易本義』, 朱子又於『詩』有『集註』, 又於『論』·『孟』有『集註』, 又拈出『庸』·『學』爲『章句』, 於『尙書』註「二典」·「禹謨」, 以下文公門人蔡九峰沈註之, 『禮記』則又有宋儒陳澔之註矣.

至明成祖永樂中, 命胡廣·楊榮等, 纂定三經四書, 悉從程朱傳註, 又取宋元諸家論說經旨之不背程朱者, 散付註下, 若本註之疏, 頒行天下, 經非程朱文義, 則不論朝士公車, 與諸生功令, 皆不許用.

而其曰『三經四書大全』之本, 卽出我國, 亦卽刊印, 遍于國中, 至今四百年, 一從明典. 故京鄕讀書作文之士, 一生所聞見, 不越乎此本, 且鄕曲貧儒, 家無他書, 以此習熟, 遂皆謂程朱宋儒外, 都無註家, 幷不知『十三經註疏』, 自在世間, 問之, 無不茫然, 其亦可悲也. 程朱諸賢, 始承孔孟絶學, 開來繼往, 實有大功, 然, 向非漢唐專門之先儒, 雖有宋諸賢, 亦無從以得其門路, 今若盡廢前人, 則何異於得魚兎而忘筌蹄也?

사서史書의 체제

역사서를 쓰는 역사가들은 편년체編年體는 『춘추春秋』에서 본을 따고, 본기本紀 · 열전列傳 · 표表 · 지志의 체제는 자장子長(사마천)에서 시작한다. 온공溫公(司馬光)의 『통감通鑑』과 주자朱子의 『강목綱目』은 모두 편년체 사서이다. 반고班固와 범엽范曄의 『한서』와 『후한서』를 정사正史라 하여 역대에 따랐는데, 『사기史記』 · 『한서漢書』 및 『강목』은 우리나라에서 인쇄, 간행된 지 이미 오래이다. 그러므로 아무리 궁핍한 학자라도 모두 본 적이 있으나, 그 밖의 십칠사十七史는 인쇄, 간행된 것이 널리 퍼지지 못해서 서울의 부유하고 존귀한 오래된 집안에 가보지 않으면 혹 일평생 구경도 못하는 것이 당본唐本(중국 판본) 십삼경十三經이나 마찬가지 경우이다. 『전사全史』와 『주소註疏』는 합해서 1천 권에 가깝지만, 비록 거질이라 하더라도 이 두 가지 서적은 모두 하늘과 땅 사이에서 폐할 수 없는 문자이다. 그럼에도 우리나라 500년 동안 선뜻 인쇄를 하지 못한 것은 수치스런 일이다. 편년체와 정사 이외에 또 기사본말류記事本末

類·실록류實錄類·시정기류時政記類로서 회전會典[160]·통지通志[161]·통고通考[162]·패사稗史·잡사雜史[163]·함사函史 따위 종류가 있지만, 이는 모두 정사의 자료에 지나지 않는 것이다.

서한西漢 사마천이 『사기』를 편찬하였는데 그 10서書[164]는 선제宣帝 때 저소손褚少孫[165]이 보완하였고 유송劉宋[166] 때 배인裴駰[167]이 『집해集解』를, 당나라 장수절張守節[168]이 『정의正義』를, 당나라 사마정司馬貞[169]이 『색은索隱』을 지었다. 동한東漢 반고班固가 『전한서』를 편찬하고 그 누이 반소班昭가 이어서 완성하였으며 맹강孟康[170]·여순如淳[171]·안사고顔師古[172] 등이 주석을 하였다. 송나라 범엽范曄이 『후한서』를 편찬하고 당나

160) 회전會典 : 이동양李東陽의 『대명회전大明會典』, 장정옥張廷玉의 『대청회전』이 대표적이다.

161) 통지通志 : 『통지』, 『속 통지』, 『황조통지皇朝通志』 등의 저작 외에, 지방사의 제목으로 많이 사용되었음.

162) 통고通考 : 마단림馬端臨의 『문헌통고文獻通考』, 서건학徐乾學의 『독례통고讀禮通考』, 진예전秦蕙田의 『오례통고五禮通考』 등이 있다.

163) 잡사雜史 : 사서史書의 한 체제. 『국어國語』, 『전국책戰國策』 등에서 비롯되었다. 『수서隋書』 「경적지經籍志」에 잡사雜史라는 조목이 처음 나온다.

164) 10서書 : 『한서』 「사마천전司馬遷傳」에, "10편은 결락되어서 제목의 기록만 있고 내용은 없다"라고 했다. 삼국시대 위魏 장안張晏의 주에, 사마천 작고 이후 예서禮書·악서樂書·병서兵書·일자전日者傳·삼왕세가三王世家·귀책열전龜策列傳 등 10편이 없어졌는데 저소손이 그 가운데 무제기武帝紀·삼왕세가三王世家·귀책열전·일자열전日者列傳을 보완하였으나 언사가 비루하여 사마천의 본의가 아니라고 하였다.

165) 저소손褚少孫 : 전한의 역사학자, 문학가. 사마천이 죽은 뒤 『사기』의 누락된 부분을 보충하는 작업을 했다고 한다.

166) 유송劉宋 : 유유劉裕가 세운 남조南朝 송宋(420~479)의 별칭別稱으로, 조광윤趙匡胤이 세운 조송趙宋(960~1279)과 구별하여 부르는 이름.

167) 배인裴駰 : 남조 송나라 사람으로 자는 용구龍駒. 저서로 『사기집해史記集解』 130권이 있다.

168) 장수절張守節 : 『사기정의史記正義』를 지은 당 현종 연간의 학자.

169) 사마정司馬貞 : 자는 자정子正. 『사기보 삼황본기史記補三皇本紀』와 『사기색은史記索隱』을 찬술했다.

170) 맹강孟康 : 위魏나라 사람으로 자는 공휴公休. 『한서漢書』에 주注를 달았다.

171) 여순如淳 : 위나라 사람. 『한서』에 주를 달았다.

172) 안사고顔師古(581~645) : 당나라 사람으로 자는 주籒. 안지추顔之推의 손자. 훈고에 정밀했고, 『한서주漢書注』 외에 『광류정속匡謬正俗』 8권을 남겼다.

라 장회태자章懷太子 이현李賢[173)]이 주석을 하고 유소劉昭[174)]가 지志를 보완하였다. 서진西晉 진수陳壽가 『삼국지』를 편찬하고 송나라 배송지裴松之[175)]가 주석을 붙였고, 당나라 방교房喬[176)] 등이 『진서晉書』를 편찬하고 양梁나라 심약沈約이 『송서宋書』를 편찬하고 소자현蕭子顯[177)]이 『남제서南齊書』를 편찬하고 당나라 요사렴姚思廉[178)]이 『양서梁書』를 편찬하고 또 『진서陳書』를 편찬하였다. 북제北齊의 위수魏收[179)]가 『위서魏書』를 편찬하고 당나라 이백약李百藥[180)]이 『북제서北齊書』를 편찬하고 당나라 영호덕분令狐德芬[181)]이 『북주서北周書』를 편찬하고 당나라 장손무기長孫無忌[182)] 등이 『수서隋書』를 편찬하고 당나라 이연수李延壽[183)]가 『남북사南北史』를 합쳐서 편찬하였는데 표表와 지志가 없다. 후진後晋 유구劉昫[184)] 등이 『구당서舊唐書』를 편찬하고 송나라 송기宋祁[185)]는 『신당서』 「열전」

173) 장회태자章懷太子 이현李賢 : 당 고종高宗의 여섯 째 아들로 자는 명윤明允. 학자들을 모아 『후한서後漢書』에 주를 달았다.

174) 유소劉昭 : 양梁나라 사람으로 자는 선경宣卿. 『후한서後漢書』에 주를 달았다.

175) 배송지裴松之 : 남조南朝 송나라 사람으로 자는 세기世期.

176) 방교房喬 : 방현령方玄齡(579~648). 당나라 사람으로 교喬는 별명. 두여회杜如晦와 함께 당 태종 때의 명제상.

177) 소자현蕭子顯(489~537) : 남조南朝 양梁의 사학가이자 문학가. 자는 경양景陽. 제齊의 고제高帝 소도성蕭道成의 손자.

178) 요사렴姚思廉(557~637) : 본명은 간簡, 사렴은 자. 위징魏徵과 함께 『양서梁書』와 『진서陳書』를 편찬했다.

179) 위수魏收 : 위魏나라 사람으로 자는 백기伯起, 어릴 때 자는 불조佛助.

180) 이백약李百藥(565~648) : 자는 중규重規. 당 태종 때 중서사인 예부시랑中書舍人 禮部侍郎을 역임.

181) 영호덕분令狐德芬(583~666) : 당나라 초기의 역사학자. 『주서周書』 이외에 『양서梁書』, 『진서陳書』, 『북제서北齊書』, 『수서隋書』, 『진서晋書』 등 8종의 정사正史 편찬에 참여하였음.

182) 장손무기長孫無忌(597?~659) : 자는 보기輔機. 『수서隋書』를 편찬하였고, 저서에 『당률소의唐律疏議』가 있다.

183) 이연수李延壽 : 자는 하령遐齡. 『남사南史』와 『북사北史』를 편찬하였다.

184) 유구劉昫(887~946) : 자는 요원耀遠. 후진後晋의 정치가.

185) 송기宋祁(998~1062) : 자경子京. 구양수와 함께 『신당서新唐書』를 편찬했다. 시호는 경문景文. 저서에 『송경문공집宋景文公集』이 있다.

을, 구양수歐陽脩는 『신당서』 「본기」 및 「표」·「지」를 편찬하고, 송나라 설거정薛居正[186]은 『구오대사舊五代史』를 편찬하고 구양수는 『신오대사』를 편찬하였는데, 그의 문인 서무당徐無黨[187]이 주석을 붙였다. 원나라 탈탈脫脫[188]은 『송사宋史』·『요사遼史』·『금사金史』를 편찬하고 명나라 송렴宋濂[189]은 『원사元史』를 편찬하고, 청나라 장정옥 등은 『명사明史』를 편찬하였으니, 이것이 23대의 전사全史이다. 앞으로도 정사正史를 편찬하는 사람들은 모두 마땅히 이 전례를 따라, 비록 백세百世가 지나더라도 바꿀 수가 없을 것이다.

그러나 글이란 세상을 따라 격조가 떨어지는 것이다. 그러므로 양용수는, "『진서晉書』·『남북사南北史』는 패관소설이고, 『송사宋史』는 토막토막 무질서한 조보朝報다"고 하였다. 대개 사마천·반고 이외에는 기술이 번다하고 속되었기 때문에 문체가 바르고 단아하지 못한 것은 또한 추세이다. 오직 구공歐公(구양수)의 『오대사』는 문장이 찬란히 빛나 사마천의 풍모가 있다. 또 하교원何喬遠[190]이 지은 『명산장名山藏』[191]의 본기本紀와 여러 열전의 문장은 『서경』의 문체를 따른 것이 많아 격조가 있어서 볼만 하지만, 장정옥의 『명사』는 그렇지 아니하다. 후세의 관명官名·지명地名·인명人名이 모두 예스럽고 우아하지 못하고 수록 사건도 별다를 것이 없으니, 그 문장이 어떻게 『사기』·『한서』에 미칠 수가 있겠는가.

---

186) 설거정薛居正 : 자는 자평子平. 『문혜집文惠集』이 있다.

187) 서무당徐無黨 : 구양수에게 배웠고, 『오대사五代史』에 주를 달았다. 구양수가 그에게 준 글 「남쪽으로 돌아가는 서무당을 전송하는 글[送徐無黨南歸序]」은 고문의 이상을 잘 나타낸 명편이다.

188) 탈탈脫脫(1314~1355) : 탁극탁托克托이라고도 함. 자는 대용大用.

189) 송렴宋濂(1310~1381) : 원말명초의 문학가. 자는 경렴景濂, 호는 잠계潛溪. 저서로 『송학사집宋學士集』 36권이 있다.

190) 하교원何喬遠 : 명나라 사람으로 자는 치효穉孝, 호는 비아匪莪. 『명계십삼조유사明季十三朝遺事』, 『민서閩書』를 편찬하였다.

191) 『명산장名山藏』 : 명대明代 십삼조十三朝의 유사遺事를 모은 책. 1640년 전겸익錢謙益의 서문이 실린 목판본 38책 한 질이 규장각에 소장되어 있음.

史體

作史之家, 編年, 取法於『春秋』, 本紀列傳表志之體, 起於子長, 溫公之『通鑑』, 紫陽之『綱目』, 皆編年之史也. 班固范曄之書, 謂之正史, 歷代從之, 而『史』·『漢』及『綱目』, 我國之印行已久. 故, 雖窮儒, 皆寓目, 其他十七史, 印行未遍, 非遊京城豪貴古家, 則或至一生未見, 亦如唐本之十三經也. 『全史』·『註疏』, 合近千卷, 雖曰巨帙, 此二書, 皆天地間不可廢之文字也, 而國朝五百年, 尙不敢經紀槧印, 足爲羞恥也. 編年·正史之外, 又有記事本末類·實錄類·時政記類, 會典·通志·通考·稗史·襍史·函史之類, 皆史也, 而是則不過正史之資也.

西漢司馬遷, 撰『史記』, 其「十書」, 宣帝時, 褚少孫補之, 劉宋裴駰『集解』, 唐張守節『正義』, 唐司馬貞『索隱』. 東漢班固, 撰『前漢書』, 而其妹昭, 續成之, 孟康·如淳·顔師古等註釋, 宋范曄撰『後漢書』, 而唐章懷太子李賢註, 劉昭補志, 西晉陳壽撰『三國志』, 而宋裵松之註, 唐房喬等撰『晉書』, 梁沈約撰『宋書』, 蕭子顯撰『南齊書』, 唐姚思廉撰『梁書』, 又撰『陳書』, 北齊魏收撰『魏書』, 唐李百藥撰『北齊書』, 唐令狐德芬撰『北周書』, 唐長孫無忌等撰『隋書』, 唐李延壽, 合撰『南北史』而無表志, 後晉劉昫等, 撰『舊唐書』, 宋宋祁撰『新唐書』列傳, 歐陽脩撰『新唐書』本紀及表志, 宋薛居正撰『舊五代史』, 歐陽脩撰『新五代史』, 而門人徐無黨註之, 元脫脫撰『宋史』·『遼史』·『金史』, 明宋濂撰『元史』, 淸張廷玉等, 撰『明史』, 是謂二十三代全史也. 自玆以往, 爲正史者, 皆當從此例, 雖百世, 必不能變矣.

然文從世降, 故楊用修謂"『晉書』·『南北史』, 稗官小說也, 『宋史』, 爛朝報也", 盖班馬以外, 事煩而俗, 故文不爾雅, 亦勢也. 獨歐公『五代史』, 文章燁然, 有馬遷風. 又何喬遠『名山藏』本紀諸傳之文, 多依倣典謨, 渢渢有可觀, 張廷玉『明史』則不然矣. 後世官名地名人名, 皆不古雅, 其事亦不奇, 其文安能及『史』·『漢』也?

우리나라의 역사서

옛 역사서는 한 사람의 손에서 이루어졌다. 그러므로 비록 혹 결점이 있더라도 그 문장은 볼 만한 것이 많다. 이를테면 자장子長(사마천)과 맹견孟堅(반고), 울종蔚宗(범엽)이 바로 그런 경우이다. 『진서晉書』는 당 태종이 위징魏徵·장손무기 등 여러 사람들과 나누어 편찬하였으니 이미 한 사람의 솜씨가 아니고, 진수의 『삼국지』, 구양공歐陽公(구양수)의 『오대사』, 탈탈의 『송사』·『요사』·『금사』는 한 사람의 손에서 나온 듯하지만, 『송사』·『요사』·『금사』는 편찬국을 설치하여 만들었으니 당연히 여러 사람들이 나누어 편찬하였을 것이다. 『명사』에 이르면 장정옥은 총책임을 맡았을 뿐이고 그 본기며 열전, 표와 지는 실상 그 시기 문사들 여러 사람의 손에서 나온 것이고, 또 글을 써내려가거나 사건을 기록한 것이 전혀 볼만한 곳이 없으니, 이전 역사서 가운데 가장 천박하고 격이 낮은 것이다. 『신당서』는 송자경宋子京(宋祁)·구양공에게서 나왔는데 송공의 문체가 너무 생경하고 토막토막 끊어져서, 내용은 이전보다 증보되었다 하지만 문장은 예전보다 못해졌으니, 도리어 유구劉昫의 『구당서』만 못하다.

진수는 『삼국지』를 지을 때 정이丁廙[192]의 아들에게, "나에게 일천 섬[斛]의 쌀을 주면 그대 부친을 위해 훌륭한 열전을 써주겠다" 하였는데, 끝내 주지 않자 진수도 입전立傳하지 않았다.[193] 역사서를 쓰는 자도 뇌물을 요구하다니, 사서가 공정하지 않음을 미루어 알 수 있다. 이 때문에 진수는 무후武侯(제갈량)에 대해서 자못 배척하여 심지어 "제갈량은 정치

---

192) 정이丁廙 : 삼국시대 위魏나라 사람. 자는 경례敬禮. 조식曹植과 친했으나 조비曹丕가 등극한 뒤 피살되었다.

193) "나에게 …… 입전立傳하지 않았다" : 『진서晉書』 권82 「진수열전」에 실려 있다.

를 알았던 훌륭한 인재로, 관중管仲·소하蕭何에 버금갈 만하다. 그러나 용병用兵은 그의 뛰어난 바가 아니었다"[194]고 하였다. 진수는 공명과 사사로운 원한이 있었으니,[195] 이 어찌 공정한 말이겠는가.

역사서로서는 비록 흠이 있더라도 역사가는 마땅히 사마천과 반고를 조종祖宗으로 삼는 것이 옳다. 다만 항우를 본기에 두고 진섭陳涉을 세가에 둔 것은 사마천의 잘못이다. 「고금인표古今人表」[196]에서는 한漢나라 역사와는 상관이 없는데도 노담老聃을 상상上上에 두고 공자를 상중上中에 두었으니, 이 무슨 망령된 견해일까?[197] 또 육경을 함부로 제멋대로 나누고 찢어서 다시 고쳐 표表와 지志를 서술하는 글로 만든 것[198] 또한 모두 반고의 잘못이다.

울종蔚宗[199]은 스스로, "아무 전傳과 아무 전은 필세가 거침없이 내달렸으니, 실로 천하의 기이한 작품이다"[200]고 하면서 자랑하고 뽐을 낸다.

---

194) "제갈량은 정치를……아니었다":『삼국지』「제갈량전」 끝의 찬贊에 있는 말이다.

195) 진수는……원한이 있었으니 : 진수의 아버지는 제갈량의 참모였던 마속馬謖의 참군參軍이었다. 마속이 제갈량에게 죽자 진수의 아버지도 처벌되었다(『진서晉書』 권82 「진수열전」).

196) 「고금인표古今人表」:『한서』의 여러 표表 중의 하나. 『한서』 제20권임. 태호太昊로부터 진섭陳涉과 오광吳廣에까지 역사 인물들을 아홉 등급으로 나누었다.

197) 노담老聃을……견해일까?: 현재 국내에서 통행되는 중국 표점본 '이십오사'에 들어 있는 『한서』「고금인표古今人表」에는 공자孔子가 상상上上으로 되어 있고, 노자老子는 3등급 아래인 중상中上에 들어 있다. 홍한주가 본 『한서』와 차이가 있는 것인지, 그의 기억이 잘못인지 알 수 없다.

198) 육경을 함부로……글로 만든 것 :『한서』의 8표表 가운데 첫 번째인 권13「이성제후왕표異姓諸侯王表」는 그 첫머리가 "옛날『시경』과『서경』이 우하虞夏를 서술할 때[昔詩書述虞夏之際]"라고 시작한다. 이후 거의 모든 표와 지志의 서술에서 육경의 문구를 인용하고 있다. 이를테면「제후왕표諸侯王表」는『논어』의 말을 따서 "옛날 주周는 이대二代를 본보기로 보았다[昔周監於二代]"로 시작하는 등이다. 그것을 이른 말.

199) 울종蔚宗 :『후한서』의 저자인 범엽范曄(398~445)의 자.

200) "아무 전傳과……기이한 작품이다":『송서宋書』 권69, '범엽전'에 있는 말. 범엽이 만년에 감옥에 있으면서 그의 여러 생질들에게 보낸 편지에서 한 말이다. 그는『후한서』 열전 제66 '순리전循吏傳' 이하 환자宦者·문원文苑·방술方術·열녀전列女傳과, 바로 이어지는 여러 이민족에 대한 열전의 서론들을 두고 이런 말을 했다. 위 인용문에 이어서, "그 가운데 잘된 것은 종종「과진편過秦篇」만 못지않다. 시험삼아

그러나 '채문희蔡文姬[201]전' 하나는 당연히 백개伯喈(채옹蔡邕)의 전 끝에 덧붙여야 되지 열녀전列女傳에 들어가서는 안 되며, 계자훈計子勳과 계자훈薊子訓은 본디 한 사람인데 잘못해서 두 사람의 전으로 만들었다. 또 사서에 표와 지가 없는 것은 결점이 된다. 그 나머지 남북조의 사서들은 옛사람이 패관소설이라 하였으니 말을 하잘 것도 없다.

우리나라는 고구려·신라·백제에 대해서는 비록 김부식金富軾의 『삼국사기』가 있지만 이른바 나라의 중대한 일이라는 것이 불법佛法을 높여 신봉하는데 불과하고, 또 황음荒淫하여 법도가 없으며 사람과 귀신이 뒤섞여 있어서 아직도 동쪽 오랑캐의 상태를 면치 못하였으니, 논의의 대상으로 삼을 것이 없다. 고려는 500년간에 군신君臣과 상하上下 사이의 예악·형정이 삼국보다 조금 낫지만, 필경 문란해진 것은 마찬가지다. 또 원나라와 결혼을 하고 나라 일을 한결같이 원나라에서 지시 받았으며, 원명元明이 바뀌는 즈음이 되어서는 공민왕이 원나라를 섬기다 명나라를 섬기다 하여 분분히 바꾸다가 나라가 그만 바뀌어 버렸으니, 그 성명聲明과 문물文物은 실로 일컬을만한 것이 없다.

우리 세종은 정인지鄭麟趾 등에게 명하여 『고려사』를 편찬하여 70권이나 되었는데, 청나라 사람들에게서도 칭찬을 들었다. 그러나 연대가 점점 멀어지고 판각이 훼손되어 없어져서 오직 대궐과 경상卿相을 지낸 고가古家에나 약간 간직되어 있다. 이 책은 우리나라에서 없어서는 안 될 사서인데 아직 한 사람도 그 판의 중간重刊을 요청하는 이가 없는 것은 진실로 개탄할 만하다. 고려의 역사서를 전례에 따라 본조에서 만들고서도 먼저 우리 자신이 폐기해버리고 관심을 갖지 않는 것이 옳은 일이겠는가. 시남市南 유계兪棨[202]는 『여사제강麗史提綱』을 편찬하였고 상

반씨班氏가 지은 바(『한서』를 이름)와 견주더라도 전혀 부끄럽지 않을 정도다"라고 하였다.

201) 채문희蔡文姬 : 후한의 저명한 학자인 채옹의 딸. 이름은 염琰, 문희는 자. 『후한서』 권84 「열녀전」의 제일 끝에 입전되어 있다.

202) 유계兪棨(1607~1664) : 본관은 기계杞溪, 자는 무중武仲. 김장생金長生의 문인. 저서

주尙州 사람인 목재木齋 홍여하洪汝河[203]는 또 『휘찬彙纂 여사제강』[204]을 편찬하였으니, 모두 『고려사』에서 절략節略한 것이지만 이 책들을 의지할 뿐이다.

지금은 밝은 시대이다. 여러 선대왕의 『실록』과 『국조보감國朝寶鑑』이 엄연히 있으니, 조선의 정사正史란 논의할 수가 없는 것이다.[205] 그러므로 사대부로서 우리나라의 전고典故를 익숙하게 알고자 하는 자는 다만 야승野乘과 문집을 통해서 비로소 제대로 알 수가 있다. 그러나 『조야회통朝野會通』[206] · 『조야집요朝野輯要』[207] · 『조야첨재朝野簽載』[208] · 『청야만집靑野謾輯』[209] 등의 여러 책은 모두 어지럽고 잡다하여 법도가 없고, 오직 원교圓嶠[210]가 편찬한 『연려기술燃藜記述』이 거의 기사본말체를 본떴지만 또한 미완성의 책이다. 뒷날 박학하고 글에 뛰어난 사람이 있으

로 『시남집』, 『가례원류家禮源流』, 『여사제강』, 『강거문답江居問答』이 있다.

203) 목재木齋 홍여하洪汝河(1621~1678) : 본관은 부계缶溪, 자는 백원百源, 호는 목재 · 산택재山澤齋. 저서로 『목재집』이 있고, 편서로는 『주역구결周易口訣』, 『의례고증儀禮考證』, 『휘찬려사』, 『동국통감제강東國通鑑提綱』 등이 있다.

204) 『휘찬彙纂 여사제강』 : 『목재가숙 휘찬려사木齋家塾 彙纂麗史』라고도 한다. 전 47권이며 기전체로 되어 있다.

205) 조선의 정사正史란 …… 없는 것이다 : 나라가 망해야 그 다음 왕조에서 정사正史가 편찬되므로, 조선시대에 살고 있는 현재 작자의 처지로서 조선의 정사를 운운할 수는 없다는 말.

206) 『조야회통朝野會通』 : 조선왕조의 편년사. 필사본이 대종이나 목판본도 있고, 언해본도 있음. 저자명이 기록되어 있지 않으나, 『연려실기술』 별집 야사목록에는 정조초의 사람인 김재구金載久의 저술로 기록되어 있다.

207) 『조야집요朝野輯要』 : 조선 건국으로부터 순조 초기까지를 편년체로 기록한 역사서. 필사본. 편자와 편찬연대가 미상이고, 같은 제목이지만 내용의 차이가 있는 책도 있다. 고려대 육당문고본과 국민대 도서관 소장본은 저자가 이장연李長演으로 표기되어 있다.

208) 『조야첨재朝野簽載』 : 조선 숙종 때 편찬된 조선시대 편년사. 필사본. 편자가 윤형성尹衡聖, 윤득운尹得運, 윤득재尹得載로 다양하게 나타난다.

209) 『청야만집靑野謾輯』 : 지금껏 저자가 이희겸으로 알려져 있었으나 이는 오류이고, 그의 일족一族이 되는 이희수李喜壽(1686~1744, 본관 함평, 호 기기옹棄棄翁)의 저술임.

210) 원교圓嶠 : 이광사李匡師(1705~1777)의 호. 자는 도보道甫. 조선 후기의 서예가 · 시인. 저서로 『원교서결圓嶠書訣』, 『원교집선圓嶠集選』, 『두남집斗南集』이 있고, 많은 양의 필첩을 남겼다.

면 명나라 하교원何喬遠의 『명산장名山藏』의 전례에 따라 한 부의 좋은 책으로 완성하는 것이 좋겠다.

그러나 숙종 이후는 당론黨論이 이미 고착되어서 각자 아첨하고 좋아하는 사람을 옳다 하니, 어찌 나라 전체가 흡족히 여기는 공정한 시비가 있겠는가. 나는 우리나라의 국사國史가 끝내 완전한 책으로 이루어질 날이 없을 것임을 안다. 비록 동호董狐[211]가 붓을 잡고 사마천이 문장을 엮더라도 어쩔 수가 없을 것이다. 개탄할 일이다.

東國史書

古史, 成於一人手, 故雖或有疵病, 其文多可觀, 如子長·孟堅·蔚宗是已. 『晉書』則唐太宗與魏徵·長孫無忌諸公分撰, 已非一手, 陳壽之『三國誌』,[212] 歐陽公之『五代史』, 脫脫之『宋史』·『遼』·『金史』, 似出一手, 然『宋』·『遼』·『金史』, 則開局爲之, 亦當有分纂諸人. 至『明史』, 張廷玉, 摠裁而已, 其本紀列傳表志, 實出其時文士, 各人衆手, 且行文記事, 全無可觀, 前史中, 當最卑下矣. 『新唐書』則出於宋子京·歐陽公, 而宋公文體, 太生割, 雖曰事增於前, 文省於舊, 反不如劉昫之舊書矣.

陳壽作『三國誌』[213]時, 謂丁廙之子曰, "與我千斛米, 則爲尊公, 當立佳傳." 竟不給, 壽亦不立傳. 作史者, 亦爲索賂, 則史之不公, 從可知也. 是以壽於武侯, 頗掎斥, 至以爲"亮, 識治之良材, 管·蕭之亞匹, 然, 用兵, 非所長也." 壽與孔明, 有私怨, 此豈公言乎?

史雖有瑕纇, 史家, 當以班馬爲祖可也, 但項羽之爲本紀, 陳涉之爲世家, 子長之失也. 「古今人表」, 不干漢史, 而置老聃於上上, 置孔子於上中, 此何妄見也? 且六經, 妄自割裂, 更改爲表志叙事之文, 則又

211) 동호董狐: 춘추시대 진晉나라 사관史官. 직필로 유명함.
212) 誌: '志'의 잘못임.
213) 誌: '志'의 잘못임.

皆孟堅之失也.

蔚宗則自以爲某傳某傳, 筆勢縱放, 實天下之奇作夸詡, 雖然蔡文姬一着, 當附伯喈傳末, 而不當入烈[214]女傳也, 計子勳・薊子訓, 本一人, 而誤分爲二傳也, 且史無表志, 爲欠缺也. 其餘南北朝之書, 則古人謂稗官小說, 檜曺之無譏也.

我東則高句麗羅濟, 雖有金富軾『三國史』, 所謂國事, 不過崇信佛法, 且荒淫無度, 人神雜糅, 尙未免東夷, 尤無足論. 勝國則五百年, 君臣上下, 禮樂刑政, 稍優於三國, 然, 畢竟紊亂則一也. 且與元結婚, 國事一聽於元朝, 至元明之際, 恭愍王, 事元事明, 紛然變更, 國隨以革, 其聲明文物, 實無可稱也.

我世宗, 命鄭麟趾等, 纂修『高麗史』, 至七十卷之多, 頗見稱於淸人, 然, 年代寖遠, 刻板毁盡, 惟大內及卿相古家, 略略藏置, 此在國朝, 不可闕之史也, 而尙無一人陳請重刊其板者, 誠可慨也. 勝國之史, 例成於本朝, 而先自本朝, 而廢之勿問, 可乎? 兪市南棨, 撰『麗史提綱』, 尙州人洪木齋汝河, 又撰『彙纂麗史』, 皆於本史中節略者, 而賴有此耳.

今則昭代也, 自有列朝實錄及寶鑑而已, 正史不當擬論. 故士大夫欲諳練典故者, 只從野乘與文集, 始可憑信, 而『朝野會通』・『朝野輯要』・『朝野簽載』・『靑野謾輯』等諸書, 皆冗襍無法, 獨圓嶠所編『燃藜記述』, 略倣紀事本末體, 而亦未成書也. 後如有博而文者, 當依明何喬遠『名山藏』例, 編成一部好書, 可也. 然自肅廟以後, 則黨論已痼, 各當[215]阿好, 夫安有通國治然之公是非? 吾知其國史, 終無完書之日矣, 雖使董狐執筆, 馬遷綴文, 無如何矣, 殊發一歎.

---

214) 烈 : '列'의 잘못임.

215) 當 : '黨'의 잘못일 듯.

『고금도서집성古今圖書集成』

풍석楓石 서공徐公(서유구徐有榘)이 일찍이 말하기를, "『도서집성』이라는 책은 그 포괄하여 모아 엮은 것이 마치 지부해함地負海涵과 같아서, 거의 신이 만든 것이지 사람의 힘으로 한 것 같지 않다" 하였으니, 비단 권질이 많은 것만을 이른 말은 아니다. 대개 풍석의 아버지인 판서 서호수徐浩修[216]가 정조 원년(1776)에 정사正使로 연경에 갔는데, 그때 청나라 고종이 바야흐로 여러 신하들에게 명하여 『사고전서』를 편찬하고 있었지만 아직 완성되지는 않았었다. 상上(정조)이 서호수에게 부탁하기를, 『사고전서』 편찬이 끝났거든 한 질을 사오라 하였다. 서호수가 명을 받고 가서 사려고 하니 과연 아직 완성이 되지 않았다. 마침내 별비은別備銀 몇천 냥을 써서 『도서집성』 한 부를 사왔는데, 유서類書로서 목록을 합해 5,020권이었다. 상이 열람하고 크게 기뻐하여 당장 우리나라 종이로 장정을 고치게 하고, 또 내각內閣(규장각) 검서관 이덕무李德懋·박제가朴齊家·유득공柳得恭 등으로 하여금 우선 작은 제목을 쓰게 하고, 또 글씨를 잘 쓰는 지사知事 조윤형曺允亨[217]에게 명하여 그 바깥 제목을 쓰도록 하여 주합루宙合樓[218]에 간직하였다. 각신閣臣이 아니면 감히 대출을 요청할 수 없었고, 매우 보배롭게 애지중지하여 각신 이외의 신하들과 서생書生들은 구경도 할 수 없었다.

내가 듣건대 병신년(1776)에 사올 때 연경의 서점 사람들이 비웃으며 우

216) 서호수徐浩修(1736~1799) : 자는 양직養直, 호는 학산초부鶴山樵夫. 명응命膺의 아들. 『사고私稿』 1책(이화여대), 『수리정온보해數理精薀補海』 1책(연세대), 『연행기燕行記』 2책(규장각)이 있다.

217) 조윤형曺允亨(1725~1799) : 자는 치행穉行, 호는 송하옹松下翁. 그림과 글씨에 능했다. 필적을 엮은 필첩이 여러 도서관에 남아 있다.

218) 주합루宙合樓 : 서울 창덕궁 안에 있는 누각. 규장각의 본채로 사용된 건물임.

리나라 사람들에게 말하기를, "이 책이 간행된 지는 거의 50년이 지났는데, 귀국貴國은 문文을 숭상한다면서 지금에야 사가나요? 일본은 나가사키[長崎島]에서 1부, 에도[江戶]에서 2부 등 이미 3부를 구해갔습니다"[219] 하니, 우리나라 사람들은 부끄러워 대답을 못했다고 한다.

지난 정해년(1827) 여름, 익종翼宗[220]이 대리代理할 때 내 재종형 해거공海居公[221]이 왕의 사위로서 일찍이 사사롭게 뵌 자리에서 아뢰기를, "신은 애초 각신이 될 수 없으니, 『도서집성』을 일생 볼 수가 없습니다. 한번 빌려 주시기 바랍니다" 하니, 익종이 웃으며 허락하고 액예掖隷에게 명하여 공의 집으로 보내주었다. 공이 나를 불러 같이 열람했기 때문에 나 역시 한두 차례 가서 그 대강을 보았다.

대개 청나라 성조 강희 연간에 태학사太學士 문숙공文肅公 장정석蔣廷錫에게 이 책의 편찬 책임을 맡도록 명하여 옹정 9년(1731)에야 책이 비로소 완성되었다. 역상曆象 · 방여方輿 · 명륜明倫 · 이학理學 · 박물博物 · 경제經濟의 여섯 휘편彙編, 32전典에 일천 몇백 몇십 몇 부部이다.[222] 매번 한 가지 물건을 반드시 먼저 그림으로 나타내고 원류源流와 연기緣起를 다음으로 하고 시문詩文과 논설論說을 다음으로 하여 명목이 지극히 많고 범례가 세밀하고 자세하여 상고하고 열람하기가 매우 용이하다. 또 그림은 신묘

219) 우리나라 사람들에게 말하기를 …… 이미 3부를 구해갔습니다 : 서유구는 일본이 『도서집성』을 3~4부나 구입해갔다는 점을 언급하고 있는데, 그럴 수 있었던 요인으로 운반 수단으로 배를 사용한 점을 특별히 기술하고 있다(『금화경독기』 권5, 「저서儲書」). 후지츠카 치카시[藤塚鄰] 역시 이 사실을 썩 중요하게 언급하고 있다(등총린 저, 박영희 역, 『추사 김정희, 또 다른 얼굴』, 아카데미하우스, 1994).

220) 익종翼宗(1809~1830) : 순조의 세자, 헌종의 아버지. 자는 덕인德寅, 호는 경헌敬軒. 어머니는 순원왕후純元王后 김씨. 헌종이 즉위한 뒤 익종으로 추존되었다.

221) 해거공海居公 : 해거는 정조의 부마인 홍현주洪顯周(1793~1865)의 호. 홍석주洪奭周, 길주吉周의 아우. 홍한주와 극히 친밀한 교분이 있었다. 『해거재시초海居齋詩抄』 등이 있다.

222) 여섯 휘편彙編, …… 몇 부部이다 : 예컨대 여섯 휘편 가운데 하나인 이학휘편理學彙編의 처음은 경적전經籍典이고, 그 아래 경적총부經籍總部, 하도낙서부河圖洛書部, 역경부易經部, 서경부書經部 등의 방식으로 편집되어 있다.

하니, 이전에 없었던 하나의 위대한 유서類書이다. 『산당사고山堂肆考』,[223] 『사문유취事文類聚』,[224] 『옥해류함玉海類函』[225] 등의 책과 비교해본다면 하백河伯이 바다를 본 정도일 뿐만 아니니, 풍석이 한 말이 지나친 것이 아니다.

『古今圖書集成』

楓石徐公嘗言, "『圖書集成』一書, 其所檃括編輯, 若地負海涵, 殆神造而非人力", 非但以卷帙浩穰言也. 蓋楓石之大人判書浩修, 正廟元年, 以上价赴燕, 時淸高宗, 方命諸臣, 纂修『四庫全書』, 未成矣. 上喩托浩修, 書如紇工, 使之購求一本, 浩修承命往求, 果未成, 遂用別備銀幾千兩, 更買『圖書集成』一部以來, 是類書, 並目錄, 合五千二十卷也. 上覽而大喜, 亟命以我國紙本改裝, 又令內閣檢書李德懋・朴齊家・柳得恭輩, 先書小目, 又命工書人曺知事允亨, 書其外題, 藏之宙合樓, 非閣臣, 不敢請出, 甚寶重之, 如外廷臣僚與書生, 無以寓目者也.

余聞丙申購來時, 燕市人, 笑謂我人曰, "此書刊行, 殆過五十年, 而貴國, 號稱右文, 今始求買耶? 日本則長碕島一部, 江戶二部, 已求三件去矣." 我人羞愧, 不能答云. 向在丁亥夏, 翼宗代理時, 余再從兄海居公, 以禁臠, 嘗私侍, 公伏地奏曰, "臣旣非閣臣, 『圖書集成』, 一生未見, 願乞一借." 翼宗笑許之, 仍命掖隷, 領送公第, 公招余同閱. 故余亦一再往, 見其綱領矣. 蓋淸聖祖康熙中, 命太學士蔣文肅公廷錫, 摠裁是

223) 『산당사고山堂肆考』: 송나라 장여우章如愚가 편찬. 전집 66권, 후집 65권, 속집 56권, 별집 25권. 국립중앙도서관에는 명나라 팽대익彭大翼 등이 편찬한 『산당사고』 필사본 239권 50책이 소장되어 있다. 1595년 팽대익의 서문이 있다.

224) 『사문유취事文類聚』: 송宋의 축목祝穆이 편찬. 신집新集과 외집外集은 원元의 부대용富大用이, 유집遺集은 원元의 축연祝淵이 지었다. 전편全篇을 많은 세목細目으로 나누어 고금古今의 사실과 시문詩文을 유별類別하여 수록하였다. 전집 60권, 후집 50권, 속집 28권, 별집 32권, 신집 36권, 외집 15권, 유집 15권.

225) 『옥해류함玉海類函』: 송나라 왕응린王應麟이 편찬. 200권.

書, 至雍正九年, 書始成, 曆象・方輿・明倫・理學・方[226]物・經濟凡六彙編, 三十二典, 部爲一千幾百幾十幾, 而每一物, 必先圖形, 次以源流緣起, 次以詩文論說, 名目極繁, 而凡例纖悉精詳, 攷閱甚易, 且繪事神妙, 前古所未有之一大類書也. 如以『山堂肆考』・『事文類聚』・『玉海類函』等書觀之, 不啻如河伯之望洋, 楓石云云, 非過語也.

『임원십육지林園十六誌』

풍석楓石(서유구)은 만년에 『임원십육지林園十六誌』[227]를 편찬하였는데, 대개 근세近世에 나온 『산림경제山林經濟』[228]를 따라 만들었지만 더욱 많은 자료를 모아 지극히 풍부하니, 산거 경제山居經濟의 서적이라 할만하다. 또 일찍이 우리나라 사람들의 필록筆錄과 만기漫記 수백 종을 모아 편집하여 『소화총서小華叢書』라 이름 붙여서, 항해공沆瀣公[229]의 『숙수념孰遂念』[230] 같은 책이 모두 그 속에 들어 있었는데, 미처 정사해서 책을 완성하지 못했고 풍석도 세상을 떠났으니 한탄할 일이다.

---

226) 方 : 博의 잘못임.

227) 『임원십육지林園十六誌』 : 『임원경제지』 혹은 『임원경제십육지』라고도 한다. 113권 52책. 전원 생활을 하는 선비에게 필요한 지식과 기술, 기예와 취미에 대한 백과사전적 기술.

228) 『산림경제山林經濟』 : 홍만선洪萬選(1643~1715)의 저작. 홍만선은 자가 사중士中, 호는 유암流岩, 관향은 풍산, 주국柱國의 아들이다. 홍만종洪萬宗의 종제從弟여서, 홍만종이 서문을 썼다. 『산림경제』는 모두 4권 4책 16지志로 구성되어 있다. 자세한 내용은 『국역 산림경제』(민족문화추진회, 1982)의 「해제」(辛承云)를 참고.

229) 항해공沆瀣公 : 항해는 홍길주洪吉周(1786~1841)의 호. 조선 후기의 문인・학자. 자는 헌중憲仲, 본관은 풍산豊山. 그의 저작 가운데 『항해병함』, 『현수갑고峴首甲藁』와 『표롱을첨縹礱乙幟』은 국역되었다(박무영 외, 태학사, 2006).

230) 항해沆瀣의 『숙수념孰遂念』 : 규장각과 버클리대학 아사미문고에 각각 소장되어 있다.

『林園十六誌』

楓石晩年, 編成『林園十六誌』, 盖依近世所行『山林經濟』爲之, 而益加裒輯捃摭, 極該贍, 可爲山居經濟之書. 又嘗編取我東人筆錄漫記數百種, 名曰『小華叢書』, 如沆瀣公『孰遂念』, 皆入其中, 而未及繕寫成書, 楓石亦捐館, 可歎也.

우리나라의 경세서經世書

우리나라 사람이 편찬한 서적 가운데 신심身心・성명性命에 유익한 것으로는 오직 율곡의 『성학집요聖學輯要』와 허준許浚의 『동의보감』 두 가지이니, 이는 근고近古에 이미 굳어진 정론이다. 그 밖에는 도무지 볼만한 신기新奇한 것이 없다. 하지만 반드시 전해져서 공사公私에 도움이 되며 근거로 삼을만한 책으로는 하나는 반계磻溪 유형원柳馨遠의 『수록隨錄』이요, 또 하나는 후암厚菴 이만운李萬運[231]의 『문헌비고文獻備考』이다. 반계의 『수록』은 우리나라의 경세서經世書로서, 그 역량과 경륜은 비록 천백 년 뒤에라도 언젠가는 실행될 날이 있을 것이다. 『문헌비고』는 우리나라 사람이라면 전고典故를 상고하고 열람하는 데 편리하므로, 하루라도 없어서는 안 된다. 옛날 영조英祖가 여러 신하들에게 명하여 이 책을 편찬하게 했을 때, 당시 일을 맡은 사람들이 널리 해박하지 못하여

231) 후암厚菴 이만운李萬運(1723~1797) : 자는 중심仲心. 정조 14년에 『증보문헌비고增補文獻備考』의 초고를 완성하여 임금에게 바쳤다. 편저로 『국조진신안國朝搢紳案』(필사본 2권 2책, 국립중앙도서관), 『만기요람』, 『조두록俎豆錄』 등과 이덕무와 함께 완성한 『기년아람紀年兒覽』이 있다. 『묵헌집默軒集』을 남긴 묵헌 이만운(1736~1820)은 비슷한 시기의 동명이인이다.

겨우 40권을 만들었지만, 너무 소략해서 사람들이 부족하다고 여겼다. 정조正祖 때 와서 후암厚菴이 드디어 작심하고 이어서 편찬하였으니, 비록 본디 책을 따랐지만 실상은 새로 편찬한 것이었다. 후암은 총명과 정력이 우리나라의 고영인顧寧人(顧炎武)이라 할만 한데, 단군·기자 이후로 무릇 우리나라와 관계된 문자 기록은 바로잡지 않은 것이 없으니, 어쩌면 그렇게도 박학하였을까. 이 책은 오로지 마단림의 『문헌통고』의 체제를 따랐지만 항목은 더 상세하다.

이때 정조가 소식을 듣고 그 일을 매우 아름답게 여겨 붓과 종이 및 글씨를 베껴 쓰는데 재능이 있는 사람을 대어 주라 명하고, 또 나라 안의 민가들에 비장秘藏되어 있는 야사野史·가승家乘을 그가 요구하는 대로 빌려주기를 인색해하지 말아서 완성을 도와주라 명하였으니, 거룩한 일이었다. 그러나 규모가 너무 컸으므로 책이 미처 완성되기 전에 정조가 작고하고 공 역시 병으로 작고하여 그의 집에서 창졸간에 교정을 해서 바쳤으니, 몹시 한탄스런 일이다. 뒤에 헌종憲宗 을사년(1845, 헌종 11)에 운석雲石 조공 인영趙公寅永[232]이 영상領相으로 있으면서 서국書局을 열어 이어서 편찬할 것을 주청하여 드디어 찬집청纂輯廳을 설치하고 또 박식한 학자들을 뽑아 그 일을 나누어 맡게 하였다. 그러나 끝내 인순因循·한만汗漫을 면치 못하여 몇 년간 일을 지체하였고 시사時事도 여러 차례 바뀌어 필경에는 중단된 채 흐지부지되고 말았으니 더더욱 한탄스런 일이다.

옛날 송나라 영종英宗이 사마온공司馬溫公에게 『자치통감』을 편찬하게 하였는데, 완성되기 전에 영종이 작고하였다. 신종神宗 때가 되자 온공이 그 의자衣資와 필찰筆札을 이익으로 여겨서 일부러 그 일을 끈다고 말하는 자가 있었다. 온공은 두려워서 결국 일을 끝내고 원풍元豊 7년(1084, 원풍은 신종의 연호)에 책을 올리니, 처음부터 끝까지 모두 19년이 걸

232) 조공 인영趙公寅永(1782~1850) : 조선 헌종 때의 문신으로 자는 희경羲卿, 호는 운석雲石. 『운석유고』가 있다.

렸다. 또 장정석의 『도서집성』도 강희 때 시작하여 옹정 때 완성되었으니, 거질의 서적이란 본디 그런 것이다. 그러나 두 서적은 끝내 간행되었지만 『문헌비고』는 끝내 책이 이루어지지 못하였으니, 우리나라 일이란 중국에 비겨서 부끄러운 점이 많다.

我國經世之書

我國人所編之書, 其有益於身心性命者, 惟栗谷之『聖學輯要』, 許浚之『東醫寶鑑』二種, 此近古已言之論也. 其外都無新奇可觀, 而又有必傳而有資於公私, 可以考據者, 一則柳磻溪馨源『隨錄』也, 一則李厚菴萬運『文獻備考』也. 磻溪『隨錄』, 我國經世之書, 其力量經綸, 雖後千百年, 終當有可行之日, 『備考』則爲我國人者, 便於考閱典故, 不可一日無也. 昔英廟, 命諸臣, 纂成是書, 其時諸公, 不能淹賅, 僅爲四十卷, 而甚踈略, 人多病之. 至正廟時, 厚菴, 遂銳意續之, 雖依原書, 實則新編也. 厚菴, 聰明與精力, 足可謂我東之顧寧人, 而自檀箕以後, 凡係東國有字之文, 靡不槩括, 何其博也? 此書, 全倣馬氏『通考』例, 門目加詳矣.

是時, 正廟聞之, 甚嘉其事, 命給筆札及能書人, 又命國中人家秘藏野史家乘, 隨其所求, 勿吝許借, 俾助其成, 盖盛擧也. 然卷帙叢襍浩穰, 故書未及成, 而正廟賓天, 公亦病歿, 自其家, 卒卒了讐以上, 殊可恨也. 後至憲宗乙巳, 雲石趙公寅永, 以領相, 奏請開局續纂, 遂設纂輯廳, 又欲抄取博識之儒, 分掌其事, 遂未免因循汗漫, 經始數年, 時事亦屢變, 竟罷勿問, 又可恨也.

昔宋英宗, 命司馬溫公, 纂『資治通鑑』, 未成而英宗崩, 至神宗時, 有言溫公, 利其衣資筆札, 故延其事者, 溫公懼之, 遂卒役, 元豊七年, 始上之, 首尾摠十九年也. 又蔣廷錫之『圖書集成』, 亦始於康熙, 成於雍正, 巨帙書, 本自如此. 然二書則竟刊行, 而『備考』則終不能成書, 我國事, 媿於中國, 多矣.

『기년아람紀年兒覽』

이후암은 또 『기년아람』 4권이 있는데 아정 이덕무가 도와서 이루었다. 그 고거考據가 정밀하고 상세하며 「아동기년我東紀年」을 아울러 붙이고 또 「역대전수세계도歷代傳授世系圖」 및 「국도國都」와 「군현郡縣」을 함께 붙였다. 예로부터 기년紀年의 서적 가운데 이토록 많이 포괄하고 또 갖추어진 책이 없었으니, 대개 근세에 전고典故에 박학한 선비로 이 두 학자만 한 이가 없기 때문이다. 그러나 끝내 한 사람도 간행하는 사람이 없으니, 학문을 숭상하는 나라라고 할 수 있을까?

지난날 내가 의성義城 현감으로 있을 때[233] 감사에게 권유하여 이 책을 판각하도록 하였는데 감사가 허락했었다. 대개 영남 감영은 본디 서적을 판각하는 비용이 있었다. 내가 임지任地에 돌아가서 임지에 두고 있던 등사본을 편지와 함께 막 보내려하는데, 마침 헌종憲宗이 승하하고 이어서 감사가 교체되었다는 말을 들었다. 나 또한 파직되어 돌아와서, 그 일은 마침내 끝나버렸다. 서적의 간행도 운수에 관계되는 것일까? 감사는 판서 김대근金大根[234]이었다.

『紀年兒覽』

李厚菴, 又有『紀年兒覽』四卷, 雅亭李德懋, 助成之. 其考據精詳, 而幷附我東紀年, 又並歷代傳授世系圖, 及國都郡縣而附之, 凡自古紀年之書, 未有如[235]此賅且備者, 盖近世博古之士, 無如此二儒故也.

---

233) 지난날 내가…… 있을 때 : 재임 기간은 1847~1849년임. 『해옹시고초海翁詩藁鈔』 「문소십조聞韶集鈔」 참조.

234) 김대근金大根(1805~1879) : 조선말의 문신・학자. 자는 일원一原, 호는 초계苕谿・여연如淵. 한순漢淳의 아들. 1827년 정시庭試에 급제, 이조판서와 좌우찬성을 역임. 『여연유고』 3책이 있다.

然而終無一人, 刊而行之, 其可謂右文之國乎?

向余知縣義城, 勸監司, 刻此書, 監司諾之, 盖嶺營, 本有刻書之財矣. 余還任所, 以所置謄本, 方擬書送, 適聞憲廟上賓, 監司隨遞, 余亦罷歸, 其事遂已, 書之刊行, 亦關數耶? 監司, 金判書大根也.

팔대가八大家

모녹문茅鹿門[236]이 당송唐宋의 문인 8명의 글을 뽑아 『팔대가문초八大家文抄』를 만들어 당시와 후세에 크게 유행하니, 후세 사람들 가운데 고루하고 문견이 적은 자는 마치 팔가 이외에는 거기에 견줄만한 사람이 없는 줄로 안다. 그러나 이는 실상 그렇지 아니하다.

당나라의 두목지杜牧之[237] · 유우석劉禹錫[238] · 이고李翶[239] · 손초孫樵,[240] 송나라의 윤수尹洙[241] · 유창劉敞[242] · 진사도陳師道[243] · 황정견黃庭堅[244]

---

235) 如 : 원문에는 없는 글자이지만, 보충해 넣었음.

236) 모녹문茅鹿門 : 명의 산문가인 모곤毛坤(1512~1601). 자는 순보順甫, 녹문鹿門은 호.

237) 두목지杜牧之(803~852) : 당唐의 문인. 이름은 두목杜牧이고, 목지牧之는 자.

238) 유우석劉禹錫(772~842) : 당의 문인. 자는 몽득夢得. 시문에 뛰어났고 유종원柳宗元과 밀접한 관계를 유지하여 '유유劉柳'라 불리었다. 『유빈객집劉賓客集』이 있다.

239) 이고李翶(772~841) : 당의 산문가. 자는 습지習之. 한유의 제자로 한유가 창도한 고문운동에 적극 참여했다. 『이문공집李文公集』이 전한다.

240) 손초孫樵 : 당의 산문가. 자는 가지可之. 『손가지집孫可之集』이 있다.

241) 윤수尹洙(1001~1047) : 북송의 문학가. 자는 사로師魯. 고문을 이용하여 당시 유행하던 유미주의 문풍을 개혁하고자 노력했다. 『송사宋史』 본전에, "송초에 이르러 당나라 유종원이 시작했던 고문을 윤수와 목수穆修가 다시 진작시켰다"고 되어 있다.

242) 유창劉敞(1019~1068) : 북송의 경학자 · 역사학자 · 정치가이자 문학가. 자는 원보原父, 호는 공시公是.

243) 진사도陳師道(1053~1101) : 북송의 시인, 정치인. 자는 이상履常 · 무기無己, 호는 후

· 장문잠張文潛[245] · 조보지晁補之[246] · 섭적葉適,[247] 금나라의 원호문元好問,[248] 원나라의 요수姚燧[249] · 우집虞集[250] · 황진黃溍[251] · 유관柳貫,[252] 명나라의 송렴宋濂 · 유기劉基[253] · 방효유方孝孺[254] · 왕수인王守仁[255]은 모두 시대에 탁월한 문장으로서 녹문보다 뛰어난 사람들이다. 팔가가 갑이 된다면 이 여러분은 을이 되기에 충분하니, 어찌 팔가 이외에 뽑을 만한 사람

산后山. 강서시파江西詩派로, 시에 있어서 황정견의 가르침을 받았다. 『후산선생집后山先生集』이 있다.

244) 황정견黃庭堅(1045~1105) : 북송의 시인. 자는 노직魯直, 호는 산곡山谷 · 부옹涪翁. 부조父祖가 모두 이름 있는 시인이었음. 이른바 소문蘇門 사학사四學士의 한 사람이고, 강서시파의 개창자로 알려져 있다. 행초서行草書를 잘 썼다. 『산곡집山谷集』 70권이 있다.

245) 장문잠張文潛 : 북송의 시인인 장뢰張耒(1054~1114). 문잠은 자, 호는 가산柯山. 진관秦觀 · 황정견黃庭堅 · 조보지晁補之와 함께 소문사학사蘇門四學士로 불림.

246) 조보지晁補之(1053~1110) : 북송의 문학가. 자는 무구無咎. 『계륵집鷄肋集』 70권이 전한다.

247) 섭적葉適(1150~1223) : 남송의 학자, 문학가. 자는 정칙正則, 호는 수심水心. 『습학기언習學記言』, 『수심선생문집』이 있다.

248) 원호문元好問(1190~1257) : 금나라 문학가. 자는 유지裕之, 호는 유산遺山. 문집인 『유산집』이 있고, 그가 금나라의 시를 가려 뽑은 선집인 『중주집中州集』은 널리 알려져 있다.

249) 요수姚燧(1238~1313) : 원의 문학가. 자는 단보端甫, 호는 목암牧庵. 산문과 곡에 뛰어나 노지盧摯와 명성이 나란했으므로 당시에 '요로姚盧'로 병칭되었다.

250) 우집虞集(1272~1348) : 원나라 학자이자 시인. 자는 백생伯生, 호는 도원道園. 조세연趙世延과 함께 『경국대전經國大典』을 편찬했고 『도원학고록道園學古錄』, 『도원류고道園類稿』 등이 있다. 조선조에서는 『두율우주杜律虞註』로 널리 알려져 있었다.

251) 황진黃溍(1277~1357) : 원나라 학자. 자는 문잠文潛 또는 진경晉卿. 우집虞集 · 유관柳貫 · 게해사揭傒斯와 함께 '유림사걸儒林四傑' 로 일컬어졌다. 저서로는 『황문헌집黃文獻集』, 『일손재고日損齋稿』, 『일손재필기日損齋筆記』, 『의오지義烏志』 등이 있다.

252) 유관柳貫(1270~1342) : 원의 문학가. 자는 도전道傳, 호는 오촉산인烏蜀山人. 저서로 『유대제집柳待制集』, 『금석문자金石文字』 등이 있다.

253) 유기劉基(1311~1375) : 원말 명초의 문학가. 자는 백온伯溫. 저서로는 『울리자鬱離子』, 『부부집覆瓿集』, 『사정집寫情集』, 『이미공집犁眉公集』이 있는데 후인들이 『성의백문집誠意伯文集』으로 모아 엮었다.

254) 방효유方孝孺(1357~1402) : 명초의 정치가, 문학가. 자는 희직希直 또는 희고希古. 정학선생正學先生으로 불리었다. 『손지재집孫志齋集』이 있다.

255) 왕수인王守仁(1472~1528) : 명의 정치가 · 사상가 · 문학가. 호는 양명陽明. 『왕문성공문집王文成公文集』이 있다.

이 하나도 없다고 할 수 있겠는가. 매우 가소롭다.

八大家

茅鹿門, 以唐宋八人之文, 選爲『八大家文抄』, 大行於天下後世, 後人之孤陋寡聞者, 認若八家以外, 更無有等列, 然此實不然. 唐之杜牧之·劉禹錫·李翺·孫樵, 宋之尹洙·劉敞·陳師道·黃庭堅·張文潛·晁補之·葉適, 金之元好問, 元之姚燧·虞集·黃溍·柳貫, 明之宋濂·劉基·方孝孺·王守仁, 皆絶代之文章, 而鹿門以上之人也. 八家爲甲, 則諸公爲乙可也, 豈可謂八家之外, 全然無可選之一家也? 此甚可笑.

명신록名臣錄

『명신록』의 체제는 주자에서 시작되었다. 그 뒤 금·원나라에서는 보이지 않고, 오직 명나라 때 『명신완염록名臣琬琰錄』[256]이 있다. 우리나라에서는 잠곡潛谷 김문정공金文貞公[257]이 『해동명신록海東名臣錄』 9권을 엮었는데, 설홍유薛弘儒(설총)·최문창崔文昌(최치원)에서 시작하여 청음淸陰[258]·선원仙源[259] 여러분에서 그쳤는데, 지장誌狀이나 사전史傳과 같은 체제이지 『명신록』의 전례대로는 아니었다. 판서 송성명宋成明[260]에 이르러 비

256) 『명신완염록名臣琬琰錄』: 서횡徐紘(1490~1561)이 편찬한 『황명명신완염록』. 이보다 앞서 송나라 두대규杜大珪가 편찬한 『명신비전완염록名臣碑傳琬琰錄』이 있다.

257) 잠곡潛谷 김문정공金文貞公: 김육金堉(1580~1658).

258) 청음淸陰: 김상헌金尙憲의 호.

259) 선원仙源: 김상용金尙容의 호.

로소『명신록』의 전례에 따라『국조명신언행록國朝名臣言行錄』27권을 엮었는데, 꽤 볼만한 책이다. 그러나 숙종 이후는 수록하지 않았으니 당연히 속편이 있어야 할텐데 아직 듣지 못하였다. 근세에 좌상左相을 지낸 죽리竹里 김이교金履喬[261]가『당명신록唐名臣錄』을 엮었고 연천공淵泉公[262] 형제는 또『삼한명신록三韓名臣錄』을 엮었지만, 모두 완성되지 못한 책들이다.

名臣錄

名臣錄之例, 始於朱子. 其後金元則無見, 獨明代有『名臣琬琰錄』. 我朝潛谷金文貞公, 撰『海東名臣錄』九卷, 始自薛弘儒・崔文昌, 止淸陰・仙源諸公, 而如誌狀史傳之體, 非名臣錄例也. 至宋判書成明, 始依名臣錄例, 撰『國朝名臣言行錄』二十七卷, 頗有可觀. 然肅廟以後則不錄, 又當有續編而姑未聞. 近世竹里金左相履喬, 撰『唐名臣錄』, 淵泉公兄弟, 又撰『三韓名臣錄』, 而皆未成書也.

---

260) 송성명宋成明(1674~?) : 본관은 여산礪山, 자는 성집聖集・군집君集, 호는 송석松石. 1705년 문과, 1739년 공조판서와 대사헌 역임. 그가 엮은『국조명신언행록』이 지금 전하는데, 이덕무는 이 책을 높이 평가해서 그 목차를 따로 전하고 있다.『앙엽기』권6.

261) 죽리竹里 김이교金履喬(1764~1832) : 자는 공세公世, 죽리는 호, 본관은 안동, 시호는 문정文貞.『한왜창수집韓倭唱酬集』,『신미통신일록辛未通信日錄』이 남아 있다.

262) 연천공淵泉公 : 홍석주洪奭周(1774~1842). 조선 후기의 학자, 문인. 자는 성백成伯, 연천은 호, 시호는 문간文簡, 본관은 풍산. 특히 산문에 뛰어났다.『연천집』이 있다. 저자인 홍한주의 재종형이다.

『연려기술燃藜記述』

명나라 등원석鄧元錫[263]이 『함사函史』를 편찬하고, 그 끝에 「역대歷代」·「천문天文」·「오행五行」 등의 여러 지志를 편성하였다. 각각의 지志에는 반드시 한 통의 글을 지어서 시종始終을 통틀어 논하였으나, 그 상세함은 본사本史[264]만 못하고, 협제夾漈(鄭樵)의 『통지』만도 못하다.

우리나라에서는 원교圓嶠 이광사李匡師가 『연려기술』을 엮었다.[265] 그 역시 끝에다 「별편別編」을 만들었는데, 그가 「전고典故」라 이름 붙인 것은 대략 『통전』과 『통지』의 전례를 따른 것이지만 모두 소략하고 거친 데다 완성된 책으로 이루지 못하였으니, 이후암(이만운)의 『문헌비고』가 상세·치밀하며 정심精深·박학한 것보다 훨씬 못하다.

『燃藜記術』

明鄧元錫, 編『函史』, 其下編爲「歷代」·「天文」·「五行」等諸志, 而每志必爲一通文, 摠論始終, 其詳不如本史, 亦不如夾漈之『通志』矣.

我東則圓嶠李匡師, 撰『燃藜記述』, 又以其餘爲別編, 其稱「典故」者, 略倣『通典』·『通志』之例, 而皆踈漏草率, 不成完書, 不如李厚菴『文獻備考』之詳密精博遠甚.

---

263) 등원석鄧元錫 : 자는 여극汝極, 호는 잠곡潛谷. 『함사』는 청판본이 규장각과 고려대 육당문고에 소장되어 있다.

264) 본사本史 : 역대의 정사正史를 가리킴.

265) 우리나라에서는 …… 엮었다 : 『연려실기술』의 편자는 원교圓嶠의 아들인 이긍익李肯翊으로 알려져 있었는데, 이 기록은 편자 문제를 다시 검토하도록 하는 단서가 되었다. 이 문제에 대해서는 정만조鄭萬祚 「연려실기술」(조동걸 외, 『한국의 역사가와 역사학』 상, 창작과비평사, 1994, 310~324면)을 참고.

『통감通鑑』과 『사략史略』

강지江贄[266]라는 자는 남송南宋 때의 한 글방 훈장일 뿐이다. 일찍이 문학으로 당시 사람들에게 이름이 알려진 적이 없고, 송·원·명·청 이래 필록筆錄과 야승野乘에서 한 사람도 강지를 일컬은 이가 없다. 다만 그가 엮은 『통감절요』 15권[267]이 민간에서 판각되어 세상에 유행했기 때문에 비로소 강지라는 이가 있는 줄을 안다. 그러나 그 책은 온공溫公의 『자치통감』을 간추려 뽑아 권질을 줄여서 아이들을 가르치기에 편하도록 한 것일 뿐이다. 간추려 뽑는 일이란 번다한 것을 깎아 요점을 취해야 하는 것인데, 이 책은 애초 원칙이 없이 다만 깎고 줄이기만을 힘썼다. 그래서 온통 구절을 자르고 찢어 문리가 이루어지지 않으니, 어찌 역사서라고 할 수 있겠는가. 명나라 초에 우리나라 사신이 연경에 갔다가 우연히 서점에서 이 책을 파는 것을 보고 권수가 적고 값이 싼 점 때문에 사와서 곧바로 간행하였다. 지금은 온 나라 안에 퍼져서 무릇 처음 배우는 아이들은 귀천을 막론하고 사람사람이 외고 익혀서 천지 사이에서 바뀌지 않을 위대한 저술로 알고, 『통감강목』은 도리어 이 책보다 뒤로 여긴다. 촌구석 서당 훈장이 우리나라에서 이토록 득세할 줄을 어찌 알았으랴.[268]

이 책과 어깨를 나란히 할 수 있는 책이 있으니, 증선지曾先之[269]의

---

266) 강지江贄 : 남송 숭안崇安 사람. 자는 숙규叔圭, 사호賜號는 소미선생少微先生.

267) 『통감절요』 15권 : 『통감절요』는 50권 15책으로 간행된 바, 저자는 권과 책을 혼용하고 있음.

268) 『통감절요』에 대한 비판적 인식은 홍한주에 앞서 여러 사람들이 피력하고 있다. 다음에 이덕무의 글을 들어 둔다. "우리나라 사람의 고루함이야 이루 말할 수 있겠는가. 『사지통감』이 『통감』인 것을 알지 못하고 소미少微의 『통감절요』를 『통감』이라 하여 그 제목을 『통감』이라고 쓰니, 진짜 『통감』은 무슨 이름으로 부르겠는가. …… 그러므로 중국에서는 벌써부터 『사략史略』과 『통감절요通鑑節要』가 전혀 없다"(『국역 청장관전서』 8, 23~24면).

『사략史略』이다. 증선지는 원나라 말에 태어나서 명나라 초에 죽었는데, 이 사람 역시 과거 공부를 하던 파양鄱陽 땅의 한 선비였다. 강지보다는 조금 낫지만 역시 일찍이 산양山陽 구우瞿佑[270]와 친밀하였다. 그러므로 구우의 『전등신화剪燈新話』[271]는 모두 같은 시기에 나온 것이다. 『사략』은 반고천황盤古天皇에서 시작하여[272] 원나라 멸망에서 마치는데, 끝에는 유문성공劉文成公[273]의 「서맥송瑞麥頌」[274]·「평촉송平蜀頌」[275]이 나란히 부록으로 실려 있다. 이 책은 천지가 나뉜 이후를 모두 대상으로 한 역사서이지만 7권으로 끝나서 너무 소략하고 거칠다. 그러나 문장은 간략하면서 사실은 자세하여 볼만하니, 강지의 『통감』에 비길 바가 아니다. 이 때문에 우리나라 초기에 사와서 간행하여 『통감』과 서로 나란하게 나라 안에 퍼졌으니, 이는 달리 이유가 있어서가 아니다. 책의 분량이 적어서 외우고 읽기에 쉬웠기 때문이다. 나도 어릴 때 다섯 살부터 『사략』을 읽었다. 그러나 이 두 가지 책은 모두 건륭 때의 『사고전서』에 들어 있지 않으니, 중국 사람들이 책이라고 여기지 않는다는 것을 미루어 알 수 있다. 어찌 이것을 역사서라고 할 것 있겠는가.

이전에 내 종숙부 족수공足睡公[276]은 일찍이 『사략』을 이어서 『명사明

---

269) 증선지曾先之 : 원나라 여릉廬陵 사람. 자는 종야從野.

270) 구우瞿佑(1341~1427) : 자는 종길宗吉, 호는 존재存齋. 홍한주는 구우를 산양山陽 사람이라고 했지만, 전당錢塘 사람이라는 설도 있다. 『귀전시화歸田詩話』를 남겼고, 시인으로도 이름이 있다.

271) 『전등신화剪燈新話』 : 4권 21편. 육조의 지괴소설과 당의 전기소설의 계통을 이은 문언소설.

272) 『사략』은 반고천황盤古天皇에서 시작하여 : 지금 유행하는 『사략』은 '천황씨'부터 시작한다. 판본이 차이가 있는지 알 수 없다. '반고씨'는 천지개벽 이전에 존재하여 천지를 개벽시켰다는 신화의 주인공.

273) 유문성공劉文成公 : 유기劉基(1311~1375)의 시호諡號. 원말에 진사가 되었으나 벼슬하지 않고 숨어살다가, 주원장을 도와 명나라를 세우는데 공을 세운 개국공신 중의 한 사람이다. 저서에 『욱리자郁離子』 등이 있다.

274) 「서맥송瑞麥頌」 : 홍문관박사弘文館學士 유기劉基 찬撰이라고 되어 있고, 서문序文도 함께 있다.

275) 「평촉송平蜀頌」 : 『사략』에는 서문과 함께 「평서촉송平西蜀頌」이란 제목으로 되어 있다.

史』 한 권을 엮고 남명南明의 역사를 아울러 붙여서 『속사략續史略』이라 이름붙였다. 그 장남인 연천공淵泉公(홍석주)이 「익전翼箋」[277]을 붙여 지금은 벌써 한 부의 좋은 서적이 되었는데, 신해장申海藏[278]이 경상감사가 되었을 때 간행하여 세상에 폈다. 그러나 『속사략』이라고 해서는 안될 것 같다. 옛사람이 편찬한 편년체 사서 가운데 『자치통감』과 『통감강목』 같은 것은 모두 공자의 『춘추』를 계승한 것이다. 그 이후로 『자치통감』을 계승하는 자는 『속통감』이라 하고, 『통감강목』을 계승하는 자는 『속강목』이라 하니, 이름붙인 뜻이 적합하여 부를만 하다. 증선지 같은 사람은 하나의 이름없는 자잘한 선비에 불과하다. 『사고전서』에도 들 수 없는 자를 무슨 본받을 것이 있다고 그 책을 계승하여 잇는단 말인가. 내 생각에는 이름을 『명사약明史約』이라 하고 익전을 붙여서 별도의 계통으로 따로 통행하게 하는 것이 좋을 듯하다. 정조 때 판서 정상순鄭尙淳[279]이 이미 앞서 『속사략』을 지어서 언해諺解와 아울러 영남 감영에서 판각하였으니, 모두지 신기할 것이 없는 일이다.

『史略』·『通鑑』

江贄者, 南宋時一兎園學究也. 不曾以文學, 知名於當時士友間, 宋元明淸以來, 筆錄野乘, 無一人稱道江贄者, 特因有所編『通鑑節要』十

276) 족수공足睡公 : 족수는 홍인모의 호. 홍인모洪仁謨(1755~1812)는 조선 후기의 문신, 본관은 풍산豊山, 자는 이수而壽, 초명은 대영大榮.

277) 「익전翼箋」 : 『속사략익전』이라는 제목으로 『연천전서』(오성사, 1984, 전7책)에 수록되어 있음. 철종 8년(1857) 목판 21권 6책으로 간행. 조두순趙斗淳(1857)이 서문을 쓰고, 홍길주(1821) · 신석우(1857)가 발문을 붙였다.

278) 신해장申海藏 : 신석우申錫愚(1805~1865). 자는 성여聖如. 그가 경상감사가 된 것은 1855년이었다. 문집인 『해장집』 이외에 『독례록讀禮錄』 3책, 『입연기入燕記』 2책이 규장각에, 『서사집西槎集』 1책이 계명대 도서관에, 친필 글씨 모음인 『한훤첩寒喧帖』 1첩이 고려대 도서관에 있다.

279) 정상순鄭尙淳(1723~1786) : 자는 돈부敦夫, 본관은 동래. 영조 50년(1774)에 이조판서에 임명된 이후 작고하기 직전인 정조 9년까지 여러 차례에 걸쳐 육조의 판서를 번갈아 역임하였음. 서간西澗 이진수李眞洙의 사위.

五卷, 坊刻而行世, 故始知有江贄, 而其書, 不過就溫公『通鑑』, 抄節而約其卷帙, 便於敎兒而已. 其所抄節, 當刪繁取要可也, 而此則初無法例, 但務刪略, 故皆割裂句節, 不成文理, 何足謂史也? 明初, 我使入燕, 偶見是書, 鬻於書肆, 取其卷少價廉購來, 仍以刊行, 今則遍於國中, 凡初學童蒙, 無貴賤, 人人誦習, 認以天地間不易之大文字, 『通鑑綱目』, 反後於是書, 豈料三家學究, 能如是得勢於我國也?

又有可相肩伍於此書者, 曾先之之『史略』也. 先之, 生於元末, 卒於明初, 是亦治擧業之鄱陽一儒生也, 稍勝於江贄, 而亦嘗與山陽瞿佑友善, 故佑之『剪燈新話』, 皆並世而出者也. 『史略』則起盤古天皇, 止元亡, 其末並附劉文成公「瑞麥頌」「平蜀頌」, 此則剖判後, 一通之史, 而斷以七卷, 太疏略草率, 然, 文省而事悉, 亦是可觀, 非比江史. 是故, 亦自國初, 購來刊行, 與江史相伯仲, 而遍國中, 無他, 卷帙最少, 易於誦讀故也. 余亦幼時, 自五歲, 始讀曾史, 然是兩書, 皆不入乾隆時『四庫全書』, 中國人, 不厠於書, 類可知, 何足謂之書也?

昔余從叔父足睡公, 嘗繼此以撰明史一卷, 並南明, 名曰『續史略』, 長胤淵泉公, 爲『翼箋』, 今已成一部好書, 申海藏爲嶺伯, 刊以行世, 然, 恐不當曰『續史略』也. 古人編纂編年之史, 如『通鑑綱目』, 皆繼孔子之『春秋』爲之, 其後則繼『通鑑』者曰, 『續通鑑』, 繼『綱目』者曰, 『續綱目』, 名義彬彬可稱, 如曾先之, 不過一無名鯫生也, 不能與於四庫之書者, 何足取則, 而必爲繼此書以續之也? 愚意則當命其名曰, 『明史約』, 亦附『翼箋』, 以爲別調孤行, 則似或可也. 正廟時, 鄭判書尙淳, 已先有『續史略』, 幷諺解, 開板於嶺營, 則都不新奇矣.

『수호전水滸傳』

세상에 전하기를, 『수호전』을 지은 자는 3대가 벙어리가 되었다 하는데,[280] 정말 그런지는 알 수 없다. 하나 대개 원나라 말엽 사람 시내암施耐菴[281]이 지은 것이라고들 한다. 북송 휘종徽宗 때 양요楊么[282]·방랍方臘[283] 등 여러 도적이 양자강과 회수淮水 지역에서 난을 일으켰고, 또 양산박梁山泊의 여러 도적이 있어서 장숙야張叔夜[284]가 토벌, 평정하여 극악한 도적 송강宋江 등 36명을 베고 잡은 것이 그 일의 대강인데, 이를 연의演義하여 『수호지』로 만들었다. 그러나 그 의장意匠은 볼만한 것이 있으니, 문장에 능하지 않고는 이렇게 지을 수가 없다. 『수호지』의 이른바 급시우及時雨(宋江)니 흑선풍黑旋風(李逵)이니 하는 등 108명의 별호는 뒷날 명나라 말 틈적闖賊[285]이 빌려 써서, 팔금강八金剛이니 노회회老狛狛니 하는 이름들이 모두 해괴하였다. 또 이로써 동림군자東林君子[286]를 지목하여 섭향고葉向高[287]를 급시우라 하고 이삼재李三才[288]를 탁탑천왕托塔天王이라 한 것은 더더욱 놀라운 일이다.

---

280) 세상에 전하기를, 『수호전』을 지은 자는 3대가 벙어리가 되었다 하는데 : 택당 이식李植이 『홍길동전』의 작자 허균을 비판적으로 평하면서 이런 말을 한 적이 있다.

281) 시내암施耐菴 : 원나라 동부東都 사람. 이름은 자안子安.

282) 양요楊么 : 송나라 호남湖南 사람. 원명原名은 태太. '요么'는 처음 기병하였을 때 나이가 어리다고 해서 붙은 이름이다.

283) 방랍方臘 : 송나라 청계青溪 사람. 동남 지방에서 반란을 일으켰음.

284) 장숙야張叔夜 : 송나라 사람. 자는 계중嵇仲.

285) 틈적闖賊 : 명나라를 멸망시킨 내부의 적 이자성李自成을 얕잡아 이른 말.

286) 동림군자東林君子 : 명나라 말기에 정계와 학계에서 활약한 당파인 동림당의 구성원들을 이른 말. 동림서원東林書院이 중심이었다.

287) 섭향고葉向高 : 이덕무의 『뇌뢰낙락서』 권5에 그에 대한 기록이 있다. 자는 이립而立. 명말 이후 청조에 신복하기를 거부하다가 감옥에서 자결하였음. 같은 내용이 성해응의 『황명유민전皇明遺民傳』 4에도 그대로 인용되어 있음.

288) 이삼재李三才 : 자는 도보道甫. 만력萬曆 때 진사進士하였음.

대개 연의라는 책은 모두 난세의 요망한 글들이다. 『열국지列國志』[289]와 『삼국지연의三國志演義』는 누가 지은 것인지 알 수 없지만, 『서유기西遊記』는 구장춘邱長春[290]이 지은 것이고 『서상기西廂記』는 원미지元微之[291]의 『회진기會眞記』를 바탕으로 부연하여 지은 것인데, 이는 왕실보王實甫[292] · 관한경關漢卿[293] 두 사람의 공동 작품이다. 원나라 때 시문은 사곡詞曲이 매우 성행하였으므로 이런 작품들이 생겨났는데, 모두 불살라버려야 할 것들이다. 『수당연의隋唐演義』[294] 및 『여선외사女仙外史』[295] 등의 책은 또 누구에게서 나왔는지 모르겠고 『금병매金甁梅』라는 책은 음탕하고 더럽기가 더더욱 심한데, 세상에 전하기는 엄주弇州가 지은 것이라 한다. 문인은 한묵翰墨을 유희한다고 한다. 그러나 엄주는 그 부친이 당한 재앙 때문에 다시는 나가 벼슬하지 않았지만 관직이 남경南京 형부상서에 이르렀고 만력萬曆 연간의 원로 학자로서 명성이 천하에 무거웠는데, 어찌 이런 불경不經한 작품을 짓기에 이르렀을까? 몹시 한탄스런 일이다.

『水滸傳』

世傳作『水滸傳』者, 三代爲啞, 未知信然. 然盖元末人施耐菴所撰云, 而北宋徽宗時, 楊么 · 方臘等諸盜, 作亂江淮間, 又有梁山泊諸賊, 張叔夜, 討平之, 斬獲劇賊宋江等三十六人, 卽其事之大槩, 而演義爲

289) 『열국지列國志』: 소설 이름. 『좌전』과 『사기』를 저본으로 삼고 『국어』, 『전국책』, 『오월춘추吳越春秋』 등의 책을 포괄하고 있지만 실세 기록은 이들 책과 상당히 다르다.

290) 구장춘邱長春: 소설 『서유기』는 일반적으로 명나라 소설가 오승은吳承恩의 작품으로 알려져 있다. 구장춘은 원나라 때 도교의 도사로, 지리서인 『서유기』를 지었다. 김경선이 쓴 연행기에 구장춘에 대한 언급이 있다. 도관道觀인 백운관의 한 전각에 구장춘을 봉안하였는데, 그는 바로 원 세조元世祖의 국사國師였다고 한다(『연원직지燕轅直指』 5 「백운관기白雲觀記」).

291) 원미지元微之: 당나라 때 문인 원진元稹(779~831). 미지微之는 그의 자.

292) 왕실보王實甫(1260~1336): 원나라의 극작가. 자는 덕신德信.

293) 관한경關漢卿(13세기 후반): 원나라의 희곡 작가. 호는 기재己齋 · 일재一齋.

294) 『수당연의隋唐演義』: 소설 이름. 처음 이름은 『수당지전隋唐志傳』.

295) 『여선외사女仙外史』: 청나라 여웅呂熊의 작품.

『水滸志』. 然其意匠, 有可觀, 非能文, 不能爲此也. 其所謂及時雨·黑旋風等一百八號, 遂爲明末闖賊之藉手, 如八金剛·老狪狪, 名號皆怪駭. 又以是目之東林君子, 葉向高爲及時雨, 李三才爲托塔天王, 尤可駭也.

大抵演義之書, 是皆亂世之文妖也. 『列國志』·『三國志演義』, 未知誰作, 而『西遊記』則邱長春所作, 『西廂記』則因元微之『會眞記』, 演而爲之, 是王實甫·關漢卿兩人共作. 元代詩文, 詞曲極盛. 故亦有此等文字, 皆當付之焚如者也. 『隋唐演義』及『女仙外史』等書, 又未知出於何人, 而『金瓶梅』一書, 淫媟尤甚, 世傳爲弇州所作. 文人雖曰'遊戲翰墨', 弇州以父禍, 更不出仕, 位至南京刑部尙書, 爲萬曆間耆宿, 名重天下, 何至作此等不經文字? 殊可歎也.

『천자문千字文』

『급취편急就篇』은 한나라 황문령黃門令 사유史游[296]가 지은 것인데, '급취急就'란 급할 때 이용할 수 있다는 의미이다. 이 책은 마침내 크게 유행하여 위진魏晉 이래 공부를 시작하는 아이들은 반드시 누구나 먼저 읽었는데, 당나라 이후로는 그렇지 않았다. 또 양梁나라 무제武帝는 왕희지王羲之 글씨 가운데 중첩되지 않는 1천 자를 무질서하게 뽑아 주흥사周興嗣에게 명하여 넉 자씩 압운押韻을 해서 글을 짓게 하였다. 주흥사는 하루밤만에 지어 바쳤는데 구상하느라 너무 고심한 나머지 머리가 모두 배반이 되어버려서, 세상에서는 마침내 '백두문白頭文'이라 불렀다고 한다. 그러

296) 사유史游: 전한 원제元帝 때 사람.

나 『남사南史』 「주흥사전」에는 다만 지어 바쳤다고만 하였고 머리가 백발이 되었다는 말은 없으니, 머리가 백발이 되었다는 말은 믿을 수 없다. 한편 양나라 무제는 또 소자운蕭子雲[297]에게도 『천자문』을 지어 바치라고 명해서 두 종류의 『천자문』이 같은 시기에 함께 나왔지만 지금 세상에 전하는 것은 주흥사의 『천자문』뿐이다.

그러나 이 책은 우리나라에서는 현실에서 대단히 쓸모있는 저작이 되어서, 공부하는 아동들은 모두 먼저 이 책을 읽는다. 또 과장科場의 시권試券 및 족보의 편수와 면수, 양전量田[298]의 순서를 모두 주흥사의 『천자문』을 써서 표시하고 나누어서, 살펴보기에 편하게 한다. 중국 사람들은 이런 경우에 어떤 책을 가지고 표시를 하는지 모르겠다. 대개 주씨의 『천자문』, 강씨江氏의 『통감』, 증씨曾氏의 『사략』은 우리나라 사람들이 일상에서 다반사로 쓰는 책이 되어서, 우리나라 사람들에게 끼친 공로가 거의 육경六經보다도 더 낫다. 옛사람 저서로서 후세에 중시되기가 이보다 더한 것이 무엇이 있겠는가. 참으로 한번 웃을 일이다. 『급취편』 같은 책은 제법 글을 안다는 사람들도 책 이름조차 혹 알지 못하니, 책도 행과 불행이 있는 것일까?

『周氏千文』

『急就篇』, 漢黃門令史游所著, 而急就, 謂緩急可就以用之也. 此書遂大行, 魏晉以來, 初學童兒, 必皆先讀, 唐以後則不然. 又梁武帝, 以右軍書中, 散取不疊之一千字, 命周興嗣, 以四字押韻成文, 興嗣一夕製進, 構思太苦, 頭髮盡白, 世遂稱白頭文云, 而『南史』本傳, 但云製進, 亦無頭白之語, 殊不可信. 且梁武, 又命蕭子雲製進千文, 是兩千文, 同時並出, 而今世所傳, 獨興嗣『千文』.

然此書在我東, 最爲需世之文字, 凡童兒學習者, 皆先讀此, 又科場

297) 소자운蕭子雲 : 자는 경교景喬.

298) 양전量田 : 양전안量田案. 토지 대장.

試券, 及譜牒編頁, 與量田第次, 皆用興嗣『千文』, 標以別之, 以便考據, 未知中國人, 於此等處, 果用何書而辨別也? 盖周氏之『千文』, 江氏之『通鑑』, 曾氏之『史略』, 爲我國人日用常行茶飯之書, 有功於東人, 殆過於六經, 古人著書, 而能見重於後世者, 孰有加於此乎? 殊發一笑. 如『急就篇』, 則粗辨魚魯者, 並與書名而或不知, 書亦有幸不幸也?

『통감강목通鑑綱目』

주자는 문인 가운데 눌재訥齋 조사연趙師淵[299]이 사학史學에 뛰어났으므로 『통감강목』을 부탁하였으니, 강綱은 선생이 손수 정한 것이 많지만 목目은 실상 조사연이 편찬하였다. 게다가 「당기唐紀」 이후는 더구나 선생의 말년, 두 눈이 다 보이지 않을 때 이루어졌으므로, 더더욱 살펴볼 수가 없었다. 그러므로 『통감강목』은 『자치통감』보다 훨씬 못하다.

『자치통감』은 조정의 명령으로 두 임금 재위 기간 19년에 걸쳐 이루어졌으니, 온공溫公의 평생 정력이 모두 들어갔다. 게다가 유서劉恕[300] · 범조우范祖禹[301]가 훌륭한 역사가이자 고상한 인재로 일을 함께 하여 도와 이루었다. 하여, 편년체 사서로서 『자치통감』은 천지 사이에 없어서는 안 되는 저작이 되었다. 그러므로 송나라의 박식하고 고상한 식견을 가진 사람들은 그 책을 중하게 여기지 않은 이가 없었으니, 이를테면 홍경로洪景盧

299) 조사연趙師淵(1150경~1210) : 자는 기도幾道, 눌재訥齋는 호. 송나라의 종실. 『눌재집』이 있음.

300) 유서劉恕(1032~1078) : 송宋나라 균주筠州(지금의 江西省) 사람. 자는 도원道原.

301) 범조우范祖禹(1041~1098) : 범진范鎭의 종손從孫. 자는 순보淳甫 또는 몽득夢得. 저서에 『범태사집范太史集』 55권과 『당감唐鑑』이 있음.

같은 사람은 세 차례나 손수 베껴 썼다.[302] 『통감강목』은 주자의 손에서 이루어졌지만 촉蜀을 정통으로 하는데 중점을 둔 정도 뿐이었으니, 실상 주자가 전력을 쏟은 책은 아니다.

한편 『소학小學』도 유자징劉子澄이 편찬한 것이지만 주자가 취해서 산정을 하고 또 「문장文章」 한 편을 없애고 세상에 통행시켜서, 지금은 처음 배우는 사람들이 학업을 시작하는 책으로 되었고, 우리나라에서는 국문으로 풀이하여 사서四書와 나란하기에 이르렀다. 이 사실은 『주자대전朱子大全』 가운데 「유자징劉子澄에게 주는 편지」[303]에서 그 대개를 알 수 있다. 뿐만 아니라 주자는 『상서尙書』의 주석을 구봉九峯에게 부탁하였고, 『의례경전통해儀禮經傳通解』는 면재勉齋[304]에게 부탁하였으니, 반드시 그들의 뛰어난 점을 따라 명하였기 때문이다.

예전에 사계沙溪 김문원공金文元公[305]은 신의경申義慶[306]이 편찬한 『상례비요喪禮備要』[307]를 가지고 취해서 줄이고 요약하여 책을 완성하였는데, 선생의 공로가 많았으므로 마침내 사계가 편찬한 것으로 되었다. 마치 주자의 『소학』과 같은 경우이다.

『通鑑綱目』

朱子於門人中, 趙訥齋師淵, 熟諳史學, 故以『通鑑綱目』付之, 綱則

302) 홍경로洪景盧 같은 …… 베껴 썼다 : 이 사실에 대해서는 이덕무도 다음과 같은 기록을 남기고 있다. "지영智永은 『천자문』을 8백 번이나 썼고 홍경로는 『자치통감』을 세 번이나 등사하였다"(『국역 청장관전서』 8, 49면). 홍경로는 홍매洪邁. 주39번 참고.

303) 「유자징劉子澄에게 주는 편지」 : 『주자대전』 권35, 장25~27 「여유자징與劉子澄」. 『소학』의 편차를 바꾸어 정했다는 말이 첫머리에 있다.

304) 면재勉齋 : 황간黃榦(1152~1221). 자는 직경直卿, 면재는 호.. 주자의 사위. 『황면재문집』이 있고, 『주자행장』을 지었음.

305) 사계沙溪 김문원공金文元公 : 김장생金長生(1548~1631). 조선 중기의 학자·문신, 본관은 광산, 자는 희원希元.

306) 신의경申義慶(1557~1648) : 자는 효직孝直, 호는 서파西坡, 본관은 평산.

307) 『상례비요喪禮備要』 : 상례 관계의 지침서. 2권 1책. 여러 차례 간행되었는데, 대개 1620년 김장생 서문, 1621년 신흠 발문이 실려 있다.

雖多先生手定, 目則實出師淵所編. 且「唐紀」以後, 又當先生末年兩眼俱廢, 尤不及照管, 故其書遠不及『通鑑』. 盖『通鑑』, 因朝家所命, 歷兩朝十九年而成, 而溫公一生精力盡入, 且劉恕·范祖禹, 以良史高才, 共事而助成, 是以在編年之史, 『通鑑』爲天地間不可無之文字. 故宋之博識高見之士, 莫不重其書, 如洪景盧, 手鈔者三. 『綱目』, 雖出於朱子, 歸重於帝蜀而已, 實非朱子致力者也.

且『小學』一書, 亦出於劉子澄所編, 而朱子取以刪定, 又去「文章」一篇, 行于世, 而今爲初學入德之書, 我國則至於諺釋, 與四書並列然, 此在『大全』中「與劉子澄書」, 槩可見也. 非但此也, 朱子以『尙書』註, 付九峯, 『儀禮經傳通解』, 付勉齋, 此必因其所長而命之故也.

昔沙溪金文元公, 因申義慶所編『喪禮備要』, 取而節略成書, 而先生之功居多, 故遂爲沙翁所纂, 如朱子之『小學』矣.

변려문駢儷文

변려문은 위진魏晉에서 시작하여 육조六朝 때 성행하였다. 그 시기의 제고制誥와 주장奏狀은 모두 변려의 어구를 썼고, 비록 비지碑誌라도 역시 이 문체를 사용하였다. 당나라에 이르러 이른바 '연허燕許의 큰 솜씨'[308]와 왕발王勃[309] · 양형楊炯[310] · 노조린盧照隣[311] · 낙빈왕駱賓王[312]이 모두

308) '연허燕許의 큰 솜씨': 장열張說과 소정蘇頲의 고사. 이들은 모두 문장에 능한 사람들이었는데, 문장에 능숙한 솜씨가 있는 사람이 지은 썩 잘된 작품을 이르는 말.

309) 왕발王勃(647~675): 당나라 시인. 자는 자안子安. 왕통王通의 손자. 『왕자안집王子安集』이 있음.

310) 양형楊炯(650~692): 당나라 화음華陰 사람. 영천(盈川) 현령으로 재임 중 임지에서

그러하였다. 한문공韓文公(韓愈)이 비로소 고문古文을 창도하였으니, "문은 팔대八代 동안의 쇠미하던 것을 진작시켰다"는 말이 이것이다. 그러나 오히려 모두 다 변할 수는 없었으므로 비록 유하동柳河東(柳宗元)처럼 옥패玉佩가 쟁쟁거리는 듯한 고문가로서도 종종 변려문의 어투가 있으니, 오랫동안 누적된 풍기風氣 때문이었다. 변려문은 당나라 때보다 더 훌륭한 시대가 없다. 그러므로 당나라의 변려문 가운데 「등왕각서滕王閣序」·「익주부자묘비益州夫子廟碑」·「토무조격討武曌檄」 등의 글은 한 글자를 건너서 평측平仄을 전환하여 음절이 아름답고도 조화롭고 아로새긴 색채가 현란하다.

송나라 이후는 그렇지 아니하여, 비록 구양수·소동파 같은 넉넉하고 풍부함과 섭소온葉少縕·왕언장汪彦章 같은 화려하고 기묘함으로도 많은 경우에 고사를 본디 구절 그대로 인용하여, 당나라의 변려문만 못하다. 청나라 건륭 때 『사고전서』 편찬이 끝나자 총재관摠裁官 가운데 한 사람에게 명하여 『사고전서』를 올리는 표문表文을 짓게 하였는데, 건륭제의 뜻에 맞지 않았다. 다시 문연각 직각사直閣事 기윤紀昀을 불러 어전御前에서 지어 바치게 하자, 효람曉嵐은 붓을 잡고 곧바로 지었는데 표문이 매우 뛰어나 근세의 명작이 되었다. 그러나 지금 그의 글을 보면 『사고전서』를 통틀어 논의하여 포괄하지 않음이 없고 문사文詞가 맑고도 밝으며 공교롭고 치밀하니, 틀림없이 미리 구상하였을 것이다. 비록 옛날의 연허燕許인들 이런 큰 글을 어떻게 경각의 사이에 이룰 수가 있겠는가?

신라 때 최고운崔孤雲은 변려문이 고금古今에 빼어나, 비단 「황소격黃巢檄」[313] 한 가지 글만이 아니다. 또 우리 조선의 동주東洲 이민구李敏求[314]

작고하여 '양영천楊盈川'으로 불림. 『양영천집』이 있음.

311) 노조린盧照隣(632~695) : 당나라 범양范陽 사람. 자는 승지升之. 『유우자집幽憂子集』 및 『노승지집盧升之集』이 있음.

312) 낙빈왕駱賓王(?~684) : 당나라 의오義烏(지금 절강성) 사람. 『낙승집駱丞集』·『낙빈왕집』이 있음. 이상 4인은 '초당사걸'이라 불린다.

313) 「황소격黃巢檄」: 정식 이름은 「격황소서檄黃巢書」. 황소는 당나라 희종僖宗 건부乾符

의 「청평공주青平公主의 새집 상량문」 역시 절조絶調인데, 동주는 다른 문체에도 모두 뛰어났다. 또 근자의 판서 이만수李晩秀[315]는 문사文辭가 풍부하고도 아름다운데, 그의 「인정전仁政殿 상량문」은 연천공(홍석주)에게 칭찬을 듣고 『상예회수象藝薈粹』에 뽑혀 수록되었다. 매양 칭찬하기를, "극원屐園의 사륙문四六文(변려문)은 담탕澹蕩·유려流麗하기가 소장공蘇長公(蘇軾)만 못지 않다" 하였으니, 추켜올려 인정해주는 것이 이러하였다. 그러나 내가 본 바를 가지고 말을 하자면 항해공沆瀣公(洪吉周)의 사륙문 재능은 결코 이극원에 못지 않으니, 「상예회수 서문」만을 가지고도 한 솥 고깃국의 한 점 고기와 한 마리 표범의 한 조각 무늬처럼 그 전체 면모를 짐작해 볼 수가 있다. 『상예회수』는 연천과 항해 두 분이 옛날과 지금 사람들의 변려문을 함께 뽑은 것인데, 육사형陸士衡[316]의 「문부文賦」[317]에서 시작하여 우리나라의 이극원에서 마쳤으니, 문원文苑의 한 가지 훌륭한 저작으로 갖추어둘 만한 뛰어난 서적이다.

騈儷之文

騈儷之文, 始於魏晉, 盛於六朝, 其時制誥奏狀, 皆用儷語, 雖碑誌,

2년(875)에 일어난 농민 반란의 지도자. 어려서부터 서로 잘 알고 지내던 사이인 왕선지王仙芝가 한 해 먼저 난을 일으켰고, 이듬해 황소가 기병하여 호응하였다. 이후 희종 중화中和 4년(884) 이극용李克用에 의해 평정될 때까지 9년간 지속된 이 반란은, 당나라 멸망에 결정적 동기를 제공하였다.

314) 동주東洲 이민구李敏求(1589~1670) : 조선 중기 문신. 자는 자시子時, 호는 동주東洲·관해觀海. 『동주집東洲集』, 『독사수필讀史隨筆』, 『간언귀감諫言龜鑑』, 『당률광선唐律廣選』 등의 저작이 있다.

315) 이만수李晩秀(1752~1820) : 조선 후기의 문신. 본관은 연안延安, 자는 성중成仲, 호는 극옹屐翁·극원屐園. 『극원유고屐園遺稿』 15권이 있다. 월사月沙 이정구李廷龜의 후손, 좌의정 복원福源의 아들, 영의정을 지낸 대구 서명선徐命善의 사위. 특히 관각문자館閣文字에 뛰어났다. 평안감사로 있던 1811년에 발발한 홍경래난으로 일체의 관직에서 물러났다. 이시수李時秀, 『급건재만록及健齋漫錄』 권5, 「극옹묘갈명屐翁墓碣銘」.

316) 육사형陸士衡 : 서진西晉의 학자, 정치가인 육기陸機(261~303). 사형은 자. 『육사형집陸士衡集』 10권이 전한다.

317) 「문부文賦」 : 육기의 작품. 중국문학비평사에서 중요한 지위를 차지하고 있음.

亦用此體. 至唐, 所謂燕許大手, 與王楊盧駱, 無不皆然. 韓文公, 始創爲古文, 文起八代之衰者, 此也. 然而猶不能盡變, 故雖柳河東之玉佩瓊琚, 往往有儷語, 盖積累之風氣也. 儷語莫尙於唐, 故唐儷則如「滕王閣序」「益州夫子廟碑」「討武曌檄」等文, 皆間一字, 轉換平仄, 而音節鏗鏘, 藻彩絢爛.

宋以後則不然, 雖歐蘇之贍富, 葉少縕·汪彦章之華妙, 多用故事全句, 差不及唐儷矣. 淸乾隆時, 『四庫全書』工訖, 始命摠裁官中一人, 撰出進表文, 不稱旨, 又招文淵閣直閣事紀匀,[318] 使之御前製進, 曉嵐, 遂援筆立就, 表文甚工, 爲近世名作. 然今觀其文, 統論全書, 靡不檃括, 而文詞瀏亮工緻, 必宿搆也, 雖古之燕許, 如此大篇, 何以能頃刻成也?

新羅時崔孤雲, 儷語妙絶今古, 非獨「黃巢檄」一文. 且我朝李東洲敏求「靑平公主新第上樑文」, 亦絶調, 而東洲他文, 皆工矣. 又近日李判書晩秀, 文辭贍麗, 其「仁政殿上樑文」, 爲淵泉公所賞, 至選入『象藝薈粹』中, 每稱"屐園四六, 澹蕩流麗, 不減蘇長公", 推許如是. 然以余所見言之, 沆瀣公四六之才, 決不讓李屐園, 雖以「象藝薈粹序文」, 亦可見鼎之一臠, 豹之一斑也. 『象藝薈粹』, 淵·沆二公, 共選[319]古今人儷文, 而始自陸士衡『文賦』, 迄於本朝之李屐園, 可備播芳大全一書者也.

318) 匀 : '昀'의 잘못임.

319) 選 : 국립중앙도서관본은 '진進'. 따르지 않음.

필록筆錄·만기謾記

당송 이래 문인들은 모두 필록과 만기를 남겼다. 이전 사람들이나 같은 시기 인사들의 언행을 많이 기록하고 있는데, 비판한 것도 있고 칭찬한 것도 있다. 혹 잘못 써서 사실과 어긋나더라도 뒷날 읽는 사람이 글을 써서 바로잡고, 그렇지 않으면 모두 심상하게 보아 넘길 뿐이다.

오직 우리나라에서는 기필코 시비를 지적해 내어서 온 세상을 시끄럽게 만드니, 이는 마음 씀씀이가 좁고 좀스럽기 때문이다. 그래서 선배 여러분들은 저술이 있더라도 비방을 부를까 염려하여 감추어두고 남에게 내보이지 않았다. 그러나 우연하게 어쩌다가 남의 눈에 띄면 언제나 시비를 야기하므로, 백 년이 흐른들 정론定論이 없다. 율곡 선생의 『경연일기經筵日記』와 『석담일기石潭日記』에는 당시 여러 사람들 가운데 온전한 이가 거의 없었다. 그래서 동인東人들은 지금도 불쾌해한다. 농암 선생은 「잡지雜識」[320]를 지었는데, 경종景宗 신임년[321]에 이르러 '농암이 우계牛溪[322]를 불만스러워했다' 하여, 심지어 상소해서 문집의 훼판을 요청하기도 하였다.[323] 도암陶菴 이문정공李文正公[324]은 『삼관기三官記』[325]를 지었고, 단암丹巖 민문충공閔文忠公[326]은 『단암만록丹巖漫錄』[327]을 지었

---

320) 「잡지雜識」: 『농암집』 권31~34에 실려 있다. 다양한 부분에 걸쳐 흥미로운 주제들이 펼쳐 있지만, 특히 명나라와 조선의 문학에 대한 중요한 비평서로 주목되어온 저작이다. 연구서로 강명관, 『농암잡지 평석』(소명출판, 2007)이 있다.

321) 경종景宗 신임년: 1721(신축)~1722(임인)년에 있었던 신임사화를 말함.

322) 우계牛溪: 조선 중기의 문신·학자 성혼成渾.

323) 상소해서 …… 하였다: 『경종수정실록』 3년 계묘(1723) 5월 1일조, 김홍석金弘錫 등의 상소에 유사한 내용이 있다. 송시열과 김창협의 직명을 추탈할 것을 요구하고 있다.

324) 도암陶菴 이문정공李文正公: 이재李縡(1680~1746). 도암陶菴은 호, 또 다른 호는 한천寒泉, 본관은 우봉.

325) 『삼관기三官記』: 도암 이재의 잡록집.

326) 단암丹巖 민문충공閔文忠公: 조선 후기의 문신·학자인 민진원閔鎭遠(1664~1736).

는데, 이들은 모두 신임사화를 겪었기 때문에 정론을 지킨다는 의론이 쉽게 준엄·과격한 면이 있어서, 이쪽이나 저쪽을 막론하고 종종 눈을 흘기며 불평을 한다.

근세의 문암文菴 이의철李宜哲[328]은 한천寒泉(이재李縡)의 문인이다. 그가 지은 『수서잡지修書雜志』 역시 그 집에서 감추고 꺼려 보기가 쉽지 않으니, 대개 영조英祖가 권근倦勤[329]한 뒤의 사실이 많기 때문이다. 나는 일찍이 한번 보았는데, 그 가운데 '임오년' 한 권[330]은 비록 볼만하다고는 하지만 이는 본디 세초洗草를 해야 하는 것이다. 그 집에서는 애당초 없었노라며, 꺼리고 감추기가 더더욱 심해서 살펴볼 도리가 없었다. 대개 야사野史가 삼가기 어려운 것이 이와 같다. 명나라 경우는 『고수부담孤樹裒談』[331]이라는 책을 지어서 당시에 성행하였지만, 사람들이 문제삼지 않았다. 명나라처럼 엄격하고 까다로운 나라도 일찍이 저술을 지적해서 문제삼지 않았으니, 훌륭하지 않은가. 다만 만력 연간에 이탁오李卓

문충은 시호. 자는 성유聖猷, 호는 단암丹巖·세심洗心. 민유중閔維重의 아들, 동춘 송준길의 외손, 인현왕후의 아우. 좌의정을 역임하였다.

327) 『단암만록丹巖漫錄』: 영조 4년(1728) 저작. 국역되었다(이희환 역, 민창문화사, 1993). 연암 박지원은 신임의리辛壬義理에 대해 단암의 말이 가장 공명정대하다고 말했다고 하는데(『과정록』 권4), 이 책을 통해서 민진원의 정치적 입장을 이해할 수 있다.

328) 문암文菴 이의철李宜哲(1703~1778): 조선 후기의 문신. 본관은 용인龍仁. 자는 원명原明, 문암은 호. 46권 22책으로 된 그의 문집 원고본이 연세대 도서관에 있고, 따로 『수서잡지修書雜志』 7권 7책이 규장각과 국립중앙도서관에, 『도암선생가장家狀』 1책이 국립중앙도서관에, 『정당고사政堂故事』 11책이 장서각에, 『주자어류 고문해의考文解義』 42권 10책이 장서각과 규장각에 있다. 『수서잡지』는 『패림』에도 실려 있다.

329) 권근倦勤: 일을 괴롭게 여긴다는 말. 『서경』 「대우모大禹謨」에 "순舜 임금이 연로하여 정사를 보살피지 못하였다[耄期倦於勤]"에서 나온 말인데, 왕의 선양이나 일시적인 휴퇴休退를 의미. 여기서 영조가 권근한 뒤의 사실이란, 영조가 장헌세자에게 정사를 일시 이양한 뒤의 일을 이르는 것이다.

330) '임오년' 한 권: 여기 임오년은 1762년인데, 영조의 아들인 세칭 사도세자가 죽임을 당한 해이다. 따라서 '임오년 한 권'은 임오화변壬午禍變에 관련된 내용일텐데, 현재 국립중앙도서관 소장본은 연도별로 묶여 있지는 않음.

331) 『고수부담孤樹裒談』: 작자는 이묵李默. 명나라 역사에 대한 전문傳聞, 이담異談을 모은 책임. 명종 13년(1558)에 금속활자인 병자자丙子字로 간행된 바 있다. 고려대 도서관 소장. 목판본으로도 간행되었음.

吾[332]의 『장서藏書』는 신하들이 상소・탄핵하여 불태우고 훼손하였지만, 그의 저술은 오히려 우리나라에까지 전해져서 지금도 세상에 돌아다니고 있다.

그러나 옛사람들이 소설을 짓거나 견문을 자유롭게 기록한 것은 한 때의 유희에 지나지 않았는데, 혹 남의 과실이나 나쁜 점을 폭로하여 위작을 짓고 이전 사람의 이름을 도용한 자는 과연 어떤 심보일까? 예컨대 송나라의 위태魏泰[333]는 『벽운하碧雲騢』라는 한 권의 책을 짓고는 매성유梅聖俞[334]가 지은 것이라 하고 여러 사람들의 숨은 과실을 두루 비방하여, 비록 범문정范文正[335]이라도 면하지 못하였다. 뒤에 모두들 매성유의 저작이 아님을 알게 되었으니, 이는 무슨 뜻에서였을까?[336] 구양공歐陽修은 치사致仕한 뒤 『귀전록歸田錄』을 지었는데 스스로 말하기를, "당나라 이조李肇[337]의 『국사보國史補』[338]의 전례를 따라 남의 과오와 나쁜 점을 기술하지 않는다" 하였으니, 구공은 군자다운 사람이므로 마음 씀씀이가 이러하다. 뒷사람들은 감계鑑戒로 삼을 만하다.

---

332) 이탁오李卓吾(1527~1602) : 명나라 말의 사상가, 문학가.

333) 위태魏泰 : 송나라 학자. 자는 도보道輔. 그의 저작 가운데 국내 도서관에 소장되어 있는 것으로는 『동헌필록東軒筆錄』(청판본 15권 3책, 규장각)과 『임한은거시화臨漢隱居詩話』(청판본 1책, 국립중앙도서관)가 있다.

334) 매성유梅聖俞 : 성유는 매요신梅堯臣(1002~1060)의 자. 북송의 시인. 호는 출생지에서 유래한 완릉宛陵 또는 역임한 관직 명칭을 따라 도관都官으로 불렸지만, 호보다는 자로 더 알려져 있다.

335) 범문정范文正 : 문정은 범중엄范仲淹(989~1052)의 시호. 자는 희문希文. 북송의 정치가・문인.

336) 뒤에 모두들 …… 무슨 뜻에서였을까? : 장유가 일찍이 이 문제를 다루고 있다(『계곡만필谿谷漫筆』 권1 「소설 벽운하小說碧雲騢」). 홍한주의 기록과 일치한다. 국내 도서관에 소장되어 있는 『벽운하』는 모두 '매요신'의 작품으로 되어 있다.

337) 이조李肇 : 당나라 원화元和 연간에 진사하여 한림학사를 역임하였다. 저서로 『한림지翰林志』, 『당국사보唐國史補』가 있다.

338) 『국사보國史補』 : 3권. 정식 명칭은 『당국사보唐國史補』. 개원開元 시기의 여러 가지 사건들에 대한 기록이다.

筆錄 謾記

唐宋以來, 文人皆有筆錄漫記, 多載前輩及並世人言行, 有譏有褒, 雖或誤錄而爽實, 後之見者, 或著書以辨, 不然則皆尋常看過而已.

惟我東則必抉摘是非, 一世譁然, 此規模之隘而局也. 是以先輩諸公, 雖有所著, 慮其招謗, 多秘不示人, 然而偶或入眼, 每致雌黃, 故雖至百年, 無定論也. 栗谷先生有『經筵日記』·『石潭日記』, 當時諸公, 殆無完人, 故東人一隊, 至今不悅. 農巖先生, 有『褉識』, 至景廟辛壬, 謂農巖不滿於牛溪, 至於上疏, 請文集毁板. 陶菴李文正公, 有『三官記』, 丹巖閔文忠公, 有『丹巖漫錄』, 是皆閱歷辛壬, 故守正之論, 易有峻激, 無論彼我邊, 往往睢盱不平.

近世李文菴宜哲, 寒泉門人也. 所著『修書褉志』, 亦爲本家秘諱, 其書罕見, 盖多英廟倦勤後事實故也. 余嘗一見, 而其壬午年一卷, 則雖云可觀, 此本洗草者也. 本家托以初無, 禁秘尤甚, 無以寓目矣, 盖野史之難愼如此. 如明人則能著『孤樹裒談』之書, 盛行於當時, 人亦勿問, 雖以明朝之嚴刻, 未嘗以文字摘發, 不亦韙哉? 但萬曆間, 李卓吾『藏書』, 則朝臣疏劾, 至於焚毁, 然其書猶出於我國, 至今行世矣.

然古人作小說, 褉記聞見, 不過一時游戲, 而或有暴人過惡, 撰出僞書, 嫁名於前輩者, 其宅心, 果何如哉? 如宋之魏泰著『碧雲騢』一書, 謂以梅聖兪作, 歷詆諸公隱過, 雖范文正, 亦不免, 後皆知非聖兪所作, 此何義也? 歐陽公致仕後, 作『歸田錄』, 自言依唐李肇『國史補』例, 而不記人過惡, 歐公, 君子人也, 故用心如此, 後人, 可以鑑戒也.

책이 너무 많은 세상

내가 일찍이 문숙공文肅公 조병구趙秉龜[339]와 대화를 나누다가 지금 세상에 책이 너무 많다는 데 말이 미쳤다. 내가 한탄하기를, "인생은 유한한데 책은 무한하니 누가 다 읽을 수 있겠습니까. 유한한 생애로 무한한 책을 열람하자니, 해낼 도리가 없는 일이지요" 하였다. 문숙공은 웃으면서, "자네는 책이 많다고 생각하는가? 나는 아직 적다고 생각하네. 내 이전은 삼천 년간의 저술에 불과하지만, 내 뒤에 또 응당 몇 만 년 세월이 있을 테니, 시문詩文 몇 만 수와 편집될 책 수만 권이 모두 아직 나오지 않은 셈이지. 그 세상에 태어나는 사람들은 정말이지 어떤 걱정과 한탄을 할까? 우리들은 마침 지금처럼 저작이 적을 때 났으니, 일찍 태어나서 다행스럽지 않은가?" 하였다. 마침내 서로 쳐다보고 크게 웃었다. 문숙공은 평소 해학적이었으므로 이런 말이 많았다.

今世書籍太多

余嘗與趙文肅公秉龜語, 及今世書籍太多, 歎曰, "人生有涯, 書籍無限, 誰能盡閱乎? 以有涯之生, 欲閱無限之書, 行不得也." 文肅笑曰, "子以爲多乎? 吾則以爲尙少矣. 前乎吾者, 不過三千年文字, 後乎吾者, 又當有幾萬年, 而詩文幾萬萬首, 編輯幾萬萬卷, 皆在未出中, 生乎其世者, 正當作何許憂歎? 吾輩, 適生此文字簡少時, 不亦早且幸乎?" 遂相視大笑. 盖文肅, 素詼諧, 故言多類此.

339) 조병구趙秉龜 : 권1, 주31번 참고.

점필재佔畢齋의 제자

옛날의 스승이란 한문공(한유)이 말한바, 도를 전하고 학업을 전수하고 의혹을 풀어주는 존재였다. 공자의 문하는 인재가 많기로 널리 일컬어지는데, 제자가 삼천 명에 이르렀다. 그러나 그 가운데 육예六藝에 통달한 자는 불과 72명이었으니, 그 나머지는 모두 잡다해서 말할만한 것이 없었다. 그러니까 태사공(사마천) 역시 「열전」[340]에 이들을 다 기재할 수가 없었으리라. 그 뒤에 한나라 유학자들은 육경으로 각자 전문專門을 세워 한 가지 경서를 연구하여 개인적으로 서로 전수하였으니 이 역시 스승과 제자 관계인데, 동한東漢 마융馬融이 제자가 자못 성대하여 정강성鄭康成(鄭玄) 같은 큰 학자도 그의 문하에서 배출되었다. 수나라에 이르러 문중자文中子[341]는 성인의 학문으로 문도門徒를 가르쳐서 '하분 공자河汾孔子'라 불렸다. 제자가 수천 명에 이르렀는데, 그 가운데 방현령房玄齡 · 두여회杜如晦 · 장손무기長孫無忌 등은 모두 공명을 성취하여 태종을 도와 태평한 세상을 이룩하였다. 『수사隋史』에 보이지는 않지만, 그의 제자가 많고도 성대한 것은 공자 이후 처음이었다. 송나라에서는 호안정胡安定[342]의 문도가 아주 많아서, "물어보나 마나 선생의 제자"라는 말이 있을 정도였다. 또 낙민洛閩 제현諸賢이 나오자 도학道學이 매우 중요하게 되어 한나라 학자들이 하나의 경전을 전문적으로 연구하던 것과는 크게 달라졌다.

아래로 원 · 명나라 및 우리나라에 이르러서는 스승과 제자라는 이름을 더욱 중시하였다. 그러나 우리나라의 점필재佔俾齋 김문충공金文忠

340) 「열전」: 『사기』 「중니제자열전仲尼弟子列傳」을 말함.

341) 문중자文中子 : 왕통王通(?~617)의 사시私諡. 초당의 시인인 왕발王勃은 그의 손자다.

342) 호안정胡安定 : 호원胡瑗(993~1059). 북송의 학자. 자는 익지翼之, 호는 안정安定, 시호는 문소文昭.

公[343]의 문도들은 인물이 성대하기가 비록 퇴계·율곡·우암·동춘同春[344] 같은 여러 대현들의 문하라도 따를 수 없을 듯하다. 점필재는 비록 도학으로 자임하지는 않았으나, 그의 문하에 나아간 여러분들은 각각 배운 바로써 성취하였다. 그러므로 당시 사람들이, 김대유金大猷[345]·정백욱鄭伯勖[346]은 그의 도학을 얻었고, 김열경金說卿[347]·남백공南伯恭[348]은 그의 청고淸高를 얻었고, 김계운金季雲[349]·조대허曺大虛[350]는 그의 문장을 얻었다고 하였다. 뒷날의 학자 가운데 어찌 이런 명류名流들을 제자로 둔 사람이 있었던가? 정말로 기이한 일이다.

佔畢門徒

古之稱師弟, 韓文公所謂傳道授業解惑也. 仲尼之門, 最稱多士, 弟子至三千人, 然其身通六藝者, 不過七十二人, 則其餘皆當駁襍, 無可稱述. 故太史公, 亦不能盡載列傳矣. 其後漢儒, 以六經, 各自專門, 治一經, 私相傳授, 則是亦師弟, 而東漢馬融, 弟子頗盛, 康成大儒, 亦出其門. 至隋, 文中子, 能以聖人之學, 講授門徒, 號稱河汾孔子, 弟子至數千人, 其中如房玄齡·杜如晦·長孫無忌等, 皆以功名成就, 佐太宗

343) 점필재佔畢齋 김문충공金文忠公 : 김종직金宗直(1431~1492). 계명한문학회가 그의 전집을 7책으로 간행하였음(『점필재선생전서』, 1999).

344) 동춘同春 : 조선 후기의 문신·학자 송준길宋浚吉.

345) 김대유金大猷 : 김굉필金宏弼(1454~1504). 조선 전기의 학자. 본관은 서흥瑞興. 대유는 자, 호는 사옹蓑翁·한훤당寒暄堂.

346) 정백욱鄭伯勖 : 정여창鄭汝昌(1450~1504). 조선 전기의 학자. 본관은 하동河東. 호는 일두一蠹.

347) 김열경金說卿 : 김시습金時習(1435~1493). 조선 전기의 학자·문인, 생육신의 한 사람. 호는 매월당梅月堂·동봉東峯.

348) 남백공南伯恭 : 남효온南孝溫(1454~1492). 조선 단종 때의 문신으로 생육신의 한 사람. 본관은 의령. 호는 추강秋江.

349) 김계운金季雲 : 김일손金馹孫(1464~1498). 조선 전기의 학자·문인. 본관은 김해. 호는 탁영濯纓 또는 소미산인少微山人.

350) 조대허曺大虛 : 조위曺偉(1454~1503). 본관은 창녕. 대허는 자, 호는 매계梅溪. 점필재의 처남이다. 『매계집』이 있다.

致太平, 雖隋史未見, 盖其多且盛, 孔子後初有也. 及至有宋, 胡安定門徒頗衆, 至有'不問可知爲先生弟子'之語, 又至洛閩諸賢出, 而道學最重, 與漢儒專經, 大異.

降至元明及我國, 尤重師弟之名, 然本朝之佔俾齋金文忠公門徒, 人物之盛, 雖退栗尤春諸大賢之門, 恐莫能及, 佔俾雖非以道學自命, 及門諸公, 各以所得者成就, 故時人謂金大猷・鄭伯勗, 得其道學, 金說卿・南伯恭, 得其淸高, 金季雲・曺大虛, 得其文章, 後之諸家, 豈有此等名流乎? 洵可異也.

문묘文廟에 종사從祀함

어떤 사람을 문묘에 종사할 때는 항상 육경六經에 대한 공로가 있는 자를 중시한다. 그러므로 양한兩漢의 여러 학자들은 모두 문묘에 들었는데, 그들이 훌륭한 행실이 있었는지 여부는 따지지 않았다. 송나라에 이르러 낙민洛閩 제현들이 비로소 심성이기心性理氣의 학설을 창도하여 공자・증자・자사・맹자의 도를 크게 밝힌 연후에 이理를 담론한 사람을 위주로 하여, 한・당 때의 경전을 훈고한 여러 학자들은 모두 폐하였다. 이후 문묘에 종사하는 것은 도학을 한 사람이 아니면 거론하지도 않아서 명의名義가 비로소 발라지기는 하였다. 그러나 명・청 이래로는 그것도 다 그렇지는 않아서, 비록 이理를 담론하지 않았더라도 사람됨이 정직하고 흠이 없는 훌륭한 군자일 경우는 혹 종사하였다. 그러므로 한유와 구양수가 모두 그 반열에 끼었으니, 이는 그래도 괜찮은 경우이다. 그런데 최근에는 또 너무 지나쳐서, 청나라에 들어 제갈무후(제갈량)・육선공陸宣

公(陸贄)・범문정공范文正公(范仲淹)이 모두 천거되어 종사되었다. 또 일찍이 보니, 강희제 때 어양漁洋 왕사정王士正이 예부상서로 있으면서 상소하여 명・청의 14인을 열거하고 모두 종사하도록 요청하였는데, 그 상소가 『대경당집帶經堂集』에 실려 있다.[351] 시행되었는지는 알 수 없지만 너무 지나친 것이다.

우리나라는 우리 조선의 정암靜菴(조광조)・퇴계 등 제현들에 이르러 비로소 진정한 유학자가 되어서 낙민洛閩에 부끄러울 것이 없다. 그러나 신라의 최문창崔文昌(崔致遠)에 이르면 전혀 의의가 없고, 비록 설홍유薛弘儒(설총)・최문헌崔文憲(최충)이라도 모두 이의를 제기할 만한 점이 있다. 그 밖에 안문성安文成(안향) 이하는 실로 보잘것없는 학식과 천박한 식견을 가진 나로서는 감히 말할 바가 아니나, 만약 후세의 위대한 학자가 본다면 16인이나 되는 많은 사람들에 대해서 누가 낫고 누구는 못하다는 논의가 없을 줄을 어찌 알 수 있겠는가. 율곡 선생은 일찍이, "김문경金文敬(金宏弼)・정문헌鄭文獻(鄭汝昌)은 언론言論과 풍지風旨가 은미해서 드러나지 않고, 이문원李文元(李彦迪)의 출처는 자못 의심할만한 것이 있다" 하였으니, 전현前賢의 의론이, 백세百世를 지나 성인을 기다리지 않고도 벌써 이와 같았다. 근세에는 많은 선비들이 또 중봉重峯 조문열공趙文烈公(趙憲)・신재愼齋 김문경공金文敬公(金集)・농암農巖 김문간공金文簡公・도암陶菴 이문정공李文正公의 4현을 왕왕 거론하여 추천하지만, 아직 시행되지는 못하였다. 그러나 명나라 학자 호경재胡敬齋[352]・채허재蔡虛

351) 또 일찍이 보니 ……『대경당집帶經堂集』에 실려 있다: 왕사정의 주소奏疏 가운데 「문묘에 배향하는 이학理學의 진유眞儒를 더 늘이기를 요청하는 상소[請增從祀理學眞儒疏]」가 있는데, 숫자가 14인이 아니라 11인이다. 한나라의 전하田何와 정현鄭玄, 송의 윤돈尹焞과 하기何基, 명의 조단曹端・장무章懋・채청蔡清・여남呂柟・나홍선羅洪先・여곤呂坤, 그리고 청의 신전생辛全生. 정현의 경우는 당시 철향되었던 것을 복위시키자고 한 것. 『대경당집』 권51, 『漁洋文』 권13(『속수 사고전서』 제1414책, 426면).

352) 호경재胡敬齋: 경재는 명나라 전기의 학자 호거인胡居仁(1434~1484)의 호. 자는 숙심叔心, 오여필吳與弼의 제자. 저술로는 문집(『胡文敬公集』)과 『거업록居業錄』이 있는데, 후자는 국내 여러 도서관에 많이 소장되어 있다.

齋[353] · 나정암羅整菴[354] 등 여러분에 비긴다면 부족하다는 느낌이 없을 수가 있을까?

從祀文廟

從祀文廟, 每以有功於六經者, 歸重. 故兩漢諸儒皆入, 其篤行有無, 不論也. 至宋洛閩諸賢, 始倡心性理氣之學, 大明孔曾思孟之道然後, 談理爲主, 漢唐詁經諸儒皆廢, 而其後從祀, 非道學則亦勿論, 名義始正, 而明清以來, 亦不盡然, 雖不談理, 其人爲正直無疵之大君子, 則亦或從祀, 故韓文公・歐陽公, 皆與其列, 是猶可也, 而近又濫觴, 至淸世諸葛武侯・陸宣公・范文正公, 皆擧而從祀, 又嘗見康熙時王漁洋士正, 以禮部尙書, 疏列明淸間十四人, 並請從祀, 其疏載在『帶經堂集』中, 雖未知見施, 而蓋太濫矣.

我國則至本朝靜退諸賢, 始爲眞儒, 無媿於洛閩, 而至於新羅之崔文昌, 全無意義, 雖薛弘儒・崔文憲, 皆有可議, 其外安文成以下, 則實非末學淺見所敢言, 然如使後世大儒見之, 十六人之多, 亦安知無優劣之論? 栗谷先生, 嘗以爲金文敬・鄭文獻, 言論風旨, 微而不顯, 李文元之出處, 頗有可疑者, 前賢之論, 不待百世以俟聖人, 而已如此矣. 近世多士, 又以重峰趙文烈公・愼齋金文敬公・農巖金文簡公・陶菴李文正公四賢, 往往擧擬, 而姑未及施行, 然, 比之明儒胡敬齋・蔡虛齋・羅整菴諸公, 庶幾無媿色?

353) 채허재蔡虛齋 : 허재는 명나라 때 학자 채청蔡淸의 호. 자는 개부介夫. 문집인 『허재집』과 『사서몽인四書蒙引』, 『역경몽인易經蒙引』, 『밀잠密箴』 등의 저술이 있다. 왕사정은 그가 문묘에 배향되어야 할 이유의 하나로 그의 저술 『몽인』의 탁월함을 들고 있다.

354) 나정암羅整菴 : 명나라 학자 나흠순羅欽順(1465~1547). 자는 윤승允升. 문집으로 『정암존고整庵存稿』가 있고, 『곤지기困知記』는 널리 유행한 저작이다.

공자가 시를 잘 설명함

공자는 『시경』을 잘 말하였고 맹자는 『서경』을 잘 말하였으니, 성인과 현인의 의사가 같지 않아서 그렇게 되었을까? 공자도 『상서』를 인용하여 말하지 않았던 것은 아니니, 『예기』 「표기表記」 등의 편에 갖추어 실려 있다. 그러나 그가 반복하여 영탄한 것은 『시경』에서 많다. 그러므로 '바로 담을 마주하고 선 듯하다'는 가르침[355]과 '흥·관·군·원興觀羣怨'의 훈계[356]가 문인과 아들에게 여러 차례 베풀어졌다. 육경 가운데 사람을 가장 잘 감화·계발하고 흥기시킬 수 있는 것은 『시경』 보다 더 가까운 것이 없으므로, 성인도 이로써 고무하고 격려한 것이다.

대개 춘추시대에는 인물이 뒤섞이고 여러 제후국들이 문란하였으나, 오직 수사洙泗[357]의 한쪽 모퉁이는 공자가 강학하는 지역이 되어서 태화太和의 원기元氣 속에 들어 있었다. 그때를 상상해보면 공자는 자리에 계시고 뭇 현인들은 마주하고 앉았는데 안연顏淵은 금琴을 증점曾點은 슬瑟을 타 그 즐거움이 조화로웠을 것이며, 대답하고 질문할 적에 말이 옹용雍容하여 마치 요순堯舜이 작위作爲가 없이 가만히 팔짱을 끼고 있지만 천하가 잘 다스려지고 요순과 그 신하 사이가 의견이 잘 맞아 화합한 것과 같았을 것이다. 맹자 이후로는 마침내 이러한 기상이 없어졌으니, 도는 높고 덕은 거룩하시어 마치 단비와 같이 감화시킴은 우리 공자가 아니면 누가 이렇게 할 수가 있겠는가. 아하! 위대하시도다.

---

355) '바로 담을 마주하고 선 듯하다'는 가르침: 『논어』 「양화편」에 있는 말.
356) '흥·관·군·원興觀羣怨'의 훈계: 위와 같은 곳에 있는 말.
357) 수사洙泗: 공자가 제자들을 가르친 지역. 공자의 사상 및 그 학통을 이르는 말로 쓰임.

孔子善言『詩』

孔子善言『詩』, 孟子善言『書』, 聖賢之意思, 不同而然耶? 孔子未嘗不引說『尙書』, 具在『禮記』「表記」等篇, 而其反覆咏歎, 尤多於『詩』, 故正墻面之教, 與興觀羣怨之訓, 屢及於門人家庭, 六經中最能感發興起人者, 莫近於詩, 故聖人, 亦徒以鼓動之也.

大抵春秋之際, 人物糅襍, 列國紊亂, 而獨洙泗一隅, 爲宣尼講學之地, 囿在太和元氣中, 而想像夫子在座, 羣賢對越, 淵琴點瑟, 其樂融融, 答問之間, 辭旨雍容, 有若唐虞垂拱, 君臣都兪, 孟子以後, 遂無此等氣象, 道融德盛, 則若時雨化者, 非吾夫子, 其孰能與此? 嗚呼唏矣.

주자朱子

사람이 생겨난 이래로 공자보다 더 거룩한 분은 있지 않다. 그러므로, 우리 공자처럼 된 연후에야 천하 사람들이 종주로 삼고 만대萬代가 우러르기를 마치 태양이 하늘 가운데 있듯 해서 사람들이 감히 다른 말을 하지 못한다. 공자보다 한 단계 아래로는 비록 맹자 같은 아성亞聖이라도 사람들이 혹 이러쿵저러쿵 말들을 하여, 왕충王充[358]은 「자맹刺孟」[359]이 있고 사마군실司馬君實(司馬光)은 「의맹疑孟」[360]이 있고 이태백李泰伯[361]은 「상어常語」[362]가 있다. 주자가 「잡학변雜學辨」[363]을 지어서 바로잡았

358) 왕충王充(27~?) : 후한後漢의 학자. 자는 중임仲任. 『논형論衡』의 저자.

359) 「자맹刺孟」: 『논형論衡』의 편명.

360) 「의맹疑孟」: 사마광의 저술. 1권. 『설부說郛』 제3책에 들어 있음.

361) 이태백李泰伯 : 북송의 학자이고 시인인 이구李覯(1009~1059)의 자. 이덕무, 『청비록』 2에, 「태백泰伯이 맹자孟子를 좋아하지 않다泰伯不喜孟子」라는 조목이 있다.

으나 끝내 평정이 되지는 못하여, 심지어 명나라 태조는 활을 당겨 맹자를 쏘려고 하였다.[364)]

맹자도 오히려 그러한데 하물며 맹자보다 못한 사람이야 말할 것이 있겠는가. 세상이 쇠퇴하고 도는 미미해져서 이단의 말들이 떼를 지어 일어나고 피사詖辭・음사淫辭・사사邪辭・둔사遁辭가 천하에 가득하니, 이러한 시대에 큰 학자가 된 사람은 짐은 무겁고 길은 먼 격이다. 그 형편이 부득이 언변으로 싹 쓸어 물리치지 않을 수 없으니, 이 어찌 부드러운 말씨로 나긋나긋하게 말을 하는 사람이 할 수 있는 일이겠는가. 이 때문에 맹자는 양주楊朱와 묵적墨翟을 내쳤고 한자韓子(한유)는 노장老莊과 불교를 배척하였고 주자는 소식蘇軾과 육상산陸象山을 배척하였으니, 그들의 말은 모두 뼈와 힘이 있고 또 뾰족한 기운이 있어서 혹 기질의 병통을 면할 수 없기도 하였다. 그러므로 주자는 육상산의 부음을 듣고 곡위哭位를 만들어 곡을 하고, 곡을 마친 뒤에 말하기를, "고자告子가 하나 죽었구먼!" 하였다.

또 주자는 고인古人을 상론尙論[365)]하면서 두루 다 갖추기를 요구함이 너무 지나쳐서 혹 인정에서 멀어진 경우도 있으니, 이를테면 "제갈량은 바보"라는 말 같은 것이 그런 예다. 그러나 맹자는 공자 이후의 제일가

---

362) 「상어常語」: 이구李覯의 저술. 3권. 의義만 중시하고 이利를 경시하는 맹자사상에 반대하였다.

363) 「잡학변雜學辨」: 1권. 주자가 말하는 잡학이란 불교와 노장老莊을 가리키는데, 따라서 이 책에서 그가 비판한 것은 소식의 『역전易傳』, 소철蘇轍의 『노자해老子解』, 장구성張九成의 『중용해中庸解』, 여희철呂希哲의 『대학해大學解』 등이다.

364) 명나라 태조는 …… 하였다: 명 태조와 전당錢唐(1314~1394)의 일. 명 태조가 『맹자』에서 "백성이 가장 귀하고 나라가 그 다음이고 군주는 제일 보잘것없다"는 등의 말을 보고 화가 나서 맹자를 문묘 배향에서 제외하라고 명하였는데, 전당이 "제가 맹자를 위해 죽는다면 죽어도 영예롭겠습니다"라고, 죽음을 무릅쓰고 간언하였다. 명 태조는 그 과정에서 활로 맹자를 쏘려고 하였고, 전당은 몸으로 막아섰다는 일화가 있다. 전당은 자가 유명惟明, 『백석산인집白石山人集』 등의 저술이 있고, 『명사』 제139권 열전 제27에 기록이 있다.

365) 상론尙論: 고인의 언행과 행적 등을 논함.

는 사람이고, 주자의 공로는 또 맹자보다 못지않으니, 주자가 아니었다면 우리는 기나긴 밤 같았을 것이다. 후세 사람들이 어찌 감히 한 때의 말로써 맹자·주자를 온전히 그릇되었다 하겠는가. 주자가 도를 토론한 말과 저서는 후학의 지침 아닌 것이 없지만, 유독 『시경』에 대해서 공박을 당한 것이 가장 심하다. 모기령 등은 심지어, "이 늙은이는 다만 서 있는 학鶴만 보았지 나는 학은 보지 못했다"고까지 말하는데 이는 다만 명물名物·도수度數에 있어서 어쩌다 잘못된 것일 뿐이다. 어찌 주자의 큰 병통이 될 수 있겠는가. 이야말로 이른바 '군자의 잘못은 일식과 같다'는 격이다. 공자는, "하늘이 나에게 덕을 주셨으니, 환퇴桓魋가 나를 어쩔 것인가" 하셨는데, 송나라의 자정子靜(육상산)과 명나라의 백안伯安(왕양명)이 비록 주자의 강력한 적수라 하지만 내가 보기로는 주자는 여전히 주자 그대로이다. 저들에게 비록 양승암楊升菴(楊愼)·모서하毛西河 같은 사람 백이 있은들 하루살이가 흔들어대는 것과 무엇 다르겠는가. 다만 천하의 만사 만물은 상대가 있지 않음이 없으니, 이치에 비근하여 참된 가르침을 어지럽힌 것은 예로부터 그러하였다.

우리나라의 우암尤菴 선생은 학문과 덕행을 양강陽剛으로써 도왔다. 그래서 윤휴尹鑴와 허목許穆의 재주와 학식을 인정하지 않아 끝내는 그들과 층격層激이 생겨 부자연스러운 형세[366]를 면치 못하였으니, 이는 우옹尤翁의 기질의 병통이 아니라 시대가 그렇게 만든 것이다. 퇴계와 율곡같이 정대하고 어그러지지 않은 분도 시대를 구하는 과격한 의론이 없지 않았지만 두 분 선생이 세상 사람들에게 공박을 당하는 것은 우옹처럼 심하지는 않고, 퇴도退陶의 경우는 더더욱 비방하는 의론이 없으니, 이는 그 시대가 서로 담을 쌓은 당론이 없었던 데다 또 승부를 겨루는 거짓 군자가 없었기 때문이다. 우암은 허목을 '지비공紙鼻公'[367]이라 하

366) 부자연스러운 형세 : 원문은 "과상재산지세過顙在山之勢." 『맹자』에 있는 말.

367) '지비공紙鼻公' : 코에 종이를 붙인 사람이라는 말. 허목이 코에 병이 있어 종이를 붙였던 일이 있었다고 함. 『송자대전』 1 「김창협의 시에 화답함[和金仲和昌協韻]」의 한

고 윤휴를 '개 같은 윤휴[狗尹]'[368]라 하여 그쪽 당파의 사람들이 모두 불평을 품어 갈수록 격렬해져서 말류末流의 재앙이 마침내 천 리에 피를 흘리는 데까지 이르렀으니, 아! 마음 아픈 일이다. 그러나 우암은 해와 달 같은 분이다. 만약 이를 우암의 병통이라 말한다면 이는 모기령의 저돌적인 언사로써 주자를 병통으로 여기는 격이니, 어찌 우암을 아는 사람이겠는가.

朱子

自生民以來, 未有盛於夫子. 故吾夫子然後, 天下宗之, 萬代仰之, 如日中天, 人不敢異言, 下夫子一等, 則雖以孟子之亞聖, 人或議之, 王充有「刺孟」, 司馬君實有「疑孟」, 李泰伯有「常語」, 朱子著「雜學辨」以正之, 然, 卒不能平, 至明太祖, 則彎弓欲射, 孟子猶然, 又況下於孟子者乎? 世衰道微, 異言朋興, 詖淫邪遁滿天下, 則爲時大儒者, 任重道遠, 其勢不得不辭闢廓如, 是豈巽辭軟語人所能也哉? 是以孟子距楊墨, 韓子闢佛老, 朱子斥蘇陸, 其爲說, 皆有骨力, 亦有氣岸, 或不能免氣質之病. 故朱子聞象山訃, 爲位哭, 旣哭乃曰, "死了一告子." 且朱子, 於尙論古人, 求備太過, 或有遠人情者, 如曰, "諸葛笨", 是也. 然孟子, 孔子後一人, 朱子之功, 又不在孟子下, 微朱子, 吾當如長夜矣. 後世曷敢以一時言語, 全咎於孟朱也? 朱子論道著書, 無非後學之指南, 而獨於『詩經』, 受攻最甚, 毛奇齡輩, 至以爲"此翁, 但見立鶴, 不見飛鶴", 此不過名物度數上, 偶爾差失, 何足爲朱子之大病? 正所謂君子之過, 如日之食者也. 孔子曰, "天生德於予, 桓魋, 其與予何?" 宋之子靜, 明之伯安, 雖曰'朱子之勁敵', 以余觀之, 朱子, 故是朱子. 彼雖有楊升菴·毛西河百輩, 何異蚍蜉之撼? 但天下之萬事萬物, 無

구절에 "유피지비공惟彼紙鼻公"이란 말이 있음.

368) '개 같은 윤휴[狗尹]' : 『송자대전』 60 「민대수에게 보냄[與閔大受 · 己未八月二十一日]」의 첫머리에 있는 말.

不有對, 近理亂眞, 自古然矣.

我朝尤菴先生, 學問德行, 補以陽剛, 故尹鑴・許穆, 才學不相上下, 終與之層激, 未免有過顙在山之勢, 此非尤翁氣質之病, 時使然矣. 如退溪・栗谷, 正大不回, 未嘗無救時激過之論, 而兩先生受攻於世人, 不如尤翁之甚, 退陶則尤無疵議, 此則時無相埒之黨論, 亦無角勝之僞君子故也. 尤菴, 以穆爲紙鼻公, 以鑴爲狗尹, 一邊人, 皆懷不平, 輾轉矯激, 末流之禍, 終至流血千里, 吁亦痛心也! 然, 尤翁, 日月也, 如以是爲尤翁之病, 則是以毛奇齡之豕突, 病朱子也, 豈知尤翁者哉!

서양의 강대함

동주東周 이후로 양주・묵적이 천하를 어지럽혔다. 그러므로 맹자는 "양묵楊墨을 물리치는 말을 할 수 있는 사람이라면 성인의 제자이다"라 하였다. 노담老聃은 공자와 같은 시기이고 장주莊周는 맹자와 같은 세상을 살았는데, 모두 이단이지만 그들의 말이 아직 크게 유행하지는 않았다. 한漢・진晋 이후로 불교와 도교가 비로소 성행하였지만, 도교는 따로 하나의 종류가 되어서 단약丹藥을 복용하고 신선술을 배우는 자들이 주로 하였으므로 아직 온 세상을 미혹시키기에는 충분치 않았다. 그러나 불교는 이치에 가까워서 참된 가르침을 어지럽혀 고원高遠・현묘하기가 도교보다 나았으니, 유가儒家의 고명한 자도 도리어 엉금엉금 기어 들어가서 혹은 유교를 빌려서 불교에 나아가고 혹은 저쪽을 과장해서 이쪽에 영합하기도 하였으니, 송나라의 장무구張無垢[369] 같은 무리가 그들이다. 대개 『사십이

369) 장무구張無垢: 북송의 학자 장구성張九成(1092~1159). 자는 자소子韶. 귀산龜山 양시

장경四十二章經』[370]은 비록 동한 명제明帝 때 처음으로 중국에 들어왔지만, 그 교설은 화복禍福으로써 사람을 꾀어 부처의 신묘함을 보이는데 불과하였다. 그러므로 도안道安[371] · 불도징佛圖澄[372] · 구마라습鳩摩羅什[373] 등은 부견符堅[374] · 석륵石勒[375] · 요장姚萇[376]이 높이고 믿는 바가 되었을 뿐이었다. 달마達摩[377]가 나옴에 이르러 비로소 직지인심直指人心의 학설을 설파하니, 그 학설이 더더욱 고상하고 오묘하였다. 육조六祖[378]에 전하여 남종南宗과 북종北宗[379]으로 나뉘었는데, 송나라 때의 고명하고 식견이 있는 학자들이 겉으로는 배척하면서 속으로는 도와, 마침내 도도하게 흘러 구할 도리가 없어졌다. 한나라로부터 지금까지 몇천 년간 유교와 불교가 천하를 거의 반분하고 있다.

우리나라는 신라 · 고려로부터 오로지 불학佛學을 숭상하여 불교가 온 나라 안에 퍼져 있었는데, 우리 조선에 이르러서는 불교가 쇠약해졌다. 근자에는 또 구라파의 야소耶蘇의 교설이 있으니, 명나라 만력萬曆 연간

楊時의 제자. 『중용해』가 있다. 일찍이 주자가 『중용해』를 비판한 바 있거니와, 그의 학문이 선미禪味가 있다는 것은 이의현의 「도협총설陶峽叢說」(『도곡집』 권28 「잡저」) 등 여러 학자들에 의해 지적되고 있다. 이덕무의 「이목구심서」 1(『청장관전서』 48)에 다음과 같은 말이 있다. "장무구가 횡포橫浦로 귀양 가서 매일 새벽에 책을 안고 창 아래에 서서 14년을 읽었는데 돌 위에 두 발의 발자국이 은연하였다."

370) 『사십이장경四十二章經』: 불경의 이름. 동한東漢 때 가섭마등迦葉摩騰 등이 번역하였는데, 모두 42장章이었으므로 붙여진 이름이다. 중국의 불경 번역이 여기서 시작된다.

371) 도안道安(312~385): 진晋나라 승려. 불도징佛圖澄의 제자.

372) 불도징佛圖澄(232~348): 고승高僧. 서역 사람.

373) 구마라습鳩摩羅什(344~413): 서역 사람. 불경 번역으로 저명함.

374) 부견符堅(338~385): 남북조시대 전진前秦의 창건자. 부하인 요장姚萇에게 살해되었음.

375) 석륵石勒(274~333): 남북조시대 후조後趙의 창건자. 명제明帝. 본디 이민족인 갈종羯種. 자는 세룡世龍.

376) 요장姚萇(330~393): 후진後秦의 창건자. 무소제武昭帝. 자는 경무景茂.

377) 달마達摩: 양梁나라 때 고승.

378) 육소六祖: ① 중국 선종禪宗 사상 여섯 조사祖師. 곧 달마達磨, 혜가慧可, 승찬僧璨, 도신道信, 홍인弘忍, 혜능慧能. ② 혜능慧能. 여기서는 후자.

379) 남종南宗과 북종北宗: 남종南宗은 혜능을, 북종北宗은 당唐의 신수神秀를 교조敎祖로 하는 중국 선종禪宗의 두 파.

에 그 나라 사람 탕약망湯若望[380] · 육약한陸若漢[381] · 이마두利瑪竇[382] 따위 무리가 차례차례 바다로 중국에 들어가 사람들에게 천주天主의 도를 가르치니, 이는 이단 가운데 가장 몹쓸 것으로, 윤리를 멸살하고 상도를 무너뜨려 하늘에 닿는 피해가 도교 · 불교보다 열 배나 더하다. 대개 개벽開闢한 지 오래되고 우주는 지극히 넓어 안정된 시기는 적고 혼란한 시기가 많아서, 일어나지 않는 일이 없고 생기지 않는 변괴가 없다. 그래서 허탄하고 망령되며 사악하고 편벽된 교설이 쉽사리 파고드니, 이 또한 천지간의 기수氣數가 그렇게 만드는 것이다. 음과 양, 선과 악이란 저절로 일진일퇴하지 않을 수 없는 것이거니와, 요순은 이미 멀고 공자 · 맹자 같은 성인은 나타나지 않으니, 경성景星 · 경운卿雲이 있을까, 맹풍盲風 · 괴우怪雨가 있을까? 하물며 오호五胡[383]가 중국을 어지럽힌 뒤로 서강西羌[384] · 북적北狄[385]이 거의 중국 사람과 더불어 번갈아 서로 중국의 주인이 되었으니, 정학正學과 사교邪教도 이렇게 되고야 말 것이다. 정말로 어떤 광명정대한 영웅이 나와서 한번 쓸어 말끔하게 할 수가 있을까?

구라파에는 영길리英吉利(영국) · 홍모紅毛(네덜란드) · 불란佛蘭(프랑스) · 삼불제三佛齊[386] 등 여러 나라가 있는데 처음 서역西域의 별종에서 나와서,

380) 탕약망湯若望 : 아담 샬Johann Adam Schall von Bell(1591~1666). 독일인. 자는 도말道未. 저서로 『역법서전曆法西傳』, 『신법표이新法表異』 등이 있다.

381) 육약한陸若漢 : 조앙 호드리게스Joao Rodrigues(1561~1633). 포르투갈인 신부. 1630년 북경을 방문한 정두원鄭斗源에게 망원경과 자명종, 조총 등과 각종 서적을 준 인물이다. 이익, 『성호사설』 4, '만물문'의 「육약한」 참고.

382) 이마두利瑪竇(1552~1610) : 마테오 리치Matteo Ricci. 이탈리아 선교사. 명나라 만력 8년(1580)에 광동에 도착. 『건곤체의乾坤體義』 2권, 『기하학원본幾何學原本』 6권 등을 번역.

383) 오호五胡 : 한진漢晉 무렵 서북방에서 중국 본토에 이주한 다섯 민족, 곧 흉노匈奴, 갈羯, 선비鮮卑, 저氐, 강羌.

384) 서강西羌 : 진대晉代 오호五胡의 하나. 중국 서쪽 변방에 살던 티베트계의 유목 민족. 요장姚萇이 장안長安에 도읍하여 후진後秦의 시조가 되었다.

385) 북적北狄 : 북방의 만족蠻族. 중국 사람이 북방의 이민족을 일컫던 말.

386) 불란佛蘭(프랑스) · 삼불제三佛齊 : 아마도 저자의 착각인 듯하다. 영국, 네덜란드와 함께 4개의 유럽 강국을 든 것으로 보이는데, 프랑스를 '불란佛蘭' 두 글자로 표기한

서양西洋이라 부른다. 조그만 나라들이지만 모두 강대하여 배를 집으로 삼아서 만 리 길을 날듯이 다니기를 평지보다 쉽게 여긴다. 그 사람들은 생각이 교묘하고 재주가 많아, 천문 · 역학 · 의약 · 종수種樹 · 치포治圃 · 작농作農과 기계를 제작하고 건물을 짓는 것은 기이하고 지혜롭지 않음이 없어서 귀신도 헤아리지 못할 정도이니, 이전에 없었던 바이고 어느 나라도 할 수 없는 일이다. 또 사람을 현혹하는 재주가 많아서 사람으로 하여금 재화財貨로써 통상하고 사생死生을 가볍게 여기게 하여 비록 우부우부愚夫愚婦라도 그들의 말을 듣고 그들의 글을 익히면 곧 마음에 달게 여기고 즐겁게 나아가기를 등불에 날아드는 하루살이같이 할 뿐만이 아니어서, 온 천하가 서로 빠져 들어가면서도 바른 길로 돌아가기를 잊어버리게 만든다. 이 어찌 너무나 애통한 일이 아니겠는가.

옛날 후한 말에 노수路脩가 공융孔融[387]을 무고하여 아뢴 말에, "자식은 어미에 대해서 마치 병 속에 든 물건과 같아서, 물건이 밖으로 나오면 떨어질 뿐이다"[388] 하였다. 정평正平[389]의 무리가 정말로 이런 말을 하였는지는 알 수 없지만, 지금 살펴보건대 이는 바로 서양 종교의 말이다. 또 당나라 때의 이른바 요교祆教 역시 서양 종교이다.

예는 추사의 편지나 이시원李是遠의 문집 등에 보인다.

'삼불제三佛齊'의 경우 유럽 국가가 아니라 현재 인도네시아 수마트라 섬에 있던 왕국이었다. 영문으로는 Srivijaya 혹은 Sriwijaya로 표기된다. 조선에서 삼불제에 대한 기록은 『지수염필』 저작보다 대략 150년 이전, 17세기 후반에 보인다. 이렇게 읽으면 저자의 착각이 된다.

저자가 이전부터 알려져 있던 '삼불제'를 알고 있었으리라고 생각해서 '불란삼佛蘭三(프랑스) · 불제佛齊'로 생각할 수도 있겠다. 하지만 프랑스를 '불란삼佛蘭三'으로 기록한 예는 찾기 어렵다. 콩고를 식민 지배한 벨기에 같은 나라를 '불제佛齊'로 표기했는지, 확인하기 어렵다. 벨기에의 콩고 지배는 홍한주 작고 이후의 일이다.

387) 공융孔融 : 후한 때 학자. 공자의 후손. 자는 문거文擧. 『공북해집孔北海集』이 있다.

388) 자식은 어미에 대해서 …… 떨어질 뿐이다 : 공융이 예형에게 했다는 말인데, 앞에 "아비가 자식에 대해서 무슨 친밀함이 있단 말인가? 본질을 말하자면 실상 정욕의 발산일 뿐"이라는 구절이 더 있다. 부모가 자식에게 끼치는 은혜란 없다는 이 말은, 공융이 조조에게 죽임을 당하는 구실의 하나가 되었다(『후한서』 열전 제60 참고).

389) 정평正平 : 후한의 문인 예형禰衡(173~198)의 자.

야소는 전한 애제哀帝 때 났다. 나이 9세에 생지生知의 자질이 있어서 나라 사람들이 남녀 모두 높이고 믿기를 신과 같이 하여 온 나라가 내달려 쏠리니 국왕이 꺼려서 명령하여 야소를 십자 거리에서 참수하였다. 나라 사람들이 슬퍼하여 철鐵로써 그의 상을 주조하여 십자 거리에서 거열車裂 당하는 형상을 만들어 사람들이 모두 패용하여, 무릇 몸에 가까이하는 의복과 기용器用들도 십자로 무늬를 넣고 십자 모양으로 조각하니, 잊지 않는다는 의미이다. 대개 그들이 높이고 받드는 것이 불가의 석가여래와 같지만 더 지나치니, 또한 하나의 인요人妖이다. 그 가르침은 하늘을 높이고 부모는 알지 못한다. 무릇 하늘을 아버지로 땅을 어머니로 하는 것은 우리 유교 또한 말하는 바인데, 어찌하여 나를 낳아준 부모를 버리고 오로지 하느님 아버지만을 높인단 말인가. 또, 살기를 좋아하고 죽기를 싫어함은 곤충도 오히려 그러한데, 어리석은 부녀자로서 형벌을 받아 죽음에 나아가는 자가 담소를 하며 두려워하지 않고, 무릎 뼈가 다 부러져도 아프다 하지 않고 다만 손을 모아 야소를 부를 따름이니, 이 어찌 상리常理·인정人情을 벗어난 일이 아니겠는가.

순조純祖 원년(1800), 정순왕후貞純王后가 수렴청정을 할 때 서양 종교가 크게 성행하여 서울에서는 사대부 남녀들이 몰래 전하여 익히는 자가 많았다. 왕후는 마침내 명하여 체포해서 크게 제거하여 없애니, 죽은 자가 많았다. 또 헌종憲宗 기해년(1839, 헌종 5)에 사옥邪獄이 또 일어나 역시 제거하여 없앴다. 그러나 서울과 지방에서 지금까지도 곳곳마다 남아 있어서, 혹 한 마을 전체 한 고을 모두가 믿기도 한다. 그 때문에 거의 이루다 처벌할 수가 없으므로, 도리어 불문에 부친다. 경신년(1860, 철종 11) 가을과 겨울 무렵 양인洋人들이 연경燕京을 함락시키자 황제는 칠백 리나 떨어진 열하熱河의 이궁離宮으로 피신하여 해가 지나도록 돌아가지 못하였고, 신유년(1861) 7월, 황제는 끝내 열하에서 작고하였다. 양인들이 황성皇城에 가득차 천주당天主堂을 크게 세웠으나 다만 살상은 없었으므로 성 안 시장은 변함이 없었다 하니, 몹시 괴이한 일이다.[390] 그 뒤 우리나라에서도 소문을 듣고 의심하고 겁을 내서 더더욱 양학洋學하는 사람들이 있고 없고를 불문에 부쳤다.

예로부터 이단은 다만 도를 해친다고만 일러졌을 뿐이었다. 불교가 천하에 가득하지만 어찌 일찍이 이런 큰 변괴를 일으켰던가. 양인들이 크게 원하는 바는 본디 토지와 인민에 있지 않고 다만 그들의 종교를 통행시키고 그들의 물건을 교역하려는 것이다. 그러나 양인 가운데서도 영국은 가장 표독스럽고 사납기가 맹수와 같아서 사람의 심성이 없다. 근년에는 여송呂宋(필리핀)을 공격해 멸망시키고 그 땅을 텅 비게 만들었다 하니, 극히 두렵고 놀랍다.

西洋强大

東周以後, 楊墨亂天下, 故孟子曰, "能言距楊墨者, 聖人之徒也." 老聃, 與孔子同時, 莊周, 與孟子幷世, 雖皆異端, 其說, 尙未及大行. 自漢晉以後, 佛老始盛, 然老道自爲一種, 服丹學仙者主之, 故猶未足誣惑一世, 而佛則近理亂眞, 其高遠玄妙, 過於老道, 儒之高明者, 反爲匍匐入之, 或借儒而就佛, 或張彼以合此, 宋之張無垢輩, 是已. 蓋四十二章經, 雖自東漢明帝時, 始入中國, 其說, 不過禍福誘人, 示其神妙, 故道安·佛圖澄·鳩摩羅什等, 爲苻堅·石勒·姚萇之所尊信而已, 至達摩出來, 始說直指人心之學, 其學益高妙. 傳六祖, 分南北宗, 而宋世高明有識之士, 反多陽擠陰助, 遂滔滔焉不可救矣. 自漢至今, 幾數千年, 儒釋, 殆半天下.

我國則自羅麗, 尊尙佛學, 象敎遍於國中, 至本朝, 佛亦衰矣. 近又有歐羅巴耶蘇之說, 皇明萬曆間, 其國人湯若望·陸若漢·利瑪竇輩, 次第浮海入中國, 敎人以天主之道, 是又異端之終條理, 而其滅倫悖常, 害當滔天, 十倍於老佛矣. 蓋開闢日久, 宇宙至廣, 治日少而亂日多, 無

390) 홍한주가 쓴 1861년 일기인 『신유일사辛酉日史』(버클리대학 동아시아도서관 소장본)에, 북경 함락에 관한 당시 조선 지식층의 동향이 기록되어 있다.

事不有, 無變不生, 則誕妄邪辟之說, 易爲闖入, 是亦天地間氣數使然也. 陰陽善惡, 自不能不一進一退, 而堯舜已遠, 孔孟不作, 其將有景星卿雲乎, 其將有盲風怪雨乎? 況五胡亂華之後, 西羌北狄, 幾與中國人, 遞相入主, 正學邪教, 亦當如是乃已, 有何眞正大英雄, 一掃而廓淸也哉?

歐羅巴, 有英吉利·紅毛·佛蘭·三佛齊諸國, 始出於西域別種, 謂之西洋, 瑣里而各自强大, 以舟楫, 爲家宅, 飛行萬里, 易於平地, 其人巧思多才, 其天文·曆學·醫藥·種樹·治圃·作農, 造器械爲宮室, 靡不逞奇舞智, 神鬼莫測, 前古之所未有, 萬國之所不能, 又多眩幻惑人之術, 使人通貨財輕死生, 雖愚夫愚婦, 聞其言習其書, 輒甘心樂赴, 不啻如撲燈之飛蛾, 幾乎擧天下胥溺而忘返也, 是豈不哀痛之最甚者乎?

昔在東漢末, 路修誣奏孔融之言曰, “子之於母, 如寄物甁中, 物出則離”, 此未知稱正平輩, 眞有是言, 而以今觀之, 是卽洋教之言. 且唐世所謂祆教, 亦洋敎也.

盖耶蘇, 在西漢哀帝時生, 年九歲, 有生知姿, 國人男女, 尊信如神, 擧國奔波, 國王忌之, 命斬耶蘇十字街, 國人哀之, 以鐵鑄其像, 爲十字街頭車裂形, 人皆佩之, 凡近身衣服器用, 亦以十字, 寫之刻之, 取不忘也. 盖其崇奉, 如佛家之如來, 而又過之, 亦一人妖也. 其學, 尊天而不知父母, 夫乾父坤母, 吾道亦言, 而何嘗捨吾所生父母, 專尙乾父乎? 且好生惡死, 昆虫猶然, 而愚婦之就刑戮者, 談笑而不怕, 雖脛骨盡折, 亦不痛楚, 但攢手呼耶蘇而已, 是豈非常理人情之外哉?

純祖元年, 貞純后垂簾, 其時, 洋教大熾, 都下士大夫男婦, 暗地傳習甚多, 后遂命逮捕, 大行鋤治, 死者亦衆. 又憲宗己亥, 邪獄又作, 亦行鋤治, 然, 京外至今在在有之, 或至全一村通一邑爲之, 殆不可勝誅, 故反付勿問, 而庚申秋冬, 洋人陷燕京, 皇帝, 至於出避七百里熱河之離宮, 經年不返, 辛酉七月, 竟崩於熱河, 洋人則充滿皇城, 大起天主堂, 然, 但無殺傷, 故城內市肆不變云, 殊可異也. 其後, 我國亦聞而凝怯, 尤不問洋學人有無.

自古異端, 但稱害道而已, 佛雖滿天下, 何曾爲如此大變怪乎? 洋人之所大願, 本不在土地人民, 而但欲其行其敎而交其貨也, 然洋人中英吉利, 最獰悍如猛獸, 無常人心性, 近年, 攻滅呂宋一國, 空其地云, 極可怖駭也.

마테오리치

청나라 사람 우통尤侗[391]은 강희제 때 『명사明史』 편찬에 참여한 일을 계기로 「외국죽지사外國竹枝詞」 100수를 지었다. 그 가운데 「구라파歐羅巴」라는 두 수의 절구가 있는데 첫 수는,

三學相傳有四科,	세 종교 전해져서 사과四科를 두었으니,
曆象今號小羲和.	역상曆象은 이제 소희화小羲和라 불리네.
音聲萬變都成字,	온갖 언어 모두 다 한자로 표현되니,
試作耶蘇十字歌.	시험 삼아 예수교 십자가十字歌를 지어본다.

라 하였고, 다른 한 수는,

天主堂開天籟齊,	천주당天主堂 열고 보니 찬송가 울리는데,

391) 우통尤侗(1618~1704) : 자는 동인同人・전성展成, 호는 회암悔菴・간재艮齋・서당노인西堂老人. 명말청초의 시인. 『서당여집西堂餘集』(20책, 규장각), 『서당고西堂稿』(5책, 고려대), 『서당잉고西堂剩稿』(1책, 서울대), 『서당전서西堂全書』(16책, 국립중앙), 『서당전집』(28책, 전남대) 등의 저작이 국내 도서관에 보이고, 그의 「외국죽지사」는 특히 조선에 영향이 컸다.

鍾鳴琴響自高低.	종소리며 현악 울림 절로 높고 낮아지네.
阜城門外玫瑰發,	부성문阜城門[392] 성문 밖에 장미꽃 피었는데,
盃酒難澆利泰西.	한 잔 술로 이마두利瑪竇 적셔주기 어려워라.

라 하였다.

대개 이마두利瑪竇는 큰배를 만들어 바다에 떠 널리 돌아다니면서 세계를 두루 살펴보았는데, 이르는 곳마다 그곳의 인물·금충禽蟲·주수走獸·어족[水族]의 형상을 그림으로 그린 것이 모두 기이한 형상 괴상한 종류들이어서 『산해경』에 없는 것이 많았다. 또 동해東海의 미려尾閭[393]를 보고자 하였으나 바닷물이 빙빙 돌아 배가 거의 가라앉을 뻔하여 근근이 침몰을 면하고 돌아왔다. 이마두는 항상, "내가 사방 바다를 항해하면서 두려울 것이 없었으나 오직 미려는 두렵다" 하였다 한다. 이마두는 중국에 들어가 끝내 중국에서 죽었는데, 황제가 부성문 밖에다 장사지내 주었으므로 우통의 시에서 그렇게 말한 것이다.[394]

<u>利瑪竇</u>

淸人尤侗, 康熙時, 因『明史』纂集, 作「外國竹枝詞」一百首, 其中有「歐羅巴」二絶. 一曰, "三學相傳有四科, 曆象今號小羲和. 音聲萬變都成字, 試作耶蘇十字歌." 一曰, "天主堂開天籟齊, 鍾鳴琴響自高低. 阜城門外玫瑰發, 盃酒難澆利泰西."

盖利瑪竇, 造大艑, 浮海周行, 歷觀世界, 所至圖寫其人物·禽蟲·走獸·水族之狀, 皆奇形怪類, 『山海經』所無者亦多. 又欲見東海之尾閭, 水旋洑, 舟幾沈溺, 僅免墊沒而還. 瑪竇常言, "吾行四海, 皆無足

392) 부성문阜城門: 북경 도성 서남쪽에 있던 문. 일명 순성문順城門. 그 안쪽에 제왕묘帝王廟가 있어서 역대 제왕의 위패를 모셨다고 한다.

393) 미려尾閭: 바닷물이 빠져나간다고 하는 큰 구멍.

394) 이마두는 …… 말한 것이다: 참고로, 연암 박지원은 이마두의 무덤을 보고 글을 남겼다(『열하일기』「이마두총利瑪竇塚」).

畏, 獨畏尾閭"云. 瑪竇入中國, 竟死中國, 帝賜葬阜城外, 故尤詩云.

경술經術의 선비

우리나라 사람들은 시문詩文과 서화書畵로부터 백공百工의 기예技藝며 재능과 식견, 국량에 이르기까지 중국에 비겨서 모두 훨씬 미치지 못한다. 그러나 오직 경술經術의 선비만은 문로門路가 모두 발라서, 정말로 송·원宋元의 학문에 부끄러울 것이 없다. 간혹 윤휴 같은 무리가 경전을 어지럽히는 의론이 있지만 몇몇 사람에 지나지 않는다. 당론은 비록 나뉘더라도 경전에 대한 학설에 있어서는 정주程朱를 버리고 왕륙王陸(왕양명·육상산)을 높여 저돌적으로 창도하기를 모기령같이 하는 자는 전혀 없다. 또 정암·퇴계·율곡의 세분 선생은 존양存養의 공부와 경세經世의 학문이 비록 낙민洛閩의 사이에 두더라도 크게 부족하지는 않을 것이다. 이는 우리나라가 천하와 후세에 대해 자랑할만한 것일까?

經術之儒

我國人, 自詩文書畵, 至百工技藝, 與才識器局, 比之中國, 皆不逮萬萬, 而獨經術之儒, 門路皆正, 可以無愧於宋元學問矣. 間或有尹鑴輩, 亂經之論, 不過若干人, 黨論則雖分, 至於經說, 捨程朱尊王陸, 倡言豕突, 如毛奇齡者絶無, 且靜菴·退溪·栗谷三先生, 則存養之工, 經世之學, 雖置洛閩之間, 亦庶幾焉, 此我國所以有辭於天下後世者耶?

허노재許魯齋[395]

허노재는 원나라 학자 가운데 학문이 가장 순후하고 독실하여, 항상 "주자 이후에 의리義理가 크게 밝아졌다"고 하였다. 그는 또, "나는 『소학』에 대해서는 사랑하기를 부모같이 하고 공경하기를 신명神明같이 한다" 하고 마침내 저술을 일삼지 않고 독실하게 배우고 힘껏 실행하였으니, 진서산眞西山(진덕수) 이후로 이런 큰 학자가 없다. 그가 거처한 향리의 사람들이 교화되었으니, 이 어찌 장구章句나 맞추고 훈고訓詁나 따지는 학자가 가능한 바이겠는가. 다만 원나라에 벼슬하였다는 잘못으로 우리나라의 제현들은 많이들 그릇되다 여겼고, 우암은 더더욱 엄하게 배척하였다. 그러나 북쪽 몽고 사람들이 주자를 흠모하여 공자·맹자 이후 제일가는 사람이라 여기게 된 것은 노재의 힘이었다. 더구나 북쪽 몽고 사람들이 원나라를 세운지 이미 오래고 노재는 대대로 원나라 사람이었지 송나라 사람이 아니었으니, 어찌 이적夷狄에 처해서는 이적의 예법을 행한다[396]는 경우가 아니었겠는가. 만약 송나라에 벼슬하다가 원나라에서도 벼슬한 사람으로 한번에 몰아쳐서 단죄한다면 아마 틀림없이 심복하지 않을 것이다.

이 때문에 설문청薛文淸[397]의 『독서록讀書錄』에, "노재의 출처出處는 성인의 도에 부합된다" 하였고 또, "노재는 공자를 잘 배운 분이다" 하였고 또, "노재는 벼슬할 만 하면 벼슬하고 그만둘 만 하면 그만두고 오래

---

395) 허노재許魯齋 : 허형許衡(1209~1281). 노재는 호, 자는 평중平仲. 원나라 학자. 『노재유서』, 『허노재선생심법心法』, 『독역사언讀易私言』, 『허씨시보초許氏詩譜抄』 등의 저작이 있다.

396) 이적夷狄에 처해서는 이적의 예법을 행한다 : 『중용』에 있는 말.

397) 설문청薛文淸 : 설선薛瑄(1389~1464). 명나라의 주자학자. 문청은 시호, 자는 덕온德溫, 호는 경헌敬軒. 『경헌설선생문집』(24권 13책)과 『독서록』(14권 7책)이 국내의 많은 도서관에 소장되어 있다.

머물러 있을 만 하면 오래 머물고 빨리 떠날 만 하면 빨리 떠나간 뜻이 있었다" 하였다. 경헌敬軒은 명나라의 대유大儒이니, 견해가 반드시 고상할 것이다. 노재가 원나라에 벼슬한 것이 몸가짐을 잘못한 것이었다면 어찌 아첨하여 이토록 거듭 말을 했겠는가. 하물며 경헌은 노재와의 시간적인 간격이 멀지 않았으니, 그가 전해들은 실상이 틀림없이 우리나라 사람 같지는 않았을 것이다. 그의 문인인 문공文公 구양현歐陽玄[398]이 엮은 『노재행장魯齋行狀』에는, "선생은 광제光霽하기는 주무숙周茂叔(周敦頤) 같고 영매英邁하기는 소요부邵堯夫(邵雍) 같고 굳세고 과단성 있기는 장자후張子厚(張載) 같고 순후 독실하기는 사마군실(사마광) 같고 택선擇善 고집固執과 궁리 치지는 또 정정숙程正叔(程頤)·주중회朱仲晦(주자) 같다. 그 밝고 밝아 통철洞澈하며 온갖 이치를 융회融會하여 초연히 자득하여, 성을 내지 않고도 위엄이 있으며 명령하지 않고도 행해지며 말을 하지 않고도 믿어지는 경지에 있어서는 또 염락濂洛의 여러 군자들이 미칠 바가 아니다" 하였다. 이는 아첨을 면치 못할 말이어서 너무 과장되기는 했지만, 노재의 노재된 대개는 알 수가 있다. 추강秋江 남백공南伯恭(南孝溫)은 일찍이 시에서,

魯齋許文正,	노재 허문정許文正은,
披髮爲其臣.	머리 풀어헤치고 그 신하되었다.

하였는데,[399] 이는 원나라 사람들이 머리를 풀어헤치지 않았음을 알지 못하였기 때문이다.

또 청나라의 심천深川 웅사리熊賜履[400]는 『학통學統』[401]을 편찬하면서

398) 구양현歐陽玄(1273~1357) : 원나라 여릉廬陵 사람. 자는 원공原功, 호는 규재圭齋, 평심노인平心老人. 문공은 시호. 『규재문집』이 있다.

399) 추강秋江 남백공南伯恭(南孝溫)은 …… 하였는데 : 『추강집』 권8 「견흥遣興 5수」 가운데 하나.

400) 웅사리熊賜履(1635~1709) : 자는 경수敬修 또는 청악青岳, 호는 우재愚齋. 『명사고明

「정통正統」·「익통翼統」·「부통附統」·「잡통雜統」·「이통異統」의 다섯 등급으로 나누어 성현과 군유羣儒를 논하여 나열하였는데, 노재는 원나라에 벼슬하였다 배척하여 그 속에 넣지 않았다. 그의 설명인즉 몹시 엄정하지만, 진실로 가소로운 일이다. 어찌 노재가 원나라에 벼슬한 것이 도리어 웅熊이 청나라에 벼슬한 것과 같지 않겠는가. 이야말로 같이 목욕하면서 벗었다고 나무라는 꼴이니, 만약 노재의 영령이 있다면 반드시 코를 싸잡아 쥐었을 것이다.

농암 선생은 「잡지雜識」에서 구양규재歐陽圭齋가 쓴 『노재행장』이 칭위稱謂가 걸맞지 않는다 하여 거리낌 없는 망녕된 사람이라 결론지었는데,[402] 이런 지적은 그렇게 생각할 점이 있다. 뒤에 윤명재尹明齋(윤증尹拯)의 문집을 보니 그의 의론도 농암과 같았다.[403]

許魯齋

許魯齋, 元儒中學問最爲淳篤, 常以爲"朱子後義理大明." 又云, "吾於『小學』, 愛如父母, 敬如神明", 遂不事著述, 篤學力行, 眞西山以後無此大儒也. 所居鄕里化之, 此豈章句訓詁之儒所可能哉? 但以仕元之失, 我朝諸賢, 多非之, 尤翁尤嚴斥之, 然北地人之能嚮慕朱子, 以爲孔孟後一人, 則魯齋之力也. 且北地入元已久, 魯齋世爲元人, 非宋人, 豈非素夷狄行乎夷狄乎? 如以仕宋, 而又仕元之人, 一體罪之, 則恐必不服矣.

是以薛文淸『讀書錄』曰, "魯齋出處, 合乎聖人之道." 又曰, "魯齋有

史藁』, 『주자전서』 편찬에 참여.

401) 『학통學統』: 청판 53권 18책 목판본이 장서각에, 56권 20책 석판본이 충남대 도서관에 소장되어 있다.

402) 농암 선생은 …… 결론지었는데: 농암은 노재가 주돈이·소옹·장재·사마광·정자·주자의 좋은 점을 모두 겸하였다고 한 행장의 말을 두고, "몹시 참람되다"고 지적하였음(「잡지」 내편·1).

403) 뒤에 …… 같았다: 윤증, 『명재선생유고』 권31 「잡저」의 '수록(手錄)' 부분에 실려 있음.

伊尹'何事非君'之志." 又曰, "魯齋善學孔子者." 又曰, "魯齋有仕止久遠之意." 敬軒, 明之大儒, 所見必高. 魯齋仕元, 未免失身, 則豈至阿好, 而如是申言之? 況敬軒, 去魯齋未遠, 其傳聞之實, 必非如我國人矣. 其門人歐陽文公玄, 撰「魯齋行狀」曰, "先生, 光霽似周茂叔, 英邁似邵堯夫, 剛果似張子厚, 淳篤似司馬君實, 擇善固執, 窮理致知, 又似乎程正叔 · 朱仲晦, 其昭明洞澈, 萬里融會, 超然自得, 於不怒而威, 不令而行, 不言而信之域, 則又非濂洛數君子所及", 此則未免阿好, 而太涉夸張, 然魯齋之爲魯齋, 則槩可知也. 南秋江伯恭, 嘗有詩曰, "魯齋許文正, 披髮爲其臣", 此不知元人未嘗披髮故也.

又淸熊深川賜履編『學統』, 分「正統」「翼統」「附統」「雜統」「異統」五等, 論列聖賢羣儒, 而以魯齋仕元, 斥而不入其中, 其說甚嚴, 誠可笑也, 豈魯齋仕元, 反不如熊之仕淸乎? 此眞同浴而譏裸, 如使魯齋有靈, 必當掩鼻.

農巖先生「襍識」, 以歐陽圭齋『行狀』, 稱謂之不倫, 歸之無憚之妄人, 是則然矣. 後見『尹明齋集』, 其論亦同農巖.

원 세조元世祖

원나라 세조는 금나라를 멸망시키고 송나라를 평정하여 중국을 통일하였으니, 역시 하나의 영용英勇한 군주다. 그래서 노재魯齋가 그를 섬겨 천덕天德 · 왕도王道의 의론을 아뢰었는데, 이는 가능하지 않을 줄을 알지 못하였기 때문이다. 경헌敬軒(설선)이 노재의 출처出處를 기필코 이윤伊尹과 공자에 비기려 한 것은 지나치지 않을까? 가능하지 않을 줄을 모르고 나아가서 말을 올린 것, 이것이 노재의 노재된 소이일까? 이윤이 다섯 차례 걸桀에게 나아가고 공자가 남자南子를 만나보신 것은 성인이어야만 할 수 있는 것이고, 현인은 할 수가 없는 일이다. 노재는 과연 성인 축에 드는 사람일까?

元世祖

元世祖, 滅金平宋, 混一區宇, 亦一英主也. 是以魯齋事之, 乃進天德王道之論, 此所以不知其不可也. 敬軒之必欲擬其出處於伊尹孔子者, 得無過乎? 不知其不可而出而進言者, 此所以爲魯齋耶? 伊尹五就桀, 孔子見南子, 聖人然後爲之, 賢人則不爲也. 魯齋, 果聖人之徒歟?

공자를 깎아 내림

원나라 세조는 공자를 깎아내려 중간 정도의 현인이라 하고 오랑캐 승려 파사파[八思巴][404]를 높여 존호를 더하기를, '황천지하皇天之下, 일인지상一人之上, 서천불자西天佛子, 대원제사大元帝師'라 하여 그와 수레를 같이 타고 자리를 나란히 하였다.

또 한인漢人들의 문화가 뛰어난 것을 성내어 중국 사람을 모조리 다 죽이고 그 땅을 텅비워 목장을 만들려고 하였으니, 만약 야율문정耶律文正[405]이 울며 힘껏 간하지 않았더라면 중국 사람들은 거의 남지 않았을

404) 파사파八思巴(1235~1280) : 원나라 티베트 불교 샤카 파의 조사祖師. 원 세조 쿠빌라이에게 초빙되어 제사帝師가 되었다. 파스파 문자를 만들었다.

405) 야율문정耶律文正(1190~1244) : 초기 몽고 제국의 명신. 이름은 초재楚材, 자는 진경晉卿, 문정은 시호. 요나라 왕족의 자손으로 칭기즈 칸에게 중용되어 서역 원정에 종군

것이다.[406] 이는 석계룡石季龍[407] · 장헌충張獻忠[408]도 내지 못할 계획이니, 어쩌면 그렇게도 잔인할까. 이러고서도 노재의 말을 받아들일 수가 있었겠는가? 노재의 일은 끝내 알지 못하겠다.

『노재집魯齋集』에는 「편년가괄編年歌括」[409]이라는 작품이 있는데 그 끝에,

始自堯甲辰,[410]	요 임금 갑진년에 시작하여,
終於金癸巳.	금나라 계사년에 마쳤도다.

하였다. 아마도 북송北宋의 정통을 곧바로 금나라에 붙이고 남송은 한쪽 모퉁이에 있었다 하여 윤통閏統으로 취급한 것이다.[411] 이 어찌 역逆과 순順에 대한 공안公案이겠는가. 그러나 사마온공도 위魏나라를 정통으로 삼는 오류를 면치 못했었다. 의리는 무궁하니, 내가 감히 다 알지는 못한다.

하였고, 이후 원 제국의 기반을 튼튼히 했다. 불교에 귀의, 호를 담연거사湛然居士라 하였으며, 저서에 『담연거사집』이 있다. 일본에서는 연구서로 이와무라 시로부岩村忍의 『야율초재耶律楚材』(동경, 生活社, 1942), 스기야마 마사아키杉山正明의 『야율초재와 그의 시대』(白帝社, 1996)가 있고, 역사소설로 진순신陳舜臣의 『야율초재』(상하 2책, 동경, 集英社, 1994)가 있다.

406) 중국 사람을…… 것이다 : 이익李瀷의 기록에 같은 내용이 있음(『성호사설』 23, 경사문經史門, 「초재호생楚材好生」).

407) 석계룡石季龍 : 후조後趙의 태조 무황제武皇帝. 이름은 호虎, 계룡은 자. 석늑石勒의 조카로, 늑이 죽자 그 아들을 죽이고 스스로 황제가 되었음.

408) 장헌충張獻忠 : 명말의 유적. 이자성과 연합하여 여러 고을을 점령하고 대서국왕大西國王이라 참칭하였음. 청나라 군대에 죽었음.

409) 「편년가괄編年歌括」 : 『노재집』 권10에 「편년가괄」이 있는데, 인용 구절은 첫 구임.

410) 甲辰 : 『노재집』에는 '무진戊辰'으로 되어 있음.

411) 아마도 북송北宋의…… 것이다 : 「편년가괄」은 중국 역대 정통 왕조를 시대별로 나열하고 있는바, '대요大遼－전송前宋－대금大金'으로 끝난다.

貶下孔子

元世祖, 貶孔子爲中賢, 尊胡僧八思巴, 加號皇天之下 一人之上 西天佛子 大元帝師, 與之同輦而並座. 又忿恚漢人文勝, 至欲盡殺中國生靈, 空其地爲牧場, 如無耶律文正, 涕泣力諫, 中國人物, 幾無噍類矣. 此石季龍·張獻忠所無之計也, 何其不仁也? 如是而其能用魯齋之言乎? 魯齋事, 究未可知也.

『魯齋集』, 有「編年歌括」一篇, 其終曰, "始自堯甲辰, 終於金癸巳." 蓋以北宋之統, 直接於金, 而南宋謂一隅, 視爲閏位也, 是豈逆順之公梭耶? 然司馬溫公, 亦未免帝魏, 義理無窮, 吾不敢盡知也.

권2

『역易』

고인이 이르기를, 『장자莊子』를 읽는 것은 조개껍질을 보는 것과 같다 하였다. 대개 정면으로 보면 흰색 같다가 옆으로 보면 또 붉은 듯 노란 듯 파란 듯 녹색인 듯 황홀하여 일정한 색깔이 없지만, 조개껍질의 색깔은 의연히 조개껍질 색깔 그대로이기 때문이다.[1] 『남화경』의 글도 그러

---

1) 고인이 이르기를 …… 그대로이기 때문이다 : 임운명林雲銘(1628~1697)의 『장자인莊子因』 첫머리 「장자잡설莊子雜說」에서 인용한 것임. "장자는 조개껍질을 보는 법으로 읽어야 한다. 정면으로 보면 흰색 같고 옆으로 보면 자주색 같고 흘겨보면 녹색 같지만 결국은 본디 색깔이 아니다[莊子 當以觀貝之法讀之, 正視之似白, 側視之似紫, 睨視之似綠, 究竟俱非本色. 纔有所見, 便以爲得其眞, 無有是處]"(일본 목판본, 1890, 국립중앙도서관 소장). 임운명의 자는 서중西仲, 호는 손재損齋, 복건성 사람. 어려서부터 공부를 좋아해

하다. 그 언어 표현이 진짜인 듯 거짓인 듯 바로 말하는 듯 비꼬아 넘겨짚는 듯 하고, 성인과 비슷한 말인 듯도 하고 성인을 비난하는 듯도 하여 역시 황홀하여 정체를 알 수가 없지만, 『장자』는 여전히 『장자』 그대로이다.

나는 『역』에 대해서도 이 말을 쓴다. 『역』의 의리義理며 상수象數며 복서卜筮가 하나하나 각자 이론을 가지고 있다. 이를테면 왕필王弼의 주[2]와 정자程子의 전傳[3]만 갖고서 『역』은 이런 정도에서 그만이라 한다면 너무 국한된 견해이니, 비록 경방京房[4]·초수焦遂[5]·일행一行[6]·희이希夷[7] 같은 사람들의 도교와 불교적 입장의 학설이라도 『역』이 아니라고 할 것은 없다. 태을 둔갑太乙遁甲[8]이니 육정 육임六丁六壬[9]이니 변형하여 승천한다느니 하는 따위 허다히 황당하고 거짓되며 속이고 사람 마음을 무너뜨리는 상도常道에서 어긋난 방술方術들에 이르기까지 그 근원은 모두 『역』에서 나왔다. 그런 연후에야 신묘함을 궁구하고 조화를 알아내어 그 단서를 분변할 수가 없다고 할 만 하다.

서 먹기를 잊을 정도였고, 옷을 입은 채로 목욕통에 들어가곤 해서 마을 사람들이 모두 '책에 미친 바보[書痴]'라 불렀다고 함. 저술이 매우 많아서 『장자인』 이외에 『초사등楚詞燈』, 『한문기韓文起』, 『고문석의古文析義』 등과, 시문집인 『서중문집西仲文集』, 『읍규루선고挹奎樓選稿』, 『손재분여損齋焚餘』 등이 있음.

2) 왕필王弼의 주 : 왕필(226~249)은 삼국시대 위魏나라 사람. 자字는 보사輔嗣. 『역주易註』와 함께 『노자주老子注』가 있다.

3) 정자程子의 전傳 : 정이程頤(1033~1107)가 『주역정씨전周易程氏傳』을 남겼음. 북송의 학자. 자는 정숙正叔, 호는 이천伊川. 정호程顥(1032~1085)의 아우.

4) 경방京房 : 전한 원제元帝 때의 학자. 자는 군명君明. 초연수焦延壽에게 『역易』을 배웠고, 『경씨역전京氏易傳』을 지었다고 함.

5) 초수焦遂 : 당나라 사람. 음중팔선飮中八仙 중의 한 사람이었음.

6) 일행一行(683~727) : 당나라 현종 때의 승려. 속명은 장수張遂. 천문과 역법에 뛰어났음. 저서로 『일행역전一行易傳』과 『대연론大衍論』, 『섭조복장攝調伏藏』, 『태일국둔갑경太一局遁甲經』 등이 있다고 함.

7) 희이希夷(872~989) : 진단陳摶의 호. 북송 초기의 학자. 도교와 『주역』에 뛰어났다고 함.

8) 태을 둔갑太乙遁甲 : 태을太乙은 만물을 총괄하는 주체로, 태일太一이라고도 함. 둔갑遁甲은 음양의 변화를 타서 몸을 숨긴다는 술수.

9) 육정 육임六丁六壬 : 육정六丁은 도교의 신神의 이름. 육임六壬은 점법占法의 일종.

왕필이 『역』의 주석으로 사람들을 오도誤導함에 상청上淸(天帝)이 크게 노하여 왕필을 문을 지키는 동자로 삼아 오백 년을 풀어주지 않았다느니 하는 것은 도가道家의 황당한 말에서 나왔지만, 황하에서 도서가 나오자 포희씨庖犧氏가 위로 천문을 살피고 아래로 지리를 살펴 비로소 팔괘八卦를 그었으니, 이는 온갖 조화의 근원이며 온갖 이치의 시초이다. 천지와 사물이 그 속에 혼연히 포함되어 있어서, 오직 복희伏羲·문왕文王·주공周公·공자 같은 경지가 된 연후에야 그 변화를 궁구할 수가 있으니,[10] 네 분 성인 이외에는 비록 정자程子·소자邵子(邵雍)·주자朱子 세 분 선생의 학문으로도 남김없이 모두 설명할 수는 없다. 유자儒者는 유자의 『역』이 있고 술사術士는 술사의 『역』이 있지만 『역』은 그대로 하나일 뿐이다. 그러나 이쪽을 옳다 하고 저쪽을 내친다면 어찌 진정한 『역』이라 할 수 있겠는가.

『易』

古人謂"讀『莊子』, 如觀貝." 盖直看則似白, 側看則又似紅似黃, 似青似綠, 恍無定色, 貝色故是貝色. 『南華』之文亦然, 其言, 似眞似僞, 似正似譎, 似聖非聖, 亦恍無定體, 『莊子』故是『莊子』.

余於『易』, 亦用此言矣. 『易』之義理也, 象數也, 卜筮也, 各自立言, 如以王弼之註, 程子之傳, 『易』止於此云則局也, 雖京房·焦邃·一行·希夷方外之說, 無非『易』也. 至於太乙遁甲, 六丁六壬, 變形升天, 許多荒誕譎壞不經之方, 其源則皆出於『易』, 夫然後, 可謂窮神知化, 莫辨其端倪也.

王弼, 以『易註』誤人, 上淸大怒, 以弼爲守門童子, 五百年不釋云者, 雖出於道家荒唐之言, 河出圖而庖犧氏, 仰觀俯察, 始畫八卦, 此萬化之原, 萬理之祖, 天地事物, 渾涵其中. 惟羲·文·周·孔然後, 可以

10) 복희伏羲 …… 궁구할 수가 있으니 : 복희는 팔괘八卦를 그었고, 문왕은 64괘를 지었고, 주공은 효사爻辭를, 공자는 십익十翼을 붙였다고 한다.

窮其變, 四聖之外, 雖程·邵·朱三先生之學, 恐未能盡說也. 儒者有儒者之『易』, 術士有術士之『易』, 『易』一耳, 右此而左彼, 則何足謂之『易』也?

경전의 주해註解

공자는, "말이란 의사만 전달되면 그만이다"[11] 하였다. 덕행이 있는 자가 남기는 훌륭한 말이란, 도道를 전하고 사실을 기술하는 두 가지에 불과할 뿐이다. 『서경』의 전모典謨, 『주역』의 효상爻象과 『논어』·『효경』이 어찌 까다롭고 난삽한 글이 있으며, 또 어찌 번잡하고 지리한 말이 있는가. 『예기』에, "천하에 올바른 도리가 없어지면 말에 가지와 잎이 생겨난다"[12] 하였으니, 대개 글이란 간략해야할 때 간략하고 번다해야 할 때 번다해야 하지만 간략하다고 해서 난삽하게 쓸 것은 없고 번다하게 한다고 해서 지리한 데 이르지는 않아야 한다.

주자의 경전 주해는 혹 지루하고 길기만 하다고 읽는 사람들의 의혹을 사기도 하지만, 이는 실상 주자의 고심苦心을 알지 못하기 때문이다. 경전 주해 이외의 주자의 다른 글, 이를테면 「장위공행장張魏公行狀」[13] 같은 글은 혹 이런 병통이 없지 아니하다. 그러나 경전 주해는 지극히

11) "말이란 의사만 전달되면 그만이다" : 『논어』 「위령공衛靈公」 편에 있는 말.

12) "천하에 …… 잎이 생겨난다" : 『예기』 「표기表記」에 있는 말. 말만 가지고 사람을 평가할 수 없음을 이른 것.

13) 「장위공행장張魏公行狀」 : 『주자대전朱子大全』 권95에 실려 있음. 위공은 남송의 정치가 장준張浚(1097~1164). 자는 덕원德遠, 호는 자암거사紫巖居士. 주자의 친구인 장식張栻의 부친이고, 당나라 때 시인이자 명신인 장구령張九齡의 아우 구고九皐의 후손이다. 문집 이외에 『논어해』 등, 여러 경서에 대한 저술이 있다.

정밀하고 지극히 합당하여 비록 좌구명이나 사마천이 붓을 잡더라도 그렇게 해내지는 못했을 것이다. 한나라의 정강성鄭康成은 너무 간략해서 상세한 설명이 부족한 것이 결점이고, 당나라의 공영달孔穎達[14]·가공언賈公彦[15]은 너무 번거로워 자질구레한 데 가까운 것이 결점이다. 주자에 이르러 비로소 절충해서 적절하게 되었으니, 아마도 전무후무한 일일 것이다.

經傳註解

子曰, "辭, 達而已矣." 有德者有言, 不過傳道而已, 記事而已, 『書』之典謨, 『易』之爻象, 與『論語』·『孝經』, 曷嘗有鉤棘晦澁之文, 亦何曾有繁冗曼衍之語乎? 『記』曰, "天下無道, 言有枝葉", 盖謂文當簡而簡, 當繁而繁, 簡不必澁, 繁不至衍, 可也.

朱子於註解經傳, 或以冗長, 致有弟子之惑, 而此實不知朱子之苦心也. 朱子他文, 如「張魏公行狀」, 或不無此病, 而至於經傳註解, 則至精至當, 雖左·馬操觚, 必不能也. 漢之鄭康成, 失之太簡而欠詳, 唐之孔穎達·賈公彦, 失之太繁而近瑣, 至朱子, 始折衷而適中, 殆前無古而後無今矣.

14) 공영달孔穎達(574~648): 당나라의 학자. 자는 중달仲達. 공자 후손이라고 한다. 『오경정의五經正義』를 편찬함.

15) 가공언賈公彦: 7세기 중엽, 당나라 고종 연간의 학자. 저서로 『주례의소周禮義疏』와 『의례의소儀禮義疏』가 있음.

어렵고 험악한 문체

나는 일찍이 주고周誥와 은반殷盤이, 그 글이 몹시 길굴오아佶屈聱牙[16] 한 것을 괴이하게 생각했었다. 이 글들은 대소大小 신민臣民들에게 포고한 조령詔令이니, 그 표현이 분명하고도 밝아서 알기가 쉬워야만 어리석은 사람들까지도 알아들을 것이다. 그런데 어렵고 까다롭기가 이런 정도라면 조정의 신하들도 이해하기 어려웠을 테니, 하물며 일반 백성들이겠는가. 이런 글은 공자의 '말이란 의사만 전달되면 그만이다'는 말과도 다르니, 당시의 문체가 본디 그러해서 비록 일반 백성들이라도 익혀서 쉽게 알았기 때문에 그렇게 썼을까?

삼대三代 이후는 글의 기상이 점점 약해져서 마침내 장중하고 엄숙한 뜻이 없어졌다. 서경西京(전한)의 조제詔制·장주章奏는 모두 깊이 있고 중후하며 단아하고, 그 밖에 문인들의 사부辭賦 작품도 이러하지 않은 것이 없다. 다만 자운子雲(揚雄)은 기이奇異한 것을 좋아하여 그가 지은 바 『태현경太玄經』[17]은 일부러 어렵고 험하게 하였다. 그래서 술을 싣고 와 글자를 묻는 사람이 있었는가 하면 장독 뚜껑이나 덮을 것이라는 기롱도 있었다.[18] 자운 자신도 스스로 '후세의 양자운이 알아줄 것이다' 하였으니, 가소로운 일이다.

당나라 원화元和 연간[19]에 번소술樊紹述[20]은 문장이 괴벽하고 난삽함

---

16) 길굴오아佶屈聱牙: 글이 난삽해서, 순조롭지 않음.

17) 『태현경太玄經』: 10권. 한漢 양웅揚雄(B.C.53~A.D.18)이 『주역周易』의 체제를 본받아 지음. 진晉 범망范望이 주注를 달았고, 사마광司馬光의 『태현집주太玄集注』 10권 등 여러 주석서가 있음.

18) 술을 싣고……기롱도 있었다: 두 가지 모두 『한서漢書』「양웅전揚雄傳」의 같은 부분에 있는 말임. 만년에 병으로 물러나 지내던 양웅은 가난했고 술을 좋아했다. 그러나 찾아오는 사람은 드물었다. 한데 어떤 호사가가 술과 안주를 갖고 가서 양웅에게 배웠다고 한다. 장독 뚜껑이나 덮을 것이라는 기롱은 유흠劉歆이 양웅에게 한 말임.

을 높게 여겼으므로, 세상에서 '원화 연간의 문학은 번종사樊宗師에게서 난삽해졌다'고 일컫는 것은 이를 두고 하는 말이다. 그의 「강수원지기絳守園池記」[21]는 더더욱 괴벽하고 난삽하여 구두句讀가 붙지 않을 만큼 알기 어려운데, 원나라 사람 오사도吳師道[22]·허겸許謙[23] 등이 각자 구두句讀를 붙이고 주해를 하기도 하였으나 모두 석연치 않았다. 그러므로 뒷사람들이 이를 합쳐서 따로 하나의 책으로 만들어 단독으로 세상에 유행시켰다.

또 명나라 이우린李于鱗의 「화산기華山記」는 험벽괴삽險僻怪澁하기가 종사宗師와 서로 백중이어서 사람들이 모두 이해하기 어려웠다. 대개 우린은 다른 글도 대부분 이러했다. 그래서 그가 젊어서 지은 작품을 만년에는 우린 스스로도 그 구두를 잊어버렸다 한다. 이는 모두 글의 변괴이니 결코 따라서는 안 된다. 옛날 두자미杜子美(두보)가 지은 한 절구에,

不及前人更不疑,	이전 사람 못 미친다 의심할 것 다시 없네,
遞相祖述竟師誰?	서로 따라 흉내내기 끝내 누가 스승이랴?
別裁僞體親風雅,	위체僞體를 가려내고 풍아風雅를 친히 하여,
轉益多師是汝師.	갈수록 많은 스승, 이것이 나의 스승.

이라 하였으니,[24] 번종사나 이우린 같은 자야 말로 두보가 말한 위체

19) 원화元和 연간 : 806~820년. 헌종憲宗 시기임.

20) 번소술樊紹述 : 당나라의 문인. 이름은 종사宗師(766?~824), 자가 소술紹述임. 문재가 있어서 한유가 그를 천거하였으며 저서로 『번소술집樊紹述集』이 있음.

21) 「강수원지기絳守園池記」 : 이 글은 난삽, 험벽하기로 유명하여 예로부터 기이한 문장을 좋아하는 자는 다투어 전주箋注를 달았다 함.

22) 오사도吳師道(1283~1344) : 원나라 학자, 문인. 자는 정전正傳, 호는 난음산인蘭陰山人, 김이상金履祥의 제자. 저서로 『역시서잡설易詩書雜說』, 『춘추호전부정春秋胡傳附正』, 『예부집禮部集』, 『전국책교주戰國策校注』 등이 있음.

23) 허겸許謙(1269~1337) : 원나라 학자. 자는 익지益之, 호는 백운산인白雲山人. 김이상金履祥의 제자로서 학문이 넓고 깊어 누차 천거되었으나 나가지 않음. 저서로 『독서총설讀書叢說』, 『시집전명물초詩集傳名物鈔』, 『백운집白雲集』 등이 있음.

僞體가 아니고 무엇이겠는가?

또 『제민요술齊民要術』[25]은 후위後魏 때의 가사협賈思勰[26]에게서 나왔으니 바로 농사 서적이다. 농민들에게 농사를 권장하려면 문장이 쉬워야만 할 터인데 문장은 예스럽고 심오한 것이 많고 문자는 기이하고 괴벽한 것이 많으니 농사짓는 백성들이 어떻게 이해하였을까? 알 수 없는 일이다.

文體艱險

余嘗怪周誥・殷盤, 其文多佶屈聱牙, 此是布告大小臣民之詔令也, 其辭明暢易知然後, 愚婦宜曉, 而艱深晦僻至此, 則在廷臣工, 猶難見解, 况在野之氓庶乎? 此則又異於夫子辭達之論矣, 豈其時文體本然? 雖小民, 習而易知而然耶?

三代以後, 則文氣寖弱, 遂無灝灝噩噩之意, 西京之詔制章奏, 皆深厚爾雅, 其他文人辭賦之作, 無不如是. 獨子雲好奇, 所著『太玄』, 故爲艱險, 故至有載酒問字之人, 亦有覆瓿之譏, 子雲, 亦自以爲後世揚子雲知之, 殊可笑也.

唐元和間樊紹述, 文尙僻澁, 故世稱元和之文學, 澁於樊宗師者, 此也. 其「絳守園池記」一篇, 尤爲怪澁, 口噤難曉, 至有元人吳師道・許

---

24) 옛날 두자미杜子美(두보)가 지은 한 절구에 …… 이라 하였으니 : 인용한 시는 두보의 「희위육절구戲爲六絶句」(『두소릉시집』 권11) 가운데 마지막 제6수임. 『두소릉시집』에는 첫 두 구가 "未及前賢更勿疑, 遞相祖述復先誰"라고 되어 있어서 글자의 차이가 있음.

25) 『제민요술齊民要術』 : 중국 북위北魏 때 가사협이 지은 농서. 세계 농학사상 가장 이른 농업 전문서이고, 중국에 현존하는 가장 오래고 완전한 농서다. 92편 10권. 532년부터 549년경에 이루어졌다. 주곡主穀, 소채류蔬菜類, 과수果樹, 상마桑麻 등의 재배법에서 축산이나 누룩・술・장・식초 등의 양조법, 식품 가공법까지 체계적으로 되어 있고, 서술도 엄밀하고 자세하다. 중국 고대 농학의 발전에 큰 영향을 주었고, 중국 요리의 역사에서도 중요한 문헌이다. 1875년 간행된 10권 4책의 중국 목판본이 규장각 등에 있고, 전체가 번역되었음(『역주 제민요술』, 구자옥 외 2인, 농촌진흥청, 2006).

26) 가사협賈思勰 : 6세기 전반의 북위北魏 사람. 산동 출신. 고양태수高陽太守를 역임.

謙諸公, 各自句讀註解, 皆不釋然. 故後人以此, 合成一書, 孤行于世.

又明之李于鱗「華山記」, 其險僻怪澁, 可與宗師, 相伯仲, 人皆難解. 盖于鱗他文, 亦多如是, 故其少日所作, 至晩年, 于鱗亦自忘其句讀云, 此皆文之變怪, 決不可從也. 昔杜子美, 有一絶曰, "不及前人更不疑, 遞相祖述竟師誰? 別裁僞體親風雅, 轉益多師是汝師." 若宗師・于鱗者, 何異於僞體也? 又『齊民要術』, 出於後魏賈思勰, 卽農書也, 欲其勸民, 則宜其文字從順, 而文多古奧, 字多奇僻, 畎苗愚民, 何從以分解? 是未可曉也.

시를 보는 관점

문장을 짓는 것은 선비에게는 중요하지 않은 일이고, 시는 더욱이 문장 가운데서도 끄트머리 일이다. 그러므로 옛사람들은 '벌레나 아로새기는 작은 재주'라 일렀다. 그 하는 일이란 꽃을 품평하고 새를 등급 매기며 알록달록 꾸미고 다듬는 데 불과할 뿐이니, 비록 잘된 작품과 빼어난 시구가 한 시대에 전파되어 암송된들 치교治敎에 무엇 도움이 되겠는가. 이 때문에 염락濂洛의 문하에는 한 사람도 시에 공교로운 이가 없었으니, 짓지 못했던 것이 아니라 이를 일삼지 않았을 뿐이다. 주자의 경우는 시에 공교로워서 그의 오언고체는 도연명과 사령운謝靈運[27]에 핍근하니, 호방형胡邦衡[28]은 주자를 시인으로 조정에 천거하기도 하였다. 뒤에 주

27) 사령운謝靈運(385~433) : 중국의 동진東晋과 남조南朝 송나라, 곧 육조六朝 때의 시인. 동진의 명장인 사현謝玄(343~388)의 손자로서 강락공康樂公의 작위를 이었으므로 사강락謝康樂이라 불림.

28) 호방형胡邦衡 : 방형은 자, 이름은 전銓(1103~1180), 호는 담암澹庵, 담재노인澹齋老人.

자는 시 지은 것을 뉘우치고 한탄하곤 했지만 만년에 이르러 시는 더욱 세련되고 더욱 많아졌으니, 시가 과연 주자에게 무슨 손상을 끼쳤던가?

우리나라의 제현들은 주자를 본받았으므로 퇴계·율곡·우암도 모두 시를 지었다. 만약 고정考亭(주자)이 시를 짓지 않기를 한결같이 정숙자程叔子와 같이 했더라면 우리나라 제현들도 틀림없이 한 구절 한가로운 시구조차 짓지 않았을 것이다. 퇴계와 율곡 두 선생의 시는 청신淸新하기가 본래 시인만 못지않다. 우암은 시가 더욱 많으니, 그의 「수미음首尾吟」[29] 백여 수는 『격양집擊壤集』[30]을 본떴는데 비록 강절康節에 미치지는 못하지만 우암의 시는 여러 편이 모두 빼어나고 호방하여 비루하고 속된 뜻이 전혀 없으니, 시에 있어서도 역시 대가이다.

풍아風雅와 비흥比興이 비록 육경六經의 반열에 끼어 있지만 한위漢魏 이후 시인 가운데 도연명과 사령운만이 그래도 풍인風人의 뜻이 있고, 육조六朝는 미려靡麗하기만 할 뿐이고 음란하기만 할 뿐이다. 당나라의 이백과 두보에 이르러서야 비로소 떨쳐 크게 만들었지만, 그러나 시에만 뛰어날 뿐이었고 그들의 문장은 읽을만하지 못하다. 또 창려공(한유)은 문장을 통하여 도리를 깨쳐서 만고 고문古文의 종장宗匠이 되었으니, 이백·두보처럼 시만 쓴 시인이야 무슨 문장이라 이를 만한 것이 있을 것이며 또 무슨 말하잘 것이 있었을 것인가. 그럼에도 그는 장문창張文昌에게 준 시[31]에서,

李杜文章在,	이백과 두보 남긴 시편들,
光焰萬丈長.	찬란한 빛 만 길이나 높네.

금나라와의 화의에 반대하였다. 『담암집澹庵集』이 있음.

29) 「수미음首尾吟」: 『우암집』 제4권에 실려 있다. 134수. 우암 73세인 기미년(1679) 8월 9일 작이라고 기록되어 있다.

30) 『격양집擊壤集』: 북송 때 학자 소옹邵雍의 저술.

31) 장문창張文昌에게 준 시: 문창은 장적張籍(768~830)의 자. 여기서 인용한 시의 원 제목은 「조장적調張籍」이다. 장적을 조롱한다는 뜻. 『한창려전집』 권5, 88~89쪽(중국서점, 1991, 북경).

不知羣兒愚,	모르겠네, 어리석은 뭇 젊은 축들,
那用故謗傷.	어째서 고의로 훼방·중상하는지.
蚍蜉撼大樹,	개미가 큰 나무를 흔드는 격이니,
可笑不自量.	가소롭네, 자신을 헤아리지 못함이.
伊我生其後,	아, 나는 그분들의 뒤에 태어나,
擧頸遙相望.	목을 뽑아 멀리 아득히 그리네.
夜夢多見之,	밤 꿈에 많이도 만나보아서,
晝思反微茫.	낮에는 도리어 어렴풋하네.
徒觀斧鑿痕,	다만 부착斧鑿의 흔적만 볼 수 있을 뿐,
不矚治水航.	치수治水를 한 배의 흔적 찾아볼 수가 없네.
想當施手時,	생각하면 아마도 손을 쓸 때는,
巨刃磨天揚.	큰 칼날 하늘을 갈듯 날리었으리.
垠崖劃崩豁,	단애斷崖를 끊고 큰 산을 잘라,
乾坤擺雷硠.	하늘과 땅 우레가 치듯 열리었으리.[32]
惟此兩夫子,	생각하면 이 두 분은,
家居率荒涼.	사는 형편 모두 황량하였네.
帝欲長吟哦,	천제는 좋은 시를 얻고 싶어서,
故遣起且僵.	일부러 일으켰다 넘어뜨렸지.

32) 다만 부착斧鑿의 …… 열리었으리 : 이 6개 구는 우禹 임금의 고사故事에 빗대어 이백과 두보의 역동적이고 창조적인 성취의 현장을 생동감 있게 표현한 것임. '뇌랑雷硠'은 산이 무너지는 소리.

翦翎送籠中,	깃을 잘라 새장 속에 넣어두고는,
使看百鳥翔.	온갖 새 나는 양을 보게 하였네.
平生千萬篇,	한 평생 많고 많은 시편을 지어,
金薤垂琳琅.	빼어난 글씨[33]에 옥같이 드리웠네.
仙官勅六丁,	선계仙界의 관리가 육정六丁을 신칙하여,
雷電下取將.	천신을 내려 보내 몽땅 걷어 가버렸네.[34]
流落人間者,	인간 세상에 떨어져 남은 작품,
泰山一毫芒.	태산의 한 터럭에 불과하다네.
我願生兩翅,	나는 바라노니 양 날개가 돋아서,
捕逐出八荒.	우주 끝이라도 좇아가 보았으면.
精神忽交通,	정신이 갑자기 서로 통하면,
百怪入我腸.	온갖 빼어난 시상詩想 내게 들어오리라.[35]
刺手拔鯨牙,	손을 더듬어[36] 고래 어금니를 뽑고,
擧瓢酌天漿.	표주박 들고 천궁天宮의 술을 마시리.
騰身跨汗漫,	몸을 솟구쳐 가없는 곳 올라,

33) 빼어난 글씨 : 원문의 금해金薤는 전서篆書의 일종. 이규경은 옛 필첩 탑본 가운데 명나라 성화成化 때 사람 도현경都玄敬의 저술인 『금해임랑金薤琳琅』을 들고 있는데(『오주연문장전산고』, 「석묵전화변증설石墨鐫華辨證說」), '금해'는 아름다운 문장을 이르는 말이기도 하지만 주로 서체의 이름으로 쓰였음. 현경은 도목都穆(1458~1525)의 자, 금석학자이자 장서가로, 호는 남호南濠.

34) 선계仙界의 관리가 …… 걷어 가버렸네 : 원문의 '육정'과 '뇌전雷電'은 모두 전설상의 천신天神.

35) 정신이 갑자기 …… 내게 들어오리라 : 이백과 두보 문장의 오묘한 기미와 영감을 홀연히 깨달을 것이라는 말.

36) 손을 더듬어 : 원문의 자刺는 더듬다[探] 또는 뒤집다[反]의 뜻.

不著織女襄.　　직녀성보다도 더 높이 오르세.[37]

顧語地上友,　　땅위의 자네를 돌아보고 말하리라.
經營無太忙.　　글 엮느라 아등바등 힘쓰지 말게나.

乞君飛霞佩,　　자네에게 하늘 나는 선녀 옷 보내 주리니,[38]
與我高頡頏.　　나와 함께 높직이 오르내리세.

라 하였고, 또 「석고가石鼓歌」[39]에서는,

少陵無人謫仙死,　　소릉少陵에는 사람 없고 적선謫仙은 죽었으니,
才薄將奈石鼓何?　　하찮은 내가 어찌 「석고가石鼓歌」를 짓단 말가?

하였으니, 대개 이두李杜를 극구 부러워한 것이다.

한공韓公(한유)도 오히려 그러하였으니, 장적張籍이 두시杜詩를 태워서 그 재를 마신 일 같은 것은 괴이하게 여길 것도 없다. 송나라 오도손敖陶孫[40]이 고금의 시를 평하고 그 끝에서, "오직 두공부杜工部만은 주공周公이 제정한 예와 창작한 음악에 대해 후세에 아무도 이의를 제기하지 못하는 것과 같다" 하였으니, 시가 이백과 두보의 경지에 이르면 어찌 말단의 일이라 하찮게 여길 수가 있겠는가. 그들의 시는 마땅히 좌씨・사마천・한유・구양수의 문장과 더불어 없어지지 않을 것임은 의심할 여지가 없다. 한공은 이런 평가를 받는 것이 마땅하지만, 동야東野[41]와 낭

37) 직녀성보다도 더 높이 오르세 : 『시경』 소아 「대동大東」에서 온 말임.

38) 자네에게 하늘 …… 보내 주리니 : 원문의 '걸乞'은 주다[給], '하패霞佩'는 선녀가 지니는 옥 따위의 장식물. 선녀의 옷으로 풀이하였음.

39) 「석고가石鼓歌」 : 한유韓愈, 앞의 책, 82~84면. 「석고가石鼓歌」도 장적張籍의 권유로 지었다.

40) 오도손敖陶孫(1154~1227) : 자는 기지器之, 호는 구암臞庵. 저작에는 『구옹집臞翁集』과 『시평詩評』이 있음.

41) 동야東野 : 맹교孟郊(751~814)의 자. 당나라 시인. 『맹동야집孟東野集』이 있음.

선浪仙[42]에 이르면 다만 한 사람의 시인일 뿐이다. 그럼에도 한공은 그들을 추켜세워서 심지어,

孟郊死葬北邙山,	맹교孟郊 죽어 북망산北邙山에 장사지내니,
日月星辰頓覺閒.	일월성신 갑자기 빛을 잃은 듯.
天恐文章中斷絶,	하늘은 문장이 끊어질까 염려하여,
更教賈島在人間.	다시 가도賈島를 이 세상에 보내었네.

라 하였으니, 어쩌면 그렇게도 너무나 지나쳤을까.

옛사람들은 매양 뜻을 같이하는 벗에 대하여 종종 이러하였으니, 구양수가 소자미蘇子美[43]와 매성유梅聖兪에 대해서도 역시 그러하였다. 비록 주자 같은 위대한 현인으로서도 남헌南軒[44]에 대해서는 사사로이 좋아함이 없을 수 없었다. 그러므로 「장위공행장張魏公行狀」[45]이 한 권이나 되도록 분량이 많은데, 그 가운데 "공훈은 왕실을 보존하였고 은택은 백성들에게 끼치었다"거나, 또는 "심오한 지혜는 생지生知의 자품資稟에 가깝다" 하여 이윤伊尹·곽광霍光·공명孔明에 비기었다. 그러나 위공魏公은 곡단曲端[46]을 죽이고 이강李綱[47]을 쫓아내었으며, 또 조정趙鼎[48]과

---

42) 낭선浪仙 : 가도賈島(779~843)의 자. 당나라 중당 때의 시인. 『가랑선장강집賈浪仙長江集』이 있음.

43) 소자미蘇子美 : 자미는 소순흠蘇舜欽(1008~1048)의 자, 호는 창랑옹滄浪翁. 북송의 시인. 초서草書에 능하였고, 『소학사문집』, 『문견잡록聞見雜錄』, 『창랑집滄浪集』이 있다.

44) 남헌南軒 : 장식張栻(1132~1180)의 호. 자는 경부敬夫. 호굉胡宏의 제자. 저서에 『남헌역설南軒易說』, 『계사논어해癸巳論語解』, 『계사맹자설癸巳孟子說』, 『이천정언伊川精言』, 『남헌집南軒集』 등이 있다.

45) 「장위공행장張魏公行狀」 : 장식張栻의 아버지인 장준張浚의 행장. 권2의 주13번을 참고.

46) 곡단曲端(1091~1131) : 남송의 무관. 자는 정보正甫. 유능한 무관이었으나, 장준張浚의 무고로 죽임을 당했다. 시호는 장민壯愍.

47) 이강李綱(1085~1140) : 남송의 학자, 관료. 자는 백기伯紀, 호는 양계거사梁溪居士. 남송 창건 직후의 수상首相. 『역전易傳』, 『논어상설論語詳說』, 『양계집』 등 많은 저작이 있음.

서로 겨루었으며, 또 부리符離[49]에서의 패배로 나라의 군대가 전복되어 몰살당하였으니,[50] 아무리 시간이 흐른들 어떻게 그 죄를 벗어날 수 있겠는가.

詩觀

文章, 儒者之末事也, 詩又文章之末事也. 故古人謂以雕蟲小技, 其事不過評花課鳥, 鏤紅刻青而已, 雖使名篇傑句, 爲時傳誦, 亦何補於治敎也? 是以濂洛之門, 無一人工詩, 非不能, 但不事此耳. 至朱子則工詩, 其五言古體, 直逼陶謝, 胡邦衡, 至以詩人, 薦於朝, 後朱子每以作詩悔恨, 然逮至晩年, 詩逾精逾多, 詩果何損於朱子乎哉?

我東諸賢, 動法朱子. 故退栗尤菴, 亦皆賦詩, 如使考亭無詩, 一如程叔子, 東賢亦必不作一句閒言語矣. 退栗兩先生詩, 皆淸新不減於本來詩人, 尤翁詩尤多, 其「首尾吟」百餘首, 倣『擊壤集』, 而雖不及康節, 尤翁詩諸篇, 皆俊逸豪爽, 無一陋俗意, 詩亦一大家也.

風雅比興, 雖在六經之列, 漢魏以後詩家, 陶謝頗有風人之義, 六朝則靡麗而已, 淫譝而已. 至唐李杜, 始振而大之, 然長於詩而已, 其文則不可讀. 且昌黎公, 因文而悟道, 爲萬古文章之宗匠, 如李杜詩人, 何足謂文章, 亦何足掛齒牙, 而其贈張文昌詩曰, "李杜文章在, 光焰萬丈長. 不知羣兒愚, 那用故謗傷. 蚍蜉撼大樹, 可笑不自量. 伊我生其後, 擧頸遙相望. 夜夢多見之, 晝思反微茫. 徒觀斧鑿痕, 不矚治水航. 想當施手時, 巨刃磨天揚. 垠崖砉崩豁, 乾坤擺雷硠. 惟此兩夫子,

48) 조정趙鼎(1085~1147): 남송의 학자, 관료. 자는 원진元鎭, 호는 득전거사得全居士. 장준張浚과 함께 주전파主戰派의 핵심 인물. 그의 저작 가운데는 『가훈필록家訓筆錄』 1책이 우리나라 여러 도서관에 소장되어 있다.

49) 부리符離: 안휘성安徽省 숙현宿縣에 있음.

50) 또 부리符離에서의 …… 몰살당하였으니: 남송의 두 번째 군주인 효종孝宗 즉위 초인 융흥隆興 원년(1163) 5월, 남송의 군대가 중원을 회복하기 위해 회수淮水를 건너 북벌했다가 '부리'에서 금나라 군대에게 궤멸된 일. 추밀사 장준의 건의를 따라 시행되었으나 두 최고 지휘관의 불화로 패배하였음.

家居率荒凉. 帝欲長吟哦, 故遣起且僵. 翦領送籠中, 使看百鳥翔. 平生千萬篇, 金薤垂琳琅. 仙官勑六丁, 雷電下取將. 流落人間者, 泰山一毫芒. 我願生兩翅, 捕逐出八荒. 精神忽交通, 百怪入我腸. 刺手拔鯨牙, 擧瓢酌天漿. 騰身跨汗漫, 不著織女襄. 顧語地上友, 經營無太忙. 乞君飛霞佩, 與我高頡頏.” 又「石鼓歌」曰, “少陵無人謫仙死, 才薄爭[51]奈石鼓何?” 盖極口歆艶也.

韓公且然, 如張籍之燒杜詩呑之, 無足怪也. 宋敖陶孫, 評古今詩, 其末乃曰, “獨杜工部, 如周公制作, 後世莫能擬議.” 詩至李杜, 豈可以末事少之? 其詩當與左・馬・韓・歐之文, 不朽無可疑. 韓公宜其如此, 而至於東野・浪仙, 則直一詩人, 然韓公之推許, 甚至有曰, “孟郊死葬北邙山, 日月星辰頓覺閒. 天恐文章中斷絶, 更敎賈島在人間”, 何其太過也?

古之君子, 每於同志友, 往往如此. 歐公之於蘇子美・梅聖兪亦然, 雖以朱子之大賢, 在南軒, 不能無私好, 故「張魏公行狀」, 多至一卷, 而其曰, “勳存王室, 澤在生民”, 又謂“奧知, 隣於生禀”, 以比之伊・霍・孔明, 然魏公殺曲端, 逐李綱, 又與趙鼎, 不相能, 又有符離之敗, 王師覆沒, 百世之下, 何以逃其罪也?

옛 문자

창힐蒼頡이 새 발자국을 관찰하여 처음으로 문자를 만들었으니, 이것이 이른바 조적전鳥跡篆이다. 또 주나라 선왕宣王 때 사주史籒가 과두문

51) 爭 : 『한창려전집』(앞의 책)에는 ‘將’.

蝌蚪文을 만들었으니 이것이 주서籒書다. 그 문자는 모두 구불구불하고 기이하며 예스러웠는데, 진한秦漢에 이르러 예서隷書와 해서楷書가 나오자 사람들이 모두 간편한 것을 좇아 그 이전의 옛 문자는 마침내 폐지되었다. 한나라 이후로 전서篆書와 주서籒書는 도장 새기는 글자로 쓰이는데 불과하였고, 지금도 그러하다.

무릇 오늘날 중국과 우리나라가 함께 사용하는 같은 한자도 옮겨 쓸 때 쉽게 틀려서, '해亥'자가 혹 '시豕'자로 되기도 하고 '호虎'자가 세 번 변해서 '제帝'자가 되기도 하며, 『산해경山海經』의 '형요무천세形夭無千歲'라거나[52] '조기趙岐가 주석한 『요자要子』'[53]라고 하는 따위는 비록 우스개로 전해지지만 괴이할 것이 없는 일이다. 한나라 때 노魯의 공왕恭王이 공자의 옛집을 헐어서 벽 사이에서 『상서』·『논어』·『효경』 등의 글들을 얻었는데 모두 과두문자였다. 공안국孔安國이 공자의 11대손으로서 『상서』를 취하여 예서로 확정했으나, 이미 '그 문자가 알기 어렵다' 하였으니, 얼마간 잘못 읽은 글이 없을 줄 어찌 알겠는가. 「주고周誥」·「은반殷盤」이 길굴오아佶屈聱牙한 것은 문체가 간략하고 예스러워서일 뿐 아니라, 그 글에서 문리가 되지 않는 곳은 아마도 틀림없이 잘못이 있기 때문일 것이다. 이 때문에 경문經文이 많이 바뀌어서 드디어 뒷날 학자들의 논쟁의 단서를 이루어서 시끌벅적 다투어 마침내 바로잡을 수가 없게 되었으니 한탄할 일이다.

또 옥저전玉筯篆[54]은 이사李斯로부터 만들어져 필세筆勢가 신품神品의 경지에 들었는데, 당나라 이양빙李陽氷[55]에 이르러 다만 이어받기만 한

---

52) 『산해경山海經』의 '형요무천세形夭無千歲': 『산해경』 제7, '해외서경海外西經'에 있는 말. 이 부분의 원문은 "형천形天(…중략…) 조간척이무操干戚以舞"로 된 경우가 많은데, 도연명 이래 청나라 학자들에 이르기까지 '형천形天'과 '형요形夭', '간척干戚'과 '천세千歲'로 표기가 뒤섞여 나타남.

53) 조기趙岐가 주석한 『요자要子』: 조기는 『맹자孟子』를 주석하였다. 맹孟과 요要를 혼동한다는 말.

54) 옥저전玉筯篆: 진秦 이사李斯가 만든 소전小篆을 이름. 그의 필적으로 「역산각석嶧山刻石」, 「태산각석泰山刻石」, 「낭야대각석瑯琊臺刻石」이 있다고 함.

것이 아니라 도리어 더 나았으니, 대개 예로부터 이 두 사람뿐이었다. 그러므로 당나라 서원여舒元輿[56]는 이양빙의 전서篆書에 붙인 발문에서,

斯去千年,	이사 간 지 천 년 만에
氷生唐時.	이양빙 당唐에 났네.
氷復去矣,	이양빙도 떠났으니,
後來者誰?	뒤에 올 자 누구일까?
後千年有人,	천년 뒤에 있단들,
誰能待之?	누구라 기다릴까?
後千年無人,	천년토록 없다면,
篆止於斯.	전서 여기 끝나리라.

하였으니, 이 글 또한 기이하다.

古文字

倉頡, 觀鳥跡, 始造文字, 此所謂鳥跡篆也. 又周宣王時, 史籒爲蝌蚪文, 此籒書也. 其文, 皆屈律奇古. 至秦漢隸楷出, 而人皆從簡便, 古文遂廢. 自漢以後, 則篆籒不過作璽印文, 至今猶然矣.

夫以今日天下同文之書, 傳寫易訛, 亥或爲豕, 虎三變爲帝, 『山海經』之形夭無千歲, 趙岐之註『要子』之類, 雖傳爲笑談, 亦或無怪也. 漢魯恭王, 壞孔子古宅, 始得『尙書』·『論語』·『孝經』等文於壁間, 而皆蝌蚪字, 孔安國, 以先聖十一代孫, 取『尙書』, 隷古定云, 而旣云'其文難曉', 則安知無如于亥豕之訛舛也? 「周誥」·「殷盤」之佶屈聱牙, 不但文體簡古, 其不成文理, 恐必有註誤故也. 以是經文多變, 遂致後

55) 이양빙李陽氷 : 자는 소온少溫. 당나라 중기, 8세기 후반(현종 연간)의 서예가. 평생 전서篆書를 연구하였다.

56) 서원여舒元輿(791~835) : 당나라 현종 때의 문인, 정치인. 문장을 잘 했으며, 『서원여집舒元輿集』이 있고, 「모란부牧丹賦」가 유명함. 아래 인용한 글의 제목은 「제이양빙옥저전사題李陽冰玉箸篆詞」임.

儒爭端, 紛紜糾轕, 終莫能正, 可歎.

又玉筯篆, 造自李斯, 筆勢入於神品. 至唐李陽氷, 非徒繼之, 反復勝焉, 盖古來, 惟二人. 故唐舒元輿, 跋陽氷篆, 有曰, "斯去千年, 氷生唐時. 氷復去矣, 後來者誰? 後千年有人, 誰能待之? 後千年無人, 篆止於斯." 文亦奇矣.

졸수재拙修齋[57]

우재尤齋 송문정 선생(송시열)은 양강陽剛한 덕이 굳세고도 강하고 학문이 깊고도 심원하여 천 길이나 우뚝 솟은 절벽 같은 기상이 있었다. 일생동안 언제나 주자를 본받았고, 예가 아니면 행하지 않은 것은 정숙자程叔子와 흡사하였다. 농암 김문간공金昌協이 그 초상에 찬贊을 짓기를, "영웅 호걸의 자태로 전전긍긍, 깊디깊은 연못에 다다른 듯 얇은 얼음을 밟듯한 공부를 지녀서 나아가서 조정 관직에 있음에 제왕의 스승이 되어서도 교만함을 보이지 않았고, 물러나 산골짝에 거처하며 짐승과 벗하면서도 곤궁함을 드러내지 않았다. 작고 비좁은 거처에 호연지기를 거두어들여 우주를 채울 만 하였고 작은 한 몸에 무거운 짐을 지고 화산華山・숭산嵩山을 넘을 만 하였으며, 우뚝하기는 지주砥柱가 넓디넓은 황하에 버티고 선 듯, 늠름하기는 한송寒松이 한겨울에 빼어난 듯하였다. 진실로 억만년 뒤에라도 이 초상을 보면 아마도 삼백 년 간기間氣가 모

57) 졸수재拙修齋 : 조성기趙聖期(1638~1689)의 호. 본관은 임천林川, 자는 성경成卿. 조선조 후기 서울의 지식인들에게 존경받는 인물이었고, 김창흡金昌翕이 그의 묘지명墓誌銘을 썼음. 그의 문집인 『졸수재집』은 국역되었다(이승수, 서울 : 박이정, 2001).

인 바를 알 수 있을 것이다"[58] 하였으니, 이 찬은 정말로 선생을 잘 그려 내었다.

삼연三淵은 일찍이 시에서,

尤翁山峙脚,	우옹尤翁은 산의 우뚝한 기슭이요,
拙修[59]海騰波.	졸수拙修는 바다의 날아오르는 파도[60]

라 하여 졸수를 우옹에 짝이 되는 인물로 세웠으니, 졸수 역시 간세間世의 선비다. 다만 외모가 못생기고 곱사등이여서 마침내 세상에 나가지 않았다. 그러나 농암과 삼연은 모두 일생동안 외경하고 따랐다 한다.

拙修齋

尤齋宋文正先生, 陽德剛毅, 學問淵深, 巖巖有壁立千仞之象, 一生動法朱子, 非禮勿動, 絶似程叔子. 農巖金文簡公, 贊其像曰, "以豪傑英雄之姿, 有戰兢臨履之工, 進而置之巖廊, 爲帝王師, 而不見其泰, 退而處乎邱壑, 與麋鹿友, 而不見其窮, 斂浩氣於環堵之窄, 可以塞宇宙, 任至重於一身之小, 可以抗華嵩, 巖巖乎砥柱之峙洪河, 凜凜乎寒松之挺大冬, 苟億載之下, 觀乎此七分之像, 庶幾知三百年間氣之所鍾", 此贊, 眞先生七分也.

三淵, 嘗有詩曰, "尤翁山峙脚, 拙修海騰波." 以拙修, 對尤翁, 拙修亦間世之士也. 但因貌寢而龜背, 遂不出世, 然農淵, 皆一生畏服云.

58) 김창협, 『농암집』 권26 「우재선생화상찬尤齋先生畫像贊」. 문집의 글과는 차이가 있으나 일일이 밝히지 않음.

59) 『삼연집』에는 '叟'로 되어 있음.

60) 김창흡, 『삼연집』 권15 「갈역잡영葛驛雜詠」의 제172수 가운데 제3,4구임. 이 구절은 유명했던 듯, 정조도 인용하고 있음(『홍재전서』 제171권 「일득록」11).

관혼상제

예禮란 자연의 이치가 절도에 맞게 표현된 것이다. 이 때문에 길한 일이나 흉한 일, 군대에서와 손님을 맞을 때 예가 없는 경우란 없다. 비록 승냥이나 수달의 제사나 벌과 개미의 질서정연함 같은 것도 모두 예이다. 미물도 오히려 그러한데 하물며 사람이겠는가. 주나라 주하사柱下史(老子)는 예를 가장 잘 알았으므로 공자도 일찍이 그에게 예를 물었는데, 이미 예를 알고 나서는 도리어 예를 끊어버리려고 했던 것은 어째서였을까? 이는 역시 이사李斯가 문장에 능하면서도 도리어 스스로 분서갱유焚書坑儒를 행했던 것과 같은 경우이리라. 그러나 경례經禮 삼백 가지와 곡례曲禮 삼천 가지는 절목이 너무 번거롭고 자질구레한데다 옛날과 지금은 형편이 다르니 주공周公이 제정한 예를 모두 그대로 따르기는 불가능하다. 그래서 지금 국가에서 행하는 예는 많은 경우 당나라 정관貞觀·개원開元의 예를 따라 시행하고, 개인 집안에서의 사례四禮는 『서의書儀』[61] 및 『가례家禮』[62]를 따르는데, 우리나라에서는 나라의 경우 모두 『오례의五禮儀』를 사용하고, 개인 집안에서는 예식禮式을 그런 대로 따른다는 자들도 겨우 상례와 제례를 행할 뿐, 관례와 혼례는 한결같이 시속時俗을 따라 행한다. 사대부가 자식을 관례할 때 혹 삼가례三加禮를 행하지만, 겨우 천이나 백에 열이나 하나 정도일 뿐이다. 제법 스스로 잘 안다고 분분하게 예를 담론하는 자들도 우리나라 제현諸賢들이 예를 토론한 문답을 넘지 못하니, 그 실상을 살펴보자면 주공周公과 공자의 강령이니, 그 형편이 또한 어쩔 수 없는 것이다. 대개 천자라야 문자를 상

---

61) 『서의書儀』: 사마광司馬光의 저작. 『사마씨서의司馬氏書儀』라는 제목으로 조선조에 여러 차례 간행되었음.

62) 『가례家禮』: 주자가례朱子家禮를 지칭.

고하고 예를 의론할 수가 있으므로, 비록 『효자록孝慈錄』[63]이 경전에 배치되고 제도에 어긋나더라도 그 신하된 자는 따라서 행하는 것이 옳다. 명 태조의 이 의론은 후세에 틀림없이 논쟁의 단서가 있을 줄을 알았기 때문이다. 이 때문에 육조六朝시대에는 각기 좋아하는 바를 따라서, 중월中月의 담제禫祭[64] 같은 경우 남조南朝는 정현鄭玄을 따르고 북조北朝는 왕숙王肅을 따랐으니, 예가 쟁송을 불러모으는 것이 이와 같다.

우리나라는 율곡이 『격몽요결』을 썼고 사계沙溪는 『상례비요喪禮備要』[65]·『의례문해疑禮問解』[66] 등의 책을 썼고, 남계南溪 역시 논설이 있고[67] 도암陶菴(李縡)은 『사례편람四禮便覽』[68]이 있고, 유선諭善 박성원朴聖源[69]은 『예의류집禮疑類集』[70]이 있으니, 우리나라 사람들은 이 여러 서적 가운데 참작하고 변통·절충하여 행하는 것이 옳다. 옛날 한나라 고조가 숙손통叔孫通에게 면절綿蕝의 예를 행하라 명하면서 말하기를, "내

---

63) 『효자록孝慈錄』: 명 태조 주원장은 후궁인 손귀비孫貴妃(1343~1375)가 자식 없이 죽자 아들 주왕周王(朱橚)을 후사로 삼아 3년복을 입고 태자 및 여러 아들들이 모두 기년복을 입게 하였다. 서자庶子가 생모를 위해 3년복을 입고, 차자次子 이하의 아들이 서모를 위해 기년복을 입는 제도가 여기서 비롯되었다.

64) 중월中月의 담제禫祭: 중中은 간間의 뜻이며 담제禫祭는 상복을 벗는 제사임. 즉 대상大祥과 한 달 사이를 이르는 것임. 초상으로부터 여기까지가 모두 27개월임.

65) 『상례비요喪禮備要』: 2권 1책. 1648년 간행. 원래 신의경申義慶이 찬술한 것을 김장생金長生이 서문을 썼고, 아들인 김집金集이 증보했음.

66) 『의례문해疑禮問解』: 4권 4책. 1646년 간행. 김상헌이 서문을, 이식李植·신익성申翊聖이 발문을 썼음.

67) 남계南溪 역시 논설이 있고: 박세채의 예학 관계 저술로는 『남계선생예설南溪先生禮說』, 『육례의집六禮疑輯』 등이 있음.

68) 『사례편람四禮便覽』: 8권 4책. 조선 후기의 예서 중 가장 널리 펴진 책임.

69) 박성원朴聖源(1697~1757): 본관은 밀양. 자는 사수士洙, 호는 겸재謙齋. 도암陶庵 이재李縡의 제자. 정조 세손 시절 세손강서원 유선世孫講書院諭善을 지내면서 정조를 가르쳤음. 저서에 『돈효록敦孝錄』, 『보민록保民錄』, 『겸재집謙齋集』 등이 있음.

70) 『예의류집禮疑類集』: 28권 15책. 금속활자(운각인서체자)로 1783년에 간행. 1758년 저자 서문과 정조의 어제서御製序가 있음. 정조는 어릴 때 저자인 박성원에게 배웠으므로 그의 저술을 특별히 간행해 주었다. 정조는, "근래 서건학徐乾學의 『독례통고讀禮通考』와 우리나라의 고 유선諭善 박성원의 『예의류집』은 비교적 마음에 드는 책이다"고 해서, 이 책을 높이 평가하고 있다(『홍재전서』 권162 「일득록」, '문학').

가 행할 수 있을 것을 헤아려서 하라" 하였으니,[71] 그 말이 비록 우습기는 하지만, 지금 행하는 예가 모두 주공과 공자의 예가 아니고 각자 의론을 주장하는 자가 많고 보면 또 어찌 고제高帝의 말을 비웃을 것인가.

冠婚喪祭

禮者, 天理之節文. 是以吉凶軍賓, 莫不有禮, 雖豺獺之祭, 蜂螘之分, 亦皆禮也. 微物猶然, 況人乎? 周之柱下, 知禮最熟, 故吾夫子, 亦嘗問禮, 旣知禮, 反欲絶之, 何也? 亦如李斯之能文章, 而反自焚坑也. 然經禮三百, 曲禮三千, 節目太煩瑣, 且古今異宜, 不能悉從周公制作, 而今則邦家之禮, 多依貞觀·開元禮行之, 家人之四禮, 多從『書儀』及『家禮』, 而我朝國家悉用『五禮儀』, 私家則依樣於禮式云者, 僅行喪祭而已, 冠婚則一從時俗行之. 士大夫冠子, 或行三加, 而纔千百之十一耳, 其稍欲自好, 而紛紜談禮者, 不越乎我東諸賢論禮問答, 夷考其實則周公孔子綱領也, 其勢亦不得不爾. 盖天子然後, 可以考文議禮, 故雖以『孝慈錄』之背經違制, 爲其臣者, 從以行之, 可也. 聖人此論, 亦必深知後世必有爭端故也. 是以六朝之世, 各從所好, 至如中月之禫, 南朝從鄭玄, 北朝從王肅, 禮之聚訟, 如此矣.

我朝則栗谷有『擊蒙要訣』, 沙溪有『喪禮備要』·『疑禮問解』等書, 南溪亦有論說, 陶菴有『四禮便覽』, 朴諭善聖源有『禮疑類輯』, 我東人, 只當於諸書中, 參酌通變, 折衷而行之可也. 昔漢高祖, 命叔孫通, 行綿蕝之禮曰, "度吾所能行爲之", 其說雖若可笑, 今之爲禮, 非盡周公孔子之禮, 而各自主論者多, 則亦何笑於高帝之言也?

71) 옛날 한나라 …… 하였으니 : 『통감절요』 권2, 한 고조 6년 기사에 보인다.

모기령毛奇齡

서하西河 모기령의 자는 대가大可니, 청나라 강희 기미년(1679)에 박학홍사과博學鴻詞科에 합격하여 한림翰林 검토檢討를 역임하고 나이 80여세에 작고하였다. 저술로 『서하전집西河全集』 100권[72]이 있는데, 모두 성현을 무고하고 모욕하는 말이다. 예로부터 문장에 능하고 변론을 좋아하는 자들은 왕왕 이전 사람을 비난하고 꾸짖고 하였으니, 또한 한 시대의 습속에서 나오는 것이다. 그러므로 당나라의 여온呂溫[73]과 설능薛能[74]이 모두 무후武侯(제갈량)를 조롱하고 비방하였다. 설능의 시에,

畢竟諸葛成何事?	필경 제갈량이 이룬 일 무엇인가?
只合終身作臥龍.	와룡臥龍으로 마쳤다면 더 좋았을 것을.

하였는데, 설능은 끝내 황소黃巢[75]에게 살해당했다. 이를 두고 뒷사람들은 구변에 능한 업보라고들 하였다.

명나라의 양용수楊用修는 저서에서 주자를 많이 배척하였고, 이우린李于鱗·왕원미王元美 등은 서로 더불어 예전은 옳고 지금은 그르다느니

72) 『서하전집西河全集』 100권 : 규장각에 75책 및 116책 본 등 여러 질이, 장서각에 493권 120책 본이 소장되어 있다. 모두 청판.

73) 여온呂溫 : 시인. 자는 화숙和叔, 화광化光. 여형주呂衡州라고도 일컬어짐. 『여형주집呂衡州集』이 있음.

74) 설능薛能(817~880) : 만당 때의 시인. 자는 대졸大拙. 공부상서工部尙書·서주徐州 절도사 등을 역임하고 충무군忠武軍 절도사로서 허창許昌에 머물고 있을 때 서주徐州의 군대가 반란을 일으켜 허창에 닥쳤는데, 동요한 부하 때문에 살해되었다. 『강산집江山集』, 『허창집許昌集』이 있음.

75) 황소黃巢(?~884) : 당 희종僖宗 2년(875), 조주曹州에서 수천 명 무리를 이끌고 봉기, 이후 10년 가까이 중국을 전장으로 만들었다. 이른바 '황소의 난'이다. 낙양과 장안을 점령하는 등 세력을 떨쳤지만 내부 분열로 붕괴되었고 자살했다.

이쪽은 좋고 저쪽은 그르다느니 하여, 심지어 "머리 치켜들고 마음껏 노래하니, 만고의 세월에 그 누구 있으랴[矯首狂歌萬古空]"라고 하는 데까지 이르렀고, 청나라의 전수지錢受之(錢謙益)는 서애西涯[76] · 진천震川[77]을 높여 숭상하고 창명滄溟 · 엄주弇州를 저버리고 공격하여 거의 여지가 없었다. 이는 비록 시비가 전도된 것이지만 모두 글로써 서로 비방한 데 지나지 않았으므로 따질 것 없으니, 끝내 모기령처럼 가불매조訶佛罵祖, 자기 근본을 부정한 사람은 없었다.

모기령은 요堯가 형을 시해하고 왕위를 찬탈하였다 하고, 또 부父 · 모母 · 형兄 · 제弟 · 자子를 오륜五倫이라 하고, 또 "사람들은 주씨朱氏[78]의 잔학을 두려워하여 차라리 공맹孔孟을 저버릴지언정 감히 주자를 저버리지는 못한다" 하고, 또 "구양수 · 소식은 목불식정目不識丁의 무식꾼이었다" 하고, 또 "초야草野의 평민이 국난國難에 죽는 것은 애초 충절忠節이 아니다" 하고, 또 "몸이 대신大臣이 된 자가 나라가 위태롭고 멸망할 때를 당해서 끝내 한 가지 계책을 내고 한 가지 사업을 행하는 일이 없이 단지 한번 죽음으로써 나라의 은혜에 보답하노라 하는 자를 모두 충절이라고들 한다. 이 때문에 예교禮敎가 날로 무너지고 강하江河는 날로 흘러내려 임금이 죽으면 역시 죽고 나라가 망하면 같이 죽으니, 이 무슨 의리일까?" 하였고, 또 "주자周子(周敦頤)의 「태극도太極圖」[79]는 본디 마의도사麻衣道士[80]에게서 나온 참위가讖緯家들의 이단의 학설에 불과한데 주자朱子가 도리어 취하여 높이고 믿었다" 하고 마침내 『태극도설 원천편太極圖

76) 서애西涯 : 명明 이동양李東陽(1427~1530)의 호.
77) 진천震川 : 귀유광歸有光(1506~1571)의 호. 자는 희보熙甫. 『사기』와 당송고문을 높이고 이반룡李攀龍 · 왕세정王世貞 등 후칠자後七子의 주장에 반대. 『진천문집震川文集』, 『문장지남文章指南』 등의 저작이 있음.
78) 주씨朱氏 : 주자朱子. 여기서는 주자朱子 본인을 포함하여, 주자학자 일반을 가리키는 말로 쓰였다.
79) 「태극도太極圖」 : 『고문진보』 후집 권10에 주돈이周敦頤의 「태극도설太極圖說」이 실려 있다.
80) 마의도사麻衣道士 : 송나라 때 관상을 잘 보았던 진단陳摶이라고 함.

說原外篇』을 지어 반복하여 기롱·폄하하고 여러 사람들이 말한 「태극도太極圖」 15종류를 모아 나열하여 기록하였는데 모두 이전에 본 바가 없는 기괴한 형상이었고, 또 "『상서尙書』는 응당 고문古文을 따라야 하는데 송유宋儒들이 어지럽힌 바가 되었다" 하고 드디어 『고문상서원사古文尙書寃詞』를 지었고, 또 『역易』은 『중씨역仲氏易』이 있고, 『예禮』는 『상례오학편喪禮吾學編』이 있고, 또 『모시毛詩』와 『논어論語』에도 모두 변박辨駁하고 정정하는 저술이 있어[81] 이루 다 기록할 수가 없다. 무릇 옛날의 훌륭한 학자와 이전 선인들의 이미 확정된 의론에 대하여 붓을 놀리고 혀를 놀리지 않음이 없어서 제 생각을 마음대로 내둘러서 깨부수고 무너뜨리고 헐뜯고 쪼개버린 뒤에야 그만두어서 맹자 이하로는 전혀 온전한 사람이 없었으니, 그 방자한 언사 거침없는 의론이 미친 듯 저돌적인 것은 거의 고금에 오직 한 사람이었다. 그러나 재주가 뛰어나고 학식이 박식한 것은 고영인顧寧人(顧炎武)과 서로 나란할 만 하였다. 그러므로 근세의 기효람紀曉嵐(紀昀)은, "모기령은 학문이 넓고 통달하였고 재주가 영민하고 날카로웠는데 경적經籍을 마음껏 연구하였으며 사장詞章에까지 솜씨가 있었으니, 비유하자면 춘추시대의 초나라나 전국시대의 진秦나라와 같았다. 비록 무도無道한 자세로 횡행하였으나 상대를 제압하여 승리할 수는 있었다" 하였다. 대개 모기령은 기이한 것을 높이고 논쟁을 좋아하여 구기口氣가 이와 같았다. 그러므로 일찍이 이름을 바꾸고 토굴 속에서 3년간이나 원수를 피하였고, 또 그의 문인 여호蠡湖 이공李塨[82]과 서로 음학音學을 제창, 의론하여 스스로 오음五音의 오묘함을 혼자 터득했다 여겼으니, 이 또한 같은 악행을 서로 도와준 종류이다.

모기령의 처음 자는 대가大可이고, 다른 자는 춘청春晴이고, 또 추청秋

81) 『모시毛詩』와 『논어論語』에도 모두 변박辨駁하고 정정하는 저술이 있어 : 『모시사관기毛詩寫官記』 4권, 『논어계구편論語稽求編』 7권이 있음.

82) 여호蠡湖 이공李塨(1659~1733) : 청나라 초기의 학자. 자는 강주剛主, 호는 서곡恕谷, 하북성 여현蠡縣 출생. 안원顏元에게 예를, 모기령에게 악률을 배웠고, 다양한 학문 세계를 이루었음. 『주역전주周易傳注』, 『논어전주』, 『서곡후집恕谷後集』 등 많은 저작이 있음.

晴으로 바꾸고, 또 초청初晴이라 일컫고, 또 만청晩晴으로 바꾸고, 또 제우齊于라 일컫고, 또 승미僧彌라 일컬어 모두 열다섯 가지인데, 나는 그 나머지 아홉 가지를 잊어버렸다. 이로 미루어 그의 인품을 알 수가 있다. 그러나 모기령은 중화 민족의 지식인으로 재주와 학식이 탁월한 터였지만 중국 전통의 의관衣冠을 갖추고 자기 처지를 편안하게 여길 수가 없는 형편인데다가 머리 깎은 승려 꼴을 면할 수가 없었다.[83] 혹 이 때문에 분하고 성을 내서 거짓 미친 척 울부짖어 그렇게 한 것이었을까? 그렇지 않다면 취한 듯 꿈꾸는 듯 잠꼬대하는 듯 욕하는 듯하는 것이 어째서 이토록 끝까지 가버릴 수가 있단 말인가. 아무리 생각해도 모를 일이다. 모기령은 자字를 바꾸었을 뿐 아니라 일찍이 이름도 바꾸어서 모신毛甡이라 하였다.

毛奇齡

毛西河奇齡, 字大可, 淸康熙己未, 中博學鴻詞科, 官翰林檢討, 年八十餘終. 所著有『西河全集』一百卷, 皆誣聖侮賢之言也. 自古, 能文好辯者, 往往詆訶前人, 亦出於一時習氣. 故唐之呂溫・薛能, 皆嘲訕武侯, 能之詩曰, "畢竟諸葛成何事? 只合終身作臥龍." 能竟爲黃巢所殺, 後人以爲能口業報.

明之楊用修, 著書多掎斥朱子, 李于鱗・王元美輩, 相與是古非今, 此長彼短, 至有"矯首狂歌萬古空"之句, 淸之錢受之, 宗尙西涯・震川, 培擊滄・弇, 殆無餘地, 此雖顚倒是非, 皆不過以文相誹謗而已, 無足輕重, 而終未有如奇齡之訶佛罵祖也.

奇齡, 以堯爲弑兄簒位. 又以父母兄弟子爲五倫. 又謂"人畏朱氏之虐焰, 寧背孔孟, 不敢背朱氏." 又謂"歐陽脩・蘇軾, 目不識丁." 又謂

83) 그러나 모기령은 …… 수가 없었다: 이민족인 청나라 지배하의 중화 민족 지식인으로서의 감정이 있었던 것 아닐까라는 말이다. 의관衣冠이란 문물제도 일반을 가리킨 말.

"草野布衣, 死於國難, 本非忠節." 又謂"身爲大臣者, 當國危亡, 終無發一謀行一事, 只以一死報國者, 皆以爲忠節, 是以禮教日敗, 江河日下, 君死亦死, 國亡亦亡, 此何義也?" 又謂"周子「太極圖」, 本出麻衣道士, 不過讖緯家異端之說, 而朱子反取而尊信之", 遂著『太極圖說原舛篇』, 反復譏貶, 仍取諸家所言「太極圖」十五本, 列錄之, 皆前所未見之奇形怪狀也. 又謂"『尙書』, 當從古文, 而爲宋儒所亂", 遂著『古文尙書寃詞』. 又『易』則有『仲氏易』·『禮』則有『喪禮吾學編』. 又『毛詩』·『魯論』, 皆有駁訂之書, 不可殫錄, 而凡在昔賢前輩已定之論, 無不弄筆舞舌, 恣行胸臆, 期於破壞毁劃後乃已, 自孟子以下, 都無完人, 其放言肆論, 猖狂豕突, 殆古今一人, 然才雄學博, 足可與顧寧人, 不相上下. 故近世紀曉嵐, 以爲"奇齡, 學問淹通, 才鋒英銳, 馳騁經籍, 佐以詞章, 譬如春秋之楚, 戰國之秦, 雖以無道行之, 亦足制勝." 盖奇齡, 尙奇好爭, 口氣如此, 故嘗變姓名, 避仇土窟中三年, 又與其門人蠡湖李塨, 交相唱論音學, 自以爲獨得五音之妙, 是亦同惡相濟之類也.

奇齡初字大可, 一字春晴, 又改秋晴, 又稱初晴, 又稱晩晴, 又稱齊于, 又稱僧彌, 凡十五, 而余忘其九, 推此而可知其人品也. 然奇齡, 以中州士族, 才學絶人, 旣不能衣冠自靖, 而未免爲緇髡之形, 或因此忿恚, 佯狂叫呶而然耶? 不然則醉夢譫語, 胡至此極? 究未可知也. 奇齡, 不但改字, 亦嘗改名, 爲毛甡.

순舜의 두 왕비

맹자는, "『서경』을 모두 믿는다면 『서경』이 없느니만 못하다"[84] 하였다. 육경六經도 오히려 그러한데 하물며 다른 서적이겠는가? 나는 일찍이 순의 두 왕비의 일에 의문을 가졌다. 순이 동토童土의 들판[85]에 있을 때 아직 처가 없었다. 그러므로 "홀아비가 아래 지위에 있다"[86] 하였다. 요堯가 비로소 두 딸로 아내를 삼아주고 곧이어 불러서 등용하였으니 순의 나이 이미 서른이었다. 그때 두 왕비 역시 계년笄年을 지났을 것이다. 그 뒤 30년 만에 요가 붕崩하고 순이 바야흐로 즉위하니 순의 나이 이미 예순이었다. 그리고 또 50년 만에 승하하였다. 그러므로 사서史書에서는 순의 나이는 110세였다 하였다. 그렇다면 두 왕비의 나이 역시 틀림없이 백세보다 적지는 않았을 것이다. 천자의 왕비로서 늙어 나이 백세나 된 사람이 무엇 때문에 순이 남쪽으로 순수하는 것을 따라 몇천 리 길을 갔을까? 순이 비록 죽었다한들 백세 노인이 어째서 대숲에서 눈물을 뿌리고 스스로 상수湘水에 몸을 던졌을까? 이 일은 경전에는 근거로 삼을만한 것이 없지만 예로부터 전해오는 말이고, 또 진시황이 산을 민둥산으로 만들어버렸다거나 초사楚辭에서 여러 번 읊조린 일이 있고, 또 황릉黃陵의 사당[87]이 있어서 지금까지 남아 있으니, 허구를 얽고 없는 일을 꾸민 것이 아님을 알겠다. 이는 믿어야할까, 믿어서는 아니 될까? 이런 일은 부득이 의심스러운 문제로 남겨둘 수밖에 없다.

舜之二妃事

孟子曰, "盡信書, 不如無書." 在六經猶然, 況他書乎? 余嘗疑舜之二妃事矣. 舜在童土之野, 尙無妻, 故曰, "有鰥在下." 堯始以二女妻之, 隨以徵庸, 舜年已三十. 其時二妃, 亦當過當笄之年, 其後三十年, 堯崩而舜方卽位, 舜年已六十, 又五十載, 陟方乃死, 故史云, "舜年百

84) 『서경』을 모두 …… 없느니만 못하다: 『맹자』「진심·하盡心·下」 3장
85) 동토童土의 들판: 『장자』「서무귀徐無鬼」에 나오는 말.
86) "홀아비가 아래 지위에 있다": 『서경』「요전堯典」에 있는 말.
87) 황릉黃陵의 사당: 황릉 위에 태호太湖가 있고 호수의 물이 이비묘二妃廟를 지나가기에 황릉묘黃陵廟라 함.

十歲." 然則二妃之年, 亦必不下百歲矣. 天子后妃, 老壽百歲者, 何故而從舜南狩, 至屢千里行役也? 舜雖崩, 百歲老人, 何至於淚灑竹林, 自投湘水乎? 此雖經無可據, 自古相傳, 亦有秦皇赭山, 楚累騷詠之事, 又有黃陵之廟, 至今猶存, 則其非架虛構無, 亦可知也. 此當信乎, 不當信乎? 此等處, 不得不付之疑案而已.

성왕成王의 출생과 즉위

나는 순의 두 왕비의 일은 의심스러운 일로 부쳐둘 밖에 없다 생각한다. 하나 이 일은 경전에서는 증거할 바가 없고 소설小說과 제자諸子의 부류에서 잡다하게 나오는 말에 불과하니 실상 말을 허비해가며 많이 따질 것 없다. 그러나 성왕成王의 출생과 즉위에 이르면 경전에 그와 관련된 글이 없지 아니하되 그 글이 한결같지 않으니 참으로 의심스러워서 분변하기 어렵다.

정현의 「금등金縢」[88] 주석에는 "문왕文王이 작고한 다음해 성왕이 났으니 무왕武王이 작고했을 때 성왕의 나이는 10세였다" 하였다. 정말 그 말대로라면 무왕은 84세에야 성왕을 낳은 것이 된다. 문왕의 수년壽年이 거의 백세여서 97세에 작고하였는데도 아직 적손嫡孫을 보지 못하였는데, 어째서 무왕이 아들 얻은 것이 이토록 늦었을까. 또 우邘·진晋·응應·한韓의 네 제후[89]는 모두 성왕의 아우인데, 84세 이전에는 어째서 그토록 아이를 갖기 어렵다가 84세 이후 정력이 이미 소모되었을 때에

88) 「금등金縢」: 『서경』의 편명.
89) 우邘·진晋·응應·한韓의 네 제후: 무왕의 아들. 『좌전』 희공 24년 정월 조 참고.

또 어째서 그토록 쉽고 많이 가졌을까. 무왕이 이미 늙었다면 읍강邑姜[90] 역시 늙었을 것이다. 늙은 부인이 어떻게 아들을 낳았을까. 혹 원비元妃가 아니었을까? 또 문왕이 작고한 다음해에 성왕이 났다 하였는데, 무왕은 그때 상중이었으니 이는 또 어찌된 일일까? 아마 읍강의 임신이 문왕의 상 이전이었을까? 또는 혹 아들을 갖기에 급해서 예가 아니라는 것을 고려하지 않았던 것일까? 또는 혹 주공周公 이전에는 상례喪禮가 확정되지 않아서였을까? 모두 알 수가 없다.

또 「관송冠頌」[91]에서 공자는, "무왕이 작고하자 성왕은 나이 13세였다" 하였고, 『사기』 「노세가魯世家」에는 "성왕은 강보 속에 있었다" 하였으니, 그 설의 차이는 대저 10세였나 13세였나를 따질 것 없이 거의 작무勺舞[92]와 성동成童[93]에 가까웠으니, 어찌 주공으로 하여금 성왕을 업고 제후들에게 조회를 받도록 하는데 이르렀겠는가? 대개 성왕의 출생과 즉위, 무왕의 수년壽年은 한·당나라 여러 학자들의 말하는 바가 분분해서 하나로 되지 않으니, 누가 바른 데로 귀결시킬 수 있을까. 다만 무왕이 늙도록 장수했다는 것, 성왕이 어렸다는 것, 주공이 섭정했다는 것은 분명 의심이 없고, 그 나머지 몇 살까지 살았는지 몇 살에 즉위했는지 하는 것은 알 수 없다는 쪽으로 해두는 것이 옳다. 경전도 이러한데 하물며 다른 서적임에랴. 진나라 때 분서焚書 이전은 사적事蹟이 황당무계하기가 이러하지 않은 것이 없다.

成王之生立

余以舜之二妃事, 謂當付之疑桉, 而此則經無可證, 不過雜出於小說諸子之類, 則實無足費辭多辨. 然至於成王之生立, 非無經文, 而其

90) 읍강邑姜 : 무왕의 부인, 태공망太公望의 딸, 성왕成王의 어머니.
91) 「관송冠頌」 : 『공자가어』 권8, 제33편의 편명.
92) 작무勺舞 : 13세.
93) 성동成童 : 15세.

說不一, 眞可疑而難辨也.

鄭玄「金縢」註, "文王崩, 明年生成王, 武王崩, 成王年十歲", 眞如其言, 則武王八十四, 始生成王矣. 文王壽幾百歲九十七歿, 而尙未見嫡孫, 何武王得子之晚至此? 且邗·晉·應·韓四侯, 是皆成王之弟, 八十四以前, 何其艱育, 而八十四以後, 精力已耗, 又何其易且多也? 武王旣耄, 則邑姜亦當耄, 婦人髦者, 何以生子? 無乃或非元妃乎? 且文王歿明年, 而生成王, 武王方諒闇, 此又何也? 豈邑姜任身, 在文王喪前耶? 又或急於有子, 不顧非禮耶? 又或周公以前, 喪禮未定耶? 皆未敢知也.

且「冠頌」, 孔子曰, "武王歿,[94] 成王年十有三, 『史記』「魯世家」, 謂成王在襁褓中, 其說異同, 大抵無論十歲與十三歲, 幾近舞勺與成童, 何至使周公負王, 而朝諸侯也? 盖成王之生立, 武王之年壽, 漢唐諸儒所言, 紛紜不一, 誰能歸正也? 但武王之老壽, 成王之幼冲, 周公之攝政, 則分明無疑, 其他幾年何歲, 則宜闕其所不可知者, 可也. 經亦如此, 況他書乎? 在秦火以前, 事蹟之無稽, 無非如是矣.

촛불 아래 도끼 그림자

송 태종太宗[95]과 관련하여 '촛불 아래 도끼 그림자가 비쳤다'는 말은 천고千古의 의심스러운 안건인데,[96] 『강목속편綱目續編』[97]에서는 태종이

94) 歿 : 『공자가어』에는 '붕崩'.

95) 송 태종太宗 : 조광의趙匡義(930~997). 태조太祖 조광윤趙匡胤의 아우. 재위는 976~997년.

96) 천고千古의 의심스러운 안건인데, : 북송 태종이 그 형인 태조를 시해했다는 의문을

시역弑逆을 했다고 단정하여 심지어 "역적 광의匡義"라고까지 하였으니, 이는 어떤 근거에서일까? 이는 송나라 승려 문영文瑩[98]의 『상산야록湘山野錄』[99]에 나오는 것인데, 남쪽으로 옮긴 뒤 손암巽巖 이도李燾가 『통감장편通鑑長編』[100]에 얽어 넣은 데 불과한 것이다. 다른 데서는 보이는 곳이 없으니, 효종孝宗[101]이 어째서 버려두고 따지지 않았는지 모르겠다. 이 문제에 대해서는 이미 황돈篁墩 정민정程敏政[102]의 변설이 있어서, 매우 상세하다.[103]

대개 진왕晋王[104]이 찬탈하여 즉위한 것은 스스로 태후太后[105]의 명령이라 하였는데 조보趙普[106]가 기록하여 종묘에 간직하였고, 또 태조太祖는 효도와 우애가 천부적으로 독실하여 기필코 감히 명령을 어기지 못할 것임은 비단 진왕이 스스로 알 뿐 아니라 천하 사람들이 알았다. 하물며 당시 예조藝祖[107]가 편찮은 상황에서 진왕이 입시하라 명령한 것은

일러 '천 년을 두고 해결되지 않는 안건千載不決之議'이라고 한다. 이후 지식인들의 비상한 관심을 모은 사건이다.

97) 『강목속편綱目續編』: 명나라 헌종憲宗의 지시로 성화成化 12년(1476)부터 문연각文淵閣 학사 상로商輅, 만안萬安 등이 편찬한 『속자치통감강목續資治通鑑綱目』을 가리킨다. 주자가 편찬한 『자치통감강목』을 이어 송 태조 원년(960)에서 원 순제順帝 지정至正 27년(1367)까지 408년간의 역사를 다뤘다.

98) 문영文瑩: 북송의 승려. 전당錢塘 사람. 자는 여회如晦. 『상산야록湘山野錄』, 『옥호야사玉壺野史』, 『옥호시화玉壺詩話』 등의 저술이 있음.

99) 『상산야록湘山野錄』: 3권. 속록續錄 1권. 북송의 야사野史를 기술한 책.

100) 『통감장편通鑑長編』에 얽어 넣은 데 불과한 것이다: 태조 11권에 기록되어 있음.

101) 효종孝宗: 태종의 3남인 진종眞宗. 재위는 998~1022년. 진종眞宗의 정식 존호尊號가 "…… 효대왕孝大王"이므로 효종孝宗이라 한 것이다.

102) 황돈篁墩 정민정程敏政(?~1499): 명나라 유학자. 자는 극근克勤, 황돈篁墩은 호. 『심경부주心經附註』가 유명함.

103) 이 문제에 대해서는…… 매우 상세하다: 정민정의 저술인 「송기수종고宋記受終考」에 내용이 있다.

104) 진왕晋王: 태종太宗이다.

105) 태후太后: 두태후杜太后

106) 조보趙普(922~992): 북송의 정치가. 자는 칙평則平. 태조를 도와 송 건국에 큰 공로가 있어 태조가 그를 매우 아꼈다. 시호는 충헌忠獻.

107) 예조藝祖: 한 개 왕조의 시조. 여기서는 송 태조를 가리킨다.

장차 왕위 전수를 부탁하려 해서였다. 무슨 급할 일이 있다고 형이 막 숨이 넘어가는 판국에 잠시를 기다리지 못해서 잔인하게도 미리 칼을 손에 잡아 이토록 기꺼이 범한단 말인가? 천하에 도리를 벗어난 일이란 본디 없으니, 이것이 내가 믿지 못하는 까닭이다. 다만 바야흐로 그(태종)가 땅을 치며 크게 울부짖을 때 아무도 가까이 다가갔던 이가 없어서 미처 상세하게 보지를 못하였고, 그 뒤 태종의 처사處事가 저와 같아서 그의 아우와 조카들이 모두 온전하지 못하였으니,[108] 이런 의심을 갖는 것도 마땅하기는 한 일이다.

그러나 예나 지금이나 야사野史란 많은 경우 전문傳聞에서 나온다. 그러므로 야사의 이른바 사실事實이란 왕왕 국가가 기록한 역사와는 맞지 않는데, 이는 명나라의 경우 더욱 심하니, 의심나는 대로 두는 것이 옳다. 이 때문에 『엄주사료弇州史料』[109]는 기록이 진짜인지 거짓인지를 변별한 것이 많다. 우리나라는 『실록』과 『보감寶鑑』[110]이 모두 지나치게 찬양하기만 할 뿐이어서 상고하고 헤아려볼 여지가 없으니, 취해서 뒷날에 전할 것이라고는 오직 야사뿐이다. 이를 버리고 내가 무엇을 따르겠는가.

燭下斧影之說

宋太宗'燭下斧影'之說, 千古疑按, 而『綱目續編』, 斷以太宗爲弑逆, 至謂"逆賊匡義", 此何據也? 此不過出於宋僧文瑩『湘山野錄』, 而南渡後, 李巽巖燾, 攙入於『通鑑長編』者也, 他無所見, 未知孝宗, 何故而置之勿問也? 此已有程篁墩敏政辨說, 甚詳矣.

108) 그 뒤 태종의 …… 못하였으니 : 태종은 송의 중국 통일을 완성하는 등 여러 가지 치적이 꼽히지만, 그 형(태조)의 호의와 어머니의 뜻을 저버리고 한 아우와 두 조카를 모두 죽였다. 『강감이지록綱鑑易知錄』 권64, 977년 기사.

109) 『엄주사료弇州史料』 : 명나라 학자 동복표董復表가 엄주弇州 왕세정王世貞의 문집에서 조야朝野의 기사들을 뽑아 엮은 책.

110) 『보감寶鑑』 : 『국조보감』. 민족문화추진회가 국역하였다.

盖晉王之簒立, 自以太后命, 趙普書之, 藏之宗廟, 且太祖孝友天篤, 必不敢違命者, 非但晉王自知, 天下知之, 况今藝祖不豫, 至命晉王入侍, 將欲授受付托故也, 有何着急, 兄方大漸, 而不耐須臾, 忍先手刃, 甘心自犯至此? 天下原無理外之事, 此吾所以不可信者也. 但方其搶地大呼時, 無人近前, 未及詳見, 而其後太宗之處事如彼, 其弟其姪, 皆不獲全, 宜其有此疑故也.

然古今野史, 多出傳聞, 故所謂事實, 往往與國史不合, 明世尤甚, 存疑可也. 是以『弇州史料』, 多辨其眞僞矣. 我朝則『實錄』·『寶鑑』, 皆溢美而已, 無所考稽, 則取以傳後者, 惟野史耳, 捨此則吾安所適從也?

만리장성

성을 쌓아 호胡를 막은 왕이라 하면 세상에서는 단지 진시황 이외에는 더 이상 다른 왕이 없는 줄 알지만 실상 그렇지 않다. 조趙나라 무령왕武靈王[111]은 임호林胡[112]를 격파하고 장성을 쌓았고, 연燕나라 역시 장성을 쌓았고, 위魏나라 혜왕惠王도 장성을 쌓았고, 제齊나라도 장성을 쌓았고, 진秦나라 선태후宣太后[113]는 군대를 내어 의거義渠[114]를 정벌하고 장성을 쌓아 호를 막았으니, 이는 모두 진시황 이전의 장성이다.

111) 무령왕武靈王 : 이름은 옹雍. 재위는 B.C.326~B.C.299년.
112) 임호林胡 : 흉노족 가운데 한 종족의 이름.
113) 선태후宣太后 : 진秦 소왕昭王(B.C.307~B.C.251)의 어머니. B.C.270년, 의거義渠의 융왕戎王과 간통하여 두 아들을 낳았는데, 융왕을 속여 감천甘泉에서 죽이고 의거를 멸하였다.
114) 의거義渠 : 서융西戎의 이름.

진시황은 육국六國을 멸하고 몽염蒙恬[115]을 시켜 임조臨洮[116]에서 시작하여 요동에 이르기까지 일만여 리에 뻗쳤으니, 이것이 진시황의 장성이다. 그 뒤로는 원위元魏[117]의 명원제明元帝[118] 역시 장성을 쌓아 적성赤城에서부터 오원五原까지 2천여 리에 뻗치었다. 태무제太武帝[119] 태평진군太平眞君[120] 연간에도 장성을 쌓아 상곡上谷에서부터 하광河廣까지 천 리를 뻗치었다. 또 북제北齊 문선제文宣帝[121] 천보天保 6년(555)에 백성 180만 명을 동원하여 장성을 쌓아 유주幽州 하구夏口부터 항주恒州까지 900여 리였으니, 무릇 전후로 쌓은 바가 동서남북으로 모두 3천여 리였다. 또 북주北周 선제宣帝[122] 대상大象 원년(579)에 장성을 쌓아 서쪽 안문鴈門에서 동쪽 갈석碣石까지 이르렀고, 또 수隋나라 문제文帝 개황開皇 중[123]에 네번이나 장성을 쌓아 700리에 이르렀고, 또 양제煬帝 대업大業 중[124]에 다시 장정들을 징발하여 이어서 쌓았다.

여러 장성들이 지금도 모두 그대로 있는지는 알지 못하지만, 대개 장성

115) 몽염蒙恬(?~B.C.210) : 진시황 때 장군. 북쪽 흉노를 몰아내고 만리장성을 축조하였음.
116) 임조臨洮 : 지금 감숙성甘肅省 민현岷縣. 몽염이 만리장성을 쌓을 때 여기서 시작해 동쪽으로 요동에 이르렀다고 함.
117) 원위元魏 : 남북조시대 북조北朝의 북위北魏(386~534). 북위 효문제孝文帝(471~499)가 성씨를 탁발拓拔에서 원元으로 고쳤기 때문에 북위北魏를 원위元魏라 한다. 조조曹操가 세운 삼국시대 삼국 가운데 하나인 위魏(220~265)는 이와 구별하여 조위曹魏라 부른다.
118) 명원제明元帝 : 북위의 2대왕. 재위는 409~423년.
119) 태무제太武帝 : 북위北魏의 3대왕. 제위는 423~452년.
120) 태평진군太平眞君 : 태무제太武帝의 연호. 태무제는 여러 차례 연호를 바꾸었는데, 태평진군이라는 연호를 쓴 것은 440~450년의 10년간이다.
121) 북제北齊 문선제文宣帝 : 북제는 남북조시대 북조의 왕조. 550~577년까지 6대 28년간 존립하였다. 문선제는 북제의 창업자로서, 재위는 550~558년이다.
122) 북주北周 선제宣帝 : 북주는 남북조시대 북조의 왕조. 556~581년까지 6대 26년간 존립하였다. 선제는 북주의 5대왕으로서, 재위는 578~579년이다.
123) 수隋나라 문제文帝 개황開皇 중 : 문제는 수나라의 창업자. 재위는 581~604년. 수 문제가 개황이라는 연호를 쓴 것은 581~600년.
124) 양제煬帝 대업大業 중 : 양제는 문제의 아들. 재위는 605~616년. 재위 연간 모두 대업이라는 하나의 연호를 썼다.

을 쌓아 호胡를 막는다는 계획은 진시황뿐만이 아니었다. 다만 진시황이 쌓은 장성이 가장 큰데 몽염이 아니었더라면 그렇게 쌓지 못했을 것이다. 이 공사에 죽은 자가 매우 많아서 일꾼들이 「어유하魚遊河」[125]의 노래를 부르는 데까지 이르러 지금도 후세에 전해오니, 축저築杵 소리가 바로 이 노래라고 한다.

長城

築城而防胡, 世但知秦皇外, 更無他君, 而實不然矣. 趙武靈王, 破林胡築長城, 燕亦築長城, 魏惠王亦築長城, 齊亦有長城, 秦宣太后, 發兵伐義渠, 築長城以拒胡, 此皆始皇以前之長城.

及始皇滅六國, 又使蒙恬, 起臨洮至遼東, 延袤萬餘里, 此始皇之長城也. 其後則元魏明元帝, 亦築長城, 自赤城至五原, 延袤二千餘里, 太武帝太平眞君間亦築長城, 自上谷至河廣, 袤皆千里, 又北齊文宣帝天保六年, 發民一百八十萬, 築長城, 自幽州夏口至恒州, 九百餘里, 凡前後所築, 東西南北, 凡三千餘里. 又北周宣帝大象元年, 築長城, 西自雁門, 東至碣石, 又隋文帝開皇中, 四築長城, 綿歷七百里, 又煬帝大業中, 再發丁, 繼築長城, 未知諸城, 今皆依舊, 而盖築長城防胡之計, 非特始皇而已. 但始皇所築最大, 非蒙恬, 不能爲此, 而是役也, 死者甚衆, 役夫至有「魚遊河」之歌, 至今傳於後世, 築杵之聲, 卽此歌云.

125) 「어유하魚遊河」: 「축성곡築城曲」이라고도 함. 축성곡은 악부樂府의 하나로 잡곡가사에 속한다.

송나라의 법

송나라의 입법은 충후忠厚한 데 지나쳐서 너무 관대한 데서 잘못된 것이 많았다. 그러므로 장돈章惇[126] · 채확蔡確[127] · 진회秦檜[128] 같은 사람이 양관兩觀에서의 처형[129]을 면할 수 있었으니, 어찌 정치에 있어서 형벌을 잘못 운용한 경우가 아니겠는가. 채확은 「거개정 십절車盖亭十絶」[130]에서 학처준郝處俊[131]으로 자신을 비기고 무후武后[132]로 선인宣仁[133]에 비기었으며, 장돈은 상소하여 선인태후宣仁太后를 종묘에서 내치기를 청하였는데 철종哲宗은 상소를 읽고 나서 바닥에 내던지며, "장돈이 짐朕으로 하여

126) 장돈章惇(1035~1105) : 북송 때 정치인. 자는 자후子厚. 채경蔡京, 채변蔡卞 등과 신법新法에 진력하였으며 구법당舊法黨을 극력 배척했다.

127) 채확蔡確(1037~1093) : 자는 지정持正. 처음 왕안석에게 붙었다가 신종神宗이 왕안석에게 염증을 느낀다는 것을 알고 그를 탄핵하였음. 다른 사람을 무고하고 옥사를 일으킨 일이 많았음. 『송사』의 간신전에 들어있음.

128) 진회秦檜(1090~1155) : 남송의 재상. 자는 회지會之. 정강靖康의 난 때 휘종徽宗과 흠종欽宗을 따라 금金나라에 갔다가 고종 때 풀려 나옴. 금과의 관계에서 화친을 극력 주장하여 악비岳飛 등 많은 충신을 죽임.

129) 양관兩觀에서의 처형 : 양관은 본디 궁문의 망루. 공자가 소정묘少正卯를 양관의 아래에서 처형한 데서, 국가를 안정시키기 위해 난신적자亂臣賊子를 죽이는 일을 가리키는 말로 되었다.

130) 「거개정 십절車盖亭十絶」 : 채확이 실세失勢하여 물러나 있을 때 거개정이라는 정자에 올라 지었다는 10편의 시. 자기 처지에 대한 불만이 담겼는데, 조정에 알려져서 결국 지금 광동성 지역의 신주新州로 유배되고, 곧 죽었다. 『강감이지록』 6권, 1984면을 참조.

131) 학처준郝處俊(607~681) : 당나라 때 사람. 어려서부터 학문을 좋아하였으며 특히 『한서』를 좋아했음. 이세적李世勣을 도와 고구려 정벌에 공을 세웠고 후에 고종高宗이 측천무후에게 손위遜位하려 할 때 그가 극력 간언하여 저지함. 무후가 매우 꺼렸으나 조행操行이 뛰어나 해칠 수가 없었다고 함.

132) 무후武后 : 당나라의 측천무후.

133) 선인宣仁 : 선인태후宣仁太后(1032~1093). 영종(1032~1067)의 비. 정식 존호는 '영종 선인 성렬 고황후英宗宣仁聖烈高皇后.' 북송 6대 황제인 신종神宗(1048~1085)과, 기왕 호岐王顥, 가왕 군嘉王頵, 그리고 수강공주壽康公主를 낳았다.

금 영종英宗의 묘정廟庭에 들지 못하게 하려는구나" 하였으나,[134] 끝내 죄를 주지는 않았다. 장돈·채확은 왕안석王安石[135]·채경蔡京[136]에 대하여 본을 보인 사람들이니, 간사함으로써 나라를 그르친 일을 이미 이루다 꾸짖을 수가 없다. 이것은 고사하고 그들의 시와 상소만으로도 죽임을 당하고 남을 죄가 있다. 진회는 송나라에 녹을 먹고 금나라에 충성을 다하였으니 그의 역적질 악행은 위로 하늘에까지 통하였다. 그럼에도 당시의 유수한 사람들은 허다히 장돈·채확을 명류名流로 보아, 매양 장자후章子厚·채지정蔡持正이라 불러서 마치 평상 때의 아무 일 없는 사람인 듯하였고, 진회 같은 악한 사람에 대해서도 주자 역시 혹 진회지秦會之라 불렀으니 정말 이상한 일이다. 대개 송조宋朝의 규모規模가 본디 이러했기 때문이었을까?

송나라의 선인태후는 이전 시기의 후비后妃 가운데 제일가는 사람이었다. 철종이 어려서 원우元祐 초년에 태후가 수렴청정을 한 것이 모두 9년이었는데, 사마광을 재상으로 삼아 훌륭한 사람들이 조정에 가득하였다. 심지어는 "진실로 백성들에게 이롭다면 나는 머리카락이며 살갗이라도 아끼지 않겠다" 하였으니, 무릇 나라를 위하고 백성을 위해서 밤낮으로 마음을 쏟아 한결같은 마음으로 공평하였다. 그러므로 기왕岐王·가왕嘉王은 모두 자신이 낳은 자식이었으나 9년 동안 한 번도 사사롭게 만나본 적이 없었고 작고할 때에도 접견을 허락하지 않았다. 두 왕이 울며 만나기를 청하였으나 엄히 내쳤으니, 혐의를 끊은 것이었다. 태후가 작고하자 멀리서나 가까이서 모두 슬퍼하며 사모하였고 천하 사람들이

134) 철종哲宗은 상소를 …… 하였으나 : 송나라 철종 원부 원년(1098)에 있었던 일이다. 『강감이지록』 권74 참조.

135) 왕안석王安石(1021~1086) : 자는 개보介甫, 호는 반산半山. 신종神宗 때 재상이 되어 신법新法을 추진함. 철종 때 형국공荊國公에 봉해졌으며 당송팔대가 중의 한 사람.

136) 채경蔡京(1047~1126) : 북송의 정치가, 서예가. 자는 원장元長. 철종 때 장돈章惇 등과 신법을 추진. 행정 관료로서 유능했으나 권력욕이 너무 강해서 여러 가지 문제를 야기했다고 함. 채변蔡卞의 형.

'여자 가운데 요순堯舜'이라 하였으니, 이는 태임太姙[137] · 태사太姒[138] 이후 처음 있는 왕후로서, 명덕明德[139]과 화희和熹[140]가 미치지 못할 바였다. 태후의 성은 고씨高氏이니 태위太尉 고경高瓊[141]의 딸이고 영종英宗의 황후이다.

宋世立法

宋世立法, 過於忠厚, 失之太寬者多. 故如章惇·蔡確·秦檜, 能免兩觀之誅, 豈非王政之失刑乎? 蔡之「車盖亭十絶」, 以郝處俊自況, 以武后比宣仁, 章惇則上疏, 請黜宣仁太后於宗廟, 哲宗覽疏, 抵於地曰, "章惇使朕, 不欲入英宗廟庭也", 然而竟不加罪. 章·蔡之於安石·蔡京, 是傳法沙門, 許多奸邪誤國, 已不勝誅, 此猶姑舍, 其詩其疏, 則夷戮有餘罪矣. 秦檜則食祿於宋, 盡忠於金, 其所逆惡, 上通於天, 然當時諸公, 多以名流視章·蔡, 每稱章子厚·蔡持正, 有若平常無事人, 雖以秦檜之惡, 朱子亦或以秦檜之稱之, 洵可異也. 盖宋朝規模, 本自如是故耶?

夫宋之宣仁, 前代后妃中第一也. 哲宗冲幼, 元祐初年, 后垂簾, 凡九年, 以司馬爲相, 善類滿朝, 至曰, "苟利於民, 吾無愛於髮膚." 凡爲國爲民, 晝夜洞洞, 一心公平. 故岐王·嘉王, 皆所生子, 而九年之內, 一不私覿, 至臨崩, 亦不許見, 二王泣請, 而嚴斥之, 盖絶嫌也. 后崩, 遠邇哀慕, 天下以爲女中堯舜, 此姙姒後初有之聖母, 而明德和熹之所不及也. 后姓高氏, 太尉瓊女, 英宗皇后也.

---

137) 태임太姙 : 주나라 왕계王季의 비妃, 문왕文王의 모母.
138) 태사太姒 : 주나라 문왕文王의 비妃. 무왕武王의 모母.
139) 명덕明德 : 명덕 마황후明德馬皇后. 후한 명제明帝의 비妃이며 마원馬援의 딸이다.
140) 화희和熹 : 화희 등황후和熹鄧皇后. 후한 화제和帝의 비妃.
141) 고경高瓊 : 북송 몽성인蒙城人. 어려서부터 무용武勇이 뛰어났으며 송나라 창업에 큰 공을 세움. 태종과 진종 때에 걸쳐 병권을 맡았음.

문약文弱

송나라 한 시대는 군법軍法·관제官制·세제稅制가 모두 번거롭고 잡다하며 문란해서 한당漢唐에 미치지 못한다. 또 문文이 지나쳐서 위축되고 나약하여 원호元昊[142]를 보기를 동맹국같이 하고 요遼나라를 섬기기를 형님같이 하였으며, 금나라에 이르러서는 마침내 군주로 섬겼으니, 비단 연운燕雲[143]의 16주를 회복하지 못하였을 뿐 아니라 해마다 바치는 금이며 비단이 한량없이 많았으니, 북송과 남송을 합해서 300년에 이르지만 실상 정통 중국의 큰 힘을 가졌다고 하기는 부족하다. 그런데도 언제나 옛날을 인용하여 마치 삼대三代처럼 융성한 양 여겨 한당漢唐을 하찮게 여겼으니, 이것이 원나라 사람들이 말한 바 의론만 많고 이룬 공적은 적다는 것이다.

다만 송 태조太祖는 무력으로 취하였으나 순순하게 지켜 정치에 있어서 관대함을 숭상하였고, 인종仁宗 가우嘉祐·경력慶曆 연간[144]은 송나라가 가장 융성했던 시기여서 42년간의 성명聲明과 교화를 역사에 이루다 서술할 수가 없을 정도이니, 이는 후세에 할 말이 있는 점이다. 또 대신과 간신諫臣을 죽이지 않고, 또 위로 궁궐부터 아래로 사대부의 가정에까지 예의가 엄숙하고 정돈되어 밖의 말이 안으로 들어가지 않고 안의 말이 밖으로 나가지 않은 것은 모두 이전 시대에 없었던 바였다. 또 낙민洛閩의 여러 훌륭한 현인들이 도학을 창도·천명하고 예의를 강론·

---

142) 원호元昊 : 서하西夏를 이르는 말임.

143) 연운燕雲 : 연燕은 유주幽州, 운雲은 운주雲州. 지금의 하북성 북부 및 내몽고 남부 지역 일대.

144) 인종仁宗 가우嘉祐·경력慶曆 연간 : 인종(1010~1063)은 북송 제4대 군주. 진종眞宗의 6남. 재위는 1022~1063년인데, 1041~1048년은 연호를 경력慶曆이라 하였고, 1056~1063년은 연호를 가우嘉祐라 하였다. 여기서는 다음 구절로 미루어 꼭 이 두 시기만을 가리킨 것은 아니고, 인종조를 통틀어 이른 말인 듯하다.

연마하여 선비들의 풍기를 크게 변화시켜 온 천하 사람들이 모두 바른 길로 추종하여 산속이나 배 안에서도 『대학장구大學章句』를 강론하였다. 이는 비록 후세 사람들이 비웃는 바가 되기는 하였으나 그 실상은 볼만한 것이 없지 않다. 그러므로 『송사宋史』에는 특별히 「도학 열전道學列傳」[145]을 따로 세웠으니, 이 또한 이전 사서에는 없는 바였다.

우리나라는 법과 인물이 문약하기가 거의 송나라와 비슷하다. 세상에 전해오는 말에, 송나라 태조가 훈계하는 말을 새긴 비석을 만들어 종묘 뒤켠의 한 밀실에 은밀하게 간직해두고 유언하기를, 후대의 임금은 매년 설날 새벽 종묘를 뵌 뒤 그 밀실을 살펴보되 비록 가까이 모시는 신하나 환관이라도 금지하여 들어가지 말도록 분명하게 법으로 정하였다 한다. 그래서 북송 때에는 사람들이 감히 엿보지 못하였고 정강靖康의 난[146] 때에 사람들이 비로소 보았는데, 이른바 훈계하는 비석에는 새겨 있기를, "내 자손들은 대대로 대신과 간신諫臣을 죽이지 말고 남인南人[147]을 재상으로 쓰지 말아라" 하였다 한다. 이는 대개 태조의 거룩한 덕이었는데, 신종神宗이 유독 이 경계를 범하여 마침내 왕안석을 재상으로 삼아 끝내 나라가 멸망하는 혼란의 빌미를 이루었으니, 신종의 일은 정말 개탄스럽다.

文弱

有宋一代, 軍法官制田賦, 皆冗雜紊亂, 不及漢唐. 且文勝而萎弱, 視元昊如與國, 事遼如老兄, 至於金, 則遂以君父事之, 非但不能復燕雲十六州, 歲費金繒, 不啻萬萬, 計南北朝, 雖延三百年, 實不足謂保有華夏之大也. 然而動引古昔, 若將此[148]隆三代, 不屑漢唐, 此元人所謂議

---

145) 「도학 열전道學列傳」: 『송사宋史』 권427~430, 주돈이周敦頤·정호程顥·정이程頤·주자朱子 등이 포함되어 있다.

146) 정강靖康의 난: 1127년 금나라 군사가 남하하여 북송의 수도 변경汴京을 함락하고 휘종徽宗·흠종欽宗을 사로잡아 간 일.

147) 남인南人: 남조인南朝人. 강남 지역의 사람.

論多而成功少者也.

但藝祖, 逆取順守, 治尙寬大, 仁宗嘉祐慶曆, 爲宋極盛之會, 四十二年, 聲明敎化, 史不勝述, 此可以有辭於後世. 且不殺大臣諫臣, 又上自宮闈, 下至士大夫私室, 壼儀肅整, 外言不入, 內言不出, 皆前代所無也. 又洛閩諸大賢, 倡明道學, 講磨禮義, 以丕變士風, 天下靡然從正, 崖山舟中, 亦講『大學章句』, 雖爲後人竊笑, 其實不無可觀. 故『宋史』, 別立「道學」一傳, 是亦前史未之有也.

我朝治法與人物之文弱, 畧相彷彿焉. 世傳宋太祖, 有戒石, 秘置宗廟後一密室, 遺命嗣君, 每歲元朝, 曉謁廟後, 亦爲審視其室, 雖侍臣奄宦, 禁勿許入, 著以定法. 故北宋之世, 人不敢窺見, 至靖康之亂, 人始見之, 而所謂戒石, 刻曰, "願吾子孫, 世世勿殺大臣諫臣, 勿用南人作相." 盖太祖盛德, 而神宗獨犯此戒, 遂相王安石, 竟爲馴致亡國之亂階, 神宗事, 誠慨然也.

원나라의 인물

원나라 한 시대가 정통을 이은 것은 겨우 89년이었다. 나라 전체로서는 세조世祖와 인종仁宗 때 이외에는 어지럽고 질서가 없어서 전혀 볼만한 것이 없지만, 인물은 재주와 학술과 문장에 뛰어난 사람들이 빽빽하게 서로 바라보아서 송명宋明에 부끄럽지 않으니 기이한 일이다.

재주로는 야율초재耶律楚材와 유병충劉秉忠[149]은 송나라에 없는 인물

[148] 此 : '比'의 잘못인 듯.

[149] 유병충劉秉忠(1216~1274) : 원나라 초의 공신. 자는 중회仲晦, 호는 장춘藏春. '원元'이

이다. 학술로는 허평중許平仲[150]이 있어서 낙민洛閩에다 둘만 하고 그 밖에도 유정수劉靜修[151]·오초려吳草廬[152]·구양규재歐陽圭齋·황진黃溍[153]·조동산趙東山[154]·왕극관王克寬[155]이 모두 큰 학자이다. 문장으로는 우백생虞伯生·요수姚燧·게해사揭傒斯·살도자薩都剌[156]·유관柳貫[157]은 모두 시가를 잘하고 고문을 잘 지어 한 시대의 거장이 되었다. 또 그 밖에 이학理學을 담론하는 학자와 문장에 해박한 선비와 시문에 능한 소소한 사람은 이루다 헤아릴 수가 없으니, 이는 모두 그 이전 송나라가 끼친 공적이다. 또 유산遺山 원호문元好問은 재주가 뛰어나고 학문이 박식하여 금나라와 원나라 교체기의 큰 학자로서 문장에 뛰어나 소동파에 비견되는 사람이다. 원나라의 인물이 성대하지 아니한가?

라는 국호 및 원의 통치 제도가 모두 그의 손에서 나옴. 『장춘집藏春集』이 있음.

150) 허평중許平仲 : 허형許衡. 평중平仲은 자, 호는 노재魯齋. 『지수염필』 권1의 「허노재」 참조.

151) 유정수劉靜修 : 유인劉因(1249~1293). 주자학자. 정수는 호, 자는 몽기夢驥, 몽길夢吉, 또 다른 호는 뇌계진은雷溪眞隱. 『역易』에 정통했으며 저서에 『정수선생문집』 외에 『사서집의四書集義』, 『사서정요精要』가 있음.

152) 오초려吳草廬 : 초려는 오징吳澄(1249~1333)의 호. 자는 유청幼淸. 정약용程若庸을 사사, 주자학을 공부했다. 강학講學에 부지런하여 많은 제자를 두었음. 노자 주석인 『도덕진경주』를 비롯, 『예기찬언纂言』, 『서書찬언』, 『역易찬언』, 『오초려시집』, 『주례고정考定』 등의 저술이 있음.

153) 황진黃溍(1277~1357) : 자는 진경晉卿, 호는 일손재日損齋. 저서에 『일손재고日損齋稿』, 『의오현지義烏縣志』, 『필기筆記』 등이 있음.

154) 조동산趙東山 : 동산은 조방趙汸(1319~1369)의 호. 자는 자상子常. 특히 『춘추』에 밝았다. 저서에 『춘추집전속사春秋集傳屬辭』, 『좌씨보주左氏補註』, 『동산존고東山存稿』 등이 있음.

155) 왕극관王克寬 : 저작으로 『경례보일經禮補逸』 9권 2책이 있다.

156) 살도자薩都剌(1308?~?) : 자는 천석天錫, 호는 직재直齋. 몽고인. 성품이 강직했고 시를 잘했음. 『안문집雁門集』이 있음.

157) 유관柳貫(1270~1342) : 자는 도전道傳, 호는 오촉산인烏蜀山人. 김이상金履祥의 문인. 황진黃溍·우집虞集·게해사揭傒斯와 함께 유림 4걸이라 칭해짐. 한림 대제翰林待制, 국사원 편수國史院編修를 역임. 저서에 『유대제집柳待制集』, 『자계字系』 등이 있음.

元之人物

有元一代, 紹正統者, 纔八十九年, 國家則世祖・仁宗外, 淆襆無倫, 全無可觀, 而人物則才智學術文章, 蔚然相望, 無媿於宋明, 亦可異也.

才智之有耶律楚材・劉秉忠, 宋之所無也. 學術之許平仲, 可在洛閩之間也, 其他劉靜修・吳草廬・金仁山・歐陽圭齋・黃溍・趙東山・汪克寬, 皆大儒也. 文章之有虞伯生・姚燧・揭徯[158]斯・薩都剌・柳貫, 皆能善歌詩治古文, 爲一世鉅匠. 又其外小小談理之儒, 博文之士, 能詩之人, 不可勝計, 是皆前宋遺烈也. 且元遺山好問, 才雄學博, 金元間耆宿, 而爲文章鉅公, 比之東坡者也, 不亦盛乎?

인민을 살상함

백기白起[159]는 진秦나라 장수로서 조괄趙括[160]을 공격하여 이기자 그 병졸 40만 명을 장평長平[161]에 생매장해버렸고, 항우는 진秦나라 군대를 공격하여 밤중에 진나라 병졸 24만 명을 신안성新安城 남쪽에다 묻어버렸다. 또 초나라와 한나라의 수수睢水의 전투에서 한나라 병졸 10여만 명이 모두 수수에 몰려 들어가니 수수가 흐르지 못하였다. 뒤에 백기는 촉루屬鏤[162]의 칼로 죽었고 항우 역시 오강烏江[163]에서 스스로 목을 찔

158) 徯 : '傒'의 잘못임.

159) 백기白起 : 진秦나라의 맹장. 무안군武安君에 봉해짐.

160) 조괄趙括 : 전국시대 조趙나라 장수. 염파廉頗를 대신하여 출전했다가 진秦나라 군에 포위되어 죽음.

161) 장평長平 : 전국시대 조읍趙邑으로 지금 산서성山西省 고평현高平縣 지역.

162) 촉루屬鏤 : 고대의 유명한 칼의 이름. 여기서는 백기白起가 제명에 죽지 못하고 칼에 죽었다는 사실을 표현한 말.

러 죽었는데, 옛사람들은 이에 대한 업보라 하였다.

진실로 그러하기는 하다. 그러나 명장名將이 병졸을 거느려 공격을 할 때 죽을 운명이 아닌 사람을 살상한 것이 예로부터 어찌 한량이 있었겠는가. 오吳나라와 위魏나라의 적벽赤壁의 전투[164]에서 조만曺瞞[165]의 80만 병졸이 거의 한 대의 수레도 돌아가지 못하였고, 사현謝玄[166]은 합비合淝 전투에서 이른바 "채찍만 던져도 흐르는 강물을 끊을 수 있다"[167]던 부견苻堅[168]의 60만 군대를 살아 돌아간 자가 거의 없게 만들었고, 원위元魏의 불리佛貍[169]는 제齊나라를 칠 때 살륙과 노략질이 몹시 참혹하여 갓난아이를 창 끝에 꿰니 강남江南 수천 리에 인가의 연기가 끊어져서 심지어는 봄에 제비조차도 숲에다 둥지를 틀었다. 그러나 오나라 대제大帝[170]와 위나라 태무太武가 이 때문에 나라를 잃지는 않았고, 사현 역시 아무 일이 없었다. 다만 양나라 후경侯景[171]과 당나라의 황소黃巢는 모두 살육으로 위엄을 세웠다. 황소는 궁문 위의 '과果 자 머리의 세 번

163) 오강烏江 : 지금 안휘성安徽省 화현和縣 동북쪽. 지금 이름은 오강포烏江浦이며 항우가 자살한 곳이라 함.

164) 적벽赤壁의 전투 : 적벽赤壁은 현재 호북성湖北省 가어현嘉魚縣 동북 양자강의 남쪽 언덕에 있음. 건안 13년(208) 조조가 대군을 거느리고 손권을 치러 갔는데 손권이 유비와 연합해 저지, 화공火攻으로 격파하였음.

165) 조만曺瞞 : 조조曹操. 어릴 때의 자字가 아만阿瞞이었다.

166) 사현謝玄 : 동진東晋의 명장.

167) 채찍만 던져도…… 끊을 수 있다 : 부견苻堅이 동진東晋을 치려할 때 그 부하 석월石越이 장강長江 때문에 쉽게 공격할 수 없다고 만류하자 부견이, "나의 많은 군대로 장강에다 채찍만 던져도 강물을 끊을 만하다[以吾之衆旅, 投鞭於江, 足斷其流, 何險之足恃]?" 하였다. 나중에는 군대가 많고 세력이 성대함을 가리키는 말로 되었다.

168) 부견苻堅(338~385) : 오호십육국시대 전진前晋의 제3대 군주. 자는 영고永固 또는 문옥文玉, 묘호廟號는 세조, 시호는 선소제宣昭帝. 재위는 357~385년.

169) 불리佛貍 : 태무제太武帝인 탁발도拓拔燾. 세조.

170) 오나라 대제大帝 : 오나라를 세운 손권孫權(182~252). 재위는 222~252년. 손견孫堅의 차남, 손책孫策의 아우.

171) 후경侯景(503~552) : 중국 남북조시대 말기의 무인. 자는 만경萬景. 후위後魏 때 재상 고환高歡에게 환심을 사 하남河南을 다스리다 후에 양무제梁武帝에 항복함. 뒤이어 반란하여 무제를 죽이고 간문제簡文帝를 세웠다가 다시 죽이고 스스로 왕위에 올라 한제漢帝라 했다가 살해당함.

구불구불하게 쓴 글자[巢]'를 문인들이 자기를 조롱한 것이라고 격노하여 장안성 성문을 닫고 시인 수만 명을 잡아들여 모두 목을 베었는데,[172] 후경과 황소 두 도적은 모두 패배하여 죽었다. 명나라 고황제高皇帝[173]가 천하를 얻을 때 상개평常開平[174]은 채석강采石江[175]의 승리에서 진우량陳友諒[176]의 130만 병력을 화공火攻으로 쓸어 남김이 없었으니, 이것이 이른바 개벽 이후의 다섯 차례 큰 전쟁이다. 뒤에 상개평은 병으로 군중에서 죽었을 뿐이다.

대개 예로부터 나라가 바뀌는 즈음에는 반드시 적미赤眉[177]나 황건적 같은 무리가 있어서 천하를 크게 어지럽히니, 그런 세상에 태어난 자는 칼날에 어육魚肉이 되지 않으면 기근과 질병에 죽어간다. 이런 일은 어느 세상인들 그렇지 않겠는가마는, 명나라 말의 틈적闖賊과 장헌충張獻忠[178]의 잔학함보다 더 심한 경우는 없었다. 『북략北略』[179]에서는 "이 두

172) 황소는 …… 목을 베었는데 : 『자치통감』에는 상서성尙書省 문에다 시를 붙여 황소黃巢 등 반란군을 조롱한 자가 있었는데 황소가 가장 신임한 부하 장수인 상양尙讓이 상서성의 관원과 수문졸들 가운데 범인이 있을 것이라 하여 모두 눈을 도려내어 거꾸로 매달고, 장안성 안의 시에 능한 자들을 수색하여 3000명을 죽였다 한다. 희종僖宗 중화中和 원년(881). 『자치통감』 9, 중화서국中華書局, 8241면.
주자는 이 일을 두고, "시가 당나라보다 성할 때가 없었고, 또한 당나라보다 참혹할 때가 없었다(詩莫盛於唐, 亦莫慘於唐也)"고 하였다. 『주자어류』 권140, 장6 「작문・하」.

173) 고황제高皇帝 : 명 태조 주원장朱元璋(1328~1398). 재위는 1368~1398년.

174) 상개평常開平 : 상우춘常遇春(1330~1369). 명나라 초기의 무장. 자는 백인伯仁, 호는 연형燕衡. 처음에는 도적이었으나 후에 명 태조에게 가서 명이 천하를 통일하는 데 결정적 기여를 함. 용병을 잘해 스스로 말하길 "십만의 무리를 거느린다면 천하를 횡행할 수 있다" 하였다. 그래서 군중에선 그를 '상십만常十萬'이라 일컬었다. 죽은 뒤 개평왕開平王을 추증하였고, 시호는 충무忠武.

175) 채석강采石江 : 채석采石은 산명山名인 동시에 진명鎭名임. 채석산采石山은 지금 안휘성安徽省 당도현當塗縣 서북에 있으며 일명 '우저산牛渚山'이라고도 함.

176) 진우량陳友諒(1320~1363) : 원나라 말, 각 지방에서 할거한 군웅의 한 사람. 원 순제順帝 때에 기병한 서수휘徐壽輝의 휘하에 들어갔다가 후에 그를 죽이고 채석기采石磯에서 황제로 등극, 국호를 한漢이라 함. 명 태조에게 패해 진중에서 죽음.

177) 적미赤眉 : 후한 초기 산동 지방에서 일어난 농민 반란군.

178) 장헌충張獻忠(1606~1646) : 명나라 말 민란의 영수. 자는 병충秉忠, 호는 경헌敬軒. 관군에게 항복했다가 다시 반란하여 이자성李自成과 연합. 후에 청병淸兵에게 죽임

도적은 천강지살성天罡地煞星[180]의 정령精靈으로서 인간 세상에 내려와 큰 난리를 일으키니 상제가 우려하여 태백성太白星에게 명해서 포악한 그들을 치게 하였으므로 마침내 세상을 구하게 되었다" 하였다. 그 말이 비록 황당하지만 과거에 없었던 이런 살생의 운수를 당하면 또 반드시 세상을 구제하는 영명한 군주가 있는 법이다. 그러나 이때 태백성의 정령이란 청나라 세조世祖다. 갑신년(1644) 창업할 때 나이 겨우 7세였고, 왕위에 있은 지 또 겨우 18년이었으니, 그가 혼란을 다스려 바른 정치를 회복하고 중국 천하를 통일하여 주공周公의 일을 시행한 것은 모두 구왕 다이곤九王多爾袞의 힘이었고, 세조는 하늘의 뜻에 부응하여 천명을 받아들였을 뿐이었다.

또 이자성李自成[181]·장헌충 두 도적은 악행과 잔학이 하늘에 닿아 비록 뼈를 가루로 빻고 살점을 저미더라도 오히려 그들의 죄를 다 갚기에는 부족한데 그들의 마지막은 모두 이름 없는 평민들이 소리 소문 없이 칼로 찔러 죽였으니, 썩 흡족하지 못하다. 죽기는 죽었으되 그렇게 죽은 것이 과연 천하의 백성들을 도륙하고 노략질한 데 대한 보복이 될 수가 있겠는가. 다만 이자성이 난을 일으켰을 때 태주台州[182]의 백성들이 분노하여 이자성 아비의 무덤을 파니 그 시신이 모두 변하여 용龍이 되고 머리만 아직 변화하지 못하였다. 백성들이 마침내 어지러이 목을 베었다고 하니, 이는 유쾌한 일이다.

을 당함. 음험한 꾀가 많고 잔인하여 그가 지나는 곳마다 참혹했다고 함.

179) 『북략北略』: 『명계북략明季北略』. 청나라 계육기計六奇의 저작. 24권 12책.

180) 천강지살성天罡地煞星: 중국 고대의 북두성 숭배 민간 신앙이 도교와 결합하여 신장神將의 명칭을 갖게 된 바, 36천강과 72지살이 있다고 함. 『수호지』의 양산박 108두령을 천강·지살에 해당시켜 말하기도 함.

181) 이자성李自成(1606~1645): 명말에 도적이 되어 자칭 '틈왕闖王'이라 했음. 1644년 명나라 수도를 함락시켜 숭정제가 자살하고 명이 망했다. 뒤이어 오삼계吳三桂(1612~1678)에게 패하여 자살함.

182) 태주台州: 지금 절강성浙江省 임해현臨海縣. 천태산天台山의 이름을 따 태주台州라 했음.

殺傷民人

白起以秦將, 擊趙括勝之, 坑其卒四十萬於長平, 項羽擊秦軍, 夜坑秦卒二十四萬於新安城南, 又楚漢睢水之戰, 漢兵十餘萬人, 皆入睢水, 睢水爲之不流. 後白起, 死以屬鏤之釰, 羽亦自刎於烏江, 古人謂之此報.

誠然而名將之將兵攻伐, 殺傷人非命, 終古何限? 吳魏赤壁之戰, 曺瞞八十萬兵, 幾乎隻輪不返, 謝玄合淝之戰, 苻堅六十萬衆, 所謂投鞭斷流者, 生還亦無幾. 元魏佛狸之擊齊, 殺掠甚慘, 嬰兒貫槊頭, 江南數千里, 人烟斷絶, 至於春燕巢林, 然而吳大帝·魏太武, 不以是亡國, 謝玄亦無事. 但梁之侯景, 唐之黃巢, 皆以殺戮立威, 黃巢則以宮門上果頭三屈律字, 謂文人嘲己, 怒閉長安城門, 大索詩人數萬, 盡斬之, 二賊竟皆敗死. 明高皇帝, 得天下也, 常開平采石江一捷, 火攻陳友諒一百三十萬兵, 而蕩盡無餘, 此所謂開闢後, 五大戰也. 後開平, 以病卒於軍而已.

盖自古鼎革之際, 必有赤眉·黃巾之徒, 大亂天下, 生乎其世者, 非魚肉於兵刃, 則又殞斃於飢饉癘疫, 此何世不然, 而未有甚於明季闖賊, 與張獻忠之殘虐也. 『北略』謂二賊, 以天罡地煞星精, 下降人間, 作大亂, 上帝憂之, 乃命太白星, 使之弔伐, 故卒能救世, 其說雖誕, 旣有此前古所無之殺運, 則又必有救世之英主. 然太白星精, 則淸世祖也. 甲申創業, 年纔七歲, 在位亦僅十八年, 其撥亂反正, 混一區宇, 行周公之事者, 皆九王多爾袞之力也, 世祖不過應天受命而已.

且李張二賊, 惡虐滔天, 雖至粉骨而寸臠之, 猶不足盡償厥罪, 而其終也, 皆爲無名小民, 暗自刃刺而死, 甚不快活也, 死則死矣, 其果爲屠掠天下生靈之報復乎哉? 但自成則其起亂時, 台州民人, 忽掘自成父塚, 其屍盡化爲龍, 首未及化, 民人遂亂斬之, 是則快矣.

곤鯀과 우禹

『회남자淮南子』[183]에, "곤鯀이 홍수를 다스리면서 요임금의 식양息壤[184]을 훔쳤으므로 요임금이 축융祝融[185]으로 하여금 우연羽淵[186]에서 죽이게 하였다. 형주荊州 남문 밖에 마치 집처럼 생겨서 땅속으로 움푹 들어갔지만 그 용마루는 드러나 보이는 것이 있는데, 그 곁에 있는 돌에, '범하지 말라'라고 쓰여 있다. 삽과 삼태기로 파내면 곧 다시 이전으로 돌아가고, 게다가 우레와 비를 쏟아 붇는다. 날씨가 몹시 가물 때 자주 건드려도 그때마다 우레와 비를 쏟아 붓는다" 하였다. 또 『이문집異聞集』[187]에, "우임금이 치수治水할 때 동백산桐柏山에 이르러 회수淮水와 와수渦水의 수신水神을 잡으니 이름이 무지기巫支祁였다. 우임금이 회수淮水의 깊고 얕음과 그 근원의 멀고 가까움을 잘 분별하여 대답하자 수신은, '경진庚辰에 귀산龜山의 발을 봉쇄하면 회수는 안정되게 흐를 것이다' 하였다. 당나라 때 어부가 낚시하다가 오래된 자물쇠 하나를 낚았는데 당겨내어 보니 그 끝이 마치 원숭이처럼 생겼는데, 바로 이 물건이었다" 하였다. 또 당나라 이조李肇[188]의 『국사보國史補』에, "초주楚州의 어부가 회수淮水에서 낚시로 오래된 쇠자물통 하나를 낚았는데, 자사刺史 이양李陽이 사람을 많이 모아 당겨 올렸다. 자물쇠가 다 당겨 올라오자 푸른 색깔 원숭이가 물에서 뛰쳐나와 어디론가 갔다" 하였다. 또 『산해

183) 『회남자淮南子』: 21권. 한나라 회남왕淮南王 유안劉安(B.C.179~B.C.122)의 저서. 고유高誘의 주注가 전함.

184) 식양息壤: 자생 능력이 있어 줄어들지 않는 토양.

185) 축융祝融: 화신火神.

186) 우연羽淵: 일명 '우택羽澤'. 지금 강소성江蘇省 동해현東海縣 서북쪽에 있음.

187) 『이문집異聞集』: 당나라 말 진한陳翰이 엮은 전기집傳奇集.

188) 이조李肇: 자는 이거里居. 당나라 헌종 연간, 곧 9세기 전반의 인물. 『국사보』 외의 저술로 『한림지翰林志』가 있음.

경』에, "물에 사는 물짐승이 곧잘 해로운 짓을 하므로 우임금이 군산軍山 아래에다 가두었으니 그 이름이 무지기巫支祁다" 하였다. 이 두 가지 일은 비록 몹시 황당하지만 전기傳記에 보이는 것이 이러하니 또한 속일 수 없는 것이다.

대개 식양이라는 것은 '삽과 삼태기로 파내면 곧 다시 이전으로 돌아간다' 하였으니, 토양이 살아 숨쉬는 것을 이른 말이다. 옛사람들은 '식양이 저기 있다'는 말로써 맹세하는 말을 삼았는데,[189] 이는 어디를 가리켜 한 말이었을까? 무지기巫支祁가 과연 회수淮水와 와수渦水의 수신으로 생김새가 푸른 원숭이 같다면 우임금처럼 성스러운 능력을 지닌 임금으로서는 실로 그 발을 족쇄 채워서 감히 해를 끼치지 못하도록 할 수 있었을 것이다. 하나, 우임금이 작고한 지 벌써 몇천 년인데다 저 역시 신물神物이고 보면 어찌 가만히 틀어박혀 움쩍하지 않으려 하겠는가. 뒷사람들이 많은 사람의 힘으로 족쇄를 끌어당겨 꺼낼 수 있었다면 이른바 무지기 역시 당연히 그 자신이 족쇄를 풀고 벌써 그 이전에 뛰쳐나갈 수 있었을 것이다. 어찌 사람의 힘을 빌려서야 물에서 나갈 수 있었겠는가. 일이 몹시 의심스럽고 괴이하다.

대개 우임금의 치수는 지금 「우공禹貢」에 실려 있는 바 "산을 이끌고 물길을 내었다"는 말들을 보자면 문자 표현이 간략하고 예스러워 그가 천하를 두루 돌아다닌 것이 마치 수월하였던 듯하다. 하지만 순이 우임금에게 이르기를 "수토水土가 다스려짐에 만물이 길러질 수 있게 되어 육부六府[190]와 삼사三事[191]가 진실로 다스려져서 만세萬世가 영원토록

189) 옛사람들은……말을 삼았는데 : B.C.308년, 진秦 무왕武王이 장수 감무甘茂를 시켜 위魏와 연합해 한韓을 치게 하였는데, 감무는 출정에 앞서 식양息壤에서 무왕의 자신에 대한 신임이 변하지 않을 것임을 미리 맹약을 받아두었다. 한韓의 이양성宜陽城 공격에 5개월이나 지체하고 점령할 가망도 없자 무왕이 철군하려 하였는데, 감무는 식양 쪽을 가리키며 "식양이 저기 있습니다" 하였다. 『사기』 「감무열전」.

190) 육부六府 : 수水 · 화火 · 금金 · 목木 · 토土 · 곡穀.

191) 삼사三事 : 정덕正德 · 이용利用 · 후생厚生.

혜택을 입게 되었다"[192] 하였으니, 그의 공로는 천지와 더불어 나란하다. 얼마나 큰 고생이었으며 얼마나 위대한 방략方略이었겠는가. 이야말로 천지의 화육化育에 참여할만한 사람이 아니고서는 꿈도 꾸지 못할 일이다. 맹자는 "우禹·직稷·안연顔淵이 처지가 바뀌었다면 모두 그러하였을 것이다" 하였다. 그러나 안자顔子는 공자에 비교해볼 때 대체의 체단體段을 갖추기는 하였지만 미약하였으니, 안자가 우禹에 대해서도 그러하였을 것이다. 더구나 치수治水의 재능은 상고上古의 성신聖神이 아니고는 불가능하였을 것이니, 안자는 아마도 해내기가 어려웠을 것이다.

이전 기록에, "처음 치수를 시작할 때 하늘이 황금 죽간竹簡에 옥 글자로 된 책을 내려주어 그 신기神機를 열어주었다" 하고, 또 "우임금은 부符와 보步가 있었다. 그래서 용문龍門에서 산을 뚫을 때 산이 모두 저절로 열렸고, 황하를 끌어 내려보낼 때 산과 골짝 천여 리가 울리고 뒤흔들렸다" 하니, 이는 신의 힘이다. 안자가 과연 그렇게 할 수 있었을까? 새가 나무를 쪼아 벌레가 나오지 않으면 곧 땅으로 내려가 보步를 지어 부리로 땅을 그어 부符를 쓰고, 다시 그 나무에 날아오르면 벌레들이 저절로 밖으로 나오는데, 이 또한 우임금이 썼던 방법이라고들 한다. 새가 어디서 이런 방법을 알았는지, 믿을만한 말인지 모르겠다.

鯤禹

『淮南子』曰, "鯤堙洪水, 盜帝之息壤, 帝使祝融, 殺之于羽淵, 荊州南門外, 有狀若屋宇, 陷入地中, 而猶見其脊者, 旁有石, 記云'不可犯', 畚鍤所及, 輒復如古, 又頗以致雷雨, 歲大旱, 屢發有應." 又『異聞集』曰, "禹治水, 至桐柏山, 獲淮渦水神, 名曰'巫支祁', 善應對, 辨淮之淺深, 源之遠近, 而神曰, '庚辰者, 鎖於龜山之足, 而淮乃安流', 唐時有漁者, 釣得一古鎖, 牽出其末, 有如獼猴者, 盖此物." 又唐李

192) 수토水土가…… 입게 되었다: 『서경』「대우모」에 있는 말.

肇『國史補』曰, “楚州漁人, 於淮中, 釣得一古鐵鎖, 刺史李陽, 大集人力引之, 鎖窮有青獼猴, 躍出水而逝.” 又『山海經』云, “水獸好爲雲,[193] 禹鎖於軍山之下, 其名曰‘巫支祁’”, 此二事, 雖甚荒唐, 其見於傳記如此, 亦不可誣也.

盖息壤云者, 旣云畚鍤所及, 輒復如古, 則土壤生息之謂也. 古人以息壤在彼, 爲盟語, 此指何地而言者耶? 巫支祁, 果是淮渦水神, 形如青獼猴, 禹之聖神, 固當鎖其足, 使不敢爲害, 而禹之崩, 已屢千年, 彼亦神物, 豈肯安蟄不動? 後人能以衆力, 引鎖曳出, 則所謂巫支祁, 亦當能渠自脫鎖, 已先躍去, 何待人力, 而始乃出水也? 事甚疑怪也.

盖禹之治水, 今觀「禹貢」所載, 導山導水, 文字簡古, 其所周流四海, 雖若易然, 而舜之命禹曰, “地平天成, 六府三事, 允治, 萬世永賴”, 則其功, 與天地並矣. 何等辛苦, 何等方略? 此非參天地化育者, 不可議到也. 孟子曰, “禹稷顔淵, 易地則皆然”, 然, 顔子於孔子, 具體而微, 則於禹亦當如是, 况治水之才, 非上古聖神不能, 顔子恐難判得.

舊傳治水之初, 天賜金簡玉字之書, 以發其神機. 且云“禹有符有步, 故龍門之鑿, 山皆自坼, 導河以出, 震蕩山谷千餘里”, 此神力也, 顔子果行之乎? 鳥之啄木, 蟲不出, 則輒下地作步, 以嘴畫地書符, 還爲飛上其木, 蟲蠹自出, 此亦禹法云. 未知禽鳥, 何從以知此, 果信然否.

주자의 절친한 벗

주자가 일생 절친한 벗은 오직 남헌南軒과 동래東萊 두 선생이 제일인데,

193) 雲: '害'의 잘못임.

이들은 모두 주자보다 뒤에 나서 나이 50을 채우지 못하고 다 주자보다 먼저 작고하였다. 그러나 동래는 사학史學을 주로 하였으므로 주자가 마음을 기울이고 인정해준 것이 남헌보다 더 중하였으니, 두 선생의 화상에 붙인 찬贊에서 대략을 볼 수 있다. 동래의 화상에 붙인 찬[194]은,

以一身而備四氣之和,	한 몸에 사기四氣의 조화를 갖추었고,
以一心而含[195]千古之秘.	한 마음에 천고의 비밀을 머금었네.
推其有, 足以尊主而庇民,	그 지닌 것을 미루면, 군주를 높이고 백성을 덮어줄 수 있었고,
出其餘, 足以範俗而垂世.	그 온축의 나머지를 내면, 세상에 모범이 되어 바룰 수 있었네.
然而狀貌不踰於中人,	그러나 외모는 평범한 사람을 넘지 않았고,
衣冠不詭於流俗.	의관은 시속과 다르지 않았네.
迎之而不見其來,	맞이하되 언제 왔나 볼 수가 없었고,
隨之而莫覩其躅.	뒤따르되 머뭇거림 볼 수 없었네.
矧是丹青,	하물며 그림이,
孰形心曲?	그 마음 드러내랴?

라 하였다.

또 동래에 대한 제문[196]에서는,

194) 동래의 화상에 붙인 찬:『주자대전』 권85에 「여백공화상찬呂伯恭畫象贊」이 있음.
195) 含:『주자대전』에는 '涵'임.
196) 동래에 대한 제문:『주자대전』 권87에 실려 있음. 제목은 「제여백공저작문祭呂伯恭著作文」.

有蓍龜之智而處之若愚,	시귀蓍龜 같은 지혜 갖고도 어리석은 듯,
有河漢之辯而守之若訥.	하한河漢 같은 언변을 갖고도 어눌한 듯.
胸有雲夢之富而不自以多,	가슴에는 운몽雲夢 같은 풍부함이 있었으나 뛰어나다 뻐기지 않았고,
辭有黼黻之華而不易其出.	문사는 찬란한 능력 있었으나 쉽게 내놓지 않았네.

라 하였다.

남헌의 화상에 붙인 찬[197]은,

擴仁義之端, 至於可以彌六合,	인의仁義의 단서를 넓힘은 육합六合을 채울 만하였고,
謹善利之判, 至於可以析秋毫.	선리善利의 판단을 삼감은 추호秋毫를 쪼갤 만하였다.
眷眷[198]乎其致主之切,	정성스레 군주를 올바로 인도한 충심이며,
汲汲乎其榦[199]父之勞,	끊임없이 그 부모를 힘써 받든 노고며,
矻矻[200]乎其任道之勇,	부지런히 애쓴 그 도를 자임한 용기며,
卓卓乎其立心之高!	우뚝 빼어난 그 입심立心의 고고함이여!
知之者, 識其春風沂水之樂,	아는 자는 그 춘풍春風 기수沂水의 즐거움[201]을 알았고,

197) 남헌의 화상에 붙인 찬 : 『주자대전』 권85 「장경부화상찬張敬夫畫象贊」.
198) 眷眷 : 『주자대전』에는 '拳拳'임.
199) 榦 : 『주자대전』에는 '幹'임.
200) 矻矻 : 『주자대전』에는 '仡仡'임.

不知者, 亦[202]以爲湖海一世之豪. 모르는 자도 강호江湖의
한 시대 영웅인 줄을 알았네.

하였다.

뒤에 농암農巖은 우암의 화상에 찬을 지으면서 오로지 이 글을 본보기로 삼았다.

朱子切友

朱子一生切友, 惟南軒・東萊兩先生爲最, 而皆後朱子生, 年壽皆不滿五十, 又皆先朱子沒. 然東萊主史學, 故朱子傾嚮推許, 於南軒尤重, 其兩先生像贊, 槩可見也. 東萊之贊曰, "以一身而備四氣之和, 以一心而涵千古之秘, 推其有, 足以尊主而庇民, 出其餘, 足以範俗而垂世. 然而狀貌不踰於中人, 衣冠不詭於流俗, 迎之而不見其來, 隨之而莫覩其躅. 矧是丹青, 孰形心曲?" 又祭東萊文有曰, "有蓍龜之智而處之若愚, 有河漢之辯而守之若訥. 胸有雲夢之富而不自以多, 辭有黼黻之華而不易其出."

南軒之贊曰, "擴仁義之端, 至於可以彌六合, 謹善利之判, 至於可以析秋毫, 眷眷乎其致主之切, 汲汲乎其幹父之勞, 矻矻乎其任道之勇, 卓卓乎其立心之高, 知之者識其春風沂水之樂, 不知者亦以爲湖海一世之豪." 後世農巖, 作尤菴像贊, 專用此體.

201) 춘풍春風 기수沂水의 즐거움 : 『논어』 「선진先進」 25장에 있는 고사.
202) 亦 : 『주자대전』에는 '亦' 字가 없음.

송나라의 인물

삼대三代(夏·殷·周의 세 왕조)는 저마다 치란治亂이 있었으나, 그 건국 초기에는 반드시 성스러운 임금과 훌륭한 재상이 예악과 법도를 제정하여 후세에 내려주었기 때문에 모두 오래 유지될 수 있었다. 삼대 이후는 한·당·송·명나라가 역시 모두 세대를 전하여 3~4백 년에 이르렀다. 이 네 개 나라가 왕조를 창건하거나 선양을 받은 것이 혹은 정당하였고 혹은 부당하기도 하였지만, 태조라는 임금들은 모두 혼란을 바로잡아 올바른 정치를 이루었으니 하늘이 명해준 영명한 군주가 아닌 사람이 없었다. 옛사람들은 매양, "한나라는 큰 원칙이 잘 갖추어졌고 당나라는 온갖 세밀한 조목들이 잘 시행되었다" 하였으니, 대개 인문人文이 성대하기가 한·당보다 더 나은 나라는 없었다. 양경兩京(兩漢을 이르는 말)의 인물은 영웅하게 빼어나고 호걸스럽게 뛰어나 후세가 따르지 못할 바이나, 당나라에 이르면 더할 수 없이 성대하고 화려하다.

그러나 송나라 사람들은 또 매양 자기네 나라 인물을 자랑하는데, 이는 이전 시대에는 없었던 도학道學에다 중점을 두기 때문이다. 이 때문에 『송사宋史』에서는 "의론이 많기만 하고 이룩한 공로는 적다" 하였는데, 정말 적확한 말이다. 송나라의 범희문范希文·사마온공司馬溫公·한위공韓魏公[203]은 실로 모두 산하山河 간기間氣이나, 그 나머지 현달한 지위에 등용된 여러 사람들이야 어찌 당나라의 인물들을 당할 수 있겠는가. 덕망과 도량으로는 방현령房玄齡·두여회杜如晦·위징魏徵·육지陸贄가 있고, 기상과 절개로는 송경宋璟[204]·장구령張九齡[205]·양관楊綰[206]이 있고, 재주

---

203) 한위공韓魏公 : 한기韓琦(1008~1075). 자는 치규稚圭, 호는 공수贛叟. 범중엄范仲淹과 나란히 나라의 대임을 맡아, '한범韓范'이라고 일컬어졌다. 위국공魏國公에 봉해졌고, 시호는 충헌忠獻. 저서에 『안양집安陽集』이 있음.

204) 송경宋璟(663~737) : 당나라 중기의 재상. 요숭姚崇을 이어 현종을 도와 개원開元의

와 식견으로는 요숭姚崇[207] · 유안劉晏[208] · 이필李泌[209] · 이덕유李德裕[210]가 있으니, 송나라 사람으로서 이들을 당할 이가 있을까? 장수로는 이정李靖[211] · 이적李勣[212] · 울지공尉遲恭[213] · 설인귀薛仁貴[214] · 마수馬燧[215] · 혼감渾瑊[216] · 이광필李光弼[217] · 곽자의郭子儀가 있으니, 이들이 모두 얼마

치治를 이어감. 저서에 『곡강집曲江集』, 『천추금감록千秋金鑑錄』이 있음.

205) 장구령張九齡(678~740) : 당나라 중기의 정치가, 시인. 자는 자수子壽, 시호는 문헌文獻.

206) 양관楊綰 : 당나라 중기의 재상. 자는 공권公權. 천성이 검소했으며 생계에 개의치 않고 봉록을 모두 친척과 벗들에게 주었다고 한다. 최관崔寬과 곽자의郭子儀(692~781)가 그를 매우 경외했다고 한다.

207) 요숭姚崇(650~721) : 당나라 현종 때의 재상. 자는 원지元之. 현종을 도와 개원開元의 치治를 이룸. 후임자로 송경宋璟을 지목, 정치를 잘해 '요송姚宋'이라 불렸음.

208) 유안劉晏(715?~780) : 당나라 중기의 정치가. 자는 사안士安. 숙종肅宗 때 염철사鹽鐵使 · 주전사鑄錢使 · 전운사轉運使 등을 담당하여 소금 전매 제도를 확립하였고, 안사安史의 난 이후에 국가 재정을 다시 세우는데 기여하였음.

209) 이필李泌(722~789) : 자는 장원長源. 업후鄴侯에 봉해짐.

210) 이덕유李德裕(787~849) : 당나라 말의 재상. 자는 문요文饒. 이길보李吉甫의 아들. 우승유牛僧孺 · 이종민李宗閔(牛李)과 오랜 기간 당쟁을 벌였고, 결국 그 때문에 유배지에서 작고했다. 저서에 『차유씨구문次柳氏舊聞』, 『회창일품집會昌一品集』이 있음.

211) 이정李靖(571~649) : 당나라 태종 때의 명장, 정치인. 자는 약사藥師. 돌궐과 토욕혼을 정벌하는 등의 전공으로 위공衛公에 봉해졌다. 그의 저술인 『이위공문대李衛公問對』는 태종과의 대화를 정리한 것인데, 병법서로 높은 평가를 받았다.

212) 이적李勣(594?~669) : 이정李靖과 함께 당 태종 때의 무인. 자는 무공懋功. 본명은 서세적徐世勣인데 당나라 국성國姓인 이李를 받았고, 뒤에 태종 이세민李世民의 이름을 피해서 '이적'으로 바꾸었다. 고구려를 정벌, 멸망시켰다.

213) 울지공尉遲恭(585~658) : 당 태종 때의 명장, 정치인. 자는 경덕敬德, 이름은 융融(비문) 또는 공恭(역사서). 그의 가계는 대대로 무인이었고, 선비족 계통이었다. 당 태종이 그 형제를 죽이고 왕위를 찬탈한 사건인 현무문玄武門의 변變(626년 6월)에서 태종을 돕는 등, 태종이 정권을 차지하는데 장손무기長孫無忌와 함께 가장 큰 공을 세웠다. 고구려 정벌을 반대했고, 참전한 뒤에는 한나라 장량의 예를 따라 은퇴해서 은거했다. 허경종許敬宗이 짓고 왕지경王知敬이 쓴 비석이 전한다. 비문은 따로 『문원영화文苑英華』 권911에 실려 있다. 시호는 충무忠武.

214) 설인귀薛仁貴(614~683) : 이름은 예禮, 인귀는 자. 고구려를 정벌한 장수.

215) 마수馬燧(726~795) : 자는 순미洵美. 당나라 후기, 대종代宗 · 덕종德宗 연간의 장수, 정치인.

216) 혼감渾瑊(?~799) : 본명은 월진月進. 마수와 함께 당나라 후기의 명장, 정치인.

217) 이광필李光弼(708~764) : 당나라 숙종 때 절도사로서 안사安史의 난을 평정하는데 공로가 컸다. 용병을 잘하여 곽자의郭子儀와 함께 '이곽李郭'이라 일컬어졌다. 시호는

나 훌륭한 인물들인가. 송나라에 이들 만한 사람이 있을까? 적청狄青[218] · 악비岳飛[219] · 한세충韓世忠[220] 외에는 송나라에는 장수가 없다.

다만 주자周子 · 정자程子 · 장자張子 · 주자朱子 등 여러 훌륭한 학자가 배출되어서 위로 공자 · 맹자의 학통에 닿았으므로, 이것은 후세에 할 말이 있는 점이기는 하다. 그러나 장수와 재상들의 문무의 재능은 당나라에 훨씬 못 미친다.

宋朝人物

三代各有治亂, 而其初則必有聖君賢相, 制作垂統, 故皆能久長. 三代以後, 則漢唐宋明, 亦皆傳世至三四百年. 且其創業受禪, 或正或不正, 而太祖之君, 皆足以撥亂致治, 無非天命之英主也. 古人每謂, '漢大綱擧, 唐萬目張', 盖人文之盛, 莫過於漢唐矣. 兩京人物, 英秀傑特, 後世莫及, 而至唐則極盛而靡矣.

然而宋人, 又每以本朝人物夸張, 則歸重於前代所無之道學故也. 是以『宋史』謂"議論多而成功少", 眞着題語也. 宋之范希文 · 司馬溫公 · 韓魏公, 固皆山河間氣, 其他諸公之顯用者, 安能當唐人物也? 德量之有房玄齡 · 杜如晦 · 魏徵 · 陸贄, 氣節之有宋璟 · 張九齡 · 楊綰, 才識之有姚崇 · 劉安 · 李泌 · 李德裕, 宋人當之乎? 將之有李靖 · 李勣 · 尉遲恭 · 薛仁貴 · 馬燧 · 渾瑊 · 李光弼 · 郭子儀, 是皆何等人物, 宋能有之乎? 狄青 · 岳飛 · 韓世忠外, 宋則無將也. 特以周 · 程 · 張 ·

무목武穆, 임회군왕臨淮郡王에 봉해졌다.

218) 적청狄青 : 북송 인종 연간의 장수. 자는 한신漢臣. 병법에 정통하였고 서하西夏의 반란을 평정하는 등의 공이 있었음.

219) 악비岳飛(1103~1141) : 남송 초대 군주인 고종 때의 장수. 자는 붕거鵬擧. 금군金軍을 여러 차례 격파했지만 그의 세력 확대를 꺼린 당시 재상 진회秦檜에게 죽임을 당했다. 악왕鄂王에 추봉되고, 관우關羽와 나란히 받들어졌다. 『악무목집岳武穆集』이 있음.

220) 한세충韓世忠(1088~1151) : 남송 초기의 명장. 자는 양신良臣. 악비와 함께 금나라에 항전했으나 주화파인 진회에게 배척당한 후에 은거하며 스스로 청량거사淸涼居士라 했음.

朱諸大儒出，而上接洙泗之統，故此足以有辭於後世，然將相文武之才，不及唐遠甚.

후당後唐 명종明宗

후당의 명종明宗[221]은 호인胡人인 막길렬邈佶烈이다. 그는 장종莊宗[222]의 수양 아들이 되어서 이름을 이사원李嗣源으로 고쳤다. 뒤에 조재례趙在禮[223]의 난으로 인하여 장종이 강소전絳霄殿 아래에서 죽자 마침내 대중들의 추대로 왕위를 받았는데, 재위한 지 겨우 8년이었지만 천하가 제법 안정되었다. 그가 천하를 대하는 공정무사한 마음은 비록 한·당나라의 현명한 군주라 하더라도 더 나을 수가 없었을 것이다.

명종은 매일 밤 반드시 분향하고 하늘에 빌기를, "나는 호인이고, 임금 노릇하는 것을 즐겁게 여기지 않습니다. 지금 천하가 크게 혼란하여 백성이 도탄에 빠져 있으니, 바라건대 하늘은 일찍 거룩한 분을 내시어 중국 백성들의 주인이 되게 하소서" 하였다. 이해에 송 태조가 과연 태어나서 마침내 3백 년 밝은 문화의 정치를 이룩하였으니, 명종의 이 마음이 위로 하늘에 다다른 것이 아니었을까? 아, 어진 사람이다. 어찌 비단 오계五季에서만 없었던 일이겠는가. 이전 세상을 통틀어서 없었던 일이다.

---

221) 후당의 명종明宗 : 후당의 제2대 군주 이사원李嗣源(867~933). 재위는 926~933년. 인재를 등용하고 환관과 궁인을 줄이는 등 내정의 개혁에 힘썼다.

222) 장종莊宗 : 후당을 세운 군주 이존욱李存勖(885~926). 재위는 923~926년. 극용克用의 장남. 한때 천하통일을 목전에 두었지만 교만과 사치로 민심을 잃었고, 부하에게 피살되었다.

223) 조재례趙在禮(885~946) : 후진後晉 때 사람. 자는 간신幹臣.

後唐明宗

後唐明宗, 胡人邈佶烈也. 爲莊宗收養兒, 改名李嗣源. 後因趙在禮之亂, 莊宗至死絳霄殿下, 遂爲衆所戴, 受其位, 在位纔八年, 而天下少康, 其公天下之心, 雖漢唐賢君, 無以過也. 明宗, 每夜必焚香祝天曰, "我胡人也, 無樂爲君, 今天下大亂, 百姓塗炭, 願天早生聖人, 爲中國生民之主." 是歲, 宋太祖果生, 竟致三百年聲明文物之治, 明宗此心, 豈非上格天心耶? 嗚呼仁矣! 此奚但五季之所無? 前世亦未嘗有也.

숭정崇禎 17년

숭정 17년(1644)[224]은 병란兵亂으로 시종하여, 틈적闖賊과 장헌충張獻忠이 모두 살육을 일로 삼아서 천지간이 상처투성이였다고 할 만 하니, 이전 시대에 있었던 적이 없는 대 살육의 운수가 닥친 한 해였다. 성을 도륙하고 고을을 무찔러 인가의 연기가 끊어져서 거의 봄 제비가 숲에다 둥지를 트는 데 이르러, 산골에서나 들녘에서나 목숨을 구해 달아나 숨지 않으면 모두 죽임을 당하였다.

그러나 진미공陳眉公[225] · 진인석陳仁錫[226] 등 여러분들은, 그럼에도 한 모퉁이 깔끔하고 고요한 곳을 차지한 채 교정과 편집의 일을 하여 편안하고 한가롭기가 태평하여 아무 일이 없는 시대와 같았으니, 이상한 일이다. 이른바 『팔편류찬八編類纂』,[227] 『미공제급眉公諸笈』,[228] 『기상휘

224) 숭정 17년(1644) : 이해 3월에 숭정崇禎이 죽고 명나라가 망했음.
225) 진미공陳眉公 : 진계유陳繼儒(1558~1639). 권1, 주62번 참고.
226) 진인석陳仁錫 : 권1, 주63번 참고.
227) 『팔편류찬八編類纂』 : 진인석이 편찬한 총서. 1626년 서문이 있는 명나라 목판본 285

편奇賞彙編』[229] 같은 여러 서적은 아마도 그 시기에 이루어진 듯하니, 이는 역시 중국 사람들다운 일이다. 우리나라 사람이었다면 틀림없이 할 수 없었을 것이다.

崇禎十七年

崇禎十七年, 以兵革終始, 闖賊及張獻忠, 皆以殺戮爲事, 可謂乾坤含瘡痍, 前代所無之大殺運也. 屠城夷邑, 人烟斷絶, 幾至春燕巢林, 無論山野, 非救死奔竄, 則皆肝腦塗地.

然而如陳眉公·陳仁錫諸公, 亦能占一乾淨地, 爲校讐編輯之役, 安閒整暇, 如昇平無事之世, 可異也. 其所謂『八編類纂』·『眉公諸笈』·『奇賞彙編』諸書, 似當成於其時, 此亦中國人事也. 如我國人, 則必不能也.

술을 금지함

『맹자』에, "어떤 나라의 국경을 들어갈 때는 먼저 그 나라에서 금하는 일을 묻는다"는 말이 있으니, 대개 예로부터 나라를 다스림에 반드시 법을 마련하여 금해야할 일을 금지한다. 그러나 술에 관한 정책은 가장 어

권 80책본과 285권 100책본의 두 질이 규장각에 있음.

228) 『미공제급眉公諸笈』: 1606년 서문이 있는 명나라 목판본이 규장각 등에 있음. 연암 박지원이 기획했었다는 『삼한총서』의 목록에 이 책이 들어 있다(박종채, 『과정록』 권4).

229) 『기상휘편奇賞彙編』: 장서각에 『기상재고문휘편奇賞齋古文彙編』이라는 책이 있음. 1634년 명나라 간행 목판본, 판심이 '기상휘편奇賞彙編'으로 되어 있음. 선경選經·선사選史·선자選子·선집選集의 네 편, 모두 236권 122책.

럽다. 술이란 옛사람이 이른바 '미치는 약'이니, 작게는 한 사람을 망치고 크게는 나라를 망하게 한다. 그러므로 우임금이 멀리하였으나, 그 역시 금하여 딱 끊지는 않았다.

주나라 이후로 한나라에 이르러 처음 술의 판매를 금하는 제도를 두고부터 시대마다 금령이 있기는 하였으나, 홍수나 가뭄으로 기근과 흉년이 들면 곡식을 많이 소비한다고 금한 것에 불과하였다. 당 태종은 근원을 맑게 하고 근본을 바로잡아야 한다 하여, 『향음주례鄕飮酒禮』 한 권을 베껴 천하에 반포하고 해마다 고을의 관장官長으로 하여금 직접 어른과 어린이들을 거느리고 예에 따라 향음주례를 거행하게 하고 술의 매매를 금하지 않았으니, 이는 정관貞觀의 특이한 정책이었다. 명나라 태조는 근원을 막아버려야 한다 하여 천하에 명령을 내려 찹쌀 심는 것을 금하였으니, 이는 홍무洪武의 특이한 정책이었다. 또는 유사有司에게 명령하여 술 1만 동이를 큰 길거리에 두어 백성들이 마음껏 마시도록 하고, 그해에 도읍의 백성들이 역시 술 3천 1백 병을 바치자 북쪽 변방의 군인과 관리들에게 하사하였으니, 이는 금나라 장종章宗[230]의 특이한 정책이었다. 대개 금해야 하지만 금할 수 없기가 술 같은 것이 없으니, 금하면 도리어 폐단이 생긴다. 그러므로 이전 시기의 제왕들은 흉년에는 금령을 내리지만 그 금령은 한 두 해를 넘기지 않고 중지된다.

고려 때 수십 년이나 술을 금한 시기가 있었는데, 범하는 자는 꼭 나라 안의 나이 스물이 안 된, 술이 어떤 물건인지 알지도 못하는 자들이었다. 갑자기 술샘물이 산골짝에서 흘러나와 나무꾼 아이가 목이 말라 움켜 마시고는 크게 취하여 체포되었다. 그 고을 수령이 그 연유를 알아내어 조정에 보고하니 왕이 한탄하며, "하늘이 주는 것이로구나" 하고, 마침내 금령의 해제를 허락하였다.

또 우리나라에서는 영조 중년에 금주령을 임하게 시행하여 심지어는

230) 장종章宗(1168~1208) : 금나라 제6대 군주. 재위는 1189~1208년. 이름은 경璟, 여진명은 마달갈麻達葛.

태묘太廟에 현주玄酒(냉수)를 쓰려고까지 하여 대신들이 여러 차례 차자箚子를 올려 힘껏 간언을 하고서야 중지하였다. 그러나 금주령은 극히 준엄했다. 무신 윤구연尹九淵[231]이 남병사南兵使로 있으면서 술잔 등속을 갖추어둔 것이 현장에서 적발되었는데, 선전관을 시켜 구격具格[232]하여 잡아오게 하여 상이 친히 숭례문 문루에 거둥하여 문밖에서 효수하였고, 그 수급을 바치라고 명하였다. 그러나 윤구연은 평소 술을 마시지 않았고, 이는 병 때문에 약으로 쓴 데 불과하였는데 잘못 염찰하여 이런 지경에 이르렀으니, 사람들이 모두 원통하게 여겼다. 뿐만 아니라 상은 매일 밤 비밀리에 선전관을 불러 칼을 내려주고 엄히 분부하여 그로 하여금 몰래 성안을 순행하여 은밀히 술을 빚는 사람을 염탐 체포하여, 범하는 자가 있으면 조정의 귀인이나 사대부나 평민이거나를 막론하고 바로 그 당장에 목을 베고 수급을 가지고 와서 바치라 하였다. 비록 죽임을 당한 자가 있었다는 말을 듣지는 못하였으나 이렇게 한 것이 모두 15년간이었다. 이전 시대 중국에서 술을 금한 것도 이토록 오랫동안 한 적은 없었다.

『포박자抱朴子』에, "지난번에 농사가 흉년이라 곡식은 귀한데 술 취한 백성이 서로 살해한 일이 있었다. 지방관들이 이로 인하여 금주령을 내려서 엄한 명령을 거듭 내려 관계 관청이 수색하여 잡아들이고 때리고 조사하는 일이 이어져서 채찍질을 당해 죽는 자가 태반이나 되었다. 엄하게 막을수록 범하는 자도 많아져서 심지어는 땅을 파고 술을 빚어 기름 담는 자루에 술을 담기도 하였으니, 백성들이 술을 좋아함이 독실하다고 할만하다. 또 백성 위에 있는 자는 비록 금하는 법이 시행되어도 스스로 술을 끊지 못하였다. 자기에게는 너그럽고 남에게는 야박하면 비록 명령하나 따르지 않고, 몸소 솔선하지 않으면 서민들은 믿지 않는 법

231) 윤구연尹九淵 : 영조 때의 무신. 금주령을 어겼다는 죄목으로 처형되었다. 『실록』 영조 38년(1762) 9월 5일, 대사헌 남태회南泰會가 금주령을 어긴 윤구연의 파직을 청했는데, 영조는 9월 17일, 숭례문에 나아가 남병사南兵使 윤구연을 참斬하였다. 영의정과 좌·우의정이 모두 만류했지만 영조는 이들을 모두 파직했다.

232) 구격具格 : 수갑·차꼬를 채우고 칼을 씌움.

이다. 이렇게 하면서 금하니, 어찌 금지가 되겠는가. 술을 파는 집이 폐업을 하게 되면 곤궁해져서 마침내 뇌물을 돌려 권세 있는 사람에게 붙으니, 관리들이 감히 단속을 하지 못하고 힘없는 자만 장사를 못하게 된다. 권세 있는 자가 시장을 마음대로 하여 술집을 차리고 이익을 독차지하면 갑절이나 더 팔아서 술 판매를 제멋대로 해서 공공연히 행하여 거리낌이 없어진다. 법은 가볍고 이익은 무거워짐을 어찌 면할 수 있겠는가"[233] 하였다. 이로써 본다면 술 금하기 어렵기는 진晋나라 때에도 마찬가지였다.

酒禁

孟子有入其境, 先問國禁之言, 盖自古爲國, 必有設法, 禁所當禁, 然酒政最難矣. 酒之爲物, 古人所謂狂藥也. 小而喪其身, 大而亡其國, 故大禹疏之, 然亦未嘗禁而絶之也.

自「周誥」以後至漢, 始有禁酤之制, 而代各有之, 不過水旱飢荒, 則爲其糜穀而禁之者也. 唐太宗則謂當澄源正本, 錄『鄕飮酒禮』一卷, 頒行天下, 每年令州縣官長, 親率長幼, 依禮行之, 而不爲禁酤, 此貞觀之異政也. 明太祖則謂當塞源, 下令天下, 禁種糯, 此洪武之異政也. 又令勅有司, 以酒萬罇, 置通衢, 賜民縱飮, 其年都民, 亦進酒三千一百瓶, 詔賜北邊軍吏, 此金章宗之異政也. 大抵當禁而不可禁者, 莫如酒, 禁則亦反有弊, 故前代帝王, 每因凶歲設禁, 禁不過一年二年而止矣.

麗朝有數十年禁酒之時, 犯者必國中年未二十者, 不知酒爲何物, 忽有酒泉, 出於山谷, 樵童渴而掬飮, 大醉被逮, 邑官詰知其由, 聞於朝, 王歎曰, "天之所生", 遂許除禁.

又我朝英宗中年, 大行酒禁, 至欲太廟用玄酒, 大臣屢箚力諫而止, 然禁令則極嚴峻, 武臣尹九淵, 以南兵使, 垷發盃觴之具, 至令宣傳官

233) 이상, 『포박자』 제24권 「주계酒誡」에 있는 내용임. 이중화李中華, 『신역 포박자』 하, 291~293면(三民書局, 台北, 1996) 참고.

具格拿來, 上親御崇禮門樓, 梟首門外, 仍命獻馘, 而九淵素不飮酒, 此不過因病入藥, 誤廉而致此, 人皆寃之. 非徒此也, 上每夜, 密招宣傳官, 授劍嚴敎, 使之潛行城內, 探捕潛釀, 有犯者, 無問朝貴士庶, 直於當場斬之, 以首級來納, 雖未聞有死者, 如是者, 凡十五年, 前代中國禁酒, 亦未見若此之久矣.

『抱朴子』曰, "曩者旣年荒穀貴, 民有醉者相殺, 牧伯因此輒有酒禁, 嚴令重申, 官司搜索, 收執榜狗[234]者相屬, 制鞭而死者太半. 防之彌峻, 犯者至多, 至乃穴地而釀, 油囊壞[235]酒, 民之好, 可謂篤矣. 又臨民者, 雖設其法, 而不能自斷斯物, 緩已急人, 雖令不從, 弗躬弗親, 庶民弗信, 以此而禁, 禁安得止哉? 治[236]賣之家, 廢業則因,[237] 遂修歸[238]賂遺, 依憑權右, 所屬吏不敢問, 無力者獨止, 而有勢者擅市, 張爐專利, 乃更倍售, 從其酤賣, 公行靡憚, 法輕利重, 安能免乎哉?" 以此觀之, 禁酒之難, 晉時猶然矣.

오성五星이 규성奎星에 모임

계곡谿谷 장문충공張文忠公(張維)의 『만필漫筆』에, "송 태조 건덕乾德 3년 정묘년[239]에 오성五星이 규성奎星에 모였는데, 그 41년 뒤 정미년(1007)에

---

234) 狗: '徇'의 잘못임.
235) 壞: '懷'의 잘못임.
236) 治: '沽'의 잘못임.
237) 因: '困'의 잘못임.
238) 歸: '飾'의 잘못임.
239) 건덕乾德 3년 정묘년: 『계곡만필』에는 간지 표기 없이 "건덕 정묘"라고만 되어 있음. 건덕 5년이 정묘년임.

구양영숙歐陽永叔(구양수, 1007~1072)이 태어났고 또 2년 뒤 기유년에 소노천蘇老泉(蘇洵, 1009~1066)이 태어났고 또 2년 뒤 신해년에 소강절邵康節(邵雍, 1011~1077)이 태어났고 또 6년 뒤 정사년에 주렴계周濂溪(周敦頤, 1017~1073)가 태어났고 또 2년 뒤 기미년에 사마온공(司馬光, 1019~1086)이 태어났고 그 이듬해 경신년에 장횡거張橫渠(張載, 1020~1077)가 태어났고 또 12년 뒤 임신년에 정명도程明道(程顥, 1032~1085)가 태어났고 그 이듬해 계유년에 이천程伊川(程頤, 1033~1107)이 태어났고 또 3년 뒤 병자년에 소동파蘇東坡(1036~1101)가 났고 또 3년 뒤 기묘년에 영빈潁濱(蘇轍, 1039~1112)이 났다. 이 10명의 군자들은 혹은 도학으로 혹은 문장으로 크게 울렸다"[240] 하였다.

송나라 3백 년 국가의 성대함이 모두 오성이 규성에 모여서 그렇게 되었다면 북송의 여러 훌륭한 분들은 비단 이 열 사람의 군자뿐만 아니다. 범문정공・황문절공黃文節公(黃庭堅)・증문정공曾文定公(曾鞏)・왕문공王文公(왕안석)・진후산陳后山(陳師道)・조무구晁無咎[241]・유공시劉公是[242] 여러 분들은 모두 문장가인데, 이들은 유독 규성의 정기에 감응한 것이 아니었을까? 내 생각으로는 비록 사람이 크고 작은 차이는 있으나 만약 송나라의 문명을 모두 규성이 모인 일에다 귀결시킨다면 비록 양억楊億[243]・유균劉筠[244]・윤수尹洙[245]・매요신梅堯臣・소순흠蘇舜欽[246]・유반劉

240) 이상의 내용은 『계곡만필』 권1에 있음.

241) 조무구晁無咎 : 조보지晁補之(1053~1110). 무구無咎는 자, 호는 귀래자歸來子. 문장과 서화에 능했다. 『계륵집鷄肋集』, 『변이소급급조무구사變離騷及晁無咎詞』가 있음.

242) 유공시劉公是 : 유창劉敞(1019~1068). 자는 원보原父. 공시는 호. 저서에 『춘추권형春秋權衡』, 『춘추전春秋傳』, 『춘추의림春秋意林』, 『공시집公是集』이 있음.

243) 양억楊億(974~1020) : 자는 대년大年. 『무이집武夷集』 등이 있고, 유균劉筠 및 왕흠약王欽若과 함께 『책부원귀冊府元龜』를 엮었다.

244) 유균劉筠(971~1031) : 자는 자의子儀. 북송 진종眞宗, 인종仁宗 때 문인, 관료. 변려와 시를 잘했다. 양억楊億과 함께 '양유楊劉'로 일컬어졌음. 서곤체西崑體의 창시자임.

245) 윤수尹洙(1001~1046) : 자는 사로師魯. 북송 인종 때의 문인. 구양수가 쓴 묘지명(「윤사로묘지명」, 『구양문충공문집』 권28)으로 널리 알려져 있는 인물. 구양수의 서술대로 춘추에 정통하였다고 함. 저서에 『오대춘추五代春秋』, 『하남집河南集』이 있음.

攽[247] · 왕회王回[248] · 장뢰張耒[249] · 이격비李格非[250] · 진관秦觀[251] · 이치李廌[252] · 선우신鮮于侁[253] · 미불米芾 · 문동文同[254] 등 여러 사람들 역시 한 시대의 거룩한 문명을 울리기에 충분하니, 이들도 모두 규성이 모인 감응이 아니었을지 어찌 알 수 있을까.

五星聚奎

谿谷張文忠公『漫筆』, 有曰, "宋太祖乾德三年丁卯, 五星聚奎, 其後四十一年丁未, 歐陽永叔生, 又二年己酉, 蘇老泉生, 又二年辛亥, 邵康節生, 又六年丁巳, 周濂溪生, 又二年己未, 司馬溫公生, 明年庚申, 張橫渠生, 又十二年壬申, 程明道生, 明年癸酉, 伊川生, 又三年丙子, 蘇東坡生, 又三年己卯, 潁濱生, 此十君子者, 或以道學, 或以文章, 以大鳴",

有宋三百年國家之盛, 是皆五星聚奎而然則北宋諸公, 非特此十君

246) 소순흠蘇舜欽(1008~1048) : 북송 때의 시인. 자는 자미子美, 호는 창랑滄浪. 『소학사집蘇學士集』이 있음.

247) 유반劉攽(1023~1089) : 북송 때의 학자, 문인. 자는 공보貢父, 호는 공비公非. 창敞(1019~1068)의 아우. 사마광의 『자치통감』 편수에 참여하였다. 『동한간오東漢刊誤』, 『팽성집彭城集』, 『공비선생집公非先生集』 등이 있다.

248) 왕회王回(1048~1101) : 자는 경심景深 · 심보深甫. 북송 말의 충신.

249) 장뢰張耒(1054~1114) : 북송 때의 시인. 자는 문잠文潛. 동파에게 배워서, 이른바 '소문사학사蘇門四學士'의 한 사람임. 저서에 『양한결의兩漢決疑』, 『강설講說』, 『완구집宛丘集』이 있음.

250) 이격비李格非 : 11세기 후반 북송 때의 시인, 정치인. 자는 문숙文叔. 여류시인 이청조李清照의 아버지. 『예기설禮記說』, 『낙양명원기洛陽名園記』가 있음.

251) 진관秦觀(1049~1100) : 자는 소유少游 · 태허太虛, 호는 회해거사淮海居士. '소문 4학사'의 한 사람. 저서로 『회해집淮海集』과, 중국 최초의 양잠서인 『잠서蠶書』가 있다.

252) 이치李廌(1059~1109) : 자는 방숙方叔, 호는 덕우재德隅齋. 소식의 문인으로, 이른바 '소문육군자蘇門六君子'의 한 사람. 저서에 『사우담기師友談記』, 『제남집濟南集』, 『덕우재화품德隅齋畫品』이 있음.

253) 선우신鮮于侁 : 자는 자준子駿. 11세기 후반 북송의 관료 문인. 『초사楚辭』에 뛰어났음.

254) 문동文同(1018~1079) : 자는 여가與可, 호는 소소선생笑笑先生 · 석실石室 · 금강도인錦江道人, 문호주文湖州라고도 함. 화가이고, 시문과 글씨에 능했다. 사마광과 소식이 그를 아꼈는데, 소식은 문동의 외종제[從表弟]임. 『단연집丹淵集』이 있음.

子, 如范文正公・黃文節公・曾文定公・王文公・陳后山・晁无咎・劉公是諸公, 皆文章也, 而獨不應奎星之精耶? 愚意則雖小大不同, 如以宋朝文明, 皆歸之聚奎, 則雖楊億・劉筠・尹洙・梅堯臣・蘇舜欽・劉攽・王回・張耒・李格非・秦觀・李廌・鮮于侁・米芾・文同諸人, 亦足以鳴一代之盛, 安知非是皆聚奎之應也?

주소奏疏

명나라 신하 가운데 주소奏疏를 많이 남기기로는 단의공端毅公 왕서王恕[255]가 최고다. 왕공은 알고서는 아뢰지 않은 것이 없었으므로 앞뒤로 올린 상소가 모두 3천여 건이나 되니, 이전에 없던 바였다. 그래서 왕엄주王弇州의 「차기箚記」에, "왕단의는 조정에서 마치 기린이나 봉황과 같은 존재였다" 하였다. 그 다음으로는 창하蒼霞 섭향고葉向高[256]의 장소章疏가 많으니, 이른바 『창하초蒼霞草』[257]는 80권이 모두 주고奏稿다. 하지만 그 인품이 어찌 왕서를 당할 수 있겠는가. 왕서는 매우 강직하였으므로 이부상서吏部尙書에 그쳐 종내 입각入閣하지 아니하였고, 끝내 구문장丘文莊[258]과 조정 반열의 차례를 다투어 탄핵을 당하기에 이르렀다. 구

255) 왕서王恕(1416~1508) : 명나라 학자, 정치인. 자는 종관宗貫. 저서에 『완역의견玩易意見』, 『석거의견石渠意見』, 『왕단의주의王端毅奏議』, 『왕개암주고王介庵奏稿』, 『왕단의문집王端毅文集』이 있음.

256) 섭향고葉向高(1559~1627) : 명말의 정치인, 학자. 자는 진경進卿, 호는 대산臺山・자운紫雲・황벽산인黃蘗山人. 동림당東林黨의 수괴로 지목되어 은둔했음. 저서에 『설류說類』가 있음.

257) 『창하초蒼霞草』 : 1606년 간행본(명나라 목판본)이 고려대 도서관과 장서각 등에 소장되어 있음.

공丘公은 또 「왕삼원전王三原傳」을 지어 무고하고 저주하였으니, 구문장은 학문이야 비록 넓었으나 인품은 실로 남을 해코지하는 사람이었다.

영조 때 판서 원경하元景夏[259]는 섭향고의 사람됨을 깊이 흠모하여 그 자신 역시 창하蒼霞라 자호를 하였고, 장주문을 잘 썼다. 매양 한번 상소문을 쓸 때마다 반드시 먼저 섭공의 주의奏議 여러 편을 크게 읽은 뒤에 곧 붓을 들어 단박에 거침없이 써내렸다 하니, 우스운 일이다. 그러나 기왕 옛사람의 작품을 흠모할 바에야 어째서 육선공陸宣公(陸贄)에게서 구하지 않고 그보다 낮은 섭향고를 취하였을까? 육선공은 당나라 삼백 년 인물 가운데서 재주와 덕망이 있고 견식見識이 있는 사람이니, 그처럼 경세 제민의 학문과 찬란히 아름다운 문장을 지닌 사람은 많이 얻을 수가 없다. 비록 전쟁이 터져 몹시 어지러운 즈음이었지만 곧장 붓을 들어 초안을 잡으면 모두 옛 일을 인용하고 지금 일을 증거하여 이해利害를 지적해서 진술한 것이 명백하고 절실하였다. 이는 비단 당시 군주가 감동했을 뿐만 아니라 실로 만세 군주의 귀감이 되는 것이다. 가장사賈長沙(賈誼)・동광천董廣川(董仲舒)의 학문과 매고枚皐[260]의 민첩함으로도 여기에 더할 수가 없을 것이다. 그래서 덕종德宗처럼 시기심 많고 남을 이기기 좋아하고 가혹하고 각박한 사람으로서도 일을 반드시 자문하여 묻고 의지해 중하게 여겨서 당시에 '내상內相'이라 일컬어졌다. 그러나 그가 여러 차례 노기盧杞[261]의 간사함을 지적하였으므로 끝내 정승이 되지는 못하였으니, 덕종이 나라를 거의 전복시킨 것이 마땅하다. 이성李晟[262]

258) 구문장丘文莊 : 구준丘濬(1421~1495). 명나라의 주자학자. 자는 중심仲深, 호는 심암深庵・경산瓊山・경대瓊臺. 『대학연의보大學衍義補』 이외에 『오륜전비五倫全備』, 『투필기投筆記』, 『거정기擧鼎記』, 『나낭기羅囊記』 등이 있음.

259) 원경하元景夏(1698~1761) : 자는 화백華伯, 호는 창하蒼霞・비와肥窩. 『창하집蒼霞集』 10권이 있음.

260) 매고枚皐 : 전한 무제 때 사람. 자는 소유少孺. 매승枚乘의 아들. 희학戲謔을 좋아했고 부賦를 잘 지었음.

261) 노기盧杞(734?~785) : 자는 자량子良. 덕종 때 재상이 되어 권력을 남용하고 충량忠良한 사람들을 막고 재산을 쌓아 원성이 자자했음.

의 충의忠義가 아니었다면 어떻게 궁궐을 숙청하고 양경兩京을 회복할 수 있었겠는가.

우리나라의 단암丹巖 민문충공閔文忠公[263]은 『주의奏議』[264]가 있어서 단독으로 세상에 유행하고, 또 나의 방계 증조이신 익정공翼靖公[265] 역시 『주고奏稿』[266] 18권이 있다. 대개 공은 일을 빈틈없이 처리하고 민첩하며 재능이 있었고 관직에 있으면서 마음을 다하여, 일을 아뢰어 처리한 논·주論奏가 매우 많았다. 그래서 공이 작고한 뒤 정조가 명하여, 주청奏請한 여러 글을 거두어 모아 분류하여 엮고, 또 매 조목 아래 각각 왕이 짤막한 서문을 두어 경위를 밝혀서 조장朝章·전고典故에 실제로 도움이 되도록 하였으니, 다른 주고奏稿들과는 아주 다르다.

奏疏

明代人臣, 奏疏之多, 王端毅公恕爲最, 王公, 知無不言, 故前後所上, 凡三千餘疏, 前世所無也. 故王弇州之「箚記」謂, "王端毅之在朝, 其猶麟鳳乎!" 其次則葉蒼霞向高, 章疏亦多, 所謂『蒼霞草』八十卷,

---

262) 이성李晟(727~793) : 이소李愬(773~821)의 아버지. 자는 양기良器. 주차朱泚의 반란을 평정하고 수도를 다시 회복하는데 결정적 공을 세움.

263) 단암丹巖 민문충공閔文忠公 : 민진원閔鎭遠(1664~1736). 자는 성유聖猷, 호는 단암丹巖·세심洗心. 민유중閔維重의 아들로, 인현왕후의 오빠이자 진후鎭厚의 동생임. 송시열의 문인. 『연행록燕行錄』, 『단암만록丹巖漫錄』, 『민문충공주의閔文忠公奏議』가 있음.

264) 『주의奏議』 : 정식 명칭은 『민문충공주의閔文忠公奏議』. 1757년 간행. 10권 5책. 미호 김원행이 서문을, 민백순閔百順이 발문을 썼음.

265) 익정공翼靖公 : 홍봉한洪鳳漢(1713~1778). 자는 익여翼汝, 호는 익재翼齋. 현보鉉輔의 아들, 중기重箕의 손자. 혜경궁 홍씨로 알려진 정조正祖의 생모 경의왕후敬懿王后(1735~1815)의 생부. 1735년 소과, 1744년 문과, 영의정을 역임.
홍봉한의 조부인 중기重箕는 석보錫輔·현보鉉輔 형제를 두었다. 맏이 석보錫輔의 맏아들은 상한象漢(1701~1769)인데, 그가 바로 이 책 저자인 홍한주이 증조이다. 홍상한은 연암이 금상산 유람에서 지은 시 「총석정 관일출」을 보고 중국 붓 200자루를 연암에게 보낸 적이 있었다(『과정록』).

266) 『주고奏稿』 : 정식 명칭은 『어정 홍익정공주고御定洪翼靖公奏藁』. 정조의 명으로 편찬되어 금속활자인 정리자整理字로 순조 15년(1815)에 간행되었다. 35권 18책.

皆奏稿也. 然其人品, 安能當王恕? 恕剛甚, 故止於吏部尙書, 終不入閣, 竟與丘文莊, 爭朝班座次, 至於被劾, 丘公又作「王三原傳」, 誣詆之, 文莊學雖博, 人固忮矣.

英廟時, 元判書景夏, 深慕葉向高爲人, 亦自號蒼霞, 善於章奏文. 每一治疏, 必先大讀葉公奏議數篇然後, 輒下筆沛然云, 可笑. 然旣慕古人文字, 則何不求趣於陸宣公, 而下取於葉向高乎? 宣公, 在唐三百年, 有才德有見識, 其經濟之學, 黼黻之文, 不可多得, 雖在戎馬搶攘之際, 輒援筆立草, 皆引古證今, 指陳利害, 明白凱切, 此不但爲時君之動心, 實爲萬世人主之龜鑑者也, 賈長沙 · 董廣川之學, 枚皐之敏, 無以加此矣. 是以德宗之猜克苛刻, 而事必咨訪, 倚以爲重, 當時號稱內相, 然以其屢斥盧杞之姦邪, 終不拜相, 宜德宗之幾覆宗社也. 向非李晟之忠義, 何以能肅淸宮禁, 恢復兩京也?

我朝丹巖閔文忠公有『奏議』, 孤行于世, 又余族曾祖翼靖公, 亦有『奏稿』十八卷, 盖公, 幹敏有才, 居官盡心, 其所稟定論奏甚多. 故公卒後, 正廟命收聚所奏諸條, 分類彙編, 又每條下, 各有御撰小叙, 發明源委, 實有資於朝章典故, 與他奏稿大異也.

중국이 승상丞相을 두지 않음

중국이 승상을 두지 않은 것은 명나라로부터 시작되어서 지금 청나라도 그대로 따르고 있다. 육부六部의 상서尙書가 된 자가 전각 태학사殿閣太學士를 겸직하니, 이를 일러 입각入閣한다 하고 각로閣老라 부른다. 비록 묘당廟堂의 직무에 참여하기는 하지만 그 숫자가 일정하지 않으니 실상 재상의 직위는 아니다. 우리나라에 비긴다면 비국당상備局堂上(備邊司有司堂上)에 불과하니 실로 우스운 일이다.

대개 명나라 고황제高皇帝 때 승상 호유용胡惟庸[267]이 승상의 현직에 있으면서 반역을 도모하다가 복주伏誅되었는데 상上이, 승상의 권한이 너무 크다 하여 없애고 다시는 승상을 두지 않았고, 명나라가 끝나도록 그대로 시행되었다. 태조의 이 일은 마땅찮은 점이 있다. 역신逆臣으로서 반역하는 자가 어찌 꼭 승상이 되고서야 모반하겠는가. 오직 군주가 가려서 등용하는데 달려 있을 뿐이니, 목이 막힌다고 먹지 않는 격이 아니겠는가? 지금 청나라는 또 어전御前·군기軍機·내무부內務府의 세 대신을 두는데, 이는 기밀機密을 다루는 요직으로 만주인들이 많이 임용되니, 이름뿐인 각로와는 다르다.

中國之不置丞相

中國之不置丞相, 自皇明始, 今淸仍之, 官六部尙書者, 許兼殿閣太學士, 則謂之入閣, 而稱閣老, 雖聞廟務, 其數無常, 實非相職, 比之我國, 不過如備局堂上, 誠可笑也.

盖明高皇時, 丞相胡惟庸, 在相府謀反伏誅, 上謂丞相權重, 仍罷之, 更不置相, 終明世行之, 太祖此事, 恐未允也. 逆臣不軌者, 何必丞相然後謀反耶? 惟在君上擇任而已, 不幾近於因噎而廢食乎? 今淸則又設御前·軍機·內務府三大臣, 此則機密要任, 而滿人多爲之, 又異於虛啣之閣老也.

[267] 호유용胡惟庸(?~1380) : 명나라 초기의 정치인. 태조의 발탁으로 승상이 되었으나 정권을 농락하고 권세를 제멋대로 휘둘렀다고 함.

권3

고금의 문장

아득한 옛날 사람들은 짐승의 고기를 먹고 피를 마실 뿐 따로 다른 일이 없었고 달리 할 일도 없었다. 그러므로 그때의 정사政事란 결승結繩으로 표를 해 두면 그만이었다. 복희씨가 서계書契를 만든 것 역시 결승을 대신한 데 불과할 뿐이었다. 황하에서 하도河圖가 나오기는 했지만 위로 천문을 관찰하고 아래로 지리를 살펴 팔괘八卦를 긋고는 그만이었다. 어찌 문자文字며 언사言辭가 있었겠는가? 요순 즈음이 된 이후에야 법률을 창안하고 훈계를 내리지 않을 수가 없게 되었으므로 문장이 비로소 환하니 크게 밝아졌다. 그러나 위대한 성인이 왕위에 있음에 그 덕의 교화가 두루 시행되어 임금과 신하는 마음으로 서로 통할 뿐이었으니, 어찌 많은 말이 필요했겠는가. 삼대 이후로 정령政令이 점차 구비된 연후에야 문장이 날로 번잡해졌는데, 문장을 지을 때는 사실 기록을 주로 하여 문예를 과시하는 데는 아예 뜻을 두지 않았다. 그러므로 공자는 "말이란 뜻이 전달되면 그만이다" 하였다. 그러나 덕이 있는 사람은 훌륭한 말이 있는 법이어서,[1] 그때의 문장은 공교롭게 쓰려 하지 않아도 저절로 좋은 글이 되었다. 예컨대 주공周公과 공자의 문장 같은 경우, 어찌 뒷날 문인들이 정신을 쥐어 짜서 재주를 겨루고 승부를 다투고서야 비로소 문장이 되는 것과 같겠는가? 그러나 뒷날 문장을 짓는 사람들이 저마다 모두 덕을 갖추어서 훌륭한 문장을 짓는 것이 아니라면, 그 형편이 또 부득불 재주가 있고도 공교로운 사람이라야 할 수 있는 것이다.

송나라 여러 학자들의 이치를 담론하는 학문이 나와서 비로소 사장詞章을 기억하고 외는 것을 속유俗儒라고 배척하였다. 정숙자程叔子(程頤)는 '말이란 뜻만 전달되면 그만이다'는 입장만 위주로 하여 심지어 시는 긴요하지 않은 '한가한 말'이라 하였고, 염계濂溪와 명도明道(程顥)도 모두 그러하였다. 다만 주자는 시와 문에 다 지극하여, 남송 제일의 대가로 추앙된다. 명나라의 양용수楊用修는, "의리義理의 깊고도 은미한 것을 쪼개어 분석한 것은 해와 달처럼 밝디 밝으며, 사설邪說의 숨거나 회피하는 것을 끝까지 따져 캐물은 것은 귀신이 찾아내고 우레가 내려치듯 하였다. 충의忠義에 감격하여 『이소離騷』를 드러내어 천명한 것은 마치 처량한 바람 쓸쓸한 비가 갑자기 몰아치듯 하였고, 한묵翰墨에 노닐고 인사人事에 두루 곡진하게 수응한 것은 마치 정처 없는 구름 흘러가는 물이 저절로 그러한 것 같았다. 이것이야말로 자양紫陽의 문장이다"[2] 하였으니, 정말 명언이다. 뒷날 명나라 왕백안王伯安(왕양명)은 도학으로 자임하였는데,

---

1) 덕이 있는 …… 법이어서 : 원문은 "有德者, 有言." 『논어』 「헌문憲問」 편에 있는 말임.

2) "의리義理의 깊고도 …… 자양紫陽의 문장이다" : 본디 황진(1213~1280)의 『일초日鈔』에 있는 말인데, 『송원학안』의 '회옹학안晦翁學案'에도 인용되어 있음. 황진은 자가 동발東發, 호는 문결文潔. 『황씨일초』는 독서록과 문집이 묶인 97권의 저작으로, 사고전서 제 707책에 들어 있음.

문장 역시 구양수 · 소식과 다툴 만하였다.

우리나라의 경우 퇴계와 우암은 유가儒家로서 문장도 겸비하였으나, 그 밖에는 모두 유가의 상투적인 문투를 벗어나지 못하였다. 대개 문장이란 비록 작은 재주이지만 덕행을 세우고 공업功業을 세운 것이 문장이 아니고서 무엇으로 무궁한 뒷날에까지 전해질 것이며, 문장이 아니고서 무엇으로 이전의 훌륭한 말과 행실을 두루 알 수가 있겠는가. 나는 언제나, 고금古今을 관통하고 사리事理에 통달하기는 문장만 한 것이 없으며, 명물名物을 분별하고 조화를 궁구하기는 문장만 한 것이 없으며, 천지에 참여하고 귀신을 힐문하는 것 역시 문장만 한 것이 없다고 생각한다. 지난날 곡진하고도 세밀하게 발달한 문장이 아니었다면 만고의 세월은 끝내 캄캄한 길거리와 같았을 것이다. 문장이란 촛불이다. 촛불이 없는 자가 캄캄한 길거리를 다닐 수가 있겠는가. 나는 만세를 위해서 태평을 여는[3] 중심적 책무는 필경에는 모두 문인文人의 손으로 귀결된다는 것을 안다. 그러므로 문장을 싸잡아 작은 재주라고 내치기는 어려울 것이다.

古今文章

邃古之人, 茹毛飮血, 無事無爲, 故其政結繩而已, 包[4]犧造書契, 亦不過以代結繩而已, 河雖出圖, 仰觀俯察, 而畫八卦而已, 何嘗有文字言辭乎? 至堯舜以後, 不能不創法垂訓, 故文章始煥然大明, 然聖神立極, 德敎流行, 君臣都兪而已, 亦安有許多說話也哉? 三代以降, 政令漸備然後其文日繁, 而其爲文, 主於記事, 初非有意於示藝. 故孔子曰, "辭達而已". 然有德者有言, 則其文不期工而自文, 如周公 · 孔子之文章, 豈如後文人之疲精竭神, 較藝角勝, 而始乃爲文者乎? 然後之爲文,

3) 만세를 위해서 태평을 여는 : 장횡거의 글에 있는 말. "천지를 위해 마음을 세우고, 생민을 위해 도를 세우고, 옛 성인을 위해 끊어진 학문을 잇고, 만세를 위해 태평을 연다[爲天地立心, 爲生民立道, 爲去聖繼絶學, 爲萬世開太平]."

4) 局 : 국립중앙도서관본은 '복宓'.

旣非人皆有德而有言, 則其勢又不能不才且工後可能也.

宋世諸賢, 談理之學出, 而始以記誦詞章, 斥以俗儒, 程叔子, 但主辭達, 至以詩爲閒言語, 濂溪・明道皆然, 獨朱子, 詩文兩至, 推南渡一大家. 明楊用修曰, "剖析義[5]理之精微, 日晶[6]而月明, 窮詰邪說之隱遁, 神搜而霆擊, 其感激[7]忠義, 發明離騷, 如凄風苦雨之驟至, 其遊戱翰墨, 泛應人事, 如行雲流水之自然, 其紫陽之文乎[8]!" 眞名言也. 後明之王伯安, 以道學自命, 而文章亦足與歐・蘇爭衡.

我朝則退溪・尤菴, 以儒家而亦爲文章, 其外, 皆不出儒家依樣之文矣. 盖文雖小技, 立德立功, 非文, 何以能傳之無窮, 多識前言往行乎? 愚常以爲通古今, 達事理者, 莫如文也, 辨名物, 窮造化者, 莫如文也, 參天地, 詰鬼神者, 亦莫如文也. 向非文字之覼縷, 竟萬古當如昏衢. 文者燭也, 無燭者, 其能行於昏衢乎? 吾知其爲萬世開太平之權, 畢竟都歸於文人之手乃已, 恐難以一切小技, 斥之也.

도를 어지럽히는 글

어떤 사람이 나에게 묻기를, "도를 전하는 글이 있고 도를 어지럽히는 글이 있으니, 도를 전하는 글은 없어서는 안 되지만 도를 어지럽히는 글은 있어서는 안 됩니다. 도를 어지럽히는 것을 어찌 글이라 할 수 있겠습니까. 그럼에도 그대는 천하의 사물을 통틀어서 한결같이 문자文字에

5) 義 : 『일초』에는 '性'.
6) 晶 : 『일초』에는 '精'.
7) 激 : 『일초』에는 '慨'.
8) 其紫陽之文乎 : 『일초』에는 없음.

만 제일 큰 비중을 두려고 하시는군요. 말로는 비록 변별을 한다 하지만 정밀하게 선택하지 못한 결과가 아닐까요?" 하였다.

나는 이렇게 대답하였다. "그렇지 않습니다. 일월 성신日月星辰은 하늘의 문이고 산천 초목은 땅의 문이고 경사 백가經史百家는 사람의 문입니다. 어찌 삼원 오위三垣五緯[9]라야만 하늘의 문이 되고, 참창 혜패欃槍彗孛[10]는 하늘의 문이 아니겠습니까. 아름다운 산 고운 물이며 영지 예장靈芝櫲樟[11]이라야 땅의 문이 되고, 놀란 물결 급한 골짝이며 형극 저력荊棘樗櫟[12]은 땅의 문이 아니겠습니까. 『주역』·『예기』·『시경』·『서경』이라야 사람의 문이 되고, 참위 저주讖緯詛呪의 글은 사람의 글이 아니겠습니까. 선과 악, 사邪와 정正은 상대가 없을 수 없는 것이니, 이는 자연의 이치입니다. 하늘도 끊어버릴 수 없는 것인데 내가 어찌 없애겠습니까. 노자의 『도덕경』, 장자의 『남화경』, 불가의 『화엄경』은 비록 모두 이단이지만 심원하게 깊고 변화 자재하여 그 실마리를 파악할 도리가 없습니다. 저들은 각기 높여서 경전으로 여기고 있습니다만, 유가의 가르침을 따르는 자들도 그 문사文辭가 찬란하게 빛나고 황홀함을 아끼지 않는 이가 없습니다. 이는 그 가르침을 취해서가 아니라 그 훌륭한 문장만을 취하는 것이지요. 어찌 유가와는 다른 가르침을 담고 있다는 이유로 그 문자 표현마저 인정하지 않아서야 되겠습니까?"

亂道之文

或問於余曰, "有傳道之文, 有亂道之文, 傳道不可無, 亂道不可有

9) 삼원三垣: 성좌星座의 이름. 이전 시기 천문학에서는 주천周天의 항성恒星을 삼원三垣 이십팔수二十八宿로 분류하였는데, 삼원이란 태미太微·자미紫微·천시天市이다. 오위五緯는 금성·목성·수성·화성·토성의 오성.

10) 참창 혜패欃槍彗孛: 참창欃槍이란 혜성의 다른 이름. 혜패彗孛는 혜성彗星과 패성孛星. 패孛란 꼬리가 사방으로 퍼지는 혜성의 한 종류. 이전 시기에 혜성의 출현은 재앙이나 전쟁의 조짐으로 여겨졌다.

11) 영지 예장靈芝櫲樟: 영험이 있다는 버섯과 훌륭한 목재가 되는 나무.

12) 형극 저력荊棘樗櫟: 가시나무와 가죽나무.

也. 彼亂道者, 何足爲文, 而子欲擧天下事物, 一切歸重於文字乎? 言雖辨而擇之不精." 余曰, "不然. 日月星辰, 天之文也, 山川草木, 地之文也, 經史百家, 人之文也. 豈三垣五緯然後, 爲天文, 而欃槍彗孛, 獨非天文乎? 嘉山麗水, 靈芝橡樟然後, 爲地文, 而駭浪急峽, 荊棘樗櫟, 獨非地文乎? 易禮詩書然後, 爲人文, 而讖緯呪詛, 獨非人文乎? 善惡邪正, 不能無對者, 理之自然也, 天之所不能絶者, 吾何以去之乎? 老氏之『道德』, 莊生之『南華』, 佛家之『華嚴』, 雖皆異端, 窈冥變化, 莫知端倪, 彼各尊以爲經, 而爲吾道者, 亦莫不愛其文辭之煒燁恍惚, 此非取其言, 取其文而已, 豈可以此, 而並與文字而不重也?

문체반정

정조는 매양 문체文體의 성쇠로써 신하들을 자주 경계하였다. 일찍이 말씀하기를, "글은 최항崔恒[13] · 서거정徐居正[14]처럼 써야 한다" 하였다. 태허太虛와 사가四佳 두 분은 모두 우리나라 초기에 문형文衡을 처음 잡은 분들로서 그 문장이 의미 전달을 주로 해서 충실하고 적절하여 치세治世의 음조音調가 있었기 때문이었다. 정조는 만년에 또 하교하기를, "남공철南公轍의 시들어서 떨치지 못하는 문장과 심상규沈象奎의 까다로워서 이해하기 어려운 문사와 이상황李相璜[15]의 초쇄噍殺하고 첨신尖新한 어구는

13) 최항崔恒(1409~1474) : 자는 정보貞父, 호는 태허정太虛亭. 본관은 삭녕朔寧. 서거정의 자형姊兄이다. 『태허정집太虛亭集』이 있나.

14) 서거정徐居正(1420~1488) : 자는 강중剛中, 호는 사가정四佳亭, 본관은 달성達城. 어머니가 권근權近의 딸이다. 『사가정집四佳亭集』이 있다.

15) 이상황李相璜(1763~1841) : 자는 주옥周玉, 호는 동어桐漁 · 현포玄圃, 시호는 문익文

모두 오늘날 문체의 변고다" 하였으니, 꾸짖는 말이었다. 금릉金陵(남공철)은 구양수의 문장을 배웠지만 그에 미치지 못하였으므로 곱고 나약하기만 하여 힘이 없었고, 두실斗室(심상규)은 기이한 재능을 뽐낸 것이 도리어 병통으로 되었다. 동어桐漁는 소설을 주로 하여 『서상기西廂記』를 몹시도 좋아하였다. 언제나, "글자 쓰인 책은 읽을 때는 즐겁지만 덮으면 그만이야. 오직 『서상기』 하나만은 읽을 때도 좋지만 책을 덮고 나면 더욱 재미가 있어. 줄거리를 상상하면 나도 모르게 넋이 녹아. 이건 한유·유종원·구양수·소식이 못하는 것이고 『좌전』·『국어』·『사기』·『한서』가 못하는 것이며 「이전二典」과 「삼모三謨」도 할 수 없는 일이야" 하고, 밥 먹을 때나 변소 갈 때나 손으로 책장 넘기기를 멈추지 않았다. 이 어찌 너무 심하게 빠져서 고질이 된 것이 아니겠는가? 정조의 분부가 마땅하다.

정조는 또 일찍이, 연암燕巖 박공朴公의 문장이 부박浮薄을 숭상한다 하여 남금릉에게 명해서 박공을 권유하여 특별히 전아하고 진중한 문장을 지어 바치도록 하였으나, 박공은 끝내 분부를 받들지 않았다. 그러나 연암이야말로 당송 팔가의 규범에서 벗어나지 않은 고문사를 많이 지었거니와, 『열하일기』 같은 글은 모두 유희적으로 완세불공玩世不恭의 뜻을 붙인 저작이니, 진실로 마음먹은 대로 펼쳐 보인 뛰어난 재능이다. 연암은 일찍이 사람들에게 말하기를, "황대경씨黃大卿氏의 글은 면류관에 패옥佩玉 차림으로 길가에 뻣뻣하게 굳은 시신이고, 내 글은 비록 덕지덕지 꿰맨 누더기 차림이지만 살아서 아침 햇살을 등지고 앉은 거지다" 하였으니, 대경이란 바로 강한江漢[16]이다.

무릇 문장의 성쇠란 세도의 높고 낮음과 관계되기는 하지만, 그러나 시대가 그렇게 만드는 것이지 문장의 잘못은 아니다. 창려昌黎는 대력大曆 이후에 태어났으므로, 비록 "그의 문장은 팔대八代 동안의 쇠미하던 문을 흥기시켰다"고 하지만 이습지李習之[17]·황보지정皇甫持正[18] 정도에 그쳤

翼. 『동어유집桐漁遺集』과 『해영일기海營日記』 및 간찰첩이 전한다.

16) 강한江漢 : 황경원黃景源(1709~1787)의 호.

을 뿐, 끝내 온 세상을 모두 변화시킬 수는 없었다. 그러므로 세상에서, "원화元和 시기의 문장은 한유에게서 기이함을 배웠고 노동盧仝[19]에게서 괴벽함을 배웠으며 번종사樊宗師[20]에게서 난삽함을 배웠다"고들 하니, 그렇다면 각자 스스로 좋아하는 대로 지었을 뿐이지 모두 한유만 배운 것은 아니었다. 송나라에서는 구양수가 가우嘉祐 시기의 문풍을 일변시켜서 천하 사람들이 휩쓸리듯 따라서 치세治世의 문장을 지었으니, 이는 비록 구양수 문장의 능력이겠으나 인종仁宗 또한 나라 초창기에 정치를 잘 했기 때문이었다. 이전 시대를 보면, 한나라 이후 지금 청나라에 이르기까지 어떤 나라건 초창기의 문장은 모두 그러하지 않았던 적이 없었다. 명나라 말 서원徐袁[21]·종성鍾惺·담원춘譚元春·탕현조湯顯祖·도망령陶望齡[22] 등의 무리는 쇠미하고 자질구레한 문체로 점점 망국亡國의 문장으로 빠져들었다. 한데 순치順治·강희康熙시대가 되자 갑자기 변화하여 흥왕하는 형상으로 바뀌는데, 그렇게 만든 사람들은 모두 명나라 말의 실패한 인재들이었다. 이를테면 시에 있어서 오매촌吳梅村[23]이나 문에 있어서 왕요봉汪堯峰[24] 같은 이들로서, 나라가 망하는 일을 겪지 않은 자가 없었는데, 어째서 갑자기 나라를 흥성시키는 근간이 되었을까? 이것이 내가 말한 바 문장의 잘못이 아니라 시대가 그렇게 만든다는 증거다.

---

17) 이습지李習之 : 습지는 이고李翶(772~841)의 자. 한유의 문인. 『복성서』로 유명하다.

18) 황보지정皇甫持正 : 황보식皇甫湜(777?~835?). 한유의 문인. 『황보지정문집』이 전함.

19) 노동盧仝(?~835) : 당나라 중기의 시인. 호는 옥천자玉川子. '감로甘露의 변變' 때 살해되었음.

20) 번종사樊宗師 : 9세기 초반 당나라 중기의 문인. 자는 소술紹述, 자사刺史를 역임. 글을 난삽하게 쓰기로 이름이 났는데, 지금은 문文 2편과 시 1편만 전함.

21) 서원徐袁 : 서위徐渭(1521~1593)와 삼원三袁.

22) 도망령陶望齡(1562~1609) : 명나라 문인. 자는 주망周望, 호는 석궤石簣. 『헐암집歇菴集』(20권 8책, 1611년, 목판본)과 『도문간공집陶文簡公集』(13권 7책, 1626년, 목판본, 이상 규장각 소장)이 있다.

23) 오매촌吳梅村 : 매촌은 오위업吳偉業(1609~1671)의 호. 자는 준공駿公. 명나라 말의 시인. 강소성 곤산昆山 태창太倉 사람. 『매촌집』 등 여러 가지 저술이 있음.

24) 왕요봉汪堯峰 : 왕완汪琬(1624~1691). 자는 초문苕文, 호는 둔암鈍庵.

그러나 오늘날은 문장이 쇠미할 뿐만 아니라 도무지 문장을 하려고 들지 않는다. 그러므로 사대부 자제들은 책을 묶어 다락에 던져둔 채 글 읽는 소리가 없어서, 겨울에는 글을 읽지 않고 여름에는 글을 짓지 않는다. 약관의 나이가 되자마자 세상에 이름을 내는데 마음이 있는 자들은 명청明淸의 문집을 섭렵해서 신기하고 특이한 글자와 자질구레한 말만 따다 척독尺牘이며 단율短律을 짓기에 힘쓸 뿐이다. 이런 자들이 올바른 계책을 올리고 그른 것을 물리치며 올바른 방도를 토론하여 나라를 경영하며, 훌륭한 문장 중대한 전적을 담당하여 국가를 아름답고 조화롭게 빛낼 수가 있을까? 또 그 가운데서 약간 글을 지을 줄 안다는 자들은 시들고 나약해 무기력해서 체단體段을 이루지 못하는 자들만 있다. 다만 재능이 미치지 못해서 오히려 명나라 말기의 문요文妖처럼 되는 데 이르지 않는 것, 이것은 다행이라 하겠다.

正祖文體反正

正廟每以文體盛衰, 屢戒臣隣. 嘗敎曰, "爲文當如崔恒·徐居正." 盖太虛·四佳二公, 皆國初文衡之始, 而其文辭達, 渢渢有治世音故也. 正廟晩年, 又敎曰, "南公轍委靡不振之文, 沈象奎戞戞難解之辭, 李相璜噍殺尖新之語, 皆今日文體之變", 是責敎也. 金陵學歐文不及, 故綿弱而無力, 斗室尙奇才, 反爲病, 桐漁主小說, 酷好『西廂記』. 常曰, "凡有字之書, 見時雖好, 掩卷則已, 惟『西廂』一書, 見時好, 掩卷愈味, 想像肯綮, 不覺其暗然魂銷, 此韓柳歐蘇不能爲, 左國班馬不能爲, 二典三謨, 亦不能爲", 雖對飯如厠, 手不停披, 豈非惑之甚而嗜之癖乎? 宜正廟之有是敎也.

正廟又嘗以燕巖朴公文, 尙浮薄, 命南金陵, 使之勸喩朴公, 別裁典重文字製進, 而朴公終不奉敎, 然燕巖亦自有古文詞之不失八家範圍者, 如『熱河記』等書, 皆游戱玩弄之筆, 眞從心所欲之高才也. 燕巖嘗語人曰, "黃大卿氏之文, 冠冕佩玉, 而爲道旁僵屍, 吾文, 雖懸鶉百結,猶能生坐, 負朝陽矣." 大卿, 江漢也.

大抵文之盛衰, 關世汚隆, 然時使然也, 非文之過也. 昌黎, 生於大曆以後, 故雖曰, "文起八代之衰", 李習之·皇甫持正外, 終不能擧世一變, 故世稱'元和之文, 學奇於韓愈, 學怪於盧仝, 學澁於樊宗師', 然則各自好尙, 非盡學韓也. 宋時, 歐陽兗公, 能一變嘉祐之文, 天下靡然爲治世之音, 此雖兗公文章之力, 仁宗亦國初而治世故也. 余每見前代, 自漢以後, 至今淸, 國初之文, 無不皆然矣. 明季徐·袁·鍾·譚, 湯顯祖·陶望齡輩, 衰颯嵬瑣, 駸駸乎亡國之文, 及至順治·康熙之世, 忽變爲興旺之象, 其人皆勝國之敗材, 如吳梅村之詩, 汪堯峰之文, 無非閱歷興亡者, 何至遽爲興邦之隆榦乎? 此余所謂非文之過, 時使然者也.

然今日則不但文衰, 都不欲爲文, 故士大夫子弟, 束閣而廢書, 弦誦無聲, 冬不讀而夏不製, 纔弱冠而留心於行世者, 不過涉獵明淸間文集, 摘取新異之奇字瑣語, 務爲尺牘短律而已, 若是者, 其將獻可替否, 論道經邦, 典高文大冊, 爲黼黻笙鏞於國家乎? 又其稍解操觚, 則委靡無力, 不成體段者有之, 但才不逮也, 尙不至如明季文妖, 是則可幸也.

장편 시

옛사람은 느낀 일이 있고서야 시를 지었으니, 뜻을 붙인 바 없이 한가하고 느슨한 말을 늘어놓은 시는 없다. 그러므로 시의 편수가 많지 않고, 또 한 편의 시에서 구句의 숫자도 많지 않다. 『시경』은 오직 「상유桑柔」·「억抑」·「절남산節南山」·「정월正月」이 장章의 수가 가장 많고, 그 밖의 시들은 구의 숫자는 혹 많을지라도 장은 10장을 넘는 시가 없다. 한나라 이후 진陳 · 수隋나라까지는 100구 되는 시가 없다. 다만 「고시위초중경처작古詩爲焦仲卿妻作」은 170여 구에 이르지만, 단지 이 시 하나뿐이다.

대편大篇 · 거장巨章은 당나라 때부터 비로소 성행하였다. 두보의 「북정北征」 · 「영회咏懷」 · 「장유壯遊」 · 「팔애八哀」 등 여러 편과 창려昌黎(韓愈)의 「남산南山」 · 「차일족가석此日足可惜」 등 여러 작품과 원진元稹 · 백거이白居易 두 분의 오언과 칠언 고체古體로 된 가歌와 행行은 길이가 긴 대작이 많아 이전에 비길만한 사람이 없다. 이는 문인의 재능으로 이루어진 것으로서, 자랑하고 떠벌리며 아름답게 짓기를 다툰 작품이지 시인의 본지는 아니다.

한漢나라 사람의 「고시십구수古詩十九首」는 그 가운데 아홉 수가 『시경』의 끼친 뜻을 깊이 얻은 시여서 후세 사람들은 따라 미칠 수 없다. 그 이후로 진晉나라 완사종阮嗣宗(완적)의 「영회咏懷」 82수가 있고, 또 그 뒤에는 서로 좇아 조술祖述하여 당나라 진자앙陳子昂의 「감우感遇」 36수, 이태백李太白의 「고풍古風」 59수, 한문공韓文公의 「추회秋懷」 11수가 모두 그 끼친 법식이고, 주자朱子도 일찍이 이를 취하여 「감흥感興」 20수를 지었으니, 풍조風調는 각기 다르지만 그 예스러운 뜻은 한 가지다. 오직 두공부杜工部(두보)는 격률格律이 독자적 경지에 이르러 각 체에 모두 뛰어났으니, 이를테면 「동곡현 칠가同谷縣七歌」 같은 것은 비록 한漢 · 위魏의 시와는 아주 다른 시이지만 일탕逸宕 · 비장悲壯하기는 일률적으로 단정하기 어렵다.

우리나라의 소암疎菴 임숙영任叔英[25]은 칠백 운의 시를 동악東岳[26]에게 바쳤는데, 이공李公은 다만 칠언율시 한 수로 답하였다. 소암이 재주

---

25) 임숙영任叔英(1576~1623) : 본관은 풍천豊川. 자는 무숙茂淑, 소암疎庵은 호. 『소암집』이 있다.

26) 동악東岳 : 이안눌(1571~1637)의 호. 본관은 덕수德水. 자는 자민子敏. 『동악집』이 있다.

가 아무리 넉넉하고 뛰어났더라도 칠백 운이나 채우자면 어찌 군더더기 말 겹치는 구절이 없겠는가. 능사로 여길 일이 아닐 것이다. 대개 당나라 이후로 배율排律과 고시 가운데 일백 운이나 되는 작품은 이전에도 흔히 보인다.

長詩

古人作詩, 皆有感然後爲之, 未嘗有無所寓意, 而汗漫言語. 故詩不多篇, 亦不多句矣. 三百篇, 惟「桑柔」·「抑」·「節南山」·「正月」, 其章最多, 其外, 句雖或多, 章無過十. 自漢以降, 至陳隋, 無百句之篇, 但「古詩爲焦仲卿妻作」, 多至一百七十餘句, 只此一詩而已.

大篇巨章, 自唐始盛, 杜之「北征」·「咏懷」·「壯遊」·「八哀」諸篇, 及昌黎之「南山」·「此日足可惜」等諸作, 與元·白二公, 五七言古體謌行, 多宏篇鉅什, 前無古人, 是則文人之才, 而工夸張闘靡之辭, 非風人之旨也.

漢人之「古詩十九首」, 九首深得三百篇遺意, 後世莫能及, 而其後晉阮嗣宗有「咏懷」八十二首, 又其後, 則遞相祖述, 唐陳子昂之「感遇」三十六首, 李太白之「古風」五十九首, 韓文公之「秋懷」十一首, 皆其遺法, 而朱子亦嘗取之, 作「感興」二十首, 風調雖各不同, 其古意則一也. 惟杜工部, 格律獨造, 兼長各體, 如「同谷縣七謌」, 雖與漢魏相遠, 逸宕悲壯, 難以一槩句斷也.

我朝任踈菴叔英, 以七百韻詩, 贈東岳, 李公但以七律一首答之, 踈菴才雖贍富, 韻至七百, 豈能無衍語亢句? 恐非能事也. 盖唐以後, 排律古詩, 至百韻者, 古亦多見也.

차운次韻

옛날에는 차운이 없었으니, 한 자리에서 시를 짓더라도 꼭 같은 운자를 쓰지는 않았다. 그러므로 가지대賈至大[27]의 「명궁조조明宮早朝」[28]는 모두 칠언율시이지만 왕우승王右丞(왕유)·잠가주岑嘉州[29]·두공부杜工部 시의 운자가 각각 다르고, 고달부高達夫[30]·잠가주·두공부가 같이 「자은탑慈恩塔」을 읊을 때도 마찬가지였다.

원진元稹·백거이白居易·피일휴皮日休[31]·육구몽陸龜蒙[32]에 이르러 비로소 화운和韻하는 법이 생겨났다.[33] 지금까지 이를 따라 많이 짓는 것을 잘한다고 여겨서 심지어 하나의 운에 수십 수씩이나 화운을 하는 경우가 있으니, 이는 운을 읊는 것이지 시를 읊는 것이 아니다. 화운으로써 공졸工拙을 따지고 우열을 평가하며 민첩한 지 둔한 지를 견준다. 하지만 화운시를 짓는 법식은 어려운 듯하지만 실은 쉬운 것이다. 자기 흉중에 시가 없으면 오래 끌게 되는 것이지, 거기서 무슨 풍인風人(시인)의 의의를 따질 것 있겠는가? 가령 시가 뜻에 맞지 않으면 필시 '견운牽韻'이라거나 또는 '험운險韻이라 뜻이 군색하다'고들 한다. 이는 흉중에 시

27) 가지대賈至大 : 8세기 당나라의 시인 가지賈至(?~772). 자는 유린幼鄰.

28) 「명궁조조明宮早朝」 : 본디 제목은 「조조대명궁早朝大明宮」. 도암陶菴 이재李縡는 「영산관에서의 회포[寧山館寄懷]」라는 시에서, 그 운자의 운용을 "가지대의 명궁체明宮體를 썼다"고 말하고 있다(『도암집』 권1).

29) 잠가주岑嘉州 : 잠참岑參(715~770). 가주자사嘉州刺史를 역임했다.

30) 고달부高達夫 : 고적高適(702~765). 달부는 자. 『고상시집高常侍集』이 있음.

31) 피일휴皮日休(843?~883?) : 자는 습미襲美. 『피자문수皮子文藪』와 시집이 있음.

32) 육구몽陸龜蒙(?~881) : 자는 노망魯望. 『뇌사경耒耜經』, 『보리집甫里集』 등의 저술이 있음.

33) 원진元稹·백거이白居易·피일휴皮日休·육구몽陸龜蒙에 이르러 비로소 화운和韻하는 법이 생겨났다 : 대표적으로 백거이의 경우 그의 문집 첫머리에 원진에게 화답한 시가 실려 있다(『백거이집전교白居易集箋校』 권2, 상해고적출판사, 1988, 「화답시 십수和答詩十首」).

를 구상하지 못한 사람이 자신의 졸렬함을 감추는 교묘한 방법이다.

육경六經의 글은 마치 조물주가 만물을 빚어내듯 하니, 그 문장은 아름답게 쓰려고 하지 않아도 저절로 아름답고 운을 맞추려고 하지 않아도 저절로 운이 맞는 경우가 많다. 『주역』·『예기』·『상서』는 본디 운문이 아니지만 마치 바람이 물 위를 불어가듯 정연하고 찬란하게 아름다운 문장이 흔히 보인다. 또 육국六國과 진한秦漢시대의 시정의 노래와 속담은 아이들과 부녀자들이 한 말에 불과하지만 운에 맞지 않는 것이 없다. 이로 보건대 문장에 운이 있는 것은 또한 천지간의 자연스런 소리다.

次韻

古無次韻, 雖同席賦詩, 未必用[34]同韻. 故賈至大「明宮早朝」, 雖皆七律, 王右丞·岑嘉州·杜工部, 韻各不同, 高達夫·岑嘉州·杜工部, 同賦「慈恩塔」, 亦如是.

及至元·白·皮·陸, 始有和韻之法, 至今從之, 以多爲勝, 至有一韻十數和者, 此賦韻, 非賦詩也. 以之論工拙, 以之評優劣, 以之較敏鈍, 然而其法, 似難而實易, 我之胸中無詩則久矣, 又何論風人之義也? 假使詩不適意, 必當曰牽韻, 亦或曰險韻而窘意, 此不過胸中無詩人, 藏拙之妙方也.

六經之文, 如化工肖物, 其爲文, 非但不期文而自文, 亦多不期韻而自韻. 雖『易』·『禮』·『尙書』, 本非韻語, 往往如風行水上, 渙而爲文. 且六國秦漢之世, 街謠巷諺, 不過是兒童婦女之所言, 而無不恊韻, 以此觀之, 文之有韻, 亦天地間自然之音也.

---

34) 用 : 국립중앙도서관본은 '有'.

작문作文 고사苦思

글 짓는 것이 빠르고 늦고는 재주가 민첩한지 둔한지에 말미암는다. 그러므로 매고枚皐[35]는 말[馬]에 기대어 격문檄文을 기초하였고[36] 사마상여는 붓을 잡은 채 붓털이 썩어버렸으며,[37] 송나라 사람도 역시,

閉門覓句陳無己,	문을 걸고 글귀 찾는 진무기陳無己(陣師道)요,
對客揮毫張文潛.	손을 맞아 붓 달리는 장문잠張文潛(張耒)[38].

이라는 말이 있었다.

우리나라의 농암農巖(김창협)은 시문이 어렵고 까다롭고, 서파西坡 오도일吳道一[39]은 시문이 넉넉하고 민첩하였다. 그러나 농옹農翁은 골똘히 고심해서 정밀하므로 문장이 매우 아름답고 서파는 민첩하면서 쉽게 썼으므로 그 문장이 조금 손색이 있으니, 세상 사람들이 "살아서는 서파요 죽어서는 농암"이라고들 하였다. 남긴 저술로 살펴보면 매고는 상여에 미치지 못하고 완구宛丘[40]는 후산后山[41]에 뒤진다. 대개 신속한 자는 경

---

35) 매고枚皐: 한나라 무제 때 문인. 매승枚乘의 아들. 자는 소유少孺.

36) 말[馬]에 기대어 격문檄文을 기초하였고: 글을 쓰는데 사마상여는 느리고 매고는 신속하다는 점을 지적하여, '마지매속馬遲枚速'이라는 말이 있음.

37) 사마상여는 …… 썩어버렸으며: 『서경잡기西京雜記』에 있는 말. 시문은 단박에 지을 수 없다는 점을 말하면서 그 예로 사마상여가 「자허부」와 「상림부」를 지을 때 고심하느라 백여 일이 지나서야 이루었다는 것을 들고 있다. 사마상여는 '차라리 벌주를 마실지언정 붓이 썩는 것을 피하지 않았다[寧當罰酒, 不免腐毫]'는 태도를 갖고 있었다고 함.

38) 장문잠張文潛(張耒): 황정견黃庭堅의 시 「병기형강정즉사病起荊江亭即事」의 한 구절. 단, 황정견의 문집에는 '장문잠'이 아니라 진소유秦少游(秦觀)로 되어 있음.

39) 오도일吳道一(1645~1703): 본관은 해주海州. 자는 관지貫之, 호는 서파西坡. 영의정 윤겸允謙의 손자. 『서파집西坡集』이 있다.

40) 완구宛丘: 장뢰張耒(1054~1114)의 호. 또 다른 호는 가산柯山, 자는 문잠. 북송 후기

쾌하지만 둔한 자는 반드시 공교롭기 때문이다. 삼연三淵(김창흡) 역시 시문을 지을 때 각고刻苦하여, 매양 구상을 할 때면 반드시 벽을 마주하고 누워서, 문밖에 누가 찾아와 인기척을 내면 성을 내어 꾸짖었다. 당나라 사람의 시 가운데도 30년간이나 대구를 맞추지 못한 것도 있고,[42] 또 소매가 뚫려 구멍이 나고 눈썹이 떨어진 자도 있으며,[43] 또 식초 항아리로 달려 들어간 자도 있으니,[44] 모두 골똘히 고심하느라 그런 것이었다.

또 우스운 일이 있으니 명나라의 규봉圭峯 나기羅玘[45]는 시문을 지음에 각고의 사색을 하여 매양 큰 나무의 높직한 가지에다 둥지를 얽고 사다리로 올라가서 며칠 동안을 지내고서야 이루었는데, 사람들이 이를 일러 '노을의 사색에 하늘의 생각'[46]이라 하였다. 일찍이 남의 묘문墓文을 지어주면서 그 아들에게, "내가 자네 부친의 묘지문墓誌文을 지으면서 너댓 번이나 죽을 뻔했네" 하였다. 이 때문에 왕엄주(왕세정)는 『예원치언藝苑巵言』에서, "지금 세상에 전하는 『규봉고圭峯稿』는 모두 나무에서 떨어져 죽을 뻔하면서 얻은 글이다"[47] 하였으니, 포복절도하게 한다. 규봉이야 나무에서 떨어져 죽을 뻔했다지만 그의 글은 일컬을만한 것이 없으니 괴롭기만 했을 뿐이다.

근세의 이척재李惕齋(이서구)[48]는 항상 "칠언율시 한 편을 열흘을 구상

의 문학가.

41) 후산后山 : 진사도陳師道(1053~1102)의 호. 자는 무기無己. 강서시파의 중요한 작가.

42) 30년간이나 대구를 맞추지 못한 것도 있고 : 미상.

43) 소매가 뚫려 구멍이 나고 눈썹이 떨어진 자도 있으며 : 시를 구상하느라 고심하여 당나라 문인인 배우裵祐는 손을 옷소매에 넣곤 해서 소매에 구멍이 나고, 맹호연은 눈썹이 다 빠졌다고 함.

44) 식초 항아리로 …… 자도 있으니 : 당나라 시인 왕유王維의 고사. 풍지馮贄, 『운선잡기雲仙雜記』 등의 시화 잡록에 있는 기록임.

45) 나기羅玘(1447~1519) : 자는 경명景鳴. 명나라 중기의 산문가. 한유 · 유종원의 고문을 지지하고 의고문을 반대하였음. 『규봉문집圭峯文集』이 있다.

46) '노을의 사색에 하늘의 생각' : 여기서 유래한 '하사천상霞思天想'이라는 말은 시문을 지을 때 골똘히 고심한다는 의미로 쓰이는 성어가 되었다.

47) "지금 세상에 …… 얻은 글이다." : 규봉 나기의 고사는 『예원치언』 권7의 제 12칙에 있는 말임.

하지 않고는 남에게 보여선 안 된다" 하였으니, 비록 감당하기 어려운 말이지만 척재의 시가 이러하였으므로 한편 한편이 모두 공교롭다. 옛날 오산五山 차천로車天輅[49]는 시를 짓는 재주가 풍부하고도 민첩하였다. 일찍이 빈사儐使의 종사관從事官이 되었는데, 중국 사신이 500운의 시를 부탁하면서 하룻밤에 지어오라 하였다. 오산은 좋다 하고 마침내 술잔을 기울여 일백 잔도 더 마셨는데, 술 한 잔을 마실 때마다 불러주고 시를 받아쓰게 하여 크게 취하였다. 새벽녘이 되어 시가 모두 이루어지자 크게 한번 부르짖고는 병풍을 뛰어넘어 벌거벗은 몸으로 거꾸러졌다. 중국 사신이 가져다 보니 평측이 어긋나지 않았고 말이 안 되는 곳이 없었다. 중국 사신은 혀를 내둘러 감탄하여 마지않았다. 오산은 항상 말하기를, "만리장성에다 종이를 붙여가며 시를 읊으면 만리장성은 끝이 나겠지만 내 시는 끝이 없을 것이다" 하였으니, 떠벌리고 과장된 말이기는 하지만 역시 뛰어난 재주다.

作文苦思

作文之遲速, 由於才之敏鈍. 故枚皐, 倚馬草檄, 司馬相如, 握管腐毫, 宋人亦有'閉門覓句陳無己, 對客揮毫張文潛'之語.

我朝農巖, 詩文艱澁, 吳西坡道一, 詩文贍敏. 然農翁困而精, 故文章甚美, 西坡敏而易, 故其文稍遜. 世人以爲生西坡死農巖, 以其所著觀之, 枚皐不及相如, 宛丘亞於后山, 盖速者雖快, 鈍者必工故也. 三淵, 於詩文, 亦刻苦, 每搆思, 必蹋壁而臥, 門外有謦咳, 則怒叱之. 唐人詩, 亦有三十年不屬對者, 又有袖穿眉落者, 又有走入醋甕者, 皆困之甚者也.

又有可笑事, 明羅圭峯玘, 作文苦思, 每於大木高枝, 搆巢梯上, 坐

48) 이척재李惕齋 : 이서구李書九(1754~1825). 자는 낙서洛瑞, 호는 강산薑山 · 척재. 그의 저작을 모은 전집으로 『강산전서』(성균관대 대동문화연구원, 2005)가 있다.

49) 차천로車天輅(1556~1615) : 본관은 연안延安. 자는 복원復元. 『오산집五山集』이 있음.

臥幾日乃成, 謂之霞思天想. 嘗爲人作墓文, 謂其子曰, "吾爲尊公誌文, 瞑去四五度矣." 是以王弇州『藝苑卮言』曰, "今世所傳圭峯稿, 皆樹顚死去之所得", 令人絶倒也. 圭峯則雖樹顚死去, 文亦無可稱, 是困而已.

近世李惕齋常言, "七律一篇, 非十日搆思, 則不可示人", 此雖過當, 惕齋詩如是, 故能篇篇皆工矣. 昔車五山天輅, 詩才贍敏, 嘗爲儐使從事, 天使以五百韻屬之, 使之一夕賦來. 五山諾之, 遂倒捲白波, 至百餘盃, 飮輒呼寫大醉, 至曉詩就, 乃大呼一聲, 跣[50]越屛風, 裸體而倒. 天使取見, 平仄不拗, 亦無不成語者, 天使嘖嘖不已. 盖五山每言, "使我粘紙長城而賦詩, 則長城有盡, 吾詩無窮", 此雖浮薄夸張, 亦逸才也.

비지碑誌의 체제

비지碑誌의 체제는 역사서의 열전에서 비롯되었다. 고문으로 이름난 여러 대가들 가운데 한유와 구양수의 비지만 체제가 근엄謹嚴하고, 그 다음으로는 왕형공(왕안석)이 역시 간명하고 합당하며 꿋꿋하고 억세다. 동파東坡는 문장이 천 리 연파烟波와 같아서 뛰어나지 않은 문체가 없지만 비지는 조금 손색이 있으니, 단숨에 빨리 짓기에 빼어났기 때문이다. 그래서 매양, "나는 세상에 이름난 사람이 아니면 그 비지를 짓지 않는다" 하였다. 그러므로 그가 지은 바는 오직 사마온공司馬溫公(司馬光)·범촉공范蜀公[51]·조강정공趙康靖公[52] 등 다섯 사람뿐이었으니, 이는 비록 그가

50) 跣: 국립중앙도서관본은 '跳'. 이를 따랐다.

51) 범촉공范蜀公: 촉공은 범진范鎭(1008~1088)의 봉호. 북송 인종, 철종 때 사람. 자는 경인景仁, 시호는 충문忠文. 소동파가 「범경인묘지명范景仁墓誌銘」을 썼음.

52) 조강정공趙康靖公: 조개趙槩(996~1083). 북송 우성虞城 사람. 강정康靖은 시호이고,

신중한 것이겠으나 실은 비지는 그의 부족한 곳이었다. 이를테면 「온공신도비溫公神道碑」[53]는 서사叙事가 중언부언 수천 자나 되니, 이는 논論이지 비지의 체제가 아니다.

구공歐公(구양수)은 그렇지 않아서 간명하면서도 근엄하여, 「범문정공비문范文正公碑文」은 '보리를 실은 배'[54]나 '의로운 장원庄園'[55] 할 것 없이 모두 싣지 않았다. 또 윤사로尹師魯[56]는 공의 외우畏友였는데 그의 묘지를 쓰면서 그 문장을 일컬어 "그의 문장은 간명하면서도 법도가 있었다" 할 뿐이었다. 윤씨 집안이 상당히 불만스럽게 여기자 공은 편지를 보내 해명하기를, "'간명하면서도 법도가 있는 글'이란 오직 『춘추』만이 그러합니다" 하였으니, 옛사람의 글이 근엄하기가 이러하다. 그러나 파공坡公(동파)의 「조주한문공묘비潮州韓文公墓碑」 및 「표충관비表忠觀碑」의 두 비문은 서사叙事와 명사銘詞가 모두 천고의 탁월한 작품이니, 그 풍격風格을 어디에다 비기겠는가. 옛사람의 비지는 비단 한유・구양수처럼 근엄한 작품뿐만 아니라 훌륭한 작가들은 모두 후세 문인들의 쓸짝없이 길기만 하고 자잘하고 세세한 것과는 같지 않다. 그래서 언제 나고 언제 죽어서 향년이 얼마이며 자손이 어떠하며 무덤이 어디 있는지도 꼭 사람사람마다 상세히 기록하지는 아니하여, 쓰기도 하고 쓰지 않기도 한다.

요즈음 사람들의 비지를 보자면 크고 작고를 따지지 않고 한 가지 일도 빠뜨리지 않는다. 해서 증자曾子와 민자건閔子騫 같은 효성이 없는 사람이 없고 공수龔遂・황패黃霸[57] 같은 뛰어난 치적에다 훌륭한 행실이란

자는 숙평叔平. 구양수와 친밀했고 매요신을 천거하였음. 소동파가 「조강정공신도비趙康靖公神道碑」를 썼음.

53) 「온공신도비溫公神道碑」: 『소식문집』의 본디 제목은 「사마온공신도비司馬溫公神道碑」임.

54) '보리를 실은 배': 범문정范文正(范仲淹) 부자가 상을 당한 석만경石曼卿을 도와준, 유명한 고사.

55) '의로운 장원庄園': 범문정이 그 친척 가운데 가난한 이들을 위해 농토를 마련해 돌보아준 바, 역시 유명한 고사임.

56) 윤사로尹師魯: 이름은 수洙(1001~1047). 사로는 자, 하남河南선생으로 불렸음. 북송의 산문가.

모두 겸비하고 온갖 선善은 죄다 갖추어서, 보는 자가 하품하고 기지개 켜며 졸립다고 여기는데 뒷날 사람들에게 믿길 리가 있겠는가? 옛날 채백개蔡伯喈(채옹)는 남을 위해 비지문을 쓴 것이 매우 많았는데 매양 말하기를, "나는 곽유도郭有道의 비문에 대해서는 부끄러울 것이 없다"[58] 하였다. 그렇다면 옛사람도 그러하였는데 하물며 지금 사람이겠는가?

碑誌之體

碑誌之體, 出於史傳, 而古文諸家, 韓歐惟體尚謹嚴, 其次王荊公, 亦爲簡當勁悍, 東坡文章, 烟波千里, 無體不長, 而碑誌少遜, 盖優於馳騁故也. 是以每謂"吾非名世之人, 不作碑誌." 故所作, 惟司馬溫公·范蜀公·趙康靖公等五人, 是雖自重, 實則所短也. 如「溫公神道碑」, 敍事縷縷數千言, 此論也, 非碑體也.

歐公不然, 簡而嚴, 「范文正公碑文」, 幷麥舟義庄, 而皆不載錄, 且尹師魯, 公之畏友, 而誌其墓, 稱其文, 不過曰, "其文, 簡而有法", 尹家頗不滿之, 公以書自解曰, "簡而有法, 惟『春秋』當之", 古人文字, 謹嚴如是矣. 然坡公之「潮州韓文公廟」及「表忠觀」二碑, 敍事銘詞, 皆千古絶作, 何等風格也? 古人碑誌, 非但韓歐謹嚴, 作者大手, 皆非如後世文人之冗長瑣細. 故其生卒年壽, 子孫墳墓, 亦不必人人詳錄, 或書或不書.

57) 공수龔遂·황패黃霸 : 공수는 한나라 선제宣帝 때 발해태수渤海太守가 되어서 유능한 지방관의 면모를 보였음. 자는 소경少卿. 황패(?~B.C.51)는 회양淮陽 사람으로 자는 차공次公. 한나라 선제 때 영천태수潁川太守·양주자사揚州刺史 등의 지방관을 역임하고 어사대부御史大夫와 승상丞相을 지냈으며 건성후建成侯에 봉해졌다. 한나라에서 가장 유능한 지방관의 한 사람으로 꼽힌다.

58) 나는 곽유도郭有道의 …… 것이 없다 : 곽유도는 후한 사람. 이름은 태泰, 자는 임종林宗, 유도란 관직 명칭. 행동이 고결하기로 이름이 있었다. 채옹이 쓴 그의 비문은 『문선』 권58에 실려 있고, 모두 463자로 되어 있다. 곽임종이 유도에 천거되었지만 응하지 않고 죽었는데, 채옹은 그의 비문을 쓰고 노식盧植에게 "내가 비문을 많이 썼지만 모두 부끄러운 곳이 있었는데, 오직 곽유도의 비에 대해서만은 부끄러울 것이 없습니다" 하였다.

至於近日, 則見人碑誌, 無論巨細, 一不遺漏. 故無人不有曾閔之孝, 有龔黃之治, 百行具備, 萬善咸萃, 見者欠伸思睡, 其將徵信於後人耶? 昔蔡伯喈, 爲人作碑甚多, 而每謂"吾於郭有道碑, 無媿色", 然則古人亦然, 況今人乎?

노천老泉의 문장

노천(소순蘇洵)의 문장은 웅혼雄渾・창연蒼然하여 진・한秦漢 문장 같은 의취意趣가 있으니 고인에 비긴다면 응당 서경西京(전한) 이상에서 구해야만 할 것이다. 동경東京(후한) 이하는 물론이고, 그의 두 아들이 미치지 못할 바이다. 그러므로 남풍南豊(증공曾鞏)의 말에, "소소한 것을 크게 하고 큰 것을 소소하게 만들 수 있는 능력이, 마치 성신星辰을 끌어당겨 올리듯 마치 강하江河의 물을 터서 내려보내듯 하다. 고인에게서 구할 지라도 사마천보다는 위, 맹자와 순자의 사이 정도가 될 것이다"[59] 하였다.

문은 그러하지만 시는 문집에 실린 것이 16수에 불과한데,

佳節每從愁裡過,	좋은 시절 언제나 시름 속에 지나가고,
壯心還倚醉中來.	장한 마음 도리어 술에 기대 생겨나네.

라는 한 연聯 외에는 하나도 일컬을만한 것이 없으니, 그 점은 남풍과 마찬가지다. 노천은, 각 문체에 모두 뛰어나서 짓는 것마다 마땅치 않

59) "소소한 것을…… 될 것이다.": 증공의 말은 「소명윤애사蘇明允哀辭」에 있는 내용인데, 문집의 글과 차이가 많음. 원문에서 그 차이를 밝혀두었음.

음이 없는 점에서는 실상 장공長公(東坡)에 미치지 못하고, 문 또한 논論과 책策의 두 가지가 뛰어나다. 그러나 주자는, "노천의 문장은 진실로 그의 말과 같을진댄 옛 성인은 단지 권모술수로 천하 사람을 속였을 뿐이다" 하였으니, 대개 노천의 「권서權書」·「형서衡書」가 모두 전국 시기 종횡가의 문체를 위주로 쓰였기 때문이다.

노천은 젊었을 때 글자를 몰랐는데, 나이 스물여덟에 늙은 종이 그를 일러 '무장공자無腸公子'[60]라 하였다. 노천은 듣고 부끄럽고 성이 나서 마침내 이전의 자세를 바꾸어 독서한 지 몇 년 만에 문사文辭가 크게 진보하였다. 일찍이 평민 신분으로 『태상인혁례太常因革禮』[61]의 교정에 참여하였고, 관직은 문안현文安縣 주부主簿에 그쳤다. 작고하자 구양공歐陽公(구양수)이 만사挽詞를 짓기를,

布衣馳譽入京都,	포의布衣로 영예 날려 서울에 오시더니,
丹旐俄聞返舊廬.[62]	붉은 명정 어느새 고향 집에 돌아가네.
諸老誰能先賈誼?	여러 원로 어느 누가 가의賈誼를 앞서리오?
君王猶未識相如.	군왕은 아직도 상여相如를 모르시네.[63]
三年弟子行喪禮,	제자들 스승 상례 예를 다해 거행하고,
千輛鄉人會葬車.	고향 사람 장례 참석 일천 대의 수레로다.
獨我空齋掛塵榻,	나의 집 텅 빈 방에 묵은 필적 걸려 있어,

60) 무장공자無腸公子 : 게[蟹]의 별명. 식견이 없음을 비꼰 말. 기재企齋 신광한申光漢(1484~1555) 역시 이와 꼭같은 일화가 전한다(김시양, 『부계기문涪溪記聞』).

61) 『태상인혁례太常因革禮』 : 서명書名. 100권. 구양수 등이 조칙을 받들어 편찬.

62) 廬 : 『구양문충공문집』에는 '려閭'

63) 여러 원로 …… 상여相如를 모르시네 : 가의賈誼는 전한 문제文帝의 인정을 받았으나 참소를 입어 좌천되었다가 요절하였음. 사마상여의 「자허부子虛賦」를 읽은 한 무제가 "이 부의 작자와 같은 시대에 태어나지 못한 것이 애석하다"고 말한 것은 유명함.

遺編時閱子雲書.　　　자운子雲의 책인 양 남기신 글 펼쳐보네.[64]

하였다. 뒤에 문공文公이라 시호를 받았다.

老泉文章

老泉文章, 雄渾蒼然, 有秦漢之意, 方之古人, 當求西京以上, 東京以下勿論, 二子之所不及. 故南豊之言曰, "小能使之大, 大能使之小, 如引星辰以上也, 如決江河而下也, 求之古人, 馬遷之上, 孟荀之間也."[65]

文則雖然, 詩則集中所載, 不過十六首, 而'佳節每從愁裡過, 壯心還倚醉中來'一聯外, 無一可稱, 盖與南豊同矣. 其兼長各體, 無適不宜, 則實不及長公, 文亦論策爲勝. 然朱子曰, "老泉之文, 誠如其言, 古之聖人, 但以權術欺天下." 盖其「權書」·「衡書」, 皆主於戰國縱横之文體故也.

老泉少不知書, 年二十八, 老奴至謂無腸公子, 老泉聞而羞忿, 遂折節讀書數年, 文辭大進. 嘗以白衣, 參訂『太常因革禮』, 官止文安縣主簿. 卒歐陽公挽之曰, "布衣馳譽入京都, 丹旐俄聞返舊廬. 諸老誰能先賈誼? 君王猶未識相如. 三年弟子行喪禮, 千輛鄉人會葬車. 獨我空齋掛塵榻, 遺編時閱子雲書." 後謚文公.

64) "포의布衣로 영예 날려 …… 글 펼쳐보네.": 『구양문충공문집』 권14 「소주부만가蘇主簿挽歌」.

65) 증공의 문집에 이 부분은 다음과 같음. "大能使之微, 小能使之著, …(其雄壯俊偉), 若決江河而下也, (其輝光明白), 若引星辰而上也." ( ) 안이 없고, 글자도 차이가 있다. 또, '求之古人' 이하는 증공의 글에 없다. 앞부분에 대한 저자 홍한주의 설명이 아니라, 아마도 저자의 기억의 착오인 듯함(『曾鞏集』, 중화서국, 1998 참고).

구양공은 매양 말하기를, "문장은 저 한 몸 윤택하게 하는데 그치지만 정사는 남에게 영향을 미칠 수가 있다" 하였다. 그래서 다른 사람들과 정사에 대해 말하기를 좋아하였다. 사람들은 혹 이를 두고 "공은 정사에 부족하므로 이런 말을 한다"고들 하였다.

또 한위공韓魏公[66]이 재상이 되자 어떤 사람들은 그가 문사文詞에 부족하다고들 하였다. 공은 웃으면서, "구양영숙이 한림에 있으니, 천하의 문장이 어느 누가 이보다 더 훌륭하겠는가?" 하니, 사람들은 모두 공의 아량에 감탄하였다.

두자미杜子美도 "문장은 하나의 작은 기예"라 하였고 정숙자程叔子는 시를 '한가한 말'[67]이라 하였으니, 옛 군자들은 모두 문인을 업신여겼다. 온공溫公은 『자치통감資治通鑑』을 지으면서 경세실용經世實用이 아니면 한 줄의 글도 싣지 않았다. 그래서 두보杜甫 같은 분의 이름도 애초 기록에 들지 않았으니, 만약에 왕숙문王叔文[68]이 매양 자미子美의,

出師未捷身先死,	출병했다 채 못 이겨 몸이 먼저 죽으니,
長使英雄淚滿襟.	영웅들 길이길이 옷깃 가득 눈물이네.[69]

---

66) 한위공韓魏公 : 한기韓琦(1008~1075). 북송 상주相州 안양安陽 사람. 자는 치규稚圭. 위국공魏國公에 봉해졌다. 『안양집安陽集』이 있다.

67) '한가한 말' : 『정서분류程書分類』 권12, '시詩'에 나오는 말. 두보의 시 「곡강曲江」의 한 구절을 들어서, '한가한 말'이라고 하였음.

68) 왕숙문王叔文(735~806) : 당나라 순종順宗 때 한림학사로 있으면서 반역을 도모하였다가 처형되었음.

69) 출병했다 채 못 이겨 …… 옷깃 가득 눈물이네 : 제갈량을 슬퍼한 시 「촉상蜀相」의 한 구절이다.

라는 싯구를 외지 않았더라면 자미의 성명을 『통감』에서 찾아볼 길이 없었을 것이다. 대개 『통감』은 오로지 통치에 참고가 되는 것이었으므로 문사文詞를 언급할 겨를이 없었던 것이니, 또한 엄하지 아니한가?

『책부원귀冊府元龜』[70]에 실려 있기를, 당나라 문종文宗[71]이 정거회丁居晦[72]를 어사중승御史中丞에 직접 제수하고 재상에게, "거회가 이 관직을 얻게 된 것은 짐이 일찍이 시속 사람들이 두보와 이백 등을 이른 말로써 사절四絶을 지어 물었더니 거회가 대답하기를 '이는 군주가 꼭 알아야할 일은 아닙니다' 하였다. 이 일로 거회를 기억하였고 지금 발탁해서 어사중승을 삼은 까닭이다" 하였다. 당나라 때 군주인데도 문사를 박대하고 있다.

그러나 한굉韓翃[73]은,

春城無處不飛花.	봄날 도성 곳곳마다 나느니 꽃잎.

이라는 시구로 특별히 지제고知制誥에 제수되었고,[74] 현종玄宗은 촉蜀으로 피난가면서

富貴榮華能幾時?	부귀영화 얼마나 갈 수 있을까보냐?
山川滿目淚沾衣.	눈에 가득 산천에 눈물 옷을 적시네.

70) 『책부원귀冊府元龜』: 1,000권. 왕흠약王欽若 · 양억楊億 등이 편찬하였음. 『태평어람太平御覽』과 함께 송대 유서類書의 대표적 저작.

71) 문종文宗: 이름은 앙昻, 목종穆宗의 둘째 아들. 재위는 827~840년, 33세로 세상을 마침.

72) 정거회丁居晦: 『한림벽기翰林壁記』 1권이 있고, 찬술한 비문과 전액篆額이 남아있다. 어사중승에 제수된 것은 문종 개성開成 3년(838) 11월이었다(『구당서』 본기 제 17, 문종 · 하).

73) 한굉韓翃: 당나라 시인. 자는 군평君平. '대력십재자大曆十才子' 가운데 한 사람. 『한군평집韓君平集』이 있음.

74) 봄날 도성 …… 제수되었고: 인용 시는 「한식寒食」의 제1구임. 덕종德宗에게 발탁되었음.

不見至今汾水上, 다시 볼 수 없겠네 분수汾水 강물에,
惟有年年秋鴈飛. 해마다 날아오는 가을 기러기.

라는 시[75]를 외우고는 정색을 하고 근심스레, "이교李嶠[76]는 참으로 재주 있는 사람이다" 하였다. 또 선종宣宗은 매양 백낙천白樂天의 작품을 칭찬했는데 그의 「양류지사楊柳枝詞」[77]의,

一樹垂楊萬萬枝, 한 그루 수양버들 늘어진 일만一萬 가지,
嫩於金色軟於絲. 금빛보다 아리땁고 실보다 더 보드랍네.

永豊西角荒園裏, 영풍방永豊坊 서쪽편 묵은 정원 한켠에,
盡日無人屬阿誰? 왼종일 거기 섰냐 묻는 사람 뉘 없더냐?

라는 시를 외우고 묻기를, "영풍방의 수양버들이 어떠하길래 이렇게 사람을 움직일까?" 하고, 영풍방의 버들을 가져다가 대궐에 심게 하였다.

사마상여는 사부辭賦로 한 무제에게 인정을 받았고 영주학사瀛洲學士 역시 문장에 능하다고 당 태종과 현종에게 등용되었으니[78], 어찌 문사文詞로써 사람을 폐한 채 등용하지 않은 적이 있었던가? 문종文宗의 일은

75) 현종玄宗은 …… 라는 시 : 제목은 「분음행汾陰行」.

76) 이교李嶠(644~713) : 당나라 조주趙州 찬황贊皇 사람. 자는 거산巨山. 초당初唐의 저명한 시인.

77) 『양류지사楊柳枝詞』 : 『백거이집전교白居易集箋校』 권31, 2167~2168면에 칠언절구로 된 「양류지사楊柳枝詞 8수」가 실려 있으나 여기 인용된 시는 보이지 않는다. 다만 '전箋'에서 여기 인용된 시의 제3~4구만을 인용하고, 선종宣宗과 관련한 고사도 설명되어 있다. 권32, 2200면에 「양류지楊柳枝 20운韻」이 실려 있으나 오언 고시이다. 「양류지楊柳枝」는 악부시이다.

78) 영주학사瀛洲學士 …… 등용되었으니 : 당 태종은 '문학관'을 짓고 두여회·방현령·저수량·공영달 등 18인을 학사로 삼고 화가 염입본閻立本에게 그 초상을 그리도록 했다. 당시 태종에게 발탁되어 문학관에 드는 자를 두고 '영주에 오른다'고들 하였다. 영주는 신선이 산다는 동해의 산. 당 현종도 이를 따라 장열張說, 서견徐堅, 하지장賀知章 등 18인을 발탁하여 학사로 삼고 우대하였다.

역시 우연이었을 뿐이다.

문이란 도를 싣는 그릇이다. 공자는 "문이 바로 나에게 있지 않느냐" 하셨으니, 이는 비록 후세 사장詞章의 문과는 다르지만 한묵翰墨을 즐기는 터에 저절로 '한가로운 말'이 없을 수가 없다. 비록 천지의 조화에 있어서도 세상에 아무 이익이 없는 새와 곤충, 꽃이며 풀 같은 것을 모두 없애지 못하는 것은 이치가 그러하기 때문이다. 또 황금과 주옥, 대모玳瑁며 호박琥珀은 모두 자연의 보물이니, 그것이 무익하다 해서 일체 물리쳐 버릴 수가 있겠는가? 다만, 유자儒者는 무익한 문사만을 오로지 힘써서는 안 된다.

詞章之文

歐陽公每言, "文章止於潤身, 政事可以及物." 故對人, 好談政事. 人或謂, "公政事不足, 故爲此言." 又韓魏公爲相, 人或言短於文詞, 公笑曰, "歐陽永叔在翰林, 天下文章, 孰大於是?" 人皆嘆公雅量.

杜子美亦曰, "文章一小技." 程叔子以詩謂閒言語, 古之君子, 皆貓視文人. 溫公作『通鑑』, 非經世實用, 未嘗以一文附載. 故如杜甫諸人名字, 初不入錄, 倘非王叔文每誦子美"出師未捷身先死, 長使英雄淚滿襟"之句, 則子美姓名, 無可考見於『通鑑』矣. 盖『通鑑』專爲資治, 故無暇及文詞也, 不亦嚴乎?

『冊府元龜』載唐文宗手除丁居晦御史中丞, 謂宰相曰, "居晦得此官, 朕嘗以時諺, 謂杜甫李白輩, 爲四絶問, 居晦對曰, '此非君上要知之事.' 以此記得居晦, 今所以擢爲中丞." 雖唐世中主, 亦能薄於文士. 然韓翃, 以"春城無處不飛花", 特授知制誥, 玄宗幸蜀, 誦"富貴榮華能幾時? 山川滿目淚沾衣. 不見至今汾水上, 惟有年年秋鴈飛"之詩, 愀然不樂曰, "李嶠, 眞才子也." 又宣宗每歎賞白樂天, 誦其「楊柳枝詞」, "一樹垂楊萬萬枝, 嫩於金色軟於絲. 永豊西角荒園裡, 盡日無人屬阿誰"之詩曰, "永豊之柳何如, 而能動人如此?" 乃命取永豊坊柳, 移栽禁中. 相如以辭賦, 受知於漢武, 瀛洲學士, 亦以能文, 見用於唐宗, 何嘗以文詞, 廢人不用也? 文宗此事, 亦偶爾.

文者載道之器. 孔子曰, "文不在玆乎?" 此雖非後世詞章之文, 其游戲翰墨, 亦自不能無閒言語. 雖在天地造化, 如世間無益之禽虫花草, 不能盡絶者, 理也. 且金珠玳珀, 皆自然之寶, 其可以無益而一切屛去乎? 但儒者, 不當專治無益之文詞也.

『격양집擊壤集』

일찍이 당형천唐荊川(唐順之)의 「모녹문茅鹿門에게 주는 편지」를 보니, "저는 산중에 거처하여 한 가지 편벽된 견해를 갖고 있습니다. 『시경』 이후로 시는 마땅히 소요부邵堯夫(邵雍)의 『격양집擊壤集』을 고금의 제일로 쳐야만 되고 문은 마땅히 증자고曾子固(曾鞏)를 제일로 꼽아야만 된다 여기고 있습니다. 어떻게 생각하시는지 알지 못하겠습니다" 하였다. 녹문의 회답을 내가 보지 못하였지만 이는 과연 편벽된 견해이다. 강절康節의 시는 영용英勇하고 뛰어나기가 그 사람됨과 같다. 그러나 그의 시는 근원이 당나라 승려 한산寒山[79] · 풍간豊干[80] · 습득拾得[81]에게서 나왔으니, 자신이 낸 기저機杼(궁리)는 아니다. 다만 그의 시 가운데,

唐虞揖遜三盃酒,	당우唐虞의 읍손揖遜은 석 잔의 술이요,

79) 한산寒山 : 당 태종 때의 고승高僧. 한산자寒山子라고도 함. 『한산자시집寒山子詩集』이 있음.

80) 풍간豊干 : 당唐의 고승高僧. 현종 때 사람.

81) 습득拾得 : 당 태종 때의 시승詩僧. 『한산자시집』의 뒷부분에 그의 시가 실려 있다.

湯武征誅一局棋.	탕무湯武의 정주征誅는 한 판의 바둑.
始信畫前元有易,	팔괘 긋기 이전에 본디 『역易』은 있었고,
自從刪後更無詩.	『시경』 산정刪定 이후로 다시는 시가 없네.
施爲欲作千勻弩,	베풀어 쓰이기는 천근 쇠뇌 되고 싶고,
磨礪當如百鍊金.	갈고 또 갈기는 백련금百鍊金 같아야지.
幽暗巖崖生鬼魅,	어두컴컴 바위 벼랑 귓것이 생겨나고,
清平郊野見鸞凰.	맑고 트인 들판에 난황鸞凰이 나타나네.
日月星辰高照耀,	해와 달, 뭇별 들은 높직이 비추이고,
皇王帝覇大鋪舒.	황제의 거룩한 법 위대하게 펼쳐 있네.

등과 같은 구절은 얼마나 훌륭한 견식이며 얼마나 훌륭한 의론인가. 그러나 만약 이를 두고 고금의 제일이라 말한다면, 나는 그런지를 알지 못하겠다.

또 남풍南豐의 문장은 경전에 근거하여 서술이 넉넉하고 자질이 두터워 애연藹然히 서경西京(前漢)의 올바른 체제가 있으므로 주자도 자주 칭찬하였다. 그러나 그가 『좌전』·『국어』를 능가하고 반고·사마천보다 뛰어나서 그들보다 윗자리를 차지할 수가 있을까? 근자의 김추사金秋史도 이런 의론이 있지만, 모두 따를 수가 없다.

『擊壤集』

嘗見唐荊川「與茅鹿門書」, 有曰, "某處山中, 有一僻見, 三百篇後, 詩當以邵堯夫『擊壤集』, 爲古今第一, 文則當以曾子固爲第一, 未知如何云. 鹿門之答, 余姑未見, 而此果僻見也. 康節詩英邁如其人, 然其詩源出唐僧寒山·豊干·拾得, 亦非自出機杼也. 但其"唐虞揖遜三盃酒, 湯武征誅一局棊. 始信畫前元有易, 自從刪後更無詩. 施爲欲作千勻弩, 磨礪當如百鍊金. 幽暗巖崖生鬼魅, 淸平郊野見鸞凰. 日月星辰高照耀, 皇王帝霸大鋪舒”等句, 是何等見識, 何等議論? 然如以爲古今第一, 則吾未敢知也.

且南豐文章, 根據經傳, 敷腴質厚, 藹然有西京爾雅之體. 故朱子亦亟稱之. 然其能凌駕『左』·『國』, 跨軼班馬, 據有上座乎? 近日金秋史, 亦有此論, 皆不可從也.

『문치文致』

당나라 원화元和(憲宗의 연호, 806~820) 연간에 당구唐衢[82]라는 자가 있었다. 남의 글을 볼 때마다 격렬한 느낌이 있으면 통곡을 하니 틀림없이 광사狂士였고, 창려昌黎와 향산香山이 모두 시를 주었으니 정녕코 시인이기도 하였다. 대개 옛사람의 시문詩文이나 언사言辭 가운데 운치가 있으면서도 특별히 빼어난 것은 읽는 사람으로 하여금 무릎을 치며 탄복하고 가슴 깊이 공감하게 한다. 비록 당구처럼 통곡하는 데 이르지는 않을지라도 흐느껴 한탄해서 숨이 끊어질 듯한 글도 있고 가뿐하고 민첩하여 날아오를 듯 만드는 글도 있고 유유자적 은둔하여 세상을 잊어버리도록 하는 글도 있고 저도 모르게 손발이 춤을 추게 하는 글이 있나. 농암農巖(金昌協) 선생이 엮은 『문치文致』[83]처럼 따로 뽑아 책으로 만들려고 하였지만 정

82) 당구唐衢 : 당唐 중엽의 시인. 『구당서舊唐書』 열전에 입전되어 있음.

83) 『문치文致』 : 지금 남아 있는 농암이 엮은 선집의 이름은 '문취文趣'로 되어 있다. 이 책에 대해서는 김영진, 「스승의 뜻이 담긴 책, 『문취文趣』」(『문헌과해석』)를 참고. 한편, 국립중앙도서관에는 모곤 · 전겸익 공편 『고금문치古今文致』(필사본 1책)가 있다.

력은 벌써 쇠약한데 늙도록 하지 못하였으니, 한탄할 일이다.

『文致』

唐元和中, 有唐衢者, 每見人文辭, 有激感則痛哭, 必狂士也. 昌黎·香山, 皆有詩贈之, 則又必詩人也. 盖古人詩文, 及言辭之有致且奇者, 令人擊節神會, 雖不至唐衢之哭, 有可以歔唏欲絶處, 有可以颯爽飛越處, 有可以悠然自適, 遯世相忘處, 有可以不覺手之舞足之蹈處. 每欲抄作一書, 如農巖先生所編『文致』, 而精力已衰, 老未能焉, 可歎.

고인을 보지 못하고 후인을 보지 못함

장정견張正見[84]이 말하기를, "내가 고인을 보지 못하는 것이야 유감스러울 것 없지만 고인들이 나의 파격적인 대범함을 보지 못하는 것은 한스러운 일이다" 하였다. 이 말은 해학에 가깝지만, 진백옥陳伯玉[85]의 「소대람고사蘇臺攬古辭」[86]에,

前不見古人,	뒤좇아 가 고인을 볼 수가 없고
後不見來者.	내려가서 후인을 만날 수 없네.

84) 장정견張正見(?~575경) : 자는 견이見頤. 남북조시대 사람. 양梁나라 간문제簡文帝가 동궁에 있을 때 13세로 송頌을 지어 올려 칭찬을 들었다고 하고, 오언시에 뛰어났음. 명나라 사람이 편집한 문집 『장산기집張散騎集』이 남아 있음.

85) 진백옥陳伯玉 : 진자앙陳子昂(661~702). 백옥은 자. 당나라 초기의 대표적인 시인의 한 사람. 「감우感遇」 38편의 시로 저명하고, 『진백옥집陳伯玉集』이 있음.

86) 「소대람고사蘇臺攬古辭」 : 일반적으로 「등유주대가登幽州臺歌」라는 제목으로 알려져 있음.

念天地之悠悠,	유유한 천지를 생각하고는,
獨愴然而涕下.	홀로 하염없이 눈물 뿌리네.

라 하였으니, 이는 정말로 강개慷慨한 말이다.

나는 매번 높은 데 올라 멀리 바라볼 때마다 반드시 양숙자羊叔子[87]의, "우주가 있고부터 이 산은 있어 왔다"[88]는 말을 생각하고는 눈물 떨구며 크게 한탄하지 않은 적이 없었다. 또 일찍이 왕완정王阮亭의 『어양시화漁洋詩話』를 보니 이름 모를 사람이 산 속의 석벽에 쓴 두 글귀가 실려 있었다.[89] 그 시에,

山虛水深,	산은 텅 비고 물은 깊은데,
萬籟蕭蕭.	들리는 온갖 소리 쓸쓸도 하다.
古無人蹤,	고래古來로 사람 자취 간 곳이 없고,
惟石嶕嶢.	오로지 바위 하나 높이 까마득.

이라 하였으니, 이는 왕형공王荊公의,

欲窮源而不得,	근원을 찾으려다 찾지 못하고,
竟悵望而空歸.	서글피 바라보며 하릴없이 돌아오네.

라는 시[90]와 의미가 같다. 산을 유람하는 자는 여기서 유신劉晨·완조

87) 양숙자羊叔子 : 숙자叔子는 양호羊祜(221~278)의 자. 서진西晉의 명장. 죽은 뒤에 백성들이 그의 비석을 보고 눈물을 흘렸다고 하여 타루비墮淚碑의 고사가 생긴 사람.

88) "우주가 있고부터 이 산은 있어 왔다" : 『진서晉書』「양호전」에 있는 말. 양호는 산수를 좋아하기로 저명함.

89) 이름 모를 …… 실려 있었다 : 아래 시는 사고전서 제1483책의 『어양시화』에는 보이지 않는다. 완정의 다른 저서인 『향조필기香祖筆記』와 『거이록居易錄』에는 각각 기재되어 있는데, 둘 다 '고금명古琴銘'이라 하였다.

90) 이는 왕형공王荊公의 …… 라는 시 : 6언으로 된 「제서주산곡사 석우동천혈題舒州山谷

阮肇[91] 같은 생각이 없을 수 없다.

不見古人 不見來者

張正見曰, "不恨我不見古人, 恨古人不見吾狂", 此言近俳諧, 而陳伯玉「蘇臺攬古詞」, 則曰"前不見古人, 後不見來者. 念天地之悠悠, 獨潸然而涕下", 此眞慷慨語也.

余每登高望遠, 必思羊叔子"自有宇宙, 便有此山"之語, 未始不潸然一歎. 又嘗見王阮亭『漁洋詩話』, 有無名氏題山中石壁二句, 其詩曰, "山虛水深, 萬籟蕭蕭. 古無人蹤, 惟石嶕嶢." 此與王荊公"欲窮源而不得, 竟悵望而空歸"之詩, 意同. 遊山者於此, 不能無劉晨・阮肇之想矣.

이릉李陵[92]의 시

이릉의 「소무蘇武에게 답한 편지」는 천년 뒤에도 한을 남기고, 옹문雍門 자주子周가 금곡琴曲을 탈 때 들려준 한 마디 말에 맹상군은 눈물을 뿌렸다.[93] 이는 비록 천근하지만 사람을 감동시키는 곳에 있어서 느낌이

寺 石牛洞泉穴」의 뒤쪽 두 구(句). 왕안석, 『임천집臨川集』 권12에 있음.

91) 유신劉晨・완조阮肇 : 이 두 사람의 이름을 합쳐서 유완劉阮이라고 함. 동한東漢 영평永平 연간의 사람이라고 하는데, 천태산天台山에서 약을 캐다가 길을 잃고 우연히 두 선녀를 만나 그들의 집에 갔다가 반년 만에 돌아와보니 자손들이 이미 7대가 지났다고 함.

92) 이릉李陵(?~B.C.74) : 한나라 농서隴西 성기成紀 사람. 자는 소경少卿. 명장 이광李廣의 손자.

93) 옹문雍門 자주子周가 …… 눈물을 뿌렸다 : 유향劉向의 『설원說苑』 「선세善說」 편에 있는 말. 이후 '옹문금雍門琴'이란 말은 애상적 곡조를 가리키는 용어로 되었음.

없을 수 없기 때문이다. 양탄楊惲[94]의 「손회종孫會宗에게 답한 편지」와 연독延篤[95]의 「이문흠李文欽에게 보낸 편지」와 유자후柳子厚의 「허맹용許孟容에게 부치는 편지」와 왕유의 「배적裵迪에게 부치는 편지」는 각각 회심처會心處가 있다.

소동파는 "나는 글을 지을 때 마땅히 내달려 가야할 곳에서는 항상 내달려 가고 그치지 않을 수 없는 곳에서는 항상 그쳤다"[96] 하고, 또 「문로공文潞公에게 올리는 편지」[97]에서, "천금의 보배로운 옥을 팔 사람은 시장에 가지 않더라도 보려는 자가 대문을 빼곡히 막을 것입니다. 보는 자들은 탄식을 하지만 주인은 아무 할 말이 없습니다" 하였으니, 이는 동파가 자신을 두고 한 말이다. 문장을 짓되 내달려 가야할 곳에서 내달려 가고 그쳐야할 곳에서 그친 연후에 비로소 사람을 감동시킬 수가 있다. 동파의 이 편지는 학자의 자기 수양을 가리켜 말한 것이고 문장을 두고 한 말이 아니지만, 문장 역시 마찬가지다.

李陵詩

李陵「答蘇武」一書, 留限千古, 雍門周琴曲一語, 孟嘗揮涕, 此雖淺, 動人處, 不能無感故耳. 楊惲「報孫會宗書」, 延篤「與李文欽書」, 柳子厚「寄許孟容書」, 王維「寄裵迪書」, 各自有會心處.

東坡曰, "吾於文, 常行於所當行, 常止於不可不止." 又「上文潞公書」, 有曰, "鬻千金之璧者, 不適于市, 而願觀者塞門, 觀者歎息, 而主

94) 양탄楊惲 : 자는 자유子幼. 사마천의 손자. 그가 손회종에게 답한 편지는 『문선』에 실려 있음.

95) 연독延篤 : 후한 사람. 자는 숙견叔堅. 경전과 백가에 통달하였고, 경조윤京兆尹을 지냈음.

96) "나는 글을 지을 때 …… 항상 그쳤다" : 『동파전집』 권75 「여사민사추관서與謝民師推官書」에 있는 말인데, '나는 글을 지을 때[吾於文]'라는 말은 저자가 이해를 돕기 위해서 임의로 더한 것임.

97) 「문로공文潞公」에게 올리는 편지 : 이어지는 글은 『동파전집』 권72 「증승상에게 올리는 편지上曾丞相書」에 있는 내용이다. 저자가 편지의 제목을 잘못 기록한 듯하다.

人無辭", 破公自道也. 爲文而能行於行, 止於止然後, 始可以動人, 坡公此書, 指士之自修而言也, 非謂文也, 而文亦然矣.

청나라 사람이 세상에 아첨함

신하된 사람은 무릇 어떤 사실을 기술할 때 그 사실이 자기 나라 임금의 덕행이나 공적에 관계된 것이면 반드시 높이 드러내어 기리고 칭송하니, 이는 천리와 인정에 진실로 마땅한 바여서 어느 시대건 그렇게 하지 않은 적이 없었다. 그러나 근래의 청나라 사람들은 무릇 조정의 사적事蹟에 관계된 것이면 언제나 장황하게 과장하고 빛내어서, 하찮은 작은 일이라도 극구 찬양하지 않는 것이 없다. 그래서 곳곳마다 요순보다 더 훌륭하지 않은 경우가 없고, 하는 일마다 삼황三皇을 겸하고 오제五帝보다 더 낫지 않은 일이 없다. 이는 아첨이지 칭송이 아니니, 보는 사람들은 싫증을 낸다. 그러나 그 의도는 다른 것이 아니고, 한·당漢唐이 중국을 차지한 시대와는 다르기 때문에 사람들이 모두 두렵고 위축되어 근신하기 때문이다.

대개 남을 칭찬하는 말은 사실에 걸맞아야 하니, 일미溢美가 지나치면 모두 헛말이다. 그래서 구양현歐陽玄이 지은 「노재 행장魯齋行狀」[98]을 선유先儒들이 그릇되었다 여긴 것은 이 때문이었다. 명나라 천계天啓 때 위

98) 구양현歐陽玄이 지은 「노재 행장魯齋行狀」: 『사고전서』에 들어 있는 구양현의 문집(『圭齋文集』)에는 「노재행장」이 없고 '신도비'가 실려 있음(권9 「元中書左丞 集賢大学士 國子祭酒 贈正學垂憲佐理功臣 太傅開府儀同三司 上柱國 追封魏國公 諡文正許先生神道碑」). 글은 원 세조와 노재 허형許衡에 대한 더할 수 없는 찬양으로 시작되고 있음.

엄魏閹[99]은 권세가 하늘을 찌를 듯하였는데, 그때 아부하는 자들이 심지어 '구천세九千歲'[100]라 부르는 일조차 있었다. 또 생사당이 온 중국에 세워졌는데, 한 변방의 장수가 생사당을 세우면서 극도로 장엄・화려하게 하고, 그 사당 앞기둥에 송덕頌德의 글을 새겨 걸었는데, "지극한 성인이자 지극한 신인으로서 천지의 가운데 표준을 세웠으며, 문에 뛰어나고 무에도 뛰어나 해와 달과 함께 언제나 빛나리라" 하였으니, 이 무슨 말인가? 도리어 가소롭다.

淸人阿世

爲人臣者, 凡有記述, 事繫本朝聖德聖烈者, 必揄揚贊頌, 自是天理人情之允當, 無世不然. 而近日淸人, 則凡屬朝家事蹟, 動輒張皇夸耀, 雖在尋常小事, 無不極口贊揚, 無處非賢於堯舜, 無事不兼三皇而過五帝, 此諛也, 非頌也, 見者可厭. 然其意無他, 異於漢唐中國之世. 故人皆畏約而謹愼者也.

盖向人稱謂, 稱停[101]可也, 過涉溢美, 則皆虛譽也. 是以歐陽玄之爲「魯齋行狀」, 先儒非之者, 此也. 明天啓時, 魏閹勢焰熏天, 其時阿附者, 至有九千歲之稱. 又生祠遍天下, 一邊帥建祠, 窮極壯麗, 其祠前楹, 刻揭頌德, 有曰, "至聖至神, 中天地而立極, 乃文乃武, 同日月而恒明", 此何說也? 還爲可笑.

---

99) 위엄魏閹 : 위충현魏忠賢을 말함. 환관.
100) 구천세九千歲 : 황제에 대해서는 '만세萬歲', 제후에 대해서는 '천세'라고 했다.
101) 停 : 情의 잘못임.

왕양명과 이지李贄

『홍재전서』「일득록」에, “신선의 풍골風骨과 장수와 재상의 재지才智와 영웅의 훈업勳業을 모두 겸하여 지닌 인재를 서한西漢(전한)이 한 사람 얻었으니 장자방張子房(張良)이고 촉한蜀漢이 한 사람 얻었으니 제갈공명이고 당나라가 한 사람을 얻었으니 이장원李長源[102]이고 명나라가 한 사람을 얻었으니 왕백안王伯安(왕양명)이다”[103] 하였다. 정조의 이 말씀은 극히 엄선한 것이니, 아마도 이보다 나은 인재는 없을 것이다. 이필李泌 이상의 여러분은 정말로 그러하지만, 그러나 양명陽明의 경우 도학과 문장은 겸비하였으나 그의 재능과 지략이 장량·제갈량과 과연 서로 백중할 지는 알 수가 없다. 하지만 아마도 명나라 삼백 년에서는 제일 가는 사람일 것이다.

양명은 정덕正德 연간 신호宸濠의 반란[104] 때 호광총제사湖廣摠制使로서 토벌 평정하여 초·월楚越의 만 리나 되는 지역이 모두 복종해 귀순하였으니, 명나라의 국운이 비록 태평한 시기이기는 하였으나 그의 공로는 실상 세상에 드문 것이었다. 어찌 유자儒者 가운데 위대한 영웅이 아니겠는가. 그는 출정할 때 바다에 다다라 시를 짓기를,

險夷元不滯胸中,	험하다 평탄하다 애초 의식 않으니,
何異浮雲過太空?	뜬구름 허공 지나는 것 무엇 다르랴?

102) 이장원李長源(722~789): 이필李泌. 장원長源은 자. 당나라 현종부터 숙종·대종代宗·덕종德宗 때까지 중용되었음.

103) 『홍재전서』「일득록」에 …… 왕백안王伯安(왕양명)이다: 『홍재전서』「일득록」의 첫 권에 있음.

104) 신호宸濠의 반란: 주신호朱宸濠의 반란. 주신호는 명나라 태조 주원장朱元璋의 열 일곱째 아들 영왕 권寧王 權의 현손玄孫으로, 남창南昌에 봉하여졌다. 무종武宗 정덕正德 14년(1519)에 모반하여 남경南京을 탈취하였는데, 왕양명이 진압하였다.

夜靜海濤三萬里, 밤도 고요한 바닷길 삼만 리를,
月明飛錫[105]下天風. 달빛에 군대 몰아 나는 듯 내려간다.

하였으니,[106] 이 얼마나 대단한 풍격風格인가? 다만 양명은 타고난 천품이 세상에 뛰어나고 재주와 학문이 탁월하게 빼어나서 마침내 치양지致良知의 학설로 천하를 고무·동요시켜 주자를 배척하여, 세상의 육학陸學(상산학)을 주장하는 자들이 휩쓸려 좇아 끝내 이단異端의 귀숙처가 되었다. 이것이 이른바 고매하고 밝은 데서 잘못되고 현자賢者는 지나치다[107]는 것이다. 우리나라의 제현들도 진백사陳白沙[108]와 아울러 '선학禪學을 한 두 사람'이라 일컬으니, 어찌 그 책임을 벗어날 수 있겠는가? 그러나 양명은 실로 세상에 드문 인재이니, 그의 재주와 학문은 폐할 수가 없다.

그의 문인 왕기王畿[109]에 이르고 한번 더 전해서 이지李贄가 되었으니, 미친 듯 멋대로 방자하여 도대체 남의 이목을 꺼리는 일이 없었다. 이지의 『장서藏書』와 『분서焚書』는 그 해악이 더더욱 하늘에 닿아서 육상산 문하의 자호慈湖[110]보다 더 심하였다. 대개

開門人是閉門人. 문을 여는 사람이 바로 문을 닫는 사람[111]

105) 비석飛錫: 승려가 순행巡行하는 일. '석錫'은 석장錫杖.
106) 그는 출정할 때 …… 하였으니: 제목은 「범해泛海」.
107) 고매하고 밝은 데서 잘못되고 현자賢者는 지나치다: 『중용』에, "현자는 지나치고 불초한 자는 미치지 못한다"는 말이 있음.
108) 진백사陳白沙(1428~1500): 진헌장陳獻章. 명나라 신회新會 사람. 자는 공보公甫. 백사白沙는 호. 『백사집』이 있음.
109) 왕기王畿(1497~1582): 명나라 절강浙江 산음山陰 사람. 자는 여중汝中. 호는 용계龍溪. 『용계집』이 있음.
110) 자호慈湖: 양간楊簡(1141~1225). 송나라 자계慈溪 사람, 자는 경중敬仲. 자호는 호. 『자호유고』가 있음.
111) 문을 여는 …… 닫는 사람: 왕양명이 전생에 금산사金山寺라는 절의 승려였다는 설에 관련된 고사인데, 앞 구句는 "오십년후왕양명五十年後王陽明"이다. 전신 사리가

이라는 시를 보면 그가 고승高僧의 후신이 분명하니, 양명이 유자로서 선학禪學을 한 것 역시 부득이한 일이었을까?

李贄

『弘齋全書』「日得錄」曰, "神仙風骨, 將相才智, 英雄勳業, 兼以有之者, 西漢得一人, 張子房也, 蜀漢得一人, 諸葛孔明也, 唐得一人, 李長源也, 明得一人, 王伯安也." 正廟此教, 盖極選, 恐無過此矣. 李泌以上諸公誠然, 而陽明則兼有道學文章, 其才智則未知當與張葛, 果相伯仲, 而盖有明三百年一人耳.

陽明在正德中宸濠之亂, 以湖廣摠制使討平之, 楚越萬里, 咸服歸順, 運雖昇平, 功實不世, 豈非儒者之大英雄乎? 其行也, 臨海賦詩曰, "險夷元不滯胸中, 何異浮雲過太空? 夜靜海濤三萬里, 月明飛錫下天風." 此何等風格? 但陽明, 姿品絶世, 才學超逸, 遂以致良智之說, 鼓動天下, 背斥朱子, 世之陸學者, 靡然從之, 終爲異端之歸, 此所謂失之高明而賢者過之也. 我東諸賢, 亦以陳白沙, 幷謂禪學二公, 烏得辭其責也? 然陽明, 實間世人, 其才學則不可廢也.

至於其門人王畿, 一傳而爲李贄, 猖狂自恣, 無復顧忌, 而贄之『藏書』·『焚書』, 則其害尤滔天, 有甚於陸門之慈湖也. 盖觀於"開門人是閉門人"之詩, 其爲高僧後身分明, 陽明之以儒爲禪, 亦不得不爾者耶?

되어 앉아 있는 이도, 그 방문을 여는 이도 모두 왕양명이라는 것이다. 권5의 「전신과 후신」에도 같은 내용의 기술이 있음.

사詞

사란 시의 나머지이다.[112] 그 근원은 수나라 양제煬帝의 「망강남望江南」에서 시작된다고들 하나 기실 사 역시 당연히 당나라의 청련青蓮(이백)이 비조鼻祖가 되니, 「억진아憶秦娥」[113] · 「보살만菩薩蠻」[114]의 두 사詞는 천고에 으뜸으로 빼어나다. 그러나 당나라에서는 다만 백향산白香山(백거이)과 유빈객劉賓客(유우석)의 「양류지사楊柳枝詞」[115] · 「죽지사竹枝詞」[116]와 장지화張志和[117]의 「어부사漁夫詞」[118]만 있었으니 단지 칠언절구로 체제를 삼고 곡조를 붙였을 뿐 그다지 성행하지는 않았다.

송나라에 이르러 사의 체제가 점점 넓어져서 구양수 · 소식부터 곧잘 지었으니, 유칠柳七[119] · 진관秦觀 · 산곡山谷(황정견) · 임천臨川(왕안석) · 주

112) 사란 시의 나머지이다 : '시여詩餘'란 사詞의 이칭으로 널리 사용된 용어이다. 그 정확한 함의에 대해서는 몇 가지 설이 있지만 어쨌든 시와 관련된 양식으로 이해되어 온 것이다.

113) 「억진아憶秦娥」: 당시의 혼란한 나라 사정을 소재로 한 작품. 다음의 「보살만」과 함께, 이백이 사詞를 썼는지에 대해서는 논란이 있기도 함.

114) 「보살만菩薩蠻」: 원정 나간 남편을 그리는 부인의 심정을 소재로 한 작품. 7언 2구와 5언 6구로 이루어졌음. 악부시와 마찬가지로, 이후 많은 사인詞人들이 같은 제목의 작품을 남기고 있음.

115) 「양류지사楊柳枝詞」: 백거이의 사詞 작품에는 「죽지」와 「망강남望江南」이 있다. 「양류지사楊柳枝詞」는 당나라 덕종德宗 때 중서사인을 역임한 한굉韓翃의 처 유씨柳氏의 작품이다.

116) 「죽지사竹枝詞」: 유우석이 왕숙문王叔文 사건에 연좌되어 낭주사마朗州司馬로 쫓겨가서, 그곳의 민가民歌를 바탕으로 새롭게 지은 사곡. 칠언절구의 형식으로 되어 있고, 모두 4수.

117) 장지화張志和 : 초명은 구령龜齡, 자는 자동子同. 16세에 과거에 급제, 숙종肅宗 때 한림 대조翰林待詔 등의 벼슬을 지냈다. 유배에서 돌아온 뒤 다시 관직에 나가지 않고 은거하였으며, 저서로는 『현진자玄眞子』가 있다. 가사歌詞를 잘하고 서화書畫에 능하였다. 안진경顔眞卿 · 육우陸羽 등과 친하였다.

118) 「어부사漁夫詞」: 은거의 굳은 의지를 천명한 내용임. "서새산전백로비西塞山前白鷺飛"로 시작하고 있는데, '서새산西塞山'이란 장지화의 고향인 절강浙江 오흥현吳興縣에 있는 산임.

미성周美成[120] 같은 이의 사는 모두 송사 가운데 절조絶調들이다. 부인과 기녀들도 모두 사를 잘 지었으니, 이이안李易安[121]·주숙진朱淑眞[122]은 부녀 작가 가운데 으뜸이고 엄예주嚴蘂珠[123]는 전당錢塘의 이름난 기녀이지만 특히 사에 능한 것으로 이름이 났다. 남송南宋에서는 가헌稼軒 신기질辛棄疾[124]이 평생 좋아한 것이 바로 사였다. 그는 희노애락을 모두 사에 붙였으므로 제일의 대가가 되었으니, 한 시대 풍기風氣의 결과였다. 그래서 주자朱子 같은 도학자도 이를 즐겼다.[125]

원나라에 이르면 문인으로 사에 능하지 않은 사람이 없었으니, 허노재許魯齋(허형)처럼 저술을 일삼지 않은 사람도 왕왕 사곡詞曲을 썼다. 그러므로 '송사宋詞·원곡元曲'이라 한다. 그러나 사에는 단조短調가 있으니 「여몽령如夢令」[126]이 가장 적고 장조長調가 있으니 「초편哨遍」[127]이

119) 유칠柳七 : 유영柳永(987?~1057?). 자는 기경耆卿. 1034년 진사, 둔전원외랑屯田員外郎을 역임. 배항排行을 따라 '유칠柳七'로 불리었고, 관직을 따라 유둔전柳屯田으로 불리기도 함.

120) 주미성周美成 : 주방언周邦彦(1056~1121). 자는 미성美成, 전당錢塘 사람. 작품집 『청진사淸眞詞』, 『편옥사片玉詞』가 있음.

121) 이이안李易安(1084~?) : 이청조李淸照. 이격비李格非의 딸, 조명성趙明誠의 부인. 호가 이안거사易安居士 또는 수옥漱玉. 남편과 함께 『금석록金石錄』을 편찬하였고 시문詩文에 뛰어났으며, 청신하고 고운 사詞로 이름을 날렸다. 『수옥집漱玉集』(일명 『이안사易安詞』)이 있음.

122) 주숙진朱淑眞 : 전당錢塘 사람. 호는 유서거사幽栖居士. 작품집으로 『단장사斷腸詞』가 있음. 『전송사全宋詞』에 그의 작품 30여 수가 실려 있음.

123) 엄예주嚴蘂珠 : 『전송사』에는 '엄예嚴蕊'로 되어 있고, 사詞 3수가 실려 있음. 자는 유방幼芳, 천태영天台營의 노비였음.

124) 신기질辛棄疾(1140~1207) : 자는 유안幼安. 태어날 때 고향인 산동山東은 이미 금金나라에 점령되어 있었는데, 신기질은 21세에 금나라에 대항하는 군사 활동에 참가하였고, 뒤에 군대를 이끌고 송으로 귀의하여 대리시소경大理寺少卿과 여러 곳의 안무사 등의 직책을 역임하였음. 비장 격렬하고 웅혼 호방한 풍격의 훌륭한 사를 많이 써서 동파와 이름이 나란하여 '소신蘇辛'으로 병칭되었음. 『가헌사稼軒詞』가 있음.

125) 주자朱子 같은 도학자도 이를 즐겼다 : 『전송사』에 주자의 사詞 작품 20여 수가 실려 있음.

126) 「여몽령如夢令」 : 사패詞牌의 이름. 후당後唐 장종莊宗(이존욱李存勗)이 지었다고 전함. 단사單詞 33자字, 쌍조雙調 66자로 되어 있음.

127) 「초편哨遍」 : 사패詞牌의 이름. 「초편稍徧」이라고도 함. 쌍조雙調로서, 160자, 200자,

가장 많다. 그 밖에는 2장 또는 3장으로 되어서 그 체제가 한결같지 않다. 모두 합해서 백여 가지 곡조가 되는데, 글자 하나하나마다 힘을 들이므로 '전사塡詞'라 한다. 진실로 짓자면 모름지기 각 체제의 자수字數·장단長短·곡조·청탁·전환·평측을 모두 암송해서 하나하나 마음에 명료한 뒤에야 지을 수 있으니 어렵지 않겠는가.

그래서 우리나라는 신라·고려 이래로 이른바 문집에 한 수도 사를 읊은 것이 없고,[128] 오직 체소體素 이공 춘영李公春英[129]의 문집에 몇 수가 있으나[130] 어린아이의 말 배우기에 지나지 못하니, 어찌 중국 문사들의 비웃음거리가 되지 않겠는가. 시를 지었다가 남에게 비웃음을 산다면 짓지 않음만 못하다. 예로부터 대가와 문장들이 어찌 모두 사가 있었던가. 노천老泉(소순)과 남풍南豊(증공)은 시 짓기도 달갑게 여기지 않았으니, 그들이 소소한 사를 지었겠는가.

무릇 사는 요염한 말을 위주로 한다. 그러므로 동파의 사는 끝내 진소유秦少游(秦觀)·유기경柳耆卿(柳永)만 못한데, 세상에서는 "동파의 사는 시詩 같고 소유少游의 시는 사詞 같다" 한다. 동파 스스로도 "나는 매양 사를 짓자면 한 고조·당 태종이 항상 붓끝에 따른다" 하였으니, 이는 비록 공이 우스개로 한 말이지만 공의 사는 대개 웅건雄健한 데 뛰어났기 때문이다. 공이 일찍이 교방敎坊의 가기歌妓에게 묻기를 "나의 사詞가 유둔전柳屯田의 그것과 어떠한가?"[131] 하니 기녀는, "학사學士(동파)의 사는 동銅으로 주조된 장군[132]이 철판을 갖고 '큰 장강長江 동쪽으로 흐르

202자, 203자, 204자의 여러 체제가 있음.

128) 우리나라는 …… 사를 읊은 것이 없고 : 고려말 이곡李穀의 경우 문집에 10수의 사를 남기고 있음(『가정집』 권20).

129) 이춘영李春英(1563~1606) : 본관은 전주全州. 자는 실지實之, 호는 체소재體素齋. 시문에 능하였으며, 『해동사부海東辭賦』에 그의 작품이 실려 전한다. 『체소집』 3권이 있다.

130) 오직 체소體素 이공 …… 있으나 : 한국문집총간에 실린 『체소집』에는 단지 1수뿐임(「過大堤題一詞以悼亡」).

131) "나의 사詞가 …… 어떠한가?" : 송宋 유문표兪文豹, 『취검속록吹劍續錄』(『사림기사詞林紀事』 권5에 있는 말.

나니, 그 물결 천고의 풍류 인물 다 쓸어 갔네'라는 노래[133]를 부르는 것 같고, 유둔전은 17~18세 앳된 여인이 박달나무 판을 가지고 '수양버들 언덕, 새벽바람에 저무는 달 떠 있는 곳이리로다'는 노래[134]를 부르는 것 같습니다" 하였다. 공은 멋쩍어서, "'수양버들 언덕, 새벽바람에 새벽달 떠오른 곳'이란, 뱃사공이 칙간에 올라가는 광경이야" 하자 듣는 사람들이 모두 포복절도하였다. 그러나 비록 "동으로 주조된 장군의 철판"이라 하였지만 공의 이 사는 웅건하기가 천고의 압권이어서 장강의 신이 일어나 춤을 추게 하기에 충분하다. 그 사는 이러하다.

大江東去,	큰 장강 동쪽으로 흐르나니,
浪淘盡, 千古風流人物.	그 물결 천고의 풍류 인물 다 쓸어 갔네.
故壘西邊[135] 人道是,[136]	옛 성루城壘 서쪽 편을 두고 사람들,
三[137]國周郎赤壁.	삼국 때 주랑周郎의 바로 그 적벽赤壁이라네.
亂石穿空,[138]	삐죽삐죽 바위들 하늘을 뚫고,
驚濤拍岸,	놀란 파도 들입다 언덕을 쳐서,
捲起千堆雪.	천 무더기 눈더미를 말아 올리네.
江山如畫,[139]	강산江山이 그림 같은 이 곳에,

132) 동銅으로 주조된 장군 : 원문은 "동장군銅將軍." '동인銅人'과 같은 의미인 듯. 동인銅人은, 동으로 사람 형상을 주조하여 궁궐 등의 문지기로 둔 것.

133) '큰 장강長江 동쪽으로 흐르나니, 그 물결에 천고의 풍류 인물 다 쓸려 갔네'라는 노래 : 동파의 사詞인 「염노교念奴嬌」의 첫 구절.

134) '수양버들 …… 곳이리로다'는 노래 : 유영, 「우림령雨林鈴」의 한 부분. 원문을 보이면, 앞 짝 "오늘밤 술이 깨면 어디이려나[今宵酒醒何處]?"에 이어서 "양류안楊柳岸, 효풍잔월曉風殘月"이라고 되어 있다.

135) 변邊 : 『지수염필』에 '반畔'으로 되어 있지만, 『전송사』를 따라 바로잡음. 유평백兪平伯, 『당송사선석唐宋詞選釋』(인민문학출판사, 1979)에도 『전송사』와 같음.

136) 인도시人道是 : 『당송사선석』에서는 이 석 자를 따로 하나의 구로 떼어서 읽고 있다. 여기서는 『전송사』를 따랐음.

137) 삼三 : 『지수염필』에는 "이二" 잘못임.

138) 천공穿空 : 『당송사선석』에는 "붕운崩雲"으로 되어 있음.

139) 강산여화江山如畵 : 유영의 유명한 사詞인 「쌍성자雙聲子」의 한 구절. 동파는 이를 그

一時多少豪傑. 일시에 호걸豪傑들 많이도 모였었지.

遙[140]想公瑾當年, 생각하면 공근公瑾은 그때,
小喬初嫁了, 소교小喬[141]를 갓 맞았었고,
雄姿英發. 영웅의 자질 눈부시게 빼어났지.[142]
羽扇綸巾談笑間, 우선羽扇에 윤건綸巾 제갈량과 담소하는 사이에,
强虜[143]灰飛煙[144]滅. 강한 적은 재 날리며 연기처럼 사라졌지.
故國神遊, 고향에 가기라도 한다면,
多情應笑我,[145] 다정다감하다고 나를 비웃을 테지,
早生華髮. 그런 마음 때문에 벌써 백발이 났다면서.
人間[146]如夢, 인생이란 한바탕 꿈과 같은 것,
一罇還酹江月.[147] 다시 한 잔 술을 따르네, 강물에 뜬 달에.

이 어찌 기경耆卿(유영)만 못하단 말인가? 기경의 「망해조望海潮」 한 편의 사는

三秋桂子, 가을의 계수나무
十里荷花. 십 리의 연꽃

대로 인용하고 있는 것임.

140) 요遙 : 『지수염필』에 '추追'로 되어 있지만, 『전송사』를 따름.

141) 소교小喬 : 교씨喬氏의 두 딸 가운데 큰딸은 손책孫策에게, 둘째딸은 주유에게 시집갔음.

142) 영웅의 자질 눈부시게 빼어났지 : 손권이 육손陸遜과 함께 당시의 인물을 평론하면서, "여몽呂蒙은 '언의영발言議英發'이 주유에 미치지 못한다"고 하였음(『삼국지』 「여몽전呂蒙傳」).

143) 강로强虜 : 『지수염필』에는 "장로檣艣", 『당송사선석』에는 "장로檣櫓"로 되어 있음. 『전송사』를 따랐음. 『당송사선석』에서는 "어떤 판본은 '강로强虜'로 되어 있으나 틀린 듯하다고 하였음.

144) 연煙 : 『지수염필』에 '연烟'으로 되어 있지만, 『전송사』를 따름.

145) 아我 : 『전송사』에서는 '아我'를 다음 구에 붙였으나, 『당송사선석』을 따랐음.

146) 간間 : 『지수염필』에는 "생生". 『전송사』를 따름.

147) 이 사詞의 제목 「염노교念奴嬌」 밑에 『전송사』에는 "적벽회고赤壁懷古"라고 쓰여 있음.

이라거나,

風[148]簾翠幕,	바람에 흔들리는 발에 푸른 장막이며,
參差十萬人家.[149]	들쭉날쭉 번성한 도시 십만 인가人家로다.

등의 말이나, 심지어 "금나라 군주 양亮으로 하여금 투편도강投鞭渡江[150] 할 뜻을 일으키게 한다"거나, "오산吳山 제일봉第一峯에 말을 세운다" 같은 구절[151]은, 비록 그가 죽어 간 빌미가 되기에는 충분하였지만, 그 시대는 전쟁의 소용돌이를 면할 수가 없었다. 뒷날 어떤 사람의 시에,

那知卉木無情物,	어찌 알았으리, 초목 따위 미물이,
牽動長江萬里愁?	장강長江 만 리의 근심 불러올 줄을?

하였으니, 정말로 명언이다.

詞

詞者, 詩之餘也. 其源, 始於隋煬帝「望江南」云, 而其實則詞亦唐之青蓮, 當爲鼻祖, 「憶秦娥」·「菩薩蠻」二詞, 冠絶千古. 然唐世, 但有白香山·劉賓客「楊柳枝詞」·「竹枝詞」, 與張志和「漁夫詞」, 只以七絶, 爲體爲曲而已, 不甚盛行.

至宋, 詞體寖廣, 自歐·蘇, 動輒有作, 如柳七·秦觀·山谷·臨川·周美成, 皆宋詞之絶調也. 婦人妓女, 亦皆善詞, 李易安·朱淑眞, 爲閨閣之冠, 嚴蘂珠, 錢塘名妓, 而尤以能詞名. 南渡後, 辛稼軒棄疾

148) 풍風: 『지수염필』에는 "상緗". 『전송사』를 따름.
149) 이상 4개의 구는 모두 「망해조望海潮」의 일부임. 전당錢塘의 번성함을 노래한 내용.
150) 투편도강投鞭渡江: 전진前秦의 군주 부견苻堅의 고사. 투편단류投鞭斷流.
151) "금나라 군주…… 말을 세운다" 같은 구절: 『전송사』의 유영柳永 사詞에는 보이지 않음.

平生所喜, 卽詞也, 喜怒哀樂, 皆寓之詞, 故爲一大家, 一代風氣所致也. 故雖以朱徽公之道學, 未免游戱於此.

至元則凡爲文人, 無不能詞, 許魯齋之不事著述, 而往往有詞曲. 故曰宋詞元曲. 然詞有短調, 「如夢令」最少, 有長調, 「哨遍」最多, 其外二章三章, 其體不一, 摠合爲百有餘調, 而必字字致力, 故曰塡詞, 苟欲爲之, 須盡誦各體字數長短腔調淸濁轉換平仄, 一一瞭然於心頭然後, 可以賦詞, 不亦難乎?

是以我國則自羅麗來, 所謂文集, 無一首咏詞, 惟體素李公春英集中, 有如干首, 不過蒙兒之學語耳, 寧不爲中州文士所嘲笑耶? 爲詞而爲人笑者, 不如無詞矣. 自古大家文章, 豈盡有詞乎? 老泉・南豊, 詩亦不屑爲, 其能爲小詞乎?

大抵詞主艶語, 故坡公之詞, 終不如秦少游・柳耆卿, 而世謂坡公詞如詩, 少游詩如詞. 坡公亦自謂, "吾每作詞, 漢高祖・唐太宗, 常追逐筆下", 此雖公戱語, 公詞盖長於雄健故耳. 公嘗問敎坊歌妓曰, "我詞何如柳屯田?" 妓曰, "學士詞, 如銅將軍, 持鐵板, 唱大江東去, 浪淘盡, 千古風流人物, 柳屯田, 如十七八弱女兒, 持檀板, 唱楊柳岸, 曉風殘月", 公憮然曰, "楊柳岸, 曉風殘月, 是梢工登溷景", 聞者皆絶倒. 然雖曰銅將軍鐵板, 公之此詞, 雄壓千古, 足令江神起舞矣. 其詞曰, "大江東去, 浪淘盡, 千古風流人物. 亂石穿空, 驚濤拍岸, 捲起千堆雪.[152] 故壘西畔人道是, 二國周郎赤壁. 江山如畫, 一時多少豪傑. ○[153] 追想公瑾當年, 小喬初嫁了. 雄姿英發, 羽扇綸巾談笑間, 檣艣灰飛烟滅. 故國神遊, 多情應笑我, 早生華髮. 人生如夢, 一罇還酹江月", 此豈不如耆卿乎? 耆卿「望海潮」一詞, 其三秋桂子十里荷花, 細簾翠幕, 參差十萬人家等語, 至'令金主亮, 起投鞭渡江之志', 有'立馬吳山第一

152) 亂石穿空, 驚濤拍岸, 捲起千堆雪: "江山如畫"의 앞에 놓여야 함.

153) ○: 같은 제목 아래 한 수의 詞인데, 이 부분을 기준으로 앞뒤로 양분됨을 표시하기 위해서 저자인 홍한주가 일부러 삽입하였음.

峯'之句, 雖足爲渠送死之階, 其時則不能免兵戈擾攘矣. 後人有詩曰, "那知卉木無情物, 牽動長江萬里愁?" 眞名言也.

남의 시를 시기함

수나라 양제煬帝는 시를 시기하여 설도형薛道衡[154]을 죽이고, "'빈 들보에서 제비 진흙 떨어지네[空梁落燕泥]'[155]라는 싯구를 이제 또 다시 지을 수 있나 보자" 하였다. 유희이劉希夷[156]가,

今年花落顔色改,	올 봄 꽃 지고 나면 고운 얼굴 바뀔 테니,
明年花開復誰在?	내년 봄 꽃이 피면 어떤 사람 보게 될까?
年年歲歲花相似,	올해건 내년이건 꽃은 서로 같겠지만,
歲歲年年人不同.	내년이랑 올해랑 사람은 같지 않네.

라는 시[157]를 짓자, 그 외숙인 송연청宋延清[158]이 빼앗아서 자기 시로

154) 설도형薛道衡(540~609) : 자는 현경玄卿. 문제에게 송頌을 올렸다가 문제가 불쾌하게 여겨서 시정時政을 논한 것에 연좌시켜 죽였음.

155) 빈 들보에서 제비 진흙 떨어지네[空梁落燕泥] : 「석석염昔昔艶」이라는 제목의 5언 장편 악부시의 한 구절. 앞쪽 구는 "어두운 창에는 거미줄 걸리고[暗牖懸蛛罔]" 임.

156) 유희이劉希夷(651~680) : 당나라 여주汝州 사람. 종군從軍과 규정閨情을 제재로 한 시를 잘 썼으며, 옛 격조가 많았고 애상적이고 곤고困苦한 시풍으로 유명하였다. 『집급시집集及詩集』이 있다. 『전당시全唐詩』에는 이름이 '정지庭芝', 『당시선唐詩選』에는 '정지廷芝'로 되어 있다. '희이希夷'는 자.

157) 유희이劉希夷가 …… 라는 시 : 제목은 「대비백두옹代悲白頭翁」이고, 악부시 계열의 시임.

158) 송연청宋延清 : 송지문宋之問(656?~712). 연청은 자, 또 다른 이름은 소련少連. 장역

하려고 하였다. 희이가 하지 않으려고 고집하자 연청은 크게 성이 나 술을 먹여 취하게 만들어서 흙을 담은 자루로 눌러 죽이고 그 두 구절을 빼앗았다.

고려의 정지상鄭知常[159]은,

楊柳絲絲綠,	수양버들 가지가지 푸르고,
桃花點點紅.	복사꽃은 점점이 붉다.

라는 싯구로 김부식金富軾에게 피살되었다.

명나라 태조는 태학사太學士 유삼오劉三吾[160]에게 대고大誥를 대신 짓게 하고는 자기가 지은 것으로 하고 누설하지 말도록 경계하였다. 삼오는 몹시 두려워서 마침내 사직하고 고향으로 돌아갔다. 태조는 허락하고 상도 후하게 주면서, 발설하지 말도록 거듭 경계하였다. 삼오는 황공하고 두려움을 감당하지 못한 채 마침내 길을 떠났다. 성을 나간 다음날 태조는 혹시라도 발설을 할까 점점 의심이 들어서, 이에 칼을 무사에게 주어 따라가 그 자리에서 목을 베라 하였다. 삼오는 결국 길에서 죽었으니 나이 80이었다. 태조는 뒤에 불쌍히 여겨 유상遺像을 들여오라 명하여 손수 그 윗쪽에다 쓰기를,

此老年八十,	이 사람 향년이 여든이었으니,
何不七十九?	일흔 아홉에 죽었더라면.[161]

지張易之와 무삼사武三思에게 붙었다가 사사賜死되었다. 그는 널리 알려진 대로 근체시의 발전에 큰 공로가 있는 뛰어난 시인이고, 그의 시는 심전기沈佺期와 이름이 나란하여 당시 심송체沈宋體라 불렸음.

159) 정지상鄭知常(?~1135) : 고려 인종 때의 시인 · 문신. 호는 남호南湖. 『정사간집鄭司諫集』이 있다.

160) 유삼오劉三吾 : 명나라 다릉茶陵 사람. 이름은 여손如孫인데, 삼오라는 자로 더 알려져 있다. 자호는 탄탄옹坦坦翁. 원元에서 관직에 있었고, 명나라 초에 한림학사를 역임했다. 『탄재문집坦齋文集』이 있다.

하였다.

대개 이전 시기 문인들이 서로 시기한 것이 이런 경우가 많았다. 고황제高皇帝의 경우는 글을 시기한 것만은 아니었다.[162]

詩猜

隋煬帝, 以詩猜, 殺薛道衡, 乃曰, “能復作‘空樑落燕泥’否?” 劉希夷有“今年花落顔色改, 明年花開復誰在? 年年歲歲花相似, 歲歲年年人不同”之詩, 其舅宋延淸, 欲取爲己詩, 希夷執而不肯, 延淸大怒, 醉以酒, 用土囊壓殺, 而奪其二句.

高麗鄭知常, 以楊柳絲絲綠, 桃花點點紅之詩, 被殺於金富軾. 明太祖嘗命太學士劉三吾, 代作大誥, 用爲御撰, 戒勿泄語, 三吾畏甚, 遂乞骸還鄕, 上許之, 賞賚亦厚, 又申戒勿泄. 三吾惶懼不敢, 遂發行, 出城明日, 上轉疑或泄, 仍以一釰, 賜武士, 命追及所在而斬之, 三吾遂死路中, 時年八十. 上後乃憐之, 命入遺像, 手題其上曰, “此老年八十, 何不七十九?” 盖前世文人相猜, 多如此. 高皇則非但文猜也.

동파東坡와 이천伊川

동파는 이천과 비슷한 연배이지만[163] 이천이 수렴收斂·검속檢束이

161) 일흔 아홉에 죽었더라면: 79세에 죽었으면 칼에 죽지는 않았을 것이라는 뜻.

162) 고황제高皇帝의 …… 것만은 아니었다: 유삼오는 『명사』 열전 제25권에 들어있지만, 홍한주의 기록과 같은 내용은 없다. 다만, 과거 시험 부정에 따른 책임으로 유배되었다가 풀려 돌아와서 한동안 시간이 지나 죽었다고 한 바, 유삼오의 죽음은 당시 정국과 관련 있었다는 의미인 듯하다.

너무 지나침을 보고 마음으로 비웃어서 언제나 희떠운 말로 놀려대곤 하였다. 심지어는 "노래를 하면 곡을 하지 않는다는 말은 듣지 못하였다"[164]라 하고 또, "억울하게 시장바닥에서 죽임을 당한 숙손통叔孫通[165]이 만든 예법"이라 하고 또, "유씨劉氏를 위하여 좌단左袒을 한다"[166]라 하였다. 또 천자 앞에서 아뢰기를, "신은 평소 정모程某(이천)의 간사함을 미워합니다" 하였다. 이로써 낙당洛黨과 촉당蜀黨이 서로 다투어서 물과 불 사이 같을 뿐 아니었으니, 재주가 너무 지나쳐 덕망이 부족하다는 비난을 면할 수가 없었다.

일찍이 시詩 때문에 조사를 당하느라 어사대御史臺에 체포되었을 때 스스로 죽었다 요량하여, 얼굴이 사색이 되고 발이 풀리고 똥을 싸기조차 했다고 한다. 이 말은 아마도 낙당洛黨 사람의 입에서 나온 듯하니 어찌 다 믿을 수야 있겠는가. 그는 옥중에서 두 수의 율시를 읊었는데, 첫 수는 다음과 같다.[167]

柏臺霜氣夜凄凄,	어사대 서리 기운 밤 더욱 쓸쓸한데,
風動琅璫月向低.	바람은 사슬[168]에 불고 달은 지려하는구나.
夢繞[169]雲山心似鹿,	꿈속에 구름 산 감도니 마음은 사슴 같은데,
魂飛湯火命如鷄.	넋은 끓는 불을 나니 목숨은 닭과 같네.

163) 동파는 이천과 비슷한 연배이지만 : 소동파(1036~1101)가 정이천(1033~1107)보다 세 살이 적음.

164) "노래를 하였다면 …… 듣지 못하였다" : 『논어』에 있는 말을 뒤집어놓은 것.

165) 숙손통叔孫通 : 한나라의 조정과 종묘 등 국가의 전례典禮를 확립한 학자이자 정치가.

166) "유씨劉氏를 위하여 좌단左袒을 한다" : 본디 한 고조 사후 주발의 고사이지만, 이천이 송나라보다도 유교를 이른바 국교로 한 한나라를 더 숭앙한다고 비꼬는 말.

167) 그는 옥중에서 …… 다음과 같다 : 제목은 「옥중에서 자유에게 보냄[獄中寄子由]」(『소동파전집』 속집 제2권). 아우인 소철에게 보낸 시인데, 여기 인용된 시의 앞쪽 것이 문집에는 두 번째 시임.

168) 사슬 : 원문의 '낭당琅璫'은 죄인을 묶는 쇠사슬.

169) 요繞 : 『소동파전집』에는 "요遶."

眼中犀角眞吾子,	눈에 삼삼[170] 귀한 골상 내 아들이 분명한데,
身後牛衣媿老妻.	나 죽고 어려워질[171] 늙은 아내에 부끄럽네.
百歲神遊定何處?	죽은 뒤 돌아갈 곳 그 어디일까?
桐鄕知葬浙江西.	절강浙江 서쪽 내 고향에 장사치러 지겠지.

다른 하나는 다음과 같다.

聖主如天萬物春,	성군聖君은 하늘같아 만물은 봄날인데,
小臣愚暗自亡身.	이 몸은 어리석어 제가 제 몸 망쳤네.
百年未滿先償債,	한 평생 못 채우고 죄값 먼저 치르니,
十口無歸更累人.	갈 데 없는 열 식구 그대에게 맡기네.
是處靑山可埋骨,	이 곳 청산에 뼈를 묻게 되리니,
他時夜雨獨傷神.	뒷날 밤비에 홀로 마음 아파하리.
與君世世爲兄弟,	그대와는 대대로 형제가 되어,
重結來世未了因.	남은 인연 내세에 다시 맺으리.[172]

인하여 이 시를 옥리獄吏에게 주어 자유子由(蘇轍)에게 이르게 하였다. 그 시가 돌고 돌아 궁중에 들어가니 신종神宗은 실상 죽일 뜻은 없었던 데다 시를 보고는 더욱 마음이 움직여 마침내 용서해 풀어주어서, 법률 적용을 엄격히 한 사람들을 모두 거절하여 살아날 수가 있었다. 그러나

170) 눈에 삼삼 : 원문의 '서각犀角'은 이마 위의 뼈가 앞으로 툭 튀어나온 것. 귀인의 골상骨相.

171) 어려워질 : 원문의 '우의牛衣'는 가난한 사람들이 입는 옷이라는 의미.

172) 남은 인연 …… 다시 맺으리 : 원문의 "중결래세미료인重結來世未了因"이 『소동파전집』에는 "갱결인간미료인更結人間未了因"으로 되어 있음.

이 일로 인해 주자가 여지없이 내치게 되었다. 주자는 또 「잡학변雜學辨」[173]을 지어 동파의 『역』에 관한 견해를 배척하였고, 또 "소씨 부자는 정치精緻하고 심원하며 민첩하고 기묘한 문장으로 농간을 부리고 뒤집어 번복하는 풍조를 선동하였다" 하였고, 또 "소씨가 불교를 물리침은 자제子弟를 이끌어 부모를 공격하는 것과 같다" 하였고, 또 "젊어서는 소진蘇秦·장의張儀의 끄트머리를 주워 모았고 만년에는 불교·노장의 찌꺼기 술에 취했다" 하였고, 또 "이런 사람이 뜻을 얻었더라면 그의 죄는 반드시 왕씨(왕안석)보다 더 심했을 것이다" 하여, 당시 여러 사람들과 왕복한 말이 매우 많았으니, 동파는 마침내 천고의 죄인이 되고야 말았다.

그러나 파공坡公(동파)의 사람됨은 실로 없애지 못할 점이 있다. 그가 임금에 충성하고 나라를 사랑함은 지위를 얻고 잃거나 영예와 치욕으로써 개의치 아니하여 스스로 군자의 풍모가 있었으니, 초탈하여 마치 날아오르는 봉황새를 새장에 가둘 수 없는 것 같았다. 그래서 사마온공은 "신은 감히 말씀드리건대 소식만 못합니다" 하였고, 주자도 "의론議論과 기절氣節이 우뚝 빼어나고 특별히 뛰어나다" 하였다. 주자는 또 파공이 그린 죽석竹石에 붙인 발문에서 "그의 걸출하게 빼어나고 지조가 굳건한 자세와 굳세고 확고하여 흔들리지 아니한 조행操行은 대[竹]와 돌이라야 비슷할 수가 있을 것이다" 하였고, 또 일찍이 그의 논설을 취해서 경전 집주의 끝에 실었으니, 파공이 정말로 그릇된 소인배였다면 주자가 어찌 이렇게 했겠는가.

東坡與伊川

東坡與伊川爲年輩, 而見伊川收束太過, 心笑之, 每以謔語加之, 至曰, "未聞謌則不哭." 又曰, "枉死市叔孫通, 制此禮." 又曰, "爲劉氏左

173) 「잡학변雜學辨」: 불교와 도교의 학설에 영향을 입고 있는 당시 학자들의 저작을 비판한 저술. 대상이 된 책은 소식蘇軾의 『역전易傳』, 소철蘇轍의 『노자해老子解』, 장구성張九成의 『중용해中庸解』, 여희철呂希哲의 『인학해人學解』 등 네 가지이다.

祖.” 又於君前奏曰, “臣素嫉程某之奸”, 以是洛蜀相爭, 不啻如水火, 而才勝德薄之誚, 不能免也.

嘗以詩按, 彼[174]逮御史臺, 自分必死, 至於失色足軟而遺矢云, 此說似出於洛黨人口氣, 豈可盡信? 其在獄中, 咏二律, 一曰, “柏臺霜氣夜凄凄, 風動琅璫月向低. 夢繞雲山心似鹿, 魂飛湯火命如鷄. 眼中犀角眞吾子, 身後牛衣媿老妻. 百歲神遊定何處? 桐鄕知葬浙江西.” 一曰, “聖主如天萬物春, 小臣愚暗自亡身. 百年未滿先償債, 十口無歸吏累人. 是處靑山可埋骨, 他時夜雨獨傷神. 與君世世爲兄弟, 重結來生未了因.” 仍以付吏, 使致子由, 其詩轉入宮中, 神宗實無殺意, 見詩益動心, 遂從寬釋, 凡爲深文者, 皆拒之而得活. 然以是至朱子排擊無餘地. 又著「雜學辨」, 以斥其易說, 又曰, “蘇氏父子, 以精深敏妙之文, 煽壞詭變幻之習.” 又曰, “蘇氏闢佛, 乃率子弟攻父母.” 又曰, “早拾蘇張之緖餘, 晩醉佛老之糟粕.” 又曰, “斯人也得志, 其罪必甚於王氏.” 與當時諸公, 往復甚多, 東坡遂爲千古之罪人矣.

然坡公之爲人, 固亦有不可磨滅者. 其忠君愛國, 不以得喪榮辱介意, 自有君子之風, 則脫然若翔風之不可籠. 故司馬溫公曰, “臣敢言不如蘇軾.” 朱子亦曰, “議論氣節, 卓犖奇偉.” 朱子又嘗跋坡公所畵竹石曰, “其英秀後凋之姿, 堅確不移之操, 竹君石友, 庶幾似之.” 又嘗取其論說, 載之經傳集註之末, 若使坡公, 眞是非類小人, 則朱子亦豈如是也?

174) 彼 : ‘被’의 잘못일 듯하지만, 두 가지 필사본이 모두 같은 글자로 되어 있음.

만시輓詞

송나라 한충헌공韓忠獻公(韓琦)은 성화省華의 서자다. 큰그릇에 준엄한 국량으로 천하를 눌러 복종시킬 아량이 있어서 당나라의 방현령房玄齡·두여회杜如晦와 비길 만하지만 재주가 조금 못미친다. 그러나 방현령·두여회는 수나라 신하이니 절개를 잃은 사람들이고, 한공은 그런 일이 없었으니 절개가 온전한 사람이다. 정자程子는, "위공魏公(한기)은 한 세대에 빼어난 분으로서 삼대三代 이상의 인물이다" 하였다. 그가 작고하자 여러 사람들이 모두 만사輓詞를 지었는데 왕형공王荊公(왕안석)의 작품을 제일이라고들 하였다. 그 시는 이러하다.

心期自與衆人殊,	마음 기약 뭇 사람과 스스로 달랐으니,
骨相知非淺丈夫.	골상으로 알았네, 천박한 이 아닌 줄을.
獨斡斗杓環帝座,	북두 자루 홀로 돌려 제왕 자리 보좌하고,
親扶日轂上天衢.	해 바퀴를 떠받들어 하늘에 올리었네.
鋤耰萬里山無盜,	만 리 먼 곳 다스림에 산에는 도적 없고,
袞繡三朝國有儒.	삼조三朝에 재상 되자 나라에 학자 있네.
爽氣忽隨秋露盡,	호상豪爽한 그 기운 가을 이슬 따라 지니,
謾憑陳跡在龜趺.	하릴없이 비석에서 묵은 자취 찾아보네.

우리나라에서는 율곡栗谷이 작고했을 때 역시 온 조정의 관료들이 만사를 지었는데, 내 선조 문경공文敬公[175]의 시가 제일이었다. 그 시는 남

175) 문경공文敬公: 홍이상洪履祥(1549~1615). 광해군 때의 문신. 초명은 인상麟祥, 자는 원례元禮·군서君瑞, 호는 모당慕堂, 문경은 시호. 민순閔純의 문인. 『모당유고慕堂遺稿』

호곡南壺谷[176]이 편찬한 『기아箕雅』[177]에 실려 있으니, 다음과 같다.

斯文宗匠國蓍龜,	사문斯文의 종장宗匠이며 나라의 시귀蓍龜이니,
一代聲名走卒知.	한 시대 떨친 명성 주졸走卒조차 알고 있네.
洛下正逢司馬日,	서울에서 사마시司馬試에 급제하신 그 날은,
蜀中新喪臥龍時.	촉蜀 땅이 와룡臥龍 선생 잃는 때였지.
靑衿共切摧樑痛,	유생 모두 들보 꺾인 아픔을 절감했고,
丹扆偏深失鏡悲.	왕은 거울 잃은 슬픔 유달리 깊으셨네.
何意挺生何意奪?	무엇하러 내었다가 어째서 빼앗는가?
蒼天漠漠問憑誰?	하늘도 아득해라 누구를 의지할꼬?

정묘호란 때 백사白沙 윤훤尹暄[178]은 평안병사平安兵使로서 전투에 패배하고 군율을 잡지 못하였는데, 조정의 의론은 모두들 법대로 처리해야 한다 하여 대계臺啓가 날로 급박하였다. 그러나 인조仁祖는 공公이 오음공梧陰公(尹斗壽)의 아들이므로 차마 법을 적용하지 못하고 용서하여 풀어줄까 하고 있었다. 그때 해숭위 옹주海嵩尉翁主[179]는 바로 공의 질부姪

가 있다.

176) 남호곡南壺谷 : 남용익南龍翼(1628~1692). 호곡은 호. 자는 운경雲卿, 시호는 문헌文憲, 본관은 의령宜寧.

177) 『기아箕雅』 : 14권 7책. 최치원부터 김석주金錫胄 등에 이르기까지 497인의 시를 뽑은 책. 숙종 14년(1688) 간행.

178) 윤훤尹暄(1573~1627) : 인조 때의 문신. 자는 차야次野, 호는 장주長洲・천상川上, 시호는 장익章翼, 본관은 해평海平. 두수斗壽의 아들, 성혼成渾의 문인. 인조 5년(1627) 정묘호란 때 전세를 불리하게 하였다는 죄로 처형되었다. 『백사집白沙集』 3책과 『북경 방문 일기[白沙公航海路程日記]』가 있다.

179) 해숭위 옹주海嵩尉翁主(1555~1613) : 정혜옹주貞惠翁主. 선조의 빈인 인빈仁嬪 김씨의 차녀다. 그의 남편인 해숭위는 윤신지尹新之. 글씨에 뛰어났다. 정태화가 쓴 만사(「海嵩尉翁主挽」)가 있다(『陽坡遺稿』 권6).

婦였다. 대궐에 들어가 상 앞에 읍소하며 목숨을 빌었는데 상이 크게 노하여, "국법이 지극히 엄중한데 부녀자가 어찌 감히 사사로이 간청을 하는가" 하고, 즉시 대계를 윤허하여 마침내 공을 참수하고 곧바로 그 관직을 회복시켜 주었다. 조야朝野가 많이들 애석하게 여겨 한 시대의 이름난 공경公卿들의 만시輓詩가 매우 많았는데 택당澤堂 이공李公의 시가 제일로 꼽혔다. 그 시는 이러하다.[180]

衝飈吹裂大[181]牙旗,	돌개바람 대장 깃발 불어서 찢고,
白日孤[182]城鼓響衰.	한낮의 외로운 성 북소리 잠잠.
鄴下官軍先自潰,	업鄴 땅 관군 싸움 앞서 무너졌거니,
河陽虜馬果誰支?	하양河陽의 오랑캐 말 누가 막으리?
男兒等死猶[183]餘恨,	장부 죽음 덤덤하나 여한은 남았는데,
明主寬恩獨不私.	밝은 임금 너그러움 사사롭지 않으셨네.
早識斯文房次律,	사문斯文의 방차율房次律[184]을 일찍이 알았던들,
功名只合置台司.	공명이 조정에서 떠나지 않을 것을.

홍경로洪景盧는, "절창絶唱은 화운시和韻詩를 지을 수가 없다" 하였다. 그래서 이태백은 최호崔顥가 먼저 읊었다 하여 황학루 시黃鶴樓詩를 짓지 않았으니, 대개 어떤 사람이 먼저 읊은 시가 우연히 득의작이 되면

180) 그 시는 이러하다 : 『택당집』 권4에 실려 있고, 민족문화추진회에서 국역되었음.
181) 大 : 『택당집』에는 '五'.
182) 孤: 『택당집』에는 '高'.
183) 猶 : 『택당집』에는 '今'.
184) 방차율房次律 : 당나라 숙종 때의 방관房琯. 차율은 자. '방관거전房琯車戰'이라는 말이 있는바, 실전 경험이 없던 그가 자청해서 장수로 나섰다가 싸움에 패하여 돌아왔으나 숙종은 그를 죄주지 않았다. 여기서는 윤훤이 변방으로 나가지 않고 중앙 관청에 머물렀다면 좋았을 것이라는 희망을 드러낸 것.

응당 양보하여 그를 인정하는 것이 옳다. 만약 승부를 겨루려 하면 끝내 손색이 있게 된다.

옛날 서호西湖의 악왕묘岳王墓는 강남江南 문사들이 시를 읊조리지 않은 이가 없지만 조문민趙文敏[185]의 시가 압권이었다. 다른 한두 편 이름난 시편도 있기는 하나 끝내 송설松雪에는 미치지 못한다. 그의 시는 이러하다.

岳王墳上草離離,	악왕묘 봉분에는 풀 우묵한데,
落日荒原石獸危.	황혼녘 묵은 언덕 지켜 선 석수石獸.
南渡君臣輕社稷,	남으로 간 임금 신하 사직 쉽게 버리니,
中原父老望旌旗.	중원中原의 부로父老들 그의 깃발 바랐더라.
英雄一去嗟何及?	영웅이 떠난 뒤에 한탄한들 무엇하리?
天下中分遂不支.	반쪽 나뉜 천하조차 끝내 지탱 못하였네.
莫向西湖謌此曲,	이 노래 서호 향해 부르지 말 일,
水光山色不勝悲.	호수 물빛 산의 빛깔 시름겨우니.

근세의 우촌雨村 남상교南尙敎[186]는 「유서시柳絮詩」 8수가 있어서 성대하게 전해지니 또한 절창이었다. 신자하申紫霞(申緯) 역시 8수를 읊어 힘을 다해 더 뛰어나게 지으려고 했지만 모두 너무 공교로워서 잘못되었다. 남南·신申 두 사람의 시는 내가 모두 잊었다.

185) 조문민趙文敏 : 조맹부趙孟頫(1254~1322). 문민은 시호. 자는 자앙子昂, 호는 송설松雪. 글씨로 유명하고, 그림에도 뛰어났다. 『송설재집松雪齋集』이 있다.

186) 남상교南尙敎(1783~1866) : 자는 문숙文叔, 본관은 의령宜寧. 진사시進士試에 합격, 목사牧使·동지돈녕부사同知敦寧府事 등을 지냈으며, 문명文名이 높았다. 병인박해丙寅迫害 때 아들 종삼種三과 함께 처형되었다. 『우촌시고雨村詩藁』 등의 저술이 있다.

輓詞

宋之韓忠獻公, 省華之庶子也. 宏器峻局, 有鎭服天下之雅量, 可與唐之房杜伯仲, 而才少不逮. 然房杜隋臣, 失節人也, 韓公無此, 全節人也. 程子謂"魏公山河間氣, 三代上人物." 其薨, 諸公皆有輓詞, 獨以王荊公爲第一. 詩曰, "心期自與衆人殊, 骨相知非淺丈夫. 獨幹斗杓環帝座, 親扶日轂上天衢. 鋤耰萬里山無盜, 袞繡三朝國有儒. 爽氣忽隨秋露盡, 謾憑陳跡在龜趺."

我朝栗谷之卒, 亦擧朝輓之, 余先祖文敬公詩, 獨爲第一, 其詩載南壺谷所編『箕雅』. 詩曰, "斯文宗匠國著龜, 一代聲名走卒知. 洛下正逢司馬日, 蜀中新喪臥龍時. 靑衿共切摧樑痛, 丹扆偏深失鏡悲. 何意挺生何意奪? 蒼天漠漠問憑誰?"

丁卯虜難, 尹白沙暄, 以平安兵使, 兵敗失律, 朝議皆謂當以法從事, 臺啓日急. 然仁祖以公爲梧陰公之子, 不忍置法, 方擬寬釋. 時海嵩尉翁主, 卽公姪婦也. 入大內, 泣訢上前乞命, 上大怒曰, "王法至重, 婦女何敢私懇?" 卽出允其啓, 遂斬公, 仍復其官, 朝野多惜之, 一時名公卿, 輓詩甚衆, 而澤堂李公詩, 推爲第一. 有曰, "衝飇吹裂大牙旗, 白日孤城鼓響衰. 鄴下官軍先自潰, 河陽虜馬果誰支? 男兒等死猶餘恨, 明主寬恩獨不私. 早識斯文房次律, 功名只合置台司."

洪景盧謂"絶唱不可和", 故太白以崔顥先咏, 不賦黃鶴樓詩. 盖一人先唱, 偶爾得意, 則當讓而許之可也, 如欲角勝, 則終有所遜矣. 昔西湖岳王墓, 江南文士無不有咏, 而趙文敏詩, 爲壓頭, 他亦有一二名篇, 而竟不及松雪. 其詩曰, "岳王墳上草離離, 落日荒原石獸危. 南渡君臣輕社稷, 中原父老望旌旗. 英雄一去嗟何及? 天下中分遂不支. 莫向西湖謌此曲, 水光山色不勝悲." 近世南雨村尙敎, 有「柳絮詩」八首盛傳, 亦絶調也, 申紫霞亦咏八首, 極力求勝, 而皆失之太巧. 南申兩詩, 余皆忘之.

글은 실용實用이 귀함

글이란 실용이 귀하지 많이 짓는 것이 귀하지는 않다. 그러므로 많기만 하고 쓸모가 없는 글은 대부분 전하지 않으니, 이를테면 갈홍葛洪의 저술 400권이 얼마나 남아 있는가? 환담桓譚의 『신론新論』에, "진연秦延의 「군설君說」은 '요전堯典' 두 글자 풀이가 10여만 자나 되고, 또 '왈약계고曰若稽古' 넉 자 설명이 3만 자나 된다" 하였으니, 이는 번잡해서 아무 쓸모가 없는 것이다. 또 양梁나라 간문제簡文帝[187]의 문집 85권, 원제元帝[188]의 문집 52권과 심은후沈隱侯(沈約)의 문집 101권은 지금 모두 어디 있는가? 오직 정강성鄭康成(鄭玄)이 여러 경전을 주해한 100여만 자는 아무것도 없어지지 않았으니, 이것이 경전 주석의 힘이다.

지금 사람들의 글은 많이 쓰기를 위주로 하나, 실상 간략한 것이 정밀하고 정밀한 것이 혹 전해지는 줄을 모른다. 우리나라 시인 가운데 이손곡李蓀谷[189]의 시는 권석주權石洲[190]가 가려 뽑았는데 겨우 1권이고, 『석주집』은 또 문곡文谷[191]이 가려뽑았는데 겨우 3권이다. 석주와 문곡 두

---

187) 간문제簡文帝(503~551) : 남조南朝 양나라 2대 황제. 재위는 549~551년. 무제武帝의 3자, 소명태자昭明太子의 아우. 이름은 소강蕭綱, 자는 세찬世纘, 묘호廟號는 태종太宗, 연호는 대보大寶, 시호는 간문, 재위 2년. 학문을 좋아하였고 저서가 매우 많았다. 『소명태자전昭明太子傳』, 『제왕전諸王傳』, 『예대의禮大義』, 『역림易林』, 『기품棋品』, 『탄기보彈棋譜』, 『여의방문집如意方文集』 등 많은 저술이 있었다.

188) 원제元帝(508~554) : 양나라 3대 황제. 무제武帝의 7자. 이름은 역繹, 자는 세성世誠. 후경侯景의 반란을 평정하였으나 위魏에 패하여 죽었다. 재위는 553~554년. 묘호는 세조世祖, 연호는 승성承聖, 시호는 효원孝元. 『효덕전孝德傳』, 『충신전忠臣傳』, 『한서주漢書注』, 『주역강소周易講疏』, 『노자강소老子講疏』 등 많은 저술이 있었음.

189) 이손곡李蓀谷 : 이달李達(1539~1612). 선조 때 시인. 자는 익지益之, 호는 손곡·동리東里·서담西潭, 본관은 홍주洪州. 『손곡집』이 있다.

190) 권석주權石洲 : 권필權韠(1569~1612). 선조 때의 시인. 자는 여장汝章, 호는 석주, 본관은 안동. 정철鄭澈의 문인. 『석주집』이 있다.

191) 문곡文谷 : 김수항金壽恒(1629~1689). 숙종 때 문신. 자는 구지久之, 문곡은 호, 시호는 문충文忠, 본관은 안동. 상헌尙憲의 손자. 숙종 6년(1680) 경신대출척庚申大黜陟으

분은 감식의 안목이 매우 높았으므로 모두 이처럼 정밀하게 요약해서 전해질 수 있었다.

文貴實用

文貴實用, 不貴於多. 故多而無用者, 擧多不傳, 如葛洪之所著四百卷, 存者幾何? 桓譚『新論』曰, "秦延「君說」, 解'堯典'兩字, 至十餘萬言, 又但說'曰若稽古', 至三萬言", 此繁而無用也. 且梁簡文帝文集八十五卷, 元帝五十二卷, 沈隱侯一百一卷, 今皆安在? 獨鄭康成註解諸經百餘萬言, 皆能不泯, 此註經之力也.

今人之文字, 以多爲主, 實不知簡者爲精, 精者或傳也. 我東詩家, 李蓀谷詩, 爲權石洲所選, 僅一卷, 『石洲集』則又爲文谷所選, 僅三卷, 兩公藻鑑甚高, 故皆精約而可傳如此.

영수각 서씨令壽閣徐氏

서계書契(문자)를 만든 것은 사실을 기록하기 위해서일 뿐이다. 그래서 삼대三代 때는 사람마다 모두 반드시 글을 썼던 것 같지는 않으니, 그 글은 간명하면서도 분량이 적다. 후세에는 글을 공교롭게 써서 재주를 견주어 학업을 시작한 자가 발신發身하는 수단이 되었으니, 형편 상 글을 배워서 잘 짓지 않을 수가 없게 되었다. 다만 여자들은 술과 음식만을 이야기하였으므로,[192] 오로지 글공부에만 힘을 쏟은 남자들만 못하였다.

로 영의정에 기용되었으나 기사환국己巳換局 때 남인의 공격을 받아 사사賜死되었다. 전서篆書를 잘 썼다. 『문곡집』이 있다.

그러나 그런 가운데서도 왕왕 총명이 출중한 인재가 있어서 지은 글이 허다히 후세에 전한다. 옛 성왕聖王이 사람을 가르친 법도가 진秦·한漢에 이르러 거의 모두 폐기되었는데, 어찌 유독 여자에게만 오로지 옛 법도를 요구하여 그들로 하여금 오직 술과 음식만 생각하라고 할 수가 있겠는가? 게다가 국풍國風의 여러 시들은 부인이 지은 것이 많으니, 「갈담葛覃」·「권이卷耳」 같은 시들은 훌륭한 작품이다. 남녀를 따질 것 없이 사람이 있으면 글이 있다는 것은 당연한 일이다. 심지어 고분고분하지 않은 여자들은 문사文辭를 오로지 공부하기도 하였으니, 그러면 태탕駘蕩한 데 흘렀으므로 마침내 규합閨閤에서는 꺼리는 바가 되었다. 그러나 반소班昭[193]는 반고班固의 누이로서 반고가 작고한 뒤 반소가 마침내 『한서漢書』를 이어서 완성하였는데, 처음 세상에 나오자 사람들이 읽어내지를 못하였다. 대유大儒 마융馬融[194]이 그녀를 찾아가 합문閤門 밖에 엎드려 배워서 읽었다. 그 밖에 한두 편의 문장과 시가 전해오는 기록에 보이는 것은 이루다 헤아릴 수가 없다.

우리나라는 세종이 훈민정음을 창제하여 나라 습속을 교화시켰는데, 대개 우리나라 사람들이 한자의 음운音韻을 분별하지 못하므로 이를 바로잡고자 한 것일 뿐 여자들 편지 쓰는 수단으로 만든 것은 아니었다. 그러나 그 글자는 배우기가 쉬워서 말과 사정을 형용하고 표현해내지 못할 것이 없다. 그래서 아무리 용렬한 재주에 판무식인 미천한 여자라도 거의 대부분이 배워 익혀서 온 나라에 펴진 것이 지금 400년이나 되어 마침내 일종의 부녀자들의 문자로 되었으니 정말 가소로운 일이다. 그러나 또한 간혹 총명하고 뛰어나서 보통 사람보다 탁월한 인재가 있고 보면 시문詩文에 능하고 경전과 역사에 통달한 부인이 없지 않았으니,

---

192) 여자들은…… 이야기하였으므로 : 『시경』 소아 「사간斯干」에 있는 말.

193) 반소班昭 : 후한後漢 안릉安陵 사람. 반표班彪의 딸. 자는 혜희惠姬. 반고를 이어 『한서漢書』를 완성한 이외에 『여계女誡』 7장과 『열녀전주列女傳注』를 지었다.

194) 마융馬融(79~166) : 후한後漢 때의 학자.

미암眉菴 유희춘柳希春의 처[195]와 이옥봉李玉峯[196] · 허난설許蘭雪[197] 같은 경우는 뚜렷하게 드러나서 알 수가 있다. 만약 이런 부인들을 과정을 정해서 가르치고 타고난 재능을 따라 성취시키기를 남자들처럼 전문적으로 해준다면 계곡谿谷 · 택당澤堂 · 농암農巖 · 식암息菴 같은 사람이 부인들에서 나올 줄 어찌 알겠는가?

내가 직접 본 일로 말을 하자면 나의 중종숙仲從叔인 족수공足睡公[198]의 부인[199]은 근세의 탁월한 인재이시다. 그가 지은 시문이 이미 『영수합고令壽閤稿』에 실려 있고, 우리 집안 『홍씨세고洪氏世稿』의 끝에도 부록으로 들어 있다. 그러나 부인은 성품이 단정하고 엄격하여 비록 자질子姪들을 대면해서도 문사文詞를 담론하지 않았고, 아들들이 말을 꺼내면 마지못해 대답을 할 뿐이었다. 뿐만 아니라 수학에 통달하였고 역학曆學과 기하학과 방정식을 익혀서 모두 분명하게 알았다. 그래서 연천淵泉과 항해沆瀣는 그 어머니에게서 전수 받은 것이다. 부인이 수학을 잘 알았다는 것은 옛날에도 알려진 경우가 없으니, 이것이 그가 명성와 덕망과 문장에 빼어난 세 아들을 둔 까닭일까? 부인은 성이 서씨徐氏로 감사를 지낸 형수逈修[200]의 따님이며 미호渼湖 김문경공 원행金文敬公元

---

195) 미암眉菴 유희춘柳希春의 처 : 여류문인으로 알려져 있는 송덕봉宋德峯. 이호민李好閔이 쓴 미암의 시장諡狀에 따르면 홍주洪州 송씨로, "자질이 명민하고 경서와 역사서를 섭렵하여 여사女士의 풍모가 있었다"고 한다.

196) 이옥봉李玉峯 : 선조 때의 여류 시인. 봉逢의 서녀庶女, 조원趙瑗의 소실. 『명시종明詩綜』, 『열조시집列朝詩集』, 『명원시귀名媛詩歸』 등에 작품이 전하여 오고, 시 32편이 수록된 『옥봉집』이 『가림세고嘉林世稿』의 부록으로 전한다.

197) 허난설許蘭雪(1563~1589) : 선조 때 시인. 엽曄의 딸, 균筠의 누이.

198) 족수공足睡公 : 홍인모洪仁謨(1755~1812). 정조 · 순조 때의 문신. 초명은 대영大榮, 자는 이수而壽, 호는 족수거사. 낙성樂性의 아들. 『족수당집足睡堂集』 및 『황명사략皇明史略』, 『춘추공곡합선春秋公穀合選』, 『당명신언행록唐名臣言行錄』, 『좌전인명보左傳人名譜』, 『속사략續史略』 등의 저서가 있다.

199) 족수공足睡公의 부인 : 영수각 서씨令壽閤徐氏(1753~1823). 시재詩才가 뛰어났으며, 당대의 학자이자 문장가인 석주奭周 · 길주吉周 · 현주顯周의 세 아들을 두었고, 작품집 『영수각고令壽閤稿』가 전한다. 합閤과 각閣은 함께 쓰인 말이지만, 보통 '각'으로 불린다.

200) 서형수徐逈修(1725~1779) : 자는 사의士毅, 호는 직재直齋, 본관은 대구. 김원행金元行 ·

行[201]의 외손녀시다. 71세로 작고하셨다.

令壽閤徐氏

造書契, 不過爲記事而已. 故三代之世, 似未必人人皆文, 其文簡而且少, 後世, 工文而較藝, 爲初學之進身, 其勢不能不學文而作文也. 但女子惟酒食是議, 故不如男子之專治. 然其中往往有聰明出羣之才, 其所著作, 亦多傳後. 古聖王敎人之法, 至秦漢, 幾盡廢棄, 則何獨於女子, 而專責古法, 但令惟酒食是議乎? 且國風諸詩, 多婦人所作, 「葛覃」·「卷耳」之詠, 亦文也. 無論男女, 有人則有文, 亦易致之事. 至於不循女, 則專攻文辭, 則流於駘蕩, 故遂爲閨閤中所諱. 然班昭是班固女弟, 而固歿後, 昭竟續成『漢書』, 而初出, 人多不能讀, 大儒馬融, 往伏閤外, 受而讀之, 其外一文一詩, 見於傳記者, 又不可勝數矣.

我國則世宗製訓民正音, 以敎東俗, 盖爲東人不辨音韻, 故欲正之耳, 非爲女子書牘之資而設也. 然而其書易曉, 凡言語事情, 無所不形道, 故雖庸才闇識之賤女, 擧皆效習, 遍于國中者, 今四百年, 而遂爲一種婦女之文字, 誠可笑也. 然又或有穎異絶人之才, 則不無能詩文通經史之婦人, 如柳眉菴希春之妻·李玉峯·許蘭雪之類, 歷歷可知也, 如使此等婦女, 勸課敎誨, 隨才成就, 一如丈夫之專門, 則安知無谿·澤·農·息之輩, 出於閨閤也?

以余親見言之, 余仲從叔足睡公夫人, 近世卓然之才也. 嘗所著詩文, 已載『令壽閤稿』中, 亦附入於我洪氏『世稿』之末. 然夫人, 性端嚴, 雖對子姪, 未或以文詞談論, 諸胤發之, 則黽勉答之而已. 且淹通算數, 諳習曆學幾何開方之法, 皆瞭然, 故淵泉沆瀣, 傳授有自矣. 婦人之能

이재李縡의 문인. 강원도 관찰사와 대사간 등을 지냈다.

201) 김원행金元行(1702~1772) : 자는 백춘伯春, 호는 미호·운루雲樓, 시호는 문경, 본관은 안동. 농암 김창협의 손자. 관직에 나가지 않고 학문에만 전념하였다. 『미호집』이 있다.

知算數, 古亦無聞, 此其所以有名德文章之三子者耶? 夫人姓徐氏, 監司逈修女, 渼湖金文敬公元行外孫女, 壽七十一卒.

부녀婦女 시인

한나라 제영緹縈[202]은 그 아버지 태창령太倉令 순우의淳于意[203]를 위해 편지를 올려 원통함을 하소연하여, 적몰籍沒되어 관비로 들어가 아버지의 죄를 갚기를 요청하였으니, 그 편지가 『전한서』에 실려 있다. 또 채문희蔡文姬 채염蔡琰[204]은 채옹蔡邕의 딸로서, 재주와 식견이 부인 가운데는 고금에 가장 뛰어나서, 「십팔박가곡十八拍笳曲」[205]만 남긴 것이 아니었다. 그래서 조만曺瞞(曹操)은 천금으로 오랑캐에게서 속신贖身을 해내었다.[206] 한나라의 반첩여班婕好[207]와 진晋나라의 좌귀빈左貴嬪[208]과

202) 제영緹縈 : 한漢 문제文帝 때의 효녀. 아버지 대신 형을 받기를 청했는데, 문제가 그 뜻에 감동하여 육형肉刑의 법을 폐지하였다.

203) 순우의淳于意 : 전한 초기, 의술에 뛰어났다는 사람. 태창령太倉令을 지내서, 창공倉公으로 불렸다.

204) 채문희蔡文姬 채염蔡琰 : 후한後漢 사람. 채옹蔡邕의 딸. 문희는 자.

205) 「십팔박가곡十八拍笳曲」 : '호가십팔박胡笳十八拍'이라고도 한다. 1297자字에 이르는 장편 서사시. 작자가 채문희인지에 대해 논란이 있다.

206) 그래서 조만曺瞞(曹操)은 …… 속신贖身을 해내었다 : 채염은 후한 말 혼란기를 살았다. 나이 스물 셋에 남흉노 군대에 잡혀가서 흉노 좌현왕左賢王의 왕비가 되어 12년을 지내며 아들과 딸 하나씩을 두었다. 혼란을 평정한 조조가 채옹과의 인연을 생각하여 사신을 보내 채염을 찾아왔는데, 건안建安 13년(208)이었다.

207) 반첩여班婕好 : 반황班況이 딸. 재능이 있고 시가詩歌를 잘하여 성제成帝의 궁중에 들어가 첩여婕好가 되었다. 부賦가 남아 있다.

208) 좌귀빈左貴嬪 : 좌분左芬. 자는 구빈九嬪・사매思妹. 어려서 학문을 좋아하고 문장을 잘하였다. 진晋 무제武帝가 귀빈貴嬪으로 삼고, 그의 문사를 좋아하였다.

당나라의 상관소용上官昭容[209] 역시 모두 재주와 풍회風懷가 있었다. 또 당나라 장건봉張建封[210]의 첩 관변변關盼盼과, 『회진기會眞記』[211]에 나오는 최앵앵崔鶯鶯, 촉蜀의 기생인 설도薛濤,[212] 맹창孟昶의 화예부인花蘂夫人 비씨費氏[213]가 있다.

송나라 이안거사易安居士 이청조李淸照는 조명성趙明誠의 아내다. 사詞의 품격이 송나라의 절창이었고, 또 서화 감상에 능해서 한 시대에 이름이 있었다. 또 남송 때 전당錢塘의 기생 엄예주嚴蘂珠 역시 사곡詞曲을 잘했다. 또 진陳나라 후주後主[214]의 빈嬪 가운데는 여학사女學士가 있어서 모두 시를 잘 지었다. 또 청나라 소창小倉 원매袁枚[215]는 여자 제자가 매우 많았는데, 모두 시를 잘 했다. 그 시는 『수원시화隋園詩話』에 보인다.

또 근세 연천淵泉 김공 이양金公履陽[216]의 첩은 성천成川 기생 부용芙

---

209) 상관소용上官昭容 : 상관의上官儀의 손녀. 총명하고 문장을 잘하였다. 14세에 측천무후의 조명詔命을 담당하였다. 위후韋后가 패한 뒤 참수 당하였다.

210) 장건봉張建封(735~800) : 자는 본립本立. 덕종德宗 때 이희열李希烈에 대항하였고, 절도사節度使를 지냈다.

211) 『회진기會眞記』: 원진元稹의 작품으로, 『서상기西廂記』의 모태가 되었음.

212) 촉蜀의 기생인 설도薛濤(770?~832) : 자는 홍도洪度. 당나라의 여류시인. 절도사이던 위고韋皐가 설도에게 비서성秘書省 교서랑校書郎 직책을 주도록 덕종에게 건의하려고 했다는 말이 있다.

213) 맹창孟昶의 화예부인花蘂夫人 비씨費氏 : 맹창(919~965)은 후촉后蜀의 후주后主. 후촉은 934~965년에 존속했던 오대십국 시기의 나라로, 북송北宋에 멸망당했다. 화예부인 비씨(혹은 서씨徐氏)는 가희歌姬 출신으로 궁사宮詞와 시에 뛰어났다. 『전당시』에 작품이 수록되어 있고, 『화예부인궁사』가 전한다.

214) 진陳나라 후주後主 : 남조南朝 진陳의 마지막 황제인 진숙보陳叔寶(553~604). 재위는 582~589년. 수隋에 멸망 당하였다.

215) 원매袁枚(1716~1797) : 청淸 전당錢塘 사람. 자는 자재子才, 호는 간재簡齋・수원隨園. 조선 후기 문화계에 많은 영향을 준 사람이다. 시詩에서는 성령설性靈說을 주장하였고, 고문古文과 변문騈文에도 모두 일가를 이루었다. 기윤紀昀과 이름이 나란하여 '남원북기南袁北紀'라는 말이 있었다. 『소창산방집小倉山房集』, 『수원시화』 등의 저작이 있다.

216) 김이양金履陽(1755~1845) : 순조 때의 문신. 처음 이름은 이영履永, 자는 명여命汝, 본관은 안동安東. 1795년 문과, 판서를 역임. 『김이양문녹』(필사본 1책, 계명대 도서관), 『김이양문집』(필사본 3책, 국립중앙도서관)이 있다.

蓉[217]이었는데 호를 추수秋水라 하였고, 참판 김덕희金德喜[218]의 첩 금앵錦鶯은 원주 기생이었는데 호를 금원錦園이라 하였다. 추수는 근체시에 일가를 이루었고, 금원은 원숙한 맛은 추수보다 손색이 있지만 모두 기생 가운데 뛰어난 재주다. 뒷날 시를 뽑는 일을 담당할 사람이 있다면 반드시 여관女冠[219]의 뒤에 붙여야 할 것이다.

婦女詩人

漢緹縈, 爲其父太倉令淳于意, 上書訟寃, 願沒入爲婢, 以贖父罪, 其書載『前漢書』. 又蔡文姬琰, 邕之女, 才思在婦人, 冠絶古今, 非但有「十八拍笳曲」. 故曹瞞, 至以千金, 贖出虜中. 漢之班婕妤・晉之左貴嬪・唐之上官昭容, 亦皆有才藻風懷, 又有[220]唐之張建封妾關盼盼, 『會眞記』之崔鶯鶯, 蜀妓之薛濤, 孟蜀[221]之花蘂夫人費氏.

宋之易安居士李清照, 趙明誠之妻也, 詞品爲宋代絶唱, 亦能鑑賞書畵, 名於一世. 又南宋時, 錢塘妓嚴蘂珠, 亦善詞曲. 又陳後主宮嬪, 有女學士, 皆能賦詩. 又清袁小倉枚, 有女弟子甚多, 皆善謌詩, 其詩見『隋園詩話』.

又近世淵泉金公履陽妾, 乃成川妓芙蓉也, 自號秋水, 金參判德喜妾錦鶯, 原川妓, 而自號錦園, 秋水則近體成家, 錦園則圓熟遜於秋水, 而皆妓籍中奇才也. 後如有操選筆者, 必當附入於女冠之末矣.

---

217) 부용芙蓉 : 호는 운초雲楚. 순조 때의 기생・여류 시인. 성은 김씨, 부용은 본명. 『운초당시고雲楚堂詩稿』(일명 『부용집芙蓉集』)가 있다.

218) 김덕희金德喜(1800~?) : 자는 사언史言, 김노응金魯應의 아들.

219) 여관女冠 : 도교 등에서 여자 수도자.

220) 有 : 대본에는 없지만 추가함.

221) 蜀 : '昶'의 잘못임.

과문科文

과문의 정식程式이 근년에는 더욱 치밀해져서, 하나의 투식이 생겨나 각각의 과문 문체가 그렇지 않은 것이 없다. 과거 공부하는 자들은 글자를 배울 때부터 과문 짓기를 학습해서, 누구든 모두 그 속으로 휘몰려 들어가 감히 그 틀을 벗어나지 못한다. 매양 경사자집經史子集을 읽을 때면 문장과 구절을 가려 뽑되 반드시 '어떤 구절은 과문의 어떤 제목에 쓰일 수 있겠다'는 것을 기준으로 삼아 자질구레하고 잗다란 말들만 잔뜩 늘어놓고 갈라 나누고 초록한 것을 모아 분류해서 과거 시험장에서 참고로 삼는다. 그렇게 한 평생 머리를 처박고 공령功令(과거)에 골몰해서 끊임없이 부지런히 힘을 쓰다가 백수白首로 죽는다. 따라서 경전을 물어보면 그 의리義理에 깜깜하고 사서史書를 토론하면 그 체제를 분간하지 못하며, 시에서는 성조며 격률이 무엇 하는 물건인지 알지 못하고 문장에서는 변화며 기축機軸이 어떤 법식인지 알지 못한다. 그러므로 비록 남옥南玉[222]의 부賦와 유동빈柳東賓[223]의 표表와 강백姜柏[224]·채득순蔡得淳[225]·계덕해

222) 남옥南玉(1722~1770) : 자는 시온時韞, 호는 추월秋月. 서얼 신분의 문인. 1764년 통신사 수행원으로 일본을 다녀왔고, 그때의 기록으로 『일관기日觀記』 등이 전한다.

223) 유동빈柳東賓(1720~1765) : 잘 알려지지 않은 인물이다. 이광사와 처남매부간이 되는 사람에 유동빈이 있다. 자는 인백寅伯, 본관은 문화. 1747년 생원시 장원, 1754년 문과, 승문원 정자를 역임. 정릉참봉을 지낸 종원宗垣의 아들, 옥과현감을 지낸 봉장鳳長의 손자. 이광사의 아들 이영익은 유동빈이, "문한으로 크게 울렸다[文翰大鳴]"고 기록하고 있다. 이영익, 『신재집信齋集』에 기록이 있다(「玉果縣監柳公墓誌銘」 및 「外王父貞陵參奉柳公行狀」). 『병세재언록』의 「과문록」에 이름이 올라 있다.

224) 강백姜柏(1690~1777) : 조선 영조 때의 시인. 자는 자청子靑, 호는 우곡愚谷, 본관은 진주. 1714년 진사, 1727년 문과. 과시科詩에서 신광수申光洙 이전에 가장 이름이 높았으며, 시풍詩風이 호기豪氣가 있었다. 『우곡집愚谷集』이 있다.

225) 채득순蔡得淳(1717~?) : 영조 때의 시인. 자는 중화仲和, 본관은 평강. 1771년 진사. 정조 때 우의정 이병모李秉模는 김이안金履安·윤상동尹尙東·채득순을 '스스로 일가一家의 문체를 이룬 자'로 들고 있다(『실록』 정조 21년(1797) 11월 20일).

桂德海[226]·신광수申光洙[227]의 시와 노긍盧兢[228]의 책策이라도 모두 문장가들이 따라 배우는 대상이 되지 못한 채 으레 과문을 공부한 사람 정도로 취급되니, 슬픈 일이 아니겠는가.

그러나 신석북申石北과 노한원盧漢源은 정말로 뛰어난 재주를 지녔으니, 역시 쉽게 말할 수가 없다. 한원은 총명·영특하기가 남보다 탁절해서 과거 문체 외에도 다른 시문집 한 권이 있으나, 다만 재주가 있으면서도 공교롭기가 과문보다는 조금 손색이 있다. 신석북은 일찍이 평양을 유람하면서 「관서죽지사關西竹枝詞」 100수를 지었는데 모두 썩 뛰어난 시편들이다. 또 노년에 진사를 했는데 유가遊街할 때 한 사람 명창이 따랐다. 그가 돌아갈 때 가난해서 비용을 치를 수가 없었고, 다만 한 개 붉은 접부채를 얻어 절구 한 수를 써서 주었다.

桃紅扇打汗衫飛,	복사꽃 붉은 부채 한삼汗衫 부치니,
羽調名聲天下稀.	우조羽調의 그 명성 천하에 제일.
四十九年申進士,	마흔 아홉 늘그막의 신진사申進士는,
落花時節渡江歸.	낙화 시절 강을 건너 돌아간다네.

그 명창은 대단한 보배인 줄 알고 떠나갔는데, 그 시는 역시 한 점 고기로 온 솥의 국맛을 알 수 있는 것처럼 빼어난 작품이다.

그러나 옛날의 과거 문체는 요즈음과는 크게 다르다. 그러므로 하서河

226) 계덕해桂德海(1708~1775) : 영조 때 학자. 자는 원섭元涉, 호는 봉곡鳳谷, 본관은 수안遂安. 영조 9년(1733) 진사, 1774년 문과, 예조좌랑을 지냈다. 『봉곡계찰방유집鳳谷桂察訪遺集』(12권 3책) 등이 있다.

227) 신광수申光洙(1712~1775) : 영조 때의 문신. 자는 성연聖淵, 호는 석북石北·오악산인五嶽山人, 본관은 고령高靈. 1750년 진사, 1772년 문과, 승지를 역임. 『석북집石北集』이 있다.

228) 노긍盧兢(1738~1790) : 정조 때의 문인. 자는 여림如臨, 처음 자는 신중愼仲, 한원漢源은 호. 본관은 교하交河. 1765년 진사. 『한원유고』가 있다.

西[229]의 「칠석부七夕賦」 역시 과체 작품이지만 실로 한・당漢唐의 사부辭賦와 같은 체제가 있어서 『동문선』에 뽑혀 수록되었고,[230] 백사白沙[231]와 삼연三淵(김창흡)・완녕完寧[232] 등 여러분의 과시科詩 역시 모두 가행歌行 및 악부樂府와 비슷해서 그 풍부한 성조聲調가 읽을 만하다.

科文

科文程式, 近世愈密, 自有一副圈套, 各體無不然. 工是業者, 自習文字, 學製作, 輒皆驅入其中, 不敢出彀率. 每看經史子集, 採掇章句, 必以某句, 宜用某題, 餖飣瑣屑, 類分彙鈔, 以資場屋, 一生埋頭汨沒於功令, 底於矻矻, 白首而死. 故問經則蒙然於義理, 論史則不分其體裁, 於詩不知聲調格律之爲何物, 於文不知變化機軸之爲何法. 是以雖南玉之賦, 柳東賓之表, 姜柏・蔡得淳・桂德海・申光洙之詩, 盧兢之策, 皆不足爲文章家所取, 例以科文生視之, 不亦悲乎?

然申石北・盧漢源, 實有雋才, 亦不可易言矣. 漢源聰穎絶人, 科體外, 亦有他詩文一集, 但才且工, 少遜於科文矣. 申石北嘗客遊浿上, 有「關西竹枝詞」一百首, 皆絶調也. 且老年, 始進士, 遊街時, 率一名倡, 及其放還, 貧不能資給, 只得一紅摺疊, 書一絶以贈曰, "桃紅扇打汗衫飛, 羽調名聲天下稀. 四十九年申進士, 落花時節渡江歸." 其倡認若重寶以去, 詩亦一臠, 而可知全鼎也.

229) 하서河西 : 김인후金麟厚(1510~1560). 명종 때의 학자・문신. 자는 후지厚之, 호는 하서河西・담재澹齋, 시호는 문정文正, 본관은 울산蔚山. 김안국金安國의 문인. 『하서집河西集』, 『백련초해百聯抄解』 등의 저술이 있다.

230) 『동문선』에 뽑혀 수록되었고 : 송상기(1657~1723) 등이 편찬한 이른바 『(별본) 동문선』 제2권에 실려 있다.

231) 백사白沙 : 이항복李恒福(1556~1618). 선조 때의 문신. 자는 자상子常, 호는 백사白沙, 시호는 문충文忠, 본관은 경주慶州. 『백사집白沙集』, 『주소계의奏疏啓議』, 『노사영언魯史零言』 등의 저술이 있다.

232) 완녕完寧 : 이사명李師命(1647~1689)의 봉호. 숙종 때의 문신. 본관은 전주. 자는 백길伯吉, 호는 포암蒲菴. 1672년 진사, 1680년 문과. 완녕군에 봉해졌다.

然古之科體, 大異近日, 故河西「七夕賦」, 亦科作而實有漢唐詞賦體, 至入『東文選』, 如白沙・三淵・完寧諸公科詩, 皆類謌行樂府, 泠然可讀.

씨와 성

성은 씨에서 나왔다. 성씨의 근원을 옛사람들은 매양 '만성萬姓은 모두 황제黃帝를 근본으로 한다'고 말하지만, 조선은 동이東夷이니 근본을 거슬러 올라가더라도 실상 일컬을만한 것이 없을 것이다. 그러니 모든 성씨가 황제에서 나온 것은 아닐 듯하다. 그러나 주나라 초에 기자箕子는 은나라 백성 5천 명과 함께 조선에 와서 도읍을 하였으니, 5천 명의 지류支流가 흩어져서 각각의 성씨로 되었을 터이나 문헌으로 증명할 도리가 없으니, 역시 그들이 무슨무슨 성씨가 되었는지 적실하게 알 수는 없다. 다만 기자는 은나라의 종실宗室이니 틀림없이 성씨가 자씨子氏였을텐데, 그 후손에 기비箕否・기준箕準이 있으니 이는 기箕를 성으로 삼은 것이다. 또 그 뒤에 마씨馬氏・한씨韓氏・선우씨鮮于氏가 있으니, 은나라 백성의 후예로서 우리나라 사람이 된 이들이 각각 다른 성씨로 나뉘어간 경우가 틀림없이 많았을 테지만 역시 모두 알기는 어렵다.

요즈음 사람들은 자신의 성을 귀중하게 여긴다. 그러나 옛사람의 경우로 말하자면 난리를 피해 성을 바꾼 자가 있으니 범수范雎가 장록張祿이 된 것[233]이 그러하고, 개가하는 어머니를 따라가 성을 바꾼 자가 있으니

233) 범수范雎가 장록張祿이 된 것: 수가須賈를 따라 제齊나라에 사신 갔던 범수는 돌아온 뒤 국가 기밀 누설의 혐의로 위魏나라 재상 위제魏齊에게 고문을 당해 죽을 뻔했

범문정范文正이 주씨朱氏라 모칭冒稱한 것[234]이 그러하다. 또 나라의 기휘忌諱를 피해서 성을 바꾼 자가 있으니 당언겸唐彦謙이 도곡陶穀으로 신덕수愼德秀가 진덕수眞德秀로 된 것이 그것이다.[235]

또 현재 군주의 이름 때문에 옛사람의 성을 소급해서 고친 경우가 있으니 한나라 선제宣帝의 이름이 순恂이어서 순경荀卿을 바꾸어 손경孫卿이라 한 것이 그러하고, 후한後漢 명제明帝의 이름이 장莊이어서 '장'을 바꾸어 엄嚴으로 하였으니 엄군평嚴君平[236]·엄자릉嚴子陵[237]이 그것이다. 그러나 장주莊周가 어떤 성으로 바뀌었는지는 듣지 못하였다. 또 스스로 자신의 성을 고친 자가 있으니 척발위拓跋魏[238]의 효문제孝文帝가 원씨元氏로 바꾼 것[239]이 그것이다. 서세적徐世勣이 이세적李世勣[240]으로, 고려 때 김행金幸이 권행權幸[241]으로, 우리 조선의 청해백靑海伯 동두란

는데, 정안평鄭安平이라는 사람의 도움으로 탈출해서 이름을 장록으로 바꾸고 진秦으로 갔음.

234) 범문정范文正이 주씨朱氏라 모칭冒稱한 것 : 범중엄范仲淹은 2세에 부친을 여의었는데, 그 모친 사씨謝氏가 주씨朱氏에게 재가하였고, 범중엄의 성명도 주열朱說로 바꾸었다. 27세에 진사와 대과를 하고 초임으로 광덕군廣德軍 사리司理라는 관직에 나아가 그 모친을 모셔오고 난 뒤 범중엄이라는 본디 성명을 회복하였다(송宋 누약樓鑰, 『범문정공연보』, 『총서집성속편』 제31책).

235) 또 나라의 …… 것이 그것이다 : 이수광의 『지봉유설』 권17 '잡사부', 「성족姓族」에 이미 같은 말이 있다. "도곡陶穀은 본디 당언겸唐彦謙의 후손인데 석진石晉의 휘諱를 피해 도陶가 되었고, 진덕수는 본디 성씨가 신愼인데 효종孝宗의 휘를 피해서 '진'으로 바꾸었다."

236) 엄군평嚴君平 : 한나라 촉蜀 사람. 이름은 준遵인데, 군평이라는 자로 더 알려졌다. 복서卜筮에 정통하고 『노자지귀老子指歸』를 남겼다.

237) 엄자릉嚴子陵 : 엄광嚴光. 후한 사람. 일명은 준遵, 자릉子陵은 자. 젊어서 광무제와 함께 공부하였는데, 광무제가 즉위한 뒤 성명을 바꾸고 은거하여 나오지 않았다.

238) 척발위拓跋魏 : 척발규拓跋珪가 386년에 세운 북위北魏를 말한다. 남북조 가운데 북조의 첫 왕조. 선비족의 후예라고 한다.

239) 효문제孝文帝가 원씨元氏로 바꾼 것 : 효문제의 개혁 또는 효문제의 중흥이라고 한다. 선비족의 모든 문화를 한족의 그것으로 바꾸었다.

240) 이세적李世勣 : 이적李勣(?~669). 당초唐初의 장수. 자는 무공懋功. 본디 서씨徐氏였는데, 당나라에 귀순하여 이성李姓을 하사받았음.

241) 권행權幸 : 고려 전기의 공신. 안동권씨의 시조. 『고려사』 태조세가에는 '행行'으로 되어 있다.

侈豆蘭이 이지란李芝蘭[242]으로 바뀐 것은 또 모두 왕이 성을 하사한 것이다. 호인胡人은 본디 성이 없었으나 각자 강대해져 나라를 세우는데 이르자 비로소 모두 스스로 그 성을 지었으니, 요遼나라의 야율耶律,[243] 원나라의 기악온奇渥溫,[244] 금나라의 완안完顔,[245] 청나라의 애신각라愛新覺羅[246]가 그것이다.

불교가 중국에 들어온 뒤 중국 사람으로 그 신도가 된 자는 애초 자신을 승려로 부르지 않았고 모두 도인道人이라 일컬었다. 진·송晉宋[247] 시기의 승도僧徒들은 모두 자신의 성이 있었지만 본디 성을 따르지 않고 그가 배운 장소로써 스승의 성을 모칭하였다. 그러므로 지둔支遁[248]은 본디 성이 관關이었지만 지겸支謙[249]에게 배워서 지씨가 되었고, 백도유帛道猷[250]는 본디 성이 풍馮이었지만 백시리밀帛尸梨密[251]에게 배워서 백씨가 되었다. 요장姚萇[252] 때에 이르러 도안道安[253]이 비로소 "부처는 본디 석가釋迦이고 승려는 불자佛子이니 마땅히 부처의 성씨를 따라 성을 석씨釋

---

242) 이지란李芝蘭(1331~1402) : 여말 선초의 공신. 여진인. 자는 식형式馨, 시호는 양열襄烈. 공민왕 때 고려에 귀화하여 이씨李氏 성을 하사받았다.

243) 야율耶律 : 복성復姓. 처음 일어난 곳을 뜻하는 말. 요遼의 왕족의 성씨.

244) 기악온奇渥溫 : 원나라 왕족의 성씨.

245) 완안完顔 : 복성復姓. 중국식으로는 왕이라는 의미.

246) 애신각라愛新覺羅 : 만주 부족의 하나. 청나라 왕족의 성이다.

247) 진송晉宋 : 여기 송나라는 유유劉裕가 세운 남북조시대 남조의 송으로, 흔히 유송劉宋(402~479)으로 불린다.

248) 지둔支遁(314~366) : 4세기 중반 동진東晉의 고승高僧. 자는 도림道林. 지형산支硎山에서 수행하였다고 하여 지형支硎이라고도 불리었고, 지공支公 또는 임공林公이라고도 불렸음. 사안謝安·왕희지王羲之 등과 교유가 있었다.

249) 지겸支謙 : 자는 공명恭明. 월지국月氏國 사람으로 한말漢末에 중국에 왔다. 경적經籍에 두루 통하였고 『유마경維摩經』, 『법구경法句經』을 번역하는 등 역경譯經을 많이 하였음.

250) 백도유帛道猷 : 4세기 중반 동진東晋 산음山陰 사람. 시문에 뛰어나고 산수를 즐겼음.

251) 백시리밀帛尸梨密 : 4세기 초 서진西晋 때 중국에 온 서역 출신의 승려.

252) 요장姚萇(330~393) : 중국 오호십육국시대 후진後秦의 창건자. 자는 경무景茂. 부견苻堅의 신하였는데 부견이 패한 뒤 그를 죽이고 장안을 차지하였음.

253) 도안道安(314~385) : 오호십육국시대의 승려. 중국 불교의 기초를 세운 공로자. 불도징佛圖澄의 제자.

氏로 해야 한다" 하였다. 지금까지 마침내 모두 '석씨'라 일컫는 것은 실로 도안으로부터 시작된 것이다.

우리나라 환관들은 매양 다른 환관을 거두어 길러서 아들을 삼고 손자를 삼아 전한다. 그러므로 각각의 성씨가 서로 뒤섞여서 이씨가 김씨를 아들로 삼고 김씨는 또 박씨를 아들로 삼아, 모두 삼년상을 입는다. 하지만 타고난 본디의 성은 바꾸지 않으니, 그래도 승려들보다는 낫다.

氏姓

姓出於氏, 氏姓之源, 古人每言, 萬姓皆本黃帝, 朝鮮東夷也, 溯本而實無可稱, 恐亦非盡出於黃帝. 然周初箕子, 與殷民五千, 來都朝鮮, 五千人之支流, 似當散爲各姓, 而文獻無徵, 亦未敢的知其爲某姓某姓也. 但箕子爲殷宗室, 則必姓子氏, 而其後有曰箕否·箕準, 是以箕爲姓也. 又其後爲馬氏·韓氏·鮮于氏, 則國中人爲殷民後, 各分他姓者必多, 而亦難盡知也.

近世人, 最重姓字. 然以古人言之, 有逃難而變姓者, 如范雎之爲張祿是也, 有隨母而變姓者, 范文正之冒朱氏是也, 又有避國諱而變者, 唐彦謙之陶穀, 愼德秀之眞德秀是也. 又有因本朝御名, 追改古人之姓者, 漢宣帝名恂, 改荀卿爲孫卿是也, 後漢明帝名莊, 改莊爲嚴, 如嚴君平·嚴子陵是也, 而亦未聞追改莊周何姓也. 又有自改其姓者, 拓跋魏孝文帝, 改爲元氏是也. 至如徐世勣之李世勣, 高麗金幸之權幸, 我朝之青海伯佟豆蘭之李芝蘭, 又皆賜姓也. 胡人本無姓, 而各自强大, 至於立國, 則始皆自製其姓, 如遼之耶律, 元之奇渥溫, 金之完顔, 淸之愛新覺羅是也.

佛入中國後, 中國人爲其徒者, 初未嘗以僧自號, 而皆稱道人, 晉宋間僧徒皆有姓, 而不隨本姓, 以其所學處, 冒師姓. 故支遁本姓關, 學於支謙爲支, 帛道猷本姓馮, 學於帛尸梨密爲帛. 至姚萇時, 道安始謂佛本釋迦, 僧爲佛子, 宜從佛氏當姓釋, 至今遂皆稱釋氏者, 實自道安始也. 我國宦者, 每收養他宦, 爲子爲孫而傳之. 故各姓相襍, 李子金, 金又子朴, 皆服喪三年, 然本姓則不變, 猶勝僧徒矣.

예전과 지금의 이름 짓는 방법

옛사람은 이름을 지을 때 나라 이름을 따서 짓지 않으며 산천山川으로써 짓지 않으며 질병으로써 짓지 않았지만,[254] 모두 그렇게 했던 것은 아니었다. 훼虺(살무사)는 독한 뱀이지만 은殷나라에는 중훼仲虺[255]가 있고 우虞는 나라 이름이지만 성왕成王의 아우에 당숙우唐叔虞[256]가 있다. 춘추 육국의 시대[257]에 이르면 유걸鱙杰 · 오도於菟[258] · 서예鉏麑[259] · 환퇴桓魋[260] · 금활리禽滑釐[261] 따위 이름들이 괴이하고 어려워서 놀랄 만하다. 진 · 한秦漢 이후는 인문이 제법 밝아졌으므로 의당 삼대三代 때와는 달라야 할텐데, 소섭탁미昭涉掉尾[262] · 유굴리劉屈氂[263] · 습착치習鑿齒[264] · 황

---

254) 옛사람은 이름을…… 짓지 않았지만 : 『좌전』 환공 6년 9월조에 있는 말임.

255) 중훼仲虺 : 탕왕湯王의 좌상左相으로, 해중奚仲의 후예. 『서경』 상서商書에 「중훼지고仲虺之誥」 편이 있다.

256) 당숙우唐叔虞 : 주나라 무왕武王의 아들, 성왕成王의 아우. 성왕이 오동잎으로 희언을 해서 당唐에 봉해주게 되었다고도 하는 바로 그 아우임.

257) 춘추 육국의 시대 : 춘추 전국시대와 같은 말로 쓰였음.

258) 오도於菟 : 초나라의 영윤令尹인 자문子文의 성姓이 투鬬, 이름은 누오도穀於菟였다는 기록이 있음.

259) 서예鉏麑 : 『좌전』 선공宣公 2년에 나오는, 진 영공晉靈公 때의 훌륭한 신하.

260) 환퇴桓魋 : 춘추시대 송宋의 대부. 공자를 해치려고 하자 공자가, "하늘이 내게 덕을 주셨으니, 환퇴가 나를 어떻게 한단 말인가"라고 했다는 사람.

261) 금활리禽滑釐 : 『장자』 「천하」 편에 묵적墨翟과 함께 보이는 인물.

262) 소섭 탁미昭涉掉尾 : 이덕무, 『청장관전서』 제54권 「앙엽기」1에, "한나라 평주후平州侯다"라고 기록되어 있다. 「앙엽기」에는 '섭涉'이 '사沙'로 되어 있음.

견자皇犬子[265] · 피표자皮豹子[266] 등의 이름자는 역시 이름으로서 전혀 의미가 없다.

대개 옛사람은 이름을 지을 때 의미를 따지지 않고 우연히 지었고, 진 · 한 이후에도 평이한 글자를 써서 이름으로 삼는 일이 많았다. 형제간에도 항렬자가 없었으니 곽거병霍去病[267]의 아우는 곽광霍光[268]이다. 또 두 자로 된 이름에 외자로 된 자를 쓴 사람이 있으니 정당시鄭當時[269]가 '장莊'을 자로 쓴 것이 이런 경우이다. 또 이름자를 파자破字하여 자로 삼은 이가 있으니 소하蕭何[270]가 자를 가인可人이라 한 것이 그것이다. 또 이름과 자가 같은 글자를 쓴 이가 있으니 곽자의郭子儀[271]의 자가 자의子儀인 것이 이런 경우이다. 또 부자간에 항렬을 이어쓴 이가 있으니 왕희지王羲之[272]의 아들 헌지獻之[273] · 휘지徽之[274]가 그러하다. 또 5세 동안 항렬을 같이 쓴 경우가 있으니 왕탄지王坦之[275] · 술지述之[276] 등이

263) 유굴리劉屈氂 : 한 무제漢武帝의 서형庶兄인 중산정왕 승中山靖王 勝의 아들. 승상丞相을 지내고 팽후澎侯에 봉해졌다.

264) 습착치習鑿齒(?~383) : 동진東晉 때의 사학자. 자는 언위彦威. 『한진춘추漢晉春秋』의 저자.

265) 황견자皇犬子 : 양梁나라 무제武帝 때 사람. 처음 이름은 '태자太子'였는데 무제武帝의 지적으로 '가운데 있던 점을 밖으로 옮겼다.'

266) 피표자皮豹子 : 후위後魏 때 사람. 태무제太武帝 때 정서장군征西將軍을 지내고 어야공漁夜公에 봉해졌다. 시호는 양공襄公.

267) 곽거병霍去病(B.C.140~B.C.117) : 전한前漢 무제 때의 유명한 장군. 역시 유명한 장군인 위청衛青의 생질, 곽광霍光의 이복형. 시호는 경환景桓.

268) 곽광霍光(?~B.C.68) : 전한前漢 무제 때의 장군. 자는 자맹子盟, 시호는 宣成.

269) 정당시鄭當時 : 전한 경제景帝, 무제 때 사람. 황노학黃老學을 좋아하였다.

270) 소하蕭何(?~193) : 한고조漢高祖의 공신功臣. 고조를 도와 천하를 통일함.

271) 곽자의郭子儀(697~781) : 당나라 숙종肅宗 때의 공신功臣. 시호는 충무忠武. 안사安史의 난을 평정하고 분양왕汾陽王에 봉해졌다.

272) 왕희지王羲之(321?~379?) : 진의 서예가. 자는 일소逸少.

273) 헌지獻之 : 자는 자경子敬, 역시 서예로 저명하다.

274) 휘지徽之 : 자는 자유子猷. 눈 내린 날 친구인 대규戴逵를 찾아갔던 설야방대雪夜訪戴의 고사로 유명한 인물이다.

275) 왕탄지王坦之 : 진晉나라 사람. 술지述之의 아들. 자는 문도文度. 사안謝安과 함께 나라 정사를 보좌하였고, 시호는 헌獻.

276) 술지述之 : 자는 남전藍田.

다. 옛날과 지금은 예의가 다르니, 한 가지 기준으로 말하기는 어렵다.

서한西漢 사람은 두 자로 된 이름이 많다. 사마상여司馬相如,[277] 조광한趙廣漢,[278] 이광리李廣利,[279] 조충국趙充國,[280] 장안세張安世,[281] 김일제金日磾,[282] 엄연년嚴延年,[283] 주매신朱買臣,[284] 윤옹귀尹翁歸[285] 등 이루다 셀 수가 없다. 동한東漢은 두 자로 된 이름이 전혀 없어서, 사전史傳에 보이는 자는 비장방費長房,[286] 계자훈計子勳,[287] 마일제馬日磾,[288] 정소동鄭小同,[289] 이문흠李文欽,[290] 고백통皐伯通[291] 등 약간 명뿐이니, 이는 또 괴

---

277) 사마상여司馬相如(B.C.179~B.C.117) : 전한의 문인文人. 자는 장경長卿.

278) 조광한趙廣漢 : 전한 때 정치인. 자는 자도子都. 선제宣帝 때 경조윤京兆尹으로서 탁월한 역량을 발휘하였음.

279) 이광리李廣利 : 한 무제 때의 장수.

280) 조충국趙充國 : 자는 옹손翁孫. 무제 때 이광리를 따라 흉노를 쳤다. 선제宣帝 때 70여 세의 나이에 서강西羌의 반란을 진압하고 창안한 둔전법屯田法은 이후 중요한 병제兵制로 되었다. 시호는 장壯.

281) 장안세張安世 : 자는 자유子孺. 탕湯의 아들. 전한의 뛰어난 행정가. 무제武帝 때 상서령尙書令을, 선제宣帝 때 대사마大司馬를 역임. 시호는 경敬.

282) 김일제金日磾 : 흉노匈奴 휴도왕休屠王의 태자太子. 자는 옹숙翁叔. 무제 때 한나라에 귀순하였고, 김씨金氏 성을 하사받았다. 무제가 죽고 나서 곽광霍光과 함께 유조遺詔를 받들어 정사를 도왔다.

283) 엄연년嚴延年 : 자는 차경次卿. 곽광이 창읍왕昌邑王을 폐하고 선제宣帝를 세운 데 대해 선제宣帝 즉위 초에 비판하는 상소를 하였다.

284) 주매신朱買臣 : 한나라 무제 때의 정치인. 자는 옹자翁子. 회계태수會稽太守로서 동월東越을 평정하였고, 뒤에 승상 장탕張湯의 비행을 적발하여 그가 자살하도록 하였다.

285) 윤옹귀尹翁歸 : 전한 선제宣帝 때 사람. 자는 자황子況. 동해태수東海太守와 우부풍右扶風을 역임. 청렴하기로 알려진 인물이다.

286) 비장방費長房 : 후한 여남汝南 사람. 시장에서 약을 파는 어떤 노인을 만나 비술을 전수 받아서 온갖 귀신을 부릴 수 있었는데, 뒤에는 그 뭇 귀신들에게 죽임을 당하였다는 인물. 『후한서』 권82, 「방술열전方術列傳」에 보임.

287) 계자훈計子勳 : 후한 사람. 자기 나이가 수백 세라고 하고, 어느 날 갑자기 한낮에 죽으리라고 예언을 하였는데 과연 그렇게 되었다는 것이 기록된 행적의 전부임. 『후한서』 권82 「방술열전方術列傳」에 들어 있음. 같이 「방술열전」에 들어 있는 계자훈薊子訓과는 서로 다른 인물임.

288) 마일제馬日磾 : 후한 사람. 마융馬融의 족자族子. 자는 옹숙翁叔. 마융에게 배웠고 노식盧植 · 채옹蔡邕 등과 함께 관직에 있었으며, 헌제獻帝 초에 태부太傅가 되었음.

289) 정소동鄭小同 : 정현鄭玄의 손자. 삼국三國 위魏나라 사람.

290) 이문흠李文欽 : 미상.

이한 일이다.

대개 중국에서는 형제 이름에 항렬을 쓰는 것은 지금도 극히 적으니, 당나라의 유공권柳公權[292] · 공작公綽[293]과 송나라의 여대림呂大臨[294] · 대방大防,[295] 여조겸呂祖謙[296] · 조검祖儉,[297] 진요자陳堯咨[298] · 요수堯叟[299] · 요좌堯佐,[300] 명나라의 왕세정王世貞 · 세무世懋[301] 정도이다. 송나라의 한유韓維[302] · 이정二程[303]과 남풍南豊[304] · 남헌南軒[305]의 형제는 외자 이름

291) 고백통皐伯通 : 후한 사람. '거안제미擧案齊眉'의 고사가 있는 양홍梁鴻과 그의 처妻 맹광孟光을 잘 대우하였다는 인물.

292) 유공권柳公權(778~865) : 당나라 때의 명필. 공작公綽의 아우. 자는 성현誠懸. 원화元和 때 진사. 목종穆宗이 용필用筆의 법法을 묻자 마음이 바르면 붓이 발라진다고 대답한 일은 널리 알려져 있다.

293) 공작公綽(765~832) : 자는 관寬. 문종文宗 때 하동절도사河東節度使, 병부상서兵部尙書 등을 역임.

294) 여대림呂大臨(1040~1092) : 북송의 학자. 여대충呂大忠 · 대균大鈞의 아우. 자는 여숙與叔. 장재張載와 이정二程의 제자. 사량좌謝良佐 · 유초游酢 · 양시楊時와 함께 정문사선생程門四先生으로 일컬어짐. 『고고도考古圖』, 『맹자강의孟子講義』 등의 저작이 있음.

295) 여대방呂大防(1027~1097) : 북송의 정치인. 여대충呂大忠의 아우. 자는 미중微仲. 철종조哲宗朝에 상서우승尙書右丞으로서 급군공汲郡公에 봉해짐. 시호는 정민正愍.

296) 여조겸呂祖謙(1137~1181) : 남송의 학자. 자는 백공伯恭, 호는 동래東萊. 주자와 함께 『근사록』을 편찬했음.

297) 조검祖儉(1146~1198) : 여조겸의 아우. 자는 자약子約. 태부승太府丞을 역임하였고, 『대우집大愚集』이 있음.

298) 진요자陳堯咨 : 요좌堯佐의 아우. 자는 가모嘉謨, 자호自號는 소전기小田基. 한림학사와 절도사 등을 역임. 글씨에 뛰어났고 활을 잘 쏘았음.

299) 요수堯叟(961~1017) : 북송 때의 정치인. 자는 당부唐夫. 하양河陽 절도사를 역임. 『청맹록請盟錄』이 있음.

300) 요좌堯佐(963~1044): 북송 인종 때의 학자이자 정치인. 요수의 아우. 자는 희원希元, 자호는 지여자知餘子. 글씨를 잘 썼고 시에 뛰어났다. 『우구집愚丘集』, 『견흥집遣興集』, 『조양편潮陽編』, 『야려편野廬編』 등의 저술이 있음.

301) 세무世懋(1536~1588) : 세정世貞의 아우. 자는 경미敬美. 가정嘉靖 때 진사, 태상소경太常少卿을 역임. 학문을 좋아하고 시문을 잘 하여 이름이 그 형에 버금갔다. 『왕봉상집王奉常集』, 『규천외승窺天外乘』, 『명산유기名山游記』 등 많은 저술이 있음.

302) 한유韓維(1017~1098) : 강絳의 아우. 자는 지국持國. 신종神宗 때 한림학사翰林學士로 있으면서 청묘법靑苗法의 피해를 상소하였고 철종哲宗 때 문하시랑門下侍郞을 역임하고 태자소부로 치사致仕하였음. 뒤에 원우당적元祐黨籍에 들어서 유배되었다. 『남

이다. 그러므로 글자의 변偏이나 방傍으로 항렬을 삼았다. 형제 간에는 예로부터 지금까지 간혹 있지만 종형제와 재종·삼종형제에 이르면 이런 예가 전혀 없으니, 더구나 그보다 더 먼 전체 친족에 있어서이겠는가.

우리나라 사람들은 이름을 짓는다 하면 반드시 항렬자를 귀하게 여긴다. 번성한 씨족 큰 성씨의 경우 여러 수천 수백 명이 형제간이면 모두 같은 항렬자를 써서, 이로써 그 지파枝派를 분별하고 그 성쇠를 따지며 그 문지門地의 높고 낮음을 살피니 그 일이 가소롭고, 천한 부류가 동족이라며 끼어드는 것 또한 그 폐단이 없지 않다. 이밖에 또 가소로운 일이 있다. 세대가 전해온 지 오래된 큰 성씨들은 또 허다히 오행상생五行相生을 따져서 미리 항렬자를 지어두는데 따올 글자가 도리어 군색하여 만약 토土가 소昭가 되면 금金이 목穆이 된다. 우리 홍씨洪氏 역시 이런 일을 하고 있다. 우리나라 풍속이 판에 박은 듯 융통성이 없고 촌스럽기란 이루 말할 수가 없다.

古今製名

古人製名, 不以國名, 不以山川, 不以隱疾, 亦不盡然也. 虺惡虫也, 而殷有仲虺, 虞國名也, 而成王弟有唐叔虞. 至於春秋六國之世, 如飄杰·於菟·鉏麑·桓魋·禽滑釐等名字, 怪僻可駭. 秦漢以後, 人文稍明, 宜別於三代之時, 而如昭涉掉尾·劉屈氂·習鑿齒·皇犬子·皮豹子等名字, 又全無意義.

盖古人作名, 本無取義, 出於偶爾, 而秦漢以後, 多用平易字爲名. 兄弟亦無行列字, 霍去病之弟爲霍光, 又有雙名一字者, 鄭當時字莊, 是

양집南陽集』이 있음.

303) 이정二程 : 북송의 학자인 정호程顥(1032~1085)와 정이程頤(1033~1107) 형제.

304) 남풍南豊 : 증공曾鞏(1019~1083). 자는 자고子固. 건창建昌 남풍南豊 사람. 그의 아우는 증조曾肇 등인데, 당시 '남풍7증七曾'이라는 이름이 있었음.

305) 남헌南軒 : 장식張栻(1133~1180). 남송의 학자. 주자의 친구로, 서로 긴밀한 학문적 토론을 하였음.

也, 又有破名爲字者, 蕭何字可人, 是也, 又有名字同者, 郭子儀字子儀, 是也, 又有父子聯行者, 王羲之子獻之·徽之, 是也, 又有五世同行者, 王坦之·述之等, 是也. 古今異宜, 難以一槪言也.

西漢人, 多雙名, 司馬相如·趙廣漢·李廣利·趙充國·張安世·金日磾·嚴延年·朱買臣·尹翁歸等, 不可勝數. 東京則絶無雙名, 史傳所見者, 不過費長房·許子勳·馬日磾·鄭小同·李文欽·皐伯通如干人而已, 亦可怪也.

盖中國則兄弟名字同行, 至今猶絶少, 兄弟則唐之柳公權·公綽, 宋之呂大臨·大防, 呂祖謙·祖儉, 陳堯咨·堯叟·堯佐, 明之王世貞·世懋. 宋之韓維·二程, 與南豊·南軒兄弟, 單名, 故以偏傍爲行. 兄弟則自古及今, 或有之, 至於從兄弟, 再從三從, 絶無此例, 況遠至族黨乎?

我國人, 有姓名則必貴其行字, 如蕃族大姓, 屢千百人, 兄弟則輒皆同行, 以此辨其枝派, 論其盛衰, 視其門地高下, 其事可笑, 而賤流之闖稱同族者, 亦不無其弊. 此外, 又有可笑事, 傳世久遠之大姓, 又多以五行相生, 預製行字, 取字反窘, 如土爲昭, 則金爲穆, 我洪亦未免爲此, 甚矣! 東俗之局而野矣.

자와 호

지금 사람들의 자字에는 '백伯·중仲·숙叔·계季' 이외에 의례적인 투식으로 쓰이는 글자가 많다. 여如·부夫·자子·군君, 이而·보甫·재哉·지之, 경卿·여汝·미美·경景, 사士·원元·치稚·유幼 등이 모두 이름과는 별 관계없이 그냥 쓰이는 글자들이다.

옛날에는 외자 이름이면서 외자로 된 자를 쓴 사람이 있었으니 유방劉邦의 '계季'와 항적項籍의 '우羽'가 이런 경우였다. 또 두 자 이름인데 외자로 된 자를 쓴 사람이 있었으니 정당시鄭當時가 '장莊'을 자로 쓴 것이 이런 경우였다. 또 외자 이름인데 석 자로 된 자를 쓴 사람이 있었으니 송나라 유창劉敞[306]의 자가 백원보伯原父였고 그 아우 유반劉攽의 자가 중공보仲貢父였던 것이 이런 경우이다. 뒤에 불편해서 혹 백伯 자와 중仲 자를 빼버리기도 했지만 본디 자는 석 자였다. 또 송나라 홍추洪芻[307]는 자가 구보駒父, 홍염洪炎[308]은 자가 옥보玉父, 홍붕洪朋[309]은 자가 귀보龜父인데, 이들 형제 셋은 모두 황문절공黃文節公(황정견)의 생질들이다. 그러나 이름과 자의 의미가 모두 괴이하고, 그 사람 됨됨이도 볼만한 것이 없다.

진문충공眞文忠公의 처음 자는 경원景元이었는데 학산鶴山 위료옹魏了翁[310]이 묻기를 "자네의 자는 어떤 뜻인가?" 하니 서산西山이, "내 이름이 덕수德秀이므로 당나라 원덕수元德秀[311]를 크게 흠모하여 경원을 자로 했다네" 하였다. 학산은 웃으며, "다른 사람이라면 혹 그래도 되겠지만 자네도 그리 하는가? 『시경』에 '높은 산을 바라보며, 큰길을 달려간

---

306) 유창劉敞(1019~1068) : 북송의 문학가. 특히 『춘추』에 뛰어났다. 저서에 『춘추권형春秋權衡』, 『춘추전春秋傳』, 『춘추의림春秋意林』, 『공시집公是集』 등이 있음.

307) 홍추洪芻 : 홍붕洪朋의 아우. 자는 구보駒父. 시에 뛰어났다. 『노포집老圃集』이 있음. 형 붕朋과 아우 염炎·우羽의 네 형제가 모두 재능과 명망이 있어서 '사홍四洪'이라 불렸다.

308) 홍염洪炎 : 원우元祐 때 진사進士. 시가 황정견과 흡사하였다고 한다. 『서도집西渡集』이 있다.

309) 홍붕洪朋 : 호는 청비거사淸非居士. 시에 빼어났다. 『홍귀보집洪龜父集』이 있다.

310) 위료옹魏了翁(1178~1237) : 남송의 학자. 자는 화보華父. 『학산집鶴山集』, 『구경요의九經要義』, 『주역집의周易集義』, 『역거우易擧隅』, 『주례정전도설周禮井田圖說』, 『고금고古今考』, 『경외잡초經外雜抄』, 『사우아언師友雅言』 등의 저작이 있음.

311) 원덕수元德秀(695~754) : 당唐 하남河南 사람. 자는 자지紫芝. 노산령魯山令을 역임. 명리名利에 마음이 없고 산수山水와 금琴을 사랑하였으므로 사람들이 그를 고상하게 여겨 '원로산元魯山'이라 불렀다.

다' 하였으니, 경景은 크다[大]는 뜻이지. 거기에 '우러르다'는 의미가 어디 있단 말인가. 세상 사람들이 허다히 경景을 '우러르다[仰]'는 의미로 여겨서 자에다 붙여 쓰니, 실로 가소로운 일이네" 하니, 서산이 수긍하고 마침내 자를 희원希元으로 바꾸었다. 그러나 요즈음의 자전에도 경景자는 '흠모하다'는 뜻이라고 경앙景仰의 의미로 풀이하고 있으니, 이는 어째서일까. 학산이 잘못 안 것이었을까? 화보華父는 남송 초기 가장 박학하다 일컬어졌으니, 어찌 틀릴 리가 있겠는가. 알 수 없는 일이다.

字號

今人之表德, 伯仲叔季之外, 又多用例字, 如夫子君, 而甫哉之, 卿汝美景, 士元穉幼等, 皆無意義於名而虛用也.

古有單名而又單字者, 劉邦之季, 項籍之羽, 是也. 又有雙名而單字者, 鄭當時字莊, 是也. 又有單名而三字字者, 宋之劉敞, 字伯原父, 其弟攽, 字仲貢父, 是也, 而後以難便, 或去伯仲字, 然本字, 三字也. 又宋之洪芻字駒父, 洪炎字玉父, 洪朋字龜父, 兄弟三人, 皆黃文節公甥也, 而名字取義皆怪, 人亦無足可觀也.

眞文忠公, 初字景元, 魏鶴山了翁, 問曰, "君字何義?" 西山曰, "吾名德秀, 故景仰唐之元德秀, 字以景元." 鶴山笑曰, "他人或可也, 子亦然乎? 詩云 '高山仰止, 景行行止', 景, 大也, 何嘗有景仰之訓, 而世人多以景爲仰, 寓用於字, 誠可笑也." 西山首肯, 遂改字希元. 然近日字書, 亦以景字, 慕也, 景仰爲訓, 此又何也? 然則鶴山誤耶? 華父在南渡, 最稱博學, 豈有訛繆? 是未可知也.

옛사람은 자를 휘諱하지 않음

옛사람은 이름을 휘하였으나 자字는 휘하지 않았다. 그래서 자사子思는 『중용』에서 공자의 자를 불러 '중니仲尼'라 일컬었고, 이천伊川도 일찍이 "나의 형 백순伯淳"이라 하였다. 후세에는 문식이 지나쳐서 비록 대체大體에는 소홀하더라도 소소한 예절에는 혐의를 두어서 꺼리고 피함이 더욱 심하니, 이것이 창려昌黎(한유)가 「휘변諱辨」을 지은 이유다.

그러나 강절康節(邵雍)은 부친의 이름자가 '고古'였지만 『격양집擊壤集』에 '천고千古', '만고萬古'가 많고, 주휘공朱徽公(朱子)은 고조의 이름자가 '진振'이었지만 시문에 역시 '진'자를 썼으니, 이런 경우 단문袒免[312]에 이르지 않았는데도 휘를 하지 않은 것은 어째서일까? '계신戒愼'을 '계근戒謹'으로, '신독愼獨'을 '근독謹獨'으로 한 것[313]은 효종孝宗[314]이 당시 임금이었으므로 저절로 당연하게 휘를 한 것이었다. 호모보지胡母輔之[315]의 자식이 그 아버지 호모보지를 언국彦國이라는 자로 부른 것은 그 시기의 광달曠達하여 행실이 나쁜 부류이니, 어찌 말할 것 있겠는가.

또, 살아서는 이름이라 이르고 죽어서는 휘라 부르니, 휘란 피하여 숨긴다는 의미지 높여 부르는 말이 아니다. 그럼에도 지금 사람들이 매양 부조父祖의 이름에 대해서 살아 있는데도 '휘'라 일러 마치 존칭인 듯 여

312) 단문袒免 : 왼쪽 어깨를 벗고, 관冠을 벗어 머리를 묶음. 유복친有服親 이외의 친족의 상사喪事에 조의를 표하는 일.

313) '계신戒愼'을 '계근戒謹'으로, '신독愼獨'을 '근독謹獨'으로 한 것 : 사서四書 등의 주석에서 주자는 '신愼'을 '근謹'으로 바꾸었다.

314) 효종孝宗 : 남송의 2대 군주. 이름은 신愼.

315) 호모보지胡母輔之 ; 진晉나라 때 사람. 자는 언국彦國. 어려서 사람을 알아보는 지감知鑑이 있었고, 성격이 술을 좋아하고 소소한 예절에 구애되지 않았다. 원제元帝 때 상주자사湘州刺史를 지냈다. 친구 왕징王澄이 한 말로 인하여 '언국토설彦國吐屑'이라는 성어成語로 알려진 인물이다.

기니 우스운 일이다. 그래서 중국 사람들은 비록 임금의 이름일지라도 '어명御名'이라 하지 '어휘御諱'라 하지는 않는다. 우리나라는 그렇지 않으니, 습속이 이미 오래되어서 바꿀 수가 없다.

古人不諱字

古人, 諱名不諱字. 故子思於『中庸』, 稱仲尼, 伊川亦嘗曰, "吾兄伯淳." 後世文勝, 雖忽於大體, 嫌於小節, 諱避尤甚, 此昌黎「諱辨」之所由起也.

然康節父名古, 而『擊壤集』, 多有千古萬古, 朱徽公高祖名振, 詩文亦用振字, 此未及祖免, 而亦不諱何也? 至於以戒愼爲戒謹, 愼獨則爲謹獨, 孝宗時君也, 自當諱矣. 如胡毋輔之子呼父字彦國, 則其時曠遠無行之類, 又何足道哉?

且生稱名, 死稱諱, 諱者, 避而隱之之義也, 非尊之之語, 而今人每於父祖名, 生亦稱諱, 認若尊稱, 可笑. 是故, 中國人, 雖君名, 亦稱御名, 未嘗云御諱, 我國則不然, 習俗已久, 不可變也.

별호

옛사람은 아무리 세상에 우뚝하고 문장에 능한 사람이라도 별호別號가 없었는데, 당나라 때부터 처음 성행하여 송나라에 이르러 더욱 많아지고 원元・명明 이후로는 거의 호 없는 사람이 없다. 명나라의 안산농顔山農[316]・하심은何心隱[317] 같은 경우는 도적임에도 호가 있었으므로 군

316) 안산농顔山農(1504~1596) : 이름은 안균顔鈞, 자는 자화子和, 산농山農은 호. 강서성江

자들은 병통으로 여기고 세상 사람들은 허다히 그릇되다 여긴다. 하지만 나는 그렇게 생각지 않는다.

옛날에는 살아서는 이름을 부르고 또 따로 자字를 지어 불렀고, 죽으면 그의 한 가지 은혜로운 일을 드러내어서 이름을 꺼리고 시호를 불렀다. 후세에서는 이미 이름을 꺼리는데다 또 자까지도 부르기를 꺼리니, 그 사람이 불행하게도 포의布衣로 죽는다면 호가 없는 사람은 자손과 후배들이 어떻게 부르겠는가? 후세의 일이란 문식이 지나치지 않는 것이 없으므로 폐단이 생기지 않는 일이 없음은 이치상 자연스럽다. 어찌 유독 사람사람이 모두 호를 가지는 것만 나무라겠는가?

대개 옛날과 지금의 호를 보면 기기괴괴하여 그 규칙이 한결같지 않다. 당堂·재齋·암菴·와窩, 음陰·양陽·주洲·저渚, 강江·하河·회淮·해海, 봉峯·만巒·산山·애涯, 파坡·곡谷·실室·려廬, 천川·암巖·계溪·간磵 등의 글자는 호에서 보통 쓰이는 글자들이다. 명나라에서는 또 『산해경山海經』의 산이름과 땅이름으로써 자신의 호를 삼은 자가 있으니 이헌길李獻吉[318]의 공동崆峒, 하중묵何仲默[319]의 대복大復, 왕원미王元美(王世貞)의 엄주弇州와 봉주鳳洲, 그 아우 경미敬美(王世懋)의 인주麟洲가 그것이다. 무릇 사람이 호를 지을 때는 혹 사는 곳의 지명으로써 하고 혹은 흠모하고 높이는 대상으로써 당실堂室에 뜻을 붙이기도 하고 혹은 면려 경계하려고 문자에서 의미를 취하기도 하니, 이런 경우는 안될 것 없다. 『산해경』에 나오는 대황大荒 바깥 지역의 지명이 자신에게 무슨 상관이 있단 말인가?

西省 길안吉安 사람. 양명학 좌파인 태주학파의 학자.

317) 하심은何心隱(1517~1579) : 본명本名은 양여원梁汝元, 자는 주건柱乾, 호는 부산夫山. 강서성江西省 태생. 안산농의 제자.

318) 이헌길李獻吉 : 헌길은 이몽양李夢陽(1473~1530)의 자, 호는 공동崆峒. 전칠자前七子의 대표자. 『공동집』이 있음.

319) 하중묵何仲默 : 중묵은 하경명何景明(1483~1521)의 자, 호는 대복大復. 이몽양과 함께 전칠자의 대표적 문인으로, '이하李何'로 병칭됨. 『대복집』이 있음.

또 당唐·송宋 사람으로서 마땅히 호가 있었을 법한데도 호가 없는 사람은 혹 그 당시의 연호로써 그 문집을 이름 하였으니, 원미지元微之의 『장경집長慶集』,[320] 이문요李文饒의 『회창일품집會昌一品集』,[321] 소명윤蘇明允의 『가우집嘉祐集』[322]이 바로 그것이다. 한데 노천老泉은 그의 분묘가 있는 곳의 지명이지 공의 생전의 자호는 아니다. 또 호가 있기는 하였으나 혹 관직 명칭으로써 그 문집을 이름 붙인 경우는 왕망천王輞川의 『우승집右丞集』, 두초당杜草堂의 『공부집工部集』과 고려조 이백운李白雲의 『이상국집李相國集』이 바로 그것이다. 그 밖에 본디 호가 없는 자가 혹은 관직으로 문집의 이름을 삼고 혹은 시호로 문집 이름으로 삼은 것은 이루다 헤아릴 수가 없다.

근세 청나라 사람의 문집은 혹 그 본디 호를 버리고 별도로 문집의 호를 쓴 경우가 있으니 왕어양王漁洋의 『대경당집帶經堂集』, 시우산施愚山의 『안아당집安雅堂集』,[323] 서건암徐健菴의 『담원집憺園集』, 왕둔옹汪鈍翁의 『요봉집堯峯集』,[324] 옹담계翁覃溪의 『복초재집復初齋集』과 우리나라 김괴애金乖厓(김수온)의 『식우집拭疣集』, 최근 연천공淵泉公(홍석주)의 『학해學海』 내외편과 『재재록載載錄』[325] 같은 종류가 바로 그것이다. 또 유

320) 원미지元微之의 『장경집長慶集』: 미지는 당唐 원진元稹(779~831)의 자. 원진과 백거이白居易는 '원백元白'이라 불린만큼 서로 친하였는데, 시문집이 장경長慶·개원開元 초에 함께 편찬되었으므로 모두 장경집長慶集으로 불린다. 지금 전하는 것은 『원씨장경집』 60권(따로 補遺 6권), 『백씨장경집』 71권이다.

321) 이문요李文饒의 『회창일품집會昌一品集』: 문요는 당唐나라 이덕유李德裕(787~850)의 자. 모두 20권이고, 따로 별집別集 10권과 외집外集 4권이 있음. 정집正集은 모두 무종武宗 때의 제고制誥이고, 별집別集은 모두 부賦·시詩·잡문雜文, 외집外集은 논사論史의 글들이다. 회창은 무종의 연호. 841~846년.

322) 소명윤蘇明允의 『가우집嘉祐集』: 16권, 부록附錄 2권. 소순蘇洵의 저작. 명윤은 소순의 자, 호는 노천. 가우는 송 인종의 연호. 1056~1063년.

323) 시우산施愚山의 『안아당집安雅堂集』: 우산愚山은 시윤장施閏章의 호. 청나라의 유수한 문인. 자는 상백尙白. 시문에 있어서 왕사정王士禛과 이름이 나란하였다. 『학여당집學餘堂集』, 『구재잡기矩齋雜記』, 『확재시화蠖齋詩話』 등 80여 권의 저술이 있다.

324) 왕둔옹汪鈍翁의 『요봉집堯峯集』: 둔옹鈍翁은 왕완汪琬의 호. 『요봉문초堯峯文鈔』 50권이 있다.

청전劉青田[326]은 명나라에 들어오기 이전의 시문을 『이미공집犁眉公集』이라 이름붙였으니,[327] 이는 어떤 의미인지 알 수 없다.

또 옛사람들의 저서는 '자子'로 칭한 것이 많으니, 갈치천葛稚川의 『포박자抱朴子』, 원차산元次山의 『기간자琦玕子』,[328] 소자첨蘇子瞻의 『애자艾子』, 송함화宋含華의 『용문자龍門子』,[329] 유청전의 『욱리자郁離子』,[330] 하대복何大復의 『태잠자胎簪子』[331] 따위가 그것이다.

또 당나라 허혼許渾[332]은 집이 정묘교丁卯橋에 있었으므로 그의 문집을 『정묘집丁卯集』[333]이라 하였다. 또 소강절邵康節은 『격양집擊壤集』이 있고, 육무관陸務觀(육유)은 시는 『검남집劍南集』이라 하고 문은 『위남집渭南集』[334]이라 하였고, 소자유蘇子由는 영빈潁濱으로 문집을 이름하지 않고

325) 『학해學海』 내외편과 『재재록裁裁錄』: 『학해』는 국립중앙도서관 등에 소장되어 있고, 『재재록』은 현재 전하는지 분명하지 않다. 한장석이 쓴 『연천집』의 「산서목록散書目錄」에 의하면 『재재록』은 연천의 사환仕宦 일기로, 모두 13권이었다고 함.

326) 유청전劉青田 : 유기劉基(1311~1375). 명나라 청전青田 사람. 자는 백온伯溫. 명 태조를 도와 통일에 기여하였다. 『욱리자郁離子』, 『부부집覆瓿集』, 『성의백집誠意伯集』이 있다.

327) 명나라에 들어오기 …… 이름붙였으니 : 저자의 착각인 듯하다. 『이미공집』은 유기의 만년 저작이고, 원나라 시기의 저술은 『부부집覆瓿集』임. '이미공'이란 유기의 만년의 호임.

328) 원차산元次山의 『기간자琦玕子』 : 차산은 원결元結(719~772)의 자. 기간동琦玕洞에서 피난한 적이 있어서, 호를 '기간자'라고 하였음.

329) 송함화宋含華의 『용문자龍門子』 : 함화는 명나라 초기의 문인인 송렴宋濂(1310~1381)을 가리키는 말. 그의 출신지이다. 자는 경렴景濂, 호는 잠계潛溪・용문자龍門子・현진자玄眞子 등. 『용문자』는 『용문자응도기龍門子凝道記』라는 이름으로 '총서집성초편'에 들어 있다(북경 : 중화서국, 1985).

330) 『욱리자郁離子』 : 유기劉基의 대표적인 저작.

331) 『태잠자胎簪子』 : 규장각 등 국내 도서관에는 38권 15책으로 된 하경명의 문집 『대복집』(1555년간 명나라 목판본)이 소장되어 있고, 독립 서목으로 『태잠자』가 확인되지는 않는다.

332) 허혼許渾 : 만당 때의 시인. 자는 중회仲晦. 만년에 윤주潤州(지금 강소성 진강鎮江)의 정묘교로 귀향했다.

333) 『정묘집丁卯集』 : 1756년 청나라 간행 목판본 『정묘집 전주箋註』 8권 4책이 국내 도서관에 소장되어 있음.

334) 『위남집渭南集』 : 육유가 만년에 위남백渭南伯에 봉해졌으므로 붙인 이름이다.

『난성집灤城集』이라 하였으니, 이는 그의 관직으로 이름 붙인 것이다. 또 범문정공范文正公 및 근세의 기문달공紀文達公(紀昀) 같은 경우는 모두 시호를 문집 이름으로 삼았다. 또 청나라 초 전목재錢牧齋(錢謙益)는 시와 문을 나누어 둘로 편찬하여 『초학집初學集』, 『유학집有學集』이라 하였다.[335]

또 두 가지 호로 모두 통행하는 사람을 보면, 원나라의 우백생虞伯生(虞集)은 소암邵菴, 도원道園이라 하고 청나라의 왕이상王貽上은 어양漁洋, 완정阮亭이라 한다. 우리나라의 김열경金說卿은 동봉東峯, 매월당梅月堂이라 하였다. 동봉은 또 청한자淸寒子라 호를 쓰기도 하고 또 췌세옹贅世翁이라 하고 또 벽산청은碧山淸隱이라 하고 또 승려로서의 법명은 설잠雪岑이라 하였는데, 세상에는 이 모두가 알려져 있다. 최근 김추사金秋史는 호가 백으로 헤아릴 만큼이나 되었으므로 백호당百號堂이라 호를 하였으니 더욱 우스운 일이다. 이척재李惕齋(이서구)는 처음 강산薑山이었고 정열수丁洌水는 처음 다산茶山이었는데, 사람들은 두 가지 모두 알고 있다.

또 옛날과 지금의 인사들 가운데는 자字가 마치 호처럼 쓰이는 사람이 있다. 당나라 원결元結의 자 차산次山, 이상은李商隱의 자 의산義山, 청나라 용촌榕村 이광지李光地의 자 후암厚菴, 문달공文達公 기윤紀昀의 자 효람曉嵐이 그것이다. 또 고금古今에 같은 호를 쓴 경우로서 왕노재王魯齋[336]와 허노재許魯齋(허형, 1209~1281)는 모두 유자儒者로서 같은 시기에 산 사람들이다.

대개 창려昌黎(韓愈) 같은 경우는 지명을 문집 이름으로 삼았지만 뒷날 공을 창려백昌黎伯으로 봉해서 관직 명칭으로도 되었다. 유자후柳子厚 역시 호가 없었으므로 그의 마지막 관직을 따라 『유주집柳州集』이라 이름하였다. 증문정공曾文定公의 『남풍집南豊集』도 호가 없었으므로 지명을 따

335) 또 청나라 초 ……『유학집有學集』이라 하였다 : 저자의 착각인 듯하다. 『초학집』은 명나라 멸망 이전의 시문집이고, 『유학집』은 청나라가 된 이후의 시문집이다.

336) 왕노재王魯齋 : 왕백王柏(1197~1274). 남송 말의 학자. 자는 회지會之. 시에 뛰어났고 글씨도 잘 썼다. 『독역기讀易記』, 『서의書疑』, 『시변詩辨』, 『노재집魯齋集』 등이 있음.

라 붙인 이름이고, 왕문공王文公(왕안석)은 비록 반산半山이라 호를 하였으나 그 역시 지명으로 이름을 붙여서 다만 『임천집臨川集』이라고만 하였다. 구공歐公(구양수)은 육일거사六一居士라 자호하였고 또한 일찍이 스스로 그의 시문을 뽑아두었다. 또 관직은 연국공兗國公에 봉해졌고 시호는 문충文忠이다. 그러나 지금 세상에 유행하는 그의 전집은 다만 『구양공집歐陽公集』이라고만 하니, 이로 보아서 모든 경우에 그 예가 한결같지는 않다. 또한 이서애李西涯(李東陽)의 『회록당집懷麓堂集』은 거처한 집의 당호이지 호가 아니다.

또 최근의 금릉金陵 남공철南公轍[337]은 스스로 편집한 시문집을 『금릉집金陵集』이라 하였고, 또 관직을 물러나 노후에 지은 것은 『영옹속고穎翁續稿』라 하였으니 공의 처음 호가 사영思穎이었기 때문이다. 또 『귀은당집歸隱堂集』이 있으니 역시 관직을 물러난 뒤 이루어진 것이다.

또 자식이 아버지의 호를 사용한 자가 있으니 우계牛溪[338]는 실상 청송聽松[339]의 호였지만 세상에서는 도리어 우계를 문간文簡 선생의 호로 알고 있다. 또 아버지가 자식의 호를 사용한 자가 있으니 노천老泉은 자첨子瞻의 호였으나 도리어 그 아버지의 호가 되어서 지금은 바꿀 수가 없으니, 모두 우스운 일이다.

또 우암尤菴은 본디 자호가 아니니, 창주滄洲 김공 익희金公益熙[340]가 일찍이 선생께 "그대는 세상에 대해서 허물이 없지는 아니하니 우암이라 호를 하는 것이 마땅하네" 하자, 선생은 웃으면서 "이는 규계規戒를 붙인 말이니 내 마땅히 받아들이겠다" 하여 마침내 호로 삼은 것이었다.

---

337) 남공철南公轍(1760~1840) : 자는 원평元平, 호는 사영思穎·금릉金陵, 시호는 문헌文獻, 본관은 의령宜寧.

338) 우계牛溪 : 성혼成渾(1535~1598)의 호. 자는 호원浩原, 호는 묵암默庵·우계牛溪, 시호는 문간. 『우계집』이 있다.

339) 청송聽松 : 성수침成守琛(1493~1564). 자는 중옥仲玉, 호는 청송 이외에 죽우당竹雨堂, 시호는 문정文貞. 『청송집』이 있다.

340) 김익희金益熙(1610~1656) : 효종 때의 문신. 자는 중문仲文, 호는 창주滄洲, 시호는 문정文貞, 본관은 광산光山. 장생長生의 손자. 『창주유고滄洲遺稿』가 있다.

또 송나라의 정순공程純公이 작고한 뒤 문로공文潞公[341]이 그 묘에 쓰기를 "명도明道 선생의 묘"라 하였으니, 세상에서 마침내 '명도'라 일컫는 것은 선생의 자호는 아니었다. 또 송나라 범성대范成大의 석호石湖는 효종孝宗이 하사한 호였다.

최근 이만수李晩秀[342]의 극원屐園과 김충문金忠文[343]의 풍고楓皐와 심문숙沈文肅(沈象奎)의 두실斗室도 모두 정조正祖가 하사한 호이다. 또 나의 재종형인 해거海居(洪顯周) 역시 순조純祖가 하사한 호이다.

또 주자는 만년에 옛날 진씨陳氏 소유이던 고정考亭을 얻어 거처하면서 날마다 문인들과 강학을 하였는데 당시 사람들이 흔히들 선생이 거처하는 장소로써 선생을 일컬어 '고정'이라 하였으니 실상 주자의 호는 아니다. 뒷사람들 가운데 그런 일을 알지 못하는 자들이 혹 곧바로 '고정'을 주자의 호라 하니 우스운 일이다. 대개 진씨의 이 정자는 그의 작고한 부친이 지은 것이어서 스스로 '고정'이라고 하였으니, 지금 만약 주자의 호를 '고정'이라 한다면 이는 주자에게 불경不敬한 일이다.[344]

別號

古人雖有高世能文之士, 未嘗有別號, 而自唐始盛, 至宋尤多, 元明以後, 則殆無人無號, 如明之顔山農・何心隱, 以盜賊, 亦有號. 故君子病之, 世多非之, 然余獨以爲不然也.

---

341) 문로공文潞公 : 문천상文天祥(1236~1282). 자는 송서宋瑞 또는 이선履善, 호는 문산文山. 「정기가正氣歌」가 유명하고, 『문산집文山集』, 『문산시집文山詩集』이 있다.

342) 이만수李晩秀(1752~1820) : 자는 성중成仲, 호는 극옹屐翁・극원屐園, 시호는 문헌文獻, 본관은 연안延安. 변려문에 뛰어났고, 글씨에도 능하였다. 『극원집』이 있다.

343) 김충문金忠文 : 충문은 김조순金祖淳(1765~1832)의 시호. 자는 사원士源, 호는 풍고楓皐, 본관은 안동安東. 『풍고집』이 있다.

344) 지금 만약 …… 불경不敬한 일이다 : 왕무횡王懋竑의 『주자연보』에는 주자 63세(1192)에 "건양建陽의 고정考亭에 집을 지었다"고 하고, 그보다 앞서 주자의 부친인 위재韋齋(朱松)가 그곳을 들렀을 때 살만한 곳이라고 일기에 남겼고, 주자는 그 부친의 뜻을 이룬 것이라고 기록하고 있다.

古者生稱名, 又有表德以呼之, 死則節其一惠, 諱名而稱諡, 後世旣諱名, 又諱表德, 其人不幸布衣而死, 則無號者, 子孫與後進, 將安所稱謂哉? 後世事, 無不文勝, 故亦無事不弊, 理之自然也, 何獨責於人人皆號也哉?

盖見古今之[345]號, 奇奇怪怪, 其規不一, 堂齋菴窩, 陰陽洲渚, 江河淮海, 峯巒山涯, 坡谷室廬, 川巖溪磵等字, 號之常也. 明世, 又有以『山海經』山名地名自號者, 李獻吉之崆峒, 何仲默之大復, 王元美之弇州與鳳洲, 其弟敬美之麟洲, 是也. 夫人之取號, 或以所居地, 或以慕尙而寓意於堂室, 或以勉戒而取義於文字, 是則可也, 『山海經』大荒以外地名, 何干於我也?

又唐宋人之宜號而無號者, 或以其時年號, 名其集, 如元微之之『長慶集』, 李文饒之『會昌一品集』, 蘇明允之『嘉祐集』, 是也, 而老泉則其墳墓所在地名, 非公生前自號也. 又有號而或以官名其集, 則王輞川之『右丞集』, 杜草堂之『工部集』, 麗朝李白雲之『李相國集』, 是也. 其他本無號者, 或以官名集, 或以諡名集, 不可勝數矣.

近世淸人文集, 或有捨其本號, 別有文集之號, 王漁洋之『帶經堂集』, 施愚山之『安雅堂集』, 徐健菴之『憺園集』, 汪鈍翁之『堯峯集』, 翁覃溪之『復初齋集』, 我朝金乖厓之『拭疣集』, 近日淵泉公之『學海』內外編, 『載載錄』之類, 是也. 又劉靑田, 入明以前詩文, 名曰『犁眉公集』, 此不知何義也.

又古人著書, 多以子稱, 葛稚川之『抱朴子』, 元次山之『琦玕子』, 蘇子瞻之『艾子』, 宋含華之『龍門子』, 劉靑田之『郁離子』, 何大復之『胎簪子』之類, 是也. 又唐許渾, 家在丁卯橋, 因名其集曰『丁卯集』, 又邵康節有『擊壤集』, 陸務觀, 詩曰『劒南集』, 文曰『渭南集』, 蘇子由, 不以穎濱名集, 而曰『欒城集』, 是則以其官也. 又如范文正公及近世之紀

345) 之 : 국립중앙도서관본을 따랐음. 천리대본은 '人'.

文達公, 皆以諡名集, 又清初錢牧齋, 詩文分兩編, 曰『初學集』, 曰『有學集』.

又有兩號而皆行者, 元之虞伯生, 曰邵菴, 又曰道園, 清之王貽上, 曰漁洋, 又曰阮亭. 我朝之金說卿, 曰東峯, 又曰梅月堂, 東峯則又號淸寒子, 又贅世翁, 又碧山淸隱, 又僧名雪岑, 世亦皆知. 近日金秋史, 號至百數, 因號百號堂, 尤可笑也. 李惕齋, 始薑山, 丁洌水, 始茶山, 人亦皆知.

又古今人有字如號者, 唐元結字次山, 李尙隱字義山, 淸李榕村光地, 字厚菴, 紀文達公昀[346], 字曉嵐, 是也. 又古今同號, 如王魯齋·許魯齋, 皆儒者之幷世也. 蓋如昌黎, 則以地名集, 而後亦奉公昌黎伯, 又爲官名. 柳子厚, 亦無號, 故因其卒職, 名曰『柳州集』, 曾文定公『南豊集』, 無號故, 亦因地名, 王文公雖號半山, 亦以地名, 但曰『臨川集』, 歐公自號以六一居士, 亦嘗自鈔其詩文, 又官封兗國公, 諡以文忠, 然今世所行全集, 但稱『歐陽公集』, 是皆不一其例也. 又如李西涯之『懷麓堂集』, 乃居室之名, 非號也.

又近日南金陵公轍, 自編詩文曰『金陵集』, 又公退老後所作則曰『穎翁續稿』, 公始號思穎故也. 又有『歸隱堂集』, 亦致仕後續成也. 又有子用父號者, 牛溪實是聽松之號, 而世反以牛溪, 爲文簡先生之號, 又有父用子號者, 老泉, 子瞻之號, 而反爲其父之號, 今不可易, 皆可笑也. 又尤菴, 本非自號, 滄洲金公益熙, 嘗謂先生曰, "子於世, 不無其尤, 當號尤菴." 先生笑曰, "此寓規戒, 吾當受之", 遂以號焉.

又宋之程純公歿後, 文潞公題其墓曰, "明道先生之墓", 世遂稱明道者, 非先生號也. 又宋范成大石湖, 孝宗之賜號也, 近日李晩秀之屐園, 金忠文之楓臯, 沈文肅之斗室, 亦皆正廟賜號也, 又余再從兄海居, 亦純廟賜號也.

346) 昀: 『지수염필』 두 이본 모두 '㫧'. 잘못임.

又朱子晩年, 得故陳氏考亭, 仍居焉, 日與門人講學, 其時人多以先生所居地, 稱先生曰考亭, 實非朱子之號也. 後人不知其事者, 或未免直以考亭爲朱子號, 可笑也. 盖陳氏此亭, 以其先父所築, 故自以爲考亭, 今如以朱子之號, 反稱考亭, 則是不敬於朱子也.

권4

시법諡法

시호란 한 가지 선한 행적을 드러내어서 붙이는 것이다.[1] 그러나 훌륭한 사람이면 아름다운 시호를 붙이고 훌륭하지 못한 사람이면 나쁜 시호를 붙이게 되니, 이를테면 걸·주桀紂와 유·여幽厲[2]는 모두 나쁜 시호다. 맹자가 "아무리 효성스런 아들과 사랑하는 손자라도 그 악을 숨겨줄 수 없다"[3]고 한 것은 이를 두고 한 말이다. 후세가 되자 윗사람에

1) 한 가지 …… 붙이는 것이다 : 시호를 받는 이가 여러 가지 선행이 있었더라도 그 중에 가장 중요한 한 가지만 들어서 시호로 삼는다는 것. 『예기』 「표기表記」에 있는 말임.
2) 걸·주桀紂와 유·여幽厲 : 중국 고대의 포악한 군주들임.
3) "아무리 효성스런 아들 사랑하는 손자라도 그 악을 숨겨 줄 수 없다" : 『맹자』 「이루離婁·상」에 있는 말임.

게 아첨하고 개인적으로 아부하는 경우가 많아 시호를 정한 것이 태반은 공정하지 못해서, 다만 아름다운 시호만 있고 나쁜 시호는 없어졌다. 지금은 이름을 바꾸는 데 지나지 않을 뿐이다.[4)]

춘추시대에는 혹 석 자로 된 시호가 있었으니, 정혜문자貞惠文子[5)] 같은 경우가 그러하다. 하지만 극히 드물었고, 한 자로 된 시호가 많았다. 후세에는 또 모두 두 자로 된 시호이고 한 자로 된 시호는 드물다. 그래서 주자朱子의 시호도 처음에는 문정文正으로 정했었는데 유개지劉改之[6)]가 듣고 도당都堂에 편지를 보내어, "회암晦菴 주시강朱侍講의 시호를 '문정'으로 하는 것은 한 글자 '문文' 자가 무게가 있는 것만 못합니다" 하니, 조정의 의론이 그렇다 여겨서 '문공文公'으로 바꾸었다. 그러나 고금의 문공 역시 많다. 내가 기억하고 있는 경우로 말해보자면 당나라의 유지기劉知幾[7)] · 권덕여權德與[8)] · 한유韓愈 · 이고李翺 · 백거이白居易와 송나라의 양억楊億[9)] · 소순蘇洵 · 왕안석王安石, 원나라의 요수姚燧[10)] · 구양현歐陽玄[11)]이 모두 문공이다. 하지만 기억하지 못하는 자가 또 몇이나

---

4) "어지러운 군주는 …… 이름을 바꾼다" : 이름을 바꾸는 데 지나지 않을 뿐이다 : 시호를 받으면 생전의 이름 대신에 시호로 불리게 되므로 이름을 바꾸게 되는 것이다.

5) 정혜문자貞惠文子 : 위衛나라의 대부 공숙문자公叔文子. 그가 죽자 아들이 시호를 청했다. 영공靈公은, "옛날 우리 위나라가 흉년이 들어 백성들이 굶주리게 되었을 때 선생이 죽을 쑤어 나누어 주었으니, 이것이 '혜惠'가 아니겠는가. 옛날 위나라에 국난이 있었을 때 선생이 죽음을 무릅쓰고 과인을 지켰으니, '정貞'이 아니겠는가. 선생이 위나라의 정치를 맡아서 질서를 세우고 이웃 나라와 교류하면서 나라의 사직을 욕되게 하지 않았으니, '문文'이 아니겠는가. 그러므로 선생의 시호를 '정혜문자貞惠文子'라 한다"라고 했다(『예기』「단궁 · 하」). 공숙문자의 시호에 대해서는 공자도 언급을 한 적이 있다(『논어』「헌문憲問」).

6) 유개지劉改之 : 남송의 시인이자 사인詞人인 유과劉過(1154~1206). 개지는 자. 호는 용주龍洲. 『용주집』, 『용주사龍洲詞』가 있다.

7) 유지기劉知幾(661~721) : 역사가. 『사통史通』의 작자. 자는 자현子玄.

8) 권덕여權德與(758~818) : 문인 · 정치인. 자는 재지載之. 『권문공집權文公集』이 있다.

9) 양억楊億(974~1020) : 자는 대년大年. 권2, 주243 번을 참고.

10) 요수姚燧(1238~1313) : 원의 문학가. 자는 단보端甫, 호는 목암牧庵. 권1, 주249번을 참고.

11) 구양현歐陽玄 : 자는 원공原功, 호는 규재圭齋 · 평심노인平心老人. 『규재문집圭齋文集』이 있다. 권1, 주398번을 참고.

되는지 알 수 없으니, 한 글자 '문' 자 시호 역시 너무나 많다. 어찌 이 모두가 공정한 시호이겠는가.

송나라 때 조정에서 하영공夏英公을 문정文正이라고 시호 붙일 것을 의논하려하자 사마온공司馬溫公(사마광)이 듣고 고함지르기를, "하송夏竦[12)]이 어떤 사람이길래 감히 좋은 시호를 얻는단 말인가" 하자 조정의 의론이 마침내 저지되어서 문장文莊으로 바뀌었다. 대개 하송은 송나라의 소인이니 시호가 바뀐 것이 마땅하다. 송나라 한 시대에서 문정文正이라는 시호는 오직 범희문范希文(범중엄)과 사마온공만은 천고에 이의가 없을 것이나, 그 밖에는 비록 왕단王旦[13)]·왕증王曾[14)] 같은 훌륭한 사람에 대해서도 이의가 있을 만한데, 하물며 이방李昉[15)] 같은 사람이겠는가. 그러나 '문정'이라는 시호는 가장 귀하니, 원나라에서는 야율초재耶律楚材·허형許衡·오징吳澄[16)] 등 서너 사람뿐이었다. 명나라에서는 약간 지나쳤으니 사천謝遷[17)]은 너무 과분하고 이서애李西涯(이동양)는 더더욱 걸맞지 못하다. 명말明末의 예원로倪元璐[18)]·손승종孫承宗[19)] 등 여러분은 모두 충의忠義와 대절大節이 있었으니, 이들에 대해서야 무슨 논란이 있겠는가?

우리나라는 정암靜菴·우암尤菴·동춘同春·도암陶菴이 모두 유현儒賢이고 청음淸陰은 정직하고 흠이 없는 훌륭한 현인인데다 위대한 절개까지

---

12) 하송夏竦: 북송의 정치인. 자는 자교子喬. 절도사를 역임했고, 『고문사성운古文四聲韻』으로 알려져 있다.

13) 왕단王旦: 북송 진종眞宗 때의 정치인. 자는 자명子明. 위국공魏國公에 봉해졌다.

14) 왕증王曾: 북송의 정치인. 자는 효선孝先. 『왕문정필록王文正筆錄』이 있다.

15) 이방李昉(925~996): 북송의 정치인. 자는 명원明遠. 『태평어람太平御覽』, 『태평광기太平廣記』, 『문원영화文苑英華』 등의 편찬에 참여하였다.

16) 오징吳澄(1249~1333): 원나라 학자. 자는 유청幼淸, 호는 초려草廬. 권2, 주152번을 참고.

17) 사천謝遷: 자는 우교于喬, 호는 목재木齋. 『귀전고歸田稿』가 있음.

18) 예원로倪元璐(1593~1644): 명말의 정치인, 문인. 글씨와 그림에도 뛰어났다. 자는 옥여玉汝, 호는 홍보鴻寶·원객園客 등. 이자성李自成이 북경을 함락시킨 뒤 자결했다. 『예문정집倪文貞集』이 있다.

19) 손승종孫承宗(1563~1638): 명나라 말의 장수. 자는 치승稚繩.

도 찬란하니, 모두 시비를 할 만한 일이 없고, 최근에는 외암巍巖[20]도 '문정'이라는 시호를 받았다. 국초에 삼가지 않는다고 일컬어진 어떤 종실이 있었는데, 죽은 뒤 시호를 의논하면서 예조禮曹가 안양安煬·안황安荒·안혹安惑을 추천하자 상上이 노하여 시호를 바꾸라고 명하였다. 그러나 그 시기 뭇 신하들의 곧음을 알 수가 있다.

또 '문청文淸'이라는 시호도 매우 적어서, 송나라는 여본중呂本中[21]이고 명나라는 설경헌薛敬軒[22]이며, 그 밖에는 내가 미처 알지 못한다. 우리나라는 청련靑蓮 이후백李後白,[23] 송강松江 정철鄭澈, 죽천竹泉 김진규金鎭圭,[24] 동산東山 이병태李秉泰,[25] 영상領相 서지수徐志修,[26] 뇌연雷淵 남유용南有容[27] 및 나의 조부이신 신재新齋 선생[28]이 모두 시호가 문청이니 이만으로도 벌써 송·명보다 많고, 최근의 취미翠微 신재식申在植[29]

---

20) 외암巍巖 : 이간李柬(1677~1727)의 호. 조선 숙종 때의 학자. 자는 공거公擧. 권상하權尙夏의 문인. 이른바 강문팔학사江門八學士의 한 사람으로, 인물성동론人物性同論을 가지고 한원진韓元震의 인물성이론人物性異論을 반대하여 논쟁을 벌여 낙론파洛論派를 형성하였다. 『외암유고巍巖遺稿』가 있다.

21) 여본중呂本中(1084~1145) : 남송의 학자, 문인. 자는 거인居仁, 호는 동래東萊. 황정견·진사도에게 시를 배웠다. 『강서시사종파도江西詩社宗派圖』, 『동래선생시집東萊先生詩集』 등의 저서가 있다.

22) 설경헌薛敬軒 : 경헌은 명나라의 주자학자 설선薛瑄의 호. 자는 덕온德溫. 『경헌설선생문집』과 『독서록』이 있다.

23) 이후백李後白(1529~1578) : 조선 선조 때의 문신. 자는 계진季眞, 본관은 연안延安. 『청련집靑蓮集』이 있다.

24) 김진규金鎭圭(1658~1716) : 조선 숙종 때의 문신. 자는 달보達甫, 본관은 광산光山. 숙종의 비妃 인경왕후仁敬王后의 오빠. 송시열의 문인. 『죽천집』과 『여문집성儷文集成』이 있다.

25) 이병태李秉泰(1688~1733) : 조선 경종 때의 문신. 자는 유안幼安, 본관은 한산韓山. 『동산선생주의奏議』 10권 5책이 남아 있다.

26) 서지수徐志修(1714~1768) : 조선 영조 때의 문신. 자는 일지一之, 호는 송옹松翁, 본관은 달성達城. 글씨에 뛰어났다.

27) 남유용南有容(1698~1773) : 조선 영조 때 문신. 자는 덕재德哉, 본관은 의령宜寧. 문장과 시에 뛰어났으며 글씨에도 일가를 이루었다. 『뇌연집雷淵集』이 있다.

28) 신재新齋 선생 : 홍낙명洪樂命(1722~1784). 정조 때의 문신. 자는 자순子順, 본관은 풍산豊山. 상한象漢의 아들, 어유봉魚有鳳의 문인. 『신재집』(7책, 필사본, 연세대)과 『신재문초新齋文抄』(1책, 필사본, 버클리대)가 있다.

또한 문청이라 시호를 하였다.

우리나라에서는 또 간혹 시호를 바꾼 경우도 있으니, 점필재 김공金公(김종직)은 처음 문간文簡이라 시호를 하였는데 뒤에 문충文忠으로 바꾸었고, 하서河西 김 선생(김인후)은 처음 문정文靖이라 시호하였는데 정조正祖가 특별히 명하여 문정文正으로 바꾸었다. 하서는 문묘文廟에 배향하려고 했기 때문이었다.

諡法

諡者, 節以一惠. 然善則美諡, 不善則惡諡, 如桀紂幽厲皆惡諡, 孟子曰, "孝子慈孫, 不能掩其惡", 是也. 逮至後世, 多諂上而阿私, 爲諡者, 太半不公, 但有美諡, 遂無惡諡, 今世則不過易名而已.

春秋之世, 或有三字諡, 如貞惠文子, 是也, 而亦絶罕, 單諡甚多. 後世則又皆雙諡, 單諡亦貴. 故朱子之諡, 初以文正爲定, 劉改之聞之, 貽書都堂, 謂"晦菴朱侍講, 諡以文正, 都不如單文之爲重", 朝議然之, 改以文公, 然古今之文公, 亦多矣. 以余所記者言之, 唐之劉知幾·權德輿·韓愈·李翺·白居易, 宋之楊億·蘇洵·王安石, 元之姚燧·歐陽玄, 皆文公也, 而所未記者, 又未知幾人, 單文, 亦濫矣, 豈盡公諡乎?

宋時, 朝廷將議夏英公諡以文正, 司馬溫公, 聞而大言曰, "夏竦何人, 敢得美諡?" 朝議遂沮, 改以文莊, 盖夏竦, 宋之小人, 宜其改諡, 而有宋一代, 文正之諡, 惟范希文·司馬溫公, 千古當無異議, 其他, 雖王旦·王曾之賢, 合有可議, 况李昉乎? 然文正最貴, 元世耶律楚材·許衡·吳澄三四人而已, 明則稍濫, 謝遷未免過當, 李西涯尤不近似矣. 至於明末, 倪元潞[30]·孫承宗諸公, 皆有忠義大節, 亦何論也?

我朝則靜菴·尤菴·同春·陶菴, 皆儒賢也, 淸陰, 正直無疵之大

29) 신재식申在植(1770~1843) : 조선 순조 때의 문신. 자는 중립仲立, 호는 취미翠微, 본관은 평산平山. 『취미집』이 있다.

30) 潞 : 璐의 잘못임.

賢, 而又大節炳然, 皆無可言, 而近日巍巖, 亦謚文正矣. 國初有一宗室, 頗以不謹稱, 死而議謚, 太常以安煬·安荒·安惑擬入, 上怒命改謚, 然其時羣下之直道, 可知也. 又文淸之謚, 亦絶少, 宋則呂本中也, 明則薛敬軒也, 其外則余未及知, 而我朝則李靑蓮後白·鄭松江澈·金竹泉鎭圭·李東山秉泰·徐領相志修·南雷淵有容, 及余王考新齋先生, 皆謚文淸, 已多於宋明, 而近日申翠微在植, 亦謚文淸. 我朝又或有改謚, 佔畢齋金公, 初謚文簡, 後改謚文忠, 河西金先生, 初謚文靖, 正廟特命改謚文正, 河西則將擧從祀文廟之典故也.

연호

군주는 하나의 연호로 그 연대를 기록해야 하고 연호를 바꾸어서는 안 되는데, 이전 시대의 제왕들은 허다히 분분하게 변경하였다. 그래서 뒷사람들은 심지어 "어지러운 군주는 해마다 연호를 고치고, 빈궁한 선비는 날마다 이름을 바꾼다"[31] 하였으니, 정말 명언이다.

한나라 문제文帝가 처음으로 중원中元·후원後元이라는 연호를 썼으니 이것이 연호의 시작인데, 다만 중원·후원이라고만 일컬었을 뿐이었다.[32] 그의 손자인 무제武帝는 처음 연호를 세우고부터 모두 열두 차례나 연호를 바꾸었다. 그 뒤로는 많고 적고가 일정하지 않지만, 당나라 고종高宗이 14회나 연호를 바꾸었으니, 이것이 가장 많이 바꾼 경우이다.

---

31) "어지러운 군주는 …… 이름을 바꾼다": 『단연총록丹鉛總錄』에 있는 말임.
32) 다만 …… 뿐이었다: 달리 여러 가지 의미를 부여하지 않고 중中과 후後라는 시간적 의미만 갖는 글자를 연호로 썼다는 뜻.

양나라 무제武帝의 중대동中大同·중대통中大通은 석 자 연호이고, 위魏나라 태무제太武帝의 태평진군太平眞君, 측천무후則天武后의 천책만세天冊萬歲·만세통천萬歲通天, 송나라 태종의 태평흥국太平興國, 진종眞宗의 대중상부大中祥符, 휘종徽宗의 건중정국建中靖國은 또 넉 자 연호이다. 위나라 태무제는 호족 군주이고 휘종은 나라를 잃었으니 모두 말하잘 것이 없다. 그러나 한 무제는 영명한 군주임에도 솔선해서 연호 바꾸기를 시작했다. 또 우스운 일이 있으니, 왕망王莽은 한나라를 찬탈해서 나라 이름을 바꾸어 신新이라 하고 천봉天鳳을 연호로 삼았다. 토덕土德을 높여 매양 조령을 내릴 때면 반드시 "신新 건국 천봉 몇 년 상무上戊"라 썼으니, 이는 무슨 의미를 취한 것이었을까. 또 원나라는 세조世祖가 처음 지원至元을 연호로 하였는데 원말元末의 경신군庚申君[33] 때에 또 지원至元으로 연호를 바꾸었다가 나라가 곧 멸망하여 지원이라는 연호로 시종始終하였으니,[34] 공교롭고도 가소롭다.

명나라 고황제高皇帝에 이르러 무신년(1368)에 나라를 얻어 홍무洪武로 연호를 세워서 재위 31년 동안 비로소 일원一元의 제도를 확정하여 명나라 말까지 유지되었고, 남명南明의 홍광弘光·융무隆武·영력永曆에 이르기까지 모두 삼가 지켜서 변하지 않았다. 유독 영종英宗만이 처음 정통正統을 연호로 했다가 왕진王振의 꾀임에 빠져 야선也先을 친정親征하다 사로잡혔는데,[35] 그 아우 성왕郕王이 즉위하여 연호를 경태景泰로 바꾸었

33) 경신군庚申君 : 원나라 마지막 군주인 순제順帝. 원나라 연우延祐 7년 경신년(1320)에 태어나서, 당시 사람들이 '경신군'이라 불렀음.

34) 또 원나라는 …… 시종始終하였으니 : 원 세조(재위는 1260~1294)는 즉위 초 4년간 중통中統을 연호로 썼고, 5년에 지원至元으로 개원하여 끝까지 바꾸지 않았다. 원의 마지막 황제인 순제順帝(재위 1333~1367) 역시 즉위 초에 지원至元이라는 연호를 사용하였다(1335~1340).

35) 왕진王振의 꾀임에 …… 사로잡혔는데 : 왕진은 명나라 영종 때 내시로서 전권을 휘두르다가 몽고의 야선이 쳐들어오자 임금을 끼고 맞아 싸웠으나 토목보土木堡에서 난병 중에 피살되고, 영종은 포로가 되었다. 1449년. '토목보의 변變' 또는 '토목의 변'이라고 한다.

다.[36] 3년 만에 마선이 귀환을 허락하였는데, 영종이 상황上皇으로 지낸 지 또 5년 만에 성문을 점탈占奪하여 복위한 사건[37]이 발생하여 마침내 경태 8년을 천순天順 원년으로 개원하였으므로, 오직 영종만이 두 개의 연호가 있다.

지금 청나라는 또 명나라 제도를 따라 갑신년(1644)부터 금년 계해년(1863)까지 통일을 유지한 220년 동안 순치順治·강희康熙·옹정雍正·건륭乾隆·가경嘉慶·도광道光·함풍咸豐·동치同治의 여덟 황제가 모두 연호가 하나씩이니, 전대前代의 누습陋習을 완전히 씻어내었다. 그러나 순치제順治帝가 7세에 창업하였지만 지금 동치제는 신유년(1861)에 6세로 제위를 이었으니, 나라를 향유하는 것이 어떻게 될지는 알 수 없다. 또, 동치라는 연호는 어린 나이에 즉위한 것이 순치제와 같기 때문에 그의 연호를 따서 '동치'라고 한 것일까?[38]

年號

人君, 一元紀年, 不當改號, 而前代帝王, 多紛紛變更. 故後人至謂'亂主年年改號, 窮士日日更名', 眞名言也.

漢文帝, 始有中元·後元, 此年號之始, 而但稱中後元而已. 其孫武帝, 始立年號, 凡改元十二, 其後則多少不一, 唐高宗, 十四改元, 此最多者也. 梁武帝中大同·中大通, 三字號也, 魏太武之太平眞君, 則天后之天冊萬歲·萬歲通天, 宋太宗之太平興國, 眞宗之大中祥符, 徽宗之建中靖國, 又四字號也. 魏太武胡帝, 徽宗失國, 皆無足道, 然漢

36) 아우 성왕郕王이 즉위하여 연호를 경태景泰로 바꿨었다: 명나라 7대 황제인 경제景帝(1428~1457)다. 재위는 1450~1457년, 묘호는 대종代宗.

37) 성문을 점탈占奪하여 복위한 사건: 탈문지변奪門之變 혹은 남궁복벽南宮復辟이라고 함. 1457년 1월 16일 밤, 남궁에 유폐되어 있던 영종을 석형石亨 등이 천여 명의 군대를 동원, 남을 헐고 문을 부순 다음 급히 맞아 황제로 다시 복위시킨 정변.

38) 동치라는 연호는……'동치'라고 한 것일까?: 동치는 어려서 즉위하였으므로 그 생모가 섭정하였는데, 따라서 그 생모인 서태후와 함께 다스린다는 의미에서 붙인 연호다.

武英主, 而先自始之矣. 又有可笑事, 王莽簒漢, 改國號曰新, 以天鳳爲年號, 尙土德, 每於詔令, 必書新建國天鳳幾年上戊, 此取何義? 又元世祖, 初有至元年號, 而至庚申君末, 又以至元改號, 國隨以革, 以此終始, 巧且可笑也.

至明高皇, 戊申得國, 建元洪武, 在位三十一年, 而始定一元之制, 終明之世. 至於南明, 弘光·隆武·永曆, 皆謹守不變, 獨英宗, 始號正統, 爲王振所誘, 親征乜先被陷, 其弟郕王卽位, 改號景泰, 三年, 乜先許還, 英宗以上皇, 居又五年, 有奪門復辟事, 遂改景泰八年, 爲天順元年. 故惟英宗二元也.

今淸, 又仍明制, 自甲申至今癸亥, 混一爲二百二十年, 而順治·康熙·雍正·乾隆·嘉慶·道光·咸豊·同治, 合八帝, 皆一元, 一洗前代之陋. 然順治帝, 七歲創業, 而今同治帝, 辛酉以六歲繼立, 未知享國, 又當如何? 且同治之號, 冲年似順治, 故襲其號曰同治耶?

조祖는 공功, 종宗은 덕德

역대 제왕들을 조祖나 종宗이라고 일컫는 것은 서한西漢에서 시작되었는데, 반드시 조祖는 공업功業이, 종宗은 덕망이 있는 제왕에게 붙였다. 그러므로 국가를 창건한 군주만 '태조 고황제太祖高皇帝(한 고조)'라고 일컬었고, 그 뒤로는 문제文帝가 태종太宗, 무제武帝가 세종世宗, 선제宣帝가 중종中宗이 되었을 뿐, 그 나머지는 일컬을만한 덕망이 없었으므로 모두 종宗이라 하지 못하고 단지 효혜孝惠·효경孝景·효소孝昭·효원孝元·효성孝成·효애孝哀·효평孝平이라고 했을 뿐이었다. 광무제光武帝는 혼란을 다스리고 나라를 중흥시켜서 그 공로가 태조와 나란하였으므로 또한 세조世祖라고 칭하였고, 그 아래로는 명제明帝가 현종顯宗, 장제章帝가 숙종肅宗이 되었고 그 나머지는 또 모두 효화孝和·효상孝殤·효안孝安·효순孝順·효충孝沖·효질孝質·효환孝桓·효령孝靈·효헌孝獻이라 했을 뿐이니, 한나라 제도가 엄격하지 아니한가?

위진魏晉 이후로는 국가를 향유한 것이 오래지 않았지만 그래도 '조'는 공업이, '종'은 덕망이 있는 제왕에게 붙이는 명칭으로 쓰였거니와, 오호五胡·육조六朝는 아침에 나라를 얻고 저녁에 잃어서 잡다하고 혼란하여 차례가 없었으니, 이 이른바 회조檜曺는 비난할 것도 없다[39]는 경우이다. 당나라 이후로 마침내 대대로 묘호廟號를 붙였지만, 그러나 당나라는 오직 고조高祖만을 '조'로 칭하였을 뿐, 그 아래로 현종玄宗·대종代宗·덕종德宗·헌종憲宗은 비록 화란禍亂을 평정하였지만 모두 '조'로 일컫지 않았다. 송나라에서 '조'를 일컬은 것도 예조藝祖(태조) 뿐이어서, 고종高宗은 남쪽으로 건너가서 나라를 중흥하였지만 그 역시 '조'로 일컬어지지 않았다. 오계五季 및 금金·원元은 말할 필요도 없다.

명나라는 태조太祖 이후로 영락제永樂帝의 묘호를 태종太宗이라 하였고, 뒤에 정난靖難한 공로로 성조成祖로 개칭하였다. 그 뒤 수백여 년간 태조 이후로 '조'로 불린 것은 성조 한 사람뿐이었다. 지금 청나라는 순치順治가 중국 천하를 차지하였으므로 세조世祖라고 일컫고, 강희康熙는 비록 이어받은 중간의 군주이지만 재위한 지 61년이나 되어서 뭇 신하들이, '대행大行[40]의 공덕은 높고도 크다'고들 하여, 또한 성조聖祖라고 일컬었고, 그 뒤로는 더 이상 '조'로 불리는 이가 없다. 명나라 의종毅宗이 순국한 뒤 남명南明이 묘호를 바쳐 의종 열황제毅宗烈皇帝라 하였는

39) 회조檜曺는 비난할 것도 없다: 혼란이 극에 달해서 치세治世를 그리워한다는 의미. 『시경』 국풍의 '진풍陣風' 뒤에 '회풍檜風'과 '조풍曺風'이 있지만 주자는 변풍變風은 '진풍'에서 끝난다고 하였다. 회·조가 작은 나라인데다 혼란해서 '번풍'에서 제외하였음.

40) 대행大行: 작고한 뒤 아직 시호를 올리기 전의 군주.

데, 청조清朝가 또 회종 장열제懷宗莊烈帝라고 묘호를 올려서 마침내 두 개의 묘호가 되었다. 청인들은 회종이라 일컫고 우리나라는 의종으로 부른다.

祖功宗德

歷代之稱祖稱宗, 自西漢始, 而亦必祖功宗德. 故但以得國之君, 稱太祖高皇帝, 其後文帝爲太宗, 武帝爲世宗, 宣帝爲中宗, 其餘無德可稱. 故并不稱宗, 但稱孝惠・孝景・孝昭・孝元・孝成・孝哀・孝平而已. 光武撥亂中興, 而功幷太祖. 故又稱世祖, 其下則明帝爲顯宗, 章帝爲肅宗, 其餘又皆爲孝和・孝殤・孝安・孝順・孝沖・孝質・孝桓・孝靈・孝獻而已, 漢制不亦嚴乎?

魏晉以後, 享國不長, 而猶有祖功宗德之稱, 五胡六朝, 則朝得暮失, 襍亂無倫, 此所謂檜盲無譏也. 至唐以後, 遂世世廟號, 然唐則惟高祖稱祖, 其下玄宗・代宗・德宗・憲宗, 雖削平禍亂, 皆未嘗稱祖. 宋之稱祖, 亦藝祖而已, 高宗南渡中興, 而亦不稱祖. 五季及金元, 又無足論也.

皇明則太祖後, 永樂帝廟號太宗, 後以靖難之功, 改稱成祖, 其後數百餘年, 太祖後稱祖, 亦成祖一廟而已. 今淸則順治混一, 故稱世祖, 康熙則雖繼體中主, 享國六十一年, 而群臣謂大行功德巍蕩, 又稱聖祖, 其後則更無稱祖. 明毅宗殉社後, 南明上廟號毅宗烈皇帝, 而淸朝又以懷宗莊烈帝上號, 遂爲兩廟號, 而淸人則稱懷宗, 我國則稱毅宗.

이적으로써 중국을 변화시킴

송나라를 이어 원나라가 중국을 차지한 것은 이적으로써 중국을 변화시킨 일이었다. 그러나 정강靖康[41] 이후로 중국은 금나라에 지배되었고, 게다가 금나라 세종世宗의 대정大定 연간 30년[42]은 '북쪽의 작은 요순堯舜'이라는 칭도稱道가 있어서, 북쪽 사람들은 송나라를 잊은 지 오래였다. 원나라에서 관직에 나간 인사들은 오히려 역이니 순이니 논란을 할 것조차도 없지만, 명청明淸의 교체 때는 중국 의관衣冠을 한 것이 어제 같아서 사대부가 누구나 몸소 흥망을 겪었으니 소매를 떨치고 분연히 일어설 만도 한데, 고염무顧炎武와 위희魏禧[43] 등 몇몇 분 이외에는 모두 얼굴을 쳐들고 고상한 담론을 하면서 전혀 고통을 참고 원망을 품은 뜻이 없었으니, 어찌면 차마 그럴 수가 있었을까?

그러나 중국과 우리나라를 막론하고 그 당시의 군자들은 의리를 견지하고 존왕양이尊王攘夷를 하는 것이 스스로 정정당당한 큰 명분이 있었지만, 지금은 복종하여 섬긴 지 벌써 몇백 년이 된 데다 청나라의 치교治敎가 왕왕 이전 시대보다 탁월하여, 비록 좌임左衽을 하였다고 하지만 그 땅에서 태어난 자는 지금 모두 청나라의 백성이 되었다. 비록 공맹孔孟이 오늘 계셨더라도 반드시 나가서 벼슬했을 것이다. 이야말로 '이적夷狄에 처해 있으면 이적의 도리를 행한다'[44]는 것이니, 지금 와서도 도리어 존

---

41) 정강靖康 : 북송의 마지막 군주인 흠종欽宗의 연호. 1126년 휘종徽宗과 함께 금나라에 잡혀 갔고, 이를 '정강의 난'이라고 한다.

42) 세종世宗의 대정大定 연간 30년 : 금 세종의 연호가 대정大定이었다. 재위는 1161~1188년. '30년'이란, 대략으로 말한 것이다.

43) 위희魏禧(1624~1680) : 자는 빙숙冰叔, 호는 유재裕齋 또는 표정勺庭. 왕완汪琬·후방역侯方域과 함께 명말청초의 산문 삼대가로 일컬어진다. 청에 저항하고 명나라 회복을 기도하여, 그의 시문은 민족 의식과 저항 의지가 충만한 작품이 많다. 『위숙자문집魏叔子文集』이 있음.

왕양이의 의론을 하는 자는 중용中庸의 도리를 알지 못하는 것이다.

用夷變華

宋元相承, 雖用夷變華, 靖康以後, 中州陸沈於金, 且金世宗大定三十年, 有北方小堯舜之稱, 北人之忘宋久矣. 元人士猶不足爲逆順之論, 而明淸鼎革, 則衣冠如昨, 士大夫皆身歷興亡, 宜其攘袂奮然, 而顧魏數公外, 皆抗顔高談, 了無忍痛含寃之意, 何其忍也?

然無論中原與我國, 其時君子, 當秉義尊攘, 自是堂堂正正之大節在, 今日則服事已數百年, 且淸之治敎, 往往卓越前代, 雖曰左衽, 生乎其地者, 今皆爲淸之遺黎也. 雖使孔孟, 在於今日, 必出而仕矣. 此眞素夷狄, 行乎夷狄, 今日之反爲尊攘之論者, 不識中庸之道也.

제왕의 전위傳位

대우大禹는 순舜의 제위帝位를 받았지만 자신의 아들 계啓가 훌륭하다 하여 비로소 아들에게 전하였으나, 몇 세대 안 되어서 오자五子가 노래를 지어 부른 일[45]이 일어났고, 그 뒤로 세대世代를 전한 것은 비록 오래이지만 일컬어 서술할만한 군주는 없었다. 은나라의 성탕成湯과 이윤伊尹은 성인聖人으로서 군주와 재상이 되어 천하를 다스렸지만, 손자인 태갑太甲에 이르러 동궁桐宮에 3년간 유폐되는 일[46]을 면하지 못하였다.

44) '이적夷狄에 처해 …… 도리를 행한다':『중용』 제14장에 있는 말.

45) 오자五子가 노래를 지어 부른 일: 계啓의 아들 태강太康이 국정에 게을러서 혼란하게 되자 그 다섯 아우가 우 임금이 남긴 유훈을 노래로 불러 주의를 환기시켰다는 내용.『서경』에「오자지가五子之歌」편이 있다.

주나라의 태왕太王·왕계王季·문왕文王은 백 년간 덕을 쌓아서 비로소 천하를 차지하였지만, 무왕武王이 죽자마자 무경武庚이 난을 일으키고 관숙管叔·채숙蔡叔은 유언流言을 퍼뜨려 주공周公이 동쪽으로 옮겨 갔다. 성왕成王·강왕康王은 모두 훌륭한 군주로서 40년을 형벌을 쓰지 않았지만 소왕昭王은 강왕의 아들로서 초택楚澤에 가 노닐어 푹 빠져서 돌아오지 않았고,[47] 목왕穆王은 강왕의 손자로서 재위가 비록 백 년이나 되었지만 팔준마八駿馬로 신선을 찾느라고 심지어 따라 나선 사람 가운데 군자君子들은 원숭이나 학이 되고 소인들은 벌레와 모래가 되어 거의 나라가 망하는데 이르렀다.[48] 이어서 유왕幽王·여왕厲王은 무도無道해서 여왕이 견융犬戎에게 살해되자 주나라는 마침내 동천東遷하였으니, 그 이후로 천자는 이름만 남았을 뿐이었다.

진秦나라는 2세에 불과하였으니 논할 것도 없다. 한나라는 고조高祖가 죽자마자 여씨呂氏들이 난을 일으켰고 혜제惠帝가 아들이 없자 문제文帝가 대왕代王으로서 맞아 추대되었고 소제昭帝 이후에는 또 곽자맹霍子孟이 폐립廢立하는 사건[49]이 있었다. 서진西晉은 몇 대 못 가서 회제懷帝·민제愍帝가 청의靑衣를 입고 술을 따랐고,[50] 원제元帝가 비록 중흥하였다고 하지만 역사에는 소가 말의 뒤를 이었다는 설[51]이 있다. 육조六朝는

46) 태갑太甲에 이르러 …… 유폐되는 일 : 이윤伊尹이 그 임금 탕湯이 죽은 뒤에 그 손자 태갑太甲을 임금으로 세우고 보좌하다가 태갑이 허물이 많으므로 동궁桐宮에 추방하였다. 태갑이 뉘우쳐서 착한 사람이 된 뒤에 다시 세웠다고 한다.

47) 소왕昭王은 …… 돌아오지 않았고 : 소왕昭王이 51년 동안 재위하면서 덕을 잃어 사람들에게 미움을 받은 나머지 아교로 붙인 배[膠舟]를 타고 한수漢水를 건너다가 배가 분해되는 바람에 물에 빠져 죽은 사건을 말한다.

48) 목왕穆王은 …… 망하는데 이르렀다 : 주 목왕이 남정南征했을 때 군대가 전멸하였는데 장사들은 원숭이와 학이 되고 일반 백성들은 벌레와 모래가 되었다고 한다.

49) 곽자맹霍子孟이 폐립廢立하는 사건 : 자맹은 곽광霍光(?~B.C.68)의 자. 전한前漢 무제 때의 장군, 정치인.

50) 청의靑衣를 입고 술을 따랐고 : 청의는 낮은 관리나 평민이 입는 옷. 서진의 6대 황제인 회제懷帝가 유총劉聰에게 포로로 잡혀서 푸른 옷을 입고 술을 따르는 치욕을 당했다.

51) 소가 말의 뒤를 이었다는 설 : 서진의 창업주 사마의司馬懿의 손자인 공왕恭王의 비 공비恭妃 하후씨夏侯氏가 소리小吏 우씨牛氏와 간통하여 원제元帝를 낳았다는 말이

남북이 자웅을 다투고 오호五胡가 흔들어 혼란하였으니, 말할만한 것이 못된다.

당나라는 고조高祖와 태종太宗이 혼란을 제거하고 포악을 물리쳐서 오랜 기간 안정되고 다스려지리라 여길 만하였으나, 고종高宗을 지나자 여주女主가 조정에 군림하여 당나라를 주周나라로 바꾸어버렸고,[52] 이후 다섯 황제란 자들은 비록 당나라 황실을 회복하기는 하였으나 현종玄宗부터 숙종肅宗·대종代宗·덕종德宗·헌종憲宗까지 번진藩鎭들이 나라를 어지럽혀 종묘사직이 거의 위태로웠던 적이 여러 차례였다. 오계五季는 양梁나라부터 주周나라까지 겨우 55년이었다.

송나라는 가장 잘 다스려지고 안정되었다고 일컬어지지만 태조太祖와 태종太宗이 서로 전수傳受하는 즈음에 촛불 아래로 도끼 그림자가 비치었다는 논란이 있었고,[53] 인종仁宗이 아들이 없어서 영종英宗이 복왕濮王의 아들로 대통을 잇자 전례典禮가 분분하였으며, 수백 년을 넘기지 못한 채 휘종徽宗과 흠종欽宗이 잡혀가고 중국은 망해서 천하가 마침내 반조각으로 되었다.

명나라는 태조太祖 이후로 겨우 5년 만에 혁제革除하는 변란이 있었고,[54] 또 몇 세대만에 영종英宗이 마선乜先에 사로잡혔고,[55] 성화成化·홍치弘治는 비록 소강少康을 이루었지만 정덕正德 16년간은 황잡 무도荒

있다. 원제는 동진의 초대 군주.

52) 고종高宗을 지나자 여주女主가 조정에 군림하여 당나라를 주周나라로 바꾸어버렸고: 측천무후 시기(684~704)를 이른 말.

53) 태조太祖와 태종太宗이 …… 논란이 있었고: 권2의 「촛불 아래 도끼 그림자」 조목을 참고.

54) 태조太祖 이후로 …… 변란이 있었고: 명나라 3대 군주인 성조成祖가 그 조카로서 2대 군주인 건문제를 제거한 일을 가리킴. 성조는 명 태조의 4남이다. 이름은 주체朱棣. 건문제는 명 태조의 장남인 주표朱標의 차남으로 묘호는 혜제惠帝, 건문은 연호다. 계부季父가 조카를 죽이고 찬탈한 것이다. '정난靖難의 변變'이라고 한다. 방효유方孝孺의 일족 800명이 학살당하는 등, 많은 인물이 건문제를 위해 충절을 지켜 죽었다. 성조의 연호는 영락永樂이고, 이른바 『영락대전』을 편찬했다.

55) 영종英宗이 마선乜先에 사로잡혔고: 권4, 주35번을 참고.

褋無道하였고 또 아들도 없어서 세종世宗이 홍헌왕興獻王의 아들로서 들어가 계승하였으니,[56] 그 일이 마치 송나라의 영종英宗과 같았다.

대개 이전 시대에 오랫동안 유지된 나라로는 삼대三代 및 한·당·송·명만한 나라가 없지만, 그 나라의 변괴가 모두 1~2세대를 지나지 않아서 생겨난 것이 이와 같았다. 오직 지금 청나라는 비록 동쪽의 오랑캐라고들 말하지만 천하를 차지한 것이 매우 정당하였고,[57] 순치順治부터 지금 동치同治까지 8세 동안 수백 년을 전해오면서 모두 적자嫡子에서 적자로 서로 이어져서, 형이 죽고 아우가 잇거나 숙부가 조카를 계승하는 따위의 일이 없이 차분하게 전수되어 백성과 국가가 편안하다. 그 사이에 여러 군주의 우열은 비록 한결같지는 않지만 포악하거나 용렬한 군주는 없어서 계체繼體·수성守成이 여유가 있는 정도가 아니니, 이것은 유사 이래 일찍이 없었던 일이다. 오랑캐라 깔볼 수가 있을까?

帝王傳位

大禹受舜之位, 以啓賢, 始傳子, 而不數世, 至有五子作謌, 其後傳世雖久, 無可稱述. 殷之成湯·伊尹, 以聖人爲君相治天下, 而至孫太甲, 未免桐宮三年之廢.

周之太王·王季·文王, 積德百年, 始有天下, 而武王纔崩, 武庚作

56) 정덕正德 16년간은…… 계승하였으니: 정덕제, 곧 명나라 11대 군주인 무종武宗(1491~1521, 재위는 1505~1521)은 유흥을 좋아하고 불교에 빠지고 유근劉瑾 등 환관에게 정무를 맡겼으며 부패로 인해 농민 반란이 연이었다. 명나라 12대 군주 가정제嘉靖帝 곧 세종(1507~1566, 재위는 1521~1566)은 홍헌왕興獻王(朱祐杬)의 아들로 군주 지위를 계승했다. 바로 앞 군주인 무종과 생부에 대한 전례 문제를 두고 일어난 다툼으로 200인 이상을 해임하거나 투옥하는 일이 있었다. '대례大禮의 의議'라고 한다. 홍헌왕은 명나라 9대 군주 헌종憲宗 성화제成化帝의 3남이고, 10대 군주 효종 홍치제弘治帝의 아우.

57) 천하를 차지한 것이 매우 정당하였고: 청조가 중국을 차지한 것을 정당화할 때 제일 먼저 내세우는 논리였다. 이자성李自成의 농민 반란군이 북경을 함락하여 무정부 상태로 내부 붕괴된 명나라에, 질서 유지를 명목으로 청군이 북경으로 진입하였다. 홍한주의 이런 발언은 매우 특별한 것이라고 생각된다.

亂, 管蔡流言, 周公居東, 成康皆賢君, 四十年刑錯, 而昭王以康王之子, 盤遊楚澤, 溺不返, 穆王, 康王之孫, 而在位雖百年, 以八駿求仙, 至於從行之君子爲猿鶴, 小人爲虫沙, 幾乎亡國, 繼以幽厲無道, 厲王至爲犬戎所殺, 周遂東遷, 其後則天子名存而已.

秦不過二世, 無足論也. 漢則高祖纔崩, 諸呂作亂, 惠帝無子, 文帝以代王迎立, 昭帝之後, 又有霍子孟廢立之擧. 西晉則不數世, 而懷愍靑衣行酒, 元帝雖曰中興, 史有牛繼馬後之說. 六朝, 南北爭雄, 五胡擾亂, 無足可言.

唐則高祖・太宗, 除亂去暴, 可謂久安長治, 而纔過高宗, 牝主臨朝, 以周易唐, 五王輩, 雖復唐室, 自玄宗至肅代德憲, 藩鎭擾攘, 宗社幾危者屢矣. 五季則自梁至周, 僅五十五年.

宋則最稱乂安, 而太祖・太宗之際, 至有燭下斧影之論, 仁宗無子, 英宗以濮王之子承統, 而典禮紛然, 不過數百年, 徽欽被執, 神州陸沈, 天下遂爲半壁.

明則太祖之後, 纔五年而有革除之變, 又數世, 英宗陷於乜先, 成化・弘治, 雖得少康, 正德十六年, 荒褉無道, 又無子, 世宗以興獻王子入承, 其事如宋之英宗.

盖前代長久之國, 莫如三代及漢唐宋明, 而其國家變怪, 皆不過一二世如此矣. 惟今淸, 雖曰東胡, 得國甚正, 由順治至今同治, 傳八世數百餘年, 而皆嫡嫡相承, 無兄亡弟及, 以叔繼姪等事, 從容傳授, 民國晏然, 其間諸君優劣, 雖或不同, 亦無暴君庸主, 繼體守成, 不啻有餘, 此剖判之後, 未之有也, 其可以夷易之耶?

양이洋夷가 북경을 함락하다

주나라 목왕穆王 이후로 재위 기간이 60년을 넘는 제왕으로는 청나라 성조聖祖가 재위 61년에 수壽는 70세였고, 그 손자 고종高宗도 61년 만에 인종仁宗에게 전위傳位하고 또 3년 만에 작고하여 수가 89세였으니, 이는 이전에 없었던 일이다. 그 뒤로는 함풍咸豐은 겨우 재위 11년에 수는 근근이 31세였고, 동치同治는 6세에 제위帝位를 이어 지금 8세인데 모후母后가 수렴청정을 하고 그 숙부 공친왕恭親王[58]이 섭정하여 주공周公과 같은 일을 하고 있어서 그를 기대어 존중한다고 하니, 각라覺羅[59]도 쇠퇴하였다.

게다가 양이洋夷가 북경을 함락하여 천자가 파천을 하였으니[60] 이 또한 이전에 없던 일이다. 하물며 경술년(1850)에 선종宣宗이 작고하고 홍수천洪受泉·양수청楊守淸[61]이 연이어 난을 일으켜서 도적이 그 때문에 봉기하여 강절江浙과 호남湖南은 심지어 민가의 연기가 끊어져서, 남방 사람들이 「애강남哀江南」[62]을 따라 「대애부大哀賦」를 지었다. 국가가 군대의 보급에 지쳐서 나라 창고가 고갈되어, 그 형세가 거의 토붕土崩에 가

---

58) 그 숙부 공친왕恭親王 : 이름은 혁흔奕訢(1833~1898). 도광제道光帝의 여섯 째 아들. 어머니는 효정성황후孝靜成皇后, 시호는 충忠. 어려서부터 문무에 뛰어났다. 1861년 도광제의 넷째 아들인 함풍제咸豐帝 사후, 서태후西太后·동태후東太后와 결탁해서 쿠데타를 일으켜서 권력을 잡았다(辛酉政變). 이홍장李鴻章·증국번曾國藩 등 한족 지식인을 등용해서 이른바 '동치同治 중흥'을 이루었다.

59) 각라覺羅 : 청나라 황실의 성씨가 애신각라愛新覺羅이므로, 청나라를 가리키는 말.

60) 양이洋夷가 북경을 함락하여 천자가 파천을 하였으니 : 1860년 영국, 프랑스 연합군에 의한 북경 함락을 이른 말.

61) 홍수천洪受泉·양수청楊守淸 : 홍수전洪秀全(1814~1864)은 중국 태평천국의 창시자. 1851년에 군사를 일으켜 태평천국을 세우고 1853년에 남경을 점령했으나 병사했다. 양수청楊秀淸(1821~1856)은 태평천국운동의 지도자. 홍한주는 이들의 이름을 잘못 기록하고 있다.

62) 「애강남哀江南」 : 유신庾信의 「애강남부哀江南賦」를 이른 것임.

까웠다. 그러나 14년이나 되도록 지탱한 것은 역시 성조聖祖와 고종高宗이 잘 다스린 덕분일까?

洋夷陷京

周穆王以後, 在位過六十年者, 淸聖祖六十一年壽七十, 其孫高宗, 亦六十一年, 而傳位於仁宗, 又三年崩, 壽八十九, 此前古所無也. 其後則咸豐纔十一年, 壽僅三十一, 同治六歲嗣位, 今八歲, 而母后垂簾, 其叔恭親王, 攝政行周公事, 賴以爲重云, 覺羅亦衰矣.

且洋夷陷京, 天子播遷, 此亦前古所無, 況自庚戌宣宗之崩, 洪受泉·楊守淸, 相繼作亂, 盜賊因蜂起, 江浙湖南, 至於人烟斷絶, 南方人, 依「哀江南」, 作「大哀賦」, 國家罷於兵餉, 帑藏匱竭, 其勢幾於土崩. 然能支十四年之久者, 其亦聖祖·高宗治化之效歟?

나라를 망하게 한 군주

예로부터 나라를 망하게 한 군주는 그 길이 한결같지 않아서, 비단 총애하는 여자가 너무 많아서 일 뿐만은 아니었다. 걸桀은 말희妹喜로 망하였고 주紂는 달기妲己로 망하였고 유왕幽王은 포사褒姒로 망하였다. 그러나 이 세 군주는 비록 이런 요망한 여자가 없었더라도 당연히 망했을 것이다. 『주례周禮』에 1후后, 3부인夫人, 9빈嬪, 27세부世婦, 81어처御妻라는 것이 있는데,[63] 정강성鄭康成(鄭玄)은, "그들은 왕王(천자)을 밤에 모셔

63) 『주례周禮』에 …… 것이 있는데: 『예기』 「혼의昏義」에 보이는 주周나라의 제도이다. 『주례』에는 같은 내용이 보이지 않는다. 홍한주의 착각인 듯하다.

서 한 달에 두 차례 돌았으니 이는 황음荒淫에 가까운 것이다" 하였다. 그의 설명은 실로 망녕되지만, 주나라 제도가 이러하였다면 여자가 많지 않았다고 할 수는 없다. 그러나 문왕과 무왕은 수명이 모두 백 세에 가까웠고 주나라 왕실 역시 홍성하였던 것은 다른 이유가 없다. 미혹되느냐 미혹되지 않느냐에 달려 있을 뿐이다.

인주人主로서 호색好色한 이는 한나라 무제武帝 같은 이가 없었는데, 심지어 죽은 뒤에까지도 그 귀신이 능을 지키던 궁녀宮女와 교합할 수 있었다.[64] 곽박륙霍博陸[65]이 3백 명을 더 배치해서 양陽으로써 음陰을 누르게 하여 끝내 기운이 소멸되게 하였으니, 그 생전의 기력氣力을 알 수가 있다. 그러나 구익鉤弋[66]을 죽여서 스스로 후환을 끊을 수가 있었으니 영단英斷이 이러한데 어찌 부시婦寺로써 나라를 망하게 할 사람이었겠는가? 주나라 난왕赧王과 한나라 헌제獻帝는 총애한 여자가 있었다는 것을 듣지 못했지만 역시 나라를 망하게 하였고, 양나라 무제武帝는 삼가고 검소하며 문文을 좋아하고 48년을 부처를 받들어 사신공양捨身供養을 하고 불경을 암송하며 재계를 바쳤으니 어느 겨를에 궁궐의 비빈妃嬪들을 가까이 하였겠는가? 그럼에도 끝내 후경侯景[67]에게 망하였으니, 이 어찌 여색을 탐해서 그 나라를 망하게 했겠는가?

서진西晉의 무제武帝는 황음荒淫하기가 고금의 제일이어서, 가까이 한 후궁이 이미 몇천 명인지 모를 지경임에도 오吳나라를 평정한 뒤에 또

64) 죽은 뒤에까지도 …… 있었다 : 무덤을 지키는 궁녀를 둔 것은 진시황이 처음이었지만 전한에서 제도화되었다. 죄를 짓거나 자식을 두지 못한 궁녀가 대상자로 선발되었다. 당나라의 백거이나 두목을 비롯, 많은 시인이 무덤을 지키는 궁인을 소재로 한 시가를 남겼다.

65) 곽박륙霍博陸 : 곽광霍光. 박륙후博陸侯에 봉해졌음.

66) 구익鉤弋 : 조첩여趙婕妤(?~B.C.88). 한 무제의 빈 가운데 1인. 사후 그 아들 소제昭帝 때 황후로 추증되었음. 무제가 하간河間을 순수할 때 눈에 띄었다. 권부인拳夫人, 구익첩여鉤弋婕妤라고도 한다.

67) 후경侯景(503~552) : 남북조南北朝 시기 양梁나라 사람. 자는 만경萬景. 548년, 양무제에 반란을 일으켜 무제와 간문제簡文帝를 죽이고 551년에 스스로 한제漢帝를 칭하였다가 왕승변王僧辯에게 토벌되었음.

손호孫晧[68]의 궁녀 만여 명을 취해서 모두 아랫자리에 채웠다. 그래서 그 역시 모두 찾아다닐 수가 없어서, 양이 끄는 수레를 타고 후궁을 순행하다가 양이 가는 대로 맡겨서 거둥을 하였다. 그러므로 후궁들은 대나무를 심거나 소금을 뿌려서 양을 유인하기도 하였으니, 뒷날 비록 제齊의 동혼후東昏侯,[69] 수양제隋煬帝, 금나라의 해릉왕海陵王[70] 같은 음벽淫辟이 있었지만 역시 이보다 더할 수는 없었다. 그러나 진나라 무제는 여색으로 망하지 않았다.

당나라 현종玄宗은 현명한 군주였다. 개원開元의 정치는 거의 정관貞觀(당 태종)의 그것에 가까웠지만 천보天寶 이후로 마침내 태진太眞(양귀비楊貴妃)을 사랑해서 안사安史의 난이 일어나게 하여 귀비貴妃를 목졸라 죽이고 천촉川蜀으로 피난하는 지경에 이르렀지만 나라를 잃는데 이르지는 않았다. 그런데 덕종德宗은 황음하지 않았지만 주차朱泚의 난[71]으로 거의 나라를 망하게 하였다.

나는 그러므로 다음과 같이 말한다. "나라를 망하게 하는 군주는 비단 총애하는 여자가 많아서일 뿐만이 아니다. 대개 군주가 총애하는 바를 두되 한 사람에게만 빠져 미혹되면 여색이 아니더라도 모두 나라를 망하게 할 수가 있다. 그러나 이 경우 역시 나라의 운수가 다하지 않아 정치가 어지러운데 이르지 않는다면 또한 혼란을 초래하지 않는다. 한나라 문제文帝는 등통鄧通을 총애하고 애제哀帝는 동현董賢을 총애하였는데,

68) 손호孫晧 : 삼국시대 오나라 손권孫權의 손자. 자는 항종亢宗. 진晉에게 패배해서 귀명후歸命侯가 되었다.

69) 동혼후東昏侯 : 남북조 시기 남조 제齊의 동혼후인 소보권蕭寶卷. 연호는 영원永元. 499~501년 재위.

70) 해릉왕海陵王(1126~1161) : 금나라 제4대 군주. 재위는 1149~1161년. 중국 이름은 양亮, 자는 원공元功, 여진 이름은 적고내迪古乃. 남송을 치다가 패사敗死했다. 중국 문화를 좋아하여 한화漢化 정책을 폈으며, 수도를 북경으로 옮겼다.

71) 주차朱泚의 난 : 주차(742~784)는 당나라 덕종 때 절도사. 782년에 반란을 일으켜 국호를 진秦, 연호를 응천應天이라고 하고, 이듬해 국호를 한漢으로 했다. 이성李晟에게 패하고 부하에게 살해되었다.

이들은 더욱이 남총男寵이었다. 명나라 세종世宗은 남총도 많아서, 그 가운데 한 남자는 심지어 잉태를 해서 끝내는 출산하다가 죽었다고 하니, 어찌 요망한 변괴가 아니겠는가? 그럼에도 모두 이것으로 나라를 망하게 하지는 않았다. 세상에 이상한 일은 끝이 없는데, 한 가지 기준만으로 논단論斷하는 것은 꽉 막혔기 때문이다."

亡國之君

自古亡國之君, 其道不一, 非但女謁之盛而已. 桀以妹喜亡, 紂以妲己亡, 幽王以褒姒亡, 然三君者, 雖無此妖女, 亦當亡. 『周禮』有一后三夫人九嬪二十七世婦八十一御妻, 鄭康成謂"其爲王夜御, 能一月再周, 此則近於荒淫", 其說固妄, 而周制如此, 則不可謂女謁之不盛. 然而文武, 壽皆近百, 周室亦興, 無他, 在惑與不惑耳.

人主好色, 莫如漢武, 至於身後, 亦能鬼交守陵宮女, 霍博陸, 至使加置三百, 以陽勝陰, 卒令氣消, 其生前氣力可知也. 然能勒殺鉤弋, 自絶後患, 英斷如此, 豈以婦寺亡國者耶? 周赧漢獻, 未聞有女寵, 而亦亡國, 梁武帝, 謹儉好文, 四十八年, 奉佛捨身, 誦經致齋, 奚暇近宮嬪也? 然而卒亡於侯景, 此豈耽色以亡其國耶?

西晉武帝, 荒淫當爲古今第一, 所嬖後宮, 已不知幾千人, 而平吳後, 又取孫皓宮女萬餘人, 盡充下陳. 故帝亦日不暇給, 每乘羊車, 巡後宮, 任羊所之而幸之. 故後宮至揷竹灑塩以誘羊, 後雖有齊東昏・隋煬帝・金海陵之淫辟, 亦無以過也, 然晉武帝, 不以色亡.

唐之玄宗, 明主也, 開元之治, 幾乎貞觀, 而天寶以後, 遂嬖太眞, 馴致安史之亂, 至於縊妃幸川, 而不至失國, 德宗則雖不荒淫, 朱泚之亂, 幾至亡國.

余故曰, "亡國之君, 非但女謁之盛而已. 盖人主有所嬖幸, 偏惑一人, 則雖非女色, 皆足亡國. 然是亦運祚未盡, 治不至亂, 亦不致亂矣. 漢文帝嬖鄧通, 哀帝嬖董賢, 是又男寵也. 明世宗男寵亦多, 一男子至於受孕, 竟以産死, 豈非妖異乎? 然亦皆不以是亡國, 天下之事變無窮, 一槩而論斷者, 局也."

신사년의 괴질

나라에 큰 혼란이 있으려면 반드시 미리 재앙의 조짐이 경고를 보인다. 그러므로 이전 사서史書의 「천문지天文志」·「오행지五行志」 등의 지志에 기재된 무지개가 해를 뚫는다거나[72] 혜성이 나타났다거나 산이 울고 강물이 붉어졌다거나 하는 변괴는 이루 다 기록할 수가 없는데, 전한前漢(西京)의 학자들은 이를 천착하고 견강부회하여 아무 일은 무슨 조짐이라느니 하여 도리어 억지로 끌어다 붙이는 혐의를 범하였다. 그러므로 후세에 이르러서 일식이나 겨울 우레 같은 것이 거의 연례 행사처럼 되자 으레 그런 일인 듯 인식하게 되었다. 하지만 이전에 없었던 극심한 재이災異와 요얼妖孼은 역시 한만汗漫하게 말할 수가 없다.

명나라 희종熹宗[73] 천계天啓 병인년(1626) 5월 6일, 황성皇城에 화신火神이 변괴를 일으켜서, 화재도 아니고 우레도 아니면서 하늘이 무너지고 땅이 꺼지는 소리에 온 도성 안 사람들이 혹은 어지럼증으로 거꾸러지

72) 무지개가 해를 뚫는다거나: 애제哀帝 때 포선鮑宣이 지진과 일식, 그리고 '흰 무지개가 해를 범하는' 일이 있자 시중侍中 부마도위駙馬都尉 동현董賢을 준열하게 탄핵하는 것(『한서』 권72)이 그 한 예가 될 것이다. '천인동심天人同心'의 사고가 깔려 있는 것이다.

73) 희종熹宗: 재위는 1620~1627년. 연호는 천계天啓. 불과 1개월을 재위하여 개원改元을 하지도 못하고 작고한 광종光宗의 장자. 그 역시 재위 7년, 23세에 작고하였다. 아들이 없었고, 아우인 신왕信王이 이었는데, 그가 곧 명의 마지막 황제인 의종毅宗(연호는 崇禎)이다.

고 기운이 막히며 혹은 몸이 솟구쳐 허공에 떠서 아무 곳에서 아무 곳까지 날려 가서, 사람과 동물이며 집과 건물들이 모두 불에 타고, 쌓인 시체는 층층이 포개져 악취가 하늘을 찔렀다. 또 숭정崇禎 말년에는 황성에 갑자기 폭질暴疾이 있었는데 그 이름이 해탑瘑瘩이라 하였다. 시작부터 끝나기까지 한달여 만에 순식간에 죽은 남녀가 28만 명이나 되었다. 두 사건은 모두 명나라 말의 야사野史에 실려 있는데 화신火神에 대한 일은 『북략北略』[74]에 매우 소상하게 실려 있다. 얼마 지나지 않아서 명나라가 마침내 멸망하였으니, 이것은 모두 이전 역사에서 본 적이 없었던 천하의 큰 변고였다.

하지만 우리나라는 순묘純廟 신사년(1821, 순조 21) 8월에 역시 갑자기 사망하는 질병이 있어서, 멀건 죽 같은 설사를 몇 차례 하고 나면 분돈奔豚[75]이 다리에서 뱃속으로 치밀어 올라 마침내 죽음에 이르는데, 의사도 병 이름을 알지 못하고 단지 괴질이라고만 하였다. 혹 요행히 살아난 자가 있지만 그 치료법 역시 한결같지 아니하였다. 무릇 15~16일 이내에 남녀 귀천 가리지 않고 죽은 자가 거의 10여만 명이 넘었다고 한다.[76]

그때 온 도성 안이 황급해서 길거리에서 미친 듯 내달리고 밤에도 순라를 도는 일이 없었고, 집집마다 고복皐復을 하고 사람마다 호곡號哭하

---

74) 『북략北略』: 청나라 학자 계육기計六奇가 편찬한 책. 24권 12책. 청나라 목판본이 국립중앙도서관 등 국내 여러 도서관에 소장되어 있음. 정식 서명은 『명계북략明季北略』. 같은 사람이 편찬한 『명계남략』 18권 12책도 있음.

75) 분돈奔豚: 분돈적奔豚積. 한의학 용어로, 장腸의 경련 때문에 발작적으로 아랫배가 쥐어뜯는 듯이 아프다가 심하면 위로 치미는 병. 콜레라였다.

76) 순묘純廟 신사년 …… 넘었다고 한다: 『실록』에 따르면 순조 21년 8월 13일, 평안감사 김이교金履喬가, 평양에 7월 말부터 갑자기 괴질이 유행하여 10일 동안에 1천여 명이나 사망하였다고 보고하고 있다. 이어 8월 22일자 『실록』에 따르면, 서울과 지방의 사망자가 모두 수십 만여 명이나 되었고, 관서 지방이 혹심하였다고 한다. 중국에서 들어와서 온 나라에 퍼진 병이었다고 한다. 당시 경재卿宰 이상 사망자가 10여 명이었는데, 영중추부사 이시수李時秀, 훈련대장 서영보徐英輔, 지중추부사 조홍진趙弘鎭, 지중추부사 이보천李普天, 전 판시 김희순金羲淳, 봉조하 이경운李庚運, 대호군大護軍 박종경朴宗京 등의 졸기卒記가 확인된다.

는 모습을 내가 모두 직접 보고 들었으니, 이것도 해탑瘍瘩 같은 종류였을까? 그 광경의 참혹하기란 전쟁과 다름없었으니, 실로 재이灾異 가운데서도 큰 것이었다. 그러나 지금 이미 40여 년이 지났지만 나라가 무사하니, 한나라 학자들이 아무 일에 대한 감응感應이니 하고 견강부회한 말은 또한 믿을 것이 못된다.

최근 태백성太白星이 하늘을 가로지르고 혜성이 자미성紫微星을 침범하고 무지개가 해를 꿰뚫어 일식日食이 생기는 것은 또한 거의 해마다 일어나지만 모두 달리 변고가 없다. 비록 "하늘의 변고는 두려워할 것 없다"고 감히 말할 수는 없지만, 서양 사람들은 "일월성신日月星辰은 모두 운행하는 도수度數가 있어서, 혜성이 나타나는 것은 실상 이상한 일이 아니다"고 한다니, 과연 그런지 알지 못하겠다.

辛巳年怪疾

國將有大亂, 則必先有灾眚之示警. 故前史天文・五行等志所載 虹貫彗孛・山鳴河赤之變, 不可勝記, 而西京諸儒, 從以穿鑿焉傅會焉, 某事某徵, 反涉强引. 故至於後世, 如日食冬雷, 殆若歲課, 則認以尋常矣. 然其灾異妖孼之前古所無者, 亦不可汗漫說去也.

明熹宗天啓丙寅五月六日, 皇城火神作變, 非火非雷, 而天崩地塌之聲, 一城內或暈倒氣窒, 或騰身浮空, 從某至某, 人物室屋, 皆被燒爛, 積屍層疊, 臭穢熏天. 又崇禎之末, 皇城忽有暴疾, 名曰瘍瘩, 而首尾月餘, 男女頃刻致死者, 至二十八萬之多. 二事皆載明季野史, 而火神事, 『北略』言之甚詳矣. 不久而明社遂屋, 此皆前史所未見之天下大變也.

然我國則純廟辛巳八月, 亦有暴死之病, 溏泄數度, 則奔豚自脚腿[77]衝亘而上, 遂至殞絶, 醫不能名, 但稱怪疾, 或有僥倖得活者, 而其藥

77) 腿 : 대본에는 '脡'. 국립중앙도서관본을 따름.

亦不一, 凡十五六日內, 男女貴賤, 死者殆過十許萬云. 雖未能詳的其數, 當是時, 一城遑急, 道路狂奔, 夜無巡綽, 家家皐復, 人人號哭之狀, 余皆親聞見, 此亦癘 瘩之類耶? 其所光景之愁慘, 無異兵燹, 誠一灾異之大者也. 然今已四十餘年, 國家無事, 漢儒傅會某應, 亦不足盡信也. 近日太白經天, 彗犯紫微, 虹貫日食, 亦幾課歲, 皆無他變[78], 雖不敢曰'天變不足畏', 西洋人, 則以爲'日月星辰, 皆有流行之度數, 彗孛之見, 實非異事', 果未知其然也.

분돈奔豚의 병

신사년(1821) 이후 매년 여름과 가을이 바뀌는 즈음이면 서울과 지방에 왕왕 혹 분돈奔豚의 병이 있다고들 하였으나 극심하지는 않았는데, 금상今上 기미년(1859, 철종 10) 9월에 먼저 한강 밖 교외에서 시작되어 도성都城으로 전염되어 죽은 자가 상당히 많았다. 다음 해 경신년 가을에 그 병이 또 일어나서 조정에서 특별히 여제厲祭를 지냈고, 신유년(1861)과 임술년(1862)에도 그러하였으나 조금 덜 하였다. 경신년(1860)과 임술년에는 관서關西에서 크게 유행하여 평양성 안팎에서 갑자기 죽은 사람이 6천여 명이나 되었다. 그러나 창졸간에 혹독하고 급박해서 죽은 자가 서로 포개지는 지경에 이른 것은 모두 신사년 가을의 서울 같지는 않았다.

이른바 분돈奔豚이란 산기疝氣[79]가 아니고 곧 시속時俗에서 말하는 서

78) 變 : 원본에 없지만 추가하였음.

79) 산기疝氣 : 고환·부고환·음낭 등의 질환으로 일어나는 신경통과 요통 및 아랫배와 고환이 붓고 아픈 병의 총칭.

상鼠上으로서, 실상 어떤 병인지 알지 못한다. 대개 가을과 여름의 환절기에 더위와 장마가 빌미가 되니, 노역에 종사하고 노숙을 하는 자가 그 병에 많이 걸리는데, 온전히 살아나는 자는 열에 서넛이 못 된다. 이로 보면 사람이 절제하고 조섭調攝하지 않을 수 없다. 그러나 신사년에는 귀천 없이 모두 죽었고, 기미년 이후로는 천한 사람들이 많이 죽었다.

奔豚之病

自辛巳後, 每歲夏秋, 京外往往或云有奔豚之病, 而亦不熾盛, 至今上己未九月, 先自江郊始起, 轉入都下, 死者頗衆. 明年庚申秋, 其病又起, 自朝家, 至行別厲祭, 辛酉壬戌亦然, 而稍不及. 庚申壬戌, 則關西大熾, 平壤城內外暴死者, 至六千餘人之多. 然其倉卒酷急, 幾至死者相枕, 則皆不如辛巳秋京城矣.

所謂奔豚, 非疝氣, 卽俗言鼠上, 實未知何病, 而盖金火之交, 暑潦爲祟, 力役露宿者, 多嬰其疾, 全活者十不能三四, 以是觀之, 人不可不節宣而調養矣. 然辛巳則無貴賤混死, 己未以後, 盖多賤類也.

봉건제

주나라의 봉건제는 제후들이 외적을 막아 가려주고 울타리가 되어주기를 마치 손과 발이 머리와 눈을 지켜주는 것처럼 하려고 한 것이었지만, 그러나 끝에 가서는 먼저 제후들로부터 혼란이 시작되었다. 그러므로 진秦나라는 그 폐해를 거울삼아 봉건제를 혁파하고 군현郡縣을 설치하였지만, 주나라가 8백 년을 유지하고 진나라가 겨우 2세 만에 망한 것은 모두 봉건제 실시 여부 때문에 그렇게 된 것은 아니었다. 한나라는 봉건을 하고 또한 유씨劉氏가 아니면 제후 왕으로 삼지 않았지만 고제高帝가 작고하자마자 여러 여씨呂氏들의 변란이 일어났고, 문제文帝와 경제景帝를 지나지 않아서 오吳·초楚의 7국이 반란을 일으켰다. 서진西晉 말에는 여덟 왕이 천하를 망하게 하였고, 육조六朝에 이르러서는 여러 왕들이 비록 번진藩鎭을 겸하였지만, 혼란에 빠지고 망하고 한 것은 각각 달라서 한결같지 않았다. 당나라의 멸망은 오로지 번진에서 비롯하였고, 송나라의 멸망은 또 전적으로 간신姦臣들이 서로 이었기 때문이었다. 명나라 역시 봉건을 하였으나, 연燕에서 처음 반란이 일어나고[80] 고후高煦에게서 두 번째로 반란이 있었으며[81] 신호宸濠에게서 세 번째로 반란이 있었고,[82] 망하게 된 것은 환관과 틈적闖賊[83] 때문이었다. 대개 봉건제를 일러 국가를 차지한 자가 바꾸어서는 안 되는 큰 원칙과 큰 법도라는 식으로 말하는 것은 꽉 막혀서 변화를 모르는 자의 견해일 것이다.

천하를 차지한 지 오래되어 별자別子와 지손支孫을 대대로 봉건해주자

80) 연燕에서 처음 반란이 일어나고 : 명 태조는 홍무洪武 원년에 아들 표標를 황태자로 봉하였고, 이어 3년에 여러 아들을 왕으로 봉하면서 넷째 아들 체棣를 연왕燕王에 봉하였다. 1398년 5월 태조 사후에 표標의 아들이자 태조의 손자인 황태손皇太孫 윤문允炆이 22세의 나이로 즉위하여 2대 황제인 혜제惠帝(연호는 建文)가 되는데, 1년 뒤에 연왕이 반란을 일으켜 4년간의 내전 끝에 혜제를 축출하고 황제가 되었다. 바로 성조成祖 영락제永樂帝다.

81) 고후高煦에게서 두 번째로 반란이 있었으며 : 고후高煦는 성조成祖의 둘째 아들. 영락제永樂帝 사후 태자인 고치高熾가 즉위하였는데, 9개월 만에 48세의 나이로 작고한다. 인종仁宗이다. 이어 인종의 아들 첨기瞻基가 27세의 나이로 즉위하자(1425년 6월), 이듬해 8월, 그의 숙부가 되는 한왕漢王 고후가 반란을 일으켰다. 한 달이 채 못되어서 조카인 선종宣宗(연호는 宣德)에게 사로잡혀 서인庶人으로 되었다가 곧 죽임을 당했다.

82) 신호宸濠에게서 세 번째로 반란이 있었고 : 신호宸濠는 영강왕寧康王 근석覲錫의 서자庶子로, 처음 상고왕上高王에 봉해졌다가 영왕寧王에 습봉되었다. 효종孝宗을 이어 무종武宗이 16세의 나이로 즉위하자 오랜 기간 반심을 품은 끝에 정덕正德 14년(1519) 6월에 반란을 일으켰다가 다음달에 평정되었고, 정덕 15년 12월에 처형되었다. 이 반란을 평정한 사람은 왕양명王陽明(1472~1529)이었다.

83) 틈적闖賊 : 명나라 멸망 때 북경을 점령한 농민 반란군.

면 반드시 영토가 날로 줄어들어서 왕기王畿는 남는 땅이 없게 될 것이다. 저들이 또 각자 자신의 나라를 전해주어서 뿌리내리기를 강성하게 하고 또 대대로 법도를 지키지 못한다면, 강한 자가 날뛰어 서로 침략하고 정벌하여 마침내 천하를 혼란케 하는 것을 뉘라서 막을 수 있겠는가? 정말로 근간根幹을 강하게 하고 지엽을 약하게 하자면 봉건제와 군현제를 막론하고 모두 총명한 군주와 현명한 신하가 어떻게 다스리느냐에 달려 있을 뿐이다. 문왕·무왕·성왕·강왕이 위로 군주의 자리에 있으면 만국萬國이 귀순해오고 유왕幽王·여왕厲王이 윗자리에 있으면 변란이 겨드랑이에서 생겨날 것이니, 팔뚝의 힘이 있다한들 머리와 눈의 다급한 위험을 구제해줄 겨를이 없을 텐데 먼 지방의 제후들이 와서 도와주기를 어찌 기대하겠는가?

지금 청나라는 종가의 지손을 왕이라 일컫지만 제후국으로서의 영토는 없고 또 대대로 계승되는 번진藩鎭도 없지만 수백 년 동안 화합하는 정치를 행하고 있다. 국가가 잘 다스려지느냐 그렇지 못하느냐를 따질 일이지 주나라 8백 년을 기준으로 삼아 봉건제만 옳다는 견해를 고수해서는 안 된다.

封建制

周室封建之制, 正欲其捍蔽藩屛, 如手足之衛頭目, 然其終也, 先自諸侯而亂作. 故秦鑑其弊, 罷封建置郡縣, 周則八百, 秦纔二世, 皆非封建與否而然也. 漢則封建, 且非劉氏不王, 而高帝纔崩, 諸呂變作, 不過文景, 吳楚七國亦反. 西晉之季, 八王亡天下, 及於六朝, 諸王雖兼藩鎭, 其亂其亡, 各自不一. 唐之亡, 專由於藩鎭, 宋之亡, 又專由於姦臣相承. 明亦封建, 而一亂於燕, 再亂於高煦, 三亂於宸濠, 及其亡也, 奄官與闖賊也. 盖以封建, 爲有國家不易之大經大法之論, 則恐未免膠柱之瑟也.

有天下久長, 而別子支孫, 世世封建, 則必當境土日蹙, 而王畿無餘地也. 彼又各自傳國, 樹本强盛, 又不能世世守法, 則强梁跋扈, 互相侵伐, 遂亂天下, 誰能制之? 其果强幹弱枝乎, 無論封建與郡縣, 都在主明臣賢, 駕馭之如何耳. 文武成康在上, 則萬國歸順矣, 幽厲在上, 則變出肘腋, 雖有股肱之力, 無暇捄頭目之急, 又何待遠方諸侯之來捄?

今淸, 宗支稱王, 而無國土, 亦無世授之藩鎭, 而亦能做數百年雍雍之治, 當論國家之治忽, 不當以周室八百年爲準則, 固守封建之論也.

제갈무후

나는 일찍이 연천淵泉(홍석주)을 모시고 이전의 인물을 토론하다가 여쭈기를, "진한秦漢 이전은 주공周公・공자孔子가 있어서 다시 논란이 없겠습니다만, 한나라 이후 수천 년에서 딱 한 사람만 꼽는다면 누가 될까요?" 하니, 공은 한참을 생각하다가, "나는 제갈무후諸葛武侯를 꼽겠네!" 하셨다. 대개 도학道學의 정주程朱가 없는 것은 아니지만, 처한 곳마다 마땅하지 않음이 없었던 점으로 말을 하자면 공명孔明만한 이가 없기 때문이다. 정자程子도, "공명이 공자 문하에 있었다면 안연顔淵・민자건閔子騫의 반열에 있을 것이다" 하고 또, "공명은 예악禮樂을 흥기시킬 수가 있었을 것이다" 하였으니, 연천공의 견해는 이미 정자 같은 선유先儒의 정론定論이 있다. 명나라 학자 방정학方正學(방효유)은 객의 질문에 대답하여, "제갈량諸葛亮은 대현大賢의 재질이 있었으나 성인聖人의 학문을 듣지 못하였고, 사마광司馬光・범중엄范仲淹은 군자의 풍모가 있었으나 대현의 재질이 없었다. 이들 이외의 사람들이야 무엇 따질 것 있겠는가?" 하였으니, 대개 한 사람에게 모든 것을 갖추기를 요구하기란 진실로 어려운 일이다.

옛날 삼연三淵(김창흡) 선생은 후배와 젊은이들이 말을 하는 가운데 혹 무후武侯의 이름을 부르는 것을 들으면 그때마다 곧바로 질책하기를, "무후가 어떤 분이신데 너희들이 감히 그 이름을 부르느냐?" 하였으니, 선배들이 무후를 존경하고 높인 것이 이러하였다. 청나라 사람 후조종侯朝宗[84] 같은 이들이 논설을 지어서 도리어 왕맹王猛[85]을 공명보다 낫다고 한 것은 더욱 가소로운 일이다. 경략景略이 인재라면 인재이겠으나, 어찌 공명을 당할 수가 있겠는가? 또한 공명이 벼슬에 나온 것은 자신을 알아주는데 감동해서일 뿐만은 아니니, 선주先主(유비)가 한나라 왕실의 주손胄孫이 아니었다면 공명은 응당 남양南陽에서 늙어 죽었을 것이다. 어찌 경략이 환온桓溫[86]에게 유세遊說하여 먹혀들지 않자 도리어 이적夷狄의 군주에게로 붙어버린 경우와 같겠는가? 이 점이 공명이 명분과 의리가 빛나고도 밝은 이유이다. 그가 여섯 차례나 기산祁山으로 출병한 것은 정말로 이른바 정연한 진용陳容이요 당당堂堂한 깃발이었으니, 왕맹이 어찌 일찍이 이런 점이 있었던가? 범희문范希文・사마군실司馬君實은 모두 송나라의 제 일등 인물이지만, 그러나 비록 온공溫公같은 정성과 독실함으로도 희문希文에게는 미치지 못할 것이다. 그의 식견의 정대함과 도량의 넓디넓음은 백대百代의 인물이라 할 만하니, 어찌 다만 한 시대의 군자・대인으로 그치겠는가? 그러므로 예전 사람들은 말하기를, "입지立志는 마땅히 명도明道와 희문으로 기약해야 한다"고 하였으니, 대개 '천하 사람들에 앞서 근심하고 천하 사람들보다 뒤에 즐거워한다'는 말[87]은 아마도 범희문 이전에 그만큼 실천한 사람은 없을 것이다.

---

84) 후조종侯朝宗 : 후방역侯方域(1618~1654). 명나라 말의 문학가. 조종은 자, 호는 설원雪苑. 위희魏禧・왕완汪琬과 이름이 나란한 고문가이자 시인. 『장회당문집壯悔堂文集』, 『사억당시집四憶堂詩集』 등이 있음.

85) 왕맹王猛(325~375) : 16국 시기 전진前秦의 부견苻堅에게 벼슬한 재상. 자는 경략景略, 호는 횡림자橫林子.

86) 환온桓溫(312~373) : 자는 원자元子, 동진東晉의 장수.

근세의 기효람紀曉嵐(기윤紀昀)은, "범중엄은 학문은 시대를 구제할 수 있는 것을 추구하였고 행실은 마음에 부끄러움이 없기를 추구하였으니, 옛날의 유자儒者도 이런 정도일 뿐이었다. 꼭 봉건封建을 강구하고 정전井田을 논의한 뒤에야 왕좌王佐의 인재가 되기에 부끄럽지 않고, 태극太極을 도설圖說하고 선천先天을 부연한 뒤에야 성인의 도를 깨친 셈이 되는 것은 아니다" 하였다. 이 말은 비록 송유宋儒들에 대해 울컥하는 마음이 있어서 한 발언이지만, 참으로 식견 있는 말[88]이 되기에 충분하다.

諸葛武侯

余嘗陪淵泉, 論前代人物, 仍問曰, "秦漢以前, 有周公·孔子, 無更言, 而自漢以後數千年, 如欲專取一人, 當屬何人?" 公沉吟良久曰, "吾其從諸葛武侯乎!" 盖非無道學之程朱, 而如以無所處而不當言之, 莫如孔明也. 程子亦曰, "孔明在孔門, 當在顏閔之列." 又曰, "孔明可以興禮樂." 此已有先儒定論也. 明儒方正學, 答客問曰, "諸葛亮有大賢之才, 而不得聞聖人之學, 司馬光·范仲淹, 有君子之風, 而無大賢之才, 過此以往, 又何足論?" 盖求備於人, 誠難矣.

昔三淵先生, 每聞後生年少言辭, 或呼武侯名, 則輒叱責曰, "武侯何等人, 而汝輩敢呼名?" 先輩之尊尙武侯如此. 如淸人侯朝宗輩著論, 反以王猛, 勝於孔明, 又可笑也. 景略, 才固才矣, 而安能當孔明? 且孔明之出, 不但感於知遇, 先主非漢室之胄, 孔明當老死南陽, 豈如景略, 說桓溫不得, 反歸夷狄之君也? 此孔明所以名義光明. 其六出祁山者, 眞所謂正正之陣, 堂堂之旗也, 王猛何曾有此? 范希文·司馬君實, 皆是有宋第一等人物, 然雖以溫公之誠篤, 恐不及希文也. 其識見之正大, 度量之恢廓, 可謂百代人物, 何但爲一時之君子大人而已? 故古人以爲"立志, 當以明道·希文自期", 盖先天下憂, 後天下樂之言, 殆前

87) '천하 사람들에 …… 즐거워한다'는 말: 범중엄의 「악양루기岳陽樓記」에 있는 말.
88) 식견 있는 말: 원문은 지언知言. 『맹자』에 있는 말. 「공손추·상」 제3장.

無古人也.

近世紀曉嵐有言曰, “仲淹, 學求有濟於時, 行求無媿於心, 古之儒者, 亦不過如斯. 不必講封建議井田而後, 爲不媿王佐, 圖太極衍先天而後, 爲能聞聖道也.” 此雖有激於宋儒而發, 亦足爲知言也.

끓는 샘물

이치란 통상적인 것도 있고 통상적이지 않은 것도 있다. 이를테면 불은 반드시 뜨겁다는 것, 물은 반드시 차다는 것은 통상적인 이치이니, 어리석은 사람이라도 알 수 있다. 하지만 세상에는 또한 펄펄 끓는 샘물이 있고 차가운 불도 있다. 옛사람들은 끓는 샘물이란 땅속에 유황과 단사丹砂가 있기 때문에 뜨거워진다고 하였으니, 그건 그렇다. 그러나 불이 뜨겁지 않다면 불이 될 수가 없는 것인데 소구蕭邱의 불[89]은 차갑지만 불태울 수가 있으니, 이것은 그 본성이 아니다. 그 본성을 지니지 않은 물건은 성인이라도 알 수가 없다. 공자가 괴이怪異·폭력·혼란·귀신을 말하지 않은 것[90]은 그 시대에 괴이·폭력·혼란·귀신이 없었다는 말이 아니라 말을 하면 폐단이 생기므로 말하지 않았을 뿐이다. 물건이 통상적인 이치에 반대되는 것은 바로 괴이·폭력·혼란·귀신이니, 통상

89) 소구蕭邱의 불: 최한기의 『추측록』 제2권의 ‘여러 가지 물과 불[各揆水火]’ 조목에 「소구의 찬 불[蕭邱寒火]」이라는 항목이 있다. 내용을 들어둔다. “남해南海의 소구에서는 불이 봄에는 일어나고 가을에는 꺼진다. 물을 생기게 하는데 물이 조금 검다. 육유陸游는 ‘화산火山’이라 부르고 그곳에 군진軍陣을 쳤다. 깊이 파면 뜨거운 열기가 있으나 식물에 장애를 주지 않으니, 역시 한화寒火 즉 찬 불이다.”(한국고전번역원의 번역을 전재)

90) 공자가 괴이怪異 …… 말하지 않은 것: 『논어』 「술이術而」에 있는 말.

적인 것은 말할 것도 없이 순리順理이지만 통상적이지 않은 것 또한 이치이다. 유자儒者들이 툭하면 이치에 벗어난다고 배척하는 것은 어째서일까?

물은 본성이 부드럽지만 힘이 있으므로, 일만 섬 무게가 나가는 전함戰艦을 띄워도 가라앉지 않는다. 그러나 서해西海의 약수弱水[91]에는 새깃이나 겨자씨도 가라앉는 것은 어째서일까? 그릇에 담긴 물은 새지 않는 것이 상리常理이다. 하지만 무산巫山의 물은 상협上峽에서는 은병銀甁도 새고 중협中峽에서는 은병에만 물을 담을 수 있고 하협下峽에서는 물이 비로소 느려져서 자기瓷器 병에도 물을 담을 수가 있으니, 이것은 성질이 너무 잘 흘러내리는 물이라면 혹 그럴 수도 있겠다. 정주汀州의 패수灞水[92]는 쇠붙이로 된 그릇에는 다 새고 오직 박잎으로 떠야만 새지 않는다니, 이것은 또 무슨 이치일까? 자석은 철을 당기고 호박琥珀은 풀을 흡인하며 수달의 쓸개는 그릇을 쪼개고 사람의 기운은 무소뿔을 가루로 만들고 용뇌龍腦는 공작孔雀의 깃을 얻어서야 흩어지지 않으니, 이것은 사물이 같은 부류끼리 서로 감응하는 것이라 이를 것이다. 한데, 사람이 박하薄荷를 먹으면 열을 내리고 해독 작용을 하지만 고양이가 박하를 먹으면 취해서 어지러워지고, 사람이 구문狗吻[93]을 먹으면 죽지만 개가 먹으면 살이 찌고, 독활獨活[94]은 바람이 없으면 흔들리다가 바람이 있으면 흔들리지 않고 더욱 곧아지니, 이것은 또 무슨 이치일까? 이것은 통상적인 이치가 아니니, 성인이라도 다 알 수는 없는 것이다.

장자莊子는 사람 가운데 호걸이지만 그는, "육합六合의 밖은 그대로

91) 서해西海의 약수弱水 : 역시 최한기의 위 기록에, "약수弱水에는 털도 가라앉는다"는 말이 있다.

92) 정주汀州의 패수灞水 : 역시 최한기의 기록에 있다. "정주庭州(신강성新疆省 적화현迪化縣)의 패수灞水는 쇠붙이로 된 그릇에 담으면 샌다"고 하고, 거기에 설명을 붙이기를, "정수의 패수는 대황大荒의 밖에 있는데, 쇠붙이에 담으면 샌다. 뿔이나 박으로 뜨면 괜찮다"고 하였다.

93) 구문狗吻 : 약초 이름.

94) 독활獨活 : 멧두릅. 그 뿌리는 약으로 쓰임.

남겨두어 따지지 않는다"[95] 하였으니, 이야말로 가장 폐단이 없는 말이다. 오직 불가佛家는 그렇지 않아서, 그들이 말하는 33천天이 모두 이름이 있고, 또 3천의 대천 세계大天世界가 있고, 또 항하사 恒河沙는 3천 세계의 밖에 있다고 하고, 또 인도산人島山은 일명 수미산須彌山인데, 높고도 커서 몇 억만 리인지 모르는데 천지天地의 바깥으로 높이 솟아 있다고 한다. 이것은 비록 인심人心을 깨우치기 위해서이기는 하지만 아, 어찌면 그다지도 황탄荒誕할까?

湯泉

理有常者, 有不常者, 如火之必熱, 水之必寒, 理之常也, 愚婦之可與知, 而世又有湯泉焉, 有寒火焉. 古人以湯泉, 則地底因有硫黃丹砂而熱, 是則然, 而火不熱, 則不可爲火, 而蕭邱之火, 寒而能燃, 此非其性, 物非其性, 則雖聖人, 不可知也. 孔子不語怪力亂神, 非謂其世無怪力亂神, 語之有弊, 故特不語耳. 物之反常者, 是怪力亂神, 常固理也, 不常亦理也. 儒者之動輒以理外斥之, 何也?

水性柔而有力, 故能載艨艟萬斛而不沉, 然西海之弱水, 羽芥亦沉, 何也? 以器盛水, 不漏者理也, 而巫山, 上峽銀瓶亦漏, 中峽則銀瓶然後盛水, 下峽水始緩, 瓷瓶亦可盛水, 此則水性太瀉或然矣. 汀州灞水, 金銕皆漏, 惟匏葉承之不漏, 此又何理也? 磁石引鐵, 琥珀吸草, 獺膽分盃, 人氣粉犀, 龍腦得孔雀羽而不散, 此當謂物類相感, 而人食薄荷, 則能淸熱解毒, 猫食薄荷, 則醉而暈, 人食狗吻則死, 犬食則肥, 獨活無風則自搖, 有風則不搖而愈直, 此又何理也? 此所以理之不常者, 聖人亦不能盡知矣.

莊子, 人豪也, 而其曰, "六合之外, 存而勿論", 此言最是無弊. 惟佛家則不然, 其說三十三天, 皆有名號, 又有三千大千世界, 又云恒河沙

95) 육합六合의 밖은 그대로 남겨두어 따지지 않는다: 『장자』 「제물론」에 있는 말.

在三千世界之外, 又云人島山, 一名須彌山, 高且大, 不知幾億萬里, 而高出於天地之外, 此雖諭於人心, 噫何其誕也?

동계桐溪의 후손

등유鄧攸[96]가 아들이 없는 것을 두고 옛사람들은 '하늘이 알아주지 않는다'고들 하였다. 비단 이 뿐만 아니라 위魏 무제武帝(조조曹操) 같은 경우 남의 손을 빌려 몰래 해치고, 도륙해서 참혹하고 악독하게 죽인 것이 한두 번이 아니었음에도 자손이 천하를 소유하여 여러 세대를 전할 수가 있었다. 그 밖에 몰래 공격하고 가혹하게 남을 해친 사람이 예로부터 어찌 한량이 있겠는가마는, 악을 자행한 데 대한 되갚음이 사람마다 모두 돌아가지는 않았다. 다만 천도天道는 음陰을 싫어하므로, 선을 행하여 남모르는 은덕이 있는 자와 악을 행하여 남모르는 해악이 있는 자는 하늘이 반드시 복을 주고 재앙을 내려주거니와, 그 드러난 선행과 드러난 악행이 있는 자는 사람들이 모두 알아서 또한 모두 드러나게 벌을 주고 포상하므로 하늘이 맡겨두는 것일까? 공자는 "상지上智와 하우下愚는 옮겨지지 않는다"[97] 하였다. 이 때문에 요순堯舜의 아들들은 몸소 가르침을 받아서 보고 느낀 것이 없지 않았을 텐데도 단주丹朱와 상균商均은

---

96) 등유鄧攸 : 진晉 양릉襄陵 사람. 자는 백도伯道. 효행孝行이 있었다. 하동태수河東太守로 있을 때 석륵石勒의 반군을 만나 가족과 조카를 데리고 달아나다가 친자식은 비리고 일찍 죽은 아우의 아들만 지켰다. 그는 다시 자식을 두지 못하였는데, 당시 사람들은 이를 두고, "하늘은 알아주질 않는구나, 등백도鄧伯道 같은 분이 자식이 없다니"라 하였다고 한다.

97) "상지上智와 하우下愚는 옮겨지지 않는다" : 『논어』 「양화陽貨」에 있는 말.

모두 불초하였고, 고수瞽瞍와 곤鯀을 아버지로 두고서도 순우舜禹는 모두 성인이 되었으니, 대개 상지와 하우는 아버지나 아들이 현명한가 불초한가에 달려 있는 것이 아니다. 또 천하 고금에 사람의 일이란 무궁하니, 한 가지로 단정하기는 어렵다.

공자가 작고하자 자하子夏는 성인에게 직접 배운 것을 전자방田子方에게 전했는데, 전자방의 학문이 벌써 병통이 있었다. 그 전자방이 한 차례 더 전한 것이 마침내 장주莊周이니, 장주는 성인의 도에 대해서 훈유薰蕕나 빙탄氷炭과 같으니, 어찌 이것을 부자夫子(공자)의 병통이라고 말할 수 있겠는가? 이사李斯가 순경荀卿에게 배웠다고 해서 선유先儒들은 순자荀子를 이단으로 취급한다. 성악설은 비록 폐단이 있는 듯하지만, 어찌 이사를 가르쳐서 천하를 어지럽게 만들었다고 할 수가 있겠는가? 이 사실을 두고 말한다면, 다만 그 사람 개인만을 두고 논란을 해야 하지 그 사람의 부자父子와 사제師弟를 가혹하게 책망해서는 안 된다. 도연명陶淵明은 문장이 뛰어나고 절의節義가 있었으나 그의 다섯 아들은 모두 무식해서 알려지지 않았고, 이백李白과 두보杜甫의 아들 역시 문학으로 저명하지 않으며, 창려昌黎의 아들 창昶은 금은거金銀車로써 천고에 비웃음거리가 되었고,[98] 한차주韓侂胄는 위공魏公의 손자로서 남쪽으로 옮겨가자는 주장을 한 간신과 아첨배들의 괴수가 되었고,[99] 주자朱子의 아들은 문공文公 무덤의 흙이 마르지도 않았을 때 무이정사武夷精舍를 권세가에게 매각하였으니, 그 내용이 섭소옹葉紹翁의 『사조문견록四朝聞見錄』[100]에 실려 있다. 고금에 이와

98) 창려昌黎의 아들 창昶은…… 비웃음거리가 되었고: 한퇴지의 아들 한창이 집현전 교리로 있으면서 책을 교정할 때 금근거金根車를 금은거로 그릇 고쳤던바, 훌륭한 아버지를 두고도 그런 실수를 했느냐고 사람들이 비웃었다는 고사. 『성호사설』 권4 '만물문'에 「금근거金根車」라는 조목이 있는바, 성호의 설명에 따르면 근根자는 온갖 만물을 실어 기른다, 실어 나른다는 뜻이라고 한다.

99) 한차주韓侂胄는…… 괴수가 되었고: 한차주(?~1207)의 자는 절부節夫. 도학道學을 위학僞學이라고 배척해서 엄금嚴禁하게 하였고, 주자朱子 등을 핍박하였다. 위공魏公은 북송의 저명한 학자이자 정치가인 한기韓琦.

100) 섭소옹葉紹翁의 『사조문견록四朝聞見錄』: 『지부족재총서』에 들어 있다. 5권 4책.

비슷한 경우는 이루 다 기록할 수가 없다.

우리나라는 심정沈貞[101]의 손자에 청천聽天[102]이 있고 정순붕鄭順朋[103]의 아들에 북창北窓[104]이 있으며, 동계桐溪[105]의 후손에 정희량鄭希亮[106]이 있어서 군대를 일으켜 반역하였으니 악을 자행함이 더할 수 없었다. 그러나 한차주·정희량 때문에 위공과 동계마저 아울러 폐하였다는 말은 듣지 못하였다.

桐溪之孫

鄧攸之無子, 古人謂天道無知, 非特此也. 魏武之假手陰賊, 屠夷慘毒者, 不一其事, 而亦能使子孫, 有天下國家, 傳及數世. 其外陰鷙忮刻之人, 終古何限, 而爲惡之報, 亦未嘗人人皆然. 但天道惡陰, 故爲善而有陰德者, 與爲惡而有陰害者, 天必福之禍之, 其陽善而陽惡者, 人皆知之, 亦皆陽誅而陽褒. 故天亦任之也歟? 孔子曰, "上智與下愚, 不移." 是故堯舜之子, 非無身敎之觀感, 而丹朱·商均, 皆不肖, 以瞽瞍·鯀爲父, 而舜禹皆聖, 盖上智下愚, 不在於父子賢不肖也. 且天下古今, 人事無窮, 難以一槩句斷矣.

孔子歿, 子夏以親炙聖人者, 傳之田子方, 子方之學, 已有病, 而子方一傳, 則遂爲莊周, 其於聖道, 如薰蕕氷炭, 豈可以此爲夫子之病也? 李斯學於荀卿, 而先儒視荀子爲異端, 性惡之論, 雖若有弊, 何至敎李斯, 而亂天下也? 以此言之, 但當論其人也, 不當苛責於其人之父子師

101) 심정沈貞 : 남곤南袞과 함께 기묘사화를 주도한 인물.

102) 청천聽天 : 심수경沈守慶(1516~1599)의 호.

103) 정순붕鄭順朋(1484~1548) : 을사사화를 주도한 인물.

104) 북창北窓 : 정렴鄭𥖝(1505~1549)의 호. 조선 중종 때의 학자. 자는 사결士潔, 시호는 장혜章惠, 본관은 온양溫陽. 『북창집北窓集』 등이 있다. 청천·북창과 정희량은 서로 빈대되는 경우의 예로 들어 보인 것임.

105) 동계桐溪 : 정온鄭蘊(1569~1641)의 호. 조선 인조 때의 문신. 자는 휘원煇遠. 『동계집桐溪集』이 있다.

106) 정희량鄭希亮(?~1728) : 영조 4년(1728) 이인좌李麟佐의 난에 가담했다가 처형되었다.

弟也. 陶淵明, 有文章焉節義焉, 而其五子, 皆無識無聞, 李杜之子, 亦不以文名, 昌黎之子昶, 以金銀車, 貽笑千古, 韓侂胄, 以魏公之孫, 爲南渡奸佞之魁, 朱子之子, 在文公墳土未乾, 而以武夷精舍, 賣於當路, 其說載於葉紹翁『四朝聞見錄』, 古今類此者, 不可勝記矣.

我朝則沈貞之孫有聽天, 鄭順朋之子有北窓, 桐溪之孫有希亮, 稱兵叛逆, 爲惡極矣. 然未聞以侂胄・希亮, 幷與魏公・桐溪而廢之也.

조남명

신하가 간언諫言을 아뢰는 것은 그 방법이 한결같지 않아서, 직간直諫이 있고 부드럽게 아뢰는 기간幾諫이 있고 넌지시 간하는 풍간諷諫이 있으니, 모두 그때의 형편에 따른다. 그러므로 옛날의 군자는 혹 군주의 기색을 아랑곳하지 않고 직간을 하고 역린逆鱗을 건드려 죽음에 이르더라도 변하지 않았다. 그러나 조남명曺南溟(조식)이 “자전慈殿께서는 생각이 깊으시지만 깊숙한 궁중의 한 과부寡婦에 지나지 않으시고, 음악 소리가 슬프고 흰옷을 즐겨 입으니, 망할 형상이 벌써 드러났습니다”[107]고 한

107) “자전慈殿께서는 …… 벌써 드러났습니다” : 『실록』 명종 10년 11월 19일, 남명이 단성현감으로 제수 받고 올린 상소의 내용이다. 그러나 여기 기록은 『실록』과는 차이가 있다. 『실록』의 번역을 그대로 옮긴다. “자전慈殿께서는 생각이 깊으시지만 깊숙한 궁중의 한 과부에 지나지 않으시고, 전하께서는 어리시어 단지 선왕先王의 한낱 외로운 후사後嗣에 지나지 않습니다. 그러니 천백 가지의 천재天災와 억만 갈래의 인심을 무엇으로 감당해 내며 무엇으로 수습하겠습니까? 냇물이 마르고 곡식이 내렸으니[雨粟] 그 조짐이 어떠합니까? 음악 소리가 슬프고 흰옷을 즐겨 입으니 소리와 형상에 벌써 나타났습니다.” 이 상소는 당시 큰 물의를 야기하였다. 왕은 즉시 “자전에 대해 공손하지 못한 말이 있다”고 지적하고 있다. 음악 소리가 슬프고 흰 옷을 즐겨 입는다는 말에는 『실록』의 해당 부분에 간주間注가 있다. 즉, “당시의 음악

말과, 유시남兪市南(유계)이 "오랑캐 조정에 무릎을 꿇어 백성을 도탄에 빠지게 합니다"[108]라는 상소와, 안우산安牛山[109]의 "10년이 지나지 않아서 미록麋鹿이 고소성姑蘇城에서 놀고 서리黍離가 은허殷墟에서 돋아날 것입니다"[110]라는 말은, 비록 곧은 신하의 곧고 간절한 말이기는 하지만 놀랍고 망령된 데 가깝지 않겠는가? 한나라의 급암汲黯 같은 직신直臣도 비록 "안으로 욕심이 많고 밖으로만 인의仁義를 베푼다"[111]는 말을 한 적이 있지만, 어찌 일찍이 면전에서 면박을 해서 거리낌이 없기가 이토록 심하였던가? 시장바닥이나 조정에서 처형을 면한 것만도 다행이었다고 할 것이니, 당시 조정의 포용해준 거룩한 덕을 어찌 다만 '자기를 비우고 간언을 받아들인 것'이라고만 범범하게 말할 수가 있겠는가? 걸왕桀王 때의 용방龍逄과 주왕紂王 때의 비간比干과 포악한 진秦나라 때의 모초茅蕉의 일[112]은 모두 무도無道한 세상에서 이들처럼 죽음을 택하는 것이 인간 세상에서 없을 수는 없겠으나, 그것도 끝내 미친 척 노예가

소리가 애절한 것이 많고, 복색은 흰 것을 숭상한 것을 말한다"고 하였다.

108) "오랑캐 조정에 …… 빠지게 합니다": 『실록』 인조 15년 1월 23일의 상소. 청에 항복하려는 대신들을 비판한 상소다. 『실록』의 내용을 더 보이면 다음과 같다. "그리고는 단지 애처로운 사연과 괴로운 말로 머리를 조아리며 무릎을 꿇는 것으로 일시적으로 요행히 모면하는 훌륭한 계책을 삼으면서 힘없이 구차스럽게 행동하여 오늘날처럼 극도에 이르게 하였습니다." 유계는 이 상소로 남한산성에서 나온 뒤인 2월 19일, 임천군林川郡에 유배되었다가 이어 향리로 방축되었다.

109) 안우산安牛山: 안방준安邦俊(1573~1654). 우산은 호, 다른 호는 은봉隱峰, 자는 사언士彦, 시호는 문강文康. 성혼成渾의 문인. 『은봉전서』가 있음.

110) 10년이 지나지 않아서 …… 돋아날 것입니다: 『은봉전서』 권2, 「언사소言事疏」에 있는 말. '병술년(1646, 인조24) 12월'에 썼다고 기록되어 있음.

111) "안으로 욕심이 …… 베푼다": 구체적인 내용은 다음과 같다. "폐하께서는 안으로 욕심이 많고 밖으로만 인의를 베푸십니다. 그런데 어찌자고 요순 같은 훌륭한 정치를 본받으려고 하십니까[陛下內多欲而外施仁義, 柰何欲效唐虞之治乎]?"(『한서』 권50, 「급암열전汲黯列傳」)

112) 모초茅蕉의 일: 모초는 전국 말기 제齊나라 사람. 진시황은 생모 조씨趙氏와 사통한 노애嫪毐(?~B.C.238)가 일으킨 반란을 진압한 뒤 그 생모를 유폐하고 간하는 자 27인을 모두 죽였는데, 모초의 간언을 따라 생모에 대한 처분을 취소하고 모초를 상경上卿으로 등용했다.

되거나 제기祭器를 안고 피하는 것만은 못하다.[113] 하물며 남명 등 여러 분은 모두 명철한 군주를 만났는데, 부드럽고 완곡한 말로 아뢰어서 무슨 안 될 일이 있다고 성을 내서 몰아붙여 불손하기가 이처럼 말로 다할 수 없는 데까지 이르렀을까? 공자는, "나아가서는 충성을 다할 것을 생각하고 물러나서는 허물을 메워줄 것을 생각하여, 그 아름다움을 따라 이루어주고 그 과실을 바로잡아 구해준다"[114] 하였으니, 아름답도다 그 말씀이여! 신하가 군주를 섬기는 것은 이래야 한다.

曺南溟

人臣進言, 其道不一, 有直諫, 有幾諫, 有諷諫, 皆隨其時行之. 故古之君子, 或有犯顔批鱗, 之死不變. 然曺南溟'慈殿塞淵, 不過深宮之一寡婦, 音哀服素, 亡象已著'之言, 兪市南'屈膝虜庭, 塗炭生靈'之疏, 安牛山'不出十年, 麋鹿遊於姑蘇, 黍離秀於殷墟'之語, 雖曰骨鯁直切, 不幾近於駭妄乎? 漢之汲直, 雖有'內多慾, 外施仁義'之說, 何曾面薄無忌, 如此甚乎? 其能免肆諸市朝, 亦云幸也, 當時朝家包容之德, 奚但以虛受來諫泛論也? 桀之龍逄, 紂之比干, 暴秦之茅蕉, 皆無道之世, 如是取死者, 雖是天壤間不可無之事, 終未若狂爲奴, 抱祀器也. 況南溟諸公, 皆當明聖之時, 幾辭婉言, 何所不可, 而噴薄不遜, 至於此極? 孔子曰, "進思盡忠, 退思補過, 將順其美, 匡救其失", 旨哉言乎! 人臣事君, 當如是也.

---

113) 미친 척 노예가 되거나 …… 것만은 못하다: 앞은 기자箕子, 뒤는 은나라의 태사太師와 소사少師의 일이었다. 『사기』 권3, 「은본기殷本紀」.
114) "나아감에는 …… 바로잡아 구해준다": 『소학』 「명륜」 편에 있는 말.

상수上壽

복희伏羲・신농神農・전욱顓頊・소호少昊는 모두 상고上古 때이니, 그 때는 사람이 모두 순후醇厚한 원기元氣를 타고났으므로, 사서史書에 비록 나이가 전하지는 않지만 틀림없이 일백 세를 채우지 못한 사람은 없었을 것이다. 황제黃帝와 요순에 이르러 역사서에서 비로소 나이를 일컫는데, 모두 백여 세이다. 그 뒤로 세상이 점차 내려오지만 우・탕禹湯은 나이가 모두 일백 세, 이윤伊尹은 일백 삼십 세, 주나라의 태공太公은 나이 일백 육십 세였고, 목왕穆王은 재위한 기간이 일백 년이었다.

한나라 이후로는 장창張蒼[115]이 일백 세였고, 그 밖에 책에 전하는 바로 팽조彭祖・노담老聃・유안劉安・갈현葛玄[116]・안기생安期生[117]・적송자赤松子[118] 같은 이들은, 시대마다 그런 부류가 있어서, 혹은 도를 터득하여 선계仙界로 올라가기도 하고 혹은 시해尸解가 되어 죽지 않았다고 하니, 이것은 단약丹藥을 복용하고 약을 캐 먹어서 그렇게 된 것이다. 근년에는 또 왕교王喬[119]・정령위丁令威[120]・매복梅福[121]・계자훈薊子訓[122] 같은 무리도 모두 허공으로 높이 날아 올라가서 어떻게 생을 마쳤는지 모른다고 하니, 본디 화식火食을 해서 장수를 한 자들이 아니므로 사람의 상리常理로 말할 수가 없다.

---

115) 장창張蒼(?~B.C.152) : 전한 초기의 유능한 재상. 한 고조가 패권을 차지하는데 공로가 컸다. 율력律曆에 정통했다.

116) 갈현葛玄 : 삼국三國 오나라 사람. 자는 효선孝先. 신선술을 배웠다고 한다.

117) 안기생安期生 : 진秦나라 사람. 하상장인河上丈人.

118) 적송자赤松子 : 전설상의 신선神仙의 이름.

119) 왕교王喬 : 왕자교王子喬. 도를 얻어 신선이 되었다고 한다.

120) 정령위丁令威 : 한漢 요동遼東 사람. 도를 배워서, 학으로 변해 요동으로 돌아갔다고 함.

121) 매복梅福 : 한漢 수춘壽春 사람. 자는 자진子眞. 왕망王莽이 국정을 전횡할 때 가족을 버리고 구강九江으로 갔는데, 신선이 되었다는 말이 전함.

122) 계자훈薊子訓 : 후한後漢 사람.

당나라 때 향산香山의 구로九老[123] 가운데 이원상李元爽이라는 자가 있어서 나이 일백삼십 세였는데 선술仙術로 그같이 장수한 것이 아니었으니, 이것이 보통 사람으로서 상수上壽를 누린 예이다. 그 밖에 원위元魏의 고윤高允[124]은 98세, 송나라의 문로공文潞公[125]은 92세, 명나라의 문정공文靖公 위기魏驥[126]는 98세, 단의공端毅公 왕서王恕[127]는 93세였는데, 『엄주사료弇州史料』[128]에는, "왕공은 아흔 넘어서도 매일 큰 홍시 300개와 큰 돼지 한 마리를 먹었고, 밤에 모시는 여자가 없는 날이 없었다"고 하였다.

우리나라에서는 황익성공黃翼成公[129]이 95세, 좌상左相 김사목金思穆[130]이 90세였으니 이는 모두 대신으로서 장수한 사람이고, 지위가 대신에 이르지 않으면서 나이 90을 넘긴 자는 이루 헤아릴 수가 없을 것이다. 내가 보건대 요즈음 사람 중에 70~80수壽를 누리는 자가 매우 많은데 모두들, '이전 사람들은 성품이 강직하고 기상이 우뚝하므로 일을 잘 이루었으나 장수한 자는 드물었고, 지금 사람은 안정되며 차분하고 성품이 유약하므로 비록 일을 잘 해내지는 못하지만 수명은 옛사람보다 낫다'고 하니, 그 말이 혹 그럴 듯하다. 내가 일찍이 두실斗室 심상공沈相公[131]을 뵙고 이렇

123) 향산香山의 구로九老 : 백거이白居易에 관련된 고사.

124) 고윤高允(390~487) : 북위北魏의 정치가. 자는 백공伯恭, 시호는 문文.

125) 문로공文潞公 : 문언박文彦博(1006~1097). 자는 관부寬夫. 노국공潞國公에 봉해졌다. 왕안석의 신법에 반대했다. 『노공집潞公集』이 있다.

126) 위기魏驥(1373~1471) : 자는 중방仲房, 호는 남재南齋. 절강성 출신. 경태景泰 연간에 남경 이부상서南京吏部尙書를 역임. 시호는 문정文靖. 『영락대전』 편찬에 참여하였고, 『남재집』, 『남재적고南齋摘稿』, 『이학정의理學正義』 등의 저서가 있음.

127) 왕서王恕(1416~1508) : 자는 종관宗貫, 호는 석거石渠, 시호는 단의端毅. 『석거의견石渠意見』은 84세 때의 저술이고, 88세에 그 속편을 저술하였음. 그 밖에 『주의奏議』 15권과 『역대명신간의록諫議錄』 124권 등의 저서가 있음.

128) 『엄주사료弇州史料』 : 1614년 진계유陳繼儒 서문이 있는 명나라 목판본 100권 36책본이 장서각 등에 소장되어 있음.

129) 황익성공黃翼成公 : 황희黃喜(1363~1452). 세종 때 영의정을 지낸 이름난 재상.

130) 김사목金思穆(1740~1829) : 순조 때의 문신. 자는 백심伯深, 호는 운소雲巢, 시호는 경헌敬獻, 본관은 경주慶州. 영조 48년(1772) 문과에 급제, 순조조에 좌의정을 지냈음.

게 말씀드렸더니 공은 웃으면서, "그렇긴 하다만, 주나라 난왕赧王이나 한나라 헌제獻帝가 제왕의 자리에 있은 것이 오래였지만, 어찌 진시황이나 한무제漢武帝의 한두 해 정도에 비길 수가 있겠는가?"[132] 하였으니, 공의 말씀이 도리어 쾌활하다.

上壽

羲農顓頊少昊, 皆上古也, 其時人皆稟醇醲之元氣, 史雖不傳其年數, 必無不滿百之人. 至黃帝堯舜, 史始稱年, 皆百許歲. 其後世級漸降, 而禹湯年皆百歲, 伊尹年百三十, 周之太公, 年百六十, 穆王在位百年. 自漢以後, 張蒼年百歲, 其他書籍所傳, 如彭祖·老聃·劉安·葛玄·安期生·赤松子之徒, 代有其人, 或得道上仙, 或尸解不死, 是則服丹採藥以致. 近年, 又如王喬·丁令威·梅福·蓟子訓輩, 亦皆稱翀空上昇, 不知所終, 本非烟火食而能久壽者, 不當以人之常理言也.

唐之香山九老中, 有李元爽者, 年百三十, 則又非仙術而能如此, 此常人之上壽者. 其外元魏之高允, 年九十八, 宋之文潞公, 年九十二, 明魏文靖公驥, 年九十八, 王端毅公恕, 年九十三, 而『弇州史料』, 謂王公九十後, 猶日啖大紅柹三百枚, 及大猪一頭, 御女無虛夕.

我朝則黃翼成公, 年九十五, 金左相思穆, 年九十, 是皆大臣而高年者, 至如位不及大臣年過九十者, 又不可勝數也. 余見近世人能享七八十者甚多, 人皆謂前輩性剛而多氣岸. 故能做事, 而遐壽者寡, 今人安靜而性多柔弱. 故雖不做事, 壽過古人, 其言或有理也. 余嘗拜斗室沈相公, 以此語及, 公笑曰, "雖然, 周赧王·漢獻帝, 享國非不久長, 而豈能當秦皇·漢武一二年也?" 公言, 反爲快活矣.

---

131) 두실斗室 심상공沈相公 : 심상규沈象奎(1766~1838). 정조~순조 조의 문신, 학자.

132) 주나라 난왕赧王이나 …… 있겠는가? : 언급된 네 군주의 재위 기간을 보이면, 주나라 난왕은 B.C.300~B.C.256년, 후한 헌제는 A.D.190~A.D.220년, 진시황은 B.C.246~B.C.210년, 한무제는 B.C.140~B.C.87년임. 모두 짧게는 30년, 길게는 53년까지 제왕의 자리에 있었던 군주들임.

원기元氣

천지天地에 가득 찬 것은 기氣다. 지구가 하늘 가운데 떠 있으면서 떨어지지 않는 것은 하늘의 운동이 쉬지 않아서 기가 항상 지탱하고 있기 때문이다. 사람 또한 천지의 기를 받았으므로, 기가 모이면 살고 기가 흩어지면 죽는다. 이 때문에 신선을 배워서 내단內丹을 단련한 자는 장생할 수가 있고, 섭생에 오랫동안 유의한 사람은 정精과 신神을 온전히 기를 수가 있어서, 신神은 사물에 부려지지 않고 정精은 주색酒色에 해를 입지 않는 자이니, 이는 또 그 다음이다.

옛날, 탁월한 재능에 도道를 깨친 사람들은 모두 최상의 지혜를 소유하여, 신선을 따로 배우지 않더라도 당연히 섭생을 잘 하였다. 또한 그런 사람들은 대부분 기를 모아서 한 시대에 뛰어나게 되니, 마땅히 모두가 장수를 누려서 일백 세는 살아야겠지만, 그것도 다 그렇지는 않다. 제갈무후諸葛武侯는 국궁진췌鞠躬盡瘁해서 역적을 토벌하여 한나라를 부흥하는 데 뜻을 두어 그 자신의 생사를 돌보지 않았다. 그래서 여섯 차례나 기산祈山으로 출병하여 스무 대 이상의 벌을 줄 경우는 모두 직접 살펴보아서 군대의 일에 노심초사한 지가 거의 20여 년이었다. 사마중달司馬仲達도, "먹는 것은 적은데 일은 번거로우니 오래 버틸 수가 있겠는가?" 하였는데, 얼마 안 되어서 무후가 진중에서 작고하였으니 나이 겨우 54세였다.

무후는 마음과 노력이 모두 수고로웠으니 당연히 수명이 길지 못했겠지만, 송나라의 명도明道 선생과 육문안공陸文安公(육상산) 같은 분도 겨우 54세에 작고하였으니, 이는 또 어째서일까? 명도는 혼연渾然한 천성天成이어서 생지生知의 자질을 지니고 충화冲和의 기운을 지녔으며, 상산象山은 타고난 자질도 세상에 뛰어났지만 일생의 정신精神과 학문이 존덕성

尊德性을 주로 하여 천진天眞을 온전히 길러, 참선參禪으로 선정禪定에 드는 정도가 아니었다. 비록 섭생攝生으로 말하더라도 이 두 분 선생은 사물이 오히려 그 마음을 뺏을 수가 없었는데 하물며 주색酒色이 해칠 수가 있었겠는가?

옛사람들은 매양 호색好色하는 자는 반드시 죽는다는 말로 경계를 하였다. 그러나 당나라 때 자지紫芝 원덕수元德秀[133]가 나이 61세로 작고하자 그 아우 차산次山 원결元結[134]이 제문에서, "우리 형님 평생 동안 여색女色이란 몰랐는데, 누린 수명 어찌하여 이토록 짧으신고?" 하였으니, 그렇다면 여색을 알지 못한 자도 죽기는 마찬가지다.

근세의 신자하申紫霞(申緯) 같은 분은 일생 부인들을 많이 가까이하여 혼자 지낸 밤이 거의 없어서 늙어서까지도 그러하였지만 수명은 79세에 이르렀으니, 이것은 또 어째서일까? 대개 사람이 타고난 바가 같지 않아서 그런 것일까? 정精이 고갈되면 사람은 죽는다. 그러므로 의학 서적에도 '진약眞藥이 다 빠져나가면 가약假藥을 복용한다'는 말이 있으니, 한무제 같은 세상에 뛰어난 기질이 아니라면 결코 무절제하게 써서는 안 된다. 그러나 상수上壽를 누리는 것은 본디 하늘이 정해둔 것이어서, 우매한 자가 꼭 기약할 수는 없는 것일까?

元氣

盈天地, 氣也. 地在天中而能不墜者, 以其乾運不息, 氣常撑住故也. 人亦稟天地之氣, 故氣聚則生, 氣散則死. 是以學仙而煉內丹者, 能長生, 久視攝生者, 亦能完養精神, 神不爲事物所役, 精不爲酒色所戕者, 又其次也.

---

133) 자지紫芝 원덕수元德秀 : 자지는 자, 시호는 문행文行. 노산령魯山令을 지냈는데, 명리名利의 마음이 없이 산수山水와 금琴을 좋아하였다. 당시 사람들이 훌륭하게 여겨서, 원노산元魯山이라고 불렀다.

134) 원결元結 : 자는 차산次山. 『차산집次山集』이 있음.

在昔高才有道之士, 皆有上智, 雖非學仙, 亦當攝生. 且其人多鍾氣而命世, 則宜皆享有高年, 壽考期頤, 而亦不盡然矣. 諸葛武侯, 鞠躬盡瘁, 志在討賊興復, 不恤一身生死. 故至於六出祈山, 罰二十以上皆視, 勞於兵事, 殆二十餘年. 司馬仲達亦曰, "食少事煩, 其能久乎?" 無幾, 武侯卒於軍, 年纔五十四.

武侯則心力俱勞, 宜不永年, 而如宋之明道先生, 及陸文安公, 亦僅五十四而卒, 此又何也? 明道, 渾然天成, 有生知之姿, 有沖和之氣, 象山, 天姿亦絶世, 一生精神學問, 主尊德性, 完養天眞, 不啻如參禪入定. 雖以攝生論之, 此兩先生, 事物尙不足役其心, 況酒色之戕乎?

古人每以好色者必死爲戒, 而唐之元紫芝德秀, 年六十一卒, 其弟次山結, 哭曰, "吾兄平生, 不識女色, 壽何止此?" 然則不知色者亦死.

如近世申紫霞, 一生多近婦人, 殆無虛夜, 至老猶然, 而壽至七十九, 此又何也? 蓋人之稟受, 不同而然耶? 精竭則人亡, 故醫書亦有泄盡眞藥服假藥之語, 自非漢武間世之氣, 則決不當用之無節者也. 然享有耄耋, 自有天定, 亦非獨寐者所可必也耶?

정감록

사물에 박식하고 견문이 넓은 옛사람들은 옛 사적과 신이神異한 일에 대해서 따지고 풀이한 것이 많다. 이를테면 관이오管夷吾(관중)가 봉선封禪에 대답하고 유아兪兒를 알았던 것[135]과 동방만천東方曼倩이 필방畢方을

135) 관이오管夷吾가 …… 알았던 것 : 제나라 환공이 고죽孤竹을 정벌할 때의 일로, 관중에 따르면 '유아'란 등산登山의 신이라 함. 『관자管子』 「소문小問」 편에 있는 고사.

알았던 것[136]과 유자정劉子政이 이부貳負를 알았던 것[137]과 장무선張茂先이 동조반銅藻盤을 알고 간장干將과 막야莫邪를 알았던 것[138]과 순욱荀勗이 노신勞薪을 알았던 것[139]과 육징陸澄이 복익服匿을 알았던 것[140]과 유원보劉原甫가 용작도龍雀刀를 알았던 것[141]과 야율진경耶律晉卿이 각단角端을 알았던 것[142] 같은 것인데, 이런 분변과 해석은 써 많아서 이루 다 기록할 수가 없다. 그러나 또한 이순풍李淳風이 북두성北斗星이 내려와서 술집에서 술을 마실 줄을 미리 알았다거나[143] 소요부邵堯夫가 두견새 소

---

136) 동방만천東方曼倩이 필방畢方을 알았던 것 : 만천曼倩은 동방삭東方朔의 자. 한무제 때 외국에서 다리가 하나인 학을 바쳤는데, 동방삭이 『산해경』에 기록된 필방조畢方鳥임을 알았다고 함.

137) 유자정劉子政이 이부貳負를 알았던 것 : 자정子政은 유향劉向의 자. '이부'는 『산해경』에 나오는 사람 이름. 한나라 선제宣帝 때 그에 관한 일을 유향이 자세히 아뢰었다는 기록이 있음.

138) 장무선張茂先이 …… 알았던 것 : 무선茂先은 장화張華의 자. 진晋나라 사람이 저절로 울리는 '동조반'을 갖고 있었는데, 그 저절로 우는 원인을 알아내어 그치게 했다는 기록이 있음.

139) 순욱荀勗이 노신勞薪을 알았던 것 : 순욱(?~289)은 서진西晋의 개국공신. 자는 공회公會. 음악과 목록학의 발전에 기여한 인물임. '노신'은 나무로 된 낡은 수레채인데, 땔감으로 쓰면 불길이 세었음. 순욱이 서진 무제를 모시고 식사를 하는데 죽순 요리가 있었다. 그는 "이 요리는 '노신'을 불을 때서 만들었다" 하였는데, 과연 그러하였다고 함. 『세설신어』에 나오는 고사임.

140) 육징陸澄이 복익服匿을 알았던 것 : 육징(425~494)은 남제南齊의 고위 관료. 경릉왕竟陵王 자량子良이 7~8되 들이의 고기古器를 얻어 육징에게 물었는데, "이것은 이름이 '복익'인데, 흉노 선우單于가 소무蘇武에게 주었던 것입니다"고 대답했다. 나중에 그릇 바닥에 글씨가 있어서 육징의 말이 입증되었다고 함.

141) 유원보劉原甫가 용작도龍雀刀를 알았던 것 : 원보는 유창劉敞의 자. 오래된 철검[鐵刀]을 얻은 자가 유창에게 바쳤는데, "혁련발발赫連勃勃이 주조한 용작도이니, 이른바 대하용작大夏龍雀이라는 것이다"라고, 알아보았다는 고사.

142) 야율진경耶律晉卿이 각단角端을 알았던 것 : 진경은 야율초재耶律楚材의 자. 원나라 태조의 군대가 서인도에 진출했을 때 사람 말을 하는 엄청나게 큰 짐승이 "여기는 황제의 세계가 아니니 속히 돌아가시오"라고 했는데, 야율초재가 '각단'임을 알았다고 함. 각단은 전설상의 동물 이름.

143) 이순풍李淳風이 …… 미리 알았다거나 : 이순풍(602~670)은 당 태종 때의 음양가, 역산가曆算家이고, 천문과 수학에 능했다. 그는 태종에게 "북두칠성이 사람 모습으로 변해서 내일 서시西市에 와서 술을 마실 것입니다" 하였다. 태종은 사람을 보냈는데, 승려 7인이 술집에서 술을 마시고 있었지만 태종의 부름에 응하지 않았다고 함.

리를 듣고 남인南人이 용사用事할 줄을 미리 알았다는 것[144]이나, 또는 진희이陳希夷[145]가 '일변一汴 이항二杭 삼민三閩 사광四廣'이라는 말로 객客의 질문에 대답한 것[146]은, 이것은 미래의 운수를 헤아려 안 것이지 견문이 넓은 것이 아니다. 그러나 옛날의 추보推步는 귀신같았으니, 곽경순郭景純[147]·이순풍·일행一行[148]·진희이·원천강袁天綱[149]·서자평徐子平[150]·마의도사麻衣道士[151] 같은 여러 사람들은 모두 다가올 미래를 꿰뚫어 보아서 미연에 미리 안 것이 사적史籍에 많이 기재되어 있다. 하지만 그들이 말한 바는 삼사백 년 정도일 뿐이어서, 몇천백 년 뒤를 마치 하루 아침저녁의 일처럼 미리 말했다는 말은 끝내 들어본 적이 없다.

우리나라 근세에 이른바 『정감비결鄭勘秘訣』이라는 것이 있어서 미래를 예언하고 아울러 현재와 미래 세계를 마치 편년체編年體처럼 엮었는데, 그 말이 혹은 적중하기도 하고 혹은 적중하지 않기도 하여 대단히

---

144) 소요부邵堯夫가 …… 미리 알았다는 것 : 『소씨문견록邵氏聞見錄』에 나오는 말. 여기서 남인은 왕안석을 가리킴. 요부는 소옹邵雍의 자. 그의 아들인 소백온邵伯溫(1057~1134)이 『문견록』을 지었음.

145) 진희이陳希夷 : 희이는 진단陳摶의 호. 송나라 때의 술수가. 자는 도남圖南. '하도 낙서'를 그 문인에게 전해주었고 '선천도先天圖'를 그렸다고 한다. 그의 선천도는 주돈이周敦頤의 태극도太極圖가 되어 송인宋人의 상수象數의 학이 그에게서 비롯되었다고 한다.

146) 진희이陳希夷가 '일변一汴 이항二杭 삼민三閩 사광四廣'이라는 말로 객客의 질문에 대답한 것 : 북송 초기 인물인 진희이가 송나라의 운명을 예언한 말. 변경汴京에서 항주杭州, 민중閩中, 광동廣東으로 쫓겨간다는 것.

147) 곽경순郭景純 : 경순은 곽박郭璞(276~324)의 자. 동진 때 학자. 『이아爾雅』와 『산해경』을 주석.

148) 일행一行 : 당나라 때의 승려, 유명한 술수가, 천문학자. 성은 장張, 이름은 수遂.

149) 원천강袁天綱 : 당나라 초기의 술수가. 이순풍李淳風과 함께 도참서인 『추배도推背圖』를 지었다고 한다.

150) 서자평徐子平 : 오대에서 송초宋初의 인물. 자평은 자, 이름은 거이居易. 이른바 명리학命理學 또는 추명학推命學이라는 분야를 개척한 자라고 한다. 『성호사설』에, "성명星命(사주)을 말한 것으로서 자평子平의 글이 있는데, 그 등속이 또한 흔하다. 서자평徐子平이란 자가 있는데, 이름은 거이居易요 오대五代 사람이다"는 기록이 있다(권9 「서자평」, '인사문人事門').

151) 마의도사麻衣道士 : 진단陳摶의 스승이라고 한다.

황당하다. 정감鄭勘은 고려 태조 때 사람으로 고승高僧 도선道詵과 서로 만나 담론을 하였다고 하니, 지금과 시간적 거리가 천 년에 가깝다. 또, 도선은 일찍이 중국에 가서 일행에게 배웠으니, 당나라 때이다. 그렇다면 이야말로 만고萬古를 꿰뚫어 알았다고 말할 수 있으니, 우리나라 사람들의 술수術數가 도리어 곽박이나 이순풍보다 나았다고 할 수 있을까? 아마 다 믿을 수는 없을 것이다. 후세의 술사術士 가운데 술수가 높고 신묘한 자들이 차츰차츰 책을 써서 옛날의 고승과 기이한 부류[152]에게 이름을 가탁하여 뒷사람들이 믿게 하려고 한 것일지도 모를 일이다.

鄭勘秘訣

古之博物洽聞者, 多辨解故事異物, 如管夷吾之對封禪識兪兒, 東方曼倩識畢方, 劉子政識貳負, 張茂先識銅藻盤識干將莫邪, 荀勗識勞薪, 陸澄識服匿, 劉原甫識龍雀刀, 耶律晉卿識角端, 此等辨解甚多, 不可殫記. 然又如李淳風預知北斗降飮酒肆, 邵堯夫聞杜鵑預知南人用事, 又希夷以一汴二杭三閩四廣, 荅客問, 此則推數, 非博聞也. 然古之推步如神, 如郭景純·李淳風·一行·陳希夷·袁天綱·徐子平·麻衣道士諸人, 皆能洞見將來, 逆知未然, 多載史籍, 而其所言不過三數百年事而已, 終未聞預語屢千百年以後, 如朝夕事也.

我國近世, 有所謂『鄭勘秘訣』者, 能預言未來, 并至今時與來世若編年, 其說或中或不中, 殊甚荒唐矣. 勘是勝國太祖時人, 而與高僧道詵, 相對談論云爾, 則去今洽近千年. 且道詵嘗入中國, 受學於一行, 則又李唐時也. 然則足可謂洞知萬古, 曾謂我東人術數, 反勝於郭璞·李淳風乎? 恐未可盡信也, 安知非後世術士之高妙者, 次第爲書, 托名於古之高僧異流, 欲其後人之徵信者耶?

152) 옛날의 고승과 기이한 부류: 고승이란 도선道詵을, 기이한 부류란 정감鄭勘을 이른 말이다.

우리나라의 묘호廟號

우리나라는 신라·고려 때부터 중국을 받들었으니, 작은 나라가 큰 나라에 대적할 수 없는 것은 사세事勢가 그런 것이다. 그래서 연호年號를 세우지 못하였다. 다만 조祖나 종宗을 일컫는 것은 고려로부터 시작되어서 고려조는 470여 년간 대여섯 임금 외는 모두 묘호廟號가 있고, 우리 조선에 이르러서도 여러 임금에게 모두 묘호를 올렸다. 그러나 황제가 후后라고 하므로 제후는 응당 비妃라고 해야 할 것이나 우리나라에서는 왕후王后라고 하여, 만력萬曆 때 정응공丁應恭[153]의 무고하는 상고가 야기되어 사신을 보내서 무고를 변명하기까지 했다. 지금 청나라는 알고 있지만 따지지 않는다.

我東廟號

我東自羅麗, 服事中朝甚謹, 小不敵大, 勢使然也. 故不敢立年號. 獨稱祖稱宗, 則自勝國始, 而麗朝則四百七十餘年, 不過五六朝外, 皆有廟號, 至本朝, 列朝皆上廟號. 然帝曰后, 諸侯當曰妃, 而我朝則以爲王后, 萬曆時, 丁應恭誣疏起, 至於遣使辨誣, 而今淸則亦知而勿問也.

153) 정응공丁應恭 : 미상.

갑자, 을축

옛날의 세명歲名과 일명日名은 같지 않았다. 그러므로 알봉閼逢에서 소양昭陽까지 십간十干은 세양歲陽이고 곤돈困敦부터 대연헌大淵獻까지 십이지十二支는 세음歲陰이었으며, 갑자甲子부터 계해癸亥까지 육십갑자는 모두 일명日名이었다. 한데 삼대三代 이후 일이 번거롭고 기록이 많아지면서 마침내 간편한 쪽을 취해서 갑자·을축으로 통틀어 세명과 일명으로 삼은 것인데, 후인들은 이를 알지 못하고 단지 '알봉·곤돈은 고갑자古甲子다'라고만 하니 가소로운 일이다.

우옹尤翁(송시열)은 매양 글을 짓고 그 연도를 기록할 때는 반드시 옛날의 세명을 썼는데, 이는 옛 법도를 취하려고 해서가 아니라 숭정崇禎 이후의 청나라 연호를 쓰지 않으려고 구별한 것이었다. 사고우謝皐羽[154]가 말한 '양羊의 해, 개의 달'의 미의微意를 드러낸 것일까?

甲子乙丑

古之歲名日名不同. 故自閼逢至昭陽十干爲歲陽, 自困敦至大淵獻十二支爲歲陰, 自甲子至癸亥, 皆日名也. 而三代以後, 事繁文多, 遂取簡便, 以甲子乙丑, 摠爲歲名日名, 而後人不知, 但稱閼逢困敦爲古甲子, 可笑也.

尤翁每作文紀年, 必用古歲名, 此則非欲取古法, 崇禎以後, 不欲書淸國年號, 故區以別之也, 豈其謝皐羽羊之年犬之月之微意耶?

---

154) 사고우謝皐羽: 남송 말의 애국지사이고 시인. '고우'는 자, 이름은 고翶(1249~1295). 호는 송루宋累 또는 희발자晞發子. 명나라 학자인 정민정程敏政이 엮은 『송유민록宋遺民錄』은 송나라에 절의를 다한 11인의 의사義士를 서술하고 있는데, 사고가 첫 번째 인물임.

왕엄주王弇州

명나라 왕엄주王弇州가 쓴 「심철산沈鐵山 제문祭文」이다.

육신 있어 근심 있지, 생生 없으니 멸滅도 없네.
진재眞宰의 장난이지, 한 가지로 만들었네.[155]
구구한 오복五福이란, 잗달고 하찮은 것.
내던져 주고 나니, 새가 울을 벗어난 듯.
이제부터 앞으로야, 뉘라 다시 가둘손가!
억만 년을 누리면서, 해와 달을 비웃으리.

이 글은 환망幻妄에 가까워서 유학자는 비난하겠지만, 그 거침없는 견식과 초탈한 논리는 읽자마자 툭 트여 상쾌하다. 뒤에 이아정李雅亭(이덕무)의 『앙엽기盎葉記』를 보니 이미 나보다 먼저 말을 해두었다.[156]

王弇州

明王弇州「祭沈鐵山文」有曰, "有身有患, 無生無滅. 眞宰戲爾, 摶作一物. 區區五福, 幺麽瑣屑. 擲而還之, 如鳥籠脫. 自玆以往, 誰篏誰括? 縱橫大年, 嘲笑日月", 此近幻妄, 儒家非之, 而其曠達之見, 超脫之論, 一讀爽然. 後見李雅亭『盎葉記』, 已先我言之矣.

155) 진재眞宰의 장난이지, 한 가지로 만들었네 : 생生·멸滅을 하나로 만들었다, 곧 죽게 하였다는 말.

156) 뒤에 이아정李雅亭(이덕무)의 …… 먼저 말을 해두었다 : 이덕무, 『청장관전서』 제54권, '앙엽기1盎葉記一', 「엄주달관弇州達觀」에 있다. 인용한 부분은 같은데, 다만 '앙엽기'에는 첫머리의 "有身有患, 無生無滅"에 이어서 "區區五福, 幺麽瑣屑"이 이어지고, "眞宰戲爾, 摶作一物"이 그 뒤에 있다. 내용의 전개로 보아서는 홍한주의 기록이 옳은 듯하다.

문집

고정림顧亭林(顧炎武)이 말하기를, "무릇 어떤 문집을 볼 때 시가 문보다 많고, 시 가운데도 칠언七言이 오언五言보다 많으며 율절律絶이 고시古詩보다 많으면 볼 것이 없다" 하였으니, 그 말이 정말로 옳다. 그러나 왕왕 다 그렇지는 않으니, 이백과 두보는 천고에 뛰어난 문장으로서 모두 시만 있고 문은 없지만 누가 감히 부족하다고 여기겠는가? 향산香山(백거이)의 『장경집長慶集』은 시가 열에 아홉이지만 역시 시에 너무 치우쳤다고 하찮게 여기지는 않을 것이다. 두사훈杜司勳[157] · 유빈객劉賓客[158]은 그 문이 모두 한유와 유종원에 버금가는 짝이 될 만하고 이고李翺 · 손초孫樵[159]와 서로 겨룰 만한데도 그들의 시가 중당中唐의 절조絶調이므로 다만 시인이라고만 지목된다. 번소술樊紹述은 시로 그다지 명성이 나지 않았고 문 또한 괴이하고 난삽하기만 해서 볼만한 것이 없다. 송의 방옹放翁(육유) 역시 시가 열에 아홉이지만, 후인들이 문에 뛰어나지 못하다 하여 방옹을 두고 논란한 말은 아직 듣지 못하였다. 또한 도연명陶淵明 · 사령운謝靈運 · 사현휘謝玄暉[160]는 모두 시가 문보다 많지만, 어찌 이 점을 가지고 그들을 문장에 뛰어나다고 이르지 못하겠는가? 한 가지로 단정하기는 어려운 일이다.

---

157) 두사훈杜司勳 : 중당의 시인 두목杜牧(803~853). 사훈원외랑司勳員外郎을 지냈다. 역사가인 두우杜佑의 손자.

158) 유빈객劉賓客 : 유우석劉禹錫(772~842). 중당의 시인. 자는 몽득夢得 태자빈객을 지냈다.

159) 손초孫樵(832~?) : 만당의 시인. 자는 가지可之. 『손가지문집孫可之文集』이 있다.

160) 사현휘謝玄暉 : 현휘는 사조謝朓(464~499)의 자. 남조 제齊나라의 시인. 오언시에 능했다. 선성태수宣城太守를 지냈으므로 '사선성'이라 불리고, 포조鮑照와 병칭되어서 포사鮑謝라고 일컬어진다. 『사선성집謝宣城集』이 있다.

文集

顧亭林有言曰, “凡看人文集, 詩多於文, 詩亦七言多於五言, 律絶多於古詩, 則不足觀”, 其言誠然矣. 然往往不盡然, 李杜文章千古, 而皆有詩無文, 誰敢少之? 香山『長慶集』, 詩居十九, 亦不可以詩勝薄之也. 杜司勳・劉賓客, 其文皆足爲韓柳之亞匹, 可與李翺・孫樵上下, 而詩爲中唐絶調, 故但目以詩人. 樊紹述詩不甚名, 而文亦怪澁無可觀, 宋之放翁, 亦詩居十九, 未聞後人, 以不文論放翁也. 且陶淵明・謝靈運・謝玄暉, 皆詩多於文, 豈以此而不可謂文章耶? 難以一槩斷之也.

청나라 초기 사람들의 글

세상에서 일컫기를, 명나라 희종熹宗 천계天啓 연간[161]에 오성五星이 규성奎星에 모이는 현상이 있었으므로 청나라 초에 인문人文이 몹시 성대하였다. 이를테면 잠암潛菴 탕빈湯贇,[162] 삼어三魚 육농기陸隴其,[163] 용촌榕村 이광지李光地, 죽타竹垞 주이존朱彝尊, 완정阮亭 왕사정王士禛, 검토檢討 진유송陳維崧,[164] 우산愚山 시윤장施閏章, 건암健菴 서건학徐乾學, 망계望溪 방

161) 명나라 희종熹宗 천계天啓 연간: 희종(1605~1627)의 재위는 1621~1627년. 천계는 그의 연호다. 명나라 제16대 군주.

162) 탕빈湯贇(1627~1687): 자는 공백孔伯. 순치順治 때 진사, 예부・공부 상서를 역임. 시호는 문정文正. 『낙학편洛學篇』, 『탕자유서湯子遺書』 등이 있음.

163) 육농기陸隴其(1603~1692): 자는 가서稼書. 강희 때 진사, 시호는 청헌淸獻. 『곤면록困勉錄』, 『고문상서고古文尚書考』, 『삼어당문집三魚堂文集』 등이 있음.

164) 진유송陳維崧(1625~1682): 자는 기년其年, 호는 가릉迦陵. 청나라 초기 사단詞壇의 일인자였고 양선사파陽羨詞派의 영수였으며, 변문에도 뛰어났다. 『호해루전집湖海樓

포方苞, 검토檢討 모기령毛奇齡, 장회壯悔 후방역侯方域,[165] 협상荔裳 송완宋琬,[166] 겸제당兼濟堂 위예개魏裔介,[167] 환천澴川 웅사리熊賜履,[168] 상구商丘 송락宋犖,[169] 연양蓮洋 오문吳雯,[170] 표정勺庭 위희魏禧,[171] 방애方藹 섭자길葉子吉,[172] 둔옹鈍翁 왕완汪琬,[173] 주차舟次 왕즙汪楫,[174] 청문靑門 소장형邵

全集』, 『진가릉문집陳迦陵文集』이 있다.

165) 후방역侯方域(1618~1654) : 명말의 학자이고 문장가. 자는 조종朝宗, 호는 설원雪苑. 명나라가 망하자 관직에 나가지 않았다. 시문으로 위희 및 왕완과 이름이 나란하였다. 저서에 『장회당문집壯悔堂文集』과 『사억당시집四憶堂詩集』이 있다.

166) 협상荔裳 송완宋琬(1614~1674) : 청나라 초의 저명한 시인. 자는 옥숙玉叔, 협상은 호. 시윤장施閏章과 명성이 나란하여 '남시북송南施北宋'이라는 말이 있었음. 『안아당집安雅堂集』이 있음.

167) 위예개魏裔介(1616~1686) : 자는 석생石生, 호는 정암貞庵 또는 곤림崑林. 순치 때 진사, 이부상서를 역임. 시호는 문의文毅. 『논성서論性書』, 『서방집嶼舫集』, 『겸제당집兼濟堂集』 등 많은 저술이 있음.

168) 웅사리熊賜履(1635~1709) : 자는 경수敬修 또는 청악靑岳, 호는 우재愚齋. 순치順治 때 진사, 검토를 역임. 관각문에 뛰어났다. 『세조실록』과 『명사明史』 등 수많은 편찬 작업에 참여하였다. 시호는 문단文端. 『조수당집澡修堂集』, 『경의재집經義齋集』, 『하학당차기下學堂箚記』, 『한도록閑道錄』, 『학통學統』 등이 있다.

169) 송락宋犖(1634~1713) : 자는 목중牧仲, 호는 만당漫堂, 서피西陂. 그림에 뛰어났으며 감상의 안목이 극히 높고 고동 수장가였다. 시에도 뛰어났다. 강희 연간에 이부상서를 역임. 『창랑소지滄浪小志』, 『금진산인시고錦津山人詩稿』 등의 저술이 있음.

170) 오문吳雯(1644~1704) : 자는 천장天章, 연양은 호. 강희 때 사람. 시에 뛰어났다. 『연양집』이 있다.

171) 위희魏禧(1624~1680) : 자는 숙자叔子 또는 빙숙冰叔, 호는 유재裕齋 또는 표정. 명나라가 망한 뒤 은거하였다. 왕완・후방역과 함께 청초 산문 삼대가. 『위숙자문집』이 있음.

172) 섭자길葉子吉(1629~1682) : 자길은 자, 이름이 방애. 필자가 잘못 기록한 듯. 청초의 관리이고 학자. 호는 인암訒庵. 강소성 곤산崑山사람. 『섭문민공집葉文敏公集』 등의 저술이 있음.

173) 왕완汪琬(1624~1691) : 자는 초문苕文, 둔옹은 호. 또 다른 호는 둔암鈍菴・옥차산초玉遮山樵・요봉堯峯. 순치 때 진사, 강희 때 박학홍사과에 급제, 한림원 편수를 역임. 시에 뛰어나 왕어양과 이름이 나란하여 당시 '완왕琬王'이라 일컬어졌고, 고문으로는 위희・후방역과 이름이 나란하였다. 『시문류고詩文類稿』, 『요봉시문초堯峯詩文鈔』 등이 있다.

174) 왕즙汪楫(1626~1689) : 주차는 자. 강희 연간에 박학홍사과에 급제, 검토를 역임. 시와 글씨에 뛰어났다. 저서에 『유구봉사록琉球奉使錄』, 『회재시문집悔齋詩文集』, 『관해집觀海集』 등이 있다.

長蘅,[175] 추곡秋谷 조집신趙執信[176] 등 여러 사람들이 모두 시문으로 천하에 유명한데, 그 가운데는 또한 위대한 학자 훌륭한 문인이 있어서, 찬란하게 성대하다. 그러나 이는 천계天啓 이후 명말의 인물 가운데 청나라가 일어난 초기까지 사람들이다. 전목재錢牧齋 · 고정림顧亭林 · 오매촌吳梅村[177] 같은 경우는 천계 이전에 태어났으므로 기록하지 않았다.

하지만 나는 앞의 여러 사람들의 글을 볼 때마다 단 한 사람도 고통을 참고 원한을 품은 뜻이 없어서 마치 애초 역순逆順을 알지 못하는 듯 하니, 아무리 문장에 뛰어나고 의리義理를 담론하더라도 끝내 석연치 못하였다. 오직 고녕인顧寧人과 위빙숙魏氷叔(위희)만은 우뚝하게 자립自立하기가 마치 난봉鸞鳳이 창공을 나는 정도일 뿐만 아니니, 이 두 분이 있을 뿐이다. 전수지錢受之 · 오준공吳駿公 따위가 이마에 땀이 나지 않을 수 있겠는가?[178]

清初人文

世稱明熹宗天啓間, 五星聚奎, 故清初人文甚多, 如湯潛菴贇 · 陸三魚隴其 · 李榕村光地 · 朱竹垞彝尊 · 王阮亭士禛 · 陳檢討維崧 · 施愚山閏章 · 徐健菴乾學 · 方望溪苞 · 毛檢討奇齡 · 侯壯悔方域 · 宋荔裳琬 · 兼濟堂魏裔介 · 熊澴川賜履 · 宋商丘犖 · 吳蓮洋雯 · 魏勺庭禧 · 葉方藹子吉 · 汪鈍翁琬 · 汪舟次楫 · 邵青門長蘅 · 趙秋谷執信諸人, 皆以詩文名天下, 其中亦有宏儒鉅工, 彬彬然盛矣, 而是天啓以後, 明季人物之及於興旺之初者也. 如錢牧齋 · 顧亭林 · 吳梅村,

175) 소장형邵長蘅(1637~1704) : 자는 자상子湘, 호는 청문산인青門山人 · 청문노포青門老圃. 『청문집』이 있음.

176) 조집신趙執信(1662~1744) : 청나라의 문인. 자는 신부伸符, 추곡은 호. 만년에는 이산노인飴山老人이라는 호를 썼다. 강희 때 진사. 저서에 『성운보聲韻譜』, 『이산시집飴山詩集』 · 『이산문집』 등이 있다.

177) 오매촌吳梅村 : 오위업吳偉業(1609~1672)의 호. 자는 준공駿公. 『오매촌전집』이 있음.

178) 이마에 땀이 …… 있겠는가? : 부끄러워한다는 뜻. 『맹자』 「등문공 · 상」에 있는 말.

生於天啓以前, 故不錄.

然余每見諸人文辭, 無一人有忍痛含寃之意, 有若初不知逆順者然, 雖使能文章談義理, 終不能釋然也. 惟顧寧人・魏永叔, 卓然自立, 不啻若鸞鳳之運於寥廓者, 二人而已, 錢受之・吳駿公輩, 能不泚顙乎?

원천석의 『누사淚史』

옛날의 의심스런 일은 정사正史를 따라야 하고, 정사가 의심이 가면 패사稗史를 따라야 한다. 하지만 정사와 패사가 모두 의심스런 경우, 우리는 어디에서 믿을만한 근거를 찾을 수가 있을까? 진시황제 정政이 양적陽翟의 큰 장사치 여불위呂不韋의 아들이라거나 동진東晋의 원제元帝가 하급 관료인 우금牛金의 아들이라거나, 고려의 우왕禑王이 음란한 승려 신돈辛旽의 아들이며 원나라 말 경신군庚申君[179]이 영국공瀛國公 현㬎[180]의 아들이라는 따위[181]는 이 모두가 역사가들의 전기傳記에 잡다하게 나

179) 경신군庚申君 : 원나라 마지막 군주 순제順帝(1320~1370)를 이름. "순제가 태어난 해는 대덕大德 7년(경신)이었는데 명나라가 연경燕京으로 들어가자 그는 도망하여 떠나가니 당시 사람들은 경신군庚申君이라 불렀다."(이규경, 『오주연문장전산고』의 「경사편」 4 「이십삼대사二十三代史와 동국정사東國正史에 대한 변증설」)

180) 영국공瀛國公 현㬎(1271~1323) : 남송의 7대 군주인 공종恭宗. 재위는 1274~1276년. 도종度宗의 적자로 현㬎은 이름. 도종이 죽고 4세에 즉위, 연호를 덕우德祐라 했다. 2년 만에 원元에 항복하고 북쪽으로 잡혀가서 영국공에 봉해졌다. 승려가 되었고, 나중에 원나라 영종의 명으로 살해되었다.

181) 원나라 말……아들이라는 따위 : 안정복의 다음 기록이 있다. "나일봉羅一峯의 『대충사기大忠祠記』에, '송나라는 인후仁厚로 나라를 세우고 예의로 선비를 양성하여 마침내 그 응보를 받았다. 그 뒤로 합존의 아들이 대통을 이어 몰래 원나라의 왕조를 바꾸었다. 이미 중국에서 황제 노릇을 하고 당시 사막에서 주인 노릇을 하였는데, 하늘이 송나라를 도와 넘어졌다가 다시 일어났으니 인의仁義가 어찌 나라를 등지겠

오지만, 그러나 의문이 해결되지 않는 것들이다. 진시황의 경우 사서史書에서는 그가 실제로 여씨呂氏라고 하고, 우씨牛氏가 마씨馬氏의 뒤를 이었다는 것은 사서에서도 의심스럽다고 전하고 있으나, 왕·사王謝 여러분들은 모두 의심을 한 흔적이 없다.[182)]

오직 고려 우왕·창왕의 일은 이전 사람들과 그 당시의 논의가 모두 단정적으로 신씨辛氏라고 하고 있다. 그러므로 "신씨 조정에 급제하여 처음으로 출사出仕했네"라는 시가 있고, 또 "공公과 달가達可[183)]가 이 이치를 알았으니, 달가는 두 성 임금을 거쳤네"라는 시가 있었다.[184)] 그러나 운곡耘谷 원천석元天錫은 『누사淚史』[185)]를 지어 그것이 거짓임을 변증하였으니, 뒷날의 군자들이 또한 먼 뒷날에는 운곡을 따라 그 의문점을 따지게 될는지 지금으로서는 아직 알 수 없는 일이다.

는가' 하였다. 일봉은 당세의 큰 선비였으니 그의 말을 믿을 만한데, 유독 정사正史에서만 이 사실을 숨기고 있을 뿐이다."(「원 순제元順帝와 명 선종明宣宗」, 『순암선생문집』 제12권 「상헌수필·상橡軒隨筆·上」) 이민족인 원나라에 대한 적개심과 송나라에 대한 향수의 소산이겠다.

182) 우씨牛氏가 …… 형적이 없다: 권4의 주51)을 참고. 이 부분의 "왕·사王謝 여러분들"에 대해서는 서거정, 『필원잡기』 제2권에 있는 다음 서술이 참고가 된다. "진晉의 원제元帝는 소리小吏 우금牛金의 소생이 분명했는데도 왕도王導의 무리가 실상 찬성했으니, 원제는 비록 이름을 빌린 것이나 원제가 아니면 능히 인심을 진압할 수 없었고, 중흥中興의 대업을 이룰 수 없었기 때문이다." '왕도' 등, 원제를 옹립한 신하들을 이른 말이다.

183) 공公과 달가達可: 공은 야은 길재를 가리키고, 달가는 포은 정몽주의 자字.

184) 공公과 달가達可가 …… 라는 시가 있었다: 이 문제에 대한 이덕무의 기록이 있다. "추강秋江 남효온南孝溫이 금오산金烏山을 지나면서 지은 시에, '목숨은 기러기 털보다 가볍고 의義는 산보다도 무거움을 / 공과 달가達可가 이 이치를 알았네[鴻毛命輕義山重, 公與達可知此理]. 달가는 몸소 두 성 임금을 거쳤으니 / 좋은 재목이 한 치가 썩고 거울에 티 있는 듯[達可身經二姓王, 杞梓寸朽鑑中玼].' 추강秋江의 이 시는 대개 야은冶隱이 진사에 합격하고 주서注書에 임명된 것은 모두 신조辛朝 때의 일이고 공양왕恭讓王 초년에 벼슬을 버리고 돌아갔고, 포은은 신조辛朝와 왕조王朝(고려를 이름)에 벼슬한 것을 인정한 것이다. 그러므로 몸소 두 성의 임금을 겪은 허물을 면할 수 없다고 기롱한 것이다(『청장관전서』 제69권 '한죽당섭필·하寒竹堂涉筆·下', 「추강이 야은과 포은을 논하다」).

185) 『누사淚史』: 당연한 일이지만, 지금 남아 있는 원천석의 시집(『운곡행록耘谷行錄』 5권 3책)에는 들어 있지 않다.

경신군의 일은 장중서蔣仲舒가 엮은 『요산당기堯山堂紀』에만 실려 있을 뿐 달리 보이는 곳이 없는데, 무슨 근거로 그런 말을 하는지 모르겠다. 영국공이 원나라에 포로가 되었을 때 나이 이미 10세였고 원나라가 정통을 이은 지 90년이었으니, 순제順帝 출생과의 거리가 영국공은 이미 늙어서 거의 70~80이 될 때이다. 어찌 교묘하고도 이상하지 않은가?

한나라 때 어떤 사내가 누런 송아지가 끄는 수레를 타고 대궐에 나아가 자신이 여태자戾太子라고 하자 준불의雋不疑[186]가 꾸짖어 결박하였으니,[187] 그 일이 괴이하다.

명나라가 망할 때 건문제建文帝의 일은 역사에서는 스스로 불타 죽었다고 한다. 그러나 여러 야사에서는, 건문제가 난리에서 벗어나 달아나서 머리를 깎고 초·월楚越 지역을 떠돌면서 읊은 시율詩律 3편이 있다고들 하는데, 전목재錢牧齋는 『열조시집列朝詩集』에 수록하였고 장중서 역시 『요산당기』에 기록하고 있다. 또한 성화成化 연간에는 건문제가 황성皇城에 찾아와 자신을 드러내어, "내가 건문군建文君이다"고 하였는데, 헤아려 보건대 나이 이미 여든이 넘은 한 사람의 늙은 승려였다. 궁중 사람들이 모두 놀라서, 그를 섬겼던 늙은 환관과 늙은 궁인들로 하여금 살펴보게 하였는데, 부합되는 말이 많았다. 드디어 그를 대내大內에 들어와 거처하게 하였는데 몇 년 만에 작고하였다고 한다. 그러나 정사正史에는 보이지 않으니, 이 어찌 의심할만한 일이 아니겠는가?

대개 촛불 아래 도끼 그림자가 비치었다는 송 태종의 일과 명나라 만력萬曆 연간에 장차張差가 몽둥이로 친 일[188]은 모두 크나큰 변고이지만

---

186) 준불의雋不疑 : 한나라 발해渤海 사람. 자는 만천曼倩. 『춘추』에 뛰어났다. 전한 소제昭帝 때 경조윤京兆尹으로 있으면서 위태자衛太子를 사칭하는 자를 춘추의 의리에 비추어 결박하여 하옥하였는데, 조사 결과 과연 용모가 비슷한 사를 이용해 부귀를 얻으려는 무리들의 작당이었음이 드러났다.

187) 한나라 때 어떤 사내가 …… 결박하였으니 : 소제昭帝 시원始元 5년(B.C.82)의 일이다.

188) 명나라 만력萬曆 …… 몽둥이로 친 일 : 만력 43년 5월에 장차張差라는 사람이 궁궐에 들어가서 황태자 암살을 시도한 일이 있었다.

또한 크게 의문을 가질 만한 점이 있다. 의심나는 일은 제외해두라고 하지만, 정말로 천고千古에 결론을 짓지 못할 큰 안건이다.

元天錫淚史

古之疑事, 當從正史, 而正史可疑, 則又當從稗史, 若正稗皆有可疑, 則吾又將安所徵信也? 秦政, 爲陽翟大賈呂不韋之子, 東晉元帝, 爲小吏牛金之子, 高麗辛耦, 爲淫僧辛旽之子, 元末庚申君, 爲瀛國公帝㬎之子, 是皆襍出於史家傳記, 然疑之未定者也. 秦皇則史稱其實呂氏, 牛繼馬後則史亦傳疑, 王謝諸公, 皆無疑跡.

惟勝國耦昌之事, 前輩其時之論, 皆斷以爲辛氏. 故有"放榜辛朝始出身"之詩, 又有"公與達可知此理, 達可身經二姓王"之詩. 然元耘谷天錫, 有『淚史』, 以辨其僞, 後之君子, 又以爲百世之下, 當從耘谷論其疑, 至今未定矣.

至於庚申君事, 只載蔣仲舒所編『堯山堂紀』, 而他無所見, 未知何據而爲說也. 瀛國之爲虜於元, 年已十歲, 元之紹正統九十年, 則去順帝之生, 瀛國已老, 幾至七八十, 豈不巧且異乎? 漢世有一男子, 乘黃犢車詣闕, 自稱戾太子, 雋不疑, 叱縛之, 其事可怪. 皇明革除時, 建文帝事, 史稱自焚, 稗官諸書, 以爲建文逃難削髮, 流落楚越地, 有所咏詩律三篇, 而錢牧齋收入於『列朝詩集』, 蔣仲舒亦錄於『堯山堂紀』. 且成化間, 建文至皇城自見, 以爲我是建文君, 計其年已過八十而一老僧也. 宮中皆驚駭, 至使逮事之老宦及老宮人, 諦視之, 其言多有符合, 遂使入處大內, 數年而終云, 而正史無見, 此豈非可疑乎? 盖宋太宗燭下斧影, 及明萬曆時, 張差梃擊, 皆大變, 而又大可疑者. 雖曰疑者闕之, 洵爲千古未斷之大案也.

순절殉節

예로부터 나라가 망하는 즈음에는 반드시 국난에 죽고 충절을 다하는 충신이 있지만 그 죽음이 한결같지는 아니하다. 한나라에서 당나라까지는 전하는 경우가 몹시 적다. 아마도 기록이 상세하지 않았기 때문에, 분명하게 남아 있는 후세와는 달라서 그렇겠지만, 어쨌든 극히 드물다.

송나라 때 정강靖康의 난難[189]에 와서도 순사殉死한 자가 없었다. 그래서 금나라 사람들은 심지어, "남조南朝(곧 송나라)에서 의리에 죽은 신하는 오직 이약수李若水[190] 한 사람뿐이다" 하였으니, 비록 그 한 사람만은 아니었지만 저명하여 알 만한 사람은 오직 이공李公뿐이었기 때문이었다.

남쪽으로 건너간 뒤 악무목岳武穆(岳飛) · 종충간宗忠簡[191] · 이충정李忠正[192]의 태양을 뚫을 듯한 충성과 의리 같은 것은 당나라 때의 장순張巡 · 허원許遠[193] · 단수실段秀實[194] · 안진경顔眞卿[195] 등 여러분과 그 절조節操를 함께 하여 서로 나란할 만하다. 또 남송이 멸망할 때 문천상文天詳[196] · 육유陸遊[197] 두 분이 나라를 지탱하여 떠받든 절개는 천고千古

---

189) 정강靖康의 난難 : 휘종 · 흠종이 금나라에 포로로 잡혀가고 북송이 멸망한 일.

190) 이약수李若水 : 자는 청경淸卿, 본디 이름은 약빙若冰. 북송 마지막 군주인 흠종欽宗 때 시랑侍郎을 지낸 충신.

191) 종충간宗忠簡 : 종택宗澤의 시호. 자는 여림汝霖. 『송종충간공전집宋宗忠簡公全集』이 있음.

192) 이충정李忠正 : 남송 고종高宗 때 승상을 지낸 이강李綱(1085~1140)의 시호. 자는 백기伯紀.

193) 당나라 때의 장순張巡 · 허원許遠 : 안록산의 난 때 회양성睢陽城을 지키다 죽은 두 장수. 허원은 당시 회양 태수였다.

194) 단수실段秀實 : 당나라 덕종 때의 관료. 사농경司農卿으로 있을 때 반역을 도모한 주차朱泚를 상홀象笏로 치고 꾸짖었다.

195) 안진경顔眞卿(709~785) : 자는 청신淸臣. 당나라의 손꼽히는 충신이자 대표적인 서예가. 안록산의 난 때 종형인 안고경顔杲卿(692~756)과 함께 반군에 대항하여 싸웠음.

196) 문천상文天詳(1236~1282) : 자는 송서宋瑞, 호는 문산文山. 남송 말의 정치가, 문인, 충신.

197) 육유陸遊(1125~1210) : 송대의 애국적 문인이자 지사. 호는 방옹放翁.

에 열렬하여 일월日月과 그 빛을 다투거니와, 그 밖에 서대西臺에서 통곡한 사고謝翺,[198] 「동청인冬青引」을 지은 당각唐珏,[199] 난초를 그리면서 흙을 그리지 않은 정소남鄭所南,[200] 오두막에서 술과 노래로 보낸 왕수운汪水雲[201] 등은 모두 초야의 포의布衣들로서, 비록 절개를 지켜 죽지는 않았으나 그 비분강개함은 오랜 세월이 지난 뒤에도 마치 바로 그 사람을 만나보는 듯하니, 진한秦漢 이래로 이런 일은 없었다. 하지만 그래도 명나라가 망했을 때만은 못하다.

명나라 3백 년간의 입법은 오로지 엄격하고 각박하기를 주로 하여 홍치弘治(명나라 효종의 연호, 1488~1505) 한 시기 이외에는 진실되고 후덕한 풍조가 없고 관대하고 인자한 정치가 적었으니, 실상 인재를 북돋아 기르고 두텁게 쌓은 은덕은 없었다. 그럼에도 안으로는 공경公卿에서 밖으로는 포의布衣까지 혹은 스스로 목을 찌르고 혹은 물에 몸을 던지며 혹은 스스로 불에 타고 혹은 처자妻子와 서로 마주하여 술을 따라두고 담소를 하고는 온 가족이 목을 매어, 죽은 자를 손가락으로 이루다 꼽을 수가 없다. 혹은 죽지는 않았지만 거짓 미친 척 자신을 숨겨서 이름을 바꾸어 생을 어떻게 마쳤는지 알지 못하는 사람으로서 '망건을 그린 선생'[202]이나 초천 선생草薦先生,[203] 일호 선생一壺先生[204] 같은 기이한 절

198) 서대西臺에서 통곡한 사고謝翺 : 자는 고우皐羽, 또는 고보皐父. 남송 말의 애국지사. 문천상의 신주를 모시고 통곡하고 노래를 부르자 절벽이 무너져 내렸다고 한다. 그래서 「서대통곡기西臺慟哭記」를 지었다고 함. 이덕무, 「송 유민 보전宋遺民補傳」에 기록이 있음.

199) 「동청인冬青引」을 지은 당각唐珏 : 사고謝翺와 같은 시기의 애국지사. 어떤 이가 송나라 여러 황제의 능묘를 파헤쳤는데, 사고가 당각 등과 함께 몰래 유골을 수습하고 「동청인冬青引」을 지었다고 한다. 이덕무, 「송 유민 보전」.

200) 난초를 그리면서 …… 정소남鄭所南 : 송말의 은사隱士. 일명一名은 사초思肖. 조송趙宋을 생각한다는 뜻이다. 은거하여 조객朝客과 내왕하지 않으며 난蘭을 그려 자기 뜻을 붙였는데, 난만 그리고 땅은 그리지 않았음.

201) 오두막에서 …… 보낸 왕수운汪水雲 : 수운은 호, 이름은 원량元量, 자는 대유大有. 금琴의 명인. 송이 망한 뒤 은거하였음.

202) 망건을 그린 선생 : 청나라의 변발과 복장을 따르지 않고 명나라의 의관제도를 고수하다가 죽임을 당한 의사. 대명세戴名世가 「화망건선생전畵網巾先生傳」을 썼음. 대

개 특이한 행실은 이전 시대에는 없었던 일이다. 굴원은 상강湘江에 몸을 던졌고 왕촉王蠋은 자기 배를 끊었으며 전횡田横은 500인과 같은 날에 자살하였고 변호卞壼는 맨주먹으로 자기 배를 뚫어 한결같은 마음으로 죽기를 맹세하였으니, 옛날에도 그런 사람들이 있기는 하였다. 그러나 명나라의 경우는 범경문范景文[205] · 예원로倪元璐[206] · 유이순劉理順[207] · 구식사瞿式耜[208] · 사가법史可法[209] · 손승종孫承宗[210] · 좌무제左懋第[211] 같은 분들이 모두가 혁혁하게 사람의 이목을 채우고 있다는 것은 세상 사람들이 모두 아는 바이다. 그 당장에는 미처 의리에 나아가지 못했던 자들이라도 많은 사람들이 끝도 없이 술을 마시고 미친 듯 노래를 불러 세상 사람들이 그 하는 일을 헤아리지 못한 자들 또한 얼마나 되는지 알 수가 없다. 하지만 하완순夏完淳[212]의 「대애부大哀賦」와 황구연黃九烟[213]

정걸戴廷杰(Pierre Henri Durand), 『대명세연보』(중화서국, 2004)에 따르면 대명세 49세(1701) 때 작품임.

203) 초천 선생草薦先生 : 모선서毛先舒(1620~1688). 명말청초의 문인. 자는 치황稚黃. 청에서 관직에 나서지 않고 은거하였음. 한여름에 스물 여덟 겹으로 된 풀 솜[絮草]을 둔 자리(요)를 끼고 지냈으므로 동인同人이 '초천선생전'을 지었다고 함.

204) 일호 선생一壺先生 : 명말청초의 은사. 언제나 술 한 병을 들고 다녔으므로 그렇게 불렸다고 함. 강희 연간에 70세로 자결하였다고 함.

205) 범경문范景文 : 명말 숭정제를 따라 죽은 대신. 자는 몽장夢章, 시호는 문충文忠. 이자성李自成이 북경을 함락하자 범경문 등 40여 인이 숭정을 따라 자결하였음.

206) 예원로倪元璐(1593~1644) : 자는 옥여玉汝. 명나라가 망할 때 호부상서戶部尙書로 있었는데 목매어 죽었다. 시호는 문정文正. 『예역내외의倪易內外儀』(15권 6책. 청나라 목판본)가 국내 도서관들에 소장되어 있음.

207) 유이순劉理順 : 자는 복례復禮. 명이 망한 뒤 투옥되어 죽었다. 시호는 문정文正.

208) 구식사瞿式耜(1590~1650) : 자는 기전起田 또는 백략伯略, 호는 가헌稼軒. 명말의 시인이자 정치인.

209) 사가법史可法(1602~1645) : 자는 헌지憲之, 호는 도린道隣. 청나라가 북경을 함락한 뒤 마사영馬士英 등과 함께 남경南京에서 신종神宗의 손자인 복왕福王을 황제로 맞아 남명南明을 세웠다.

210) 손승종孫承宗 : 청나라 군대와 맞서 싸운 명의 충신.

211) 좌무제左懋第(1601~1645) : 자는 중급仲及, 호는 나석蘿石. 남명의 관직을 맡아 북경에 파견되었다가 억류되어 처형당했음.

212) 하완순夏完淳 : 자는 존고存古. 15세에 종군해서 17세에 처형되었음. 격조 높은 시로도 알려졌음. 이덕무, 『뇌뢰낙락서』에 기록이 있음.

의 「술 취한 사람의 노래[酒人謠]」는 모두 광경을 묘사한 것이 고금古今을 마음껏 농락하였으니 천하의 기이한 작품이다. 건륭乾隆 초에 명나라 말 절개를 지켜 죽은 신하 1천7백여 명에게 모두 시호를 하사하고, 또 사각부史閣部[214]와 구왕九王[215]이 주고 받은 편지를 『통감집람通鑑輯覽』[216]의 끝에 아울러 실었는데 그 규모가 아주 컸다.

대개 열황제烈皇帝(숭정제)가 사직을 따라 순절殉節한 것은 광명정대하였고 게다가 손수 쓴 유조遺詔에서, "바라건대 적들은 비록 짐의 시신은 갈가리 찢더라도 우리 백성은 한 사람이라도 다치지 말라" 하였으니, 이 때문에 신민臣民들이 모두 감격하여 의분에 떨쳐 선제先帝를 따라 죽기를 집에 돌아가듯 여기지 않은 이가 없었다. 또한 유적流賊이 천하를 어지럽힌 지 10여 년 만에[217] 그 종국에는 마침내 중국이 멸망하고 그 문물제도가 깡그리 없어지게 하여 뜻이 있는 인사들이 기꺼운 마음으로 죽어갔다. 그러므로 죽은 자가 이토록 많았으니, 그렇게 된 사정은 진실로 까닭이 있었다. 아하! 슬프도다!

殉節

自古亡國之際, 必有殉難盡節之臣, 其死不一. 自漢至唐, 傳者甚少, 此或因文字未詳, 不如後世之分明而然, 而蓋絶罕也. 至宋靖康之難, 亦無死者, 故金人, 至以爲南朝死義之臣, 惟李若水一人, 雖不止於一人, 其表著可知者, 獨李公故耳. 南渡以後, 如岳武穆・宗忠簡・李忠

213) 황구연黃九烟 : 구연은 자, 이름은 주성周星.
214) 사각부史閣部 : 앞면에 나온 사가법史可法이다. 각부는 남명에서 그가 맡았던 직책이었다.
215) 구왕九王 : 청 태조 누르하치의 열넷째 아들인 예친왕睿親王 다이곤多爾袞(1612~1650). 청나라 초기의 걸출한 정치가, 전략가.
216) 『통감집람通鑑輯覽』 : 건륭 33년(1768)에 완성된 역사서. 116권. 복희씨부터 명나라 말 남명까지 편년체로 서술되었음. 건륭제의 명령으로 양술증楊述曾이 중심이 되어 편찬하였음.
217) 유적流賊이 …… 10여 년 만에 : 명말 농민 반란인 이자성의 난 등을 가리킴.

正之忠義貫日, 可與唐之張巡・許遠・段秀實・顔眞卿諸公, 同其節, 相伯仲矣. 又至南宋之亡, 則文陸二公, 擎天捧日之節, 千古烈烈, 爭光日月, 其他謝翺之西臺痛哭, 唐珏之冬青樹, 鄭所南之畵蘭不畵土, 汪水雲之穹廬酒謌, 是皆草野布衣, 雖未死節, 其慷慨悲憤, 百世之下, 如見其人, 漢秦以來無此, 然猶不如明季也.

有明三百年立法, 專主嚴刻, 弘治一朝外, 無忠厚之風, 少寬仁之政, 實非培養積累之恩德, 而內自公卿, 外至韋布, 或自刎, 或投水, 或自焚, 或妻孥相對, 酌酒談笑, 闔門投繯, 死者指不勝摟, 或未死而佯狂自晦, 變姓名, 不知所終, 如畵網巾先生・草薦先生・一壺先生, 奇節詭行, 前世未之有也. 屈原沈湘, 王蠋絶脰, 田横與五百人, 同日自殺, 卞壺握拳透背, 一心矢死, 古亦有其人, 而明世則自范景文・倪元潞・劉理順・瞿式耜・史可法・孫承宗・左懋第諸公, 皆赫赫塗人耳目, 世所共知也. 其未及於當場就義者, 擧多縱酒狂謌, 人莫測其行事, 尤不知幾許人, 而夏完淳之「大哀賦」, 黃九烟之「酒人謌」, 皆描寫光景, 牢籠古今, 天下奇文也. 乾隆之初, 以明末死節臣一千七百餘人, 盡爲賜謚, 又以史閣部與九王往復書, 幷載『通鑑輯覽』之末, 規模亦大矣.

盖烈皇之殉社, 正大光明, 而又有手書遺詔曰, “願賊雖分裂朕屍, 毋傷吾百姓一人”. 是以臣民, 皆感激奮義, 莫不謂下從先帝, 視死如歸, 且流賊亂天下十餘年, 而其終遂使神州陸沈, 衣冠蕩盡, 有志之士, 甘心樂死, 故立殣者, 至於此多, 其勢良有以也. 嗚呼悲夫!

고려

고려가 나라 이름을 고려高麗라고 한 것을 우리나라 사람들은 산고수려山高水麗하다는 의미로 이해하니, '려麗' 자는 거성去聲으로 읽어야 한다. 하지만 중국 사람들은 시에서 매양 평성平聲으로 사용하니, 그것이 잘못인 줄을 알기는 하지만 한자는 중국을 따라야 하므로 그대로 따라 쓸 수밖에 없다. 그러나 대단히 의미 없는 일이다. 수나라 양제煬帝가 광포狂暴하고 무도無道하여 천하의 군대 1백30만 명을 동원하여 직접 고구려를 정벌했다가 을지문덕에게 내쫓겨 패배하여 돌아갔다. 수양제는 크게 분노하여 고구려를 하구려下句麗로 낮추라고 하였으니, 이는 '려麗' 자를 '붙다[附着]'는 의미로 쓴 것이다. 수당隋唐 사람들이 마침내 평성으로 쓰게 되었으니, 고구려의 '려' 자를 평성으로 읽는 것은 혹 가능한 일이다. 그러나 고려는 나라를 세운 것이 당나라 말이었으니, 고구려와 같이 우리나라이기는 하지만 실상은 다른 나라이니, '려' 자를 고구려와 마찬가지로 평성에 넣는 것은 더더욱 부당하다. 비단 이뿐만 아니라 중국 사람들의 글자 발음은 오독이 많다. 그러므로 후세의 박학한 사람 가운데 홍용재洪容齋·고정림顧亭林·모서하毛西河 같은 여러분들이 논박하여 바로잡은 바가 많지만, 끝내 어찌 할 수가 없었다.

아수阿誰(누구)라고 할 때의 아阿는 옛사람들의 발어사였다. 초중경처焦仲卿妻의 시에 "당堂에 올라 어머니[阿母]께 아뢴다"라고 하고, 완적阮籍이 왕혼王渾에게 이르기를 "그대와 말하는 것은 아융阿戎과 말하는 것만 못하다"라고 하고, 왕융王戎이 입으로 돈을 말하지 않았으므로 급박하게 되자 "이 아도물阿堵物을 치워라"라고 하였으니,[218] '아수'는 '아도阿堵'와 같으

218) 왕융王戎이 입으로 …… 하였으니 : '아도물'은 돈을 가리키는 말. 아도阿堵라고도 함. '아도阿堵'란 육조 시기에 '이것這箇'이라는 의미로 쓰인 말. 이 일화는 진晉 왕연王衍

니 당연히 느린 소리로 읽어야만 한다. 노숙魯肅이 여몽呂蒙을 두고, "더 이상 오나라 시골에 있던 아몽阿蒙이 아니로구나"[219] 하였으니, '아阿' 자는 모두 이와 같은데도 후인들이 입성入聲으로 사용하는 것은 잘못인 듯하다. 백향산白香山(백거이)의 「양류지사楊柳枝詞」에도 "왼종일 아무도 없는데 누구에게 붙을까?" 하여 입성으로 사용하고 있으니, 향산 역시 그 잘못을 알지 못했을까?

근세의 두실斗室 심문숙공沈文肅公(심상규)이 일찍이 판서 김시근金著根[220]의 기영회耆英會에 갔다가 즉석에서 시를 짓기를,

五人三百二十年,	다섯 분의 춘추 3백20년,
序齒還皆在我前.	연세 모두 나보다 연장이시네.
鄕飮楓皐隨竹里,	풍고楓皐[221]와 향음례에 죽리竹里[222]를 따랐고,
耆筵梅谷幷茗泉.	매곡梅谷[223]의 기영회 초천茗泉[224]과 함께 했네.
六旬多少爭單指,	육순六旬의 많은 분들 단지單指 다투고,
七耋康强比兩肩.	칠순의 강건한 분들 어깨 나란하네.

하였는데, 여러분들은 기구起句의 '이십二十'이라는 글자가 측성이라고 꺼려 하니 심공沈公은 웃으며 "당나라 사람들은 허다히 '십十' 자를 평성으로 사용했습니다. 그래서 두목杜牧은 '남조南朝의 4백8십 개 사찰'이라고 하고 백부白傅[225]는 '붉은 난간 3백9십 개 다리'라고 하였으니, 평성

의 고사인데, 여기서 왕융王戎의 일로 기술한 것은 아마도 저자의 착각인 듯.

219) 노숙魯肅이 여몽呂蒙에게, "더 이상 오나라 시골에 있던 아몽阿蒙이 아니로구나" : 괄목상대刮目相待라는 고사성어로 잘 알려진 이야기임.

220) 김시근金著根(1755~1825) : 순조 때의 문신. 자는 홍지興之, 1802년 문과, 예조·공조 등의 판서를 역임.

221) 풍고楓皐 : 김조순(1765~1832)의 호.

222) 죽리竹里 : 김이교金履喬(1764~1832)의 호. 자는 공세公世, 본관은 안동. 이조·형조·공조 등의 판서를 역임하고 우의정을 지냈음. 시호는 문정文貞. 『죽리집』이 있다.

223) 매곡梅谷 : 김시근의 호.

224) 초천茗泉 : 김이양金履陽(1755~1845)의 호. 자는 명여命汝. 처음 이름은 이영履永이었음.

이 아니고 무엇입니까?" 하였다. 그렇기는 하지만 옛사람들은 그렇지 않은 쪽이 더 많았으니, 여기서 예로 든 것은 혹 글자를 놓는 데 군색하였거나 그 한 글자를 애석하게 여겨서 그대로 둔 것이 아니었을까? '사司' 자도 입성으로 사용한 경우가 있는데, 이 역시 모를 일이다.

高麗

勝國之名高麗, 是東人取山高水麗之義, 麗字當讀去聲, 而中國人, 每以平聲押用, 雖知其誤, 文字當從中國, 故未免循用, 然甚無謂也. 隋煬帝狂暴無道, 動天下兵一百十三萬, 親征高句麗, 爲乙支文德所逐, 全師敗衄以歸, 帝大忿怒, 命降高句麗爲下句麗, 是以麗爲附着義, 隋唐人, 遂用平聲, 讀高句麗之麗字, 平聲或可也. 高麗則建國在唐末, 同是朝鮮, 而實則他國也, 麗字之混, 與高句麗, 同入平聲, 尤不當也. 非但此也, 中國人字音, 亦多誤讀. 故後世博學如洪容齋・顧亭林・毛西河諸人, 多所駁正, 而終莫能也.

盖阿誰之阿, 古人之發語助也, 焦仲卿妻詩, "上堂啓阿母", 阮籍謂王渾曰, "與卿語, 不如與阿戎語", 王戎, 口不言錢, 故急曰, "擧此阿堵物", 阿誰亦如阿堵, 當用慢聲. 魯肅謂呂蒙曰, "非復吳下阿蒙", 阿皆如此, 而後人用爲入聲, 恐非矣. 白香山「楊柳枝詞」, 亦曰 "盡日無人屬阿誰", 爲入聲用, 香山亦不覺其非耶?

近世斗室沈文肅公, 嘗赴金判書著根耆英會, 卽席賦詩曰, "五人三百二十年, 序齒還皆在我前. 鄕飮楓皐隨竹里, 耆筵梅谷幷茗泉. 六旬多少爭單指, 七耋康强比兩肩." 諸公以起句二十字仄聲爲拘, 沈公笑曰, "唐人多以十字平聲用, 故杜牧之'南朝四百八十寺', 白傅之'紅欄三百九十橋', 豈非平聲乎?" 雖然古人多不盡然, 是或窘於下語, 惜其字而仍之耶? 司字亦有入聲用, 是又未可曉也.

---

225) 백부白傅 : 백거이(772~846)의 호. 만년에 태자소부太子少傅를 지내서, 스스로 '백부'라고 칭하였음.

『화왕전』

작약꽃은 비록 진수溱水와 유수洧水 지역의 남녀들이 서로 희학戲謔하면서 선물로 주곤 하였지만 그 이름이 『시경』에 실려 있고,[226] 매화는 비록 『시경』과 『서경』에 실려 있기는 하지만 그 열매와 맛을 취한데 불과할 뿐이다. 목단은 혹 모란이라고도 부르는데 경서에 실린 바 없을 뿐만 아니라 진한秦漢 이래로 실상 글에 많이 보이지도 않는다. 당나라에 와서야 비로소 성행해서 세상에서 꽃의 왕[花王]이라고 일컬어졌는데, 그 색깔은 한결같지 않아서 위씨魏氏의 자주색 모란과 요씨姚氏의 노란색 모란이 나오게 되었고, 이름난 향기 기이한 모양이 나올수록 더욱 신기해졌다. 이정봉李正封[227]의

國色朝酣酒,	빼어난 미색은 아침술에 취한 듯,
天香夜染衣.	특이한 향내 밤에도 옷에 남아 있네.

라는 시가 있으니, 그 귀중히 여기고 사랑함이 이와 같았다. 이 때문에 당나라가 끝나도록 봄마다 모란이 활짝 필 때면 공경公卿과 조정의 벼슬아치로부터 민간의 남녀까지 반드시 '모란회'를 베풀어서, 권세 있는 사람의 집이며 장안長安의 길거리[228]가 수레와 말로 메어져 대낮부터 밤까지 가고 밤이 되면 새벽이 될 때까지 악기 소리 어지럽게 퍼지고 여인네들 잡다하게 뒤섞여서 날마다 일상으로 삼는데, 화려한 집에서 촛불을 밝히고 노는 비용이 셀 수도 없을 지경이었다. 『두양잡편杜

226) 작약꽃은 …… 있고 : 『시경』 정풍鄭風의 「진유溱洧」에 있음.
227) 이정봉李正封 : 당나라 헌종憲宗 때 시인. 감찰어사를 지냈다고 함. 인용시는 제목이 「모란시」임.
228) 장안長安의 길거리 : 원문은 '자맥紫陌.' 제경帝京의 도로를 이르는 말.

陽褋編』[229]에는 "매번 한 차례 꽃놀이 연회가 끝나고 나서 밤이 깊어지면 꽃 속에서 반드시 탄식하는 소리가 났다" 하였으니, 이는 비록 한 시대의 풍기風氣이지만 역시 화요花妖가 될 만하다. 또 당나라 사람들은 매양 모란이 필 때면 장안성 성 안의 모든 사람들이 내달려 인파를 이루어 술에 취한 듯 미친 듯하였다고 하니, 역시 하나의 변괴이다. 그 꽃은 향기와 색깔이 번성하고 화려하니 부귀한 꽃이 될 법이야 하지만, 어찌 이토록 심하단 말인가? 구양공歐陽公(구양수)의 문집에 「모란보牡丹譜」가 있고[230] 신라 때 홍유후弘儒侯(설총)는 「화왕전花王傳」을 지었는데, 홍유후가 살던 시대는 당나라 때이니 틀림없이 당나라 습속을 익히 듣고서 이런 글을 썼던 것일까? 남송 때 장무구張無垢[231]의 시에,

棗花至小能成實,	대추 꽃 작지만 열매를 맺고,
桑葉雖柔解吐絲.	뽕잎은 여리지만 실을 토하지.
堪笑牡丹如斗大,	우스워라, 모란꽃은 말[斗]만 하면서,
不成一事只空枝.	이룬 일 하나 없이 텅 빈 가지뿐.

하였으니, 당나라 사람이라면 정녕코 이런 시는 짓지 않았을 것이다.

『花王傳』

芍藥之花, 雖爲溱洧士女伊其相謔之贈, 其名載之『詩經』, 梅則雖載詩書, 不過取其實與味而已, 牧丹則或稱牡丹, 而非但經無所載, 秦漢

229) 『두양잡편杜陽褋編』: 당나라 사람 소악蘇鶚이 기이한 문견을 모아 3권으로 엮은 책. 당나라 대종代宗 때부터 의종懿宗 때까지 110년간을 대상으로 한 기록.

230) 구양공歐陽公(구양수)의 문집에 「모란보牡丹譜」가 있고: 『구양수전집』(중국서점, 1986), 「거사외집」 권22에 「낙양모란기洛陽牧丹記」가 있다. 아마 같은 글을 이른 듯함.

231) 장무구張無垢: 무구는 장구성張九成(1092~1159)의 호. 다른 호는 횡포거사橫浦居士. 자는 자소子韶. 송의 학자로 양시楊時의 제자. 『횡포집』과 『맹자전孟子傳』, 「중용해中庸解」 등의 저작이 있음. 횡포에 귀양 가서 14년간 창 아래 돌 위에 서서 독서하여, 돌에 두 발자국이 남았다는 일화가 유명함.

以來, 實不多見, 至唐始盛, 世稱花王, 其色不一, 至有魏氏紫姚氏黃, 名香異品, 愈出愈奇, 李正封"國色朝酣酒, 天香夜染衣"之詩, 其貴重艶愛如此矣. 是以終唐之世, 每春牡丹盛開, 則自公卿朝士, 至委巷士女, 必設牡丹會, 朱門紫陌, 車馬塡咽, 晝以繼夜, 宵則達曙, 絲竹紛披, 綺羅襍沓, 日以爲常, 華堂紅燭遊衍之費, 動輒無筭, 『杜陽襍編』謂"每一花會宴罷, 夜闌則花中必有歎聲", 此雖一代風氣, 亦足爲花妖也. 且唐人, 每當牡丹時, 長安城內, 傾都奔波, 如醉如狂云, 又一變怪也. 其花香色繁麗, 宜爲富貴之華, 而何至此甚也? 歐陽公集, 有「牡丹譜」, 新羅時弘儒侯, 有「花王傳」, 弘儒之世, 是唐時也, 必有習聞唐俗, 而爲此文耶? 南宋時張無垢有詩曰, "棗花至小能成實, 桑葉雖柔解吐絲. 堪笑牡丹如斗大, 不成一事只空枝", 在唐人則必無此作也.

양주揚州

『서경』「우공禹貢」 편에 나오는 양주揚州는 곧 지금 강서성江西省인데, 옛날 양주 자사刺史가 정사를 보던 곳이 지금 어디인지는 알지 못한다. 그러나 번화하고 아름답기로는 하나의 이름난 도회지이자 크나큰 고을이어서 한漢·당唐 때의 장안長安과 서로 겨룰만 하다. 그러므로 예전 어떤 사람들이 각자 소원을 말하는데, 한 사람이 먼저 "나는 십만 관貫의 돈을 얻고 싶다" 하고 또 한 사람은 학을 타고 선계仙界로 오르고 싶다고 하고 또 한 사람은 양주 자사가 되고 싶다고 하였는데, 제일 바시낙한 사람은 허리에 십만 관 돈꿰미를 차고 학을 타고 양주자사로 오르고 싶다고 하여, 우스갯소리로 전한다.

그러나 대개 양주의 물산이 풍성하고 인구가 많은 것은 예로부터 이미 그러하였는데, 당나라에 이르러 더더욱 극히 번성했다. 그래서 두목지杜牧之(杜牧)가 술에 취해 양주 시가를 지나가면 향기로운 귤이 수레에 가득 찼으니, 그의 용모가 아름답기는 하였지만 양주의 노래와 여색이며 요염한 여인들의 호화로움과 사치를 알 수 있다. 두목지는 젊었을 때 오랫동안 양주에서 노닐어 방탕한 데 빠져서 방정맞고 경박한 사람이 되었는데, 만년이 되어 스스로 뉘우쳤다. 그래서 시를 짓기를,

落魄江湖載酒行,	강호江湖에 떨어져서 술을 싣고 다니다니,
楚腰纖細掌中輕.	가는 허리 미인들 손바닥에 가볍더라.
十年一覺揚州夢,	십 년 만에 양주의 꿈 깨어나 보니,
贏得青樓薄幸名.	얻은 것은 청루青樓의 경박한 이름.

이라 하였다.[232] 그러나 근세의 수원隨園 원매袁枚는 「두사훈杜司勳(두목)의 무덤을 지나며」라는 시의 한 연에서,

高談澤潞兵三萬,	택로澤潞 3만 군대에 고상한 담론,
論定揚州月二分.	양주揚州 달이 두 몫이라 논정論定했다지.

하였는데 대개,

天下三分明月夜,	천하의 밝은 달밤 삼분한다면,
二分明月是揚州.	두 몫의 밝은 달은 양주 달이네.

라는 시는 바로 남당南唐 때 서응徐凝[233]이 지은 것이지 목지牧之의 시

232) 그래서 시를……이라 하였다 : 제목은 「견회遣懷」. 첫구의 강호江湖가 강남江南으로, 결구의 영득贏得이 점득占得으로, 박행薄幸이 박행薄倖으로 된 곳도 있음.
233) 서응徐凝 : 9세기 전반, 당나라 헌종憲宗 때의 시인. 글씨에도 뛰어났다. 위 시는 「양

가 아님에도 '논정論定' 운운한 것은 소창小倉(원매)의 착각일까 아니면 목지에게 따로 이런 글이 있었을까? 이 시는 『전당시全唐詩』 끝에 부록으로로 기재되어 있어서 읽어볼 수 있다.

양주의 스물 네 개 교량에는 달 밝은 밤이면 현악기며 관악기 소리 하늘까지 울리고 생황이며 퉁소 소리 땅에 들끓으며 밝은 옥구슬 같고 비취새 깃털 같은[234] 미인들이 거리와 골목을 가득 메우지 않는 밤이 없었으니, 그 빼어난 모습은 우리나라에서는 오직 평양 한 고을만이 혹 비슷할 듯하다. 그러나 지금 청나라 함풍咸豊 초년 홍수천洪受泉의 난[235] 때에 무창성武昌城 안팎 몇십 리가 모두 도륙을 당해 유린되어 남은 것이 없어서 쓸어버린 듯 참혹하다고 하니, 애석하다. 옛날 장헌충張獻忠[236]이 살육하고 약탈하며 불지르고 겁탈하여 촉蜀 한 성省 전체가 몇 백 년이 지난 지금까지도 오히려 예전만 못하다고 한다. 심하도다, 전쟁의 해독이여!

揚州

禹貢揚州, 卽今江西省地, 而古揚州刺史治所, 未知的在今何地也. 然其繁華佳麗, 爲一名都雄府, 可與漢唐之長安相伯仲. 故昔有人, 各言所願, 一則我願得十萬貫錢, 一則願騎鶴上仙, 一則願爲揚州刺史, 最後一人, 乃願腰帶十萬貫, 騎鶴上揚州, 遂傳爲笑談.

然盖揚州之物盛人衆者, 自古已然, 而至唐世, 尤爲極盛. 故杜牧之醉過揚州, 香橘滿車, 則牧雖美容姿, 其聲色遊冶之豪侈可知也. 牧之

주를 그리며[憶揚州]」라는 제목의 칠언절구 아래짝임.

234) 비취새 깃털 같은: 송옥宋玉의 「등도자호색부登徒子好色賦」에 "眉如翠羽, 肌如白雪"이라는 말이 있음.

235) 홍수천洪受泉의 난: 홍수전洪秀全(1814~1864)이 일으킨 태평천국의 난을 가리킴.

236) 장헌충張獻忠(1606~1646): 명나라 숭정崇禎 때의 유적流賊. 이자성李自成과 연합하여 넓은 지역을 노략질하였는데, 지나는 곳마다 인명을 참혹하게 살상하였다. 무창을 점거하고 성도成都를 함락하여 대서국왕大西國王이라고 하였다가 청군淸軍에게 살해되었다.

少時, 久遊揚州, 溺於駘蕩, 未免爲佻達輕薄之人, 晩始自悔, 嘗有詩曰, "落魄江湖載酒行, 楚腰纖細掌中輕. 十年一覺揚州夢, 贏得靑樓薄幸名." 然近世袁隨園枚, 有「過杜司勳墓」詩一聯曰, "高談澤潞兵三萬, 論定揚州月二分", 盖"天下三分明月夜, 二分明月是揚州"之詩, 乃南唐徐凝所作, 非牧之詩, 而論定云云者, 小倉之錯認耶, 或牧之別有此論耶? 此詩附載『全唐詩』末, 可見也.

大抵揚州之二十四橋, 明月之夜, 無夜不絲管轟天, 笙簫沸地, 明珠翠羽, 街巷塡咽, 其勝賞, 在我國, 惟平壤一府, 或庶幾焉. 然今淸咸豊之初, 洪受泉之亂, 武昌城內外環幾十里, 皆被屠戮, 蹂躪無餘, 蕩然愁慘, 惜哉. 昔張獻忠殺掠燒劫, 全蜀一省, 至今數百年, 猶未如舊云, 甚矣, 兵火之毒也.

여색女色

명나라의 상서尙書 왕화王華[237]는 젊어서 빈궁하여 일찍이 경사京師의 한 늙은 환관에게 숙식을 붙이고 있었다. 하루는 늙은 환관이 마침 외출하고 미처 돌아오지 않아 왕화가 혼자 앉았는데, 얼마 안 되어 안채에서 어떤 미인이 창문을 열고는 작은 종이쪽 하나를 던지는데 종이쪽에는 "사람 종자를 만나보았으면"이라 쓰여 있었다. 왕화가 크게 놀라서 이윽고 붓을 뽑아 그 왼쪽에 쓰기를, "천상의 신을 놀라게 할까 두렵구려" 하고, 쓰고 나서 그 종이쪽을 다시 창밖으로 내던지고 달아났다. 뒤에 왕

237) 왕화王華(1453~1522) : 본문에 나타나듯, 왕양명의 부친. 자는 덕휘德輝, 호는 식암實菴, 용산龍山, 또는 해일옹海日翁.

화가 과거를 보러 입경入京하였는데 과거 보기 며칠 앞서 왕화의 꿈에 하늘 문이 갑자기 열리더니 대라천大羅天 예주궁蘂珠宮(천궁天宮)에서 방이 내걸린다고 했다. 이윽고 비단 폭에다 금빛 글자로 크게 쓰이기를 "사람 종자를 만나고 싶지만, 천상의 신을 놀라게 할까 두렵네"라고 하였다. 왕화는 장원 급제를 하였고 우러러 바라보는 자들이 구름처럼 몰려드니 왕화가 놀라 꿈에서 깨었다. 왕화는 끝내 이 과거에서 장원을 하여 벼슬이 이부상서吏部尙書에 이르렀으니, 양명陽明 문성공文成公은 그의 아들이다. 이 일은 『태상감응편太上感應篇』에 실려 있는데, 당나라 때 적문혜공狄文惠公[238]의 일도 역시 이와 같다. 양공梁公[239]은 혼자 앉았을 때 주인집의 아름다운 딸이 나와 보고는 한번 기쁨을 나누기를 요구하자 공公이 질책하고 붓으로 벽에다 "내가 남의 아내를 간음하면 남도 나의 아내를 간음한다"는 여덟 글자를 크게 쓰고 달아났는데, 그 뒤 꿈을 꾼 일과 장원 급제한 것은 모두 왕화와 같다. 고금에 이런 일이 두 번 있었을 리는 없을 텐데, 알지 못할 일이다.

옛날 정암靜菴 조선생趙先生(조광조)이 젊었을 때 용모가 아름다웠는데, 밤에 글을 읽고 있을 때 이웃 사족士族의 처녀가 엿보고 좋아하여 곧바로 들어와 잠자리를 같이 하기를 청했다. 선생이 성을 내어 매를 치고 무례하다고 꾸짖어 내쫓으니 그 처녀는 울면서 돌아갔다. 또 문곡文谷 김문충공金文忠公[240]은 아름다운 자태가 썩 잘 생겼다. 그가 이조 참의로 있을 때 나귀를 타고 한 골목을 지나는데 어떤 역관譯官 집 처녀가 창틈으로 바라보고 미모를 흠모하여 지아비로 삼고 싶었지만 말을 꺼내기 어려워서 상사병이 들어 거의 죽게 되었다. 그 아비가 낌새를 알아차리고 묻고 또 묻자 처녀는 그제서야 연유를 말했다. 그 아비가 마침내 김

238) 적문혜공狄文惠公 : '문혜'는 적인걸狄仁傑(630~700)의 시호. 자는 회영懷英. 당나라 중기의 뛰어난 재상. 그가 천거한 장간지張柬之 · 환언범桓彦範 · 요숭姚崇 등은 모두 이후 당나라를 중흥한 명신이 되었다.

239) 양공梁公 : 적인걸은 사후 당 예종睿宗(622~716) 때 양국공梁國公에 추증되었음.

240) 문곡文谷 김문충공金文忠公 : 김수항金壽恒(1629~1689). 자는 구지久之. 『문곡집』이 있다.

공을 찾아뵙고 딸을 바치겠으니 첩으로 삼아달라고 청했다. 김공은 성품이 본디 강직한지라 조행操行 없음을 크게 꾸짖으니 그 아비는 낙담해서 멍하니 있다가 돌아가서 딸에게 일러주었다. 처녀는 그 말을 듣고는 눈물을 머금고 숨이 졌다. 뒤에 문곡이 뭇 간사한 자들에게 얽혀 들어서 대신大臣으로서 진도珍島에 찬배되어 기사년(1689, 숙종 15)에 끝내 사사賜死되었는데, 형이 집행되기 전날 밤 김공의 꿈에 그 처녀가 머리를 산발하고 노여움을 품은 채 공을 향해 사납게 꾸짖기를, "대감이 내게 적악積惡하였으니 이런 앙갚음을 받아 마땅하지요" 하였다. 공은 놀라 꿈에서 깨어나 후회하였다고 한다.

대개 이런 부류의 일들은 바르고 곧은 군자에게 있어서는 실로 예에 맞지 않으므로 동요될 것 없는 일이기는 하다. 그러나 적狄·왕王 두 분은 하늘까지 이르러서 부귀와 현달을 이루었고 정암과 문곡은 비록 다 부귀하고 현달하기는 하였지만 또 모두 화를 입어 평안히 마치지 못하였으니, 하늘이 사람에게 화와 복을 내려주는 것은 역시 통상적인 이치로 판단하기 어렵다.

女色

明王尙書華, 少貧窮, 嘗寄食於京師一老宦. 一日老宦, 適出外未還, 王獨坐, 俄從內舍, 有美女開牕投一小紙, 紙面書'願乞人間種', 王大驚, 遂抽筆題其左曰, '恐驚天上神', 書訖, 以紙還投牕外, 仍逃去. 後王爲赴擧入京, 科前數日, 王夜夢天門忽開, 謂大羅天蘂珠宮放榜. 俄而錦幅, 以金字大書, '願乞人間種, 恐驚天上神'. 王華爲壯元及第, 士女仰觀者雲集, 王驚駴而覺. 王竟魁是科, 官至吏部尙書, 陽明文成公, 其子也. 此事見載『太上感應篇』, 而唐之狄文惠公事亦同, 梁公則獨坐時, 主家美女出見, 要與一歡, 公叱責, 以筆大書壁間'我奸人妻, 人奸我妻'八字而逃去, 其後夢事與魁科, 皆同王公, 古今不應再有此事, 是未可知也.

昔靜菴趙先生, 年少美風儀, 方夜讀書, 同隣士族處女, 窺而悅之, 直入請寢, 先生怒而撻之, 責以無禮而逐之, 其女涕泣還去. 又文谷金文忠公, 丰姿甚美, 其爲吏議時, 嘗騎驢過一委巷, 有象譯人家處女, 從窓隙見而歆艶, 思欲爲夫, 而難於發口, 感疾幾死, 其父揣知苦問, 女始言其由, 其父遂來謁金公, 請納女爲妾, 公性本剛直, 大責其無行, 其父憮然, 歸語其女, 女聞言, 含淚而絶. 後文谷爲羣壬所構, 以大臣竄珍島, 己巳竟賜死, 臨命前夜, 公夢其女, 披髮含怒, 向公暴喝曰, "大監爲我積惡, 宜受此報", 公驚而覺夢, 反悔之云.

盖此等事, 在正直君子, 固爲非禮不動, 而狄王兩公, 格天而致貴顯, 靜菴文谷, 則雖皆貴顯, 又皆被禍, 不能寧終, 天所以禍福人者, 亦難以常理斷之也.

사대부士大夫의 안일

주휘周煇[241]의 『청파잡지清波襍志』에 있는 말이다.

송나라 여대방呂大防이 말하기를, "이전 시대의 군주들은 궁중 안에서도 수레와 연輦을 탔지만 송나라의 역대 군주들은 모두 도보로 내정內庭에서 전전前殿으로 거둥하였으니, 이것은 몸을 부지런하게 하는 방법이었다"고 하였다. 또 명나라 태조는 여러 아들들이 나이 들면 마땅히 부지런하고 수고로움을 익혀서 교만하고 게으르지 않도록 해야 한다고 하여, 내시에게 삼[麻]으로 삼은 신과 신 주머니를 만들게 해서 도성에서

241) 주휘周煇(1126~1198) : 남송 전당錢塘 사람. 자는 소례昭禮. 장서가. 『청파잡지』 12권 이외에 『청파별지清波別志』 3권이 있음. 청파는 그가 만년에 은거한 전당의 지명.

조금 멀리 나갈 때마다 말을 타는 것 둘에 걷는 거리 하나가 되도록 했으니, 그 훈계가 엄하고도 원대하다.

『상서尙書』「무성武成」편에 "왕이 아침 일찍 종주宗周(鎬京)에서 걸어서"라고 하였고 또「필명畢命」편에 "왕이 아침 일찍 걸어서 종주宗周로부터 풍豊에 이르러"라고 하였는데, 정현鄭玄은 "종묘에서 나오고 종묘로 들어가기를 모두 보행으로 했다"고 하였으니, 옛날 성왕聖王들이 안일을 경계한 것이 이와 같았다. 그래서 매승枚乘의『칠발七發』에 "여輿를 타고 나가고 연輦을 타고 들어오는 것은 각기병이 걸리거나 절름발이가 될 조짐이라고 한다" 했으니, 대개 옛날에는 제왕도 그러했는데 하물며 비천한 자임에랴.

우리나라는 중엽 이전에는 비록 사대부라도 위포韋布나 백도白徒는 모두 삼신을 신었고 도성 안에서 누구를 방문하러 가고 올 때는 어른들은 나귀나 말을 타지 못했고, 젊은이들은 털옷을 입지 못했다. 지금은 문을 나섰다 하면 걷지 않을 뿐 아니라 나귀나 말조차도 마다하고 심지어는 사람에게 멍에를 채워서 가마를 매게 하니, 이는 안일에 길든 것이 너무 지나치기 때문이다.

근세의 참판 박제문朴齊聞[242)]은 집이 서울에서 70리 떨어진 동쪽 교외에 있었는데 재산이 넉넉했지만 언제나 그 아들을 걸어서 도성에 들어가게 하고 말 타고 가는 것을 허락하지 않았다고 하니, 그 집안 법도의 일단을 볼 수가 있다. 옛날 우옹尤翁(송시열)은 젊어서 나막신을 신고 하루에 백 리를 갔고 허미수許眉叟(허목)도 그러했다고 하니, 이분들의 경우는 비단 학문만 굳건한 힘이 있었을 뿐 아니라 타고난 바도 보통 사람과는 달랐기 때문이다.

---

242) 박제문朴齊聞(1787~?) : 순조, 헌종 때의 문신. 윤수崙壽의 아들, 원양元陽의 부친. 자는 경소敬韶, 호는 추재錐齋. 1809년 문과, 대사간・감사・참판을 역임. 금양군錦陽君에 봉해졌다.

士大夫安佚

周煇『清波雜志』, 宋呂大防言, "前代人主, 在宮禁之中, 亦乘輿輦, 祖宗皆步自內庭, 出御前殿, 此勤身之法也." 又皇明太祖, 以諸子年長, 宜習勤勞, 使不驕惰, 命內侍製麻履行縢, 每出城稍遠, 則馬行其二, 步行其一, 其訓嚴且遠矣.

『尙書』「武成」, 王朝步自周, 又「畢命」, 王朝步自宗周, 至于豊, 鄭玄以爲出廟入廟, 皆步行, 古之聖王, 戒於安佚如是矣. 以是枚乘『七發』曰, "出輿入輦, 命曰蹶痿之機", 盖古則帝王猶然, 而況卑賤者乎?

我國在中葉以前, 雖士大夫, 韋布白徒, 皆着麻屨, 城內尋訪往還, 爲父兄者, 不許騎驢跨馬, 年少者, 亦無毛衣. 今則不但出門不步, 幷與驢馬而不取, 至於駕人而擔轎, 此忸於安佚太過故也.

近世朴參判齊聞, 家在距京七十里東郊, 財饒産而每令其子, 徒步入城, 未嘗許騎云, 亦可見家行之一端也. 昔尤翁少時着木屐, 能日行百里, 許眉叟亦然云, 此則非但學有定力, 亦稟受異於常人故也.

…… 글명 · 서명

글명

서명

ㄴ

ㄷ

ㅊ

ㅌ

ㅍ

······ 인명

ㄴ

ㄷ

ㅁ

ㅂ

ㅅ

ㅇ

ㅊ

ㅌ

기타